À PROPOS DE L'AUTRICE

Plus de trente livres ont affirmé le talent et la créativité de Merline Lovelace, dont les romans figurent régulièrement sur la liste des meilleures ventes d'*USA Today* et ont été publiés dans vingt-cinq pays différents.

Une semaine pour la reconquérir

*

Un mariage tant espéré

*

L’homme de toutes ses envies

MERLINE LOVELACE

Une semaine pour la reconquérir

INTÉGRALE
TROIS VOEUX À EXAUCER

Traduction française de
FLORENCE MOREAU

SAGAS

HARLEQUIN

Collection : SAGAS

Titre original :
"I DO"...TAKE TWO!

Ce roman a déjà été publié en 2017

HARPERCOLLINS FRANCE
83-85, boulevard Vincent-Auriol, 75646 PARIS CEDEX 13
Service Lectrices — Tél. : 01 45 82 47 47 - www.harlequin.fr
ISBN 978-2-2804-7687-4 — ISSN 2426-993X

Composé et édité par HarperCollins France.
Imprimé en août 2022 par CPI Black Print (Barcelone)
en utilisant 100% d'électricité renouvelable.
Dépôt légal : septembre 2022.

FSC
www.fsc.org
MIXTE
Papier issu de sources responsables
FSC® C159065

Pour limiter l'empreinte environnementale de ses livres, HarperCollins France s'engage à n'utiliser que du papier fabriqué à partir de bois provenant de forêts gérées durablement et de manière responsable.

1

Katherine Elizabeth Westbrook traînait des pieds.

— Allez, Kate ! Il faut le faire !

— Non, rien ne m'y oblige.

L'eau qui jaillissait des superbes sculptures baroques scintillait sous le soleil de la fin août, mais Kate, bien que poussée par ses deux amies à se frayer un chemin parmi les nombreux touristes assemblés autour d'un des sites incontournables de Rome, n'avait nulle envie de céder à la tradition et de jeter une pièce de monnaie dans le bassin étincelant.

— C'est si touristique que c'en est inqualifiable, ajouta-t-elle.

Dawn McGill, pétillante rousse, rejeta la protestation d'un geste désinvolte.

— Mais pas du tout ! Et puis, on en parle depuis toujours ! insista-t-elle.

— Tu te rappelles la première fois que nous avons regardé *La Fontaine des amours* ? lui demanda Callie Langston.

Callie était la plus calme de l'inséparable trio qui s'était formé un peu plus de vingt ans auparavant, quand Kate, alors âgée de huit ans, avait emménagé avec sa famille dans la petite ville d'Easthampton, dans le Massachusetts.

L'évocation de cette soirée pyjama fort lointaine arracha un sourire à Kate.

— Comment aurais-je pu oublier ?

Elles étaient alors amies depuis des années, et toutes trois d'incurables romantiques, mordues de cinéma. Lors de cette soirée de toutes les extravagances, elles avaient dévoré des pizzas et des beignets, ainsi que des tonnes de glace au caramel, tout en visionnant avec une même boulimie des DVD de films classiques.

Callie avait choisi le grand succès des années 1940 *Indiscrétions*, et les trois adolescentes s'étaient quasiment pâmées devant le débonnaire Cary Grant. Dawn avait opté pour Audrey Hepburn et Humphrey Bogart dans *Sabrina*, une romance bien menée qui provoquait à la fois les rires et les larmes, et une folle envie de s'enfuir à Paris. Et le choix de Kate s'était porté sur *La Fontaine des amours*, tourné en 1954, avec Dorothy McGuire, et un Louis Jourdan à l'air rêveur, semblable à un prince italien. L'histoire de trois jeunes célibataires trouvant l'amour et l'aventure à Rome avait conduit les trois filles à se jurer qu'un jour elles se rendraient à la Ville éternelle et jetteraient une pièce dans la fameuse fontaine.

Kate avait adoré le film à l'époque, c'est-à-dire quand elle était encore jeune et naïve, et assez stupide pour croire que les histoires d'amour finissaient bien.

— Notre vœu ne se réalisera que si nous le faisons toutes les trois, insista la bouillonnante Dawn.

— Exact, renchérit Callie. Toutes pour une…

— … et une pour toutes, termina Kate avec un petit sourire. D'accord, vous avez gagné ! Qui a une pièce à sacrifier ?

— Tiens !

Dawn lui tendit une pièce d'un euro. Elle était toute terne et usée, et serait remplacée sous peu par une nouvelle, plus brillante, pensa Kate qui travaillait à la World Bank.

Exit l'ancien, vive la nouveauté !

Comme dans sa vie, même si l'horizon qui s'ouvrait à elle était incertain et que le passé était encore des plus douloureux. Elle referma la main sur la pièce, tandis que des images lui traversaient l'esprit, aussi coupantes que des éclats de verre… Elle revit Travis arriver en trombe sur le campus avec sa Harley décrépite, mais tant aimée. Leurs fiançailles, le jour même où elle avait accroché, sur son uniforme, son insigne de pilote de l'armée de l'air. Le mariage qui avait eu lieu deux ans plus tard, et qu'elle et ses deux amies avaient préparé dans les moindres détails. Puis ce voyage tant rêvé en Italie que son mari et elle avaient été contraints de reporter plusieurs fois, parce que celui-ci tournoyait au-dessus de l'Afghanistan et l'Irak, et de nombreuses autres régions du globe dont il devait taire le nom, car il s'agissait de missions confidentielles.

Et dire qu'elle avait passé tant d'heures à planifier ce voyage de rêve ! Sans compter celles où elle s'était noyée dans le travail pour ne pas se ronger les sangs au sujet de Travis. Et les longues nuits solitaires, où elle s'était tournée et retournée dans son lit, en priant pour que le commandant Westbrook lui revienne sain et sauf de la poudrière où on l'avait encore une fois envoyé.

Tous les deux s'y trouvaient enfin, en Italie, mais chacun de son côté, à quelques heures de train. Le plus triste, c'était qu'elle ignorait que son futur ex-mari opérait actuellement sur une base de l'Otan située près de Venise, jusqu'à ce qu'elle s'entretienne au téléphone avec la mère de Travis, juste avant son départ pour ses vacances romaines en compagnie de ses amies.

Mais, même si Venise ne se trouvait qu'à quelques heures au nord de Rome, la distance qui les séparait était infranchissable. Ni maintenant ni jamais. Ils s'étaient déjà fait trop d'adieux déchirants, avaient passé bien trop de temps loin de l'autre, sans compter que chacun avait changé. Et Travis, à en croire la notification Facebook qui ne lui était de toute évidence pas destinée, bien plus qu'elle…

— Fais un vœu, la pressa Dawn. Puis jette la pièce par-dessus ton épaule.

— Tu n'es pas obligée d'en formuler un précis, corrigea Callie avec le calme qui la caractérisait. C'est implicite dans le fait de jeter la pièce. Cela signifie que tu reviendras un jour à Rome.

Mais Kate n'écoutait plus ses amies. Poing serré, yeux fermés, elle laissa son subconscient évacuer la douleur et la colère enfouies profondément en elle.

Je souhaite... Je souhaite... Et zut ! Je souhaite que la garce qui se vante sur Facebook d'avoir eu une liaison avec mon mari développe la crise la plus carabinée de... bref, peu importe de quoi, pourvu qu'elle déguste !

Puis elle lança la pièce de toutes ses forces. Mais même l'eau rugissant hors des nombreux robinets ne parvint pas à étouffer le bruit sourd que fit son euro en rebondissant sur le rebord de la fontaine. Et ni la voix traînante et amusée qui s'éleva tout à coup juste derrière elle...

— Tes talents en la matière ont toujours été des plus limités, Catleya.

Elle s'immobilisa, le bras encore en l'air, submergée par un sentiment d'incrédulité totale, tandis que son ventre se contractait violemment. Elle ne pouvait plus ni bouger ni respirer... Elle jeta tour à tour un regard affolé à ses amies : le froncement de sourcils de Dawn était aussi évocateur que le masque de désapprobation totale qui recouvrit instantanément le visage de Callie.

Elle ferma les paupières, prit une profonde aspiration puis, dans un effort surhumain, se retourna avec une lenteur délibérée... Son cœur fit un bond dans sa poitrine... Assez ! Sa réaction émotive s'expliquait par le fait qu'elle n'avait pas vu Travis depuis quatre mois. Serrant les poings, elle refusa aussi de céder à l'inquiétude que suscita tout de suite en elle la fatigue que reflétaient ses yeux. Alors, se jurant que sa voix ne porterait nulle trace de la fureur et de la douleur qui étaient siennes depuis des mois, elle déclara :

— Salut, Travis. C'est ta mère qui t'a informé que je m'étais finalement envolée pour Rome ?

— Effectivement.

Et il laissa son regard glisser sur son visage et sa bouche, ce regard brun-vert si changeant. Et, l'espace d'un instant, elle crut qu'il allait l'embrasser... Par prudence, elle recula d'un pas.

D'instinct, Dawn et Callie l'encadrèrent. Travis porta d'abord son regard vers Dawn, toujours renfrognée, puis vers Callie, bouche pincée.

Etait-ce l'ombre d'un regret qui traversa à cet instant son visage ? Ou cette méfiance amusée qu'il affichait toujours comme une veste en Kevlar, quand il affrontait le trio qu'il avait surnommé les Invincibles ? Elle n'aurait su dire, tant ce fut rapide.

— Rome est une grande ville, parvint-elle à articuler d'un ton dégagé, au prix d'un gros effort. Comment nous as-tu trouvées ?

Cette fois, un petit sourire éclaira ses traits… La première fois qu'il lui en avait décoché un, elle avait frémi de la tête aux pieds.

Et, de nouveau, les souvenirs l'assaillirent : ce jour de novembre gris et venteux, le vent froid qui lui mordait les joues, les stalactites qui pendaient des feuilles comme des larmes figées par la glace. Kate, Callie et Dawn, tout emmitouflées, sortaient d'un pas joyeux du centre commercial quand le frère aîné de cette dernière s'était garé devant elles. Et toutes les trois avaient écarquillé les yeux lorsque Aaron leur avait présenté son camarade de chambre, sur le campus, qu'il avait invité à la maison pour les vacances de Thanksgiving.

Le chaleureux bonjour que leur avait lancé Travis s'était adressé aux trois amies, mais Kate s'était rapidement détachée du lot, à ses yeux. A l'époque, elle était étudiante en deuxième année à la Faculté de Boston, tandis qu'il terminait ses études à l'Université du Massachusetts, à Amherst. Il n'avait fallu que deux rendez-vous pendant ces vacances magiques, juste deux pour que…

— Ça n'a pas été très difficile.

La réponse de son mari la ramena au présent.

— Tu m'as si souvent répété que jeter une pièce dans la fontaine de Trevi figurait en haut de ta liste, à Rome.

Il désigna alors du pouce un café bondé, de l'autre côté de la place.

— J'ai réquisitionné une table, là-bas, et j'ai attendu que tu viennes.

Elle n'avait pas indiqué à la mère de Travis où elle logeait.

D'ailleurs, personne ne le savait à part David, son assistant, et ce n'était pas lui qui aurait divulgué son itinéraire. Certes, elle n'était pas encore arrivée au sommet dans le monde de la finance, mais elle négociait toutefois des contrats impliquant des milliards et avait récemment été désignée comme l'une des cinq étoiles montantes dans ce domaine, par un site réputé et spécialisé. Aussi, le bon sens — tout comme le responsable de la sécurité de sa banque — lui avait conseillé de rester discrète quand elle voyageait à l'étranger. Mais on pouvait faire confiance à Travis pour la localiser !

— Et depuis combien de temps attends-tu, exactement ? demanda-t-elle d'une voix où se mêlaient curiosité et réticence.

— Depuis ce matin, à la première heure.

Dawn poussa un cri de surprise.

— Quoi ? Tu es resté attablé toute la journée dans cette Mecque touristique ? Mais cela a dû te coûter une fortune.

— Assez pour nourrir une famille de quatre personnes pendant une semaine, effectivement, mais…

Il jeta de nouveau un coup d'œil à Kate.

— Je ne regrette pas un seul euro.

Comment s'y prenait-il ? Il suffisait d'un sourire, d'un regard, et elle en aurait presque oublié son vœu de colère, proféré silencieusement quelques instants plus tôt. Presque.

Car elle sentit soudain l'amertume reprendre ses droits, lui laissant un mauvais goût dans la bouche — et le cœur en lambeaux.

— Tu as gaspillé de l'argent pour rien, Trav, décréta-t-elle, car nous nous sommes tout dit en présence de notre avocat.

— Non, je ne crois pas, rétorqua-t-il.

Son sourire disparut.

— J'ai reçu une demande de divorce le lendemain de mon retour d'une mission classée secrète, poursuivit-il. Et le rendez-vous avec l'avocat était fixé à peine une semaine plus tard.

— Rendez-vous que tu as réussi à repousser de quatre-vingt-dix jours en invoquant une loi civile protégeant les intérêts des soldats et des marines.

— Mais parce que tu as…

Il s'interrompit et laissa échapper un long soupir. Désignant alors du menton la foule de touristes qui les enfermait dans un cocon bruyant et chahuteur, il reprit :

— Viens, Kate. Laisse-moi t'offrir un verre de vin.

Puis il ajouta, avec une seconde de retard à l'intention de Dawn et Callie :

— A vous aussi, d'ailleurs.

— Eh oui, c'est toutes les trois ou aucune, souligna Dawn.

— Et seulement si Kate accepte ton invitation ! renchérit Callie d'un ton impassible, mais non moins glaçant.

Les Invincibles étaient de retour.

Travis ne fut pas étonné qu'elles fassent front, ni que les deux amies de Kate se montrent aussi protectrices. Il savait depuis le premier jour qu'elles étaient toutes trois plus proches que des sœurs. Leurs personnalités étaient certes différentes, tout comme leurs origines familiales, mais elles avaient tant en commun et partagé tant de choses que chacune était capable de terminer la phrase de l'autre.

Et, bien que très différentes physiquement, toutes trois semaient le trouble dans l'esprit masculin. Avec sa chevelure auburn, sa vivacité et ses courbes généreuses, Dawn attirait les hommes comme des aimants. Callie, plus pondérée et réservée, leur donnait pour sa part, par sa capacité d'écoute, l'impression qu'ils étaient bien plus spirituels qu'ils le soupçonnaient.

Mais c'était Kate qui l'avait tout de suite attiré, en ce jour enneigé de novembre. Elle était emmitouflée dans un épais anorak, son écharpe laissant à peine voir ses yeux noisette, et ses longs cheveux blonds et bouclés ruisselaient en cascade de son bonnet en laine coloré.

La partie inférieure de son corps n'était pas aussi caparaçonnée, de sorte qu'il avait pu admirer à loisir ses longues jambes moulées dans un jean rentré dans de hautes bottes en daim noir, ses hanches minces et son joli postérieur. Mais il avait tout de suite compris que le tout valait bien plus que la somme de ces parties alléchantes. Peut-être était-ce en raison de l'intelligence qui pétillait dans ses yeux brun cannelle, ou du sourire qu'il devinait sous l'écharpe, ou encore de la pique bien sentie qu'elle avait lancée à Aaron, quand il l'avait titillée.

Mais peu importait, car, quand il était revenu à la faculté, il était déjà à moitié amoureux et, en tout cas, fou de désir pour elle. Pendant les deux années qui suivirent, il avait mené une vie frénétique entre les visites que chacun rendait à l'autre sur son campus, et leurs vacances d'été partagées. Il avait dû ensuite suivre un entraînement d'officier pour intégrer l'armée de l'air et, quand Kate avait accroché au revers de sa veste son insigne de pilote de l'air, il avait tenu à couronner la cérémonie par une bague de fiançailles. Après quoi, deux ans s'étaient encore écoulés — le temps qu'elle obtienne son diplôme et que lui effectue sa formation — avant qu'il puisse enfin lui glisser un anneau piqué de diamants au doigt.

Il en avait d'ailleurs perçu les éclats quand il l'avait vue lancer la pièce dans la fontaine, quelques minutes auparavant, et cet éclair lui avait procuré une profonde satisfaction, presque viscérale, même si son esprit rationnel était parfaitement conscient qu'une alliance constituait juste un symbole. Mais son instinct masculin possessif et primaire s'en était senti flatté. Kate aux grands yeux rieurs et à l'esprit vif était sa compagne, sa femme, la seule avec qui il ait jamais eu envie de partager sa vie. Et constater qu'elle portait encore son alliance le renforça dans sa détermination de tout mettre en œuvre pour que jamais elle ne la retire.

Il était conscient que l'entreprise requerrait de gros efforts, car il ne pouvait nier que leur mariage avait dérapé, et que ses fréquentes missions à l'étranger l'avaient conduit à un point de rupture. Et, évidemment, il avait eu tort de ne pas mettre un terme de façon plus nette aux élucubrations de la jeune capitaine, qui avait confondu l'intérêt professionnel qu'il montrait pour sa carrière avec des sentiments plus personnels. Oui, il était encore mortifié de n'avoir pas su gérer la situation avec davantage de finesse. Cette dernière avait en effet réagi à sa rebuffade en publiant un *post* sur Facebook, certes fantaisiste, mais bien trop proche de la réalité, sur sa relation privilégiée avec un certain pilote très sexy de C-130…

Certes, il n'avait aucune excuse et n'aurait jamais dû laisser la jeune capitaine se montrer si familière avec lui, mais Kate n'avait pas voulu entendre ses justifications, et s'était tellement braquée qu'en comparaison une mule du Kentucky aurait semblé une mauviette. Elle avait néanmoins pris son temps, pesé tous les éléments avant de prendre une décision majeure. Et, après quoi, impossible de la faire revenir dessus. L'affaire était classée. C'était fini, *finito*, point barre !

Mais il allait changer le cours de la fatalité, se promit-il avec détermination.

Selon la loi du Massachusetts, le divorce n'était effectif qu'au bout de trois mois après la proclamation du jugement, ce qui lui laissait exactement deux semaines pour rattraper les ravages causés par d'innombrables séparations et un faux pas d'une stupidité monumentale.

Résolu à reconquérir sa femme qu'il aimait toujours autant, il lui lança un défi qu'elle ne pouvait refuser :

— Serais-tu trop craintive pour partager une bouteille de vin avec moi, ma chérie ?

— A ton avis ?

Et, à son haussement de sourcils dédaigneux, il saisit qu'elle n'était pas dupe de son jeu, mais il tint bon.

— Eh bien, à mon avis, on devrait s'éloigner de la foule pour savourer l'excellent chianti que j'ai réservé tout à l'heure.

Elle se mordit la lèvre supérieure, manifestement en plein débat intérieur, puis se tourna vers ses amies :

— Les filles, continuez jusqu'à la place Navone. Je vous y rejoindrai.

Alors, elle jeta un coup d'œil aux ombres qui tombaient déjà sur les colonnes du palais Poli, auquel était adossée la fontaine, et ajouta :

— Ou retrouvons-nous plutôt à l'hôtel.

— Ce n'est pas prudent de se séparer, protesta Callie. Rome est une grande ville, et une femme seule représente une cible facile.

Travis plissa les yeux. La jeune brune élancée venait de porter atteinte à sa virilité, à son adresse au combat et à sa capacité à repérer les pickpockets et autres satyres.

— Elle ne sera pas seule, rétorqua-t-il sèchement. Et je pense que je suis apte à la protéger d'une éventuelle agression. J'en fais la promesse.

— Nous ne doutons pas de tes capacités, riposta d'un ton persifleur la belle rousse, qui servait de deuxième chaperon à Kate. En revanche, nous savons toutes ce que valent tes promesses, Westbrook !

Il serra les dents et, de façon fort héroïque, se retint de répliquer qu'une femme qui avait planté deux fiancés devant l'autel était bien mal inspirée de lui jeter la pierre. Lisant sans doute dans ses pensées, Kate intervint promptement.

— C'est bon, lança-t-elle à ses deux cerbères. Travis et moi pouvons rester courtois l'un envers l'autre le temps de partager un verre. Enfin, je l'espère. Bon, allons-y ! Et nous nous retrouvons toutes les trois à l'hôtel sous peu.

L'impulsive Dawn aurait sans doute aimé poursuivre la dispute, mais Callie la tira par la manche, de sorte qu'elle se contenta de lancer à Travis un regard menaçant pour le mettre en garde, avant de battre en retraite.

— Eh bien ! murmura-t-il après que les deux femmes se furent fondues dans la foule. Heureusement qu'aucune n'était armée, sinon je serais déjà mort.

— En tout cas, tu es hors de danger, maintenant. Et, pour ma part, je n'ai encore jamais recouru à l'une de ces attaques létales que tu m'as enseignées pour mettre à terre un assaillant. Encore que ça peut toujours venir…

Sans doute n'était-ce ni le moment ni le lieu pour se rappeler ces séances d'entraînement, mais cette allusion avait déclenché en lui des souvenirs des plus érotiques. Il ne comptait plus le nombre de fois où il s'était mis au lit dans un lieu complètement perdu, et s'était donné du plaisir en repensant à sa femme moulée dans une combinaison de lycra, tout en sueur, et résolue à le mettre au tapis.

— Je vais m'efforcer de ne pas être ta première victime, dit-il tandis qu'ils se dirigeaient vers le café.

Et, de façon toute naturelle, il posa la main sur ses reins, pour la guider dans la foule. Pour légère que fût la pression, Kate s'immobilisa tout de suite ; alors il étouffa un juron et retira sa main.

— Désolé. La force de l'habitude.

Elle hocha vivement la tête, espérant en toute sincérité que Travis ne percevrait pas les émotions contradictoires que son geste avait déclenchées en elle.

Déglutissant avec peine, elle se fraya un chemin dans la foule. La prévenance de son mari était l'une des qualités qu'elle appréciait le plus en lui. Il avait grandi dans une ville défavorisée du Massachusetts, mais auprès d'une mère à la détermination de fer, qui avait réussi à mater le côté bagarreur qu'il avait été contraint de développer pour survivre dans une ville minée par les gangs ; dans son zèle, elle lui avait aussi enseigné de bonnes manières tendance victorienne. En outre, ses études universitaires et sa formation à l'école militaire avaient parachevé son savoir-vivre.

Cependant, pensa-t-elle en le voyant tirer, à son intention, une chaise de dessous l'une des tables installées sous un store à rayures vertes et blanches, ce brillant diplômé et gentleman bienveillant n'avait aucun problème pour coexister avec la version gladiateur de lui-même, bien présente en lui grâce aux rixes de rue et aux méthodes brutales qu'il avait endurées lors de ses entraînements pour devenir un haut gradé de l'armée de l'air.

Cette pensée en fit surgir une autre, et elle sentit son cœur se serrer, tandis que Travis prenait place en face d'elle. La loyauté était une autre vertu qu'elle avait toujours cru profondément ancrée chez son mari…

Il faisait partie d'une troupe d'élites choisie pour piloter des HC-130J, la dernière version du vénérable Hercule utilisé pendant la guerre du Vietnam. Cet appareil, qui comptait parmi les plus sophistiqués du monde, pouvait être ravitaillé en plein ciel et était capable d'effectuer de très longues distances ; par ailleurs, il était assez souple pour atterrir en douceur, en cas d'urgence. Bref, il constituait l'avion idéal pour les missions très spéciales.

La plupart des pilotes du Combat King, ainsi qu'on le surnommait, étaient bien trop machos pour exprimer des platitudes sur la fraternité qui les unissait ou les liens indéfectibles qui se nouaient lors d'une bataille. Mais était-il utile de formuler l'évidence ? Le nombre de récompenses qui ornaient leurs uniformes parlait pour eux. Etait-ce cette intimité, cette exclusivité propre à ce monde de guerriers qui avait poussé Travis à s'intéresser à la capitaine Diane Chamberlain ? Il lui avait juré que oui ! Qu'il cherchait simplement à parrainer la jeune et brillante officier en communication.

Elle aurait aimé le croire, si elle n'avait su ce qu'il arrivait quand on était toujours en mission, loin de chez soi pendant de très longues périodes… Si son ambitieuse protégée n'avait pas été aussi précise, dans sa publication Facebook… Enfin, si leur couple n'était pas déjà à la dérive.

Et ce dernier élément, elle l'admettait, avait été déterminant.

Au fil du temps, leur carrière avait en effet pris des directions très différentes : de jeune pilote à l'enseigne toute rutilante, il était devenu commandant des forces armées les plus aguerries du pays, tandis que, après s'être fait les dents en tant qu'analyste des comptes étrangers dans une filiale de la Bank of America, elle avait été recrutée par la Banque mondiale et travaillait désormais au siège, à Washington.

Et voici où ils en étaient aujourd'hui : quatre ans après être sortis ensemble dans un cadre mouvementé, et au bout de cinq ans de mariage dans les mêmes conditions, ils étaient presque des étrangers partageant une petite table à Rome, ville qu'ils s'étaient toujours promis de découvrir ensemble.

Lorsqu'il prit la bouteille pour remplir leurs verres, elle balaya la place du regard, de la splendide fontaine aux grands hôtels et résidences couleur terre qui l'entouraient sur trois côtés.

— Je n'arrive pas à croire que nous soyons vraiment à Rome, murmura-t-elle.

— Il nous en a fallu du temps pour arriver jusqu'ici.

A ce commentaire contrit, elle abandonna le spectacle vibrant que lui offrait la place pour reporter les yeux sur son mari et se mit à le fixer avec attention, s'attardant sur ses petites rides de fatigue, aux coins des yeux… Tout comme sur quelques fils argentés dans sa belle chevelure châtain à la coupe toujours courte et soignée !

Alors ce fut plus fort qu'elle. Allongeant instinctivement le bras, elle toucha la tempe de Travis.

— Ce sont bien des cheveux gris que je vois ? s'enquit-elle.

— Tout à fait. C'est l'enfer quand les gènes et votre profession conspirent pour vous faire ressembler à un vieil homme à l'âge de trente-deux ans.

Sans répondre, elle laissa son regard glisser sur ses épaules musclées, soulignées par sa chemise bleue en oxford. Son col ouvert dévoilait la solide assise de son cou, et ses manches relevées de vigoureux avant-bras bronzés. Retirant bien vite sa main, elle s'adossa à sa chaise et prit le verre qu'il lui tendait, un sourire sceptique aux lèvres.

— Tu n'es pas encore totalement décrépit, commandant Westbrook ! décréta-t-elle.

— Toi non plus, madame Westbrook ! Est-ce que cela viole les règles de notre trêve si je te dis que tu es sacrément belle pour une chargée de comptes en investissement senior ?

— Tu peux dire vice-présidente. J'ai été promue il y a deux mois.

— Ah bon ? Et qui est mort ?

Cette boutade qui courait dans le milieu de la banque lui arracha un petit rire. Il était en effet bien connu dans la communauté des financiers que l'on prenait du galon uniquement quand un supérieur rendait son dernier souffle au bureau.

Heureusement, elle n'avait dû passer sur aucun cadavre pour obtenir son poste actuel. Son diplôme en gestion d'affaires obtenu à la Faculté de Boston, conjugué à son master en finances internationales et en sciences politiques de la Columbia, lui avait fourni de bonnes armes pour la course sans merci vers le sommet, tout comme le fait qu'elle ait commencé sa carrière à la Bank of America. Le dynamisme de cette banque lui avait en effet permis d'engranger une excellente expérience dans les services, d'acquérir une vue d'ensemble et d'endosser de plus hautes responsabilités, chaque fois que Travis était quant à lui transféré sur une nouvelle base.

— Pas à ma connaissance, répondit-elle.

— Voilà qui me rassure, observa-t-il en mimant une expression de profond soulagement, avant de lever son verre : A la plus intelligente et ravissante vice-présidente de la Banque mondiale.

Puis ils trinquèrent, et elle fut surprise, et secrètement reconnaissante, de ce petit badinage. Elle fit alors tournoyer le chianti sous sa langue pour en apprécier les parfums de myrtille et de clous de girofle… Elle ne s'était toujours pas remise de l'apparition impromptue de Travis à Rome.

Pourtant, elle aurait dû envisager l'éventualité qu'il la traque, d'autant qu'ils avaient tant de fois différé leur voyage en Italie que c'en était devenu un sujet de plaisanterie, entre eux. Puis de contrariété, pour finir par s'ajouter à la liste des raisons pour lesquelles leur mariage avait échoué.

— Alors, tu te plais à Washington ?

Elle avala sa gorgée de vin et répondit prudemment :

— Jusque-là, oui.

Elle avait réfléchi pendant de longues heures au bien-fondé d'accepter ce poste à responsabilités. Travis l'avait naturellement encouragée : l'opportunité était trop belle pour la laisser passer, avait-il argué. Il avait également conscience que, jusque-là, ils avaient accordé la priorité à sa carrière à lui, lui avait-il dit. Mais ce que ni l'un ni l'autre n'avaient voulu admettre, c'était que, pour leur couple, son déménagement à Washington avait signé le début de la fin de leur mariage.

Ils s'étaient pourtant efforcés de le sauver. Il lui avait rendu de courtes visites entre deux missions, tandis qu'elle était allée en Floride assister à la remise de sa Silver Star que lui avait value une délicate opération de secours portée à une équipe de marines en danger, au cours de laquelle son avion avait été touché par des tirs aériens. Un général de l'armée de l'air et un amiral de la marine étaient présents à la cérémonie, et chacun avait souligné combien elle pouvait être fière de son mari.

Oh ! fière, elle l'était, ce n'était pas le problème ! Elle en avait d'ailleurs la gorge nouée quand elle racontait ses exploits, mais ce sentiment était d'un bien maigre réconfort quand il reprenait sa trousse des premiers soins et repartait survoler l'Afghanistan ou la Somalie, ou d'autres zones ravagées par la guerre.

Et puis, il y avait les opérations ultra-secrètes, dont il ne pouvait pas lui parler, et qui s'avéraient souvent plus dangereuses encore. Comme celle qu'il menait en ce moment, pensa-t-elle alors. D'ailleurs, il éluda sa question sur la durée de son séjour en Italie.

— Rien n'est encore sûr. Un mois peut-être, ou plus. Et toi ? Tu restes combien de temps ?

— Jusqu'au 20.

Il inclina la tête.

— Deux jours après l'entrée en vigueur de notre divorce.

— Dawn et Callie ont pensé que ce serait plus facile si… Bref, c'était aussi mon souhait.

Et elle se remit à jouer avec son verre au fond duquel tournoya de nouveau le chianti rouge foncé. Prenant sur elle pour sourire, elle ajouta :

— Quelle meilleure distraction qu'un voyage en Italie avec elles deux ?

Il posa la main sur la sienne, et elle tressaillit au point de presque renverser un peu de vin sur la table.

— Qu'y a-t-il ? ajouta-t-elle.

— Je te dois ce voyage, Kate. Laisse-moi régler ma dette.

— Tu plaisantes !

— Non, je suis très sérieux.

Abasourdie, elle secoua la tête.

— Non, Trav, trop de choses se sont passées… Nous ne pouvons plus faire machine arrière.

— Exact, confirma-t-il.

Il se pencha vers elle. Un rayon de soleil oblique éclaira alors son visage, et elle perçut des éclats d'or dans son regard intense et si proche d'elle.

— Mais nous pouvons nous accorder un peu de temps pour voir s'il n'est pas possible d'emprunter une voie différente, poursuivit-il.

— Ce serait de la folie. Nous ne ferions qu'ouvrir de nouvelles blessures, alors qu'il est déjà si difficile de nous dire au revoir.

— Non, Kate, je te garantis que non. Et, contrairement à ce que Dawn a affirmé tout à l'heure, je tiens toujours parole.

Il la saisit soudain par le menton.

— Si jamais nous devons nous dire adieu, je peux t'assurer que tu ne regretteras pas le temps que nous avons passé ensemble, en Italie.

2

— Par pitié ! Tu ne vas tout de même pas accepter la proposition de cet homme ! s'exclama Dawn.

Kate vit une expression d'effroi apparaître sur le visage de son amie.

— J'ai juste dit que j'allais y réfléchir.

— Mais… mais…

— Je sais, je sais. Le but de ce voyage était de me faire comprendre qu'il existe un monde merveilleux et immense qui n'inclut pas la présence de Travis Westbrook, reconnut-elle.

— Et tu veux donc de nouveau rétrécir ton horizon ?

— Peut-être pour une petite semaine. Ou pas. Je n'ai pas encore pris ma décision.

Face à cette réponse guère cohérente, Kate était la première à le reconnaître, Dawn se laissa tomber sur un canapé de brocart pourpre somptueusement rehaussé d'un cordage doré. Le séjour de la suite qu'elles occupaient au Rome Cavalieri, un hôtel cinq étoiles, en comportait deux. Filiale de la chaîne Waldorf, l'hôtel était juché sur une colline, au milieu d'un domaine privé de six hectares, et surplombait la Ville éternelle.

Avec son décor élégant, sa vue à couper le souffle sur la basilique Saint-Pierre et son service de navettes jusqu'au cœur de Rome, le Cavalieri offrait un pied-à-terre et des commodités d'un luxe incomparable. Mais, en cet instant, ce magnifique panorama qui s'offrait à la vue des trois amies, et qu'encadrait la porte qui menait au balcon de leur suite, était le cadet de leurs soucis !

Indifférente aux lumières de la ville qui scintillaient tels des papillons dans le coucher de soleil violet, Dawn lança un appel désespéré à Callie.

— Parle-lui, toi ! Rappelle-lui combien de fois Travis et elle ont tenté de recoller les morceaux. Quand il restait à la maison assez de temps pour que l'entreprise soit envisageable !

— Inutile de le lui rappeler, elle le sait parfaitement, et sans doute mieux que nous, trancha Callie. Et on ne peut pas dire que nous soyons plus douées au jeu de l'amour et du mariage.

Face à cette remarque déplaisante, Dawn plissa le nez, tandis que Callie chercha son regard pour lui demander :

— De quel côté penches-tu, Kate ? Le oui ou le non ?

Poussant un soupir, elle détacha alors ses cheveux et glissa les doigts dans ses longues boucles qui semblaient comme striées de soleil. Elle avait l'intention de les couper aux épaules, peut-être un carré, afin de les dompter définitivement. Ce serait une autre preuve de la nouvelle Kate Westbrook qu'elle était devenue, comme ces tailleurs bien coupés qu'elle avait dû acquérir avant d'entrer à la Banque mondiale, ainsi que son luxueux deux pièces à Washington.

— Je suis toujours en train de peser le pour et le contre, admit-elle. Ma tête estime que ce serait une erreur monumentale et, si je pense en termes de retour sur investissement, je ne vois pas en quoi quelques jours passés ensemble pourraient modifier la viabilité d'un mariage qui n'existe déjà plus. Sauf si nous introduisions bien sûr de nouvelles variables dans l'équation.

— Oublie les équations et les retours sur investissement, la pressa Callie. Ne pense pas comme une banquière, mais comme une femme qui doit savoir si elle veut donner une dernière chance à son mari. C'est aussi simple que ça.

— Détrompe-toi, c'est tout sauf simple ! D'ailleurs, toi et Dawn entrez dans l'équation. Je ne peux pas vous abandonner juste au début de nos vacances.

— Si, c'est tout à fait possible. Evidemment, ce séjour ne sera pas aussi drôle sans toi, mais je suis certaine que nous pourrons malgré tout bien nous amuser à deux.

— Mais j'ai planifié notre itinéraire dans les moindres détails !

Il y avait tant d'années qu'elle programmait un voyage en Italie qu'elle avait eu le temps de bien l'étudier.

— J'ai imprimé tous les horaires de train, les plans des villes, les horaires des musées, j'ai réservé nos chambres d'hôtel.

— Dawn et moi sommes de grandes filles. Nous pouvons tout à fait nous déplacer d'un point A à un point B, n'est-ce pas, Dawn ?

— J'imagine.

Et, sur ces mots concédés du bout des lèvres, elle se leva du sofa, contourna la table basse recouverte d'une immense plaque de marbre noir pour venir s'asseoir à côté de Kate. Une fois ses jambes ramenées sous elle, elle lui saisit la main et se mit à jouer avec ses doigts.

— Je ne le reconnais pas de gaieté de cœur, mais Callie a raison. Parcourir l'Italie sans toi ne sera pas aussi amusant, mais elle saura nous emmener là où nous souhaitons aller, et je ferai de mon mieux pour que l'on se trouve un couple de jeunes éphèbes. Donc, ne nous ajoute pas à ton équation. Tu n'as qu'une décision à prendre, celle d'accorder ou non une nouvelle chance à Travis de te briser le cœur.

— Evidemment, exprimé en ces termes…

— Dawn, enfin !

Avec un rire exaspéré, Callie les rejoignit sur le canapé, pour s'y serrer elle aussi contre Kate et lui saisir l'autre main.

Elles s'étaient si souvent blotties les unes contre les autres quand elles regardaient la télévision, dans leurs plus jeunes années, ou bien se moquaient de la stupidité des garçons. Adolescentes, elles avaient échangé à voix basse leurs secrets et tissé mille rêves. Devenues femmes, elles avaient partagé leurs joies et leurs peines de cœur, et d'ailleurs, dernièrement, plus de chagrins que de bonheurs.

— J'ai l'impression que ta tête et ton cœur t'entraînent dans des directions opposées, déclara tranquillement Callie.

Donc, ma chérie, si tu veux un conseil, c'est de t'en remettre à ton instinct.

Lorsque les trois femmes arrivèrent sur la terrasse panoramique exceptionnelle du Cavalieri pour dîner, Kate y aperçut tout de suite Travis. Des lampes tempête scintillaient, les tables étaient recouvertes de nappes en lin blanc comme neige, et le cristal des verres à haut pied miroitait. Quant au dôme illuminé de la basilique Saint-Pierre, qui se détachait sur le ciel parsemé d'étoiles à un peu plus d'un kilomètre, il conférait une réelle touche de magie au décor sophistiqué.

Nul doute que son mari aurait préféré qu'elle lui donne une réponse en privé à sa proposition éhontée, Callie et Dawn n'ayant fait aucun effort pour masquer leur hostilité, à la fontaine de Trevi, et Travis devait bien imaginer qu'elles seraient encore moins ravies à l'idée qu'elle les abandonne pour lui. Mais aucun pilote des forces spéciales ne fuyait devant l'ennemi et, quelle que soit sa décision, il serait bien obligé de l'accepter.

Repoussant sa chaise, il se leva au moment où une hôtesse les accompagnait vers sa table. Il avait enfilé sur ses vêtements de tantôt un léger blouson en daim gris qui, elle le savait, se rangeait facilement dans une valise et ne se froissait pas. Il ne lui manquait qu'un sac à bandoulière accroché au dos de sa chaise pour ressembler à un élégant Européen.

Elle aussi s'était habillée pour l'occasion, enfilant un tailleur-pantalon couleur caramel, acheté spécialement pour ce séjour. Coupé dans un tissu fluide, il était idéal pour les voyages et s'accordait parfaitement au caraco en soie noire qu'elle portait. Pour parachever sa tenue, elle avait aussi mis un gros collier ethnique en bois et, quand Travis lui tira sa chaise, elle lut un éclat approbateur dans ses yeux.

Mais en quoi cela la surprenait-il ? s'interrogea-t-elle tandis que l'hôtesse et lui-même s'occupaient à présent de ses amies. Il avait toujours approuvé ses choix vestimentaires, de ses bermudas en jean et ses T-shirts trop grands à ses tailleurs professionnels en passant par la robe de cocktail rouge, sans bretelles et avec un immense décolleté dans le dos, qu'elle avait portée lors d'un dîner dans le cadre de ses fonctions militaires. Et ce fourreau lui avait d'autant plu, se rappela-t-elle en sentant son estomac se contracter, qu'il se retirait très facilement…

Pitié ! Serrant les poings dans son giron, elle se demanda pour la vingtième fois si elle voulait vraiment qu'ils revivent tous les deux les souffrances déjà endurées.

— C'est presque comme au bon vieux temps, déclara Travis une fois assis, un sourire prudent aux lèvres.

— Quand exactement ? rétorqua Dawn d'un ton insidieux. Avant ou après que tu as fait connaissance avec ta petite capitaine ?

Callie grimaça, et Kate enfonça ses ongles dans sa paume. Travis posa les coudes sur la table et prit machinalement son couteau, sans doute pour se donner une contenance.

— Bon, je sais que Kate vous a mises au courant pour cette histoire sur Facebook et je suis aussi certain qu'elle vous a rapporté mes pathétiques justifications, mais je vais vous les redire une bonne fois pour toutes, et on n'en parlera plus.

Il fixa Dawn d'un regard dur.

— J'ai effectivement passé du temps avec la capitaine Chamberlain pour évoquer les possibilités de carrière qui s'offraient à elle. Plus que je l'aurais dû, de toute évidence. Mais, en aucun cas, je ne l'ai touchée, ni embrassée, et je n'ai certainement pas couché avec elle. J'ignorais par ailleurs qu'elle avait posté des photos de moi torse nu et transpirant sur sa page Facebook.

Le sens de la justice poussa alors Kate à intervenir avant que du sang ne soit versé.

— Elles ont été prises lors d'un match de volley-ball entre pilotes. Travis m'a envoyé les versions non tronquées de ces photos, après…

Elle s'interrompit. Inutile de gâcher cette superbe soirée au clair de lune par des souvenirs si laids, elle avait tourné la page, enfin, dans la mesure du possible.

— Après que cette sale affaire a été éventée, compléta Travis. Et maintenant, peux-tu rentrer tes griffes pour que nous dînions en paix, Dawn ?

— Je vais essayer, mais je ne te promets rien.

Curieusement, à cette réponse cinglante, il parut légèrement se détendre.

— Si j'ai tenu à vous inviter toutes les trois, enchaîna-t-il d'un ton bourru, c'est pour une raison bien précise. Je souhaitais en effet te remercier, Dawn, ainsi que toi, Callie, pour avoir soutenu Kate pendant ce passage difficile. Je ne vous exprimerai jamais assez la gratitude que je ressens de savoir qu'elle peut toujours compter sur vous.

Dawn cilla, et même Callie parut touchée.

— Nous savons que ça n'a pas été facile pour toi non plus, renchérit-elle. Et nous tenons à te dire que, quel que soit le choix de Kate pour ce séjour, il nous conviendra.

— Justement, je voulais vous entretenir à ce sujet.

A cet instant, la serveuse vint prendre leur commande de boissons. Les femmes optèrent pour le fameux cocktail Bellini, Travis choisissant un scotch. Il attendit que la serveuse se retire pour jouer cartes sur table.

— Je sais que je contrarie vos plans en demandant à Kate de passer ce séjour avec moi. Voilà pourquoi j'aimerais vous soumettre une solution de remplacement.

A ces mots, elle retint un petit cri : tout le temps qu'elle avait passé à organiser leur itinéraire, à se procurer des horaires, à réserver, à prépayer les entrées de musées allait-il donc définitivement s'évaporer en fumée devant ses yeux ?

— Comme Kate vous l'a peut-être indiqué, j'effectue actuellement une mission sur une base de l'Otan située près de Venise. Je collabore avec plusieurs de nos plus proches alliés, et l'un d'entre eux est italien.

— Donc ? l'interrompit Dawn, toujours sur la défensive.

Travis ne se laissa pas décontenancer par son ton belliqueux et poursuivit :

— La famille de Carlo possède une villa, en Toscane. Il m'a

assuré que de la propriété il est facile de se rendre à Florence ou à Sienne, et que par ailleurs une ligne de train rapide mène à Milan ou Venise. Il m'a en outre précisé que la demeure est actuellement vide, mais qu'en revanche le personnel est sur place. Elle est à vous, si vous le souhaitez, pour la semaine qui vient et même pour plus longtemps, à vous d'en décider.

— Ça semble en effet fantastique, admit Dawn.

Face à la généreuse proposition, elle en avait oublié son hostilité !

— Cependant, ajouta-t-elle, cet hôtel romain constituait LA folie de notre séjour, et nous ne pouvons pas nous offrir *en plus* une villa avec personnel.

En réalité, Dawn aurait pu, pensa Kate. Comme elle la conseillait régulièrement sur ses placements et investissements, elle savait de façon très précise combien son amie gagnait en tant que graphiste dans une grande entreprise de produits diététiques classée au Fortune 500, à Boston. Sous ses airs insouciants et tempétueux, elle était très douée dans sa partie et investissait avec prudence.

Il en allait différemment pour Callie. Juste avant leur départ, elle avait en effet démissionné de son poste de médiatrice au sein d'un cabinet d'avocats spécialisé dans la défense des droits des enfants. Après avoir constaté à de nombreuses reprises combien les cas dont elle s'occupait lui brisaient littéralement le cœur, Dawn et Kate avaient bien sûr approuvé sa décision, et lui avaient d'ailleurs proposé de régler ses dépenses liées au voyage, ce qu'elle avait fermement refusé. Elles la soupçonnaient toutefois d'avoir puisé dans ses économies et priaient pour que ce séjour ne la laisse pas sur la paille…

Travis leur assura alors :

— Vous n'aurez rien à débourser ! Carlo est à la tête d'une unité d'élite, et lui et moi avons pris part à une mission conjointe, il y a quelques mois. Depuis, il estime qu'il m'est redevable.

— De quoi ? voulut savoir Dawn.

— De rien qui ne vaille la peine de faire la une des journaux, éluda-t-il.

Il haussa les épaules d'un air dégagé, mais Kate sentit une pression familière monter dans sa poitrine. Les médias américains donnaient peu d'écho aux opérations des pays alliés dans les zones de guerre, bien que des troupes d'une douzaine de nations différentes soient engagées dans de redoutables combats et que, comme Travis et ses hommes, ces militaires mettent chaque jour leurs vies en danger.

Si le commandant italien s'estimait redevable envers son mari, suite à une mission commune, celle-ci avait dû être épouvantable. Kate prit une grande bouffée d'air et s'efforça de ne pas imaginer le scénario.

La serveuse arriva à point nommé avec leurs trois Bellini et un scotch. Après qu'elle les eut servis, Travis reprit là où il s'était interrompu.

— Eh bien, qu'en pensez-vous ? Vous avez envie de passer une semaine tous frais payés en Toscane ?

— Cela dépendra de la décision de Kate.

Trois visages interrogateurs se tournèrent alors vers elle. Elle les regarda sans mot dire pendant quelques instants, s'efforçant d'ajouter à son équation le bonus inattendu dont ses amies étaient susceptibles de bénéficier, opération compliquée par le stress que lui avait procuré la nouvelle concernant la mission hautement dangereuse que Travis et son homologue italien avaient menée.

Déchirée, elle s'en remit au conseil de Callie et, sur une impulsion, déclara :

— Je pense que ce type… Comme s'appelle-t-il, déjà ?

— Carlo.

— Eh bien, selon moi, Carlo vient de vous faire une proposition qui ne se refuse pas.

Puis elle se tourna vers son mari.

— Et moi, j'accepte la tienne.

Après quoi, le calme revint : la perspective de séjourner une semaine dans une villa toscane remplie de domestiques avait conduit Dawn à battre en retraite, même si Kate savait pertinemment que son impétueuse amie reviendrait à la charge à la première occasion. Tout comme Callie, d'ailleurs. Mais elle avait apprécié qu'elles acceptent la proposition de Travis sans simagrée, et s'en remettent à lui ; en outre, elle était reconnaissante à son mari de les avoir mises en confiance.

Alors, le doute s'insinua dans son esprit…

N'avait-il pas planifié toute la manœuvre ? Ressorti une vieille dette que ce Carlo lui devait pour effacer chez elle tout sentiment de culpabilité à l'idée d'abandonner ses amies ? Etait-il à ce point déterminé à atteindre son objectif ?

Oh oui, elle n'en doutait pas ! Le commandant Travis Westbrook ne décollait jamais sans un plan de vol très détaillé et recourait à tous les moyens pour écraser le feu ennemi. Cependant, force était d'admettre qu'il avait orchestré les opérations avec une grande maestria en séparant sa cible de ses défenseuses !

Entre l'apéritif et le dîner, Travis adressa un texto à Carlo pour l'informer que Mlles Dawn McGill et Callie Langston arriveraient le lendemain à la maison de Toscane, si celle-ci était toujours disponible. Le commandant italien confirma tout de suite par texto que c'était bien le cas, tout en indiquant l'itinéraire précis pour s'y rendre et le code de la porte d'entrée.

Travis envoya ces coordonnées sur les portables de Dawn et Callie, avant que les quatre convives se régalent de leur succulent dîner.

Renonçant pour une fois à compter les calories ou les glucides, Kate commanda une salade de mozzarella aux pêches grillées, suivie de raviolis au homard servis dans une sauce onctueuse à se damner.

Et elle s'en serait tenue là si Dawn ne l'avait pas convaincue de partager une pâtisserie au *limoncello* dont le glaçage représentait une scène célèbre de la chapelle Sixtine. Et elle eut presque l'impression de commettre un sacrilège en enfonçant sa fourchette dans la main d'Adam, qui tentait de toucher celle de Dieu. Mais, après la première bouchée, Dawn et elle s'attaquèrent à ce chef-d'œuvre comestible avec la même ferveur que les Wisigoths lors du sac de Rome, en 410.

Il était près de 22 heures lorsque la serveuse débarrassa leur table et versa dans les verres le reste du délicieux *asti spumante* que Travis avait commandé en accompagnement des desserts. Sans doute une contre-mesure pour empêcher une dernière levée de boucliers de la part de Dawn et Callie. Mais, si telle était son intention, le vin pétillant et doux ne marcha pas…

En effet, quand Kate déclara à Travis qu'elle souhaitait s'entretenir en tête à tête avec lui pendant quelques instants, ses amies protestèrent vivement, car elles tenaient à payer leur part. Mais son mari les ignora et imposa son American Express. Ravalant leur défaite, elles se levèrent. Toutefois, s'il pensait pouvoir acheter un répit par un dîner au montant astronomique, il se faisait des illusions. Dawn avait à peine fait quelques pas qu'elle se retourna et pointa vers lui un doigt accusateur.

— N'oublie pas, Westbrook. Callie et moi sommes à un coup de téléphone. Il suffit que Kate pose le pouce sur un de ses contacts favoris, et nous arrivons.

— Ravi de constater que rien n'a changé depuis que j'ai fait la connaissance des Invincibles, rétorqua-t-il.

Il était si sincère que Dawn lui concéda un hochement de tête, même si sa mâchoire serrée indiquait qu'elle n'était pas prête à quitter le champ de bataille. Mais Callie lui donna un coup de coude.

— Il a compris le message. Il est temps que nous regagnions nos chambres, dit-elle.

Tandis que les deux femmes se faufilaient entre les tables, Travis déclara à Kate :

— C'était mérité, je suppose.

— En fait, je dirais que tu t'en tires à bon compte. Tu ne peux pas imaginer quelle tortures Dawn aurait voulu te faire subir…

— Tais-toi ! Je préfère rester dans l'ignorance.

Et il afficha une mine faussement effrayée qui lui valut un petit sourire ; il dut alors résister à l'envie de lui prendre la main, par-dessus la table.

— Je pensais vraiment ce que j'ai dit, tout à l'heure, enchaîna-t-il.

— A quel propos ?

— Je leur suis réellement reconnaissant de toujours avoir été là pour toi.

Quand *lui* ne le pouvait pas…

Oui, il l'avouait, il avait bien trop souvent été défaillant en tant que mari. Quand la Bank of America avait promu Kate pour sa gestion très habile des investissements étrangers durant la récession qui avait jeté la panique sur tous les marchés mondiaux, il tuait les moustiques dans un petit aérodrome perdu du Kenya. Et il y avait quelques mois à peine, alors qu'elle se tourmentait pour savoir si elle devait accepter l'offre de la Banque mondiale et déménager à Washington, il claquait des dents dans une zone classée top secret. Il était donc temps, à présent, qu'il revoie ses priorités et reprenne sa place dans la vie de Kate !

A supposer qu'elle la lui accorde… Il avait la sensation d'avoir forcé une porte entrouverte en obtenant de partager ce séjour italien avec elle, mais l'expression déterminée qu'elle arborait maintenant laissait à penser que la bataille était loin d'être gagnée.

— De quoi voulais-tu me parler ? demanda-t-il.

— Des règles du jeu, renchérit-elle aussitôt.

— C'est-à-dire ? s'enquit-il surpris.

— Nous devons définir clairement ce qui sera permis ou non pendant le temps que nous passerons ensemble.

Cette condition ne lui plut guère.

— Pourquoi ne pas improviser, le moment venu ?

— Comme tu l'as fait pour la villa toscane de ton ami ? Allez, ne viens pas me dire que cette idée t'est venue spontanément !

— Je le reconnais, j'ai réfléchi à plusieurs plans d'action…

— Exactement ! Et je me souviens bien des principes d'une guerre : un plan d'action est nécessaire pour atteindre son objectif.

Elle n'ajouta pas « à n'importe quel prix », mais son ton le sous-entendait. Il fronça les sourcils et secoua la tête.

— Nous ne sommes pas en guerre, Kate. Du moins, j'espère que non !

— Effectivement, ce n'est pas le cas, et je souhaite que la trêve persiste.

— Très bien, concéda-t-il, peu ravi par le tour que prenait leur conversation. Expose les règles du jeu.

Elle leva la main afin de les énumérer sur les doigts ; manifestement, elle n'avait pas l'intention de négocier.

— Primo, nous faisons chambre à part. Deuzio, nous partageons tous les dépenses. Tertio, nous décidons ensemble de notre itinéraire. Quatrièmement, nous ne revenons pas sur ce qui a été convenu sauf si chacun y consent. Cinquièmement, pas de surprise, quelle que soit la forme qu'elle puisse prendre.

Il réfléchit quelques secondes.

— OK, concéda-t-il.

— J'ai l'impression que c'était trop facile, constata-t-elle, sourcils froncés. Aurais-je oublié quelque chose ?

— Non, rien.

— Et toi, tu veux ajouter une règle ?

— Je crois que tu as couvert l'essentiel.

Elle fronça les sourcils de plus belle.

— Ça ne marchera pas si nous ne sommes pas honnêtes l'un envers l'autre, Trav.

— Mais je le suis, protesta-t-il. Ces conditions ne me gênent en rien. Tant que tu es consciente que je nourris la ferme intention de concentrer toute mon énergie sur le numéro 4.

Se concentrer était un euphémisme : il entendait recourir à toutes les armes à sa portée pour l'exploiter.

— Et sache que mon seul objectif, Catleya, sera d'obtenir ton consentement pour que nous changions les règles concernant les chambres, les dépenses, l'itinéraire et… ah oui, notre divorce en cours.

— Effectivement, concéda-t-elle en écarquillant les yeux, c'est assez honnête.

— Parfait, dit-il en repoussant sa chaise, désireux de s'en aller avant qu'elle ajoute de nouvelles clauses. Et si tu me proposais un itinéraire par texto ? J'en prendrai connaissance ce soir, et nous pourrons éventuellement négocier. Seulement, n'oublie pas d'y insérer des trajets en voiture. Je veux te montrer le vrai visage de l'Italie.

— Euh… Entendu !

Kate était encore toute remuée par l'aveu brutal de Travis concernant l'attention toute particulière qu'il apporterait à la quatrième disposition de leur accord, alors qu'ils traversaient l'élégant hall du Cavalieri pour se diriger vers l'ascenseur. Cette fois, il ne lui prit pas le bras ni ne posa par courtoisie la main dans son dos, et elle s'en voulut de regretter ces petits gestes d'attention. Elle était si furieuse qu'elle appuya bien vite sur le bouton de l'étage avant d'être submergée par d'autres regrets. Comme la sensation de son souffle, sur son oreille. Ou la façon dont il murmurait son nom quand…

Soudain, elle sursauta : un petit tintement venait de leur annoncer qu'elle était arrivée à destination. Elle se rua hors de l'ascenseur, en promettant par-dessus son épaule de lui envoyer le texto requis dans l'heure qui suivait, et regagna bien vite sa suite où elle retrouva ses amies.

Dawn et Callie n'étaient pas encore couchées, et prêtes à discuter avec elle de leur nouvel itinéraire. Ouvrant son carnet rempli de cartes et de descriptions détaillées sur les principaux sites touristiques, Kate leur concocta un nouveau programme, compte tenu de leur dernier QG en date, c'est-à-dire la villa de Carlo. Puis elle en composa un pour Travis et elle.

Des trajets en voiture, avait-il dit. Par conséquent…

Lèvres pincées, elle étudia attentivement sa carte d'Italie

tout annotée. Comme la circulation dans Rome était un vrai cauchemar, Travis et elle devraient partir à la première heure demain, remonter vers le nord, puis réserver la Ville éternelle pour la fin du séjour, à supposer qu'ils soient alors encore ensemble. Cette incertitude lui valut quelques brûlures d'estomac quand elle envoya l'itinéraire à Travis.

Il lui répondit rapidement par e-mail que la feuille de route lui convenait ; aucune négociation ni changement n'étaient requis, il viendrait frapper à sa porte à 8 h 30 le lendemain.

Kate s'attendait à rester éveillée toute la nuit, rongée par les remords mais, dès qu'elle se glissa entre les draps satinés, toujours tracassée par l'intention avouée de Travis de lui faire changer d'avis sur leur avenir, elle s'endormit tout de suite, la combinaison d'un repas riche, de plusieurs verres de vin et d'un épuisement psychologique suivi par des heures de conflit intérieur ayant eu raison de sa nervosité.

L'alarme de son iPhone se déclencha à 7 heures, mais les joyeuses notes du marimba pénétrèrent à peine son cerveau. Cherchant à tâtons son portable pour en éteindre la sonnerie, elle se rendormit et renouvela quelques instants plus tard l'opération… Aussi, quand elle finit par se réveiller, elle poussa un grand cri, se rua sous la douche, puis s'habilla et rassembla à toute vitesse ses effets.

Heureusement, elle voyageait léger ; toutes les trois, d'ailleurs. C'était bien plus pratique que devoir transporter de lourdes valises, même si cela limitait le choix… Pour sa part, elle avait emporté deux jeans, un pantalon en toile, des hauts de couleurs variées, une robe à bretelles en coton et son fameux tailleur-pantalon caramel. Comme ils passeraient la plus grande partie de la journée sur la route, elle se décida pour un jean, un T-shirt noir à mancherons, sans oublier son collier ethnique en bois.

Callie était debout quand Kate se précipita hors de sa

chambre, mais Dawn n'avait pas encore vu la lumière du jour. Avisant son fourre-tout, son amie lui sourit.

— Tu n'as donc pas changé d'avis ?

— Oh ! que si ! Une fois, deux fois, trois fois… Mais bon…

— Tu n'as pas à te justifier, ma belle. Garde la tête sur les épaules et informe-nous régulièrement de l'état de la situation.

Une fois dans le hall où elle arriva finalement la première, les doutes l'assaillirent brutalement : sa séparation d'avec Travis lui avait valu quatre mois d'agonie, et elle pouvait s'attendre à repasser par les mêmes affres !

Elle essuya ses mains moites sur son jean, tout en s'efforçant de s'absorber dans la contemplation du fabuleux triptyque accroché derrière la réception. Le site du Cavalieri se vantait de posséder une des plus grandes collections privées du monde, et un historien de l'art, employé par l'hôtel, offrait des visites guidées des anciens maîtres, des tapisseries rares et des objets sans prix, au rang desquels figurait le berceau que Napoléon avait commandé pour son fils.

Toutefois, elle était bien trop agitée pour apprécier ces splendeurs. La veille au soir, elle s'était crue si précise, si avisée, si dépourvue d'affects en énumérant les règles principales. Seulement voilà : Travis avait tout chamboulé avec sa déclaration d'intention.

Et puis ce surnom, Catleya, dont il ne cessait de l'affubler… Il l'avait baptisée ainsi par un soir de juillet, alors qu'ils admiraient les orchidées, chez sa mère, et dès lors ce mot s'était toujours apparenté à la caresse d'une brise d'été. Une caresse qui allumait mille frissons en elle…

Pitié ! Mais où ces pensées étaient-elles donc en train de la mener ?

Elle s'agrippa à son fourre-tout, presque prête à remonter dans sa suite, quand quelque chose brilla dans sa vision périphérique. Se retournant, elle découvrit son mari à côté d'une décapotable, devant l'entrée ; elle était d'un rouge vif, en acier chromé. Ce fut alors que le petit médaillon, à l'avant du capot, attira son regard : un étalon noir s'y détachait en se cambrant sur un fond jaune.

— C'est une Ferrari ? demanda-t-elle quand elle arriva à sa hauteur.

— Absolument, confirma Travis en congédiant le groom. Avec les compliments de Carlo.

Et, lui prenant son sac des mains, il le plaça dans le coffre.

— Il met à ta disposition une villa *et* une Ferrari ? Il te doit tant que ça ?

— Mais, non, il ne m'est redevable de rien, il s'est mis cette idée en tête, c'est tout.

De sombres images de ce qui avait dû se produire pour que Carlo estime sa dette si élevée s'imposèrent subitement à elle, et elle déglutit avec peine. S'efforçant de les chasser de son esprit, elle se coula sur le siège passager, au cuir doux comme un nuage.

— S'il y a trop de vent, nous pourrons baisser la capote, déclara-t-il en se glissant derrière le volant.

Elle hocha la tête, encore hantée par des cieux zébrés du feu de l'ennemi et d'avions en flammes piquant vers le sol. Et Travis ne l'aidait en rien, à garder catégoriquement le silence sur l'affaire !

— Savais-tu que Ferrari s'est inspiré pour son logo de l'insigne peinte sur la carlingue d'un des As italiens de la Première Guerre mondiale ? reprit-il.

— Non, mais j'aurais dû m'en douter, répondit-elle sèchement. Le symbole pour une voiture aussi nerveuse et élégante ne pouvait venir que d'un avion.

— Exactement, renchérit-il.

Et, un beau sourire aux lèvres, il démarra, passant devant la file de taxis qui attendaient les invités quittant ce matin-là le Cavalieri.

— Le comte Francesco Baracca était cavalier, avant de devenir pilote, poursuivit-il, aussi a-t-il fait peindre ce cheval caracolant sur son avion. Il a atteint tellement de cibles qu'il est devenu un héros national et, quand Ferrari a rencontré la mère du comte, quelques années plus tard, celle-ci lui a suggéré d'attribuer le même symbole à sa voiture de course, pour que ça lui porte chance.

— Et l'As n'a pas émis d'objection ?

— Il ne s'y serait sans doute pas opposé, mais nous ne le saurons jamais, puisqu'il s'est écrasé au sol et a péri dans son avion en flammes, quelques mois avant la fin de la guerre.

Soudain, aux yeux de Kate, le cheval cabriolant et le véhicule aux lignes pures qu'il décorait perdirent leur éclat.

— Un insigne qui porte chance, en effet, marmonna-t-elle. J'espère que ton ami Carlo ne l'a pas fait peindre sur son avion.

— Non, je te rassure, son unité possède ses propres noms et symboles.

— Est-ce qu'elle détient aussi des Combat King II ?

Le dernier modèle de HC-130 était relativement nouveau, et dédié aux opérations bien spéciales.

— Oui, depuis un an. Carlo et ses troupes étaient encore en train de les négocier quand nous avons été assignés sur la même mission.

Kate ouvrit son sac à main d'où elle sortit une pince. Une réelle amitié devait lier son mari à ce collègue italien, pensa-t-elle, et même si elle était plus ou moins récente, elle était sans aucun doute aussi solide que celle qui l'unissait à Dawn et Callie.

— J'aimerais rencontrer ce nouvel ami, un de ces jours, observa-t-elle en attachant sa chevelure.

— Je serai moi aussi ravi de te le présenter ! répondit-il.

Il lui adressa un coup d'œil en biais.

— Tu veux que l'on change notre itinéraire pour y inclure une visite de la base, à Aviano ? Et pourquoi pas Venise, toute proche ?

— Je… Euh…

Incroyable ! Ils n'avaient même pas encore quitté le parc paysager du Cavalieri qu'ils modifiaient leur plan. Mais la perspective de découvrir Venise était presque aussi tentante que le désir de rencontrer le nouvel ami de son mari.

— Très bien, ça me va, reprit-elle.

— Parfait !

Une fois qu'ils eurent atteint la fin du long virage qu'ils étaient en train de suivre, Travis rétrograda et freina en douceur. Il garda alors la main sur la poignée de la boîte de vitesses en bois de noyer tout lisse, tandis que le moteur ronronnait comme un félin bien nourri.

— Ce petit bijou peut monter à cent kilomètres/heure en trente-cinq secondes, lui confia-t-il comme ils attendaient pour traverser. Dès que Rome sera derrière nous, nous lui lâcherons la bride.

3

En dépit des prouesses impressionnantes de la Ferrari, il fallut toute la journée à Kate et Travis pour rallier Florence alors que le trajet s'effectuait normalement en trois heures.

Ils quittèrent en effet l'autoroute deux heures après leur départ de Rome afin de s'enfoncer tranquillement dans la région du Chianti, et s'arrêtèrent plusieurs fois pour déguster du vin et de l'huile d'olive sur du pain. Après un déjeuner léger dans le centre historique de Sienne, ils empruntèrent une route sinueuse pour gagner la ville fortifiée de San Giminiano, juchée sur les hauteurs de la province siennoise.

Ses sept tours moyenâgeuses les accueillirent : carrées et inflexibles, elles ressemblaient à des sentinelles se détachant sur le ciel moutonné. Comme le centre-ville était interdit aux véhicules des non-résidents, ils se garèrent sur un parking, aux portes de la ville, et explorèrent à pied le labyrinthe des ruelles médiévales. Puis l'après-midi déclina, et une glace bien crémeuse les fit patienter jusqu'au dîner, qu'ils prirent dans un restaurant niché dans les remparts de San Giminiano. La vue que la terrasse du restaurant offrait sur les vignobles vallonnés et les fermes à tuiles rouges, gardées par d'immenses cyprès, s'apparentait à un rêve de peintre.

Ils atteignirent les abords de Florence alors que le ciel pourpre, doré et rouge s'assombrissait. Avec son efficacité habituelle, Kate avait annulé par téléphone sa réservation précédente en faveur d'un hôtel-boutique juché sur les bords de l'Arno, à une courte distance du fameux Ponte Vecchio.

La journée l'avait épuisée, mais elle éprouvait une bonne fatigue. Cependant, elle était encore assez éveillée pour se sentir gênée, et presque meurtrie, d'avoir tenu à ce qu'ils prennent deux chambres séparées.

Quand elle sortit de l'ascenseur, elle eut la sensation qu'un étau se refermait sur son cœur. Hésitante, elle posa la main sur la poignée, puis sourit pour masquer son mal-être.

— Merci pour cette journée, Trav. Je... C'était vraiment très plaisant.

— Pour moi aussi, Catleya.

Ils avaient été si prudents, aujourd'hui, veillant à éviter le moindre effleurement, les sujets sensibles ou tout souvenir relatif au nombre de fois où ils avaient planifié ce voyage. Et maintenant, elle n'avait plus qu'une envie : retirer ses chaussures et se blottir contre lui sur le canapé, pour passer en revue et commenter toutes les aventures de la journée.

Ses souvenirs d'Italie, pensa-t-elle subitement, porteraient toujours ce parfum doux-amer... Et zut ! Elle ferait bien d'entrer dans sa chambre avant de fondre en larmes.

— Je suis plus exténuée que je le croyais, mentit-elle en insérant la carte pour ouvrir la porte. Alors, à demain.

Lorsque la porte se referma, Travis demeura un bon moment à contempler le bois blanc, tout en serrant si fort sa carte de chambre que les angles s'enfoncèrent douloureusement dans sa paume...

Il savait, depuis le début, que ce voyage serait éprouvant, et qu'il aurait l'estomac serré la plupart du temps, mais il avait vraiment sous-estimé le degré de difficulté ! Il dut fournir un effort surhumain pour ne pas toquer, prendre sa femme dans ses bras, et l'embrasser jusqu'à ce que la tristesse qui avait traversé son visage pendant un bref instant disparaisse.

Et il eut beau se dire qu'il était loyal à ses engagements, cela ne le consola guère. Pas plus que de jeter son bagage sur son lit. Car il était tout simplement obsédé par le corps élancé et mince de Kate s'allongeant sur le couvre-lit, sa peau baignée par la lumière du clair de lune, les yeux langoureux après des étreintes passionnées.

— Et merde !

Il se dirigea vers le minibar et prit une petite bouteille de scotch. Puis, verre à la main, il se posta derrière la fenêtre, et contempla d'un œil absent le fameux *duomo* de Florence, dont la coupole éclairée se détachait du cœur de la cité.

Quand Travis gagna la salle du petit déjeuner, le lendemain matin, il n'était pas en grande forme, après sa nuit agitée. Kate l'avait devancé : une tasse de café à la main, elle feuilletait des brochures de l'autre.

L'air maussade, il détourna les yeux du superbe panorama que lui offrait le Ponte Vecchio car, en dépit de l'heure matinale, des touristes déferlaient déjà sur le pont médiéval en pierres qui traversait l'Arno ; celui-ci était surmonté de boutiques à plusieurs étages, comme des siècles auparavant, à cette différence près qu'aujourd'hui les commerçants y vendaient des bijoux en or, et non plus des poulets ébouillantés et des cuissots de viande crue suspendus à des crochets en fer. Ce dont il se réjouissait d'ailleurs, car ce pont figurant à coup sûr sur la liste des sites incontournables de Kate, au moins, ils n'auraient pas à se battre avec les mouches et les odeurs parfois insoutenables d'un marché ouvert, comme ceux qu'il avait visités en Afrique ou en Asie.

Elle leva les yeux vers lui et, en voyant ses légers cernes, il ressentit un petit élan de satisfaction parfaitement égoïste : apparemment, sa nuit n'avait pas été non plus très reposante.

Mais cette fatigue ne retirait rien à sa beauté… Il prit place en face d'elle : comment allait-il passer une journée supplémentaire à ses côtés sans céder à l'envie d'embrasser la peau douce de son visage, que n'effleurait aujourd'hui aucune boucle, car elle avait attaché ses cheveux à la blondeur de miel.

— Bonjour, dit-elle.

Son ton poli et distant l'irrita. Qui était-il pour elle, nom d'un chien ? Une simple connaissance ? Il grommela alors une réponse à peine audible.

— Oh ! oh, on dirait que tu n'as pas bien dormi, renchérit-elle en le regardant par-dessus le rebord de sa tasse.

— J'ai connu de meilleures nuits, confirma-t-il.

Il hésita un instant, puis opta pour la franchise.

— J'ai mis du temps à m'endormir. Il a fallu que j'avale une bonne dose de scotch et que je prenne une douche bien froide.

— Moi non plus, je n'ai pas trouvé le sommeil aisément, confia-t-elle, comme à contrecœur.

Elle regarda un instant sa tasse à moitié vide, puis releva les yeux vers lui.

— Ce n'est peut-être pas une si bonne idée que ça, Trav.

— Quoi, au juste ? demanda-t-il en se servant à son tour du café. Que toi et moi dormions dans des lits séparés ? Je confirme, c'est l'idée la plus idiote depuis la nuit des temps.

Elle reposa sa tasse d'un geste un peu trop brusque.

— Non, ce que je voulais dire, c'est qu'on a sans doute eu tort de croire qu'on pouvait recoller les morceaux de notre mariage en jouant les touristes ensemble.

— Une minute, s'il te plaît !

Il avait besoin d'une dose de caféine pour pouvoir l'affronter. Il avala donc sa tasse d'un trait et, fortifié, se sentit en mesure de répondre à son défi frontal.

— Pour commencer, riposta-t-il, je ne joue à rien, je suis au contraire extrêmement sérieux. Je t'aime. Je t'ai toujours aimée, et je t'aimerai toujours. Deuxièmement, je ne…

— Arrête ! Ça suffit !

Il vit un pli creuser son front délicat, ce qui le contraria au-delà de tout.

— Allez, Kate, oublie cette histoire stupide sur Facebook ! Tu sais bien que tu es la seule femme avec qui j'ai envie de passer ma vie.

Mais, devant son visage de plus en plus fermé, une pensée

qu'il avait enfouie dans les recoins les plus sombres de son esprit en jaillit soudain, tel un serpent en quête d'une proie…

— A moins que…

Au prix d'un formidable effort pour demeurer calme, il poursuivit :

— Tu as rencontré quelqu'un d'autre ? Un homme avec qui tu veux refaire ta vie ?

— Mais non ! Certainement pas.

— Tu peux me le dire, tu sais, je comprendrais… Cela ne me plairait pas, bien sûr, mais je comprendrais.

— Par pitié ! Tu crois vraiment que j'aurais laissé en plan Dawn et Callie pour partir avec toi, s'il y avait un autre homme dans ma vie ?

Poussant un très gros soupir de soulagement, il trancha en son for intérieur la tête du maudit serpent qui avait introduit le doute en lui et envoya sa carcasse dans l'autre monde.

— Dans ce cas, explique-moi la véritable raison qui t'a poussée à laisser tomber tes amies.

— La véritable raison ? répéta-t-elle.

Elle se mordit la lèvre. A cet instant, il crut que l'honnêteté douloureuse qu'il voyait dans ses yeux allait signer le glas de leur relation… Si tel était le cas, il souffrirait affreusement, mais accepterait sa décision et la laisserait vivre sa vie.

— Moi aussi, je t'aime, déclara-t-elle alors d'un ton tranquille. Je t'ai toujours aimé et je t'aimerai toujours. Mais nous avons tous les deux appris dans la douleur que l'amour ne suffisait pas… J'imagine que je voulais, enfin… que j'avais besoin de voir une dernière fois ce qui aurait pu être, entre nous.

Il se figea, puis son cœur se remit à battre, petit à petit, ses poumons se remplirent de nouveau d'oxygène, et il prit une subite décision.

— Il faut que nous rouvrions les négociations, décréta-t-il.

Immédiatement sur ses gardes, elle leva les mains.

— Pas question. Je ne suis pas prête à…

— Concernant l'itinéraire, l'interrompit-il. Partante pour une autre petite escapade ?

— Ça dépend… Où veux-tu aller ?

— Je dois d'abord passer un coup de fil, puis je te donnerai tous les détails.

Sur ces mots, il posa sa serviette et sortit de la salle à manger pour téléphoner. Parcourant rapidement la liste de ses contacts, il trouva celui qu'il cherchait et, quelques secondes plus tard, l'appel partait dans les circuits internationaux…

— Ellis.

— C'est Westbrook.

Brian Ellis était le P-DG d'Ellis Aeronautical Systems, l'entreprise en charge des modifications top secret apportées au Combat King que Travis et son homologue italien étaient actuellement en train de tester ; il se trouvait lui aussi en Italie pour suivre les opérations de près.

Ancien aviateur, Ellis avait noué une véritable amitié avec Travis et Carlo, et quelques nuits auparavant, lors d'une soirée arrosée de bières, il leur avait glissé que sa société était en train de négocier un contrat multinational de plusieurs millions avec Lockheed, en vue d'augmenter le système d'injection électronique du moteur de l'avion. Il avait également indiqué qu'il prévoyait de rendre visite à l'un des principaux acteurs de cette opération.

— Tu vas toujours à Modène, cet après-midi ? demanda-t-il à Ellis.

— Oui, si Mme Wells peut s'occuper de Tommy, bien sûr.

— Bon, très bien.

Travis avait presque oublié qu'Ellis avait emmené en Europe son fils âgé de six ans, car il comptait passer un peu de temps en sa compagnie avant qu'il entre à l'école et afin de lui faire découvrir des lieux chargés d'histoire.

Il admirait son ami pour l'attention qu'il prêtait à son fils, mais il n'avait pu s'empêcher de sourire quand Ellis avait confié que le petit chenapan avait déjà par deux fois échappé à sa nourrice. Cependant, le petit garçon avait eu le bon sens de ne pas sortir de l'hôtel, mais, avait raconté son père exaspéré, de l'explorer tant et si bien qu'il ne savait pas s'ils seraient de nouveau autorisés à séjourner dans cette bâtisse de prestige, vieille de plusieurs siècles.

— As-tu un emploi du temps chargé, à Modène ? demanda Travis.

— Je dois rencontrer les dirigeants au siège à 13 heures, et une visite d'une heure des usines est ensuite prévue.

— Je ne prendrai que dix minutes de ton temps. Pouvons-nous te voir avant 13 heures ?

— « Nous » ?

Travis jeta un bref coup d'œil vers la salle à manger. Le soleil qui se déversait par les fenêtres avait formé un halo doré autour de la chevelure de Kate. Avec sa peau d'un blanc crémeux et ses traits classiques, elle aurait pu poser pour l'un des maîtres de la Renaissance dont les musées de Florence regorgeaient.

Mais, avant qu'il puisse répondre, Ellis avait fait le rapprochement.

— Ça alors, mon vieux ! Tu es parvenu à te réconcilier avec ta femme ?

— J'y travaille.

— OK, pas de problème, retrouvons-nous à Modène.

— Parfait, à tout à l'heure, un peu avant 13 heures.

Remettant son portable dans sa poche, il revint vers sa femme qui le regardait approcher, l'air curieux.

— Donc, reprit-il, s'il t'est égal que nous reportions notre visite de Florence à demain, je voudrais te présenter un ami.

— Le fameux Carlo ?

— Non, celui-ci s'appelle Brian Ellis. Lui, Carlo et moi… Eh bien…

— Ça va, j'ai compris, tu ne peux pas en parler.

— Ellis doit visiter les usines Maserati à Modène, cet après-midi. C'est juste au nord de Bologne, à environ une centaine de kilomètres d'ici, par l'autoroute. Nous pourrions être de retour ce soir juste à temps pour assister à un coucher de soleil sur l'Arno.

Elle haussa un sourcil.

— D'abord une Ferrari, maintenant une usine pleine de Maserati. Tu es en train de grimper les échelons, Westbrook.

— Peut-être, marmonna-t-il en reprenant son siège et son café. Oui, c'est fort possible.

Kate n'entendit pas son dernier commentaire. La mention de Bologne avait éveillé en elle quelques souvenirs de son programme… Même si la ville ne figurait pas sur la liste des incontournables, comme Rome, Florence ou Milan, elle valait bien une petite visite.

— Commande le petit déjeuner, ordonna-t-elle à Travis, pendant que je vérifie ce qu'il y a à voir à Bologne et Modène, à part des Maserati.

Pas mal de choses, en fait, découvrit-elle après une rapide recherche sur son iPad. La ville de Bologne était vieille de trois mille ans et occupait une position centrale au milieu de la botte italienne ; elle avait survécu aux invasions étrusques, celtes, romaines et médiévales, dont elle s'était aussi nourrie.

— Bologne abrite la plus vieille université du monde, informa-t-elle Travis. Elle a été fondée en 1088.

— Environ 800 ans avant l'Université du Massachusetts.

— La ville est également célèbre pour ses arcades, précisa-t-elle. Elles s'étendent sur plus de trente-huit kilomètres et sont inscrites au patrimoine mondial de l'Unesco !

Fascinée, elle poursuivit ses recherches sur Google tandis qu'il commandait une omelette pour lui, des fruits et un bagel toasté pour elle.

Ses doigts qui volaient sur la tablette s'immobilisèrent soudain : il la connaissait si bien qu'il pouvait commander son petit déjeuner sans lui demander ce qu'elle voulait ! songea-t-elle, un pincement au cœur. Il savait aussi qu'elle était férue de musique classique, même s'il ne partageait pas sa passion, et ce n'était pas faute d'efforts, elle le reconnaissait. Il l'avait aussi soutenue dans sa bataille féroce contre les quelques kilos qu'elle avait pris depuis leur mariage, même s'il avait avoué que cela ne le gênait pas du tout, au contraire... Elle se rappela alors ce week-end à Las Vegas, quand il l'avait dévêtue et fait courir sa langue sur...

Assez ! Ce n'était ni le moment ni le lieu appropriés pour penser aux explorations de sa langue. Le cœur battant, elle reprit ses recherches...

Tout à coup, elle éclata de rire.

— Qu'y a-t-il de si drôle ?

— Ecoute plutôt ça... Bologne est le siège de la Cassa di Molino, une des banques les plus influentes d'Italie. Elle a vu le jour dans les années 1800, grâce à un riche comité de patrons fortunés désireux de s'occuper des hospices de la ville. Ils ont également encouragé les citoyens aisés à épargner en leur offrant un endroit sécurisé où déposer leur argent qu'ils pourraient récupérer en cas d'urgence ou pour leurs vieux jours.

L'article avait éveillé sa fibre de financière, et elle passa l'article au crible.

— A l'époque, dit-elle encore, les banques étaient encore soucieuses du bien-être de leurs concitoyens.

— J'imagine que la Cassa di Molino n'est plus aussi philanthrope, de nos jours.

Elle ne releva pas son commentaire sarcastique, et s'écria soudain :

— Mais oui, c'est lui ! Antonio Gallo, le nouveau président de la banque.

Et elle lui tendit sa tablette où s'affichait la photo d'un gentleman distingué, au sourire affable et à la belle chevelure grise.

— Je l'ai rencontré lors d'une réunion, l'année dernière, précisa-t-elle. Il visait alors le poste de président.

— Un contact important, donc ?

— Tout à fait !

— Tu ne veux pas lui rendre une visite de courtoisie ? Appelle-le pour savoir s'il peut nous recevoir.

Elle hésita... Elle n'avait pas prévu de rendez-vous professionnels pendant les vacances, mais il était vrai qu'elle n'avait pas non plus initialement l'intention de visiter Bologne. Au fond, c'était une opportunité qu'elle ne pouvait que saisir…

Et tant pis pour leur itinéraire si savamment reconstruit au dernier moment ! pensa-t-elle en recherchant le numéro du siège de la Cassa di Molino.

Après qu'on lui eut passé plusieurs subalternes, elle obtint enfin de parler à l'assistant personnel de *signore* Gallo, qui lui indiqua que l'agenda de son patron était chargé, mais que celui-ci pourrait éventuellement la recevoir à 11 h 20. Pourrait-il la rappeler pour confirmer le rendez-vous ? Et, entre-temps, aurait-elle la gentillesse d'envoyer par e-mail un court CV ?

— Certainement, répondit-elle.

Elle raccrocha. Alors, tout en envoyant sa bio stockée sur son iCloud, elle reprit à l'intention de Travis :

— On nous attend à Bologne pour 11 h 20. C'est faisable ?

— Si nous partons dans une demi-heure, oui.

— Il faut que je me change. Tu prends mon bagel pour le voyage ?

— Bien sûr. Ou bien…

— Quoi ?

— Au lieu de faire l'aller et retour dans la journée, on peut se rendre à Venise, qui est plus près, après nos rendez-vous, profiter de la ville, et réserver Florence pour le retour.

Il avait raison : cela n'avait pas grand sens d'effectuer cent kilomètres ce matin, de revenir à Florence ce soir, puis de reprendre la route vers Venise et Aviano un ou deux jours plus tard. Elle devait bien reconnaître sa défaite et l'inutilité totale de son itinéraire.

— OK, ça marche, concéda-t-elle.

— Dans ce cas, va te changer et faire tes valises, et on se retrouve dans une demi-heure dans le hall. Je m'occupe de ton bagel.

Une fois dans sa chambre, elle considéra sa garde-robe… Seul le tailleur-pantalon caramel pouvait convenir. Elle l'enfila avant de constater que le T-shirt en coton blanc qu'elle portait aujourd'hui, tout comme son collier ethnique, n'était pas assez chic pour rencontrer cet homme éminent. Et soudain, elle eut une idée de génie : un foulard à la place du bijou ! La touche d'élégance par excellence ! Ce qui lui permettrait d'ailleurs de s'en coiffer pendant le trajet en voiture et, ainsi, elle n'arriverait pas avec les cheveux ébouriffés. Elle en achèterait un à l'un des marchands ambulants qu'elle avait vus la veille, pensa-t-elle en ôtant rapidement son jean.

L'assistant de *signore* Gallo la rappela pour confirmer le rendez-vous tandis qu'elle glissait un kit de maquillage dans son sac à main, après quoi elle se rua vers la réception. Travis l'y attendait avec son sac en cuir et un petit sachet qui, elle le supposait, contenait son petit déjeuner. Il portait son blouson en daim gris et un jean, mais avec un polo blanc qui se détachait sur son bronzage et lui donnait presque l'air d'un Italien.

— Il me faut une écharpe, lui dit-elle légèrement essoufflée. Je vais en acheter une pendant qu'on apporte notre voiture.

Les vendeurs étaient déjà à leur poste et proposaient de magnifiques foulards sur lesquels étaient imprimées les vues les plus belles de la ville. Une version un peu clinquante en rouge du *David* de Michel-Ange la tenta terriblement, mais était-il bien raisonnable d'entrer à la Cassa di Molino en affichant une sculpture de nu rutilante ?

Elle opta donc pour une écharpe plus sage, au motif fleuri et assez grande pour qu'elle puisse s'en coiffer et la nouer sous son menton, sur l'autoroute.

Alors que, durant le trajet, les bouts de son fichu volaient au vent comme de grands papillons multicolores, Kate tenta bien d'arracher quelques informations supplémentaires à Travis sur Brian Ellis mais, réticent à lui fournir des explications relatives à sa décision impulsive, il se contenta de revenir sur le fils de ce dernier. D'ailleurs, il était surprenant qu'un homme doté de telles responsabilités se soit chargé de sa progéniture… Ravalant sa curiosité, elle s'abandonna au plaisir de contempler le paysage parsemé de villages et de vignes qui défilait à ses côtés, sous l'éclatant soleil du matin.

Grâce au GPS de Travis, ils parvinrent à se frayer un chemin dans les rues étroites du centre de Bologne et arrivèrent à la Cassa di Molino avec vingt minutes d'avance. Ils cherchèrent alors une place pour se garer et commençaient à désespérer quand Kate repéra l'écriteau « *Riservato Mrs. Westbrook* » placé juste à droite de l'entrée du magnifique palais en marbre blanc et rose qui abritait la banque.

La réceptionniste de l'accueil appela aussitôt l'assistant de *signore* Gallo, qui descendit quelques instants plus tard et se présenta comme Massimo Salvatore.

Kate s'efforça de ne pas pousser un cri d'admiration lorsqu'il les invita à monter l'immense escalier aux rampes impressionnantes, tout comme l'étaient les tableaux et statues qui les attendaient à l'étage.

Fier de l'institution, Massimo leur montra la superbe bibliothèque aux stucs raffinés, les divers salons où se succédaient peintures et tapisseries damassées, ainsi que les coffres qui avaient abrité l'épargne des premiers clients de la banque. Au moment où il allait les introduire dans la suite des bureaux du président, Kate avisa la signalisation discrète pour les toilettes.

— Je dois me repoudrer, dit-elle. J'en ai pour quelques secondes.

— Pas de problème, dit avec courtoisie Massimo. Nous vous attendons ici.

Les toilettes pour dames étaient elles aussi décorées avec élégance… et déjà occupées par une femme : les deux mains posées sur l'évier en marbre, elle avait la tête baissée, et ses épaules tremblaient.

— Oh ! *scusi*, déclara immédiatement Kate prête à ressortir.

Mais la femme, un peu plus âgée qu'elle comme le prouvaient les fils argentés qui parsemaient sa chevelure châtain foncé, se retourna, des larmes coulant encore sur ses joues. Kate hésita, prise entre l'envie de ne pas troubler son intimité et celle de la réconforter.

— Puis-je vous aider ? questionna-t-elle.

Et la femme se mit à déverser un flot de paroles en italien.

— Je suis désolée, renchérit Kate. Je ne… Euh… *Non parlo italiano.*

Ce qui lui valut une autre salve mortifiée de la part de l'inconnue, accompagnée cette fois d'un mouvement de mains agitées. Kate comprit le message, et n'ajouta pas un mot tandis que la femme s'essuyait rapidement les yeux avec un mouchoir en papier.

Elle se repoudra alors rapidement et se remit du rouge à lèvres. Devait-elle raconter l'incident à Massimo ? Finalement, elle renonça à cette idée. Les femmes, et notamment dans le milieu de la finance, ne devaient-elles pas se serrer les coudes ? De toute évidence, l'inconnue aurait préféré que personne ne voie ses larmes.

Chassant l'épisode de son esprit, elle afficha son plus beau sourire et rejoignit les hommes. Massimo les fit entrer dans une première pièce comportant cinq bureaux aux rebords dorés à l'or fin, dont trois étaient occupés. Une assemblée de banquiers les regardait du haut de leurs cadres, sur un mur qui leur était dédié.

Le « sanctuaire » du président jouxtait cette salle ; il était lambrissé en bois de chêne aux reflets dorés et, par les hautes fenêtres encadrées de rideaux damassés or et rose, s'y déversait une belle lumière. Le gentleman aux cheveux argentés qui contourna sa table de travail aussi imposante qu'un terrain de football ressemblait en tout point à l'homme dont elle se souvenait, lors de leur brève rencontre.

Signore Gallo la salua chaleureusement, exprima son plaisir de rencontrer son mari et haussa les épaules avec modestie quand elle le félicita pour son nouveau poste de président au sein de la prestigieuse banque.

— Un tel honneur ne survient en général que si l'on survit assez longtemps dans une profession aussi épuisante et exigeante que la nôtre. Un jour, ce sera votre tour, *signora* Westbrook.

— Peut-être. Si moi aussi je survis assez longtemps.

— Mais bien sûr que oui ! Vous êtes… comment dit-on

déjà ? Une étoile montante. Il suffit de lire le *Wall Street Journal* pour comprendre que vous êtes en route vers les sommets.

Et, comme Travis parut un rien surpris, il ajouta :

— Votre femme ne vous a pas dit qu'on la considérait comme l'un de nos talents les plus prometteurs dans le domaine des investissements internationaux ? Vous devriez être fier d'elle, commandant Westbrook.

— C'est le cas, bien plus qu'elle le pense, d'ailleurs.

— *Bene, bene.* Donc, dites-moi, êtes-vous en Italie pour le travail ou les vacances ?

— Un peu les deux, répondit alors Kate. Mon mari est en mission sur la base aérienne d'Aviano ; quant à moi, il s'agit de mon premier voyage en Italie.

Elle ne mentait en rien, sauf qu'elle n'était pas venue en Italie pour rendre visite à son mari, comme on aurait pu le déduire de ses propos.

— Et vous venez donc visiter notre belle ville ! s'exclama *signore* Gallo avec enthousiasme. Il y a tant à voir et à faire, à Bologne.

— Malheureusement, il s'agit d'une très courte visite, car nous sommes en route pour Modène, puis Venise.

Un discret signal de la part de son assistant rappela au grand banquier que son temps était limité.

Il exprima donc ses sincères regrets de devoir les laisser, puis serra les mains de Kate dans les siennes.

— Il faudra revenir me voir, *signora*. J'aimerais discuter avec vous des récents changements survenus dans l'indice de liquidité promulgué par la Commission d'échanges et de titres des Etats-Unis.

— Ce serait avec plaisir, mais…

— Oui, oui, vous êtes en vacances, je comprends, et je ne veux pas abuser de votre temps précieux. Mais Massimo pourra-t-il vous appeler dans un jour ou deux ? Nous pourrions alors convenir d'un nouveau rendez-vous.

Regonflée par la visite et les compliments de Gallo, Kate

échangea une accolade avec le président de la Cassa di Molino et sortit, suivie de Travis et Massimo.

A peine hors de l'antre du président, elle croisa le regard de la femme en pleurs, aux toilettes ; assise à présent derrière un bureau, dans la première pièce, celle-ci en appela de ses yeux rougis à sa discrétion. Elle répondit d'un hochement de tête aimable mais impersonnel à sa prière silencieuse, bien résolue à tout raconter à son mari ! Mais, une fois dans la voiture, celui-ci tint à savoir la façon dont la dépeignait le *Wall Street Journal*. Elle dut donc lui résumer ce qu'il en était.

Un accident bloqua la circulation dans les rues étroites de la ville, de sorte qu'ils se retrouvèrent bientôt pris dans des embouteillages monstres… Ils se garèrent sur le parking du siège tout en verre et en acier de Maserati, à Modène, juste à temps pour leur rendez-vous avec Brian Ellis.

Cinq minutes après, Travis lui présenta le P-DG de la florissante société de pointe dans l'aéronautique, et Kate oublia la femme éplorée de la Cassa di Molino.

4

— Tu vas travailler pour Ellis Aeronautical Systems ? Comme vice-président du département tests et évaluations ?

Le regard incrédule de Kate passa de son mari au P-DG vêtu d'un costume qu'elle évaluait à 2 000 dollars, avant de se fixer de nouveau sur ce premier.

— Et tu commences dès le début de l'année prochaine ?

Ils se trouvaient dans une salle de conférences vitrée, tout en haut du siège de Maserati, qui offrait une vue sur les usines, à l'arrière.

Le soleil, que filtraient des persiennes, dessinait des rayures d'ombre et de lumière sur le visage de son mari.

— Rien n'est encore signé, déclara-t-il alors.

— Et ce n'est pas faute de t'avoir relancé, intervint Ellis avec un bref sourire.

C'était un homme de haute stature, assez mince, mais à la carrure imposante, avec un nez aquilin que surmontaient des yeux bleu vif.

— Votre mari est une légende vivante parmi les pilotes de l'armée, madame Westbrook, affirma-t-il. Et pas seulement pour ses décorations, mais aussi pour son courage au cœur de la bataille. Si l'on compte les heures passées dans le cockpit, nous atteignons un niveau d'expérience avec lequel peu peuvent rivaliser. Je ne vous apprendrai sans doute rien en vous disant qu'il affiche deux fois plus d'heures de combats que tous les autres pilotes de C-130.

— En effet, concéda-t-elle d'une voix tendue. Mais…

S'interrompant, elle pivota sur son siège ultra-moderne pour regarder Travis. Passé la surprise, les émotions affluaient... Pouvait-il jeter par-dessus bord une carrière qu'il adorait sans une montagne de regrets ? En même temps, l'espoir fou qu'ils puissent finalement construire un avenir tous les deux la traversa, bientôt suivi d'une vague d'indignation : comment pouvait-il lui exposer tout cela sans le moindre avertissement et de surcroît devant un étranger ?

— Depuis quand nourris-tu de tels projets ? demanda-t-elle d'un ton sec.

— Brian m'avait fait la proposition il y a quelques jours et, à vrai dire, je ne lui avais pas accordé la moindre réflexion, jusqu'à hier soir.

Quand ils avaient fait chambre à part, déduisit-elle. Bien sûr, il se garda de le préciser, mais elle pouvait remplir les blancs !

— Et, avant d'accepter, enchaîna-t-il à la place, je tiens à ce que tu saches en quoi cette proposition consiste exactement.

Ellis la fixa alors de ses yeux d'un bleu perçant.

— Nous prenons toujours en compte l'avis de l'épouse, Westbrook, car nous sommes conscients que ce genre de poste implique les deux parties. Et j'aurais aimé que nous nous rencontrions à notre siège national, pour vous offrir le cadre qu'il se doit en pareilles circonstances.

— Appelez-moi Kate, renchérit-elle, et rassurez-vous, je peux tout à fait me passer de dîners onéreux et autres visites officielles.

— Dans ce cas, allons droit au but.

En d'autres temps, elle aurait sans doute été moins directe, mais elle était si bouleversée par la décision que Travis allait peut-être prendre... Une décision susceptible de changer son monde du tout au tout. *Leur* monde.

— Notre entreprise, classée au Fortune 500, est spécialisée dans la recherche, la conception et la fabrication en aéronautique de pointe, commença-t-il. La moitié de nos commandes proviennent du département de la défense américain, et notre siège national est situé à Bethesda, dans le Maryland, ce qui est très pratique eu égard à l'emplacement de nos principaux interlocuteurs, c'est-à-dire Lockheed et Northrop Grumman, localisés tout près.

Le cœur de Kate fit un bond dans sa poitrine : Bethesda était juste à trente minutes en voiture du centre de Washington !

— Notre principale usine et nos locaux pour les tests se trouvent au Texas, de sorte que Travis devrait souvent s'y rendre.

Aux dernières nouvelles, au Texas, il n'y avait ni mines ni engins explosifs ni lance-roquettes, aucun missile survolant le territoire. Certes, un Texan sur trois portait une arme, mais la grande majorité ne les retournait pas contre des hommes ou des femmes qui portaient un uniforme de l'armée américaine.

— Votre mari et moi négocions actuellement le salaire et les avantages liés à sa fonction, poursuivit Ellis, et j'ai bien compris qu'ils devront être confortables pour qu'il quitte l'armée en milieu de carrière. C'est une grande décision, j'en suis bien conscient.

— Très grande, en effet, reprit-elle en écho.

— Comme vous travaillez dans la finance, je conçois qu'il requière votre avis avant que nous ne finalisions notre accord.

Et, à son petit sourire, elle saisit qu'il avait déjà anticipé les négociations.

— Voilà pour l'essentiel, reprit-il. Avez-vous des questions à me poser ?

— Oui, des dizaines, mais pas avant de m'être entretenue avec Travis.

— C'est naturel ! Et d'ailleurs, je dois vous quitter pour me rendre à mon rendez-vous.

Tous trois se levèrent, et Ellis lui donna une vigoureuse poignée de main.

— Ce fut un plaisir de faire votre connaissance, Kate. J'ai beaucoup entendu parler de vous.

Elle ne pouvait hélas pas répliquer que la réciproque était vraie.

— Travis m'avait informé qu'il allait vous faire visiter la

base d'Aviano, poursuivit-il. Nous nous reverrons peut-être là-bas ou dans mon hôtel vénitien. Encore que...

Il afficha soudain un sourire contrit.

— Autant vous prévenir que je suis accompagné d'un petit garçon de six ans très remuant. Il était déjà tombé une fois dans le Grand Canal, c'est dire ! J'aimerais pouvoir assurer que ce sera son seul plongeon, mais je ne parierai pas là-dessus. Ni sur le fait qu'il n'entraînera pas un spectateur distrait dans sa chute.

Elle ne put s'empêcher de rire devant son air sarcastique. Décidément, Travis et lui avaient tout pour s'entendre : tous deux étaient réalistes et pourtant dotés d'une suprême confiance en eux et en leurs aptitudes. Lorsque Ellis quitta la pièce, elle fixa néanmoins son mari d'un air contrarié.

— Pourquoi m'as-tu laissée dans le brouillard le plus complet ? commença-t-elle en croisant les bras.

— Deux choses. D'abord, je voulais voir comment tu allais réagir... Ensuite, il fallait que j'entende une nouvelle fois cette offre pour vraiment y croire.

Elle laissa retomber les bras le long de son corps, la gorge subitement serrée.

— Est-ce que tu en as vraiment envie, Trav ?

— Uniquement si toi tu le souhaites.

Sa réponse ne la surprit pas : elle avait toujours su qu'il quitterait l'armée sur-le-champ si elle le lui demandait, et c'était d'ailleurs pour cette raison qu'elle ne l'avait jamais fait.

— Nous étions au bar de l'hôtel, reprit Travis. Brian, Carlo et moi. Le projet sur lequel nous travaillons avait passé avec succès le test d'une épreuve déterminante, et nous fêtions l'événement autour de quelques bières. Brian a alors déclaré que le responsable du département tests et évaluations prenait sa retraite, et m'a demandé si je connaissais un homme avec autant d'expertise et d'heures de cockpit que moi pour le remplacer. Je ne sais pas qui a été le plus choqué, lui, Carlo ou moi, quand j'ai répondu que la fonction était susceptible de m'intéresser.

Lorsque les mots étaient sortis de sa bouche, il en avait

effectivement été aussi stupéfait que ses deux amis. Mais rapidement, à la façon dont ils résonnaient en lui, il avait compris qu'il était tout à fait sincère, et pour cause : en quittant l'armée de l'air pour un poste à l'EAS, il pourrait regagner Kate.

— Eh bien, encore une fois, qu'en penses-tu ?

— Je ne vais pas te mentir, commença-t-elle, je suis au comble de la joie.

Ivre de bonheur, il voulut s'élancer vers elle, mais elle posa immédiatement la main sur son torse, pour le stopper.

— Une seconde, Trav ! C'est une décision bien trop importante pour que tu la prennes sur un coup de tête. Réfléchissons-y pendant le séjour pour être certains que c'est bien ce que tu souhaites.

— Mais j'en suis déjà sûr !

— Peut-être, mais pas moi.

A cet instant, il vit un terrible doute au fond de ses yeux.

— Jusqu'à aujourd'hui, tu t'es dédié corps et âme à l'armée, enchaîna-t-elle.

— Non, Kate, c'est faux.

Et il posa la main sur la sienne, toujours plaquée contre son torse et qui lui communiquait sa chaleur.

— C'est toi qui passes la première, Catleya. Avant l'uniforme et les insignes. Avant l'esprit d'équipe et les lourdes responsabilités. Je reconnais que, ces dernières années, je n'ai pas su identifier mes priorités, mais ça ne se reproduira plus.

Malgré ses assurances, le doute subsistait dans les prunelles de Kate. Il était plus stratégique de ne pas insister pour l'instant, se dit-il, et de lui laisser quelques jours pour assimiler ce qui s'apparentait désormais à une certitude dans son esprit.

— Très bien, reprit-il avec une bonne conscience qu'il n'avait pas éprouvée depuis fort longtemps, dans ce cas, allons à Venise. Laissons la proposition d'Ellis reposer pendant un jour ou deux.

Et ensuite, il l'espérait, ils brûleraient, de façon virtuelle à tout le moins, le décret de divorce et cesseraient de faire chambre à part.

Travis gara la Ferrari sur l'île de Tronchetto, dans la section surveillée d'un parking, et ils glissèrent bientôt à bord d'un bateau-taxi sur les eaux larges et gris ardoise de la baie. Avec le vent, les cheveux de Kate se mirent à voleter autour de son visage, malgré son foulard coloré, mais elle ne sembla pas le remarquer, fascinée par les remous.

Le capitaine du taxi dut reculer pour entrer dans le Grand Canal, car les voies navigables centrales de Venise étaient encombrées par les vaporettos et les gondoles remplis de touristes qui ne cessaient de prendre des photos, et les chalands qui transportaient les marchandises. Appuyée au bastingage, Kate paraissait littéralement subjuguée par l'une des plus belles vues au monde qui s'offrait à elle pour la première fois.

Evidemment, il n'éprouvait pas des sensations aussi fortes car, pour avoir souvent effectué des allers-retours entre Aviano et Venise, il cherchait avant tout à repérer les éléments byzantins, maures et romans de cette fabuleuse architecture. Cependant, l'enthousiasme de sa femme raviva le sien pour les ponts voûtés, les dômes des églises, les demeures hautes et étroites, avec le linge qui séchait au vent, dans les ruelles.

Une fois passé la première boucle du Grand Canal, en direction du Rialto, les bâtiments devenaient plus larges et imposants… y compris celui devant lequel le bateau-taxi s'immobilisa. Couleur terre cuite, il arborait une colonnade de piliers en marbre blanc, que surplombaient trois étages aux fenêtres cintrées et sculptées de façon très élaborée.

— Est-ce notre hôtel ? demanda-t-elle.

Elle ouvrit de grands yeux tandis que Travis l'aidait à descendre du bateau-taxi et à monter sur le ponton en marbre où venait clapoter l'eau du canal.

— Exact !

— Travis ! s'écria-t-elle en scrutant attentivement la façade du XVe siècle. Cela va coûter une fortune.

— Pas autant que si Carlo ne connaissait pas le propriétaire. Je crois qu'ils sont cousins.

— Eh bien ! murmura-t-elle alors que le capitaine du

taxi déchargeait leurs valises. Ton ami et sa famille mènent grand train.

— Il semblerait. Je ne connais pas toute l'histoire, Carlo ne parle pas de ses origines, et de mon côté je ne le questionne pas. Mais ce que je sais, c'est qu'il préfère les titres qu'il a gagnés dans l'armée de l'air que ceux dont il a hérité.

— Et qui sont ?

— Prince de Lombardie et de Marino.

— Pardon ?

La plus grande incrédulité passa sur son visage expressif.

— Viendrais-tu de pénétrer dans la quatrième dimension ? Dans un monde peuplé de Ferrari, de Maserati, de princes italiens et de P-DG classés au Fortune 500 ?

— Je me suis posé la même question, tu sais, ces dernières semaines, avoua Travis.

A cet instant, un groom en livrée apparut sur le ponton.

— *Buonasera. Benvenuti a Palazzo Alleghri.*

— Merci.

Passant tout de suite à l'anglais, l'homme désigna un escalier en marbre et poursuivit :

— Le hall d'accueil se trouve en haut des marches, *signore.* Veuillez vous enregistrer pendant que je monte les bagages dans votre suite.

Les marches menaient à une loggia carrelée en noir et blanc, tapissée de miroirs à dorures, et emplie d'immenses vases remplis de fleurs ; une déesse romaine tout en muscles et en drapés de marbre s'y dressait également.

Travis donna son nom et sa carte de crédit au réceptionniste.

— Ah, *maggiore e signora Westbrook* ! Comme le veut la coutume, nous vous avons attribué la suite bleue. Je pense que vous la trouverez très confortable.

Confortable n'était pas vraiment le terme qui convenait aux pièces luxueuses qu'on leur avait réservées, songea Kate. Mais l'on comprenait tout de suite pourquoi elle s'appelait la suite bleue, en apercevant les tentures en brocart ultra-marin du salon. Le même tissu recouvrait les sièges rembourrés, et on le retrouvait dans l'étoffe rayée du canapé style Empire. Un chandelier en verre de Murano aux couleurs de l'arc-en-ciel était suspendu au médaillon du plafond, et le coffre bombé en marbre qui faisait office de buffet n'aurait pas déparé le palais d'un prince médiéval.

Et d'ailleurs, il avait sans doute appartenu à l'un d'eux, se dit Kate en s'arrêtant sous la voûte qui menait à la chambre. Son opulence lui arracha une petite exclamation. Il y avait encore plus de brocarts, de verres soufflés, de marbres, d'ouvrages finement sculptés… Ainsi qu'un lit imposant en bois argenté, doté de quatre piliers où s'emmêlait de la vigne en fils dorés. Elle était encore tout absorbée par la splendeur de la suite quand le groom arriva avec leurs bagages ; il plaça leurs deux sacs sur le banc, au pied du lit, avant de leur demander s'ils souhaitaient dîner en terrasse, sur le toit.

— La vue y est imprenable, vous n'en aurez nulle part une meilleure, leur assura-t-il.

Kate jeta un coup d'œil à Travis qui confirma la recommandation.

— Il a raison. Une fois que tu auras vu Venise au clair de lune, tu oublieras Rome et la fontaine de Trevi, et tu préféreras désormais venir à la cité des Doges plutôt qu'à la Ville éternelle.

— Tu crois ?

— J'en suis sûr.

— Alors, ce sera la terrasse !

— *Bene.* A quelle heure souhaitez-vous que l'on réserve votre table ?

Comme ils avaient pris un petit déjeuner à la hâte et qu'ils avaient sauté le déjeuner, ils optèrent pour un dîner de bonne heure.

— Comme vous voudrez, dit le groom.

Et il s'éclipsa, laissant la place au silence.

Travis s'assit sur le bord du lit, et Kate alla admirer la vue. Ses cheveux étaient décoiffés après leur trajet en bateau-taxi, mais son expression n'affichait plus le même enchantement qu'à leur arrivée à Venise. Et il croyait savoir pourquoi…

— Désolé qu'il n'y ait qu'un seul lit, dit-il alors. Je peux tout à fait dormir sur le canapé, dans l'autre pièce.

Elle hocha la tête, mais paraissait toujours soucieuse.

— Nous ne sommes pas obligés de rester ici, Kate, reprit-il. Ni à Venise, d'ailleurs. Aviano n'est qu'à une heure d'ici. Mon hôtel en dehors de la base n'a rien à voir avec cette élégance et cette vue, mais…

— Ce n'est pas le *palazzo*, dit-elle en dessinant un vague cercle dans l'air. C'est l'ensemble. Ce voyage, Ellis, sa proposition, ton prince. J'ai l'impression d'avoir sauté dans un train qui va à toute vapeur, et je n'ai pas la moindre idée de l'endroit où il me conduit.

— Et ça te déplaît ?

— Non, mais c'est perturbant.

Parfait ! pensa-t-il avec détermination. Lui aussi l'avait été, perturbé, quand elle avait décrété qu'ils s'étaient trop éloignés l'un de l'autre pour revenir en arrière. Et, pour la déstabiliser un peu plus, il traversa la pièce et, se plantant devant elle, lui caressa la joue ; elle écarquilla les yeux, mais ne protesta pas.

— Peut-être que notre façon d'aborder la vie était trop calculée, avant, Catleya. Quand on regarde en arrière, on s'aperçoit que tout s'est toujours déroulé comme prévu. Tu as obtenu ton diplôme universitaire, j'ai fait l'école de l'armée de l'air. Puis on s'est fiancés, mariés, et chacun a monté les échelons dans son domaine, relevant toujours un peu plus de défis, acceptant toujours plus de responsabilités. Nous ne voulions fonder une famille que lorsque nous serions arrivés au sommet.

— Tu as raison, dit-elle en soupirant. Seulement, les défis et les responsabilités ont fini par nous forcer à vivre dans des mondes séparés. Tu étais si souvent absent que je me suis noyée dans le travail pour combler le vide.

Elle hésita.

— Il n'aurait pas été très avisé ni juste de mettre un enfant au monde pour qu'il remplisse ce vide, ajouta-t-elle.

— Donc, nous avons renoncé au projet, renchérit-il avec une violence contenue, troublé par le sujet délicat qu'elle avait abordé. Eh bien, reprenons tout depuis le début, Kate ! Ici. Maintenant. C'est pour cette raison que je souhaitais que tu rencontres Ellis. Pour cela que je suis prêt à remettre ma démission dès mon retour à la base et à signer avec l'EAS.

Il lui saisit soudain le menton et effleura ses lèvres de son pouce.

— Je sais que tu as besoin de plus de temps, et je ne veux pas te presser. Mais n'oublie pas d'intégrer cet élément à tes calculs, quand tu évalueras les avantages et les inconvénients.

Puis il pencha la tête, lui laissant le temps de reculer... Mais elle n'en fit rien... Dès qu'il effleura sa bouche de la sienne, un désir si longtemps contenu l'assaillit violemment et le consuma comme une torche.

Il la prit par la nuque, tout en continuant d'embrasser ses lèvres avec plus d'ardeur encore, le corps pressé contre le sien. Elle noua ses bras autour de son cou.

Il ferma les yeux. Ce qu'il avait appelé de tous ses vœux, la toucher, la goûter, arrivait enfin, et le plaisir était si vif qu'il devait se souvenir de ne pas perdre son sang-froid.

Quand il rouvrit les paupières, le lourd désir qu'il lut dans les yeux de Kate faillit lui faire perdre pied, et il était à deux doigts de l'allonger sur le couvre-lit d'un bleu si chatoyant quand elle eut un rire rauque.

— On dirait qu'il y a une partie de notre vie que nous ne devons pas reprendre de zéro, dit-elle alors.

— Tu en es sûre ?

Il leva les sourcils et, devant son air confiant, poursuivit :

— Dans ce cas, nous ne devons pas nous arrêter là.

Cette fois, son rire fut plus naturel, même si elle le regardait toujours droit dans les yeux.

— Hélas ! nous n'avons pas le temps à présent, puisque nous avons réservé de bonne heure. Et, même s'il était plaisant de voyager dans une Ferrari décapotable, je me sens toute sale et j'ai besoin de prendre une bonne douche. Je te préviens, ça risque de durer... Tu préfères passer en premier ?

— Non, vas-y… N'hésite pas à m'appeler si tu as besoin que je te frotte le dos. Je suis toujours très doué en la matière.

Ce n'est pas elle qui l'aurait contredit. Prenant sa trousse de toilette et des sous-vêtements propres, Kate songea qu'il excellait en effet dans l'art de lui frotter le dos, et tout le corps, d'ailleurs. La baignoire avait souvent débordé, dans leur premier appartement !

Ces souvenirs érotiques eurent un effet tout particulier sur ses nerfs déjà mis à l'épreuve par son baiser et ses étreintes. Et dans la salle de bains, en voyant la baignoire à pieds aussi splendide que solitaire, surmontée d'un dais, elle se sentit submergée par une nouvelle vague de chaleur. S'asseyant sur le rebord de la baignoire, elle la boucha à l'aide de la bonde noire légèrement surannée, puis tourna les robinets dorés à l'or fin : la vapeur jaillit presque instantanément, aussi chaude que ses souvenirs…

Après avoir réglé la température de l'eau et versé des sels de bains aux senteurs fleuries, elle se sentit assaillie de culpabilité. Pourquoi la fierté que lui inspiraient les loyaux services de son mari rendus à la nation ne compensait-elle pas le vide de ses jours et la solitude de ses nuits ? Pourquoi ne pouvait-elle pas s'habituer aux longues missions et aux déploiements de dernière minute, comme les autres femmes de son unité ? Elle était également consciente que son sentiment aigu d'abandon renforçait le stress de Travis, alors qu'il devait être parfaitement concentré, lors des opérations délicates qu'il menait.

Et voilà qu'à présent il était prêt à quitter l'armée ! A renoncer à un métier qu'il aimait et à ses compagnons d'armes qui comprenaient les dangers, les frustrations et les défis qu'il devait affronter chaque jour. Des hommes et des femmes qui parlaient la même langue que lui, partageaient les mêmes bonheurs et les mêmes angoisses.

S'immergeant tout entière dans l'eau, elle s'efforça de se raisonner. Leur mariage n'était pas le premier à craquer sous la pression… Le taux de divorce dans l'armée de l'air était actuellement plus élevé qu'il y a vingt ans, et il atteignait des sommets pour les troupes d'élite, en raison des séparations prolongées, du stress et des risques encourus.

Elle n'aurait pas dû se sentir coupable qu'il veuille quitter cette communauté qui se serrait les coudes car, à en juger par sa rencontre avec Brian Ellis, en début d'après-midi, son mari était parfaitement capable de nouer des amitiés fortes en dehors de l'armée.

Regonflée par cette pensée, elle prit l'éponge fournie par l'hôtel et la plongea dans la mousse odorante. Après s'être bien frictionnée, elle eut la sensation que sa peau étincelait et que ses pensées s'étaient libérées du fardeau de la culpabilité.

Elle put alors s'attarder sur d'autres impressions, comme celles laissées par le baiser de Travis. Ou la sensation qu'elle avait éprouvée en posant les mains sur ses épaules musclées, et la folle envie qu'elle avait eue de faire glisser sa main un peu plus bas pour se saisir de son sexe lisse et dur. Elle se rattraperait ce soir, se promit-elle, après le dîner aux chandelles sur la terrasse, avec vue sur les magnifiques *palazzi* et les canaux scintillants de Venise…

Mais, après tout, qui avait besoin de bougies et de canaux ?

Travis était prêt à toutes les audaces pour sauver leur mariage. Pouvait-elle faire moins ?

Suivant son impulsion, elle sortit du bain encore toute couverte de mousse et s'enveloppa dans une grande serviette. Encore heureux qu'elle ait continué à prendre la pilule, pensa-t-elle rapidement et, pieds nus, elle se dirigea vers le séjour.

Affalé sur le canapé, Travis zappait entre les différentes chaînes de l'écran plat six pouces : elle entendit quelques bribes d'italien, d'allemand et de japonais avant qu'elle signale sa présence en s'éclaircissant la voix.

Il tourna vivement la tête, le pouce immobilisé sur la télécommande. Le téléviseur resta sur une chaîne asiatique où la voix mélodieuse d'une présentatrice indiquait qu'un typhon était en train de se former dans le Pacifique Sud. Et les turbulences à l'écran correspondaient tout à fait aux battements désordonnés de son cœur.

— Tu avais raison, dit-elle dans un souffle.

— A quel sujet ? demanda-t-il prudent, la télécommande toujours à la main.

— Le premier essai était trop rapide. Nous devons recommencer.

Elle faillit presque éclater de rire devant son regard confus, d'autant qu'il fallut plusieurs secondes à Travis pour faire le rapprochement avec le baiser échangé un peu plus tôt.

Alors il lâcha la télécommande, et d'un mouvement fluide se leva du canapé.

5

Travis avait espéré de tout son cœur offrir à Kate l'interlude romantique dont elle avait toujours rêvé. Il avait échafaudé toutes sortes de plans à dimensions variables, de l'exploration de la Rome historique et touristique aux vignobles inondés de soleil de Toscane, sans exclure les rues fourmillantes de Naples et ses fameuses pizzas Margherita. Et naturellement, il avait caressé l'espoir qu'ils fassent l'amour tous les soirs, lentement et tendrement.

Pour la lenteur, il devrait sûrement repasser. Voir les épaules dénudées de Kate et imaginer ce que dissimulait sa serviette l'avait profondément troublé, et il avait bondi du canapé. Elle était presque encore plus émouvante les cheveux humides. Il traversa le salon en deux enjambées, et en un rien de temps la plaqua contre le mur.

— Je te suggère que l'on reprenne là où on en était…

Et, dans un geste possessif, il bâillonna sa bouche.

Quand il enfouit le visage dans sa nuque et laissa courir ses lèvres dans son cou, son cœur battait comme un fou dans ses veines. La fragrance fleurie de sa peau envahit ses sens.

D'un geste fougueux, il dénoua la serviette, qui tomba à leurs pieds et, prenant ses seins en coupe, il en caressa les pointes et commença à les mordiller.

— Oh ! Travis… ! gémit-elle, en se cambrant, s'agrippant à ses épaules. Cela fait si longtemps.

Il approuva par un gémissement fiévreux, puis pencha la tête vers son autre sein. La tête en arrière, elle s'abandonna à ses caresses, haletante. Soudain, il sentit un coude s'enfoncer dans ses côtes et il crut que son cœur allait s'arrêter de battre. Elle n'allait tout de même pas…

— Déshabille-toi, toi aussi ! dit-elle d'une voix urgente.

Il eut à peine le temps de se dévêtir qu'elle avait déjà empoigné son sexe de ses doigts chauds, empressés. Il laissa alors les siens courir sur tout son corps, avant de les glisser entre ses jambes pour explorer les plis soyeux de son sexe. Ils se rendirent caresse pour caresse jusqu'à ce que, les yeux écarquillés, elle crie :

— Maintenant, Trav ! Maintenant !

Il n'eut pas besoin d'encouragements supplémentaires. Plaquant les mains sur ses fesses, il la pénétra, sans attendre qu'elle le guide, mû par une urgence indicible. Tous ses muscles se mirent à trembler, ses nerfs se tendirent. D'un geste sensuel, elle enroula sa jambe autour d'une de ses cuisses, calant sa hanche contre la sienne ; il parvint à se maîtriser le temps de quelques va-et-vient en elle, puis ils s'abandonnèrent tous les deux au plaisir qui les submergeait.

Kate ne comprit d'abord pas ce qui l'arracha à la brume sensuelle et délicieuse dans laquelle elle flottait. Etait-ce le crépi du mur qui frottait contre sa peau ? Ou bien les hanches pointues de Travis ? se demanda-t-elle tandis que les dernières vagues du plaisir refluaient. Car son mari n'avait pas la moindre once de graisse !

Puis il appuya son front contre le sien, et la curieuse pression se fit de nouveau sentir. Alors elle en saisit la cause : il était toujours en elle ! Mais elle n'allait pas pouvoir tenir longtemps dans cette position !

— Travis ?

— Hmm…

— Je vais avoir des marques permanentes dans le dos et le derrière, si on reste emmêlés.

— Pardon ? demanda-t-il enfin en levant la tête.

— Mon dos, mes fesses, le mur !

— Oh !

Elle vit le brouillard se lever dans ses yeux.

— Pas de problème, ajouta-t-il.

Il se recula de quelques centimètres puis, sans lâcher sa taille, parvint adroitement à retirer son jean tombé à ses chevilles. Il la souleva, et elle s'accrocha à lui, toujours haletante, tandis qu'il l'emmenait dans la chambre.

Son odeur, sa peau, tout en lui concourait à aviver ses sens engourdis et, quand il la déposa sur le lit, elle était de nouveau bien éveillée. S'allongeant à côté d'elle, il s'étira, la mine réjouie.

Roulant sur le côté, elle prit appui sur un coude et, de sa main qui semblait dotée d'une mémoire propre, elle se mit à caresser la courbe familière de ses épaules, ses abdos si fermes, ses cuisses musclées, redécouvrant au passage les cicatrices qu'il avait accumulées pendant son enfance turbulente et ses années de maturité tout aussi mouvementées.

Soudain, elle en remarqua une nouvelle, et elle sentit son estomac se serrer ; elle passa un doigt hésitant dessus, la gorge nouée par une peur familière. Elle dut déglutir plusieurs fois avant de demander :

— Comment t'es-tu fait celle-ci ?

— Avec un truc défectueux.

— Non, j'ai besoin d'une autre explication !

— OK... Nous avions atterri sur une base pas aussi sécurisée que l'affirmait le gouvernement local, les rebelles nous ont tout de suite sauté dessus, et nous avons dû décamper en quatrième vitesse. Dans la précipitation, je me suis blessé à la hanche.

Il inspecta sa cicatrice d'un air dédaigneux.

— Ce n'était vraiment pas grave, pas plus qu'une piqûre de moustique, mais ça a beaucoup saigné dans le cockpit.

A ces mots, elle sentit de nouveau l'étau de ses pires cauchemars se resserrer sur elle, ceux qui l'avaient maintenue si souvent éveillée en pleine la nuit. Plus d'une fois elle avait vu, dans un effrayant technicolor, des forces autochtones assaillir les pilotes étrangers, des rebelles armés surgir de nulle part ;

alors Travis et ses troupes battaient en retraite, remontaient à bord, dans un nuage de poussière où sifflaient les balles, le tout orchestré par les bruits rugissants des moteurs.

Oh oui, elle voulait l'arracher à cet enfer, de toutes ses forces, mais il fallait que lui aussi le désire !

— Sois honnête avec moi, Trav, reprit-elle d'une voix suraiguë. Tu te réjouis réellement à l'idée de travailler avec Brian Ellis ?

Il roula lui aussi sur le côté et la fixa de ses prunelles brunes, dans lesquelles brillait une lueur de certitude absolue.

— Oui, Catleya, ce nouveau job me comblera.

— Dans ce cas, accepte ! décréta-t-elle subitement.

Il ne cilla pas, ne lui posa aucune question sur sa volte-face, mais répondit sans hésiter :

— Considère que c'est chose faite.

Elle ne put réprimer un petit sanglot d'émotion et se blottit contre son torse tout chaud, submergée de joie, mais aussi de soulagement. Tout enfouie en elle, une petite voix lui murmura que la culpabilité reviendrait plus tard, mais en cet instant il n'y avait place que pour le bonheur, dans son cœur.

— J'appellerai Brian demain, ainsi que le colonel Hamilton. Il est préférable qu'il l'apprenne de ma bouche, avant que la nouvelle lui parvienne par le téléphone arabe.

— Effectivement, tu as raison.

Kate connaissait le colonel et sa femme qui servait souvent de mentor et de confidente aux épouses amenées à relever seules les défis quotidiens de la vie, comme un enfant malade ou de fréquents redéploiements au dernier moment.

Et, quand bien même le colonel aurait sans doute préféré se couper un bras que d'admettre qu'il avait des favoris, Kate avait toujours eu l'impression que Travis en faisait partie : il n'apprécierait guère que le commandant Westbrook renonce à l'uniforme.

D'ailleurs, la perspective de se frotter à lui ne semblait pas réjouir particulièrement Travis.

— J'annoncerai formellement ma démission de l'armée de

l'air dès mon retour à Aviano. Je ne le fais pas pour toi, Kate, mais pour *nous.*

Et, quand il baissa la tête, son baiser effaça, tel un coup de baguette magique, la lourde inquiétude avec laquelle elle vivait depuis de si nombreuses années. Elle n'était pas dupe : elle savait qu'il ne manquerait pas une occasion de remonter dans un cockpit et qu'il ne lésinerait pas sur la prise de risques, lors des essais pour Ellis Aeronautical Systems. Mais, au moins, il n'aurait pas à affronter de missiles ni à fuir sous les balles.

Enfin, elle l'espérait…

Elle releva brusquement la tête, les yeux emplis d'inquiétude, et vit tout de suite la méfiance voiler ceux de Travis.

— Que se passe-t-il ? demanda-t-il.

— Les tests que tu effectueras impliqueront-ils des incursions dans des espaces aériens hostiles ?

— Ce n'est pas exclu ; à vrai dire, je n'en sais rien.

— OK, dit-elle.

Elle serra les dents, s'efforçant de garder son calme.

— Voilà ce que je te propose, poursuivit-elle. Renseigne-toi sur ce que ce poste exigera de toi exactement. Je veux des statistiques ou bien des probabilités, si aucune donnée officielle n'est disponible. En tout cas, il me faut une estimation des risques.

— Enfin, Kate ! Je superviserai une petite armée d'ingénieurs, de pilotes élèves, de mécaniciens et de techniciens. Et ce sera un miracle si je passe suffisamment d'heures dans les airs pour conserver mon brevet de pilote !

— Je veux des chiffres ! rétorqua-t-elle.

A son grand étonnement, il éclata de rire.

— Franchement, je ne vois pas ce qu'il y a de drôle !

— Vraiment ? lança-t-il en l'attirant contre lui.

Il les fit rouler sur le lit, corps emmêlés.

— Tu peux m'expliquer pourquoi tu me parles chiffres, alors que cela fait des semaines que l'on ne s'est pas retrouvés peau contre peau, dans un lit ?

— Eh bien…

Elle le sentit durcir sous elle, et d'instinct son propre corps répondit : elle sentit monter en elle un nouvel élan de désir, et sa respiration s'accéléra.

— Ecoute, ces chiffres, j'y tiens ! insista-t-elle, néanmoins.

A cet instant, Travis lui aurait sans doute promis la lune, des tableurs fourmillant de données relatives au test d'EAS, des bracelets en diamants, une croisière sur le Pacifique Sud, et même le caniche qu'elle réclamait depuis des années ! Autrefois, il redoutait qu'un membre de son équipe le surprenne en train de promener un animal semblable à un rat blanc orné d'un nœud rose ! Désormais, il était prêt à se montrer sur le tarmac en pareille compagnie, si c'était le prix à payer pour que Kate lui revienne.

Il était au comble de la joie. Elle était enfin revenue dans ses bras, dans son lit, dans sa vie, et il l'y garderait, quels que soient les efforts à fournir. Elle ressemblait à une sirène, avec ses boucles encore un peu humides, et son grand sourire de séductrice, pendant qu'elle le chevauchait. Cette fois, il était bien résolu à lui faire l'amour avec lenteur. Il voulait voir sa peau s'empourprer de désir, son dos se cambrer et sa tête se pencher en arrière pendant qu'elle s'abandonnait au plaisir.

Et, quand elle succomba, il la contempla longuement avant de s'autoriser à la rejoindre dans l'extase.

Quand Kate refit surface pour la deuxième fois, elle sentit de nouveau une curieuse sensation qu'elle identifia cette fois tout de suite : la faim !

— J'ai besoin de pâtes, déclara-t-elle. De plusieurs assiettées de pâtes.

— Je crois que je peux arranger ça.

Il se leva d'un bond.

— Nous avons raté notre réservation sur la terrasse, mais il y a une fabuleuse trattoria à quelques minutes de marche d'ici.

— Je suis partante !

Et, tandis qu'il prenait rapidement une douche, elle se rafraîchit, se recoiffa, puis enfila un pantalon en coton kaki et un haut rouge brillant. S'apprêtant à passer la bride de son sac sur son épaule, elle pensa subitement à vérifier ses messages sur son iPhone.

Elle eut un coup au cœur ! Outre les cinq qui provenaient du travail, un émanait de la Cassa di Molino et deux de Dawn. Sans compter un SMS de cette dernière écrit en lettres majuscules :

« RAPPELLE-MOI. »

Alarmée, elle obtempéra sur-le-champ, et une douzaine d'affreuses possibilités lui traversèrent l'esprit pendant que le téléphone sonnait. Elle était très inquiète quand Dawn répondit enfin :

— *Pronto.*

— C'est moi. Je viens d'avoir ton message. Qu'est-ce qui ne va pas ?

— Rien, c'est tout le contraire, en fait. Si tu voyais la villa… On se croirait dans une version italienne de *Demeures et Châteaux.*

Kate poussa un soupir de soulagement, et Dawn poursuivit :

— C'est si luxueux que Callie est un peu sur les nerfs. Elle redoute un malentendu et craint qu'on nous présente une note faramineuse à notre départ et que, faute de pouvoir la régler, nous finissions en prison pour dettes.

— La prison pour dettes n'existe plus depuis la fin du XVIe siècle, lui précisa-t-elle alors.

Cela dit, elle concevait tout à fait les inquiétudes de Callie actuellement sans emploi.

— Comment un pilote de l'air italien peut-il s'offrir une telle villa ? demanda Dawn.

— Selon Travis, Carlo n'a pas juste le titre de commandant, mais aussi celui de prince.

— Prince ? Tu parles de tête couronnée ou de rock star ?

— De têtes couronnées.

— Merde alors ! Euh, pardon ! Comme dans *La Fontaine des amours* ? Est-ce qu'il est aussi appétissant que Louis Jordan ?

— Je n'ai pas demandé à Travis de me le décrire.

— Donne-moi son nom en entier, je vais vérifier sur Internet.

— A vrai dire, j'ai oublié son nom de famille. Je crois qu'il est prince de Lombardie et… Et d'un autre endroit dont le nom m'échappe.

— Ne quitte pas ! Je dois immédiatement en informer Callie.

Quelques instants plus tard, cette dernière fut au bout du fil.

— Comment ça se passe, entre Travis et toi ?

— Bien.

Elle s'interrompit, poussa un soupir, et un sourire rêveur lui monta aux lèvres.

— Mieux que bien.

— Tu veux en dire plus ?

— Demain, c'est promis.

— Tu sembles heureuse, Kate.

Emue par ce commentaire, elle sentit les larmes lui venir aux yeux.

— Oui, je le suis. Et j'ai tant à vous raconter, à toi et à Dawn. Mais là, on s'apprête à sortir manger. Je vous rappelle demain.

— Tu as plutôt intérêt. *Ciao !*

Travis l'attendait quand elle sortit de la chambre. Passant sa bandoulière sur l'épaule, elle s'excusa rapidement.

— Désolée, je devais rappeler Dawn sans attendre.

— Elle va bien ?

— Oh oui ! Elle voulait juste me dire que la villa de Carlo était magnifique. Elle était aussi très surprise d'apprendre que tu fréquentais des têtes couronnées.

Il haussa les épaules.

— Prince ou pas, c'est un type sur qui on peut compter. Tu es prête ?

Venise au clair de lune était encore plus magique qu'en plein jour, songea Kate quand ils sortirent de l'hôtel. Les eaux chatoyantes du Grand Canal reflétaient l'astre orangé et énorme, ce soir-là, ainsi que les façades éclairées des somptueux palais ; les hautes habitations étroites le long des plus petits canaux avaient perdu leur air légèrement décrépit grâce à leurs colliers de fenêtres illuminées.

Avec le naturel de l'habitude, Travis l'enlaça par la taille et, serrés l'un contre l'autre, ils gagnèrent le restaurant. Quelques ruelles labyrinthiques et trois ponts plus tard, ils débouchèrent sur une place bordée de restaurants.

La Trattoria di Pesce était l'un d'eux. Une guirlande de lumières jetait un halo sur la demi-douzaine de tables dressées à l'extérieur, et les grandes baies vitrées montraient un intérieur aux tables en bois, avec notamment, sur les étagères, de grands bocaux remplis de pâtes rouges, noires et vertes de toutes les formes et tailles possibles. Tout au fond, on apercevait les cuisines.

— Tu peux me faire confiance, on y sert les meilleures tagliatelles aux crabes de la ville.

— Je te crois sur parole… Oh ! écoute !

Elle s'immobilisa.

Penchant la tête, elle s'immergea alors dans les notes profondes d'un violoncelle et, pivotant sur ses talons, en retraça la provenance : une église à deux pas, aux portes grandes ouvertes. Puis elle entendit d'autres instruments à cordes.

— Je pense que c'est une sonate de Rossini, murmura-t-elle, ravie.

— Je m'en remets à toi…

Plissant les yeux, Travis aperçut une affiche, derrière un petit placard vitré, à côté de l'église.

— Si ma traduction est bonne, ce sont des étudiants du conservatoire de Venise qui donnent un concert ici, ce soir, ajouta-t-il. Et ce concert est gratuit. Tu veux qu'on entre ?

Si Kate n'avait pas déjà été en train de retomber amoureuse de son mari, cette offre héroïque serait venue à bout de ses résistances. Travis et elle partageaient en effet de nombreuses passions, comme les promenades dans la neige immaculée, les homards qu'ils mangeaient en oubliant leurs bonnes manières, le raffut que faisaient les Boston Bruins quand ils arrivaient sur le terrain pour disputer un match de hockey sur glace, leur dévouement au travail.

En revanche, la musique classique restait un domaine non partagé : elle était parvenue à traîner Travis en tout et pour tout à trois concerts symphoniques. La première fois, il avait menti effrontément en affirmant que l'expérience lui avait beaucoup plu ; la deuxième, il avait admis s'être un peu ennuyé ; et, au cours du troisième concert, il s'était endormi et mis à ronfler à la moitié du spectacle, ajoutant un curieux instrument à l'ensemble ! Elle lui avait alors donné des coups de coude dans les côtes afin d'éviter les regards exaspérés des autres spectateurs.

Après ce fiasco, ils s'en étaient tenus, pour les concerts en commun, à des groupes que tous les deux appréciaient. Aussi, la pensée qu'il voulait bien retenter l'expérience quitte à recevoir une bourrade dans les côtes fit-elle chanter son cœur à l'unisson des quatre instruments à cordes qui résonnaient dans l'église.

— Pourquoi ne profiterions-nous pas du meilleur des deux mondes ? suggéra-t-elle.

Elle désigna la trattoria.

— Si nous nous installons en terrasse, nous pourrons écouter la musique tout en nous régalant.

— Ça me convient tout à fait ! renchérit-il. Mais j'ai vu clair dans ton jeu, tu sais : tu espères que des pâtes aux crabes me maintiendront éveillé.

— Je ne l'espère pas, je prie pour que ce soit le cas !

Elle n'eut pas à s'inquiéter. Ils furent assez chanceux pour obtenir une table à l'extérieur et que les notes de la sonate flottent jusqu'à eux, enchantant Kate et formant pour Travis un bruit de fond tout à fait supportable. Ils commandèrent une carafe du *vino bianco* que proposait la maison et savourèrent le vin léger et fruité tout en étudiant la carte. C'était simple, écrit à la main et en italien, et Travis s'efforça de traduire les quatre plats proposés.

— Il y a donc les fameuses tagliatelles dont je t'ai parlé, mais pas seulement aux crabes. Ils servent aussi d'autres fruits de mer, accompagnés de sauces diverses.

Le serveur arriva alors et, dans son anglais limité et à grand renfort de gestes, prit le relais pour exposer ce que proposait la maison. Travis s'en tint à ses tagliatelle aux crabes, tandis qu'elle opta pour des pâtes aux coquilles Saint-Jacques et champignons. On leur servit en accompagnement des salades de concombres et du pain croustillant qu'ils pouvaient tremper dans de l'huile d'olive ou du vinaigre balsamique.

Le concert du quatuor se termina à la moitié de leur repas, ce que Travis n'aurait sans doute pas remarqué sans les applaudissements.

— C'était très beau, commenta-t-il dans un élan de magnanimité envers une forme de musique qui agissait sur lui comme un somnifère.

— Tout à fait, renchérit Kate avec une bien plus grande sincérité.

Ils partagèrent ensuite un tiramisu, puis regagnèrent leur hôtel en flânant dans les rues serpentines. La plupart des gondoles étaient amarrées pour la nuit, mais quelques bateaux-taxis sillonnaient encore le Grand Canal ; les remous iridescents qu'ils suscitaient dans leur sillage venaient clapoter contre les escaliers en marbre des *palazzi* qui longeaient cette partie du canal.

Comme les autres, le Palazzo Alleghri était baigné par la lumière de la lune. Ses colonnes blanches semblaient directement sortir du chatoiement des eaux, tandis qu'il émanait de ses étages à hautes fenêtres ouvragées une puissante impression de calme.

Kate était loin d'éprouver pareil sentiment, et savourait un plaisir et une satisfaction épicuriens. Elle fut saisie d'une joie pure en songeant qu'elle allait partager le même lit que son mari, ce soir-là !

Travis lui fit trois fois l'amour avant de l'abandonner aux bras de Morphée. Elle était réellement épuisée ! pensa-t-il en la contemplant d'un œil tendre dans son sommeil, tout imprégnée de l'odeur de leurs étreintes, la respiration enfin régulière. Quand il fut bien certain de ne pas la réveiller, il regarda sa montre. Elle affichait minuit, il était donc 18 heures sur sa base, en Floride ; par conséquent, si son patron n'était pas en train de voltiger dans les airs ou parti assister à une conférence de haut niveau relative au déploiement de ses troupes, il devait se trouver à son bureau.

S'écartant doucement de Kate, il se glissa hors du lit. Même s'il avait déclaré d'un ton désinvolte qu'il annoncerait sans tarder sa démission à son supérieur, la perspective lui pesait terriblement : aussi, autant se débarrasser de ce fardeau le plus vite possible !

Enfilant un jean, il prit son portable et gagna le salon. Au dernier moment, il espéra presque que l'assistante de Hamilton lui apprendrait qu'il était en déplacement, ou bien cloué au lit en raison d'une grippe carabinée. Mais il n'eut pas cette chance.

Le colonel était bel et bien à son poste, et de sale humeur.

— J'espère que tu m'appelles pour m'informer que tu as bientôt terminé la mission à Aviano !

— Pas exactement.

— Dans ce cas, mets le turbo, car j'ai besoin de toi ici.

Il avait affronté des ennemis armés avec des nerfs en meilleur état qu'actuellement ! Machinalement, il redressa les épaules.

— Je voulais vous prévenir que je vais entreprendre les démarches nécessaires pour me retirer de l'armée de l'air.

— Qu'est-ce que tu me racontes ?

— On m'offre un poste dans le civil, un très bon poste, et je compte l'accepter.

Un long silence tendu s'ensuivit, que Hamilton brisa d'une question brutale :

— Ce poste va-t-il te permettre de te réconcilier avec Kate ?

Travis n'était pas surpris que Hamilton soit au courant. En effet, les nouvelles se répandaient vite dans les casernes, les rumeurs aussi ; par ailleurs, la femme du colonel prenait régulièrement le pouls de la vie de chaque famille.

— Je l'espère, mon colonel.

Cette fois, il n'y eut ni silence ni hésitation, et la réponse fusa, d'une sincérité incontestable de la part d'un homme qui était en admiration totale devant sa femme :

— Alors, fonce ! J'en ferais autant à ta place.

Et Travis sentit les couleurs lui revenir. Un soulagement l'envahit, ainsi qu'un soupçon de culpabilité aussi, quand le colonel lança son dernier ordre :

— Mais, avant de démissionner, ramène-toi par ici, Westbrook ! Tu as encore des choses à boucler de ce côté-ci de l'Atlantique.

6

Kate se réveilla dans un monde qui lui parut peint à l'or fin. Malgré l'épaisseur des tentures, quelques rayons de soleil filtraient, ornant d'ambre le chandelier, tout comme les feuillages stylisés qui s'enroulaient aux quatre pieds du lit. Elle s'étirait paresseusement quand son mari entra dans la chambre.

Il était déjà douché, rasé et habillé ! Et il avait également commandé le petit déjeuner dans la chambre puisqu'il portait un plateau en argent à la main.

— J'espère qu'il y a du café !

— Du café et des *pagnottini*, précisa-t-il.

— C'est-à-dire ?

— Une sorte de petit pain rond sucré aux raisins secs.

Prenant appui sur un coude, elle coinça le drap sous ses aisselles et lui fit de la place pour qu'il pose le plateau sur le drap, pendant qu'il lui tendait un bout de *pagnottini*. Miam ! C'était délicieux, avec un léger goût de levure.

— Carlo nous a rendus complètement accros, Brian et moi, à ces petits délices, reprit Travis. Il nous en apportait chaque matin de tout frais. J'ai l'impression qu'ils provenaient de la même pâtisserie que celle qui fournit l'hôtel.

— Carlo mène grand train, j'imagine. A propos, quand vais-je enfin le rencontrer ?

— Eh bien, j'ai pensé que nous pouvions passer la journée à visiter Venise et que nous irions demain à la base.

Où il remplirait un dossier qui mettrait fin à sa collaboration avec l'armée de l'air, compléta-t-elle. Et cette pensée la grisa.

— Ce programme me convient parfaitement ! décréta-t-elle.

Il déchira un nouveau bout de brioche et lui mit d'autorité dans la bouche.

— J'ai appelé le colonel Hamilton, hier soir, après que tu t'es endormie.

Elle s'efforça de ne pas s'étrangler avec sa bouchée, l'avala rapidement et s'enquit :

— Et ?

— Je lui ai dit que j'allais donner ma démission.

Elle sentit les battements de son cœur s'accélérer encore.

— Et ?

— Et je vais donner ma démission.

Elle savoura ces douces paroles pendant quelques instants avant de demander :

— Il n'a pas essayé de t'en dissuader ?

— Curieusement, non. Il a juste dit qu'il aurait agi de la même façon, étant donné les circonstances.

Alors qu'elle n'aurait dû ressentir que du soulagement à l'idée que Travis ait franchi un si grand pas, elle éprouva soudain de l'indignation, ce qui était parfaitement stupide.

— Je suis ravie qu'il voie la situation sous cet angle ! marmonna-t-elle, en prenant un autre bout de brioche. Après tout, qu'est-ce que ça peut lui faire, ton départ ? Tu étais juste un pilote qui faisait un peu plus d'heures que les autres.

— Je suis certain qu'il va me passer un savon, quand je le verrai en Floride, mais pour l'instant…

Son petit sourire chassa en elle toute trace de colère.

— Profitons de la vie ! termina-t-elle.

— Absolument.

— Mais dis-moi, qu'as-tu exactement en tête, mauvais garçon ?

— Eh bien, peut-être pourrions-nous sauter la visite touristique de Venise et passer la journée au lit ? proposa-t-il d'une voix suggestive.

Mais elle ne se laisserait pas convaincre aussi facilement.

— C'est tentant, mais j'ai besoin de quelque chose de plus

roboratif qu'un café et d'un *pagnottini* pour en reprendre là où nous en étions hier soir.

Elle avait aussi très envie d'un bon bain dans cette baignoire absolument décadente pour détendre des muscles endormis que Travis avait mis à l'épreuve, la nuit dernière.

— Prenons un vrai petit déjeuner sur cette fameuse terrasse que nous avons manquée, hier soir, poursuivit-elle. Et nous pourrons ainsi établir tranquillement notre programme.

— Entendu, concéda-t-il avec une réticence feinte.

Comme si elle ne savait pas qu'il avait besoin d'un petit déjeuner copieux pour attaquer la journée !

— Mais tu as intérêt à être en forme, car c'est la saison touristique, en ce moment, et il faut faire la queue partout, la prévint-il.

Elle prit un autre petit pain et finit sa tasse de café avant de se lever. Le drap tomba alors à ses pieds, et Travis eut un sifflement d'admiration d'une élégance fort discutable, tandis qu'elle regagnait la salle de bains.

Leur vie allait enfin prendre une toute nouvelle direction, songea Kate, et cette perspective déclenchait en elle une effervescence semblable à celle des bulles parfumées de son bain.

Elle était toujours dans cet état euphorique quand elle appela, comme promis, Dawn et Callie. Elles mirent le haut-parleur et apprirent ainsi en même temps que Travis allait démissionner de l'armée de l'air pour entrer chez Ellis Aeronautical Systems. Dawn poussa alors une exclamation sceptique, tandis que Callie demanda prudemment :

— Tu es bien certaine que c'est ce que tu veux ?

— Complètement !

— Et Travis ? C'est aussi son souhait ?

— Forcément, puisqu'il a déjà appelé le colonel pour lui signaler son prochain départ. Nous allons à Aviano, demain, pour qu'il remplisse les papiers requis.

— Et le grand projet sur lequel il travaille en ce moment ?

Kate n'avait pas interrogé Travis à ce sujet, mais elle répondit néanmoins avec la plus grande assurance :

— Il restera jusqu'à ce que ce soit fini.

— Et ça prendra combien de temps ?

— Je l'ignore. Il ne peut pas vraiment…

— … en parler, complétèrent en chœur ses amies.

Eclatant de rire, Kate reprit :

— Combien de temps envisagez-vous de vous prélasser dans votre luxueuse villa ?

— Aussi longtemps que possible !

La réponse de Dawn fut tempérée par l'intervention de Callie.

— Deux ou trois jours encore. Pourquoi ?

— Je sais que Venise ne faisait pas partie de notre itinéraire initial, mais c'est une ville vraiment incroyable. Ainsi que l'hôtel où nous résidons. Il est tenu par un des cousins de Carlo…

— Carlo, autrement dit le prince ?

— Lui-même.

— Il faut que je rencontre ce type ! s'exclama Dawn.

— Moi aussi, renchérit Kate. Mais revenons à Venise et à l'hôtel. Selon Travis, ils nous font un prix très raisonnable. Je pourrai essayer de négocier les mêmes tarifs pour vous, si vous faites un saut en train, ce week-end.

— Je doute que Trav apprécie, commenta Callie.

— Oh ! je crois que ça ne le dérangera pas du tout !

Un sourire ourla ses lèvres.

— Nous rattrapons le temps perdu, lui et moi. Venez si vous en avez envie.

— Nous allons y réfléchir.

Ayant passé son principal appel, Kate regarda la liste des messages reçus la veille et rappela la banque de Bologne. Massimo, l'assistant de *signore* Gallo, était absent, mais sa secrétaire lui transmit le message qu'il avait laissé à son intention.

— *Signore* Gallo aimerait s'entretenir avec vous sur les modifications relatives à l'indice de liquidité, lui dit-elle.

La voix de la secrétaire, tout comme son accent, lui parut curieusement familière… Ce fut alors qu'elle comprit pourquoi : c'était la femme bouleversée qu'elle avait croisée dans les toilettes de la banque.

— Votre mari et vous pourriez-vous déjeuner avec lui à notre siège lundi ? A 13 heures, si cela vous convient.

— Oui, je pense que c'est possible. Je vous rappelle pour confirmer.

— *Grazie.*

Elle rapporta l'essentiel de ces conversations à Travis dans l'ascenseur qui les menait sur la terrasse du restaurant pour un petit déjeuner tardif.

— Si cela ne te dérange pas, j'aimerais que l'on fasse un nouvel arrêt à Bologne. *Signore* Gallo nous invite à déjeuner. Et cela s'insère parfaitement dans notre itinéraire.

— Lequel ? demanda-t-il en faisant la grimace.

— Celui qui nous a conduits à Venise aujourd'hui, et qui nous mènera à Aviano demain. Nous pourrons revenir lundi à Florence en passant par Bologne.

— Parfait pour moi.

— A propos, j'ai aussi signalé à Callie et Dawn que nous allions nous renseigner sur d'éventuelles chambres disponibles au *palazzo*, au cas où elles voudraient faire un petit saut à Venise, ce week-end.

A son grand soulagement, il en parut ravi.

— Ce sera génial si elles viennent.

— Ça ne te dérange pas ?

— Non, ma chérie, pas du tout.

Au même instant, les portes de l'ascenseur s'ouvrirent. Il les bloqua et lui saisit le menton.

— Vous étiez amies toutes les trois bien avant que je fasse ta connaissance. Je serai ravi d'escorter les Invincibles dans Venise pendant toute une journée.

Puis il ajouta d'une voix plus rauque :

— Tant que nous disposerons de nos nuits.

Elle sentit des frissons la parcourir.

— Ça me convient.

Pourquoi n'appellerait-il pas Brian, afin de lui demander ce qu'il avait prévu pour le week-end ? se dit alors Travis. Et Carlo aussi, dans la foulée. Au fond, cela ne nuirait en rien de disposer d'une tactique de diversion, le cas échéant, face aux Invincibles.

En attendant, il avait bien l'intention d'apprécier Venise en compagnie de sa femme, cette ville qu'il n'avait d'ailleurs jamais connue dans un environnement aussi fabuleux.

Carlo lui répétait toujours qu'il lui était redevable de l'avoir couvert lors d'un raid destiné à récupérer des journalistes italiens. Si tel était le cas, le prince play-boy avait plus que payé sa dette : il lui suffisait de contempler le visage ravi de Kate face à ce somptueux petit déjeuner dans un cadre féerique pour mesurer l'immense faveur que Carlo lui avait réservée.

Lui aussi, il l'admettait, aurait placé ce site en premier sur la liste des endroits les plus romantiques du monde. Les rayons de soleil filtraient par les treillis recouverts de vigne vierge, et le buffet aurait pu convenir à un roi, pardon, à un doge ; par ailleurs, leur table offrait une vue extraordinaire sur les vaporettos et les gondoles qui glissaient sur le canal, juste en bas.

Le buffet exceptionnel proposait même des cocktails aux convives, mais il est vrai que la matinée était assez avancée.

— Tu sais que le Bellini a été inventé ici, déclara-t-il à Kate lorsque celle-ci commanda ce mélange à base de *prosecco* et de nectar de pêche.

— Je sais. Au Harry's Bar, où Ernest Hemingway et quelques autres sommités littéraires des années 1930 et 1940 avaient leurs habitudes.

Et, quand le serveur lui tendit une flûte en cristal, elle leva la boisson vers la lumière pour en admirer la nuance rose pâle.

— Je me demande pourquoi on lui a donné ce nom.

Ce à quoi le serveur s'empressa de répondre :

— Bellini est l'un de nos plus grands peintres, *signora*, et, quand le patron du Harry's Bar a concocté le cocktail, il a décrété que la couleur lui rappelait la tenue d'un saint peint par Giovanni Bellini. Alors, il lui a aussitôt donné le nom de ce grand artiste. D'ailleurs, si vous voulez voir ce tableau, il suffit de vous rendre au palais des Doges. Est-ce votre intention ?

— Certainement, répondit Travis.

— L'hôtel peut vous arranger une visite sans attente, car il y a beaucoup de touristes, en ce moment. Dois-je appeler le réceptionniste pour qu'il convienne avec vous des horaires qui vous arrangent le mieux ?

— Ce serait fantastique, approuva Kate avec un grand sourire.

Une fois le serveur parti, elle leva toutefois un sourcil sceptique.

— Les files d'attente à Venise ne doivent pas être bien plus longues qu'à Rome.

— Détrompe-toi. A Rome, les sites touristiques sont éloignés les uns des autres, ce qui n'est pas le cas ici. Tout est concentré autour de la place Saint-Marc et du pont du Rialto.

Kate resta dubitative jusqu'à ce que le vaporetto privé de l'hôtel les débarque à 13 heures, place Saint-Marc, pour une visite privée du palais des Doges en compagnie de quelques autres privilégiés ; le Palazzo Ducale, bâtisse rose pâle et blanche, avait servi de résidence aux gouverneurs suprêmes de la République vénitienne à partir du XIe siècle.

— Ça alors ! Je ne m'attendais pas à une telle foule, s'exclama-t-elle.

Et, agrippant le bras de Travis, elle descendit du bateau pour affronter une marée humaine, de tout âge et toute nationalité.

Mais, curieusement, cette joyeuse multitude ajoutait encore à l'ambiance de Venise, unique au monde. Personne ne se bousculait, et des centaines de marchands ambulants proposaient toutes sortes de souvenirs : des masques de carnaval à bas prix, des canotiers comme ceux des gondoliers, des éventails en dentelle, des T-shirts *I love Venice* déclinés sous toutes les formes possibles, et bien d'autres colifichets.

Soit le concierge avait opéré des merveilles, soit le nom du Palazzo Alleghri était un vrai sésame… Kate se sentit bien un peu coupable de passer devant tout le monde, mais pas assez pour renoncer à son coupe-file VIP.

Le palais était aussi splendide que l'assuraient les guides de voyage, encore qu'un rien chargé. Il comportait des salles débordantes d'opulence, et tapissées de tableaux des plus grands maîtres. Aux deux tiers de la visite, Kate frisait l'indigestion et elle fut aussi soulagée que Travis quand ils retrouvèrent le soleil éclatant de l'après-midi… et absolument enchantée lorsqu'il la conduisit dans l'un des restaurants sis sous les arcades de la place Saint-Marc. Chacun possédait une couleur propre ainsi qu'un orchestre installé sur une estrade, qui divertissait autant les touristes qui musardaient sur la place que les clients prêts à payer une fortune pour une table.

Depuis qu'elle avait emménagé à Washington, Kate côtoyait un monde où les dîners et les cocktails étaient extrêmement onéreux et, malgré tout, elle dut regarder à deux fois les prix inscrits sur la carte aux coins de laquelle se balançaient des pompons. Elle était en train de convertir mentalement pour la troisième fois le prix d'un verre de vin rouge en dollars quand le portable de Travis vibra.

— C'est Brian Ellis, annonça-t-il après avoir regardé son écran. Je lui ai laissé un message pour qu'il me rappelle.

— Tu vas lui dire que tu acceptes le poste ?

— Exact.

— N'oublie pas que ta réponse est tout de même liée aux explications plus détaillées qu'il doit te fournir. Je veux des chiffres… Notamment sur les risques, ajouta-t-elle au moment où il prenait l'appel.

— Quoi ? Mais je pensais que tu plaisantais… Pardon ? Non, pas toi, Brian.

Il lança un regard excédé à Kate.

— Je parlais à ma femme, reprit-il, car il se trouve qu'elle veut un peu plus d'informations sur ce qu'on attend d'un vice-président chez EAS, en termes de tests et d'évaluations, avant que nous signions.

Il écouta la réponse de son interlocuteur, puis reprit :

— Oui, c'est faisable, bien sûr. A quelle heure ? Entendu, nous y serons.

Il mit un terme à la communication, et l'éclaira :

— Brian m'a dit qu'il serait ravi de te donner toutes les infos que tu souhaites, et nous suggère de le retrouver ce soir vers 19 heures pour dîner, à son hôtel.

— Entendu.

Elle scruta alors son visage.

— Ça te contrarie que je veuille plus de précisions ? Je comprendrais, si c'était le cas, mais…

A cet instant, le serveur se matérialisa, et Travis commanda deux verres de vin et des pâtisseries, tandis qu'elle écouta de façon distraite l'obsédante version que donnait leur orchestre de *Somewhere in Time*, tout en tentant d'ordonner ses pensées.

— C'est juste parce que tant de missions dans l'armée de l'air étaient classées top secret, argua-t-elle une fois le serveur reparti. Je savais rarement où tu allais quand tu partais, ce n'était pas facile de vivre avec cette peur et cette incertitude chevillées au ventre.

Elle était assise juste à côté de lui, parmi une foule de touristes d'au moins six nationalités différentes.

— J'ai compris, Kate, dit-il en posant sa main sur la sienne. Et j'aimerais te garantir que c'est de l'histoire ancienne mais, le problème, c'est que l'on peut diminuer les risques, mais jamais les éliminer totalement. Et cela s'applique d'ailleurs à tous les domaines de l'existence.

Il avait raison, et elle le savait bien mais, malgré tout, elle avait besoin de plus d'éléments.

Son entêtement dura jusqu'à ce que le nez de leur bateau-taxi atteigne le ponton privé d'Ellis, peu avant 19 heures. Comme le Palazzo Alleghri, le Gritti Palace avait autrefois été la demeure d'un noble fortuné et doté d'un goût irréprochable, en l'occurrence Andrea Gritti, doge de la Sérénissime au XVIe siècle, comme l'indiquait la plaque en bronze à l'entrée, côté canal.

A l'intérieur, Kate et Travis découvrirent une armée d'employés en uniforme noir, rassemblée dans la vaste entrée, l'air profondément affligé, tandis qu'une équipe de médecins s'affairait à sortir un lit à roulettes de l'ascenseur. Brian Ellis l'escortait, le visage sombre.

7

— Brian ! s'écria Travis en s'avançant d'un pas rapide vers son ami, Kate à ses côtés.

Ce premier se retourna et fit signe à l'équipe médicale d'attendre.

Pourvu qu'il ne soit rien arrivé à son fils ! se dit-il en croisant les doigts. Mais il se rendit rapidement compte que c'était en réalité une femme proche de la cinquantaine qui était allongée sur le brancard. Les yeux ouverts, elle semblait avoir toute sa conscience.

— Que s'est-il passé ? s'enquit-il.

— Mme Wells, la nourrice de Tommy, a trébuché, répondit Brian en posant une main réconfortante sur l'épaule de celle-ci. Nous espérons que c'est juste une foulure et qu'elle ne s'est pas cassé la cheville.

— Je n'arrive pas à croire que j'ai pu être aussi maladroite, marmonna cette dernière en grimaçant. Et moi qui ne cesse de répéter à Tommy de regarder où il pose les pieds !

— Nous nous rendons à l'hôpital, lui expliqua son ami. Je suis désolé de n'avoir pas eu le temps de vous appeler avant pour annuler le dîner.

— Ça n'a aucune importance.

— Peut-on vous être utile ? demanda Kate en adressant un sourire plein d'empathie à la blessée. Je serais ravie de venir avec vous si vous avez envie d'une compagnie féminine, à l'hôpital.

— Merci, ma chère, mais je sais que Brian prendra bien soin de moi.

Elle se mordit la lèvre.

— En revanche, ajouta-t-elle, je me fais du souci pour Tommy. Mon stupide accident l'a effrayé.

— Il va s'en remettre, lui assura Brian avec calme, avant de reprendre à l'intention de Kate et Travis : L'hôtel a fait appel à une assistante pour s'occuper de lui jusqu'à notre retour.

Cependant, son regard confiant ne trompa pas Travis : tout comme la nourrice de son fils, Brian devait être fort soucieux, d'autant qu'il était impossible de savoir combien de temps durerait la visite à l'hôpital, entre les radios et les consultations des médecins. Il allait offrir leurs services comme baby-sitter quand Kate le coiffa au poteau.

— Nous pouvons tout à fait rester avec lui. Bien sûr, il ne nous connaît pas mais, si vous lui dites que Travis et vous travaillez ensemble, nous ne serons plus de complets inconnus, pour lui.

Ellis ne prit même pas la peine de protester par courtoisie, et ses yeux bleus reflétèrent tout de suite un immense soulagement.

— Merci, dit-il. C'est ce que je vais faire.

Puis il se dirigea vers la réception pour appeler sa suite.

Kate admira le calme dont Brian faisait preuve : nul doute qu'il était habitué à gérer des crises, même dans son entourage proche. En découvrant l'homme derrière le P-DG, elle perçut soudain sous un angle différent la collaboration future de son mari avec lui.

— Salut, bonhomme, c'est papa, dit-il quand on lui passa son fils. Non, nous ne sommes pas encore à l'hôpital, je t'appellerai quand nous y arriverons. En sortant de l'hôtel, j'ai rencontré des amis à qui j'ai demandé de te tenir compagnie, pendant mon absence. Je t'ai parlé du commandant Westbrook, tu te souviens ? Le pilote de C-130 qui effectuait des tests pour moi à Aviano… Eh bien, sa femme et lui vont monter dans notre suite, d'accord ? Mme Wells et moi risquons d'en avoir pour un certain temps, donc, pas de bêtises, compris ? Tu n'essaies pas de plonger dans le canal, ni de lancer des sacs remplis d'eau sur les passants.

Kate haussa un sourcil étonné, et le releva plus haut encore en entendant la suite…

— Et ne harcèle pas le commandant Westbrook pour qu'il t'emmène faire un tour en voiture. Je ne me suis pas tout à fait remis de la dernière fois que tu as pris les manettes ; rien que d'y penser, j'en tremble encore.

Travis lui sourit quand il raccrocha.

— J'ai l'impression qu'il est aussi intrépide que moi au même âge.

— Oui, nous en reparlerons à mon retour, renchérit le père en toussotant. Nous sommes dans la suite 220. Voici ma clé, et encore une fois mille mercis pour le service que vous me rendez.

— C'est avec plaisir. Occupe-toi bien de Mme Wells, et ne t'inquiète surtout pas : on veille au grain.

Kate souhaita un prompt rétablissement à cette dernière et suivit Travis jusqu'à l'ascenseur.

— Les recommandations de Brian étaient *très* intéressantes, glissa-t-elle alors. Tu crois que nous allons nous en sortir ?

— Allons, il n'a que six ans ! J'en ai vingt-six de plus et je dois aussi peser cinquante kilos de plus. Dans le pire des cas, je le plaquerai au sol pendant que tu l'attacheras avec les draps.

Elle éclata de rire mais, malgré tout, elle se demandait bien quel genre d'espièglerie leur réservait le petit Tommy pendant les deux ou trois heures qu'ils allaient passer en sa compagnie…

La baby-sitter temporaire les introduisit bientôt dans une suite encore plus spacieuse et magnifique que celle du Palazzo Alleghri. Au fond, il était très facile de s'habituer aux dorures et aux antiquités, pensa-t-elle tandis qu'il traversait un vestibule au parquet impressionnant pour rejoindre l'enfant dont ils avaient la charge.

Ses cheveux étaient d'un brun un peu plus clair que les cheveux de son père, et ses yeux tout bleus, mais il semblait avant tout très soucieux. Une fois l'assistante partie, il exprima son inquiétude pour sa nourrice.

— Est-ce que Mme Wells va sortir de l'hôpital ce soir ?

— Nous n'en savons rien, admit honnêtement Travis. Elle

n'avait pas l'air trop mal en point mais, selon ton père, il faut qu'elle passe une radio de la cheville.

— Elle me dit toujours que je dois ranger mes jouets, car on pourrait trébucher, et je ne l'ai pas écoutée !

Les yeux brillants de larmes, il désigna alors l'espace salle à manger, richement meublé, auquel on accédait par quelques marches.

— C'est là que ça s'est passé, reprit Tommy d'une voix tremblante. On avait commandé des spaghettis pour le dîner parce que papa sortait. Mme Wells est allée ranger mon puzzle sur la table et elle a manqué la marche.

Kate comprit tout de suite la requête implicite.

— Donc, tu n'as pas mangé ? Tu dois mourir de faim.

Il afficha un petit sourire.

— Plutôt.

— Je vais voir où en est la commande. Et, si cela ne te dérange pas, je vais demander qu'on rajoute deux portions.

Tous trois consommèrent un pain entier aux olives, d'appétissantes salades *caprese*, et d'incomparables spaghettis à la bolognaise dans les assiettes aux motifs un peu chargés du Gritti, selon l'avis de Kate ; après quoi, Travis et Tommy eurent encore un peu de place pour deux coupes de glace !

Se présentant toujours sous son meilleur jour, le fils de Brian insista pour débarrasser la table avant de prendre son air de chérubin le plus innocent et de demander :

— Vous avez déjà joué à Space Zombie ?

— Il me semble, oui, répondit Kate. Mais ça fait très longtemps.

La façade angélique se fissura, dévoilant une expression de plaisir machiavélique.

— C'est sur la chaîne de l'hôtel réservée aux enfants. Mme Wells et moi, on a commencé une partie, mais elle a abandonné au niveau trois. On peut reprendre à partir de là, si vous voulez.

— OK.

Jetant un coup d'œil résigné à Travis — eh oui, elle s'était fait piéger —, Kate s'assit près de l'enfant qui la mettait au défi. Tommy commença alors à jouer avec ses pouces à une vitesse digne d'un travailleur à la chaîne et, quelques instants plus tard, ils étaient engagés dans une bataille galactique, à la vie à la mort. Lorsque son vaisseau explosa pour la cinquième fois, Kate poussa un grognement et proposa les manettes à Travis.

— Tommy est trop fort pour moi. Prends le relais.

Des cris de jubilation et des sifflements ponctuèrent les trente ou quarante minutes qui suivirent. Jambes repliées sous elle, Kate retenait un sourire en voyant son mari affronter son jeune alter ego, car tous deux étaient taillés du même bois, personne ne concédant la moindre erreur à l'autre. Finalement, Travis fut bien obligé de se rendre à l'évidence : il avait trouvé plus fort que lui ! Il allait subir une défaite complète pour la troisième fois quand le téléphone sonna.

Assise près de l'appareil, Kate décrocha. C'était Ellis. Au fur et à mesure qu'il lui livrait les informations, son sourire s'effaça.

— Oh non ! Je suis désolée d'entendre ça…

Le duo assis devant l'écran géant capta instantanément le murmure : Travis afficha une expression prudente, et le petit garçon parut se décomposer.

— Oui, répondit Kate en jetant un regard en biais à Tommy. Je vais lui dire. Et non, cela ne nous dérange pas.

Elle raccrocha et rapporta la mauvaise nouvelle.

— L'accident est plus sérieux qu'on le pensait. La cheville de Mme Wells est fracturée à plusieurs endroits, et il faut l'opérer en urgence.

— Elle va mourir ? s'écria Tommy d'un ton complètement paniqué. Comme maman ?

Immédiatement, elle décocha un coup d'œil à Travis : elle ignorait ce qui était arrivé à la femme de Brian, mais elle n'avait aucune envie de raconter des platitudes à l'enfant et de lui assurer des choses qu'il ne croirait pas.

Saisissant le message, Travis intervint rapidement pour calmer la spirale de l'angoisse chez le petit garçon.

— Je me suis cassé la cheville, moi aussi, au lycée, lors d'une partie de basket-ball. Je suis mal tombé en voulant rattraper la balle, résultat : une fracture !

— Et t'as été opéré ?

— Tout à fait. Les médecins devaient réaligner les os et mettre des vis pour que le tout reste stable pendant la guérison. Après, j'ai eu un plâtre et des béquilles pendant un mois, à peu près.

— Mais..., commença Tommy.

Il ravala ses larmes.

— Tu n'étais pas aussi âgé que Mme Wells. Les vieilles personnes guérissent moins vite. C'est elle qui me l'a dit.

— C'est vrai, mais Mme Wells n'est quand même pas si âgée que ça. Pas comme... le professeur de Harry Potter à Poudlard, par exemple, ajouta-t-il.

— Le professeur Dumbledore ?

Travis hocha la tête.

— Non, bien sûr, concéda Tommy, peu convaincu néanmoins.

— Ton père va rester auprès d'elle jusqu'à l'opération, reprit Kate. Donc, Travis et moi allons te garder un peu plus longtemps que prévu, d'accord ?

— OK.

— Tu veux qu'on finisse la partie ? demanda Travis en espérant le distraire.

— Non, répondit l'enfant d'une petite voix tremblante avant d'ajouter sur le ton du sacrifice suprême : Je crois qu'il vaut mieux que j'aille prendre mon bain.

Il fit une pause, puis précisa d'une voix où perçait un soupçon de ruse :

— Mme Wells veut que j'aille au lit à 21 heures, mais en général je peux regarder la télé jusqu'à 22 heures.

— En général ? reprit Travis, masquant un sourire.

— Quelquefois.

— OK, alors disons que ce soir fera partie de ces exceptions.

Va prendre ton bain, champion, et nous allons voir s'il y a un programme intéressant pour les enfants.

Avec la résilience propre aux enfants, Tommy enchaîna instantanément :

— Il y a beaucoup de films sur les chaînes pour enfants. J'ai vu *La Reine des neiges* plein de fois, mais je veux bien le revoir !

Le téléphone de Kate sonna alors que Tommy était en train de torpiller des bateaux en plastique dans son bain, sous le regard vigilant de Travis.

— Nous avons finalement décidé d'accepter votre proposition et de vous rejoindre à Venise, lui annonça Callie quand elle prit l'appel. Si tu crois qu'il y a une chambre disponible dans votre hôtel, nous prendrons le train demain matin… à moins que tu aies changé d'avis, bien sûr.

— Ou que Travis l'ait fait pour elle, râla Dawn en arrière-fond.

Décidément, cette dernière en voulait toujours à son mari, pensa Kate en souriant. Ses amies étaient adorables, mais elles pouvaient aussi être féroces ; toutefois, pour sans doute la millième fois depuis ses huit ans, elle comprit combien elle avait de la chance qu'elles fassent partie de sa vie.

— On adorerait que vous veniez, commença-t-elle, seulement…

— Tu vois ! s'écria Dawn. Je te l'avais bien dit !

— … il y a eu un petit imprévu, poursuivit Kate, imperturbable.

Elle relata rapidement l'incident avant de conclure :

— Je ne sais pas combien de temps nos services seront requis.

— Nous pourrons vous relayer, renchérit Callie avec sa générosité de cœur habituelle. Nous allons prendre le premier train pour Venise, demain matin.

— Entendu, venez, mais vous ne ferez pas de baby-sitting, Travis et moi, on s'en occupe.

D'ailleurs, ils s'en sortaient plutôt bien, pensa-t-elle fièrement, en entendant les rires en provenance de la salle de bains. Et, de façon inattendue, son cœur se serra douloureusement, car elle l'imagina soudain mener des batailles avec leur fils dans la baignoire, ou s'accroupir pour prendre le thé avec leur fille et ses poupées. Ou…

Allons ! Elle était au téléphone !

— Bon, je vais vérifier s'il y a des chambres disponibles à l'hôtel, reprit-elle en déglutissant avec peine. Je te rappelle.

Elle était en train de chercher la carte de l'hôtel dans son sac lorsque le téléphone de la chambre retentit. Cette fois, c'était Brian Ellis qui commença d'une voix contrite :

— Je suis désolé de vous imposer Tommy.

— Ce n'est rien, vraiment. Comment va Mme Wells ?

— Un peu mieux, car on lui a donné des calmants. L'opération est prévue pour demain matin de bonne heure.

Elle imagina sans peine tous les appels qu'il avait dû passer à son réseau pour qu'elle ait lieu si rapidement.

— Elle restera dans le plâtre pendant environ un mois, poursuivit-il, puis aura besoin de séances de kinésithérapie. Par conséquent, elle préfère rentrer aux Etats-Unis, dès que les chirurgiens lui donneront le feu vert. Elle ira en Californie, chez sa sœur.

— A votre avis, quand pourra-t-elle quitter l'Italie ?

— Dimanche, sans doute. Elle effectuera le vol dans mon jet privé…

Il s'interrompit quelques secondes.

— La mère de Tommy est morte durant une opération. On devait lui retirer une tumeur au cerveau. Tommy était encore bébé, donc bien trop jeune pour se rappeler les détails. Mais il a souvent posé des questions, si bien que tout ce qui a trait à l'hôpital l'angoisse.

Cette tragédie de l'existence lui rappela des propos de Travis, et elle sentit son cœur se serrer douloureusement : dans la vie, le facteur risque ne pouvait jamais être complètement éliminé, que ce soit en temps de guerre ou de paix. Personne n'était jamais à l'abri d'un tremblement de terre — ou d'une tumeur au cerveau.

— Effectivement, Tommy a paru bouleversé quand je lui ai dit que Mme Wells allait subir une opération, reconnut-elle. Mais, maintenant, il va bien. En ce moment, Travis lui fait prendre son bain. Ensuite, nous allons regarder un film pour enfants avec lui, si vous êtes d'accord, bien sûr !

— Pas de problème. Et je parie qu'il vous a forcés à choisir *La Reine des neiges* ? Il a dû le voir quinze ou vingt fois. Letty — Mme Wells — menaçait de démissionner si elle devait le visionner une fois de plus.

— Je ne peux pas m'avancer pour Travis, mais moi, ce sera la première fois que je le vois. Bref, ne vous inquiétez pas pour Tommy et restez auprès de Letty aussi longtemps que nécessaire. Par ailleurs, demain matin, nous serons ravis de nous occuper de nouveau de lui pour que vous puissiez vous rendre à l'hôpital pendant l'opération.

— Il serait préférable de demander à Travis si ces changements lui conviennent, renchérit alors Ellis. J'ai l'impression qu'il avait prévu un interlude romantique à Venise. Je doute que le programme incluait un bambin aussi remuant que le mien.

— Nous sommes très flexibles, pas de problème.

Elle sourit malgré elle : ce séjour italien avait déjà pris une tournure tout à fait inattendue, un peu plus ou un peu moins…

— Et puis, du renfort va arriver, si nous en avons besoin, poursuivit-elle. Deux amies à moi, qui séjournent actuellement chez Carlo, en Toscane, vont venir passer le week-end à Venise. J'espère juste qu'il y aura des chambres disponibles à notre hôtel.

— Si ce n'est pas le cas, qu'elles descendent au Gritti.

Kate inspecta rapidement la splendide suite et préféra ne pas penser au prix que coûtait une nuit dans cet endroit de rêve.

— Je ne crois pas que le Gritti soit dans leurs moyens.

— Ce seront mes invitées. La suite de Letty est juste en dessous de la mienne, expliqua Ellis. Quand nous voyageons, je lui réserve toujours son propre sanctuaire où elle peut se retirer le soir. Elle en a besoin, après une journée avec Tommy. Donc, vos amies sont les bienvenues pour le week-end, et plus longtemps, si elles le souhaitent. La suite est réservée pour toute la durée de notre séjour.

— C'est très généreux à vous.

— C'est bien le moins que je vous dois.

— Je vais tout de même vérifier à notre hôtel, dit Kate, tout en songeant que les chambres du Palazzo Alleghri devaient être à un tarif exorbitant, même à prix d'ami.

— Pas de problème, dit Ellis. J'attends le chirurgien et je rentre. Il est en chemin, et nous allons discuter de l'opération de demain.

Evidemment... La plupart des mortels voyaient le chirurgien juste quelques secondes avant que l'anesthésiste les endorme, mais Mme Wells et son employeur vivaient dans un univers bien différent.

— Kate ?

— Oui ?

— Merci encore. Je n'oublierai jamais ce que vous avez fait pour moi.

— Je vous en prie, c'est avec plaisir.

Elle raccrocha, pensant aux connaissances remarquables que Travis avait faites pendant sa mission en Italie : l'un d'entre eux ne portait pas l'uniforme, mais un réel lien fraternel unissait le trio.

Elle appela alors le Palazzo Alleghri qui lui confirma qu'une suite était disponible et que le personnel serait ravi de recevoir les hôtes du *maggiore* Westbrook, à un prix d'ami.

— C'est-à-dire ? se fit-elle préciser.

Son banquier aurait eu une crise cardiaque en entendant la réponse ! Elle prit une profonde inspiration et répondit qu'elle allait les consulter et rappellerait. Mais elle raccrocha en se jurant qu'elle n'en ferait rien : la suite de Letty serait parfaite !

— J'ai une proposition à vous faire, les filles, déclara-t-elle quelques instants plus tard au téléphone.

— Attends, je te mets sur haut-parleur, renchérit Dawn.

— Brian Ellis, le père du petit garçon que nous gardons, va rapatrier sa nourrice aux Etats-Unis par jet privé de sorte que…

— Par jet ? répéta Dawn.

Elle eut un sifflement admiratif.

— Ton petit mari côtoie désormais du beau monde, on dirait.

— J'ai moi aussi du mal à le croire. Bref, Ellis met à votre disposition la suite de la nourrice pour nous remercier d'avoir veillé sur son fils.

— Ecoute, je ne sais pas si c'est raisonnable, commença Callie. D'abord la villa en Toscane, maintenant cette suite vénitienne… J'ai l'impression de profiter des amis de Travis.

— C'est vous qui décidez, mais Ellis semblait vraiment sincère.

Kate jeta un coup d'œil à la suite.

— Et croyez-moi, on n'a pas vécu tant qu'on n'a pas séjourné dans le vrai palais d'un doge.

— C'est tout vu, on accepte ! déclara promptement Dawn, passant outre les réserves de Callie. Moi, j'ai envie de connaître l'opulence. Je crois que je pourrais même m'y habituer.

Kate rapporta la généreuse offre d'Ellis à Travis tandis que Tommy allumait l'écran géant du salon.

— Au début, Callie était un peu réticente, dit-elle en se blottissant contre lui, sur le confortable canapé. Elle ne voulait pas tirer profit de tes amis.

— C'est bien le cas, mais en amitié il faut savoir donner *et* recevoir.

— Exact, pensa-t-elle pendant que l'enfant, ayant trouvé une énième diffusion de *La Reine des neiges*, venait prendre place à côté de Travis.

Mais le petit garçon fut rapidement bercé par les images et s'endormit au bout d'un quart d'heure ; Travis le porta alors dans son lit sans qu'il se réveille.

— Eh bien ! murmura Kate quand son mari la rejoignit sur le canapé. Nous avons réussi à passer une soirée sans ballon à eau ou autres projectiles. J'espère que nous aurons autant de chance demain.

— J'en doute, dit-il en l'attirant tout contre lui. Mais, de toute façon, nous n'aurons pas à jouer les nourrices, demain, Kate. Brian sait quels obstacles j'ai dû franchir pour passer ce temps avec toi. Il pourra tout à fait louer les services d'une…

— Donc, tu veux laisser tomber un ami dans le besoin ? se récria-t-elle avec dédain. Attention, ou bien c'est moi qui vais déserter !

— Ah, Catleya ! Cette loyauté farouche est l'une des raisons pour lesquelles je t'aime.

— Et les autres, tu veux bien me les énumérer aussi ?

— Plus tard, chuchota-t-il avec un sourire qui la troubla plus que de raison. Quand nous serons de retour à notre *palazzo*.

8

Il était plus de minuit lorsque Brian Ellis les appela pour leur annoncer son arrivée imminente.

— Quel homme prévenant ! observa Kate tout en ramassant leurs vêtements qui avaient volé à terre, un peu plus tôt.

Ils n'avaient en effet pas eu la patience d'attendre d'être de retour dans leur suite.

— Comme je te l'ai dit, il sait combien je me suis battu pour ce séjour, répliqua Travis, un éclair malicieux dans le regard.

Kate se planta alors devant lui.

— J'espère au moins que tu n'as enfreint aucune loi ni ne t'es mis aucun supérieur à dos ?

— Carlo me couvre.

— Travis ! Jure-moi que ce séjour ne te vaudra aucun problème.

— Rien qui ne soit insurmontable, le cas échéant.

Elle sentit son cœur se serrer de nouveau en forçant son mari à choisir entre leur couple et une carrière qu'il aimait.

Cette pensée la turlupinait toujours quand Ellis toqua doucement à la porte.

Comme Travis s'apprêtait à lui rendre la carte magnétique de la chambre, son ami déclara :

— Garde-la, je peux m'en procurer une autre à la réception, si vous êtes bien certains de vouloir tenir compagnie à Tommy le Terrible pendant l'opération de Letty.

— Sûrs et certains et, soit dit en passant, il n'a pas été si terrible que ça.

— Oh ! ne vous laissez pas embobiner par ses airs angéliques ! Il se montre toujours sous son meilleur jour devant les inconnus mais, pour reprendre la fameuse réplique de Scarlett O'Hara, demain est un autre jour.

Travis se mit à rire, et Kate en profita pour enchaîner :

— A propos de demain, si vous n'avez pas changé d'avis, mes amies seront ravies de séjourner dans la suite de Letty comme vous l'aviez…

— Pas de problème ! l'interrompit-il. Ainsi, je me sentirai bien moins coupable d'avoir perturbé votre séjour vénitien.

— Tu as parlé au chirurgien ? intervint Travis.

— Oui. Par ailleurs, mes assistants ont vérifié ses références, c'est le meilleur dans son domaine.

— A quelle heure se fait-elle opérer ?

— A 10 heures, mais je dois être à l'hôpital dès 8 heures, déclara-t-il d'un ton contrit. Je veux être présent quand ils l'endormiront.

— Pas de problème, lui assura Travis. A quelle heure devons-nous venir ? 7 heures ?

— Non, 7 h 30 sera suffisant. J'enverrai un bateau-taxi vous chercher, et il me conduira ensuite directement à l'hôpital.

Il passa la main dans ses cheveux.

— La journée a été longue, je prendrais bien un verre. Vous m'accompagnez ?

A son grand soulagement, son mari déclina la proposition. Elle était aussi épuisée qu'Ellis en avait l'air, se dit-elle. Avec sa cravate détachée, et sa barbe naissante, le P-DG commençait en effet à accuser les événements traumatisants de la journée.

Il insista néanmoins pour que le luxueux vaporetto privé du Gritti les reconduise au *palazzo*.

En raison de l'heure tardive, l'embarcation glissait presque silencieusement sur les canaux et, même si les lumières étaient encore allumées dans certains cafés et trattorias, la plupart des résidences étaient plongées dans le noir. Les gondoles, à présent amarrées, étaient recouvertes de bâches, et même les illuminations des principaux sites de Venise étaient éteintes.

Kate effectua le court trajet pelotonnée dans les bras de Travis mais, quand la porte de leur suite se referma derrière eux, elle se sentit soudain tout émoustillée. Toutefois, l'activité effrénée qui s'ensuivit l'exténua littéralement, au point qu'elle grogna et plongea la tête sous la couette, lorsque l'alarme du téléphone la tira de bonne heure de son lit, le lendemain matin.

Demain était effectivement un autre jour, comprit-elle en arrivant au Gritti Palace où elle découvrit un Brian exaspéré, et un Tommy à l'air boudeur, qui serrait son dinosaure contre lui. De toute évidence, l'ambiance n'était pas au meilleur entre ces deux-là.

— Vous pouvez toujours revenir sur votre promesse, décréta tout de suite ce premier.

Il lança un regard dubitatif à son fils.

— Va t'occuper de Mme Wells ! Kate et moi saurons nous débrouiller, lui assura Travis avec une confiance qui se révéla bien optimiste, ainsi qu'ils en convinrent plus tard.

— L'hôtel s'est chargé de rassembler les affaires de Letty et les déposera dans ma suite, dit Brian en prenant une petite valise destinée à la nourrice. Celle de vos amies sera prête pour 9 heures.

— Parfait. Aux dernières nouvelles, elles devraient arriver vers 15 heures.

Il lança un dernier coup d'œil à son fils.

— Je t'appellerai dès que Letty sera opérée pour te donner des nouvelles, champion.

Pour toute réponse, il obtint un froncement de sourcils.

Avec ses cheveux souples et son regard bleu angélique, le petit garçon aurait pu poser pour une publicité pour enfant, pensa Kate. Seulement, Tommy le Terrible émergea à peine son père eut-il refermé la porte…

La première crise eut lieu lors du petit déjeuner. Non, il n'irait pas au restaurant, en bas. Et non, il ne voulait pas le menu du service d'étage : les flocons d'avoine étaient trop écrasés, et les céréales ne contenaient pas le moindre raisin sec. Et puis, ici, on ne préparait pas comme il fallait les œufs brouillés.

— Très bien, dit Travis avec une patience remarquable. Dans ce cas, que veux-tu ?

— Rien.

— Comme il te plaira. Mais Kate et moi n'avons pas encore mangé.

Il jeta un air de conspirateur à sa femme et ajouta à son intention :

— Des pancakes aux myrtilles et une omelette au fromage, ça te tente ?

— Absolument, répondit-elle. Commande aussi du bacon, et du jus d'orange. Je meurs de faim.

Elle regarda brièvement le jeune boudeur.

— Et du café, marmonna Travis. Je crois que nous allons en avoir besoin.

L'air toujours aussi buté, Tommy refusa le jus de fruits et le bacon, mais but un grand verre de lait, et avala toute une pile de pancakes, ainsi que plusieurs toasts briochés généreusement tartinés de beurre et de confiture à la fraise. Pendant le petit déjeuner, Kate s'efforça de le tirer de sa mauvaise humeur. Elle le savait peiné ; nul doute qu'il pensait à sa mère qu'il n'avait en réalité jamais connue. Elle lui suggéra alors une promenade sur la place Saint-Marc pour nourrir les pigeons.

Un bref éclair traversa ses yeux bleus, mais s'éteignit bien vite.

— Mme Wells dit que les pigeons, c'est sale. Et même, qu'ils peuvent vous faire dessus !

— OK… Et si on prenait un vaporetto pour aller au Lido ? Selon un de mes guides touristiques, il y a une très belle plage, là-bas. On pourrait se baigner et…

— Il y a une piscine à l'hôtel, répliqua-t-il.

— Eh bien…

Désespérée, elle chercha rapidement sur son iPhone ce qu'il était possible de faire à Venise, avec des enfants.

— As-tu déjà pris l'ascenseur pour monter au Campanile ?

— C'est quoi, ça ?

— C'est la tour qui se trouve en face de la Basilique, sur la place Saint-Marc.

— L'immense truc ?

A l'expression légèrement paniquée qui passa sur son visage, elle repoussa cette idée en disant :

— Oui, mais le problème, c'est que l'attente est longue. En revanche, pour la Basilique, on peut réserver à une heure précise. Cela te tente ?

— C'est là où il y a les grands chevaux ?

— Tout à fait.

— Mme Wells me les a montrés d'en bas, quand nous nous promenions, mais elle a dit qu'elle était trop vieille pour monter l'escalier et les voir de près. Mais toi et le commandant Westbrook, vous pourriez, non ?

Kate tourna des yeux désemparés vers Travis qui hocha les épaules, l'air de dire : « C'est toi qui viens de nous embarquer dans cette aventure ! »

— Bon, voyons s'il est encore possible de réserver…

Deux plages horaires étaient disponibles, 14 h 15 et 17 h 20, mais elle les prévint qu'il y aurait peut-être malgré tout un peu d'attente. Travis s'en remit à Tommy, qui fit d'abord la grimace, puis concéda qu'il pourrait sans doute patienter un peu. Si ça ne durait pas trop longtemps, compléta mentalement Kate.

Peu rassurée, elle réserva pour le début d'après-midi, et proposa une visite au musée naval dans le quartier du Castello, suivie d'un déjeuner dans une pizzéria avant la visite aux quatre chevaux en cuivre de la Basilique. Tommy fronça les sourcils, mais accepta le programme proposé.

Kate rédigea ensuite un bref message à l'intention de Callie et Dawn qu'elle déposerait à la réception, tandis que Tommy prenait une casquette et un sac à dos. Elle écouta d'une oreille distraite la conversation entre son mari et le petit garçon.

— Qu'est-ce que tu as mis là-dedans ? demanda Travis d'un air soupçonneux. Pas de ballons ni de bouteilles d'eau, j'espère ?

— Non, commandant ! répondit-il d'un ton indigné. Papa

m'a dit de ne plus en lancer, et je fais *toujours* ce qu'il me demande.

Travis ne discuta pas cette affirmation hautement contestable mais, quand ils sortirent de l'hôtel et plongèrent dans cette ruche qu'était Venise durant la haute saison, elle aperçut une certaine tension sur les traits de son mari.

Lorsqu'ils rentrèrent au Gritti dans l'après-midi, Travis reconsidéra la question d'une éventuelle paternité. Kate et lui avaient toujours prévu d'avoir des enfants... un jour. Ils en avaient discuté de temps à autre, ces dernières années, et le projet avait toujours été bien ancré dans leur vision de l'avenir. Or, pour la première fois, il avait des doutes.

Il était aussi exténué qu'après un entraînement de survie intensif de trois semaines, c'était tout dire ! Mais il est vrai que Tommy le Terrible n'avait pas été le seul à tester sa résistance.

La chaleur étouffante du mois d'août ainsi que la foule y avaient contribué. Kate n'avait pas lâché la main du garçon, et la plupart du temps il lui tenait l'autre ; pourtant, en l'espace d'une fraction de seconde, Tommy avait réussi à leur échapper et à se fondre dans la multitude de touristes qui visitaient eux aussi le musée de la Marine. Après un affolement de quelques secondes, ils l'avaient retrouvé au beau milieu d'une gondole du XVe siècle grandeur nature, se prenant pour un capitaine face à des mers déchaînées.

L'un des gardiens du musée s'était alors approché d'eux d'un air désapprobateur, et leur avait suggéré de quitter les lieux. Ayant été réprimandé, Tommy s'était bien tenu pendant le repas, et avait mangé une énorme pizza : il n'aurait jamais imaginé qu'un enfant de son âge était capable d'en ingérer une de cette taille ! Malheureusement, Brian avait appelé lors du repas, pour leur annoncer que l'opération de Mme Wells prenait plus de temps que prévu. A partir de là, tout avait dégénéré.

Rapidement, Tommy leur avait fait savoir qu'il n'avait aucune envie de faire la queue pour acheter une glace, aller aux toilettes ou retirer les billets pour la Basilique Saint-Marc. Travis avait chaque fois répondu avec une patience à toute épreuve aux plaintes du garçon, mais le moment terrifiant sur le balcon de la Basilique lui avait coûté au moins une année de sa vie.

Tout avait commencé quand on leur avait remis leurs billets ainsi qu'une brochure contenant un résumé de l'histoire relative aux quatre célèbres chevaux qui surmontaient l'entrée principale, au premier étage. Tommy avait paru intéressé quand Travis lui avait lu le contexte historique : les sculptures, probablement d'origine grecque, avaient selon toute vraisemblance orné l'hippodrome de Constantinople et faisaient partie du butin que les forces vénitiennes avaient rapporté après le sac de cette ville, lors de la quatrième croisade.

Son erreur, comme il s'en était rendu compte plus tard, avait été de souligner que les Vénitiens avaient dû couper la tête des chevaux pour transporter ces imposants trophées de guerre de Constantinople à Venise ; une fois arrivés, ils les avaient ressoudés et imaginé un collier en guise de bijou pour cacher la suture. Et naturellement, un enfant aussi vif et explorateur que Tommy Ellis avait voulu vérifier la décapitation par lui-même. A cet effet, il s'était hissé sur le rebord du balcon…

C'était Kate qui l'avait aperçu la première. Poussant un cri strident, elle l'avait saisi par le T-shirt et descendu de son poste d'observation. Une fois que le chenapan avait eu de nouveau les deux pieds sur la terre ferme, Travis avait compté mentalement jusqu'à dix une première fois, puis une deuxième, et il allait en rajouter une troisième lorsque Brian avait appelé. Après lui avoir appris que l'opération s'était bien passée, et que la nourrice de Tommy se remettait de l'anesthésie, il avait demandé à parler à son fils.

L'enfant s'était transformé instantanément. Son visage s'était éclairé comme le phare puissant d'un Combat King destiné à dévier les missiles. Mais, en dépit du regain de bonne humeur affiché ensuite par le garnement, Travis avait l'impression d'être passé par une broyeuse en rentrant au Gritti.

Le message qu'on leur remit à la réception fut loin de lui

redonner le sourire ! Kate, en revanche, poussa un cri de joie en lisant que Callie et Dawn étaient déjà arrivées. Elle avait tellement hâte de leur raconter tous les événements qui s'étaient produits depuis leur départ de Venise, lui dit-elle. Quant à lui, il n'avait qu'une envie : boire un scotch certes avec un peu d'avance sur l'heure habituelle, mais tellement mérité !

On sonna à la suite d'Ellis moins d'un quart d'heure après. Kate reposa immédiatement le verre de vin qu'il venait de lui servir, et se rua vers la porte pour accueillir ses amies.

— Mais regardez-moi ça ! s'exclama Dawn en la détaillant. Tu es resplendissante !

Elle poussa un grand soupir exagéré.

— Si ce sont les effets d'une lune de miel tardive, alors j'en regretterais presque d'avoir abandonné deux fiancés au pied de l'autel… Bah, peu importe ! Je me rattraperai, un de ces jours.

Sur cet aveu, elle se précipita à l'intérieur de la suite, tandis que Callie étreignait fiévreusement Kate.

Son scotch à la main, Travis se leva pour les saluer. Il arborait ce sourire réservé qu'il avait adopté depuis que les deux amies lui avaient déclaré une guerre ouverte.

— Eh bien, votre séjour en Toscane vous a-t-il plu ? demanda-t-il.

— Enchanteur ! répondit Dawn en balayant l'opulente suite du regard. On peut dire que tes nouveaux amis mènent grand train.

— Exact. Je te sers un verre ?

— Volontiers. Du vin rouge sera parfait pour moi.

— Et toi, Callie ?

— Rien pour l'instant, merci.

Et, tandis qu'il se dirigeait vers le minibar intégré dans un meuble d'époque, Callie salua la cinquième personne présente dans la suite, mais soudain très discrète. Tommy s'était en effet recroquevillé dans un coin du canapé et observait les nouvelles venues avec un mélange de curiosité et de timidité.

— Salut ! Je m'appelle Callie.

— Et moi, Tommy Ellis.

— Ravie de te rencontrer, Tommy. C'est un diplodocus qui est dessiné sur ton T-shirt ?

Il ouvrit grand les yeux.

— Tu t'y connais en dinosaures, toi ?

— Tout à fait, je les ai étudiés à l'école.

— Ah bon ? Je ne savais pas que les filles s'intéressaient à ce genre de trucs.

— Certaines, si, affirma Callie en retenant un sourire.

— J'ai un livre d'images sur les tyrannosaures, les ptérodactyles, et d'autres : tu veux le voir ?

— Volontiers.

Ravi de l'attention qu'on lui témoignait, il bondit du canapé pour aller chercher le livre dans sa chambre.

— Quel adorable enfant ! s'exclama Dawn au moment où Travis lui tendait son verre. Et comment va sa nourrice ?

— Aux dernières nouvelles, son opération s'est bien passée, et elle rentre dimanche aux Etats-Unis, comme prévu, répondit-il.

— Kate nous a parlé du jet privé, commença Dawn.

Elle avala une gorgée de vin, et la fixa de ses yeux vert vif.

— Elle nous a aussi rapporté que ton copain Brian Ellis t'avait proposé un poste dans le civil. Tu vas l'accepter ?

— Oui, c'est ce qui est prévu !

— Eh bien, il était temps que tu sortes la tête du sac et que tu revoies tes priorités, Westbrook !

— Merci, McGill, répondit-il d'une voix tendue. J'attendais justement ton approbation pour sceller l'accord.

Kate se dépêcha alors d'intervenir.

— Rentrez vos épées, vous deux ! Si on allait siroter nos verres sur la terrasse ? J'ai envie d'en apprendre davantage sur la Toscane.

Après la chaleur suffocante de la journée, le balcon ombragé et fleuri constituait une véritable oasis de fraîcheur et de suaves senteurs. Des jardinières couraient tout le long de la balustrade en pierre, remplies des fameux géraniums rouges qui ornaient maintes fenêtres vénitiennes. A l'extrémité de la terrasse, une gargouille à tête de lion rejetait joyeusement de l'eau dans un bassin.

Cependant, ce régal pour les yeux ne pouvait rivaliser avec les couleurs et la vitalité qui émanaient du canal. Absolument ravie, Dawn s'accouda à la balustrade afin de contempler le ballet, au-dessus d'elle. Soudain, elle se pencha un peu plus en avant et manqua de renverser le contenu de son verre.

— Oh ! je viens presque de rencontrer un gondolier, dit-elle en riant.

— Attention ! la prévint tout à coup une petite voix stridente.

Tommy arriva en trombe sur la terrasse, suivi de Callie.

— On ne doit pas se pencher par-dessus la balustrade ! C'est papa qui l'a dit, parce que le gérant s'est plaint, ajouta-t-il avec une honnêteté contrite.

— Et de quoi s'est-il plaint, au juste ?

— De ballons à eau, répondit Travis d'un ton solennel.

— Oh ! je vois ! commenta Dawn.

— C'est à cause de ces stupides chapeaux de paille, avec leur ruban, expliqua le petit garçon d'un air hautain. Quand on porte un truc comme ça, faut pas s'étonner de recevoir des ballons remplis d'eau.

Dawn parut frappée par la logique.

— Tu as raison, renchérit-elle. Ces chapeaux sont ridicules et constituent des cibles idéales.

Elle continua à lorgner les gondoliers.

— Par pitié, ne l'encourage pas ! marmonna Travis d'un ton irrité.

Dawn lui fit la grimace et invita Tommy à s'asseoir près d'elle, au bord de la fontaine.

— Viens me parler de tes aventures à Venise, lui dit-elle.

Le bruit de la gargouille noya leur conversation.

— Ce petit garçon est très vif d'esprit, déclara alors Callie à l'intention de Kate et de Travis. Mais aussi fort inquiet pour sa nourrice. J'imagine qu'elle travaille pour la famille depuis quelques années.

— Oui, elle est entrée très tôt dans la vie de Tommy, l'informa Kate. Sa mère est morte quand il n'était qu'un bébé.

— En tout cas, son père l'a très bien élevé. Il est intelligent et n'a aucune difficulté pour discuter avec les adultes.

— Je le reconnais, même si, aujourd'hui, il nous a éreintés.

— J'imagine qu'il fait le même effet à son père, déclara Callie. Même si celui-ci peut s'offrir les services d'une nourrice, c'est toujours difficile pour un parent isolé, surtout quand il s'agit d'un homme. Ils ne constituent que 17 % des pères, aux Etats-Unis, de sorte qu'il n'y a pas vraiment de prise en charge pour les aider à surmonter les montagnes russes émotionnelles que représente le fait d'élever un enfant seul.

— Nous en avons eu un aperçu, Kate et moi, aujourd'hui, dit Travis. Je ne me suis pas regardé dans le miroir, mais je crois que je dois avoir les cheveux tout blancs !

— Un vrai manteau de neige ! répliqua Callie en riant avant de changer subtilement de sujet : Alors, ce nouveau travail ? Kate nous a dit que tu serais basé tout près de Washington. Tu peux en dire plus, ou c'est top secret ?

— Pas complètement.

Pendant qu'il lui détaillait le poste, Kate repensa à la façon dont son amie avait tout de suite remarqué les inquiétudes de Tommy. Après avoir travaillé cinq ans dans un cabinet d'avocats spécialisé dans l'enfance, elle avait développé des antennes toutes particulières en la matière.

Un peu trop, sans doute, puisque l'empathie qu'elle ressentait pour ses petits protégés avait eu des répercussions sur sa santé. Elle était toute maigre, songea-t-elle en le regardant d'un air songeur. D'ailleurs, Dawn et elle espéraient secrètement que, durant ce séjour, les innombrables et délicieux plats de pâtes la requinqueraient. Elles nourrissaient aussi l'intention de lui faire oublier la tragédie qui l'avait conduite à démissionner, mais dont elles ignoraient la cause, Callie étant tenue comme Travis au secret professionnel.

Mais son problème ne tenait-il pas avant tout à une absence de vie privée ? Car celle-ci aurait contrebalancé les cas déchirants desquels elle devait s'occuper, au travail. Contrairement à Dawn, qui séduisait puis rejetait les hommes avec une joviale régularité, Callie envisageait ses relations de la même façon que le reste de sa vie, c'est-à-dire sous le sceau de la prudence et de la circonspection. Jusque-là, aucune des personnes que lui avait présentées Travis n'avait réussi à la pousser hors de sa réserve ni à faire jaillir la passion qui, Dawn et elle en étaient certaines, sommeillait en elle.

Il lui fallait un homme plus âgé, estimaient-elles, qui partagerait ses valeurs en matière de travail, de famille et d'amitié. Quelqu'un comme…

Comme Brian Ellis, conclut alors Kate. Mais ce fut pour rejeter aussitôt cette pensée : les peines de cœur qu'elle venait de vivre avec Travis avaient effacé en elle la croyance naïve que le couple parfait existait.

Bien sûr, son mari et elle présentaient de nombreux points communs : ils étaient tous deux de sacrés bûcheurs, investis dans leur travail, et relativement cultivés. Et si épris l'un de l'autre ! Lors des premières années de leur relation, aucun d'eux n'aurait imaginé qu'ils s'infligeraient de telles souffrances.

Machinalement, son regard glissa vers Tommy : elle était impatiente de voir si Callie émettrait un jugement aussi favorable sur le père que sur le fils !

9

Travis et le trio des Invincibles restèrent sur la terrasse une bonne heure encore. Quant à Tommy le Terrible, objet de toutes les attentions des nouvelles venues, il s'était montré sous son meilleur jour. Son visage s'éclaira avec le plus grand naturel quand Brian téléphona.

— C'est ton père, il est sur le chemin du retour, lui annonça Travis. Il veut savoir si tu souhaites te rendre à l'hôpital avec lui pour rendre visite à Mme Wells.

Abandonnant ses bonnes manières, Tommy lui arracha son portable des mains.

— Est-ce qu'elle veut me voir ? s'exclama-t-il, d'un ton essoufflé. Vraiment ? Moi aussi, elle me manque.

Son regard se posa alors vers les géraniums.

— Je vais lui cueillir des fleurs. Elle adore ça.

Il écouta un instant son père, bouche entrouverte.

— Mais celles-ci sont d'un rouge éclatant… Quoi ? Bon, d'accord. Oui, je te le promets.

Et il redonna le téléphone à Travis en poussant un soupir appuyé.

— Il veut te parler.

Travis reprit l'appareil et confirma que les amies de Kate étaient bien arrivées et confortablement installées.

— Nous sommes tous sur la terrasse en train de prendre un verre et d'admirer la vue.

— Je te suis si reconnaissant, lui dit Ellis. Et, en même temps, je me sens coupable de te voler ton temps si précieux avec Kate. Je sais les difficultés que tu as eues pour faire correspondre les dates.

— Ne t'inquiète vraiment pas pour cela. Kate et moi sommes ravis de te rendre service.

— Bon, je suis bien obligé de te croire. En tout cas, il va falloir que je revoie mon emploi du temps. Je comptais rester en Italie jusqu'à la fin de Billy Bob mais, avec ce qui arrive à Mme Wells, je vais devoir reconsidérer la question.

Billy Bob était le nom de code qu'il avait attribué au dernier test de vol, le plus délicat aussi, qu'ils effectuaient actuellement, suite à la modification top secret qu'Ellis Aeronautical Systems avait apportée au Combat King II. Les résultats de ce travail étaient susceptibles de rapporter des millions, voire des milliards à EAS ; de fait, Travis n'était pas au courant des clauses exactes des négociations, pas encore du moins. Mais nul doute que le P-DG d'EAS n'aurait pas consacré une si grande part de son temps à ce projet s'il n'avait pas rapporté une somme astronomique à sa société.

— Nous reparlerons de ton emploi du temps à ton retour à l'hôtel, proposa-t-il.

Il avait adopté un ton léger pour ne pas alarmer l'assemblée, mais trois paires d'yeux étaient braquées sur lui quand il raccrocha : les prunelles noisette et légèrement interrogatives de Kate, les iris couleur lavande profonde de Callie et le regard vert vif de Dawn. Même Tommy avait compris le sujet sous-jacent.

— Papa et moi, on va rentrer à la maison avec Mme Wells ? demanda-t-il.

— Peut-être.

Cette réponse éveilla plusieurs émotions en lui : sur son visage expressif se succédèrent en effet le soulagement, la culpabilité… et la déception.

— Tu n'as pas envie de rentrer aux Etats-Unis ? demanda Callie.

— Euh, si ! Enfin…

— Enfin ? l'encouragea Callie.

— On devait aller à Rome, après Venise, et je voulais prendre une photo de moi en gladiateur, au Colisée. Peut-être même que mon père m'aurait acheté une épée.

— Tu pourras lui reparler de ce projet, quand vous ressortirez tous les deux pour rendre visite à Mme Wells, intervint Travis.

— A propos, renchérit Dawn, quel est le programme, pour ce soir ? Si on mange à l'extérieur, il faut que je me fasse belle.

Il vit Kate et Callie échanger un rapide regard, et crut les entendre penser à haute voix : même au naturel, Dawn pouvait avoir tous les hommes à ses pieds. Aujourd'hui, ses cheveux tombaient en une cascade auburn sur ses épaules, son T-shirt *I love Rome* épousait sa poitrine généreuse et on aurait pu croire que son jean avait été cousu sur elle.

— Une petite trattoria sympa, ça vous tente ? proposa Kate. Travis m'en a fait découvrir une fabuleuse, hier soir, à l'atmosphère très décontractée.

Lorsque Brian Ellis arriva, quelques instants plus tard, Kate comprit tout de suite que lui aussi estimait que Dawn n'avait pas besoin de passer une heure dans la salle de bains pour être présentable.

Il salua Callie avec un sourire chaleureux, et celle-ci s'empressa de le remercier pour la suite, mais il rétorqua que c'était bien peu, en comparaison de l'immense service que lui avaient rendu Kate et Travis. Cependant, il était évident que c'était Dawn qui l'avait tout de suite attiré : son œil avait pétillé un peu plus quand il s'était posé sur elle. Mais il est vrai qu'elle produisait toujours cet effet-là sur les hommes.

Oh, oh ! pensa Kate. Des complications se profilaient… Elle redoutait que Dawn utilise ses méthodes habituelles de séduction et de rejet sur Brian Ellis. Or celui-ci avait perdu sa femme ; par ailleurs, il élevait seul son jeune fils, et gérait une société classée au Fortune 500. S'il allait au-delà du flirt avec Dawn, il s'exposait à la catastrophe.

Allons, se rappela-t-elle, sa loyauté reviendrait de toute

façon toujours à ses amies, en l'occurrence Dawn, Ellis étant par ailleurs un adulte qui pouvait parfaitement prendre soin de lui-même.

Toutefois, elle ne fut pas surprise quand il s'enquit de leur programme pour la soirée et qu'il proposa, une fois au courant :

— Et si je vous invitais au Gritti, pour le dîner ? Leur restaurant intérieur est trop à cheval sur le protocole pour nous…

Et il jeta un regard vers son fils.

— … mais nous pourrions profiter de leur terrasse.

— C'est très bon, ici, renchérit aussitôt Tommy. Le chef m'a déjà préparé un Super Big Mac au fromage, rien que pour moi.

Dawn lui adressa un bref sourire.

— Ça a l'air génial. Je suis partante.

Chacun accepta et, quelques minutes plus tard, ils s'installaient à une table qui surplombait le canal et les embarcations qui la sillonnaient. Des brumisateurs placés ingénieusement dispersaient une agréable fraîcheur, de sorte que le cadre du dîner était magique. Ils se laissèrent conseiller par le chef qui leur mijota des spécialités vénitiennes, en l'occurrence des sèches à l'encre et de la polenta grillée à se damner.

A la dérobée, Kate surveillait la façon dont le courant passait entre Ellis et ses amies. Finalement, il semblait partager équitablement son attention entre Callie et Dawn, et ne répondit que de manière évasive à la question de Tommy sur leur éventuel retour à la maison le dimanche, avec Mme Wells.

— Ce n'est pas exclu, mais il faudra ensuite que je revienne à Venise, donc j'appellerai Monika Sorenson. C'est la jeune fille au pair qui s'était occupée de toi lorsque Mme Wells était allée rendre visite à sa sœur, en Floride, l'année dernière, tu te souviens ?

— Oui, répondit l'enfant du bout des lèvres. Elle mangeait du poisson qui puait dans un liquide jaune et gluant.

— C'étaient des éperlans marinés, leur expliqua Ellis en riant. Monika a essayé d'initier Tommy à la cuisine scandinave, son pays d'origine, mais sans grand succès.

Puis il enchaîna à l'intention de son fils :

— Donc, si je rentre avec toi et Mme Wells dimanche, je devrais ensuite revenir en Italie, et c'est Monika qui prendra le relais à la maison. D'accord, bonhomme ?

— Mouais… Mais on avait dit qu'on irait à Rome voir les gladiateurs.

— La prochaine fois, promit Ellis. Et maintenant, il est temps que nous filions à l'hôpital.

Se levant, il ajouta à l'intention de ses invités :

— Commandez tranquillement un dessert ! Et merci encore pour cette journée. Tommy et moi avons vraiment apprécié. N'est-ce pas, jeune homme ?

Rappelé à ses bonnes manières, ce dernier exprima alors ses remerciements par un sourire à Kate et une poignée de main à Travis. Il était soudain si poli, si bien élevé qu'elle crut un instant avoir imaginé l'enfant maussade et résistant de la matinée et du début d'après-midi.

Travis pensait manifestement la même chose, puisque, après avoir regardé le père et le fils s'éloigner, il secoua la tête et déclara :

— Difficile de croire qu'à cause de ce petit garçon nous avons été chassés du musée de la Marine.

— Et qu'il a voulu vérifier si les têtes des chevaux avaient bien été décapitées ! renchérit Kate.

— Chassés d'un musée ? Des têtes décapitées ? répéta en écho Dawn. Vous voulez bien vous expliquer !

Kate se serait volontiers attardée à table pour éclairer ses amies, mais Travis déclara :

— Et si on reportait les aventures de Tommy à demain ? Ce soir, j'avais l'intention d'offrir à Kate un tour de gondole. Le concierge du Palazzo Alleghri a tout organisé. Cela dit, vous pouvez bien sûr vous joindre à nous.

— C'est très gentil, déclara Callie en se levant, mais un tour en gondole, ça se fait en amoureux. Je passe mon tour.

Elle adressa un sourire insistant à Dawn.

— Moi aussi, dit cette dernière en bâillant.

Travis leur lança un regard reconnaissant.

Carlo lui avait décrit la promenade en gondole le soir comme une lente procession de petites embarcations éclairées par des lampions, au chant du gondolier accompagné de quelques musiciens. C'était, selon le *maggiore*, l'un des cadeaux les plus romantiques qu'un époux pouvait offrir à sa femme pendant un séjour à Venise. Hors de la chambre à coucher, bien sûr.

Aussi, après avoir passé la soirée précédente et toute la journée en compagnie de Tommy, tenait-il absolument à ce tour en gondole avec Kate. Et avec elle seule. D'ailleurs, elle ne manqua pas de le titiller à ce sujet, une fois qu'ils furent en route vers le Palazzo Alleghri.

— Tu étais bien content que Dawn et Callie déclinent ta proposition, avoue ? Tu n'as pas déployé de gros efforts pour les convaincre.

— J'avoue, répondit-il avec un grand sourire.

Il s'arrêta sur un pont qui traversait un petit canal. Les hautes demeures alentour les plongeaient dans l'obscurité, tandis que les odeurs fétides qui remontaient de l'eau et les fragrances fleuries des jardinières accrochées aux fenêtres se conjuguaient pour envahir l'air du soir.

— Tu sais que j'aime beaucoup tes amies, lui dit-il avec douceur.

— Oui, je sais.

— Mais je t'aime encore plus, Catleya.

Il glissa les mains dans ses cheveux et appuya son front contre le sien.

— Je ne me suis rendu compte de la profondeur de cet amour que lorsque j'ai failli te perdre.

Cet instant magique resterait à jamais gravé dans son cœur, pensa instantanément Kate : Travis avec sa barbe naissante et les légères rides autour de ses yeux, le linge coloré qui pendait aux fenêtres de l'immeuble, derrière eux, les sourires amusés sur les visages des deux touristes, sac au dos, qui les dépassèrent sur le pont étroit.

— Moi aussi, je t'aime, murmura-t-elle.

Désireuse de s'imprégner de chaque sensation, elle plaça les paumes sur son torse solide et perçut les battements réguliers et réconfortants de son cœur.

— J'ai passé tant de semaines… de mois… à tenter d'imaginer ce que serait la vie sans toi, poursuivit-elle en chuchotant.

Et des années à s'inquiéter chaque fois qu'il partait pour une mission ultra-secrète, à paniquer en entendant, aux informations, qu'un attentat suicide avait eu lieu en Afghanistan, au Yémen, ou en Somalie, à se désoler quand elle lisait qu'une femme du réseau ultra-privé et réservé aux épouses des pilotes de l'air auquel elle avait souscrit avait perdu son mari.

— Le problème, enchaîna-t-elle, c'est qu'on ne peut pas préparer son cœur à la douleur. Le seul antidote, c'est de ne manquer aucune occasion de le remplir de joie et de bonheur quand on le peut.

— Je crois que nous nous y sommes bien employés, durant les trois ou quatre premières années que nous avons passées ensemble, répliqua Travis.

— Exact ! C'était fantastique, approuva-t-elle en laissant affluer les souvenirs.

— Mais cela ne signifie pas qu'on ne peut pas encore y ajouter d'autres moments merveilleux, dit-il en effleurant sa bouche. A commencer par ce soir, *cara mia*.

Le tour en gondole au clair de lune dépassa largement les espérances de Travis. Un accordéoniste étonnamment doué accompagnait un ténor rappelant Pavarotti, et tous deux remplissaient l'air du soir tant avec des arias que des titres de musique pop ; touristes et résidents s'arrêtaient pour regarder passer leur guirlande de gondoles.

Mais, selon lui, les heures qui suivirent battirent à plate couture les mélodies qui montaient de l'eau vers l'astre argenté. En effet, dès l'instant où Kate et lui franchirent le seuil de leur suite, ils se dévêtirent en toute hâte et redécouvrirent les monts et les vallées de leurs corps respectifs ; ils en savourèrent chaque recoin avec une lenteur excitante et un érotisme qui ne l'était pas moins ; et, au fur et à mesure que montait le plaisir, le désir s'intensifiait.

La respiration haletante, Kate était allongée sur le dos. Il mourait d'envie de s'enfouir en elle, mais était aussi bien résolu à profiter pleinement de son corps en sueur et offert. Alors, plaquant les mains sur ses fesses, il se laissa glisser sur elle, puis approcha sa bouche des plis froissés de sa chair. Aussitôt, elle laissa échapper un gémissement, et de grands spasmes de plaisir la traversèrent quand il se mit à la titiller de plus en plus frénétiquement du bout de la langue.

Après ce moment langoureux, Kate trouva l'énergie de lui rendre la faveur et goûta de nouveau avec bonheur à son goût salé et familier. Comme il lui avait manqué !

Ce n'est que bien plus tard, lorsque chacun fut repu et exténué, que les pensées de l'après-midi lui revinrent en tête.

— Trav ?

Son grognement ne pouvait signifier que deux choses : soit une mort imminente en raison d'un excès de plaisirs, soit un lent retour à la conscience. Elle opta pour la seconde option et, prenant appui sur un coude, baissa les yeux vers son visage baigné par le clair de lune.

— Trav, tu es réveillé ?

— Non.

— J'étais en train de me dire que…

Il ouvrit grand les yeux, l'air méfiant.

— Que quoi ?

— Eh bien, je pensais à Callie.

— Ah…

Ne se laissant pas décourager par son manque d'enthousiasme, elle se mit à fabriquer de petites boucles avec le duvet de son torse.

— Et à Brian Ellis.

— Callie et Brian ? répéta-t-il d'un ton fort surpris. Quelque chose m'aurait-il échappé, ce soir ?

— Non.

— Donc ?

— Je ne peux pas m'empêcher de penser qu'ils formeraient un couple parfait. Callie adore les enfants, et pas simplement sur le plan professionnel. Elle est douce, généreuse et…

— Et elle sait ce qu'elle veut, compléta Travis. Bref, tu as senti des vibrations particulières, entre eux ?

— En fait, non.

La seule étincelle qu'elle avait perçue, c'était chaque fois qu'Ellis posait son regard sur Dawn.

— Mais pourtant, tout devrait les pousser l'un vers l'autre, ces deux-là ! D'une part, Callie est actuellement en recherche d'emploi et, d'autre part, elle et Tommy ont tout de suite établi un lien via les dinosaures. Or Ellis a besoin d'une personne pour s'occuper de son fils pendant quelques semaines et…

— Et ce dernier et Callie sont majeurs et vaccinés ! termina Travis. Ils n'ont pas besoin que tu joues les marieuses.

— Mais je n'ai rien fait, se défendit-elle.

— Pas encore.

A ces mots, elle se retourna de façon vive et le griffa sans le vouloir.

— Et, attention, champion !

— Désolée…

Impossible de lui confier, naturellement, la consternation qu'elle avait éprouvée en constatant que Brian avait tout de suite flashé sur Dawn, ni de lui avouer l'élan de culpabilité qui l'avait étreinte à l'idée du sort que son amie réservait à ses amants. Mais elle devait loyauté à son amie, et non à un inconnu qu'elle connaissait depuis quelques jours à peine !

Jamais, au grand jamais, elle ne critiquerait Dawn devant autrui, y compris Brian Ellis, ce qui ne l'empêchait pas pour autant de vanter devant Travis les qualités de Callie, notamment sa générosité et la compassion qui était la sienne par son travail de médiatrice dans un cabinet d'avocats spécialisé dans le droit des enfants. Ni d'entraîner ce premier dans son projet.

Toutefois, connaissant son entêté de mari, elle était certaine qu'il ne ferait des compliments sur Callie que si Ellis le questionnait expressément à son sujet.

— De toute façon, Callie ne voudrait pas que j'intervienne, dit-elle en soupirant.

— Tu m'enlèves les mots de la bouche, renchérit-il en roulant sur elle. Aussi, cette discussion n'a aucune raison d'être. Qui plus est, madame Westbrook, je refuse de jouer les entremetteurs et de comploter avec toi : j'ai suffisamment à faire avec mon mariage !

Malgré sa ferme intention de rester en dehors de tout arrangement de ce genre, Travis se retrouva piégé dès le matin suivant.

Comme toujours, il se réveilla le premier et trouva sur son iPhone un message vocal de Brian, qui le priait de le rappeler. Enfilant son jean, il passa dans le salon afin de ne pas réveiller Kate.

— Salut, Brian. Que se passe-t-il ? Mme Wells va bien ?

— C'était le cas, quand nous l'avons quittée hier soir.

— Elle compte toujours rentrer aux Etats-Unis demain ?

— En fait, c'est pour cette raison que je t'appelle. Il se trouve qu'elle va avoir besoin d'une rééducation plutôt intensive, et sa sœur souhaite qu'elle se rende directement en Californie, où elle réside. Ce qui me conduit à la raison de mon appel : est-ce que tu connais bien les amies de Kate ?

— Presque aussi bien qu'elle, répondit-il en passant la main sur son front. Je les ai surnommées les Invincibles. Elles se connaissent depuis l'école primaire et, quand j'ai épousé Kate, je savais qu'elles faisaient partie du contrat. Pourquoi ?

— Tommy et moi avons croisé la brune, hier soir, dans le hall en rentrant. Callie, c'est ça ?

— Tout à fait.

— Elle sortait pour explorer Venise toute seule. Je lui ai donc fait remarquer que, même si la ville était sûre, il n'était pas prudent qu'elle sorte seule si tard. Il m'a fallu du temps pour la convaincre : elle est très calme et sereine, mais aussi fort entêtée.

— Elle n'est pas tant entêtée qu'indépendante, nuança-t-il.

— Je m'en remets à ton jugement. Bref, je l'ai convaincue de venir prendre un verre avec moi sur la terrasse après que j'ai couché Tommy.

Tiens donc, Kate n'avait donc pas tout imaginé ! Encore que… Le ton exaspéré de Brian lui suggéra que la soirée ne s'était sans doute pas terminée comme prévu.

— Figure-toi que Callie est venue sur la terrasse en compagnie de l'autre fille, la rousse aux yeux de chat et au corps de tueuse…

Oh, oh… Travis avait entendu des descriptions similaires de la part d'autres connaissances masculines, et il pressentit de gros nuages se profiler à l'horizon.

— Je suppose que tu viens de me décrire Dawn. Physiquement, bien sûr.

— Ah bon, parce que son apparence ne reflète pas son caractère ? Elle est stable ? Digne de confiance ?

Il toussota, afin de reprendre une contenance. Les hommes qui avaient eu affaire à elle ces dernières années ne lui auraient certainement pas attribué ces qualificatifs ! Il était aussi conscient que Dawn ne le tenait pas en haute estime en raison des tourments que Kate avait subis à cause de lui.

Et pourtant, en dépit du feu létal qu'il sentait sourdre en elle à son endroit, il lui était reconnaissant pour la loyauté la plus totale qu'elle vouait à Kate. Il éprouvait par ailleurs le plus grand respect pour cette femme qui, bien qu'attirant les hommes comme des mouches, ne donnait pas son « corps de tueuse » à la légère. Pas étonnant que les deux losers qui l'avaient entraînée devant l'autel s'y soient cassé les dents : ils n'étaient pas à la hauteur de ses exigences.

— Dawn McGill et moi ne sommes pas toujours d'accord sur tout, admit Travis, mais ma femme lui accorde une confiance absolue. Et je suis sûr à cent pour cent des instincts de Kate.

— C'est bon à savoir. Crois-tu néanmoins que je puisse lui confier mon fils ?

— Pardon ?

— Oui, ça semble incroyable, reprit Ellis d'un ton encore plus agacé. Et d'ailleurs, je ne comprends pas très bien comment je me retrouve dans cette situation. Voilà… Callie m'a demandé ce qu'il en était du vol de demain, si j'avais besoin d'aide pour Tommy, et c'est alors que cette déesse sexy aux cheveux de feu s'est proposée pour le garder afin que le voyage en Italie de mon fils ne soit pas écourté. Et ce qui est encore plus fou, c'est que je suis en train de réfléchir à l'idée.

« Tu plaisantes ? » faillit s'exclamer Travis. Mais il savait pertinemment qu'il fallait toujours tourner sa langue sept fois dans sa bouche avant de parler.

— Le courant semblait effectivement très bien passer entre Dawn et Tommy, hier soir, répondit-il à la place.

— Oui, c'est aussi ce que j'ai pu constater. Et je sais aussi à quel point Tom a envie de profiter de l'Italie avec moi. Cela dit, il rentrera sans faire d'histoires, juste un peu la tête, c'est un bon petit soldat, mais si je pouvais trouver un moyen de lui permettre de rester. Ce qui m'éviterait aussi de faire l'aller-retour.

— Bon, tu te sentiras peut-être mieux si je te dis que Dawn a grandi avec trois grands frères et que le benjamin des trois a été mon colocataire, sur le campus. Aaron vantait toujours les mérites de sa sœur qui était, selon lui, un vrai garçon manqué. Elle grimpait toujours aux arbres, et était capable de prendre des poissons avec ses propres hameçons.

— C'est toujours le cas, marmonna Brian.

— Pardon ?

— Rien. Elle travaille, non ? Elle est employée ?

— Effectivement.

— Donc, comment peut-elle prolonger son séjour d'une ou deux semaines en Italie ?

Travis passa de nouveau la main sur son menton.

— Je ne suis pas au courant de manière très détaillée de son travail. Tout ce que je sais, c'est qu'elle est graphiste dans une grande société de produits diététiques, à Boston. Elle est très douée dans sa partie, selon Kate. Je suppose qu'elle doit pouvoir travailler à distance.

— Sans doute…

Ellis poussa un lourd soupir.

— Bon, je me fie bien sûr à ton jugement, ainsi qu'à celui de Kate. Seulement, comme il s'agit de mon fils, je ne peux pas prendre le moindre risque ; aussi, je vais charger mes gens d'enquêter sur Mlle McGill. Sur l'état de ses finances, son parcours professionnel, son casier judiciaire, bref, la routine.

— Je comprends. J'en ferais autant à ta place.

Travis raccrocha quelques instants plus tard, espérant qu'il serait présent le jour où Dawn découvrirait qu'Ellis avait fouiné dans sa vie privée. Non, il n'aurait voulu manquer ce feu d'artifice pour rien au monde !

10

Travis affichait toujours un grand sourire quand il revint dans la chambre où sa femme s'étirait langoureusement sur les draps froissés. Il resta un instant sur le seuil, pour l'admirer.

Sa chevelure formait un halo fauve sur l'oreiller, et la lumière qui filtrait dessinait des rayures dorées sur sa peau couleur crème. Puis le drap glissa doucement, et son sang ne fit qu'un tour dans ses veines ; détournant vivement les yeux de ses seins aux pointes ocre, il se heurta à l'impact de son sourire sexy.

— Quelle heure est-il ? demanda-t-elle.

— 8 heures passées.

— Il faut donc que je me lève, non ? demanda-t-elle d'un ton lascif. A moins que ?

L'invitation sensuelle resta suspendue quelques instants entre eux. Il aurait été préférable qu'il aille prendre rapidement une douche, se brosse les dents, se rase et appelle le room service pour qu'on leur monte du café et les fameux *pagnottini* qu'elle avait dévorés la veille, pensa-t-il.

Mais, compte tenu de l'intensité du désir qui était monté en lui, il estima que les petits pains pouvaient attendre, et se promit alors de prendre garde à ne pas meurtrir sa belle peau immaculée avec sa barbe naissante. Mais ses bonnes intentions s'envolèrent dès l'instant où il ôta son jean.

— Voilà une vue qui mérite qu'on se réveille, déclara-t-elle en contemplant une partie bien précise de son anatomie.

Son murmure rauque lui fit l'effet d'une grenade, et il se jeta sur elle. Bientôt, ils roulèrent entre les draps, comme deux affamés. Il comprit qu'il avait dit vrai, la veille : jamais il n'avait eu autant besoin de sa femme que depuis qu'il avait été près de la perdre.

Comme il le craignait, Travis laissa de belles traces sur l'épiderme de sa femme avant qu'ils finissent par s'écrouler sur le lit, le souffle court, membres emmêlés. Elle rit en découvrant les irritations sur sa peau, et promit de lui rendre la pareille quand elle découvrit la rougeur qui ornait son entrecuisse.

Il s'efforça d'en apaiser la brûlure à l'aide de baisers tout doux avant de s'allonger près d'elle. A cet instant seulement, son esprit embrouillé se rappela enfin l'appel de Brian et, quand il annonça à Kate que Dawn avait proposé de garder Tommy le Terrible pour au moins une semaine, celle-ci fronça tout de suite les sourcils.

— Je sais, dit-il. Moi aussi, j'ai dû respirer à fond quand Brian m'a demandé si elle était fiable et stable.

Immédiatement, le froncement disparut de son beau front, et la colère s'alluma dans ses yeux noisette. Se plaçant au-dessus de lui, elle leva les coudes comme une Walkyrie résolue à se venger et fit mine de le transpercer avec une épée imaginaire.

— Et que lui as-tu dit ?

— Eh, on se calme, Catleya !

— Que lui as-tu dit, Westbrook ? insista-t-elle.

— Que Callie et toi lui vouez une confiance aveugle.

— Et ?

— Et que, moi, je me fiais à tes instincts.

Apaisée, elle se laissa retomber sur le lit, et Travis l'entendit presque penser quand elle tenta de donner un sens à ce qu'il venait de lui dire.

Un petit sourire aux lèvres, il demanda alors :

— A propos, que m'avais-tu soutenu hier soir ? Que Callie serait la partenaire idéale pour Ellis, c'est bien ça ?

Elle lui donna une bonne bourrade dans le bras.

— Hé ! protesta-t-il en se frictionnant. Ne t'en prends pas

à moi ! Et, si tu crois que c'est une mauvaise idée, parles-en ouvertement à Dawn.

Elle parut réfléchir, puis secoua la tête.

— Non, je ne peux pas.

— Pourquoi ?

— Parce que je comprends pourquoi Dawn a été séduite par Tommy. Il lui renvoie sa propre image au même âge ; comme lui, elle était exploratrice, inventive et n'avait peur de rien.

— Elle n'a toujours peur de rien, renchérit-il. J'ai des cicatrices pour en attester.

— Bien sûr, elle est un peu…

— Téméraire ?

— Non ! Impulsive.

— Inconstante ?

— Non ! Avisée.

— Et comment qualifierais-tu sa peur de s'engager ?

— Avoue que, toi aussi, le mariage te ferait fuir si tes parents t'avaient instrumentalisé au cours d'un affreux divorce, qui t'aurait enlevé toute joie de vivre, et aurait déchiré ta famille.

— OK, je suis au courant… Ce que je ne saisis pas, c'est pourquoi tu estimes que Dawn a les qualités requises pour être une bonne nounou.

Un silence éloquent s'ensuivit.

— Je ne sais pas, finit-elle par admettre avant d'ajouter, soucieuse : J'aime bien Brian, et je ne voudrais pas qu'il soit juste un nouveau nom sur le tableau de chasse de Dawn. Cela dit, c'est un grand garçon. Et d'ailleurs, il s'est renseigné sur elle auprès de toi — et de moi, de façon indirecte.

— Et il ne va pas s'arrêter là.

— Que veux-tu dire ?

— Il compte diligenter une enquête sur ses finances, son parcours professionnel et son casier judiciaire.

— Tu plaisantes !

Et elle se redressa, rouge d'indignation.

— Mais c'est une transgression caractérisée de sa vie privée.

— N'en ferais-tu pas autant si tu devais laisser notre fils à la garde d'un tiers que tu connais à peine ?

— Certainement pas ! Enfin, si, mais…

Elle lui jeta sa chemise au visage.

— Je te rappelle que nous parlons de Dawn !

— Et alors ? Elle n'a pas détourné des millions, que je sache, ni enterré des cadavres dans son jardin… Kate ? insista-t-il devant son curieux silence.

Elle détourna aussitôt la tête, mais il eut le temps d'apercevoir un éclair de culpabilité traverser ses prunelles.

— Parle-moi !

Il se leva d'un bond pour lui barrer le passage avant qu'elle s'enferme dans la salle de bains.

— Qu'est-ce qu'elle a fait ?

Elle secoua la tête, refusant de croiser son regard.

— Tu vas me le dire, oui ?

— Non, je ne peux pas.

— Ecoute, nous parlons d'un petit garçon de six ans, commença-t-il d'un ton sévère. Le fils de l'homme avec qui je vais travailler. Si tu connais sur Dawn des choses susceptibles de mettre en danger la vie ou la santé de Tommy, il faut que tu me le dises, ou le signales à Brian.

Elle releva brusquement le menton.

— D'abord, nous parlons de la femme qui est aussi proche de moi qu'une sœur depuis vingt ans, rétorqua-t-elle d'un ton dur. Deuxièmement, Dawn ne mettrait *jamais* la vie ou la santé d'un enfant en danger. Ce que tu devrais tout de même savoir, étant donné qu'elle est *aussi* ton amie.

Et, sur ces paroles furieuses, elle le contourna, entra dans la salle de bains, et fit claquer la porte derrière elle. Travis demeura là où il était, mâchoires serrées. Deux minutes plus tôt, il nageait dans les plus sublimes délices, près d'une épouse également détendue et heureuse. Et maintenant, il fixait la porte en bois de la salle de bains, sur laquelle était peinte une scène de chasse, tout en se demandant ce que Brian pourrait bien trouver dans le passé de Dawn pour que l'idée de l'enquête déclenche une telle panique chez Kate.

Décidément, il avait besoin de prendre un bon café. Et un *pagnottini*. Non, une corbeille de *pagnottini*.

Kate émergea de la salle de bains drapée dans un des peignoirs luxueux de l'hôtel ; elle s'était attaché les cheveux, avait appliqué du gloss sur ses lèvres, et s'était aussi remise de ses émotions.

Les hommes de main de Brian ne trouveraient rien, ils ne pourraient pas.

S'asseyant près de Travis sur le canapé, elle accepta une tasse de café et avala une bonne dose de caféine avant de revenir sur le sujet délicat.

— Je suis désolée de m'être emportée, dit-elle. Et je ne voudrais pas que ma réaction disproportionnée éveille en toi des doutes sur la moralité de Dawn. Je peux te garantir qu'elle ne fera rien qui mette Tommy en danger.

Son discours ne parut pas satisfaire son mari. Sourcils froncés, il l'étudia attentivement.

— Nous n'avons jamais eu de secrets l'un pour l'autre. Du moins pas que je sache. Mais maintenant, je me demande si tu ne m'as pas caché autre chose…

— Et il faut entendre ça de la bouche d'un homme qui ne me dit pas quatre-vingt-dix pour cent de ce qu'il fait tous les jours !

— C'est différent. Cela concerne le travail.

— Et comment sais-tu qu'en l'occurrence ce n'est pas aussi le cas ?

Il parut surpris.

— Je ne vois pas très bien ce qu'une graphiste travaillant dans l'industrie alimentaire diététique aurait à cacher.

Il replia de façon théâtrale un doigt sur son menton pour miner une réflexion profonde.

— Elle a rajouté des couleurs artificielles sur une publicité ?

Ou bien aidé à dissimiler le fait qu'un complément alimentaire vitaminé comportait des corticoïdes ?

— Non, non et non ! Je ne te dirai rien ! Je refuse cette inquisition.

— Allez, Kate, tu ne peux pas me laisser mariner de cette façon. Donne-moi au moins un indice.

— Pas question !

Et elle mordit dans un exquis *pagnottini* dont elle savoura longuement la douceur à la levure avant de rouvrir la porte à la communication.

— Nous devions nous rendre sur ta base, hier, avant que nous nous proposions pour garder Tommy. Pourquoi n'irions-nous pas aujourd'hui ?

— Nous sommes samedi, et il n'y aura pas grand monde, là-bas.

— Ce ne serait pas la première fois que je visite une base déserte. Tu te rappelles celle de Hurlburt ?

— Et pour cause !

Elle était située en Floride, et ils avaient dû affronter un terrible ouragan : tout était fermé, barricadé par des planches, les rideaux métalliques étaient descendus, il n'y avait personne dans les rues. Tout le monde avait fui le danger.

— Tu sais quoi, enchaîna Travis, je vais voir si Carlo vole, aujourd'hui. Et si c'est le cas… et que tu promets d'être adorable avec lui, il pourra te présenter quelques-uns de ses hommes.

Impatiente de rencontrer le prince qui avait montré une si grande générosité envers ses amies, elle termina son *pagnottini* tout en tendant l'oreille pour comprendre la conversation que son mari échangeait avec son collègue, mais elle n'était pas familiarisée avec tous les acronymes qu'il employait.

Quand il raccrocha, il annonça :

— Il nous recevra après le débriefing de son vol. En attendant, je vais me doucher et me raser. Commande un bateau-taxi pour dans une demi-heure.

Kate s'apprêtait à obtempérer quand son portable vibra.

— *Pronto ?*

— C'est moi, je suis désolée d'appeler de si bonne heure.

En réalité, Dawn ne semblait pas vraiment navrée, mais il est vrai qu'elle l'était rarement.

— Je voulais t'annoncer que j'ai modifié le programme de mes vacances.

— En bien ou en mal ? demanda prudemment Kate.

— En bien, je pense… Enfin, je ne sais pas. J'ai agi sur une impulsion.

— Comme d'habitude.

— Exact, admit son amie en souriant. Bref, j'ai décidé de prolonger mes vacances en Italie et de faire office de nourrice pour Tommy Ellis.

— Brian a effectivement téléphoné à Travis, un peu plus tôt, lui dit alors Kate. Il lui a appris que tu lui avais proposé de garder son fils, mais il n'a pas précisé que l'affaire était conclue.

— Eh bien, elle l'est, depuis quelques minutes ! Ellis et moi venons juste d'en discuter. De toute évidence, il a compris que je n'étais ni une psychopathe ni une délinquante sexuelle répertoriée.

Devait-elle prévenir son amie de l'enquête diligentée par Ellis ? Au fond, à quoi bon, puisque le rapport était visiblement positif, sans quoi il n'aurait pas embauché Dawn à ce poste ? Par ailleurs, celle-ci paraissait ravie de jouer la nounou, aussi s'abstint-elle de jeter un pavé dans la mare.

— Et Callie ? demanda-t-elle à la place. Que va-t-elle faire si on l'abandonne toutes les deux ?

— Je l'ai convaincue de rester à Venise avec moi jusqu'à son retour aux Etats-Unis, la semaine prochaine. Elle se doute bien que je vais peut-être avoir besoin d'un coup de main pour mon job temporaire.

— J'imagine aussi, renchérit-elle d'une voix lente.

Mais son esprit galopait. Elle avait d'abord cru que Callie et Brian pourraient se plaire ; d'ailleurs, elle pensait toujours qu'ils étaient parfaits l'un pour l'autre, et rien dans le comportement de Dawn ne laissait supposer qu'elle nourrissait le moindre intérêt pour le père de Tommy.

Il se pouvait tout à fait que cette dernière ait uniquement envie d'endosser le rôle d'une nounou... Quoi qu'il en soit, un certain prince italien pourrait peut-être remplir les journées de Callie.

Elle avait déjà recherché sur Internet des informations sur Carlo Luigi Francesco di Lorenzo, prince de Lombardie et de Marino : même si sa lignée remontait au VIIe siècle, les anciennes principautés que possédait sa famille avaient été incorporées aux autres Etats ; par conséquent, le titre royal de Carlo était purement honorifique.

Ce qui, toutefois, ne rebutait en rien les paparazzis. D'ailleurs, si les di Lorenzo avaient perdu la plupart de leurs anciens domaines, la famille avait investi dans plusieurs entreprises agricoles et industrielles depuis des années, et possédait désormais l'une des plus grandes fortunes d'Europe.

Les articles que Kate avait lus sur l'actuel prince étaient des plus enthousiastes. Ils le dépeignaient comme une version moins téméraire du prince Harry, au Royaume-Uni, rapprochement qui n'était guère étonnant, puisque les deux hommes avaient embrassé une carrière militaire en dépit de leur immense fortune personnelle et de leurs obligations sociales, du moins jusqu'à ce que Harry démissionne de l'armée, l'année précédente. Il était aussi précisé que le prince Carlo appréciait énormément la compagnie des belles femmes, mais qu'il n'avait nulle hâte de se marier et de s'établir.

Les photos accompagnant ces récits n'étaient pourtant pas particulièrement flatteuses pour le prince ; il semblait presque petit comparé aux top-modèles qui l'entouraient. Mais celles-ci étaient immenses et juchées sur des talons de vingt centimètres ! En outre, elle le trouvait presque un peu replet. Quand elle s'en ouvrit à Travis, celui-ci haussa les épaules : Carlo n'aurait pas été commandant au sein du Stormo Incursori s'il n'avait pas été en excellente condition physique pour faire face aux pires épreuves, lui affirma-t-il.

Plus curieuse que jamais de faire la connaissance du nouvel ami de son mari, Kate se vêtit de façon décontractée pour se rendre sur la base de l'Otan : un jean et un haut corail, rehaussé par l'écharpe colorée achetée à Florence. Travis portait lui aussi un jean et un polo noir qui soulignait tant ses pectoraux que ses abdominaux et lui valut le regard appréciateur de plusieurs femmes, dans le hall du *palazzo*.

Après un bref trajet en vaporetto, ils récupérèrent la Ferrari au parking VIP et, quelques instants plus tard, roulaient vers Aviano. Kate avait attaché ses cheveux et Travis chaussé ses lunettes de soleil miroir. Ils prirent la direction du nord pour découvrir une contrée vallonnée, où se nichaient de petits villages et se déployaient des hectares de vigne. Au loin, ils distinguaient la masse pourpre des Dolomites qui devenaient de plus en plus imposants à mesure qu'ils avançaient. Kate consulta alors son guide de voyage en ligne, sur son iPhone, pour se familiariser avec la culture, l'histoire et les spécialités culinaires de la région.

D'ailleurs, en milieu de matinée, elle demanda à Travis de s'arrêter dans un des lieux de dégustation qui bordaient la route afin de pouvoir siroter un verre de *prosecco*.

— C'est aussi savoureux que du champagne, décréta-t-elle à l'adresse de la jeune femme qui les servait. Pourquoi est-ce bien moins cher ?

— Cela tient à la façon dont le vin est fabriqué, expliqua celle-ci. Le champagne correspond à un processus traditionnel qui requiert une attention toute particulière et beaucoup de personnel. La fermentation du *prosecco* est bien plus simple, car elle est réalisée non pas en bouteilles, mais dans de grands fûts. Il faut donc moins de main-d'œuvre pour surveiller son bon déroulement.

— Achetons quelques bouteilles, proposa Kate. Dawn n'est pas fan de champagne ; en revanche, ce vin lui plaît beaucoup.

— Entendu ! D'autant qu'elle en aura probablement besoin après une journée avec Tommy le Terrible.

Pour le déjeuner, ils choisirent la ville de Conegliano, à

flanc de coteau, dans le centre historique. Après s'être régalée d'un risotto aux seiches, Kate tint à visiter les fresques qui recouvraient l'extérieur et l'intérieur de la *Scuola dei Battuti*.

— *Battuti* signifie battus, lut-elle à haute voix, dans son guide numérique. C'est en hommage à une confrérie religieuse qui occupait autrefois cette bâtisse et était connue pour ses rituels brutaux d'autoflagellation.

Travis contempla les fresques et ne fit aucun commentaire.

Une fois dans la Ferrari, ils reprirent la direction des Dolomites, et arrivèrent à la base aérienne d'Aviano une demi-heure plus tard ; celle-ci s'étendait dans l'ombre des montagnes aux cimes enneigées. Mais il ne fallait pas se fier à son aspect paisible, pensa Kate car, en raison de sa proximité avec le Moyen-Orient, de nombreux avions avaient dû en partir pour des missions ultra-secrètes.

Les contrôles de sécurité y étaient fort stricts, et il leur fallut un bon moment pour franchir l'entrée principale. Ils passèrent ensuite devant un complexe de bâtiments peints en brun-rouge, qui rappelait la *terracotta* des villages alentour. Parmi les bâtisses qui se succédaient, Kate aperçut un centre de fitness et, bientôt, des hangars abritant des avions de toutes tailles et formes se profilèrent ; l'odeur de carburant imprégna alors complètement l'air chaud du mois d'août. Mais elle était familière des bases aériennes, même si chacune avait ses particularités, notamment en ce qui concernait le parc aérien.

— Où est ton coucou ? demanda-t-elle en quête, parmi les appareils, de l'Hercule à quatre moteurs turbo-propulseurs, la « bête de somme » des opérations spéciales menées conjointement par les Etats-Unis et l'Otan.

— A l'abri, dans la journée.

Ils ne volaient donc que dans l'obscurité, en conclut Kate, à l'aide de lunettes spéciales vision de nuit. Elle aurait dû s'en douter, étant donné qu'ils survolaient principalement des territoires hostiles. Certes, les troupes étaient hautement qualifiées, mais les dangers n'en étaient pas moins bien réels ! Soudain, des peurs familières l'assaillirent, la base ne lui sembla tout à coup plus aussi accueillante que quelques minutes auparavant. Et, dans la foulée, le nouveau poste de Travis ne lui parut plus aussi enthousiasmant : ne devrait-il pas effectuer des heures de vol dans des conditions tout aussi dangereuses, sinon plus, puisque les engins testés seraient censés être de plus en plus performants ?

Elle tentait de chasser ces pensées effrayantes quand Travis se gara devant un bâtiment à étage. Le panneau en anglais, italien et français indiquait qu'il s'agissait du centre des forces spéciales conjointes de l'Otan. Ils y pénétrèrent, et Travis sortit un badge vert de son portefeuille qu'il montra à la réception. Celui-ci fut scrupuleusement scanné ; après quoi, il demanda un badge visiteur à son intention. Elle dut fournir deux pièces d'identité et regarder sans cligner des yeux dans une caméra, avant qu'on lui délivre un laissez-passer temporaire. Travis l'attacha au col de son T-shirt et l'entraîna vers l'espace réservé aux visiteurs.

— Attends-moi ici, je vais voir si Carlo a terminé son débriefing.

Puis, son badge à la main afin de passer sous un nouveau portique de sécurité, il disparut.

Elle en profita alors pour aller se recoiffer et remettre du rouge à lèvres dans les toilettes mixtes, et fut de retour juste avant que Travis revienne, flanqué de deux hommes en uniforme d'aviateur. L'un était presque aussi grand que Travis et l'autre d'une taille un peu moins imposante, mais d'une solide carrure. Il semblait vibrer d'énergie.

— *Ciao*, Caterina !

Carlo di Lorenzo, prince de Lombardie et de Marino, venait de pénétrer dans la salle d'attente. Ses yeux noirs lançaient de joyeux éclairs au-dessus de sa moustache ébène qui s'étirait d'une joue à l'autre.

— Je ne saurais exprimer la joie que je ressens à rencontrer enfin la magnifique épouse dont Travis parle si souvent !

11

Kate ignorait tout du protocole italien pour saluer un prince, mais celui-ci résolut son dilemme en lui tendant directement la main. Elle crut qu'il allait serrer la sienne ; mais il la porta à ses lèvres et, contre toute attente, au lieu d'en baiser le dos, orienta habilement le poignet pour en effleurer la paume de sa bouche. C'était d'une intimité déconcertante.

Surprise, elle se mit à fixer la naissance d'une calvitie, dans ses belles boucles noires, avant de retirer vivement la main. Alors il redressa la tête et elle croisa son regard malicieux : visiblement, il venait de plaisanter avec elle.

— Tu n'as pas exagéré, lança-t-il par-dessus son épaule. Elle est vraiment *bellissima*.

Bellissima ou pas, Kate recula d'un pas, et le prince poussa délibérément un lourd soupir.

— Pourquoi ai-je toujours la malchance de tomber instantanément amoureux des femmes des autres ?

— Arrête de faire du gringue à ma femme, et présente-lui plutôt celui qui te suit comme ton ombre.

Et l'échange badin rajouta encore à sa stupeur. Mais, quand elle se tourna vers l'homme qui les accompagnait, la cicatrice qui lui barrait la joue la déstabilisa. Elle leva tout de suite la tête vers ses yeux d'un gris cendré, brillants d'intelligence.

— Caterina, voici Joe Russo, qui refuse que je l'appelle Giuseppe. Ses hommes et lui me filent constamment, à Aviano. Quand bien même parfois je souhaiterais qu'ils disparaissent discrètement pour quelques heures.

— Ravi de vous rencontrer, *signora* Westbrook.

Contrairement à son patron, il ne portait ni insigne ni ruban, et Kate ne parvenait pas à identifier de quel pays lui venait son léger accent.

— Est-ce que la Toscane a plu à vos amies ? enchaîna le prince, désireux de retrouver son attention.

— Enormément ! Je ne sais comment vous remercier d'avoir mis votre villa à leur disposition.

— Je suis désolé de n'avoir pu les rencontrer, je pensais me rendre à Sienne ce week-end, et éventuellement leur faire visiter la ville. Selon Travis, elles sont presque aussi charmantes et ravissantes que vous.

Il sourit et ajouta :

— J'ai aussi cru comprendre que l'une d'entre elles, la rousse, déborde de vie.

Kate fustigea son mari du regard, et Travis leva les mains en signe d'impuissance.

— Désolé, mais Carlo maîtrise à la perfection la technique de l'interrogatoire.

Forcément ! Les opérations spéciales nécessitaient parfois d'extraire des informations de sources réticentes.

— Et je suppose que cet interrogatoire a eu lieu dans un bar, après quelques pintes de bière, renchérit-elle.

— Pas du tout, Caterina, répliqua le prince d'un ton presque offusqué. C'était dans mes quartiers, autour de bouteilles de vin provenant du vignoble de ma famille. Ce qui nous ramène à votre amie : elle se trouve bien à Venise, actuellement ?

Kate comprit qu'elle pouvait faire une croix sur ses projets de caser Callie avec le prince ! Il semblait littéralement obsédé par Dawn qu'il n'avait même pas encore vue !

— Exact, répondit-elle d'un ton bref.

— Dans ce cas, je vais peut-être faire un saut à Venise. Qu'en dis-tu, Joe ? Prêt pour une virée à la Sérénissime ?

— Comme toujours ! Le temps de mettre en place la sécurité nécessaire à ce déplacement.

— Parfait ! Et maintenant, Caterina, je vais vous présenter mon équipe.

— Entendu, répondit-elle.

Il passa son bras sous le sien, tout en brandissant son badge devant le scanner suivant.

— Aviano n'est pas notre base principale ; celle-ci se trouve à Furbara, près de Rome, commença-t-il avant de lui adresser un sourire fier et d'enchaîner : Travis vous a-t-il dit que nos bombardiers avaient engrangé presque autant d'heures de combats en Afghanistan et en Irak que leurs homologues britanniques et américains ?

— Non, il a omis ce détail.

— Vous a-t-il parlé de la mission que nous avons conduite il y a trois mois, maintenant ?

— Pas davantage.

— Ah, elle était très risquée ! Vraiment… Nous devions sauver un groupe de journalistes pris en otage par Boko Haram.

— Tiens donc ! J'ignorais que les Etats-Unis participaient à ce genre de sauvetage.

Elle avait adopté un ton faussement détaché dont Travis, espérait-elle, n'avait pas été dupe. Ce dernier haussa les épaules.

— C'était une opération internationale, crut-il bon de préciser.

Mais le prince italien était très bavard…

— La jungle africaine est un peu… *Scusami !* Un territoire particulièrement difficile à survoler, et les rebelles étaient armés jusqu'aux dents, ce qui avait été sous-estimé par nos services de renseignements. Il a fallu recourir à la puissance du feu pour les maîtriser et pour que l'équipe puisse remonter à bord avec les journalistes. Votre mari a bien mérité son salaire, ce jour-là, Caterina. Sans lui et Joe, j'aurais fini dévoré par les singes.

Voilà qui expliquait la villa et la Ferrari ! pensa Kate tandis qu'ils parcouraient un corridor aux murs recouverts de photographies en noir et blanc d'engins volants.

— Travis et moi avons beaucoup appris de cette opération, c'est pourquoi nous voici de nouveau réunis à Aviano pour tester les modifications que la société de Brian a apportées à nos avions. Mais assez parlé ! Je vais vous présenter mes hommes, à présent, les gladiateurs du ciel.

Kate préféra ne pas relever le terme, les explications de Carlo ayant largement assouvi sa curiosité, et vraisemblablement déplu à Travis.

Les récits des autres compagnons d'armes furent bien moins angoissants, car ils s'en tinrent aux missions humanitaires et à l'aspect amusant des opérations, aux informations mal interprétées qui engendraient des quiproquos ou aux atterrissages en parachute sur une maison close.

Le prince ajoutait chaque fois un commentaire à ces anecdotes parfois hilarantes, montrant ainsi à Kate toutes les palettes de sa personnalité. Elle voyait en lui l'ami généreux qu'il avait été pour Travis quand il l'avait aidé à reconquérir sa femme, le play-boy décrit dans les journaux, l'homme chaleureux à mille lieues de l'image stéréotypée que l'on se faisait des pilotes d'opérations spéciales particulièrement délicates. Elle constata aussi le profond respect que lui vouaient ses subordonnés.

Mais Joe Russo demeurait toujours un mystère pour elle. Etait-il un agent de sécurité payé par la riche famille de Carlo ? Un mercenaire ?

L'arrivée impromptue de Brian Ellis la tira de ses pensées.

— On m'a chassé de Venise, annonça-t-il. Après que j'ai effectué les arrangements nécessaires au départ de Mme Wells demain, mon fils m'a annoncé que sa nouvelle nounou et lui ne m'avaient pas inclus dans le programme de leur journée.

— Et incluait-il Callie, ce programme ? voulut savoir Kate.

— Non, elle comptait aller voir la collection Peggy Guggenheim, il me semble.

— Excellent choix, observa le prince. C'est l'une des meilleures collections d'artistes européens et américains du XXe siècle. Il faudra absolument que vous vous y rendiez, Caterina.

Kate hocha la tête, tout en se demandant comment Dawn allait s'en sortir, toute seule avec Tommy. Mais cette dernière avait beau avoir une approche parfois préoccupante de la vie et de l'amour, elle était aussi solide qu'un roc, et l'on pouvait compter sur elle.

— De fait, je suis venu pour le débriefing du vol de ce matin, déclara Ellis.

— Nous avons juste terminé, mais je vais te montrer le rapport, ainsi qu'à toi, Travis, si ta charmante épouse veut bien nous excuser quelques instants.

— Naturellement. Je vais patienter dans la salle d'attente.

— Tu peux aussi visiter la base à bord de la voiture, proposa Travis. Si tu as envie d'une coupe de cheveux ou de faire un peu de shopping, je te conseille le quartier commercial. Les boutiques y sont remarquables.

Elle faillit répondre que les luxueux hôtels qu'ils avaient fréquentés l'avaient largement comblée en la matière, avant de se raviser : l'idée de s'installer au volant de la Ferrari était en réalité très excitante.

— Vous voulez bien me confier votre voiture ? demanda-t-elle alors au prince.

Elle vit sa pomme d'Adam s'agiter soudain nerveusement, mais il répondit avec un grand sourire galant :

— Bien entendu, Caterina !

Elle retint un sourire devant son machisme à peine dissimulé et tendit la main à Travis pour qu'il lui donne les clés.

— Sois de retour à 16 heures, lui dit-il. Je dois passer au quartier de soutien aux forces avant la fermeture.

Elle sentit son cœur tressaillir. L'expression était un euphémisme pour désigner les différents services qu'offrait la base, comme le cantonnement, les centres d'aide au développement de l'enfance, les salles de jeux ou de sport, les programmes d'éducation ; s'y trouvaient aussi la garde d'honneur de la base et l'administration qui établissait le lien entre vie militaire et vie civile. En quelques clics sur un clavier, un sergent pourrait accéder à la requête de Travis et enregistrer sa démission.

— C'est ouvert le samedi ? s'étonna-t-elle.

Elle se mordit la langue : sur cette base stratégique, à deux coups d'aile de la Syrie, tout le monde devait être sur le qui-vive vingt-quatre heures sur vingt-quatre.

— J'ai appelé de Venise pour prendre rendez-vous, l'informa Travis.

Il se tourna lentement vers le prince.

— Brian étant au courant, je suppose que je dois aussi t'en informer. Voilà, je vais démissionner de l'armée dès que nous aurons achevé le projet en cours.

Carlo en resta d'abord bouche bée.

— Mais… Tu ne peux pas faire ça !

— Si ! J'ai déjà prévenu mon colonel, aux Etats-Unis. C'est une affaire réglée.

— Eh bien, reviens dessus ! s'insurgea Carlo. Tu es notre meilleur pilote, le plus habile et le plus calme. Tu deviendras colonel bien avant tes pairs. Général, même ! Tu ne veux quand même pas renoncer à toutes ces étoiles ?

— Certaines choses sont plus précieuses que les récompenses et le rang.

— Tu vas le regretter, Travis, et tu…

— Je ne reviendrai pas sur ma décision, Carlo.

Sa réponse déterminée fendit l'air comme une lame. Le prince n'insista pas, mais jeta un bref coup d'œil à Kate, et elle perçut tout de suite le poids de sa désapprobation, tandis que Brian enchaînait :

— Tu as devant toi le nouveau vice-président d'EAS pour les opérations de tests et les évaluations, Carlo. Je ne peux te dire à quel point je me réjouis qu'un homme avec l'expérience de Travis fasse désormais partie de mon équipe. Surtout si les essais valident le projet sur lequel nous travaillons actuellement et que le modèle est validé.

Le prince prit la perche qu'on lui lançait pour rebondir.

— Nous avons presque terminé nos tests. Joe, tu veux bien raccompagner *signora* Westbrook ?

Signora Westbrook, et non plus *Caterina*, pensa Kate.

Après avoir pris congé des troupes, elle emboîta le pas à

Joe Russo. Tandis qu'ils traversaient le couloir en silence, la curiosité eut soudain raison d'elle.

— Depuis quand travaillez-vous pour le prince ? demanda-t-elle.

— Un peu plus de trois mois.

— Vous êtes militaire, civil ou autre chose ?

— Autre chose.

Le ton était affable, mais la réponse la laissa encore plus dubitative. Elle tenta une approche différente.

— De quel pays venez-vous ?

Il lui lança un regard en coin, aussi impénétrable qu'un brouillard épais.

— D'aucun pays dont vous ayez entendu parler.

OK… Elle comprenait les rebuffades quand elle en subissait une : inutile de lui demander s'il était marié et avait des enfants, ou bien s'il aimait la glace aux cerises ou le *limoncello.*

Il l'escorta jusqu'à la sortie du bâtiment, et Kate retrouva avec plaisir l'éclatante lumière d'août. Après l'air conditionné de l'intérieur, le soleil lui fit un bien fou. Elle s'adossa à la Ferrari pour s'abandonner quelques instants à sa caresse et contempler les montagnes. Son regard se porta soudain vers le hangar qui abritait les avions de guerre : où pouvait bien se nicher celui que testaient actuellement le prince et son mari ?

Mais elle n'eut pas le temps d'y réfléchir, car elle vit tout à coup deux jets de combat s'en détacher lentement pour se positionner, en attendant le signal de la tour de contrôle. Brusquement, leurs moteurs se mirent à tourner à plein volume et un premier avion jaillit à la verticale vers le ciel, dans un bruit assourdissant, suivi immédiatement du second. Mains en visière, elle suivit un instant leur trajectoire dans l'azur.

La statisticienne qui sommeillait en elle ne put s'empêcher de se demander combien s'écrasaient au sol. Mais tout cela ne la concernait plus, c'était de l'histoire ancienne. Travis avait été formel, tout à l'heure.

Pourtant, elle ne pouvait se défaire d'un sentiment de culpabilité en s'installant au volant de la Ferrari. Pourquoi la fierté relative aux exploits de son héros de mari ne l'avait-elle jamais emporté sur la peur, chez elle, comme c'était le cas des autres conjointes de militaires ?

La pensée d'avoir poussé son époux à choisir entre elle et une carrière qu'il aimait continuait à la déchirer. Pourtant, elle ne se considérait généralement pas comme une affreuse égoïste !

Se déplaçant prudemment sur la base, elle continua à se poser mille questions. Travis ne regretterait-il pas un jour sa décision, comme l'avait prédit Carlo ? Cette démission n'allait-elle pas ternir leur relation ? Ce risque en valait-il la peine ?

Oui !

La réponse fusa à la vitesse de l'éclair en elle, univoque. Et elle pouvait affronter ce risque, il n'était rien comparé à tous ceux que son mari encourait, en restant dans l'armée.

Revigorée après cette petite introspection, elle se dirigea vers le quartier commercial. A sa grande joie, elle découvrit qu'il regorgeait de boutiques offrant un large assortiment de produits locaux, allant de l'huile d'olive aux masques vénitiens, en passant par les bijoux en verre soufflé.

Un magasin attira plus particulièrement son attention, qui vendait des jouets ayant pour thème l'Italie. Elle repéra notamment un costume de centurion romain, avec cape, casque à plume rouge et épée en plastique, et imagina aisément Tommy dedans. Mais serait-ce bien raisonnable, dans un palais vénitien, empli d'objets de grande valeur ? Non, conclut-elle.

Son regard tomba alors sur le rayon puzzles. Voilà qui canaliserait l'énergie du petit trublion, pensa-t-elle immédiatement. Elle hésita entre le Colisée, la tour de Pise et une gondole. Elle opta finalement pour le bâtiment penché et sortit sa carte Visa au moment où un trio d'officiers en uniforme entrait dans la boutique. Deux hommes et une femme.

Elle considéra du coin de l'œil l'officier le plus près d'elle, et constata qu'il était commandant. Puis son regard glissa sur la femme.

Soudain, tout disparut autour d'elle dans une sorte de brouillard, et elle ne perçut plus que les tambourinements de son cœur. Car elle avait instantanément reconnu la jeune capitaine qui figurait sur la page Facebook, son visage étant gravé dans sa mémoire.

— Veuillez signer ici, je vous prie.

Mais elle était figée, incapable même de respirer. Les trois officiers étaient à quelques pas d'elle et discutaient entre eux.

— Madame ?

Pourquoi Travis ne lui avait-il pas dit que Diane Chamberlain se trouvait sur la base d'Aviano ? Comment avait-il pu omettre un…

— Madame ? Tout va bien ?

La question soucieuse du vendeur attira l'attention des officiers. Le commandant voulut dire quelque chose, mais il comprit bien vite que c'était sa collègue qui était dans la ligne de mire de Kate.

Celle-ci le perçut aussi.

D'un pas souple, elle s'approcha d'elle.

— Je peux vous aider ? s'enquit-elle.

Kate avait retrouvé sa respiration et son équilibre.

— Non, merci. Vous l'avez déjà fait.

La plus grande confusion se lut alors sur le visage de la femme. Il était d'ailleurs très élégamment maquillé, constata Kate de façon détachée : les sourcils étaient bien dessinés, les cils rehaussés de mascara, et du blush soulignait ses hautes pommettes. Une touche toute féminine, en contrepoint avec l'uniforme et les boots.

— Désolée, dit la jeune femme en fronçant les sourcils, on se connaît ?

— Je suis Kate Westbrook.

Son interlocutrice s'empourpra immédiatement.

— Je… Euh…

Son embarras était si perceptible que Kate eut pitié d'elle.

— Ce n'est rien, dit-elle, étonnée de découvrir qu'elle pensait vraiment ce qu'elle disait. Travis m'a raconté ce qui s'est passé. Tout est sa faute, m'a-t-il affirmé.

Même si moi je la rejette sur toi, ajouta-t-elle en silence.

Diane Chamberlain parut déconcertée. Elle s'efforça de retrouver une contenance.

— Je suis vraiment désolée… Je…

Elle se mordit la lèvre, puis jeta un coup d'œil à ses deux compagnons.

— Je vous rejoins, leur dit-elle.

— Entendu !

Ils sortirent de la boutique, laissant Kate seule avec celle qui lui avait causé une si grande douleur. Et pourtant, face à cette femme désemparée, elle sentit soudain les derniers lambeaux de son chagrin s'évaporer.

— Ce n'est rien, lui redit-elle sur un ton plus affable. Vraiment. Travis et moi avons surmonté l'incident.

La jeune capitaine hocha la tête, mais ne put masquer son intérêt, quand elle demanda :

— Il est ici ? A Aviano ?

— Pour très peu de temps. Et vous ?

— Mon unité va se redéployer. Nous avons atterri le temps d'une escale, et nous repartons demain à la première heure.

Elle demeura imprécise, sans doute pour des raisons de sécurité.

— Prenez soin de vous, répondit Kate d'un ton sincère.

12

Kate retraversa la base, dans le même état d'esprit qu'un prisonnier relâché après une longue et terrible incarcération. Pour des raisons qu'elle n'avait pas encore eu le temps d'élucider, la rencontre avec la femme qui avait été pour elle source de tant de tourments semblait avoir ouvert les portes de sa cellule intérieure. Toute trace de colère et de ressentiment envers la capitaine Diane Chamberlain s'était évaporée, ainsi que les doutes et la culpabilité avec lesquels elle se débattait depuis une heure.

A la place, une fabuleuse excitation s'était répandue dans tout son être à l'idée de ce que lui réservait l'avenir, et il y avait des lustres qu'elle n'avait éprouvé une telle sensation. Aussi, après avoir garé la Ferrari devant le bâtiment où elle devait récupérer Travis, savoura-t-elle la joie pure qui coulait dans ses veines, offrant son visage au soleil.

Travis en sortit quelques instants plus tard et chaussa immédiatement ses lunettes de soleil miroir ; à sa démarche, elle comprit tout de suite qu'il était d'une humeur aussi belle que la sienne.

— Le *feed-back* était bon ? demanda-t-elle quand il arriva à sa hauteur.

— Excellent ! On aura sûrement fini avant la date prévue… Je t'en prie, garde le volant, lui dit-il alors qu'elle s'apprêtait à ouvrir la portière passager. L'administration n'est pas très loin. Prends à gauche en sortant du parking.

Elle suivit ses instructions, appréciant le ronronnement

quasi silencieux des mille chevaux — elle exagérait à peine — sous le capot de la Ferrari et la douce brise qui soufflait dans ses cheveux.

— Tu sembles heureuse, souligna Travis. Tu as dévalisé les boutiques ?

Devait-elle lui raconter sa rencontre avec la capitaine Chamberlain ? Elle repoussa tout de suite l'idée : cela n'en valait pas la peine.

— Non, pas vraiment. J'ai juste acheté un puzzle en trois dimensions de la tour de Pise pour Tommy. J'ai pensé qu'il resterait concentré pendant une heure ou deux.

Travis eut un grognement sceptique.

— Une demi-heure, peut-être. Il a la concentration d'une puce souffrant d'un TDAH.

Elle se mit à rire.

— C'est sans doute ce que ta mère te disait quand tu étais enfant. Elle m'a confié que la seule chose qui canalisait ton énergie, c'était de jouer au basket trois ou quatre heures par *jour*.

— Elle a exagéré !

— Bref, tu crois que Dawn s'en sort, avec le fils de Brian ?

— Je gage que c'est l'entente parfaite entre eux. Ils ont tous les deux la concentration d'une…

— Attention à ce que tu vas dire !

— Oui, à mon avis, tout va bien, se reprit-il. Sans quoi, Brian ne serait pas venu jusqu'ici. Et puis, Callie est dans les parages, au cas où…

Elle voulut protester et affirmer que Dawn était tout à fait capable de gérer seule Tommy quand elle se rappela l'épisode des chevaux à la tête coupée.

— Tourne ici, lui indiqua Travis. Et gare-toi à droite, nous y sommes.

— Tu veux que je t'accompagne ?

— Inutile, profite plutôt de la vue. Comme j'ai appelé, les papiers seront prêts. Cela ne prendra que quelques minutes.

Elle lui saisit le bras. Ses biceps étaient à la fois lisses et durs, et sa peau toute chaude en raison du soleil.

— Travis, sois sincère… C'est vraiment ce que tu souhaites ?

— Oui.

— Réellement, sincèrement, honnêtement ?

— Réellement, sincèrement, honnêtement, répéta-t-il.

Se penchant vers elle, il effleura sa bouche.

— La décennie qui s'est écoulée a tourné autour de *moi*. Je veux que les cinquante ou soixante suivantes soient dédiées à *notre* couple.

Un quart d'heure plus tard, appuyée contre la Ferrari, elle le vit ressortir du bâtiment administratif. Une légère angoisse lui nouait la gorge, d'autant qu'elle ne pouvait voir ses yeux, à cause des lunettes de soleil ; malgré tout, il semblait détendu. Et si sexy !

Elle laissa glisser son regard amoureux sur sa large carrure, ses cuisses musclées, moulées dans son jean. Il se déplaçait d'un pas confiant, félin. Elle sentit l'excitation monter en elle et laissa échapper un juron bien peu digne d'une femme à l'idée qu'elle devrait attendre encore une éternité — c'est-à-dire jusqu'à leur retour à Venise — avant de pouvoir l'entraîner sous la couette.

Et sans doute davantage, pensa-t-elle un rien contrariée quand Travis, après avoir accepté les clés qu'elle lui tendait et pris le volant, déclara :

— Carlo vient de m'appeler. Il m'a confirmé qu'il se rendait à Venise ce soir, et il espère y rencontrer l'éblouissante Dawn.

Il employait toujours cet adjectif pour décrire son amie, mais elle n'était pas dupe : ce n'était pas vraiment un compliment ; par ce terme, il voulait davantage souligner son côté volage.

— Et que lui as-tu répondu ?

— Que je conviais tout le monde pour 19 heures dans notre suite.

— Y compris Brian et Tommy ?

— Bien sûr. Carlo va lui transmettre l'info.

— Tu ne crois pas que c'est un peu risqué ?

— Mais non, Tommy est un peu turbulent, mais il reste gérable.

En réalité, ce n'était pas à l'enfant qu'elle pensait : ce qui la tracassait, c'était l'idée que Brian et le prince se retrouvent dans la même pièce que Dawn. Elle avait bien vu l'éclair intéressé dans les yeux d'Ellis la veille, quand il avait rencontré son intrépide amie. Et Carlo, charmeur invétéré comme le prouvait le baisemain déconcertant qu'il lui avait donné, paraissait aussi impatient de la rencontrer, après ce que Travis lui en avait raconté. Quant à Callie, elle avait été complètement écartée de l'équation !

Elle sortit alors son téléphone, avec l'espoir que ses amies ne seraient peut-être pas libres pour cet apéritif improvisé.

— Je vais appeler Dawn et Callie pour vérifier qu'elles n'ont pas prévu autre chose, dit-elle d'un ton détaché.

Mais Dawn lui indiqua que c'était parfait pour elle.

— Brian a appelé juste avant toi, enchaîna-t-elle d'un ton essoufflé. Il compte passer à l'hôpital rendre une petite visite à Mme Wells, donc il arrivera un peu en retard.

— Comment ça se passe, avec Tommy ? Et pourquoi as-tu l'air essoufflée ?

— Parce que j'ai dû sortir de dessous le lit pour prendre la communication.

— Et pourquoi étais-tu sous le lit, si la question n'est pas trop indiscrète ?

— On joue à cache-cache et, grâce à sa taille, ce petit chenapan peut se faufiler partout.

— Callie joue avec vous ?

— Elle est revenue à la suite pour… Non, Thomas, ce n'est pas juste, je suis sortie de ma cachette pour répondre au téléphone. Non, ce n'est pas ton tour.

Dawn éclata de rire.

— Si tu voyais sa tête ! reprit-elle. Oh ! Tommy ! Et si tes paupières restaient toujours comme ça… Bon, comme je te disais, Kate, Brian va arriver tard. Donc, je ferai manger ce garnement, puis Callie et moi le prendrons chacune par une main et nous vous retrouverons à votre hôtel.

— Très bien. Essayez d'y être pour 19 heures. A tout à l'heure.

Après quoi, Kate fixa pendant quelques secondes son iPhone.

— Tout va bien, pour ce soir ? demanda Travis.

— Je crois. J'ai aussi l'impression que Dawn s'amuse bien plus encore que Tommy.

Son mari prit le parti prudent de ne pas répondre, et elle rangea le téléphone, résolue à profiter de la belle vue que leur offrait le trajet jusqu'à Venise.

Il était presque 18 heures lorsqu'un vaporetto les déposa au Palazzo Alleghri. Après avoir été fouettée par le vent et abreuvée de soleil, Kate n'avait qu'une envie : se ruer sous la douche. Elle dut malgré tout effectuer un petit détour par le salon afin d'appeler la réception et commander quelques amuse-gueules pour le cocktail impromptu, notamment des *antipasti*, des fruits et du fromage ainsi que des petits pains. Elle ajouta aussi quelques minipizzas fantaisie pour Tommy… qui coûtaient une fortune !

Alors qu'elle était au téléphone, Travis mit au frais les bouteilles de *prosecco* qu'ils avaient achetées le matin même, en se rendant à Aviano.

— Demande aussi quelques verres supplémentaires, souffla-t-il.

Elle ajouta aussi des jus de fruits pour Tommy et se précipita enfin dans la salle de bains, tout en se déshabillant. Elle n'aurait pas le temps de se sécher les cheveux, pensa-t-elle en ouvrant les robinets ultra-sophistiqués de la douche, mais elle…

Elle sursauta brusquement, en sentant un corps chaud et vigoureux se plaquer contre le sien.

— Nous n'avons pas le temps, Trav, protesta-t-elle en se tournant vers lui.

— Le temps de quoi ? Tu veux te laver, non ? Moi aussi. On va juste se frotter le dos.

— Bien sûr…

Elle lui jeta un coup d'œil sceptique mais ne put lui résister bien longtemps et, quand il la fit pivoter pour lui frictionner les reins, elle posa les paumes contre le mur carrelé, submergée par un grisant désir qui remontait du plus profond de son être. D'ailleurs, ne la tenaillait-il pas depuis leur départ d'Aviano ? L'eau qui dansait sur sa peau l'accentuait encore et, tout à coup au supplice, elle cambra son postérieur pour se rapprocher de lui.

— Notre temps est compté, dit-elle de mauvaise foi.

D'une main, celle qui tenait le gant, Travis lui caressa la taille, tandis que de l'autre il cherchait son intimité… Un vif élan de plaisir la saisit lorsqu'il se mit à l'explorer délicatement, et quelques secondes plus tard il la pénétrait. Alors elle s'arc-bouta, pressant ses fesses contre son ventre pour encore mieux le sentir en elle…

Travis écarta légèrement les pieds pour trouver un meilleur équilibre sur les carreaux, tandis que la respiration de Kate devenait haletante. Qu'elle ne compte pas sur lui pour accélérer le rythme ! Il voulait imprimer dans son cerveau le spectacle de l'eau cascadant sur les épaules de sa femme, les gouttes coulant sur ses reins, puis à l'endroit où leurs corps s'unissaient. Cela dit, elle ne lui facilitait pas la tâche à ondoyer des hanches, et à lui rendre chaque coup de reins.

Serrant les dents, il l'agrippa par la taille, pour maîtriser la cadence. Ce fut alors qu'elle se retourna brusquement, les yeux fiévreux.

Cette séparation brutale le désarçonna, il eut tout à coup l'impression de manquer d'air, mais son air de lionne déchaînée le rassura : ils n'allaient pas en rester là !

— Assieds-toi, lui ordonna-t-elle en désignant le siège intégré dans le mur.

Il obtempéra et, quelques secondes plus tard, elle le chevauchait sans qu'ils n'aient à recourir à d'improbables contorsions.

— C'est mieux ainsi, admit-il, tandis qu'elle le glissait en elle. Oui, bien mieux !

Il captura un de ses seins hérissés dans sa bouche.

Il fit de son mieux pour dompter l'ardeur de sa femme et la sienne, mais bientôt il abandonna, et tous deux cédèrent à l'appel d'un puissant orgasme.

Les jets de la douche s'étaient tus depuis quelques instants à peine quand Kate entendit sonner à la porte : enveloppée dans un peignoir, elle était en train de démêler ses boucles alors que Travis avait noué une serviette autour de sa taille.

— J'y vais, dit-elle.

Elle espérait naturellement que c'était le service d'étage et non déjà l'un des invités, en tout état de cause pas la personne qui se profila alors devant elle.

— Tiens, Joe ! s'écria-t-elle en s'efforçant de masquer sa surprise. Désolée, nous sommes un peu en retard. Carlo n'est pas avec vous ?

— Il règle quelques affaires en bas. Je suis venu effectuer une petite inspection des lieux.

— Pardon ?

— C'est pour la sécurité. Ce sont des procédures standards.

Amusé par son air étonné, il brandit ce qui ressemblait à un téléphone portable ordinaire, mais doté d'une antenne.

— Cet engin permet de détecter d'éventuelles caméras cachées, et je dois aussi repérer les sorties d'urgence, la routine en somme. Je peux entrer ?

— Euh… Oui ! Allez-y, je vous en prie.

Elle lui emboîta le pas tandis qu'il brandissait son antenne en un lent arc de cercle dans le salon et la salle à manger. Elle pensa soudain que, si la suite comportait des caméras cachées, certains avaient dû se rincer l'œil, ces derniers jours.

A cet instant, Travis sortit de la salle de bains — décemment vêtu — et adressa un signe de tête à l'invité surprise en précisant :

— La chambre et la salle de bains sont à toi.

— Merci, répondit-il.

— Il inspecte chaque endroit où Carlo se rend ? demanda-t-elle à mi-voix, une fois que Russo eut disparu dans la pièce voisine.

— Presque. Les risques que Carlo soit enlevé sont assez élevés, pour extorquer une rançon à la famille, mais aussi des secrets industriels. Ici, des caméras surveillées pourraient tous nous mettre dans une situation délicate.

— Mais… Tu ne m'as pas dit que c'était son cousin qui possédait le *palazzo* ?

— Si… Pourquoi ?

Elle était encore en train de se remettre de l'idée qu'on ne pouvait pas se fier à son propre cousin lorsque Joe Russo réapparut.

— Tout va bien. Je ne vous ennuie pas davantage.

— Vous pouvez rester et prendre un verre avec nous, proposa Kate.

— Je suis encore en service.

— Il y a de nombreux sodas dans le minibar et…

La sonnette venait de nouveau de retentir. Cette fois, ce ne pouvait être que le service d'étage !

— … on vient nous livrer des jus de fruits ainsi que des amuse-gueules. Joignez-vous à nous.

— Eh bien…

— C'est entendu ! Et maintenant, je vous laisse entre hommes pour aller m'habiller.

Elle se retira en toute hâte dans la chambre.

Le peignoir rejoignit la pile de serviettes sur le sol de la salle de bains et elle était en train d'enfiler son pantalon taille basse quand on ouvrit la porte de la chambre.

Elle crut d'abord que c'était son mari, puis imagina un petit garçon intrusif.

— Travis ? demanda-t-elle.

— Non, *sono io*, chantonna alors Dawn. Dis-moi, où as-tu trouvé ce séducteur qui… Oh ! Mais qu'est-ce qui s'est passé ici ?

Elle s'immobilisa sur le seuil de la salle de bains où régnait, il est vrai, un grand chaos… Serviettes mouillées et peignoirs à l'envers jonchaient le sol, ainsi que des grandes flaques d'eau.

Quand elle releva la tête vers Kate, un grand sourire éclaira son visage.

— Ne dis rien, enchaîna-t-elle, je crois que j'ai capté.

— Donc, c'est parfait ! renchérit Kate. Tu peux me passer mon soutien-gorge ? Et m'aider à me démêler les cheveux ?

— Pourquoi ? Ce style décoiffé te va très bien. Et je pense qu'il doit beaucoup plaire à ton mari.

— Ça suffit, rétorqua-t-elle en lui remettant d'autorité sa brosse. Fais des miracles, et vite !

— Je ne crois pas que ce soit ce que Travis t'ait dit…

— Daaaaawn !

— OK, assieds-toi !

Kate ne put alors s'empêcher de préciser :

— En fait, c'est ce que j'ai dit *moi*.

Les deux amies éclatèrent de rire.

Elles riaient encore à gorge déployée quand Callie pointa le nez.

— C'est une fête privée ?

— Ça l'était, mais l'eau a débordé ! dit Kate encore plus hilare.

— Et les convives étaient tout nus et pleins de savon ! renchérit Dawn, dans le même état. Travis a même…

— C'est bon, l'interrompit Callie en levant la main. Je crois que j'ai…

— … capté, complétèrent Kate et Dawn en chœur.

Riant aux éclats, elles se laissèrent glisser par terre, et Callie secoua la tête. Mais elle ne put rester sérieuse bien longtemps elle non plus.

S'asseyant elle aussi par terre, elle déclara :

— Vous êtes deux idiotes, vous le savez ?

— Vraiment ? renchérit Dawn en lui donnant un coup de coude. Dans ce cas, pourquoi madame la délicate se tord-elle aussi comme une baleine ?

— Parce que vous semblez heureuses, répondit-elle.

Un doux sourire s'alluma dans ses yeux violets.

— Surtout Kate.

— Exact ! Et curieusement, je dois mon bonheur à cette sale garce !

Callie et Dawn échangèrent un regard étonné.

— Tu sais de quoi elle parle ?

— Pas la moindre idée.

Elles rivèrent de nouveau leurs yeux sur Kate.

— Accouche ! ordonnèrent-elles.

— Je l'ai croisée aujourd'hui, sur la base.

Le visage de Dawn arbora soudain la plus grande sévérité.

— Quel fils de p…, ce Travis ! Il ne t'avait pas avertie qu'elle y serait ?

— Il l'ignorait. Elle m'a dit que son unité était en transit, et partait le lendemain pour une mission importante.

— Tu l'as crue ?

— Oui.

Dawn paraissait sceptique, mais Callie posa le bras sur le sien.

— En quoi cette rencontre a-t-elle été si positive ? lui demanda-t-elle.

— Difficile à dire… Je crois qu'elle a été libératrice. J'ai laissé partir la colère, la douleur, la culpabilité que je traînais comme une ancre depuis si longtemps.

— La culpabilité ? se récria Dawn.

— Oh ! Dawn, les difficultés dans un couple ne sont pas toujours dues à une seule partie ! Tu le sais, tout de même !

Dawn rougit et baissa le menton, et elle regretta aussitôt son allusion aux deux fiancés abandonnés si près du but. Mais, avant qu'elle ait le temps de s'excuser, la porte de la chambre s'ouvrit, et Travis surgit tout à coup dans l'encadrement de la salle de bains. Il inspecta la pièce, puis laissa glisser le regard sur le soutien-gorge de Kate, les joues rouges de Dawn et le visage à l'indifférence sereine de Callie.

— C'est une fête privée ? Je peux me joindre à vous ?

Les trois amies se regardèrent… et toutes éclatèrent de rire en même temps, une si longue amitié permettant de faire fi de toutes les inhibitions.

13

Le cocktail fut un succès.

Comme Kate l'espérait, les minipizzas et le puzzle 3D absorbèrent complètement Tommy, et d'ailleurs une autre personne fut aussi très intéressée par la construction, en l'occurrence Travis ! Cela dit, il faisait preuve d'une grande retenue, se contentant de désigner au petit garçon les pièces mal placées.

Kate se réjouit du tableau qu'ils formaient, son mari avec ses cheveux noirs et ses mâchoires carrées penché sur l'enfant aux yeux bleu ange et au sourire malicieux, tandis qu'une tour à l'angle improbable se dressait peu à peu.

Cependant, Travis n'en négligea pas pour autant ses devoirs d'hôte. Il s'assura que tout le monde avait de quoi manger et boire, et contribua à une conversation animée, roulant sur de vastes sujets allant de la partie de cache-cache durant laquelle Dawn avait subi une sévère humiliation à la visite au musée Peggy Guggenheim de Callie, en passant par la participation prochaine de Carlo à une course de hors-bord sur le lac Léman, en Suisse.

Carlo s'était assis près de Dawn, Kate et Callie leur faisaient face autour de la table basse, tandis que Travis partageait son attention entre les adultes et Tommy. Joe Russo se tenait légèrement à l'écart, écoutant plus qu'il ne participait. Si le prince avait été surpris de trouver son garde du corps parmi les convives, il ne l'avait pas montré.

Brian Ellis arriva une demi-heure après tout le monde, et rapporta de bonnes nouvelles sur l'état de Mme Wells ; il assura à Tommy qu'il pourrait dire au revoir à sa nourrice avant le départ de celle-ci pour la Californie.

— Nous irons la voir demain matin de bonne heure, promit-il en passant la main dans les cheveux de son fils. Je lui ai promis que nous prendrions le bateau-taxi avec elle jusqu'à l'aéroport. Et tu pourras même pousser son fauteuil roulant, sans faire de roue arrière, bien sûr !

A cette éventualité, Tommy avait pris un air solennel, mais Kate imaginait facilement les idées qui pouvaient lui traverser l'esprit. Rassuré sur l'actuelle occupation de son fils, Brian dénoua sa cravate, puis accepta un verre de *prosecco* avec un grand sourire et s'assit près de Dawn sur le canapé, de sorte qu'elle se retrouva entre les deux amis de Travis.

— Tout s'est bien passé, cet après-midi ? lui demanda-t-il. Peut-on tout me dire ?

— Tommy et moi nous sommes bien amusés, lui assura Dawn.

— Visiblement, ils ont passé une bonne partie de la journée à se chercher, élabora Carlo en étendant le bras sur le canapé. Dawn était en train de nous raconter qu'elle a retrouvé Tommaso dissimulé derrière un bagage, sur l'armoire de ta chambre.

D'un geste désinvolte, il effleura l'épaule de Dawn.

— Effectivement, c'est l'une de ses cachettes favorites, confirma son père en jetant un regard affectueux à son fils. La première fois que je l'y ai découvert, j'ai cru avoir une crise cardiaque.

— Ce que je voudrais savoir, c'est comment il s'y hisse, demanda Dawn d'un ton plaintif.

Elle fit une petite grimace à l'adresse de l'enfant tout sourires.

— Ce petit galopin n'a pas voulu me l'expliquer.

— Tu ne dis rien, papa ! C'est un secret entre hommes.

Brian leva son verre pour porter un toast au secret, puis s'enquit de la visite de Callie, au Guggenheim. Elle la résuma assez rapidement avant de s'étendre sur son retour, durant lequel elle s'était égarée dans les ruelles de Venise.

Carlo l'écoutait en souriant de ses dents toutes blanches, sous sa moustache noire comme jais.

— C'est une expérience nécessaire, la première fois qu'on vient à Venise, certifia-t-il. Et, maintenant que vous l'avez faite, je vous conseille des endroits où les touristes ne vont jamais, d'obscures églises qui renferment des œuvres d'art, des terrasses sur le toit avec des vues à couper le souffle, des couchers de soleil sur le Lido. Je serais ravi de vous faire découvrir ces joyaux cachés, ainsi qu'à votre charmante amie, bien sûr.

Et, de nouveau, il riva les yeux sur cette dernière et lui effleura l'épaule. La manœuvre était plus manifeste cette fois, et suscita différentes réactions.

Dawn adressa un sourire amusé au prince, Callie le remercia poliment mais un rien froidement pour sa proposition, Travis détourna les yeux et se pinça l'arête du nez et, comme Kate allait chercher une nouvelle assiette de fromages en cuisine, elle remarqua l'expression cynique dans les prunelles de Joe.

Brian, pour sa part, réagit à peine et, avalant un trait de vin, se lança dans une discussion avec Callie sur l'absence d'itinéraire direct, sur les cartes, pour se rendre à un point précis. La réserve naturelle de cette dernière s'évapora alors, et son animation attira l'attention de plus d'un homme, dans la pièce.

Quand Dawn se leva pour aider Kate, elle captura toutefois de nouveau les regards masculins, avec sa grâce sinueuse et son haut presque transparent qui s'arrêtait juste à la taille. Même Tommy sourit et l'appela pour qu'elle vienne voir la progression de sa tour.

Travis, pour sa part, était bien trop habitué aux amies de Kate pour que cela l'émeuve en quoi que ce soit. Il se leva à son tour, remplit les verres, mais Brian déclina.

— Merci. Je ne vais pas tarder, car Tommy et moi devons nous lever de bonne heure.

Comme son fils protesta, il ajouta :

— Nous accompagnons Mme Wells à l'aéroport, tu as oublié ?

— Je sais, mais mon puzzle…

Aussitôt, Travis trouva une solution. En retirant une partie de la tour qu'il serait ensuite possible de replacer, on pouvait la transporter dans la caisse qui avait contenu les bouteilles de vin, assura-t-il.

Chacun retint toutefois son souffle durant la délicate opération, mais la tour à demi construite entra parfaitement dans la boîte improvisée, et les pièces non encore assemblées furent remises dans le carton original. Après quoi, Brian appela la réception pour qu'on leur commande un bateau-taxi.

Il adressa alors un coup de menton à son fils pour l'inciter à remercier Travis et Kate, et ce dernier obtempéra tout de suite, puis alla dire bonne nuit à Callie, au prince et à Joe Russo avant d'adresser un grand sourire à sa nounou temporaire.

— A d'main, Dawn.

— A d'main, bonhomme.

Après leur départ, les autres convives songèrent à aller dîner, et Carlo prit tout de suite l'affaire en charge.

— Laissez-moi vous conduire dans mon restaurant préféré, à Venise. Il suffit que je les appelle, et ils nous prépareront une table.

Callie tenta bien de se dérober à l'expédition, mais le prince fut inflexible.

— Non, venez avec nous ! C'est une expérience que vous n'êtes pas près d'oublier.

Il passa son appel, à la suite de quoi Joe prit son téléphone pour envoyer des hommes vérifier les lieux avant leur arrivée. Dawn désigna alors son pantalon blanc serré et son haut quasi transparent.

— Dois-je me changer ?

— Pas du tout, *cara*, répondit Carlo d'une voix veloutée en la caressant du regard. Vous êtes parfaite ainsi.

— Attention, Votre Majesté, vous ne savez pas où peut vous mener la flatterie…

Ravi, Carlo glissa son bras sous le sien.

— Ce n'est pas de la flatterie, mais la vérité. Eh bien, allons-y, et voyons où une dose supplémentaire de vérité nous conduira.

Le couple improvisé aurait pu incarner le stéréotype de

l'homme fortuné et de son dernier jouet, en l'occurrence une grande et voluptueuse rousse accrochée au bras d'un bouillonnant charmeur mesurant dix centimètres de moins qu'elle. Mais la personnalité pétillante de Dawn suscitait chez le prince une telle admiration que son jugement se trouvait par-delà le royaume du ridicule, et qu'il acceptait la situation comme tout à fait plausible.

Kate et Callie échangèrent un rapide coup d'œil en prenant leurs sacs à main, puis tout le monde sortit.

Les quatre heures qui s'ensuivirent furent un pur délice, pour Kate et sa petite bande. Le prince était de toute évidence sous le charme de Dawn, qu'il inclut dans sa galanterie ostentatoire ainsi que Callie. Et le restaurant où il les emmena dépassait l'imagination la plus débridée.

Leur vaporetto s'arrêta devant ce qui ressemblait à un *palazzo* privé. Des torches en éclairaient la façade savamment ouvragée ; un valet de pied vêtu de soie et de dentelles et coiffé d'une perruque les escorta jusqu'à une volée de marches qui les conduisirent dans un foyer au sol pavé de marbre et illuminé de mille bougies. Joe les pria alors d'attendre un instant pour s'entretenir avec son homologue, en l'occurrence un Afro-Américain à l'accent texan, lequel leur donna rapidement le feu vert.

Carlo n'insista pas quand Joe déclina son invitation à se joindre à eux, ce qui conduisit Kate à penser que ces deux-là préféraient sans doute ne pas franchir la ligne entre vie privée et vie professionnelle.

Le valet de pied les introduisit dans un petit salon privé qu'on eût dit sorti du XVe siècle vénitien. Des bougies scintillaient dans d'imposants chandeliers ; la table, d'un bois foncé artistiquement sculpté, était parsemée d'assiettes en or ; six gobelets en verre soufflé de différentes tailles ajoutaient un éclat à l'ensemble, telles les couleurs d'un bijou ; et de délicates notes de harpe et de luth s'élevaient des baffles savamment cachés.

Les serveurs portaient le même uniforme que le valet de pied ; ils ne leur présentèrent aucune carte, mais leur servirent des plats dont on se régalait aux heures les plus glorieuses de l'empire vénitien.

Il était 1 heure du matin lorsqu'ils sortirent de ce lieu féerique. Joe, sans doute averti par les serveurs, les attendait au bas des marches qui menaient au ponton, et surveilla leur embarquement à bord du vaporetto avant de s'y glisser lui aussi.

Comme ils parcouraient les canaux sous un magnifique clair de lune, Carlo suggéra de se rendre au Club Blu.

— On y joue le meilleur jazz que vous entendrez de ce côté-ci de l'Atlantique, leur garantit-il.

— Merci, mais je préfère rentrer, déclara fermement Callie. Je suis réellement épuisée.

Il tenta galamment de la faire changer d'avis, en vain. Kate et Travis déclinèrent également l'offre, mais il était évident pour tous que le prince n'était pas déçu de se retrouver en la seule compagnie de Dawn.

Callie descendit la première au Gritti Palace, puis Kate et Travis débarquèrent au Palazzo Alleghri. Ils regardèrent le vaporetto s'éloigner, Dawn et le prince épaule contre épaule à l'arrière, Joe à l'avant, près du capitaine.

Travis l'enlaça alors par la taille et, l'entraînant vers l'entrée de l'hôtel, brisa le silence.

— Quand reverrons-nous Mlle McGill, selon toi ? demanda-t-il.

Kate préféra s'abstenir de parier.

A sa grande surprise le lendemain matin, Kate vit le nom de Dawn s'afficher sur son portable tandis qu'elle prenait son petit déjeuner en compagnie de Travis. Après le dîner pantagruélique de la veille, ils avaient opté pour un café et une corbeille de *pagnottini* qu'ils savouraient paresseusement sur leur terrasse, en contemplant le Grand Canal.

— Tu es bien matinale, lui dit-elle en guise de bonjour.

— J'ai des choses à faire, des gens à voir, des endroits à visiter, déclara Dawn d'une voix joviale et bien réveillée.

Pas de gueule de bois, donc, pensa Kate.

— Comptes-tu toujours rentrer aux Etats-Unis avec Callie mercredi soir, de l'aéroport de Rome ? poursuivit Dawn.

— C'est ce qui est prévu.

Travis la rejoindrait dès que le projet serait terminé. Et, d'ici là, elle serait probablement très occupée, car ils envisageaient de vivre de nouveau ensemble. Il lui laissait le choix de l'appartement dès l'instant où ils vivaient tous les deux : elle comptait donc vérifier s'il n'y avait pas un logement plus grand que son duplex dans sa résidence, à Washington. Si tel était le cas, elle s'occuperait dans la foulée du déménagement ; à défaut, elle devrait étendre ses recherches.

Comme elle était occupée par ses pensées, il lui fallut quelques secondes pour se rappeler la question de Dawn. Son amie avait-elle pris, sur une impulsion, de nouvelles dispositions incluant le prince ?

— Pourquoi ? demanda-t-elle alors d'un ton prudent. Tu as finalement changé d'avis quant au prolongement de ton séjour italien auprès de Tommy le Terrible ?

— Mais non, pourquoi ?

— Le courant semblait vraiment bien passer entre le prince et toi, hier soir.

— Oh ! on s'est bien amusés, c'est vrai ! Il est adorable, on dirait Winnie l'ourson.

Kate cligna des yeux, peu certaine qu'un commandant des forces spéciales apprécie un tel surnom ; elle jugea néanmoins préférable de ne pas épiloguer.

— Eh bien, que se passe-t-il ?

— Comme Callie a l'intention d'aller à Rome en train dès le matin, mercredi, pour voir autre chose que la fontaine de Trevi et l'aéroport, j'ai pensé que Tommy et moi pourrions aussi venir, afin qu'il vive son rêve de gladiateur au Colisée. On reviendrait à Venise le soir.

Kate se rappela malgré elle l'affreuse peur qu'elle avait ressentie à cause de Tommy, sur le balcon de la Basilique.

— Et Brian est d'accord ?

— J'en ai discuté avec lui, avant son départ pour l'hôpital avec Tommy. Il l'était, quand j'ai précisé que Travis nous accompagnerait. Tu crois que c'est possible ?

— Attends, je vais te le passer…

Elle tendit son portable à son mari, et ne put retenir un grand sourire en entendant ce dernier énumérer toutes les bonnes raisons pour lesquelles il était préférable de s'abstenir d'un tel projet. Mais il finit par céder, comme elle s'en doutait.

— Allez, n'aie pas l'air aussi accablé, lui dit-elle, une fois la conversation téléphonique terminée. Dawn finit toujours par arriver à ses fins avec toi. Sous tes airs de macho, elle sait que tu es aussi tendre que son nouvel ami Winnie l'ourson.

Travis pâlit, puis un éclair de joie inavouable brilla dans sa prunelle.

— C'est ainsi qu'elle parle de Carlo ?

Elle hocha la tête.

— Attends que ça se sache chez ses hommes ! ajouta-t-il.

Ce qui serait le cas, pensa-t-elle, s'il glissait — oh, en passant — une ou deux petites réflexions au moment opportun, dans une discussion ! Et face à l'expression diabolique de son mari, quand il lui prit la main pour l'entraîner à l'extérieur, elle n'en douta pas !

— Viens, profitons de notre dernier jour à Venise, dit-il.

Les heures passèrent si vite que Kate regretta presque que Travis et elle n'aient pas décidé de rester eux aussi à Venise jusqu'au mercredi, comme Callie et Dawn. Mais elle était coincée, puisqu'elle avait accepté de déjeuner avec *signore* Gallo à Bologne, le lundi matin.

De bonne heure, ce jour-là, elle enfila donc le pantalon de son tailleur caramel et, délaissant la veste assortie, elle opta pour un haut noir à manches courtes, avec le collier que Travis avait tenu à lui acheter la veille, dans une échoppe sur le pont du Rialto. Il formait une volute de turquoise et d'or avec, en pendentif, un cœur gros comme le poing en verre de Murano, et coûtait une petite fortune.

Ils regagnèrent en vaporetto le parking où était garée la Ferrari, puis prirent la direction de Bologne dont ils souhaitaient visiter le centre historique avant leur rendez-vous.

Ils arrivèrent à la banque peu avant 13 heures, et Massimo les escorta de nouveau jusqu'au bureau du président. Comme la dernière fois, arrivée en haut de l'imposant escalier en marbre, Kate faussa compagnie à Travis et à l'assistant pour se repoudrer aux toilettes.

Cette fois-ci, elle n'y rencontra aucune femme en pleurs, mais reconnut la personne en question dans la pièce qui précédait le bureau de *signore* Gallo. La secrétaire lui rendit un sourire hésitant, et signala promptement à son patron, à la demande de Massimo, que ses invités étaient arrivés.

Le vieux monsieur à la chevelure léonine sortit de son antre et les accueillit chaleureusement, s'enquérant de leurs vacances vénitiennes. Puis tous se dirigèrent vers la salle à manger réservée aux dirigeants de la banque, lambrissée de bois ; les portraits des fondateurs médiévaux de l'institution ornaient les murs.

En hôte soucieux des bonnes manières, *signore* Gallo fit rouler la conversation sur des sujets plutôt légers pendant les *antipasti* et les plats de pâtes, afin que Travis ne se sente pas exclu, et réserva le débat plus roboratif pour la *piccata*. Avec un courage que Kate trouvait presque attendrissant, Travis dut alors endurer une conversation sur l'index de liquidité et l'analyse des dernières statistiques concernant les émissions volumineuses du marché obligataire.

Il perdit manifestement le fil de la discussion au moment du tiramisu et, au fur et à mesure qu'elle et le président s'enthousiasmaient, happés par leur discussion sur l'apparente coïncidence entre la faible volatilité et l'envol de la finance transfrontalière, son intérêt s'émoussait à vue d'œil. Prenant soudain pitié de lui, Kate s'apprêtait à remercier le *signore* Gallo pour ce délicieux déjeuner lorsque ce dernier lui fit une proposition totalement inattendue et stupéfiante.

— Je dois vous avouer que votre travail à la Banque mondiale m'impressionne, *signora* Westbrook, déclara-t-il. Vous êtes arrivée si vite au sommet.

Ce qui n'était pas très difficile, pensa Kate, quand vous aviez perdu celui qui était le centre de votre univers et que, pour oublier, vous vous étiez donné corps et âme au travail.

— Et, si vous le permettez, enchaîna-t-il sans ambages, j'aimerais vous proposer de postuler pour devenir membre de l'IBA. Une place au sein de notre comité d'associés juniors vient précisément de se libérer.

Kate en resta bouche bée, au sens propre comme au figuré. Cette association de banquiers internationaux était très exclusive, et de surcroît fort machiste. Les éminents membres étaient limités à une douzaine et étaient à la tête de consortiums bancaires dont les titres et investissement se déclinaient en milliards de dollars ; il en allait de même pour le comité de juniors et, à sa connaissance, aucune femme n'y avait été admise jusque-là. Il était tout simplement incroyable qu'il lui propose d'en devenir membre.

— Je suis fort surprise, dit-elle enfin. Et je ne sais que vous répondre.

— C'est effectivement un grand honneur pour une personne aussi jeune que vous, et une grande responsabilité. Mais tout ce que j'ai lu à votre sujet m'a poussé à vous le proposer. Vous devrez bien sûr assister à notre réunion trimestrielle à Berne, mais l'IBA se chargera de couvrir tous vos frais de déplacement. Tout ce que je requiers, c'est un « oui » de votre part pour transmettre votre nom au comité de nomination.

Elle s'apprêtait à accepter, lorsque son sens des affaires refit surface : elle ne pouvait consentir sans réfléchir à une proposition aussi importante, sans prendre le temps de peser le pour et le contre, les réunions trimestrielles à Berne entrant dans les inconvénients, car elle devrait alors séjourner une ou deux semaines en Suisse tous les trois mois.

D'ailleurs, Travis avait dû effectuer les mêmes calculs, puisque son large sourire du début s'était effacé.

— Je ne puis vous dire combien je suis honorée, répondit-elle. Je souhaiterais néanmoins prendre le temps de la réflexion.

Signore Gallo lui adressa un regard des plus surpris, qu'il ne chercha aucunement à dissimuler. Elle concevait tout à fait son étonnement, étant donné qu'elle était probablement la première femme à être invitée dans ce club.

— Bien sûr, finit-il par dire. Seulement, communiquez-moi votre réponse dans les meilleurs délais, car nous devons nommer le plus vite possible une personne à ce poste.

— C'est promis, dit-elle.

Massimo les raccompagna et cette fois, lorsqu'ils passèrent devant les bureaux des secrétaires, Kate constata l'absence de la femme brune.

Travis et elle prirent congé de ce dernier devant les imposantes portes en bronze de l'entrée, puis l'étau de la chaleur se referma sur eux : elle avait la sensation que la température avait monté d'autre moins quinze degrés depuis leur arrivée ! Elle mit la main en visière, aveuglée et accablée par le soleil, et ce fut sans doute pour cette raison qu'elle ne repéra pas aussi promptement que Travis l'incident qui se déroulait à deux pas. Soudain, elle l'entendit jurer, le sentit se raidir, puis le vit entrer en action !

Zigzagant entre les voitures, il esquiva un conducteur qui klaxonnait furieusement et se dirigea à toute vitesse vers deux personnes en train de se battre, de l'autre côté de la rue. Choquée, elle se rendit alors compte qu'une des deux était la secrétaire de la banque, l'autre étant un jeune homme très maigre, au regard haineux, vêtu d'un T-shirt de footballeur.

Travis lui fit un habile croche-pied qui l'envoya au sol ; la femme recula d'un pas, le poing pressé contre sa bouche en sang, puis cria quelque chose en italien. Kate comprit juste un mot et son cœur se glaça.

Pistola.

— Travis ! hurla-t-elle à son tour.

Elle traversa la rue, sans prendre garde aux voitures.

— Il a un revolver !

Elle dut bondir en arrière pour ne pas être renversée par un bus, et le véhicule passait devant elle quand une détonation cinglante déchira l'air étouffant.

14

Kate crut que son cœur allait cesser de battre.

Pendant les deux ou trois secondes durant lesquelles le bus lui boucha encore la vue, elle s'efforça de se convaincre qu'il s'agissait juste d'une pétarade de mobylette.

Mais un second coup de revolver fit voler tout espoir en miettes, et un spectacle affreux apparut bientôt devant ses yeux : elle eut soudain l'impression de voir un film défiler au ralenti. Le garçon efflanqué était allongé sur le trottoir, Travis, accroupi, serrait d'une main son poignet pour l'obliger à lâcher son revolver et s'apprêtait à le frapper de l'autre, lorsque la femme brune se jeta sur les deux combattants.

— *No*, dit-elle d'un ton affolé en saisissant le poing de Travis des deux mains. *E mio figlio !*

Kate ne pensa même pas à traduire ce que disait la femme, car toute son attention était concentrée sur la tache rouge, au niveau de l'épaule de Travis, qui ne cessait de s'élargir. Elle se rua à son tour sur la femme et la maîtrisa des deux mains, prête à les anéantir tous les deux, elle et le jeune homme.

— *E mio figlio, è mio figlio !* répéta celle-ci.

Travis, qui employait toute son énergie à faire lâcher l'arme à l'assaillant à terre, parut tout à coup flancher, ses épaules s'affaissèrent. Mue par une force qu'elle ignorait posséder, Kate tira la femme par les cheveux afin de dégager le terrain et pouvoir agir ; cette dernière poussa alors un cri de douleur et posa les mains sur ses tempes.

D'autres personnes s'étaient regroupées autour d'eux, et

l'on parvint à prendre l'arme au jeune homme, à retenir la femme, et à asseoir Travis contre le mur. Kate était pour sa part bombardée de questions, et quelqu'un finit par sortir son portable pour appeler la police, puisque des *carabinieri* arrivèrent bientôt sur place, talonnés par les secours.

Les policiers notèrent le nom de Kate et un rapide témoignage décousu avant de l'autoriser à monter dans l'ambulance qui transportait Travis à l'hôpital.

Il était encore en salle d'opération quand deux officiers pénétrèrent dans la salle d'attente de l'hôpital Sant'Orsola-Malpighi, où elle patientait, en se rongeant les sangs. Ils s'enquirent de la gravité des blessures auprès de l'infirmière en chef, qui leur indiqua que la balle avait traversé l'épaule de la victime et qu'on ignorait encore les dommages causés aux muscles et nerfs situés entre le cou et l'aisselle.

— L'individu qui a tiré sur votre mari est le fils de la femme brune, lui déclara ensuite le policier en uniforme kaki. Il est connu de nos services. C'est un toxicomane capable de voler sa propre mère pour se procurer sa dose quand elle refuse de lui donner de l'argent.

Le brigadier pinça les lèvres.

— Elle refuse aussi de porter plainte contre lui.

Mais Kate n'était pas encline à la même indulgence.

— Dans ce cas, nous le ferons à sa place, et cette fois il séjournera derrière les barreaux pendant quelque temps.

Le policier hocha la tête, enregistra sa version des faits, et promit de lui remettre une copie traduite afin qu'elle la signe quand il reviendrait prendre celle de Travis. Après quoi, il brandit des clés et ajouta :

— Nous les avons trouvées dans la rue. Ce sont celles d'une Ferrari garée devant la banque, mais qui ne vous appartient pas.

— Effectivement, dit Kate en reconnaissant l'étalon noir sur le médaillon des clés. C'est la voiture d'un de nos amis, le *maggiore* Carlo di Lorenzo. Il l'a prêtée à mon mari.

— Cela confirme nos recherches, dit le policier en lui remettant les clés. Vous avez de puissants amis, *signora*.

Kate hocha la tête et les fourra dans sa poche. Quelques instants après le départ des *carabinieri*, *signore* Gallo et son assistant arrivèrent en trombe dans la salle d'attente.

— *Signora* Westbrook ! s'écria le président en lui saisissant les deux mains. Je ne saurais vous dire à quel point nous sommes désolés.

— *Signora* Constanza est l'une de nos plus loyales employées, renchérit Massimo. Elle travaille chez nous depuis plus de vingt ans. Mais son fils, c'est une autre affaire !

— Il était pourtant brillant, enfant ! renchérit *signore* Gallo. Si joyeux, aussi. Gabriella l'amenait souvent à la banque avec elle, et ils nous séduisaient tous.

Il soupira et son expression s'assombrit.

— Et puis la drogue s'en est mêlée…

— *Signore* Gallo lui a payé non pas une, mais deux désintoxications, enchaîna Massimo. Mais ce *bastardo* continue à saigner sa mère à blanc en lui racontant que ses fournisseurs vont lui casser un bras ou lui trancher la gorge s'il ne les paie pas. Entre nous soit dit, ce serait sans doute mieux pour Gabriella qu'ils mettent leur menace à exécution !

— Assez, Massimo ! Tâchons plutôt de voir comment aider *signora* Westbrook. Voulez-vous que nous vous réservions un hôtel où séjourner à Bologne, pendant l'hospitalisation de votre mari ? Une voiture avec chauffeur, comme vous ne connaissez pas la ville ?

— J'ai déjà une voiture, elle est garée sur le parking de la banque.

— Ah oui, la Ferrari ! Si vous me donnez les clés, on vous l'amènera jusqu'ici.

— Merci.

— Oh ! c'est le moins que nous puissions…

Il s'interrompit, car les portes de la salle d'opération venaient de s'ouvrir, et la chirurgienne qui en sortit retirait sa coiffe tout en s'avançant vers Kate.

— Je suis le *dottore* Bennati, dit-elle. Vous êtes *signora* Westbrook ?

— Tout à fait. Comment va mon mari ?

— Par chance, la balle était de petit calibre, donc elle ne s'est pas fragmentée à l'intérieur. Nous l'avons retirée facilement ; cependant, il est encore trop tôt pour se prononcer sur d'éventuels dommages sur les terminaisons nerveuses.

— Mais mon mari va s'en remettre ?

— Tout à fait.

— Puis-je le voir ?

— Sous peu. Il se réveille, en ce moment.

Tandis que Kate attendait le réveil de Travis, *signore* Gallo lui assura que l'hôpital Sant'Orsola-Malpighi était l'un des meilleurs d'Italie et que Travis se remettrait rapidement, ici. Après lui avoir de nouveau offert leur aide, il s'assura, ainsi que Massimo, qu'elle avait bien leurs cartes pour les appeler en cas de besoin, puis prirent congé d'elle.

Quelques instants après, on l'appela auprès de son mari, et l'unité de soins, par sa modernité et son aspect nec plus ultra, la rassura. Travis l'accueillit avec un faible sourire.

— *Ciao*, Catleya, dit-il d'une voix rauque.

Elle posa son sac sur une chaise, puis glissa la main entre les fils auxquels il était relié pour prendre la sienne.

— *Ciao*, beau gosse. Comment te sens-tu ? demanda-t-elle.

— Un peu dans les vapes, mais je vais me remettre… Ce gamin, que lui est-il arrivé ?

— Il est entre les mains de la police.

— Et la femme ?

— C'est sa mère. Il essayait de lui arracher de l'argent pour s'acheter de la drogue.

— Quelle crapule !

Oui, c'était aussi ce qu'elle pensait, mais elle s'abstint de tout commentaire, se contentant de lui étreindre la main, et d'oublier les moments de terreur qu'ils venaient de vivre en sortant de la banque.

Une heure plus tard, Travis avait été transporté dans une chambre individuelle donnant sur un petit jardin. Kate était debout près de la fenêtre tandis que les infirmières vérifiaient la tension et la température du blessé, et réglaient les différents moniteurs et perfusions. Celles-ci entraient encore des informations dans un ordinateur posé sur une table roulante quand Callie et Dawn entrèrent dans la chambre.

La première se précipita vers elle et la prit dans ses bras avant d'adresser un sourire chaleureux à Travis.

— Tu n'as pas l'air trop mal en point pour un homme qui se trouvait dans la trajectoire d'une balle.

Dawn secoua la tête.

— Je pensais que les arrogants commandants des forces spéciales avaient assez de jugeote pour éviter les balles, renchérit-elle.

— C'est le cas. En général. Comment avez-vous fait pour venir si rapidement ? s'enquit alors Travis.

— C'est Carlo qui nous a conduites ici. Carlo et Joe, répondit Dawn. Ton ami devait effectuer un vol, cette nuit ; aussi, ils s'apprêtaient à retourner à la base quand Kate a appelé.

— D'ailleurs, ils ne vont pas tarder, enchaîna Callie. Joe est en train de garer la voiture, et Carlo s'entretient avec ton chirurgien.

Le prince et son garde du corps arrivèrent effectivement quelques instants plus tard, tous deux en uniforme, Carlo arborant un essaim d'insignes. Ce dernier leur assura, comme *signore* Gallo avant eux, que Sant'Orsola-Malpighi était l'un des meilleurs hôpitaux d'Italie, et ajouta qu'il avait personnellement vérifié le CV du Dr Bennati.

— C'est un ponte dans le domaine, conclut-il alors. Tu as de la chance qu'une femme aussi charmante se soit penchée de si près sur ton corps. Evidemment, elle n'est pas aussi belle que les adorables dames présentes dans cette pièce.

— Bon, il y a beaucoup de monde justement dans cette pièce, déclara sèchement Dawn, de toute évidence agacée par son machisme patelin. Par conséquent, deux des *adorables dames* vont se retirer dans la salle d'attente.

— Il y a une cafétéria, déclara Callie à Kate. Je te rapporte un café ?

— Inutile, je vais vous y rejoindre.

Après s'être assurée que Travis était bien diverti par Carlo et son ombre, Kate s'éclipsa pour retrouver ses amies.

— Qu'as-tu fait de Tommy ? demanda-t-elle à Dawn entre deux gorgées de café bien méritées.

— J'ai appelé Brian juste après ton coup de fil. Il était déjà à la base, mais il s'est arrangé pour qu'une assistante de l'hôtel le garde jusqu'à son retour. Il m'a dit qu'ils viendraient ensuite tous les deux à Bologne.

Kate n'était pas certaine que Travis supporterait la visite du père *et* du fils. En outre, après l'accident de sa nourrice, elle se demandait si Tommy garderait d'autres souvenirs de son séjour en Italie que ses visites à l'hôpital !

Mais elle se tracassait pour rien car, quand les Ellis arrivèrent, Travis allait bien mieux, et il raconta une version expurgée à l'enfant, mais néanmoins haletante aux yeux d'un petit garçon de six ans.

Les policiers revinrent alors pour consigner la version des faits de Travis, et Kate sut gré à Carlo d'être présent pour la traduction. Quand elle lui exprima plus tard toute sa gratitude, il haussa les épaules.

— Inutile de me remercier, Caterina, je vous ai déjà expliqué comment, grâce à votre mari, je n'ai pas fini dans l'estomac des singes. Joe et moi devons maintenant partir, mais nous reviendrons demain. Je vous ai réservé un hôtel, à Bologne, ainsi que pour Callie, car elle m'a dit qu'elle resterait ici avec vous. Quant à Dawn…

— Attends une seconde ! l'interrompit Brian en rentrant dans la chambre, suivi de ses deux amies et de Tommy. Je viens de recevoir un appel du comité d'évaluation de l'Otan : les tests sont bons, nous avons le feu vert !

Carlo poussa un cri de joie et leva le poing en signe de

victoire ; Travis, à défaut de pouvoir être aussi démonstratif, arbora un sourire jubilatoire. Même Joe, d'ordinaire si impassible, afficha un air satisfait.

— Et ça veut dire quoi, ce feu vert, au juste ? s'enquit Dawn.

— Cela signifie que l'avion que Carlo et Travis étaient en train de tester correspond à tout ce que nous avions annoncé et plus encore ! lui répondit Brian. Et qu'EAS va se mettre à en fabriquer à grande échelle dès mon retour aux Etats-Unis.

— Donc Aviano, c'est fini ?

— Tout à fait, dit Brian en ébouriffant les cheveux de son fils. On rentre à la maison la semaine prochaine, bonhomme.

— Mais avant, on va au Colisée ?

— Bien sûr.

Tommy poussa aussitôt un cri de joie, bien plus tonitruant que celui de Carlo, si bien qu'une infirmière arriva en courant. Ce dernier lui expliqua ce qui se passait ; celle-ci jeta un coup d'œil aux moniteurs de Travis, puis sortit en rappelant gentiment qu'ils étaient tout de même dans un hôpital.

— Mes troupes et moi allons donc regagner notre base à Furbara, près de Rome, indiqua Carlo à Dawn sans se laisser perturber. Vous pouvez tout à fait y prolonger votre séjour et, de cette manière, je vous présenterai toutes les beautés de la Ville éternelle. Ainsi qu'à Callie, bien sûr.

— Bien sûr, répéta cette dernière avec un sourire sec.

Dawn posa alors les yeux sur Tommy, et répondit à son tour :

— Vous êtes adorable, Carlo, mais je ne sais pas encore ce que je vais faire. J'y réfléchis et je vous rappelle, d'accord ?

— Entendu, répondit ce dernier, sans perdre son sourire affable malgré la rebuffade.

Il se tourna ensuite vers Joe, et ajouta d'un ton moins onctueux :

— Votre contrat et celui de votre équipe étant liés à la durée de ce projet spécial, vous pouvez à présent rentrer chez vous.

— Nous vous reconduirons d'abord à Furbara où votre propre personnel de sécurité prendra le relais, rétorqua Joe.

— Très bien, dit le prince. Mais nous devons tous nous revoir au moins une fois à Rome avant votre départ ! En espérant que Travis sera suffisamment en forme pour voyager, avant que nos chemins se séparent.

— J'ai de la ressource, affirma ce dernier.

Après que chacun fut parti, quand l'hôpital fut plongé dans une semi-obscurité, Kate secoua les draps et la couverture que lui avait apportés l'infirmière pour en envelopper le fauteuil inclinable, dans un coin de la chambre, sous le regard soucieux de Travis.

— Tu aurais dû accepter de dormir à l'hôtel que Carlo avait réservé pour Callie et toi.

— Pas question de t'abandonner ! Et puis Callie devait retourner à Venise avec Brian et Dawn afin de prendre ses affaires. On en reparlera demain.

Elle retira ses chaussures, se recroquevilla dans le fauteuil et tendit la main à Travis. Il mêla ses doigts aux siens, et pendant quelques instants seuls les bips du moniteur résonnèrent dans le silence, ainsi que le claquement des chaussures orthopédiques des infirmières.

Il devait souffrir, pensa Kate, mais il refusait des médicaments plus forts que le paracétamol ; faisant contre mauvaise fortune bon cœur, il avait par ailleurs demandé à l'infirmière des explications sur la fonction de tous les moniteurs et paraissait confiant. Toutefois, elle se devait d'être honnête avec lui.

— Le Dr Bennati a dit que la balle avait traversé le plexus brachial et qu'il se pouvait qu'il y ait des séquelles sur les nerfs.

— « Il se pouvait », mais je suis sûr qu'il n'en sera rien !

Sur ces mots, il souleva légèrement son bras blessé ; elle se retint de protester.

— Tu vois, j'ai une marge de mouvement, c'est bon signe.

Peut-être, mais l'effort l'avait essoufflé.

— Ne tente pas le diable, Travis. Le Dr Bennati a déjà prévu une consultation chez le neurologue.

— Taratata !

— Ecoute, mauvais garçon, on va t'attacher au lit, si tu ne veux pas écouter les médecins !

— Ce ne sera pas nécessaire, si tu viens te glisser contre moi sous les draps.

Il lui adressa un sourire malicieux, mais poussa soudain un soupir dépité.

— Franchement, je comptais faire bien mieux pour cette seconde lune de miel, Catleya.

— Tu plaisantes ? Je te rappelle qu'on a parcouru l'Italie en Ferrari, glissé sur les canaux à Venise au clair de lune, et découvert le meilleur hôpital de Bologne ! Que demander de plus ?

— A propos, la Ferrari ! Elle est toujours devant la banque !

— Rassure-toi, le *signore* Gallo s'en est chargé, et elle se trouve maintenant sur le parking de l'hôpital.

— Gallo est venu ici ?

— Oui, avec Massimo, pendant que tu étais en salle d'opération. Ils étaient anéantis par l'agression.

Elle put enfin lui raconter l'histoire par le menu, y compris sa première rencontre avec Gabriella en pleurs, dans les toilettes de la banque. Mais, de toute évidence, ces histoires familiales ne le touchèrent guère. Il parut en revanche bien plus concerné par l'intérêt que *signore* Gallo montrait envers sa carrière.

— Il t'a traitée comme une princesse. Deux rendez-vous, un excellent déjeuner, une proposition pour devenir membre d'une association internationale.

Il se redressa sur son oreiller, puis plissa les yeux et lui lança un regard un peu froid.

— Cela devrait donner un sacré coup de pouce à ta carrière, non ?

Elle crut d'abord qu'il souffrait, puis comprit que la douleur n'était pas d'ordre physique.

Travis avait abandonné sa carrière militaire pour elle — non, pour eux — et il était sorti de la Cassa di Molino en pensant qu'elle allait accepter une proposition qui l'emmènerait une fois tous les trois mois de l'autre côté de l'Atlantique.

— Entrer dans le comité junior de l'International Bankers Association pourrait en effet booster ma carrière… si j'avais l'intention d'accepter.

— Tu semblais particulièrement excitée à cette idée, tout à l'heure.

— J'étais surprise et flattée, admit-elle. Mais, dès que j'ai réfléchi aux implications, j'ai compris que je n'en ferais rien.

— Tu as pourtant dit à Gallo que tu allais réfléchir.

Eh bien ! Elle n'aurait pas cru que sa stupeur face à la proposition du *signore* Gallo l'aurait blessé à ce point.

— Je ne pouvais pas refuser sur-le-champ ce qu'il estime être un grand honneur.

Elle s'appuya contre la tête du lit, la main toujours dans la sienne.

— D'ailleurs, j'ai pensé que je pourrais peut-être prendre un trois quarts de temps à la banque. Maintenant que mon mari va être plus souvent à la maison, il se peut que j'aie moi aussi envie de passer un peu de temps avec lui. Et avec le bébé que nous allons faire.

Il ouvrit grand les yeux : la froideur avait fondu dans ses prunelles, mais la question qu'elle y lut, et qu'il lui posa quelques secondes plus tard, la révolta.

— Tu en es bien certaine, Kate ? Notre vie va connaître un sacré changement. Tu crois qu'il est raisonnable d'ajouter un nouvel élément à l'équation ?

— Au diable les équations ! s'écria-t-elle. J'en ai assez de toujours calculer, d'évaluer, et de prendre en compte toutes les éventualités dans toutes les situations données.

— Tu es sincère ? Il a dû se produire un déplacement des plaques tectoniques, non ?

— Je suis sérieuse, Travis. Je te promets qu'il n'y aura plus de tableurs pour évaluer les risques liés à chaque décision, plus d'itinéraires de huit pages, plus de listes répertoriant tous les avantages et les inconvénients en toutes circonstances. Dorénavant, nous prendrons la vie comme elle vient.

Le sourire était revenu sur le beau visage de son mari, même les petites ridules aux coins de ses yeux.

— Oh ! ma chérie, si nous faisons un enfant, il faudra tout de même quelques diagrammes et de longues listes d'accessoires indispensables ! Surtout si nous avons un Tommy le Terrible.

— Ou une Tomasina la Redoutable.

— Nous verrons bien, mais pour l'instant je te conseille de vérifier si la porte est fermée à clé.

— Pardon ? Mais je ne voulais pas dire qu'on allait s'y mettre maintenant !

— Pourquoi pas ?

— Travis ! On t'a tiré dessus, aujourd'hui, et tu es relié par un nombre impressionnant de fils à des moniteurs !

— Eh bien, les infirmières auront la peur de leur vie, c'est tout, si tout se met à biper au moment crucial !

Elle éclata de rire, et ses yeux s'embuèrent de larmes d'émotion.

— Tu vas voir comme on s'enverra en l'air, quand tu sortiras de cet hôpital, mon beau pilote, murmura-t-elle alors en rougissant.

15

Kate, Travis, Callie et Dawn regagnèrent tous Rome dans le plus grand confort, grâce à Carlo. Bras en écharpe, Travis avait retrouvé une certaine mobilité, et le pronostic était très bon ; il ne garderait sans doute aucune séquelle de sa mésaventure bolognaise.

Ellis et son fils arrivèrent de Venise tard dans l'après-midi. Tous logeaient au Via Veneto, un hôtel cinq étoiles, où le prince avait réservé pour tous, même si chacun tenait à payer sa part, et ils allèrent ensuite dîner dans un restaurant chaudement recommandé par ce dernier.

Le lendemain serait leur dernier jour à Rome, et Kate apprit alors, étonnée, que Travis et ses deux amies avaient déjà élaboré le programme. Mais aucun ne lui en révéla les détails, lui demandant juste de se tenir prête pour 10 heures en vue d'une expédition shopping uniquement entre filles !

Elle était prête à l'heure prévue, mais un peu peinée de se séparer de Travis.

— Je vais regarder le premier match de la saison, sur la chaîne américaine, argua-t-il.

Il était vrai que le médecin avait recommandé beaucoup de repos.

— Tu vas dormir, oui, avait renchéri Dawn.

Kate était tout de même un rien vexée que son mari ait préféré un match de football à une visite des jardins de la Villa Borghèse en sa compagnie, ou à un petit tour sur la place d'Espagne où ils auraient savouré une glace, main dans la main.

— Et les autres ? demanda-t-elle à ses amies une fois qu'elles furent dans le taxi. Que font-ils, aujourd'hui ?

— Brian visite le Colisée avec Tom, Carlo devait se rendre à Furbara, et Joe a disparu pour régler des problèmes sans importance.

— Mais tu ne voulais pas aller au Colisée avec Tommy ?

— Si, mais j'ai pensé qu'il valait mieux les laisser entre hommes. Et puis, je verrai bien assez souvent ce petit diable quand nous serons de retour à la maison.

— Pardon ?

Kate se tourna vers Dawn.

— Tu vas donc continuer à jouer les nourrices aux Etats-Unis ? Et emménager chez les Ellis ?

— Tout à fait, confirma son amie, un grand sourire aux lèvres. Jusqu'au retour de Mme Wells.

— Mais… ton travail ? Ton appartement ?

— J'ai déjà prévenu mon patron que je ferai du télétravail pendant quelque temps. Quant à mon appartement… il n'aura pas bougé quand je retournerai à Boston !

Kate lança un coup d'œil à Callie.

— Tu étais au courant ?

— Dawn m'en a parlé ce matin.

— Et, selon toi, c'est une bonne idée ?

Un sourire éclaira le visage de son amie.

— C'est mieux que de partir pour une durée indéterminée à Marrakech comme ce que lui propose Carlo.

— Eh bien ! Que de choix !

A cet instant, le taxi s'arrêta brusquement : elles étaient arrivées à destination. Elles descendirent de voiture, et Callie regarda le petit papier qu'elle tenait à la main, puis scruta la rue.

— C'est ici ! Entre la pharmacie et la boutique de fleurs.

Il s'agissait d'une petite boutique très chic, présentant en vitrine un seul mannequin dans une position un peu curieuse, et vêtu d'une robe aux couleurs flashy.

— Vous voulez faire du shopping ici ? demanda-t-elle à Callie.

— Tout à fait, confirma Dawn. C'est la cousine de Carlo qui en est la propriétaire.

— Evidemment ! soupira-t-elle.

— Il a dit que Stefania aurait tout ce que nous voulons.

— Mais je ne cherche rien !

— Ah si ! Pas question de quitter Rome sans avoir acquis une pièce d'un désigner italien. C'est un ordre de Travis, l'avertit Dawn. Allez, entrons !

La boutique recelait des trésors de soie, de cuir et de dentelles, et la charmante Stefania les attendait, ayant déjà sorti des pièces à l'intention de Kate. Callie et Dawn s'assirent dans un siège pendant Kate effectuait pour elles une scène digne de *Pretty Woman*.

Des tasses de cappuccino apparurent comme par magie, tandis que Stefania, un doigt savamment manucuré pressé contre la joue, surveillait le défilé et ajustait soit une ceinture, soit les plis d'une tunique.

Au bout d'une heure, Kate se décida pour une robe en soie blanche à bretelles, avec le bas coupé en oblique, des stilettos à pois rouges et blancs, et une ceinture assortie au prix exorbitant mais qui, selon Dawn, apportait la touche finale.

— Parfait, approuva Callie.

— Et maintenant, à ton tour, lui dit Kate après avoir effectué une virevolte devant le miroir.

— Mais je n'ai besoin de rien !

— Je tiens à vous offrir quelque chose, à Dawn et à toi, pour m'avoir aidée à me réconcilier avec Travis… Honnêtement, sans vous, je ne sais pas ce que j'aurais fait.

— C'est ce à quoi servent les amies, renchérit Dawn mais, si tu insistes, je veux bien ce pantalon à pattes d'éléphant, et cette tunique violette est tout à fait assortie à tes yeux, Callie.

Après quoi, ses amies avaient prévu un arrêt dans un salon de beauté, où elles étaient là aussi attendues.

— Ne dites rien, dit Kate en s'asseyant dans un siège,

encadrée de ses deux amies. Carlo a une autre cousine dans le domaine des soins.

— Non, pas Carlo, Joe.

— Joe Russo le Silencieux ?

— Il peut parfois être bavard, tu sais, notamment en certaine compagnie, précisa Dawn.

Elle désigna Callie du menton.

— J'ignore comment elle s'y prend, mais elle parvient toujours à faire parler les hommes.

— Je sais avant tout les écouter, décréta l'intéressée. Et ça marche à tous les coups !

Une fois les ongles faits et les cheveux coiffés, les trois amies mouraient de faim.

— Et si on allait dans un resto huppé ? proposa Dawn.

— Non, je préfère rejoindre Travis, maintenant.

— Mais il regarde son match !

— Il doit être terminé, à présent !

— D'accord, mais…

— OK, trancha Callie. Accorde-nous juste encore cinq minutes.

Kate fut très étonnée de la requête, car il était rare que Callie réclame quoi que ce soit.

— Entendu. Pour quoi faire ?

— Nous sommes à deux pas de la fontaine de Trevi, et ta pièce n'est pas tombée dans le bassin, la dernière fois. Tu ne peux pas quitter Rome sans essayer une nouvelle fois.

— OK, concéda-t-elle en riant.

La foule était aussi dense que la première fois, à part dans un coin où des cordons rouges formaient une allée menant aux marches, juste devant la fontaine, et où quatre hommes attendaient. Enfin, quatre et demi, rectifia-t-elle en apercevant un petit garçon, le visage fendu d'un immense sourire.

Travis portait son uniforme, et ses médailles rutilantes, tout comme Carlo, tandis que Brian et Joe arboraient de sobres costumes noirs. Elle les détailla un à un, puis tourna un regard amusé vers ses amies.

— C'est quoi, ça ?

— Une idée de Travis, précisa alors Callie. Il voulait renouveler ses vœux de mariage pendant notre séjour italien.

— Et nous lui avons conseillé la fontaine de Trevi, enchaîna Dawn. L'adorable Carlo a donc tout organisé. Et nous y voici.

— Et nous y voici, répéta Kate, à la fois déroutée et touchée.

— Donne-moi tes sacs ! ordonna Dawn, en la poussant entre les cordons rouges.

A cet instant, elle comprit le but du shopping et du salon de beauté, et se fit un peu l'effet de la duchesse de Cambridge tandis qu'elle volait vers son mari chéri.

Des cliquetis d'appareils-photo résonnèrent bientôt sur toute la place, les touristes la prenant sans doute pour une star. Mais, quand Travis s'avança vers elle, la foule et le brouhaha disparurent, et elle ne vit plus que lui.

— Bonjour, Catleya, dit-il.

Et elle lut clairement la promesse d'un toujours dans ses yeux.

MERLINE LOVELACE

Un mariage tant espéré

INTÉGRALE

TROIS VOEUX À EXAUCER

Traduction française de
FLORENCE MOREAU

SAGAS

HARLEQUIN

Titre original :
THIRD TIME'S THE BRIDE!

Ce roman a déjà été publié en 2017

1

Dawn McGill était la première à le reconnaître : elle n'était vraiment pas douée pour les relations amoureuses ! Bien sûr, elle était déjà sortie avec quelques hommes estimables, et s'était même fiancée à deux reprises avant de laisser tomber les futurs mariés quasiment devant l'autel. Par chance — ou malchance pour les délaissés —, elle avait découvert juste avant qu'il soit trop tard qu'elle ne souhaitait pas passer le reste de son existence avec l'un ou l'autre.

En raison de ce passé désastreux, elle n'aurait jamais imaginé tomber éperdument amoureuse lors d'un séjour en Italie du Nord en compagnie de ses deux meilleures amies, voyage dont toutes trois rêvaient depuis des années. Callie et Kate avaient été aussi stupéfaites qu'elle de la vitesse à laquelle elle s'était éprise, et de la profondeur de ses sentiments.

Et aucune n'aurait pu se figurer que l'homme de ses rêves s'incarnerait en une minuscule boule d'énergie dotée de cheveux châtains, d'un regard bleu angélique et d'un sourire malicieux. Mais quand les trois amies s'étaient retrouvées à Venise, la semaine précédente, pour garder le petit garçon de six ans dont la nourrice s'était cassé la cheville suite à une mauvaise chute, Tommy le Terrible avait conquis Dawn en quelques heures dès leur première rencontre.

Maintenant, tous étaient de retour à Rome. Kate, Callie, elle-même et le mari de Kate, Travis, qui avait orchestré une cérémonie surprise dans la Ville éternelle pour renouveler ses vœux de mariage devant la fontaine de Trevi.

Tommy et son père étaient également présents. Brian Ellis avait en effet collaboré avec Travis à un projet ultrasecret, sur une base de l'Otan située au nord de Venise, et ils étaient devenus de très bons amis. Le père était un peu trop conservateur et guindé au goût de Dawn, mais le fils…

Ce qu'il pouvait l'amuser, avec ses pitreries ! Comme en cet instant, par exemple, où il courait vers la fontaine, un grand sourire aux lèvres, donnant l'impression qu'il allait y plonger… Son père le rattrapa vivement par la chemise.

— Attention, bonhomme !

Dawn et ses deux amies observaient la scène. Elancée, Kate arborait de belles mèches blondes, qui contrastaient avec la chevelure brune de Callie, laquelle affichait un air fort calme — elle était même encore plus discrète depuis qu'elle avait démissionné de son poste de juriste spécialisée dans la médiation pour enfants au sein d'un cabinet d'avocats.

Dawn éclata de rire quand Tommy manqua de tomber à l'eau en tentant de chevaucher l'hippocampe.

— Cet enfant n'a vraiment pas froid aux yeux, déclara-t-elle d'un ton sincèrement admiratif.

— C'est un véritable aventurier, en effet, approuva Callie en souriant. Tout comme toi. Combien de fois ne nous as-tu pas entraînées, Kate et moi, dans un de tes quatre cents coups ?

— Dis donc, je n'étais pas toujours la meneuse ! Tu ne te rappelles plus la fois où nous avions pénétré dans la bibliothèque municipale par la fenêtre, un soir, car elle était fermée et que tu voulais absolument un livre, mademoiselle Je-me-la-joue-prude ? Et toi…

Elle se tourna alors vers Kate et poursuivit :

— Ne nous avais-tu pas « suggéré » d'emprunter la voiture de mon frère Aaron pour filer au centre commercial, alors que nous n'avions pas encore le permis ? On a eu de la chance de ne pas passer la nuit au poste, et que la police prévienne directement nos parents !

Elle continua d'afficher un beau sourire, pourtant, repenser à cette joyeuse escapade avait suscité en elle des souvenirs amers. Ses parents s'étaient mutuellement reproché les démêlés de leur fille avec la justice, ce qui n'avait rien de surprenant, puisqu'ils se querellaient depuis des années à son sujet. Ses trois frères, plus âgés, avaient échappé à l'environnement familial délétère, soit parce qu'ils étudiaient à l'université, soit parce qu'ils étaient déjà entrés dans la vie active. Elève de seconde, elle se sentait littéralement étouffée par la colère que ses parents nourrissaient l'un pour l'autre jusqu'à ce qu'ils décident de se séparer.

Mais le divorce, qui aurait dû être un soulagement pour tout le monde, s'était transformé en véritable guerre ouverte, aucune des parties ne voulant s'accorder sur une garde commune ou des droits de visite raisonnables : il fallut l'intervention des juges pour qu'une décision soit prise. A la suite de quoi Dawn se retrouva ballottée entre ses deux parents, chacun accusant l'autre de la solitude dans laquelle il se retrouvait.

Leur conflit permanent n'avait pas été sans conséquences sur son tempérament pourtant enjoué et sa propension à s'amuser, et il aurait pu complètement la détruire, si elle n'avait pas eu ses précieuses amies, Kate et Callie. Toutes trois avaient grandi à Easthampton, petite ville de l'ouest du Massachusetts, et étaient inséparables depuis l'école primaire ; d'ailleurs, le mari de Kate les avait baptisées les Invincibles, ce qui n'était pas toujours un compliment, dans sa bouche.

L'histoire tumultueuse de ses parents expliquait en partie pourquoi elle avait noué si rapidement une amitié avec le jeune Tommy Ellis : le petit garçon avait lui-même connu très jeune des bouleversements affectifs, sa mère étant décédée alors qu'il n'était que bébé. Toutefois, le fait d'être élevé uniquement par son père lui avait donné une personnalité bien affirmée, tout comme les batailles de ses parents avaient forgé la sienne.

Dommage qu'elle n'ait pas établi le même lien avec le père de Tommy ! pensa Dawn, songeuse, en regardant Brian Ellis rattraper une nouvelle fois son fils par le bras, pour lui éviter un plongeon dans la fontaine. Indéniablement, celui-ci était très sexy : grand, il arborait une musculature impressionnante, des cheveux châtains coupés en brosse et des yeux d'un bleu éclatant, dans lequel s'était reflété un intérêt certain pour elle, lors de leur première rencontre à Venise, se rappela-t-elle. Mais la lueur s'était tout de suite éteinte quand elle avait éclaté de rire aux propos amusants d'un autre homme alors présent.

Peu importait, puisque son séjour chez les Ellis ne serait que de courte durée ! Une semaine ou deux, jusqu'à ce que Brian sache si la nourrice de Tommy pourrait revenir s'occuper de ce dernier. Si ce n'était pas le cas, il recruterait quelqu'un d'autre, et Dawn pourrait regagner ses pénates. Entre-temps, elle avait prévenu son patron qu'elle travaillerait pendant quelque temps chez elle — elle était graphiste dans une importante société de produits diététiques et bio.

Comme devinant ses pensées, Kate lui jeta un coup d'œil.

— Tu es bien certaine que tu veux faire du télétravail pour jouer les nourrices ? demanda-t-elle.

— Tu nous avais dit que tu convoitais le poste de directrice de marketing, renchérit Callie. Cette absence ne va-t-elle pas t'être défavorable ?

— Non, je ne crois pas, enfin, je ne sais pas, de toute façon, je m'en fiche, trancha Dawn. J'ai besoin de faire une pause, je n'en peux plus, des artistes capricieux et des fous d'informatique que je croise tous les jours. Et puis je peux tout à fait travailler à distance : cela ne change pas grand-chose que je sois à Washington ou à Boston.

— Si tu veux être directrice, tu dois être sur place, souligna Kate. Et je sais que tu ne passes pas tout ton temps avec des artistes et des geeks.

Occupant elle-même un poste à hautes responsabilités dans une banque, Kate avait régulièrement des contacts avec ses clients ou d'autres cadres.

Il en allait de même pour Callie, qui, avant de démissionner, enchaînait des réunions interminables au sein de son cabinet d'avocats spécialisés dans les droits de l'enfant. Toutes deux savaient pertinemment que la présence des cadres dans une société importante était indispensable.

Mais elle les soupçonnait aussi de ne pas voir d'un œil très favorable son nouvel engouement : il était vrai qu'elles l'avaient souvent vue tomber amoureuse, puis annoncer son désamour… Pourquoi n'avait-elle jamais pu s'éprendre durablement ? Encore qu'en l'occurrence il s'agissait juste d'un petit garçon… flanqué d'un père célibataire et très bel homme !

Au même instant, elle vit Tommy fendre la foule, impatient de la rejoindre.

— Dawn ! Il faut que tu jettes une pièce par-dessus ton épaule. Papa dit que c'est la tradition.

— Je l'ai déjà fait, avec Kate et Callie, lors de ma première visite à Rome.

— Oh ! dit-il d'un air déçu.

Il ouvrit la main pour lui montrer son trésor.

— Mais papa m'avait donné deux pièces de un euro. Une pour toi et une pour moi.

— Dans ce cas… En avant, Macduff !

— Quoi ?

— Rien ! C'est juste une citation de Shakespeare.

Il était évident que le théâtre élisabéthain était la dernière préoccupation de Tommy, en revanche, les deux euros semblaient lui brûler la paume.

— Viens ! dit-il.

Et, l'attrapant par la main, il l'entraîna vers la fontaine.

Brian les surveillait du coin de l'œil, tandis qu'il rejoignait Kate et Callie. Les autres hommes qui participaient à la petite cérémonie lui emboîtèrent le pas : il s'agissait du commandant Travis Westbrook, de l'US Air Force, autrement dit le mari de Kate, du prince Carlo di Lorenzo, un homme débordant d'énergie, de stature modeste mais costaud, aussi réputé pour ses exploits militaires que pour ses prouesses auprès des femmes, et enfin de Joe Russo, responsable de l'escouade chargée de la sécurité de Carlo durant sa mission sur la base de l'Otan, au nord de Venise.

Brian avait noué une solide amitié avec les trois hommes, lors du temps qu'il y avait passé. Aussi, quand Travis avait décidé de quitter l'armée, il n'avait pas hésité à proposer à ce pilote chevronné et affecté aux opérations spéciales le poste de vice-président au sein de l'Ellis Aeronautical Systems, où il serait désormais en charge des tests et évaluations.

Travis, qui observait actuellement le duo qui jouait près de la fontaine, lui adressa un sourire.

— Tu es sûr que tu sais à quoi tu t'engages, Brian ? lui demanda-t-il en plongeant son regard dans le sien.

— Non, pas du tout !

— Eh bien, moi qui connais Dawn et Callie depuis aussi longtemps que Kate, je peux t'assurer de la véracité de ce vieil adage…

— Je ne devrais sans doute pas te poser la question, mais quel vieil adage ?

— Les blondes sont de vraies lionnes, récita-t-il en lançant un coup d'œil à sa femme aux cheveux mordorés, les brunes sont profondément authentiques, mais les rousses sont vraiment imprévisibles.

Kate éclata de rire, tandis que Callie la brune se contentait de sourire ; Brian, pour sa part, ne trouva pas l'adage très drôle.

Il reporta son regard vers son fils et sa nouvelle compagne. Il fallait qu'il soit devenu fou pour avoir accepté que Dawn McGill remplace la nourrice de Tommy au pied levé, quand celle-ci le lui avait proposé. Avec ses cheveux couleur de feu et ses yeux d'un vert pétillant, elle éclairait chaque pièce dans laquelle elle entrait, sans compter que ses courbes voluptueuses affolaient tout garçon pubère et suscitaient les fantasmes les plus débridés. Y compris chez lui !

Si Mme Wells n'était pas tombée et ne s'était pas cassé la cheville…

S'il n'avait pas jonglé avec douze balles à la fois au travail…

Si son fils ne l'avait pas supplié de convaincre Dawn de venir habiter chez eux…

Allons, son séjour se limiterait à une semaine, se rappela-t-il avec détermination, deux au maximum. Le temps qu'il trouve une nourrice qualifiée pendant la convalescence de Mme Wells — ou pour une durée indéfinie, si celle-ci prenait sa retraite, ce qui n'était pas exclu. Agée de cinquante-cinq ans et veuve, elle avait décidé de s'installer en Californie chez sa sœur le temps de se remettre, ce qu'il approuvait tout à fait : il souhaitait qu'elle retrouve toute l'énergie et la vigueur nécessaires pour s'occuper de Tommy, si tel devait être le cas.

Il était vrai que Dawn ne manquait d'aucune de ces deux qualités. Ni d'esprit, reconnut-il à contrecœur. Avant d'accepter cet arrangement insensé, il avait tout de même pris des renseignements sur elle, et il devait reconnaître que son CV l'avait impressionné : diplômée de l'université de Boston en arts graphiques, avec option publicité, elle possédait aussi un master en médias et design de la faculté de Georgetown. Par ailleurs, ses études tout juste achevées, elle avait été engagée par une société cotée en Bourse, et spécialisée dans les produits diététiques et bio, où elle semblait franchir allègrement les échelons.

Le problème, ce n'était pas ses références professionnelles mais sa vie privée ! Ses recherches n'avaient pas été très fructueuses en la matière, toutefois, Brian lui avait livré assez de détails pour qu'il puisse s'en faire une petite idée. Apparemment, la délectable Mlle McGill collectionnait les hommes avec le même empressement que Tommy les dinosaures en plastique, et quand elle s'en fatiguait, ce qui arrivait à une fréquence régulière, elle les délaissait, tels des jouets reposés sur une étagère abandonnés à la poussière pendant qu'elle repartait vers de nouvelles conquêtes. Il n'était donc pas question que Tommy s'attache à une personne aussi inconstante — du moins pas davantage, se corrigea-t-il en entendant le rire de son fils résonner sur la *piazza*.

Dos tourné à la fontaine, Tommy et Dawn étaient en train de compter jusqu'à trois, puis ils levèrent le bras en même temps et lancèrent leurs pièces dans le poudroiement doré de l'après-midi. Elles atterrirent au même moment dans le bassin.

— Bravo ! s'exclama Travis. En plein milieu.

— Ouf, marmonna Brian. Il est peut-être possible que nous quittions finalement l'Italie sans blesser personne. A propos…

Il releva le poignet de sa chemise, qui dépassait sous la veste de son costume noir, pour vérifier l'heure, sur la montre Mickey Mouse que Tommy lui avait offerte lors de la fête des Pères ; son fils l'avait achetée avec l'argent de sa tirelire, ainsi qu'il l'avait fièrement proclamé. Lui-même en tirait plus d'orgueil que de l'étoile de bronze que lui avaient valu ses années dans les forces aéronavales, en tant que pilote d'hélicoptère : comme tout cela lui semblait loin, à présent !

— Il est l'heure de se rendre à l'aéroport, déclara-t-il en se tournant vers les autres. Vous êtes bien certains qu'aucun de vous ne veut revenir aux Etats-Unis avec Tommy et moi ? Et Dawn.

Il avait failli l'oublier.

Mais ses amis avaient déjà décliné son offre de voyager à bord du jet privé de l'Ellis Aeronautical Systems. Kate et Callie passeraient encore une nuit à Rome et rentreraient avec leur billet déjà payé et non remboursable sur un vol commercial. Travis, pour sa part, devait retourner à la base italienne afin de finaliser leur projet, le prince regagnerait son unité située à l'extérieur de Rome, et Joe Russo se rendrait là où le menait sa prochaine mission, quelle qu'elle soit. Cet expert de la sécurité aux émoluments élevés était aussi secret sur son travail qu'il était doué pour l'accomplir.

Si doué, d'ailleurs, que Brian lui avait demandé de venir effectuer à l'EAS une vérification approfondie de la sûreté physique, numérique et industrielle. Sans prêter attention à la cicatrice qui zébrait la joue gauche de Joe, il plongea les yeux dans les siens.

— Fais-moi savoir quand tu peux commencer, lui dit-il.

— Entendu, répondit Joe. Entre-temps, demande aux personnes chargées de la sécurité, dans ta société, de me communiquer toutes les procédures en cours, et je demanderai à mon équipe de les examiner.

— Compris ! Bien…

Il jeta un regard circulaire : l'amitié qu'il avait nouée avec les trois autres hommes en si peu de temps lui réchauffait le cœur. Il savait aussi qu'il pouvait compter sur celle de Kate et Callie.

Et puis, bien sûr, il y avait Dawn…

Tommy à ses côtés, elle s'avançait vers leur petit cercle, un sourire arrogant aux lèvres, et il sentit son cœur faire un bond de joie involontaire.

— T'as vu, papa ? T'as vu ? Moi et Dawn, on a visé juste du premier coup !

— Dawn et moi, rectifia-t-il.

Son fils fit la grimace.

— Dawn et moi, on a visé juste du premier coup, reprit-il. T'as vu ?

— Oui, j'ai vu, dit-il.

Il lui sourit et lui ébouriffa les cheveux.

— Beau travail, mon chéri ! ajouta-t-il. Bravo à vous aussi, Dawn. Et, maintenant, nous devons dire au revoir à nos amis et filer à l'aéroport.

Tommy donna une poignée de main solennelle à tous, pendant que Dawn étreignait chacun, de façon différente : un rien flirteuse avec le prince, qui avait espéré jusqu'au bout, mais en vain, la convaincre de partir en jet avec lui pour la Corse, ou Cannes, ou il ne savait où, amicale avec Joe, et plus autoritaire avec Travis, qui reçut l'avertissement suivant :

— Kate et toi avez été séparés pendant tellement de temps que je te conseille de rentrer le plus rapidement possible à la maison, Westbrook, afin que vous vous mettiez au travail pour fabriquer votre premier bébé, comme prévu.

— Compris, m'dame !

Elle pressa ses amies bien plus longuement contre son cœur, avec ferveur… Il attendit patiemment, mais vit soudain Tommy froncer les sourcils et entendit presque simultanément les trois amies fondre en pleurs !

— Je n'arrive pas à croire que nos vacances italiennes

soient déjà terminées, dit Callie en reniflant. Nous rêvions de visiter ce pays depuis si longtemps.

— Oui, depuis que nous avions regardé *La Fontaine des amours*, il y a des lustres, renchérit Kate d'une voix éraillée.

— Mais nous reviendrons ! articula Dawn, entre deux sanglots. Un jour ou l'autre.

Aussi inquiet que son fils, Brian lança un regard vif à Travis, qui leva les yeux au ciel.

— Ne t'inquiète pas, c'est un rituel. Dans quelques instants, elles seront remises.

Et de fait les larmes cessèrent bientôt de couler, les reniflements s'estompèrent, et les trois amies affichèrent de nouveau de beaux sourires quand Kate se mit à planifier leurs prochaines retrouvailles.

— C'est vraiment fantastique que Brian et Tommy habitent à Bethesda. Travis et moi sommes à moins d'une demi-heure de route : on pourra se voir régulièrement. Et puis Callie va séjourner chez nous, le temps qu'elle retrouve un nouveau poste.

— Je ne sais pas si c'est une très bonne idée, décréta la discrète brune avant d'enchaîner avec un humour inattendu : Vous devez fabriquer votre bébé, et je n'ai pas envie d'entendre les ressorts craquer…

Elle jeta un coup d'œil à Tommy et ajouta tranquillement :

— Quand vous monterez le berceau, bien sûr.

Après d'ultimes étreintes, Brian parvint à entraîner ses deux « fardeaux » vers la limousine qui les attendait et, quelques instants plus tard, ils se retrouvaient dans les bouchons insensés de Rome pour se rendre à Ciampino, le plus petit des deux aéroports de la ville.

Approvisionné en carburant, le jet de la société attendait sur la rampe : c'était un ancien Gulfstream G600 mis aux normes pour les vols civils et redesigné par l'EAS. La vue de cet élégant engin aviva un sentiment familier de fierté chez Brian, tout comme un étonnement secret. Il lui était toujours difficile de croire que, douze ans plus tôt, il avait monté une petite société d'avionique grâce à toutes ses économies et un prêt de cinq mille dollars que lui avait accordé son beau-père. Les premières années n'avaient pas été faciles, mais il venait juste de quitter l'armée, de se marier et était animé d'un enthousiasme encore plus grand que son sens des affaires.

Heureusement que Caroline l'avait soutenu dans son entreprise, pensa-t-il alors, avec un élancement douloureux bien trop coutumier. Elle s'occupait de la gestion et du développement de la société, tandis qu'il était chargé de l'ingénierie ; à eux deux, ils avaient porté depuis le début l'Ellis Aeronautical Systems. Hélas, elle n'avait pas vécu assez longtemps pour fêter l'entrée de l'EAS dans la liste Fortune 500 ! D'ailleurs, elle n'était déjà plus là pour le premier anniversaire de leur fils…

Dans un suprême effort, il repoussa ses tristes pensées et salua le pilote qui les attendait en bas des marches.

— Merci pour ce bref aller-retour, Ed, lui dit-il. Mme Wells a-t-elle effectué un bon voyage jusqu'aux Etats-Unis ?

— Tout à fait, confirma le pilote. Ainsi que l'équipe médicale italienne dont vous aviez loué les services pour l'accompagner. D'ailleurs, ils vous remercient chaleureusement pour la semaine bonus en Californie. Après s'être assurés que Mme Wells était entre de bonnes mains, ils ont filé vers Disneyland, puis les vignobles de la vallée de Napa.

— Voilà qui ne me surprend pas ! observa Brian.

Le pilote se pencha alors pour taper gentiment ses poings contre ceux de Tommy, en guise de salut.

— Bonjour, bonhomme ! Eh bien, l'Italie t'a plu ?

— Oui, c'était super. Moi et…

Il fronça le nez et rectifia :

— Dawn et moi, on a pris une gondole à Venise, et je suis allé au Colisée avec papa. Il m'a acheté une épée, un casque, enfin, tout, quoi.

— Génial ! dit le pilote avant de se redresser et de tendre la main au troisième passager qui figurait sur son document de bord. Ravi de vous rencontrer, Mme McGill.

— Dawn, rectifia Tommy. Elle a au moins cent ans de moins que Mme Wells, donc tu peux l'appeler Dawn. Elle va habiter à la maison.

— Ah bon ?

— Jusqu'au retour de Mme Wells, s'empressa de préciser Brian.

Ed Donahue était depuis bien trop longtemps à son service pour afficher un visage autre que professionnel, mais il savait pertinemment que, derrière son expression neutre, son pilote n'en spéculait pas moins. Et comment aurait-il pu en aller autrement ? Pour commencer, cette beauté rousse aurait pu ressusciter un corps froid comme les pierres ; deuxièmement, elle était la première déesse vivante à monter à bord d'un jet de l'EAS. Il fallait la voir franchir la passerelle de sa démarche ondoyante…

Le pantalon moulant à pattes d'éléphant qu'elle portait lors de la cérémonie à la fontaine de Trevi épousait étroitement ses hanches et soulignait son joli postérieur : Brian sentit sa respiration s'accélérer tandis qu'Ed en eut manifestement le souffle coupé. Mais, se ressaisissant bien vite, ce dernier annonça précipitamment :

— Je recalculerai notre temps de vol lorsque nous aurons atteint l'altitude de croisière et vous le communiquerai.

— Merci, dit Brian.

Quelle que soit l'heure estimée d'arrivée, il s'était embarqué pour un très long vol…

Au fil des ans, Brian s'était efforcé de minimiser les longues séparations d'avec son fils en combinant, dans la mesure du possible, voyages d'affaires et courtes vacances. Ils s'étaient rendus tous les deux de nombreuses fois au Texas, où se trouvait l'usine principale de l'EAS, et où se déroulaient les tests. Lors des déplacements en Floride, où Brian rencontrait les cadres militaires chargés des opérations spéciales, il ne manquait pas d'emmener Tommy à Disney World. L'an passé, ils avaient assisté au Salon international de l'aéronautique et de l'espace au Bourget, près de Paris, et cet été ç'avait été le voyage en Italie.

Son garçon était donc habitué à voyager et était par ailleurs très familier du confort de l'appareil, qu'il entendait montrer à Dawn une fois l'altitude de croisière atteinte. Aussi, quand il lui donna le signal, le jeune guide impatient commença-t-il la visite par la cabine arrière, tandis que lui-même sortit son portable pour se mettre au travail.

— Y a une douche, des toilettes, et des lits repliables, annonça-t-il à Dawn, qui observait depuis le seuil. Regarde.

— Je vois, c'est super, ces lits jumeaux.

— Un pour moi et l'autre pour papa. Y a une autre cabine à l'avant pour Ed et son copilote, sur les longs vols. Mais je te prêterai mon lit, offrit-il généreusement. Je dors souvent dans mon siège, ça ne me gêne pas.

Brian leva les yeux de son tableur et croisa le regard de Dawn : le rire qui dansait dans ses profondeurs émeraude l'invitait à partager son amusement. Il lui rendit donc son sourire, mais, pour une raison qu'il n'aurait su définir, l'idée de partager la cabine arrière avec elle ne lui semblait pas aussi drôle.

— J'ai beaucoup de travail à rattraper, dit-il à son fils. On pourra laisser la cabine à Dawn, et nous, les hommes, on dormira sur notre siège, qu'en dis-tu ?

— D'accord. Viens, Dawn, on continue la visite. La cuisine, maintenant !

Et, quand Tommy l'entraîna vers l'avant de l'appareil, Brian eut tout le loisir de humer le parfum qu'elle laissa dans son sillage. C'était une senteur très subtile, qui se noyait presque dans l'odeur de cuir et de bois de la cabine, mais l'obsédait néanmoins depuis leur première rencontre, à Venise. A présent, ses effluves lui inondaient les poumons, mélange fascinant de soleil et de citron, où pointait une troisième nuance qu'il ne parvenait pas à identifier. Il s'efforça de respirer discrètement, tandis que Tommy lui montrait consciencieusement la sélection de vins, de jus de fruits, d'en-cas et de plats gourmets préemballés à réchauffer au four à micro-ondes.

Le morceau de choix, c'était bien sûr le salon et son équipement numérique ! Sur chaque long vol, il se félicitait de l'existence des jeux vidéo, des shows télévisés et des films de Disney qui captaient l'attention de son fils pour quelques heures au moins.

— Il suffit d'appuyer sur le bouton de l'accoudoir pour que l'écran s'ouvre, indiqua Tommy.

Et, passant de la parole au geste, il éclata de rire devant la stupeur que surjoua Dawn quand un panneau glissa pour révéler un immense écran plat.

— Nous avons beaucoup de films, poursuivit-il.

S'emparant de la télécommande, il fit défiler un nombre impressionnant d'icônes.

— On peut regarder *La Reine des neiges*, si tu veux.

Elle eut un petit rire.

— Pourquoi pas ? Mais combien de fois l'avons-nous vu, à Venise ? Quatre fois ? Cinq ?

Tom prit un air sincèrement étonné.

— Tant que ça ?

— Voyons s'il n'y a pas autre chose. Ah ! *La Belle et la Bête* ! Tu aimes ?

— Mouais.

— Pas tant que ça ?

— C'est juste que tout cet amour, c'est un peu lourd.

— Oui, tu as raison, concéda-t-elle. Parfois, l'amour peut l'être.

— Mais on peut le regarder quand même, concéda-t-il en lui tendant un casque Bose. Tiens, il faut porter ça pour que papa puisse travailler.

Brian maîtrisait depuis longtemps l'art de se concentrer sur le petit écran de son ordinateur pendant que des images géantes et très colorées scintillaient à côté de lui, mais ce jour-là il dut redoubler d'application quand Dawn, après avoir retiré ses chaussures, releva le repose-pieds de son siège et s'installa confortablement, chevilles croisées.

Stupéfait, il ne put s'empêcher de jeter un coup d'œil furtif à ses ongles de pied : chacun était verni d'une couleur différente ! Bleu lavande, rose, turquoise, vert pâle, bleu nacré…

Il n'était pas au courant des dernières tendances en matière de mode féminine, et d'ailleurs pourquoi l'aurait-il été ? Cependant, comment pouvait-il travailler sérieusement sur les prévisions de production du TAWS alors qu'un parfum envoûtant flottait dans l'air et que dix points de couleurs irisées s'agitaient au rythme de la musique ?

2

Un sourire tendre éclaira le visage de Dawn quand Tommy s'écroula de fatigue juste après le dîner. Les fauteuils en cuir du jet avaient deux fois la taille des fauteuils des lignes commerciales, aussi constituaient-ils un lit parfait pour un enfant. Elle lui mit une couverture, avant de venir s'asseoir auprès de son père, qui lui avait proposé de déguster un cognac.

— Mon assistante a eu la gentillesse d'envoyer à Mme Wells les effets dont elle aura besoin pendant sa convalescence, lui dit Brian entre deux gorgées de Courvoisier. Elle a également contacté mon équipe de ménage pour la prévenir que vous alliez remplacer temporairement la nourrice de Tommy. Ainsi, la suite qu'elle occupe normalement dans le pavillon du parc sera prête pour vous accueillir.

Il avait un peu accentué le mot « temporairement », nota Dawn. Réchauffant le cognac entre ses paumes, elle scruta le visage de Brian. L'homme d'affaires avait ôté la veste et la cravate qu'il portait lors de la petite cérémonie autour de la fontaine de Trevi, et ouvert les deux premiers boutons de sa chemise. La nuance satinée de l'étoffe renforçait le bleu de ses yeux, sans toutefois leur conférer plus de chaleur.

— Vous ne m'aimez pas beaucoup, n'est-ce pas ?

Mais Brian était bien trop courtois et intelligent pour montrer la moindre surprise, pensa Dawn, à la fois admirative et agacée, après sa question un peu brutale.

— Mon fils estime que vous êtes formidable, répondit-il. En outre, Kate et Callie écorcheraient vive la personne qui s'aventurerait à vous critiquer. Par conséquent, ce que je pense n'a aucune importance.

— A d'autres ! Ce que vous pensez est la seule chose qui compte, concernant votre fils.

Elle ponctua ses propos en avalant un trait de cognac qui lui brûla la gorge, avant de repartir à l'attaque :

— Donc pourquoi prenez-vous un air fuyant chaque fois que j'entre dans une pièce ?

— Un air fuyant ?

— Ou un air impassible, si vous préférez.

Prenant son verre, il s'adossa à son siège.

— Ecoutez, finit-il par dire, je vais être honnête avec vous. Tommy a des grands-parents maternels et paternels adorables, et il considère Mme Wells comme sa troisième grand-mère. Ce qui lui manque, c'est une mère. Aussi…

Intriguée, Dawn vit l'ébauche d'un sourire se dessiner sur ses lèvres, et fut surprise de constater à quel point un léger déplacement de quelques muscles faciaux pouvait transformer un directeur distant et froid en un être humain — ou presque.

— Je me dois de vous avertir qu'il a déjà fourni de valeureux efforts pour combler le vide, poursuivit Brian. La première fois, ça n'a rien eu de problématique. Après plusieurs tentatives peu subtiles auprès de sa pédiatre pour qu'elle devienne ma femme, celle-ci lui a gentiment dit qu'elle était déjà mariée. Mais la dernière fois…

Il secoua la tête.

— Eh bien, disons que son enseignante de maternelle et moi-même avons été soulagés que la fin de l'année scolaire arrive.

Dawn savait que Brian s'était renseigné sur elle ; d'ailleurs, de son côté, elle avait effectué quelques recherches à son sujet sur Google.

— Je suis allée sur Internet, et je vous ai vu au bras de superbes créatures lors de galas de bienfaisance, l'informa-t-elle, en levant son verre de cognac pour porter un toast ironique. Elles semblaient rayonner, et je suis certaine que l'une d'entre elles serait ravie de combler ce vide.

L'expression de Brian redevint immédiatement sérieuse, et l'homme d'affaires reprit le dessus.

— Tommy ressent certes un vide, mais pas moi. Et maintenant, si vous voulez bien m'excuser, je dois me remettre au travail.

Décidément, elle aurait parfois gagné à se montrer plus subtile. Pour avoir sondé Tommy de façon indirecte, elle s'était rendu compte qu'il gardait un souvenir très flou de sa mère ; ceux de son père étaient manifestement plus forts et présents.

Vidant son verre, elle regagna sa cabine de luxe, où elle prit une douche bien chaude pendant de longues minutes avant de se glisser dans sa chemise de nuit en coton égyptien, et elle s'endormit rapidement, bercée par le ronronnement des moteurs.

En raison des six heures de décalage entre Rome et Washington, et comme ils avaient franchi plusieurs fuseaux horaires, le jet atterrit au Ronald Reagan Washington National Airport à la même heure que celle à laquelle ils avaient décollé. Le soleil éclatant de la fin d'été les accueillit dès qu'ils sortirent de l'aéroport et se dirigèrent vers la limousine qui les attendait.

En général, Brian préférait conduire lui-même, d'autant que le siège de l'EAS se trouvait désormais à quelques kilomètres de sa demeure de Bethesda, au sein d'une résidence protégée. Mais, après un long vol comme celui-ci, il était ravi de laisser Dominic batailler dans la circulation dense des heures de pointe qui bloquait déjà les rues de la ville.

Encore une fois, Tommy se chargea des présentations, et de nouveau Brian remarqua qu'un fidèle employé de l'EAS devait manifestement faire de gros efforts pour masquer sa stupeur en découvrant la nouvelle nourrice.

La nouvelle nourrice temporaire, aurait voulu ajouter Brian pour compléter la phrase de son fils. *Temporaire !*

Mais il parvint à se contrôler, tout comme Dominic se retint de baver d'admiration devant Dawn quand il plaça leurs bagages dans le coffre et se glissa derrière le volant.

— La George Washington Parkway est encore praticable, lui assura-t-il. On devrait éviter les bouchons.

Lorsqu'ils sortirent de l'aéroport et se retrouvèrent sur l'avenue en direction du fleuve Potomac, Tommy montra à Dawn les monuments célèbres de la ville.

— Là, c'est le Pentagone, déclara-t-il.

Il se tourna sur son siège pour désigner la bâtisse, au-delà du Tidal Basin.

— Et ici, c'est le Jefferson Memorial. Thomas Jefferson était président des Etats-Unis, c'était le…

— Le troisième, lui souffla Dawn. Tu sais, je connais très bien Washington, je suis allée à l'école à Georgetown, un peu plus loin le long du fleuve.

— Ah bon ? Et tu étais en quelle classe ?

— J'étais étudiante, et ma classe correspondrait à la dix-septième année d'études si on compte le nombre d'années depuis le CP.

— Dix-septième ? Et moi, je suis juste en première année ! s'exclama-t-il, la mine consternée. Est-ce que ça veut dire que je dois encore faire… euh… seize ans d'école ?

— Peut-être, si tu aimes étudier.

Elle jeta un coup d'œil oblique à Brian.

— Demande à ton père combien d'années il a fait.

Tommy défia son père du regard.

— Combien ?

— Plus de dix-sept ans, répondit Brian d'un air presque contrit. Mais je ne les ai pas faits à la suite. Je me suis arrêté quand je suis entré dans la marine, et ensuite je n'ai commencé l'université qu'après mon retour d'Irak. Avec ta maman, on a eu quelques cours en commun, à la faculté.

Brian essayait toujours d'entretenir le souvenir de Caroline chez son fils, aussi ajouta-t-il :

— Elle préparait un master de génie chimique, à l'époque. C'est là que nous nous sommes rencontrés.

— Je sais, tu me l'as déjà dit. Eh, Dawn, regarde ! C'est l'Iwo Jima Memorial. Eux aussi, c'étaient des marines, hein, papa ?

— Exact.

Il ne souhaitait pas que Tom reste accroché au passé ni qu'il pleure une mère qu'il n'avait pas réellement connue. Et pourtant il se sentait presque coupable de l'intérêt minimal que leur fils accordait à Caroline et s'en excusait mentalement auprès d'elle.

Ce sentiment de culpabilité l'assaillit dans toute sa puissance lorsqu'ils traversèrent le Potomac et se retrouvèrent dans le Maryland, non loin de Bethesda et de Chevy Chase.

Caroline avait passé plusieurs semaines à trouver l'environnement idéal pour élever la grande et bruyante famille qu'elle comptait fonder avec lui. Enceinte de six mois, elle avait alors visité les écoles, les boutiques, les églises alentour. Elle avait passé des heures avec l'architecte pour revoir certains aménagements de la maison qu'ils avaient achetée, et sa trace était encore partout : dans le jardin luxuriant, qui fleurissait du printemps à la fin de l'automne, dans la brique rouge et les plafonds mansardés auxquels elle tenait tant, car ils lui rappelaient leur lune de miel à Paris.

Après sa disparition, il avait souvent eu envie de déménager, car tout, dans la maison, portait l'empreinte de Caroline. Mais il avait fini par rester, en raison notamment de l'essor rapide, ces cinq dernières années, de l'EAS, et aussi parce que c'était la seule maison que Tom avait connue. Il ne voulait pas que son fils se sente déraciné.

Alors, pourquoi avait-il le sentiment d'être déloyal envers Caroline, du fait que Dawn venait vivre ici quelque temps ? Certes, elle était jeune, fougueuse et superbe… Et alors ? L'important n'était-il pas qu'elle s'entende bien avec Tommy ? Celui-ci avait été si secoué par l'accident de Mme Wells, il avait craint qu'elle meure sur la table d'opération, comme sa mère qu'il ne se rappelait pas. Aussi aurait-il été prêt à embaucher des dizaines de Dawn McGill si c'était le prix à payer pour chasser ces peurs persistantes, chez son fils.

Encore qu'une seule Dawn, c'était déjà énorme à gérer…

Chassant ses pensées dérangeantes, il emboîta le pas à Tommy, qui était impatient de faire visiter la maison à leur nouvelle hôte. Il lui montra la bâtisse principale, avec l'immense salon aménagé à partir de deux pièces existantes, afin de disposer d'un grand espace lumineux, grâce aux nombreuses fenêtres par lesquelles se déversait le soleil, la cuisine avec son coin salle à manger, le patio et son treillis, la cour paysagée et son belvédère original.

La buanderie derrière la cuisine comportait des appareils ménagers qui lui donnaient l'air, selon Tommy, d'un vaisseau spatial ; le lave-linge et le sèche-linge étaient en acier et dotés d'un écran tactile lumineux. Une porte latérale menait au garage trois places, où se trouvaient le SUV de Brian et la voiture compacte et bien entretenue que préférait Mme Wells.

— Je l'ai acheté en leasing, informa-t-il Dawn. Je peux en changer et en prendre une plus grande, si vous préférez.

Et d'une couleur plus vive, ajouta-t-il en son for intérieur, assortie à ses cheveux roux et ses orteils multicolores.

— Celle-ci me conviendra très bien, lui assura-t-elle.

Hochant la tête, il tapa un code sur un panneau qui glissa sans bruit sur le côté, laissant apparaître un petit placard.

— Je vais vous en donner les clés, ainsi que celles de la maison principale et du pavillon.

Tommy se précipita alors vers une autre porte qui ouvrait sur une allée couverte, pavée de pierres.

— On accède justement au pavillon par ici, précisa-t-il, de façon bien inutile, car celui-ci se trouvait juste à vingt mètres.

En briques rouges lui aussi, il comportait un étage et avait été jusque-là la demeure de Mme Wells. Une fois à l'intérieur, il constata que l'équipe de ménage avait préparé la seconde chambre à l'attention de Dawn et réapprovisionné les placards de la cuisine.

— C'est parfait ! s'exclama-t-elle.

Ravie, elle jeta un coup d'œil par la fenêtre de la petite cuisine qui offrait une vue sur le jardin : la pelouse était bordée de fleurs tournées vers le ciel et la lumière, et le belvédère peint en blanc constituait un lieu idyllique pour siroter un café, pendant que le soleil chassait la rosée.

— Je pourrais travailler dehors ! dit-elle à Tommy. Enfin, je ne sais pas si je serais très productive avec tous ces dahlias pour me distraire… Et puis cette pelouse si verte incite à faire la roue.

Tommy semblait tout excité par la perspective de faire de la gymnastique dans le jardin, mais Brian dut fermer mentalement la porte de son imagination, qui, fébrile, venait de lui imposer la vision d'une femme aux cheveux de feu voltigeant dans les airs, ses longues jambes dénudées.

— En parlant de travail, enchaîna Dawn en appuyant négligemment la hanche contre le comptoir, tu commences l'école la semaine prochaine, il me semble, non ?

Tommy regarda Brian, puis acquiesça solennellement.

— Exact.

— Donc on a encore tout le reste de la semaine pour se divertir, conclut Dawn d'un ton joyeux. On pourrait aller au zoo, admirer les pandas. Oh oui, ce serait vraiment bien ! Et je parie qu'il y a des expos intéressantes pour les enfants, à la Smithsonian Institution, et…

— Il faudra faire du shopping, intervint Brian.

— Ah, vous voyez, on peut se comprendre ! rétorqua-t-elle. Je ne fanfaronne pas, vous savez, quand j'affirme connaître tous les centres commerciaux de la région.

Elle se tourna vers Tommy.

— Et toi ? Tu aimes faire des virées dans les centres commerciaux ?

— Non !

Elle réprima un sourire devant la mine horrifiée de Tommy, avant de se tourner vers Brian, d'un air faussement indigné.

— Pourquoi avez-vous fait une telle suggestion ?

— L'école a envoyé une liste de fournitures, et il faut aussi acheter un nouvel uniforme.

— Ah bon ? Il doit porter un uniforme ?

— Moi, ça m'est égal, mais papa m'a expliqué que c'est

mieux, parce que tous les enfants portent la même chose, et personne ne se moque des vêtements des autres.

— Oui, c'est effectivement plus raisonnable, concéda-t-elle.

Raisonnable, mais si triste, pensa-t-elle en se rappelant tous les vêtements que Callie, Kate et elle-même avaient échangés au cours des années, tant et si bien qu'elles ne se rappelaient pas toujours lesquels étaient à qui. Evidemment, il y avait une différence entre grandir dans une petite ville du Massachusetts et être élevé dans une métropole d'une large diversité sociale et économique.

— Dans ce cas, nous ajouterons une expédition au centre commercial à notre programme, poursuivit-elle. Il faudra que vous me donniez une copie de la liste des achats, Brian.

— Je vais l'imprimer et vous la remettrai demain matin, au petit déjeuner. Si vous avez envie de venir avec nous, bien sûr, ajouta-t-il après une légère pause. En général, Mme Wells nous accompagnait.

— Elle dînait aussi avec nous, ajouta Tommy, sauf quand elle était très fatiguée et voulait s'allonger et relever ses jambes. Oui, ça, elle le faisait souvent, mais pas toi, hein ?

Dawn aurait tant aimé le laisser sur son petit nuage, d'autant qu'il avait dit au pilote qu'elle avait au moins cent ans de moins que Mme Wells, mais elle se devait d'être honnête.

— Ça m'arrive parfois, admit-elle.

Tommy fronça les sourcils, confus, mais son père intervint :

— Nous comprendrions tout à fait que vous préfériez prendre vos repas ici.

— Je mangerai seule quand le travail s'accumulera, sinon, je serai ravie de partager les repas avec vous, les amis, répondit-elle.

— Bien, dans ce cas…

Il se frotta le menton, où repoussait déjà sa barbe.

— Je vous propose que nous nous contentions de sandwichs, ce soir.

— Parfait.

— Dans une heure ?

— J'y serai.

Dawn utilisa cette plage de liberté pour vider sa valise. En réalité, elle n'avait pas grand-chose à sortir, car d'un commun accord ses amies et elle avaient choisi de ne pas s'encombrer inutilement, pour leur voyage en Italie, et, comme elle n'était pas repassée chez elle, elle avait un pantalon noir et une tunique aux couleurs claires qui, selon qu'elle l'assortissait avec un foulard ou un caraco, était chic ou décontractée, une robe d'été vaporeuse, un jean très confortable, trois T-shirts en stretch, un pull en matière légère, des sous-vêtements, des sandales, un maillot de bain ainsi qu'une trousse réservée à ses bijoux fantaisie. Cela devrait suffire pour cette semaine imprévue à Washington et, si tel n'était pas le cas, elle pourrait toujours retourner au centre commercial, de préférence avec Kate et Callie, avant que celle-ci ne reparte pour Boston.

Revigorée par ce projet, elle retira la blouse transparente ornée d'une ceinture au motif zèbre et le pantalon à pattes d'éléphant qu'elle avait achetés à Rome, dans une petite boutique recommandée par le prince, pour la cérémonie surprise, à la fontaine de Trevi. Le bas avait bien supporté le voyage, mais le haut méritait un bon coup de vapeur pour le défroisser. Elle l'accrocha au mur de la douche, et ouvrit le robinet dont la pomme était aussi large qu'une assiette, puis se plaça dessous : le jet puissant revigora ses muscles endormis, lui faisant un bien fou. Puis, quand elle eut enfilé son jean et un T-shirt à l'encolure dégagée, elle se sentit prête à affronter le monde.

Le monde, sans doute, mais pas sa mère… Car, quand elle consulta son portable, elle constata que celle-ci lui avait envoyé trois textos. Pourtant, elle ne l'avait pas laissée sans nouvelles ! Elle avait envoyé par mail à ses deux parents son itinéraire en Italie, les numéros des différents hôtels où elle avait séjourné, pour qu'ils puissent la contacter en cas d'urgence ; elle leur avait aussi précisé leur changement de programme, notamment le séjour imprévu en Toscane et leur excursion à Venise.

Par ailleurs, sa mère lui avait écrit deux SMS pendant le séjour, un pour lui demander la raison de ce changement, et un autre pour la prier de prendre contact avec son père afin qu'il revienne à la raison concernant les dispositions qu'il avait prises pour Thanksgiving. Mais ces nouveaux textos étaient courts et dénotaient une certaine impatience.

J'ai besoin de te parler. Rappelle-moi.

Où es-tu ? J'ai appelé l'hôtel, mais on m'a dit que tu étais partie. Rappelle-moi.

Dawn ! Appelle-moi !

Elle sentit une peur soudaine l'assaillir : et si une personne de la famille était malade, ou pire ? Elle appuya aussitôt sur le bouton de FaceTime et, quelques instants plus tard, le visage de sa mère emplit l'écran ; elle eut alors un peu l'impression de se regarder dans un miroir, car elle avait hérité des yeux vert clair et des cheveux auburn de Maureen McGill. Ces derniers avaient toutefois un peu terni au fil des années, et la tristesse avait creusé de larges sillons sur son visage.

— Enfin ! s'exclama sa mère avec humeur. Je t'ai envoyé une demi-douzaine de textos. Pourquoi n'y as-tu pas répondu ?

— J'étais dans l'avion et j'ai atterri il y a peu. Je viens juste d'allumer mon portable. Que se passe-t-il ?

— Dans l'avion ? reprit sa mère sans répondre. Mais tu n'étais pas censée rentrer demain avec Kate et Callie ?

— J'ai changé mes plans, maman. Bon, que se passe-t-il ? répéta-t-elle.

— C'est ton père.

— Il va bien ? demanda-t-elle, le cœur battant.

— Non. Il est dérangé, comme toujours. Il tient à ce que tes frères, leur famille et toi passiez Thanksgiving avec lui et cette blonde vulgaire dont il s'est entiché.

Par pitié ! Elle aurait voulu étrangler sur-le-champ celui qui, parmi ses frères et belles-sœurs, avait commis un beau lapsus et trahit la présence de cette nouvelle femme dans la vie de son père.

— Je sais que vous passez Noël avec moi, continua sa mère,

mais j'avais cru que, pour une fois, l'un d'entre vous viendrait chez moi pour Thanksgiving.

— Maman…

— Il ne sait pas préparer un repas digne de ce nom. Il n'est même pas capable de faire bouillir de l'eau pour cuire des pâtes !

— Maman…

— Et je serais vraiment *très* surprise que cette femme sache cuisiner.

— *Ma-man!*

Un silence assourdissant s'ensuivit, et elle recourut à son rituel habituel quand l'un de ses parents s'emportait contre l'autre en la prenant à témoin, à savoir compter mentalement jusqu'à dix ; après ce petit exercice, elle répéta d'une voix maîtrisée à sa mère ce qu'elle lui avait déjà dit de nombreuses fois à propos des fêtes de fin d'année :

— Je ne veux pas me retrouver au cœur d'une nouvelle guerre, maman.

Et soudain elle entrevit une échappatoire.

— D'ailleurs, il se peut que je ne puisse passer Thanksgiving ni avec papa ni avec toi.

— Et pourquoi donc ?

— Je travaille sur un nouveau projet.

— Et alors ? Boston est à moins d'une centaine de kilomètres de la maison. Même si tu travailles la veille et le lendemain de Thanksgiving, tu peux tout à fait effectuer un aller-retour dans la journée.

— En fait, ce projet ne se déroule pas à Boston. C'est d'ailleurs pour cette raison que je suis revenue un jour plus tôt d'Italie. Pour… euh… discuter avec mes nouveaux collaborateurs et tout préparer. Je me trouve actuellement à Washington.

Ce n'était pas vraiment un mensonge, elle avait juste omis de préciser la nature de ce nouveau « projet », car sa mère aurait été aussi sceptique que Kate et Callie sur le rôle de nourrice qu'elle avait accepté d'endosser. D'ailleurs, le peu de détails qu'elle venait de livrer à sa mère avait suffi à la mettre mal à l'aise.

— Tu aurais pu m'en parler avant au lieu de me mettre devant le fait accompli.

— J'ai pris ma décision il y a juste deux jours.

— Tu l'as annoncé à ton père ?

— Non, pas encore.

Comme elle s'y attendait, sa mère se rengorgea à l'idée qu'elle était au courant d'informations que son mari ignorait encore, aussi en profita-t-elle pour ajouter :

— Bon, je dois te quitter, maman, on m'attend. Je te tiendrai informée de l'avancement de mon projet et de ce que je peux faire pour Thanksgiving.

Ou elle ne ferait rien, elle aviserait le moment venu !

Glissant son portable dans la poche arrière de son jean, elle sortit du pavillon. Les ombres envahissaient déjà les dahlias d'un violet et d'un jaune vibrants, dans l'allée qui menait à la maison principale, et des feuilles mortes jonchaient le sol.

Il était encore tôt, 18 heures passées, et pourtant le ciel avait déjà pris une teinte bleu marine qui rappelait l'uniforme des bureaucrates. Pas étonnant, se dit Dawn en retrouvant son sens de l'humour, dans une ville comme Washington, où ils fourmillaient.

La maison principale semblait à la fois solide et accueillante, et de la lumière éclairait la cuisine décorée en style country. Le dos tourné, Brian s'affairait autour du comptoir ; elle s'arrêta un instant, surprise et agacée en sentant son cœur s'accélérer.

— Arrête tes sottises, marmonna-t-elle à son ombre, qui s'allongeait devant elle. Il a clairement exprimé ce qu'il ressentait pour toi dans l'avion, non ? Donc entre, sois aimable et range tes pensées lascives au fin fond de ton cerveau.

Et, bien déterminée à s'en tenir à sa décision, elle frappa à la porte.

— C'est ouvert.

De la musique l'accueillit quand elle pénétra dans la cuisine, une mélodie lente et jazzy, avec des saxophones et des trompettes, un air très langoureux, en réalité.

Soudain, les notes s'élevèrent en un crescendo fracassant,

pour retomber rapidement avant de prendre une deuxième fois leur envol, le tout durant les quelques secondes qu'il fallut à Brian pour atteindre son smartphone et réduire le volume.

— Désolé. Mon téléphone est synchronisé sur les enceintes de la cuisine et j'ai tendance à écouter la musique assez fort. Servez-vous un verre de vin. C'est un malbec, assez correct, je crois.

Il désigna du menton la bouteille qu'il avait ouverte.

— Il y a aussi du blanc au frais, si vous préférez.

— Le malbec sera parfait.

Elle se versa du vin, puis le savoura en observant tranquillement Brian. A en juger par ses cheveux encore humides, lui aussi avait pris une douche. Il s'était également changé, et portait un jean, ainsi qu'un T-shirt rouge arborant le logo de l'équipe de base-ball des Washington Nationals.

Toutefois, il ne s'était pas rasé, et en règle générale elle préférait les hommes glabres, mais il était vrai que cette barbe naissante lui allait bien… Soudain, elle se reprit :

— Où est Tommy ?

— Au pays des rêves.

Il coupait des tomates avec la précision d'un ingénieur, ce qu'il était, d'ailleurs, se rappela-t-elle. Curieux, pourquoi n'avait-elle jamais imaginé auparavant que les ingénieurs puissent être sexy ?

— A peine dans sa chambre, il s'est écroulé sur son lit et s'est endormi. J'ai dû le déshabiller, mais je pense qu'il va se réveiller à 3 heures du matin et regarder des dessins animés.

Il lui lança alors un coup d'œil contrit.

— Il risque d'être un peu difficile jusqu'à ce que son horloge biologique se remette en place.

— Demain, au zoo, je ferai en sorte qu'il brûle son excès d'énergie. Et, s'il me porte trop sur les nerfs, je le suspendrai par les pieds au-dessus du bassin des ours polaires.

Devant son regard alarmé, elle leva une main rassurante.

— Je plaisante !

— Ah ! Bien…

Il poussa du bout de son couteau les rondelles de tomate dans le saladier où se trouvaient déjà de la laitue, de l'oignon rouge et des cubes de fromage.

— Remarquez, moi aussi, l'idée m'a parfois traversé l'esprit, ajouta-t-il.

— Et puis il vous a regardé avec ses grands yeux innocents, compléta-t-elle en riant, et vous avez oublié pourquoi vous vouliez le hacher menu !

— Oui, c'est tout à fait ça ! Du bacon, pour le sandwich, ça vous convient ? Sinon, il y a des blancs de poulet au réfrigérateur.

— Le bacon, c'est parfait.

— Du pain blanc, complet ou au seigle ?

— Au seigle, j'adore ! Attendez, je vais le faire, dit-elle comme il s'apprêtait à couper le pain qu'il venait de sortir de la corbeille. Occupez-vous du bacon.

Elle le rejoignit derrière le plan de travail. Après avoir coupé deux tranches, elle s'immobilisa : pourquoi était-il penché vers elle ? se demanda-t-elle, à la fois incrédule et troublée. Pivotant vivement sur ses talons, elle se cogna presque à son front.

Elle sursauta et recula d'un pas.

— Quelque chose ne va pas ?

— Oh ! désolé ! répondit-il, un rien gêné. C'est votre shampoing. Il sent le citron et une autre odeur que je ne parviens pas à identifier, et ça me rend dingue.

Qu'est-ce qui le rendait dingue, au juste ? Elle ou son shampoing dont il n'arrivait pas à décrypter toutes les nuances ? Et surtout pourquoi des frissons lui parcouraient-ils les reins ? C'était parfaitement déplacé…

— Ce doit être la fleur de lotus, dit-elle, le souffle légèrement saccadé. C'est ma société qui fabrique ce shampoing. Il est à base de citron et de fleurs de lotus, avec un soupçon d'huile de coco, pour donner de la brillance aux cheveux, et il est surtout 100 % naturel.

Par pitié ! Elle était ridicule ! Il n'était tout de même pas le premier homme à se pencher sur ses cheveux, un grand nombre, et bien plus sexy que lui, l'avaient devancé… Enfin, ils n'étaient peut-être pas si nombreux que ça, au fond, songea-t-elle alors qu'il se penchait de nouveau pour humer sa chevelure.

— Je n'avais jamais senti le lotus, avant, dit-il.

Il entortilla alors une mèche de ses cheveux autour de son doigt !

— Ni touché quelque chose d'aussi doux et soyeux. Ce doit être l'effet noix de coco.

Oh ! oh... Et qu'était-elle censée penser de cela ? Tout donnait à croire que leur proximité était venue à bout de la réserve qu'il affichait d'ordinaire. Et cette constatation, qui aurait dû flatter sa féminité, mit tous ses sens en alerte.

Les murs en brique de la cuisine tout comme les ustensiles en cuivre accrochés au-dessus de l'îlot disparurent soudain, car Brian lui bloquait à présent résolument la vue ! Elle ne voyait plus que sa barbe naissante, la très légère bosse de son nez, ses yeux bleus et plissés. Elle essayait encore d'en déchiffrer le message quand il relâcha sa mèche de cheveux et lui effleura la joue de ses doigts.

— A propos de notre discussion dans l'avion...

Quelle discussion ? Elle était bien incapable de se rappeler quoi que ce soit, d'autant plus qu'il caressait actuellement son autre joue !

— Je ne te déteste pas, mademoiselle McGill.

— C'est bon à savoir, monsieur Ellis.

— C'est d'ailleurs précisément le contraire, insista-t-il avant de soupirer et d'ajouter sur le ton du profond regret : Voilà pourquoi nous ne pouvons céder à ce que je brûle d'envie de faire.

— Tu as raison, approuva-t-elle, confuse, quand il prit son visage en coupe. Nous ne pouvons pas... Mais au fait, pourquoi ?

En la relâchant, il sentit la culpabilité le submerger comme un raz-de-marée.

Parce que, pensa-t-il alors le cœur déchiré, *nous sommes dans la cuisine conçue par Caroline. Près des ustensiles en cuivre qu'elle avait achetés à Athènes, avec, sur le comptoir, ce pain au seigle que j'ai appris à apprécier grâce à elle !*

Il soupira intérieurement. Il ne pourrait pas porter éternellement cette culpabilité, tout le monde le lui répétait, d'ailleurs : le psychologue recommandé par l'oncologiste de Caroline, les différents « experts » qu'il avait consultés pour cerner les difficultés qu'il rencontrerait en tant que parent isolé, ses amis bien intentionnés et même ses associés qui cherchaient à jouer les marieurs avec lui !

Bien sûr, il était sorti avec des femmes depuis la mort de son épouse, mais il n'avait noué aucune relation sérieuse. Et jamais il n'avait ramené de petite amie ici, dans cette demeure que Caroline avait eu tant de plaisir à aménager, ni n'avait éprouvé la folle envie d'embrasser une femme autant que Dawn, puis de la basculer sur le comptoir, de lui ôter son jean et de…

Assez ! Furieux contre lui-même, il recula d'un pas.

— Tommy est à l'étage, marmonna-t-il alors en guise d'excuse. Il peut se réveiller à tout moment et entrer dans la cuisine.

Elle ne fut pas dupe de sa piètre excuse. Ouvrant de grands yeux, elle eut une expression faussement horrifiée et plongea son regard dans le sien.

— Ce serait vraiment affreux si Tommy nous découvrait en train de nous postillonner au visage. Il serait si traumatisé !

— Dawn, je…

Elle l'interrompit en brandissant le couteau à pain qu'elle tenait à la main.

— J'ai compris, Ellis, ne te fatigue pas ! On ne tripote personne dans cette maison. Pas moi, en tout cas. Bon, tu vas le réchauffer au micro-ondes, ton bacon, oui ou non ?

Sa réaction désinvolte le désarçonna, presque autant que son sourire quand elle se remit à couper des tranches de pain : il n'exprimait ni cynisme ni déception, juste de la moquerie.

Se sentant soudain comme un adolescent victime de ses hormones, il ouvrit le paquet de bacon et en disposa des tranches dans un plat, qu'il enfourna prestement. En l'espace de quelques instants, l'odeur du bacon grillé envahit la cuisine, absorbant — en grande partie, du moins — l'odeur des fleurs de lotus.

3

Il était minuit et Dawn n'avait aucune envie de dormir : elle faisait défiler ses mails pour passer le temps, mais quoi d'étonnant à ce qu'elle soit si réveillée, puisqu'elle avait dormi pendant cinq heures dans l'avion ? Son esprit avait beau lui souffler que c'était la nuit, son corps débordait d'énergie.

Il fallait avouer que l'épisode dans la cuisine n'avait pas contribué à l'apaiser. Brian avait failli l'embrasser, et, bien qu'il n'y ait eu aucun contact entre eux, de l'électricité avait bel et bien circulé, et tout comme elle il en avait été conscient ! D'ailleurs, elle en frémissait encore ! Dès lors, comment aurait-elle pu trouver le sommeil ?

Oh ! elle ne nourrissait aucune illusion ! Ce qu'ils avaient éprouvé était purement d'ordre physique, une attirance qu'elle avait connue avec de nombreux autres hommes sexy. En revanche, ce qui la troublait davantage, c'était que les phéromones de Brian réagissent à son odeur.

Comme le préconisait la publicité pour ce shampoing, pensa-t-elle avec un petit sourire…

Avec son équipe, elle avait conçu les étiquettes pour cette gamme de produits de toilette élaborés à partir d'une étude réalisée par une fondation de Chicago spécialisée dans l'odorat et le goût. Cette étude démontrait comment l'association de divers produits naturels suscitait une large palette de réactions chez l'homme, y compris quelques-unes qu'elle jugeait pour sa part très intéressantes. Ainsi, les odeurs conjuguées de la lavande et de la tarte au potiron augmenteraient de 40 % l'afflux de sang dans le pénis !

Quoi qu'il en soit, ce n'était pas le mélange qu'elle avait choisi pour son propre shampoing, même s'il semblait opérer des effets semblables sur la libido de Brian Ellis, songea-t-elle avec une certaine satisfaction.

Non qu'elle ait eu l'intention de le troubler ! Elle était tout aussi attirée par le beau Brian qu'il l'était par elle, c'était désormais indéniable, mais ni l'un ni l'autre n'avait manifestement envie de céder à l'appel de ces sirènes : il lui avait clairement fait comprendre qu'il ne désirait pas se lancer dans une relation amoureuse, et elle n'envisageait pas non plus d'en nouer une avec un homme aussi sérieux que lui.

Ce qu'elle aimait avant tout, c'était flirter et s'amuser, si bien qu'elle avait acquis la réputation de séduire les hommes puis de les abandonner. L'ironie du sort voulait que, en raison de l'exemple fâcheux que lui avaient donné ses parents, elle était comme tétanisée dès lors qu'une liaison devenait sérieuse. Elle s'était pourtant convaincue par deux fois qu'elle était amoureuse, et avait à deux reprises failli franchir le pas pour reculer au dernier moment, ce qui prouvait bien qu'elle ne pouvait se fier à ses instincts.

Elle jeta un coup d'œil au radio-réveil, sur la table de chevet : il était 0 h 20 à Washington et 6 h 20 à Rome, Kate et Callie devaient être debout et se préparer pour l'aéroport.

S'adossant contre la tête du lit, elle ouvrit son ordinateur. Combien d'amitiés survivaient aujourd'hui sans FaceTime ? se demanda-t-elle distraitement. La connexion mit quelques secondes à s'établir… Ce fut le visage de Kate qui s'afficha le premier ; elle semblait bien éveillée, et affichait un grand sourire, comme un chat qui venait de laper tout un bol de lait.

— Espèce de petite traînée ! s'écria Dawn. Tu as fait l'amour au réveil, avoue !

— J'avoue ! Et c'était merveilleux, fantastique, sensationnel. Avec le soleil qui se levait derrière les sept collines et…

— C'est bon, épargne-moi les détails !

— Les détails de quoi ? demanda Callie, dont le visage venait de se matérialiser sur la partie gauche de l'écran, à présent divisé en deux.

— Du réveil de Kate ! Apparemment, elle a commencé la journée de façon… sportive.

Sourcils froncés, Dawn se pencha vers l'écran.

— Toi, ma chérie, en revanche, tu as l'air aussi pâle que des fettucine trop cuits.

— Merci ! répondit Callie, piquée. Remarque, on ne peut pas dire que tu rayonnes. C'est le décalage horaire ?

— Euh, non, enfin, un peu…

— Oh ! oh, qu'est-ce qui se passe, au juste ?

— Rien.

— Tu imagines qu'on va te croire ? On te connaissait quand tu avais des broches dentaires et pas de seins. Accouche !

— Je crois que je vais changer de shampoing.

Les deux femmes comprirent immédiatement de quoi il retournait. Elles adoraient par ailleurs l'odeur de son shampoing et avaient eu la primeur de le sentir.

— Changes-en ! ordonna Kate. Dès ce soir.

— N'exagérons pas, ce n'est tout de même pas une question de vie ou de mort.

— Pour l'instant, intervint Callie.

Son ton bien moins emphatique visait cependant plus juste.

— Tu nous avais pourtant bien dit que Brian était certes un père exceptionnel, mais un homme froid et distant. Cela ne te rappelle rien ?

Elle cilla.

— Ça devrait ?

Son premier fiancé n'était ni froid ni distant, mais il avait tendance à se montrer hautain envers les vendeuses ou les serveurs, dans les restaurants. Ayant exercé ces deux métiers quand elle était au lycée et à l'université, elle avait bien été obligée de regarder la vérité en face : non seulement elle ne l'aimait pas, mais elle ne le supportait pas.

Son deuxième fiancé était ouvert, sociable et généreux,

mais s'il estimait qu'on l'avait dupé il se transformait en un monstre de vengeance, et elle en avait fait les frais, aux sens propre et figuré, d'ailleurs !

Bref, en toute honnêteté, elle ne voyait pas de M. Hyde caché en Brian, mais, encore une fois, elle s'était déjà trompée par le passé.

— Très bien, dit-elle, j'irai acheter un autre shampoing dès demain.

— Sans faute ! insista Kate en la regardant droit dans les yeux. J'ai intérêt à ne sentir aucune note de citron ou de fleur de lotus quand Brian, Tommy et toi viendrez dîner à la maison, samedi.

— Ah bon, on vient dîner ?

— Tout à fait. A 19 heures tapantes. Chez moi. Non, pardon, dit-elle avec un petit sourire idiot, chez nous. Travis rentre aujourd'hui, lui aussi.

— Mais je croyais qu'il devait d'abord terminer sa mission à Aviano avant de s'envoler pour la Floride.

— Il a décidé de prendre quelques jours pour travailler sur les fonctions de son nouveau poste, à l'Ellis Aeronautical Systems. Callie sera aussi des nôtres, ajouta Kate. Même si elle a peur d'être réveillée par un éventuel matelas qui grincerait, elle a accepté de séjourner quelque temps chez nous, à Washington. A samedi, donc, à 19 heures.

— OK, c'est noté ! Bon vol, les filles.

Elle se déconnecta et soupira, soulagée d'avoir partagé avec ses amies l'incident concernant Brian et le shampoing, mais également mal à l'aise d'avoir rangé ce dernier dans la même catégorie que ses deux ex-fiancés. Bien sûr, il était parfois distant, et ne semblait naturel qu'avec son fils, mais elle n'avait pas décelé la moindre condescendance chez lui : elle en voulait pour preuve les relations cordiales et respectueuses qu'il entretenait avec son pilote et son chauffeur.

Elle ne l'imaginait pas non plus se départir de son calme et révéler une mesquinerie aussi rédhibitoire que celle de ses deux ex-fiancés ; ceci dit, elle n'aurait jamais cru que son fiancé numéro deux lui cachait de tels défauts…

Le simple souvenir de ce que ce crétin lui avait fait endurer, après leur rupture, lui donna presque la nausée. Refermant son ordinateur, elle le posa sur son chevet, éteignit la lumière et se glissa entre les draps. Ils sentaient bon le linge qui a séché au soleil, ce qui la renforça dans sa détermination de se procurer dès potron-minet un nouveau shampoing ! Puis elle s'efforça de se concentrer sur ce qu'elle ferait le lendemain avec Tommy, et de se persuader qu'ils allaient follement s'amuser, tous les deux !

Les quatre jours suivants passèrent en un éclair. Comme prévu, Dawn emmena Tommy au zoo, ils se rendirent à la Smithsonian Institution ainsi qu'au centre commercial, et visitèrent en sus Fort Washington et le United States Mint, sans oublier un tour de pédalo sur le Tidal Basin. Cela dit, ces sorties n'étaient pas tout à fait dénuées de risques : elle avait ainsi rattrapé de justesse Tommy par la bretelle de son gilet de sauvetage pour lui éviter de plonger la tête la première dans l'eau, alors qu'il essayait de ramasser un nénuphar, et elle le perdit pendant quelques courts instants à l'Air and Space Museum, moments de pure panique.

Mis à part ces petites mésaventures, elle avait répondu avec grand enthousiasme à son feu roulant de questions, lui avait fait dépenser son énergie apparemment inépuisable, et avait en outre été ravie de revoir les endroits qu'elle avait fréquentés, étudiante. Par ailleurs, la chaleur de l'été s'était estompée et, même si le soleil continuait de briller, l'air un peu plus vif de septembre était le bienvenu : la ville semblait étinceler sous l'effet des deux.

Pour leur dernière excursion de la semaine, ils firent un pique-nique dans les jardins du Franklin Delano Roosevelt Memorial. Le mémorial avait ouvert durant sa dernière année à Georgetown, mais elle était alors bien trop éreintée par son travail à l'université et les soirées festives pour venir le découvrir, aussi affichait-elle un sourire aussi grand que celui de Tommy sur la photo qu'il montra fièrement le soir même à Brian, et où on les voyait tous deux devant le bâtiment, encadrant la statue du terrier anglais préféré de Roosevelt, une joue contre ses bajoues.

— C'est le seul chien qui ait eu droit à sa statue avec un président, déclara Tommy à son père.

— Tiens, je l'ignorais.

— Moi aussi, renchérit son fils, mais on a fait des recherches sur Google, et on a trouvé qu'il s'appelait Fala et qu'il pouvait faire un tas de numéros, comme rouler sur le dos et aboyer pour qu'on lui donne son dîner.

— Il m'a l'air d'un cabot très intelligent, admit Brian.

— Pour sûr ! Et il était aussi gradé de l'armée !

— A titre privé, je crois, précisa Dawn.

— Oui, c'est vrai, mais quand même !

Brian décocha un prompt sourire à Dawn, encore que complètement dévastateur.

— Et puis, reprit son fils, moi et Dawn... Je veux dire Dawn et moi, on a lu que les soldats avaient utilisé son nom comme code pendant une grande bataille, celle de... euh...

— La bataille des Ardennes, compléta-t-elle quand le garçon tourna ses grands yeux interrogateurs vers elle.

— Oui, c'est ça, et, comme les Allemands ne savaient pas qui était Fala, nos gars les ont anéantis.

Elle était surprise que Tommy ait retenu tant de détails sur l'animal préféré de Roosevelt, mais de toute évidence Brian avait vu clair dans le jeu de son fils puisque, reposant sa fourchette, il déclara :

— Je crois deviner... Maintenant, tu veux un terrier écossais au lieu du bulldog anglais que tu réclamais le mois dernier.

— Eh bien...

— Et qu'en est-il du beagle que tu désirais à tout prix, avant ?

Des turbulences traversaient à présent le regard de Tommy, et Dawn comprit alors, un peu mortifiée, que ce qu'elle avait pris pour un intérêt innocent concernant les soins requis par un terrier écossais était en réalité une curiosité nourrie par une motivation bien précise.

— Les beagles et les bulldogs perdent leurs poils, comme l'épagneul breton qui me donnait des allergies quand j'étais bébé. Mais pas les terriers écossais, parce qu'ils peuvent être toilettés, déclara Tommy en relevant le menton. Et puis ils sont très gentils avec les enfants, même que c'est Dawn qui l'a lu sur Google !

Non content de cette affirmation sur le ton du triomphe, il ajouta :

— Elle pense qu'un chien comme Fala serait parfait pour moi.

Quatre jours, pensa immédiatement Dawn. C'était le temps durant lequel Brian et elle étaient parvenus à afficher une façade courtoise : après qu'elle eut effectué une course en urgence au supermarché afin d'acheter le shampoing le plus neutre possible, il ne s'était plus penché sur elle pour sentir ses cheveux, il n'y avait plus eu de tentatives de baiser, et tous deux avaient fait comme si le souffle du désir n'était jamais passé entre eux.

Au regard qu'il venait toutefois de lui adresser, elle comprit que la façade venait de céder. Il reprit néanmoins d'un ton impassible :

— Nous avons déjà parlé de tout cela, fiston, tu te souviens ? A cause de notre voyage en Italie cet été, et ta rentrée à l'école, nous avons décidé de reporter le projet d'acheter un chien.

— C'est toi qui as décidé ça, pas moi.

— Les chiens ont besoin qu'on s'occupe d'eux. On ne peut pas les laisser toute la journée seuls à la maison et…

— Mais il ne sera pas tout seul ! Dawn peut le surveiller pendant que je suis à l'école, et l'emmener faire une promenade pour ses besoins.

La fêlure s'agrandit encore.

— Dawn nous a déjà accordé généreusement beaucoup de son temps, répondit-il à son fils d'un ton calme mais ferme. Je suis certain qu'elle a hâte de retrouver son travail et ses amies. On ne peut pas lui demander de dresser un chiot avant de repartir pour Boston.

— Mais je ne veux pas qu'elle rentre à Boston ! Je veux qu'elle reste ici, avec nous !

Abandonnant soudain son humeur belliqueuse, il ajouta d'un ton plus rusé :

— Et elle le pourrait, si tu l'épousais, ajouta-t-il. Tu m'as dit que tu l'aimais bien, papa. Et je vois bien comment tu la regardes, quand elle ne te voit pas.

Dawn haussa les sourcils.

— Et elle aussi, elle t'aime bien, elle me l'a dit.

Cette fois, ce fut au tour de Brian d'arquer les sourcils.

— Si vous vous mariez, conclut Tommy, vous devrez vous embrasser, dormir dans le même lit et prendre des douches ensemble, mais ça vous est égal, non ?

Grâce, sans doute, à une longue pratique en la matière, son père parvint à éluder la question gênante et demanda :

— Où as-tu vu que les couples prenaient des douches ensemble ? Et ne me dis pas que tu regardes la télévision quand je te crois couché !

— Mais non ! C'est Cindy qui m'a appris que ses parents prenaient leur douche ensemble. C'est dégoûtant, mais ça a l'air de les amuser.

Dawn se retint d'éclater de rire.

— Qui est Cindy ? s'enquit-elle à la place.

— Une jeune demoiselle très précoce qui habite juste à côté, répondit sèchement Brian. Tommy et elle sont allés à la maternelle ensemble, et ils ont aussi beaucoup joué tous les deux, cet été. Son grand frère Addy — Addison Caruther, le troisième du nom — garde Tommy de temps à autre, quand Mme Wells a besoin d'un peu de repos.

— Addy est super, affirma Tommy, mais Cindy, c'est ma meilleure amie, même si c'est une fille. Tu la verras, et sa mère aussi, quand tu m'accompagneras à l'école, lundi.

Il prit un air songeur, puis ajouta :

— Tu pourras peut-être demander à sa mère si elle prend une douche avec son père.

Dawn se mordit la lèvre.

— Pourquoi pas ? répondit-elle. Ça briserait la glace à coup sûr.

Elle jeta un coup d'œil à Brian, espérant qu'il serait lui aussi amusé par le tour absurde que prenait la conversation, mais elle ne détecta pas l'ombre d'un sourire dans son expression.

Message reçu ! Posant ses coudes sur la table, elle essaya alors de décourager Tommy dans ses tentatives de remplir le vide de sa vie.

— Le problème, jeune homme, c'est que je suis allergique au mariage.

— C'est vrai ? Comme moi aux épagneuls bretons ?

— Tout à fait. Chaque fois que je dois me rendre à l'autel, je deviens nerveuse, je transpire, ça me gratte.

— Moi aussi, ça me gratte, quand je caresse un épagneul breton. Et mes yeux deviennent tout rouges et gonflés.

— Exactement ! Donc tu sais de quoi je parle.

Elle lui sourit, puis ajouta doucement :

— Même si j'aime bien ton père, et vice versa, nous sommes juste des amis, et nous resterons amis tous les trois, je te le promets.

— Même quand tu seras repartie pour Boston ?

— Même quand je serai repartie pour Boston.

Elle continua à sourire, mais l'idée de retrouver sa vie trépidante lui laissa un goût de poussière dans la bouche, qu'elle noya dans une gorgée de l'excellent syrah que Brian avait débouché pour accompagner le porc braisé.

Avec sa facilité à passer sans transition d'un sujet à l'autre, Tommy enchaîna sur la vidéo qu'il voulait *absolument* voir le soir même avant d'aller se coucher, puis il enchaîna sur sa liste de fournitures scolaires.

La question de savoir *quand* sa nourrice temporaire s'en irait ne refit surface qu'une fois Tommy au lit, et après qu'il eut montré à son père qu'il avait bien toutes les fournitures requises pour survivre à sa première journée d'école élémentaire.

— Désolé pour la demande en mariage de Tommy, dit

Brian, alors que tous deux débarrassaient la table. Cela dit, je t'avais prévenue.

— Oui, c'est vrai. Heureusement que je suis allergique au mariage, ou Tommy m'aurait tout de suite conquise.

Il lui donna une assiette, qu'elle rinça et mit dans le lave-vaisselle. Quand elle se redressa, il lui faisait face, un bol à dessert dans chaque main.

— J'apprécie sincèrement que tu aies accepté de remplacer Mme Wells au pied levé, Dawn. Je dois aussi te dire qu'elle va bien mieux, mais qu'elle a finalement décidé de s'installer de manière définitive en Californie, chez sa sœur.

Dawn sentit son cœur s'affoler bêtement : allait-il lui demander de rester ? Lui suggérer une sorte d'arrangement informel qui leur permettrait de vivre tous les trois ensemble ?

Mais il doucha bien vite ses rêveries en ajoutant :

— Comme je me doutais que tel serait son choix, j'avais déjà prié mon assistante de me dresser une liste de remplaçantes potentielles. Elle en a donc contacté cinq, que je vais recevoir en entretien dès lundi.

— Oh ! très bien ! dit-elle.

Puis elle prit les bols et les plaça dans le lave-vaisselle.

— J'ai passé de très belles journées avec Tommy… et toi. Mais tu as raison, il est temps à présent que je rentre chez moi, et que je retrouve ma vraie vie.

Celle où elle passait seize heures par jour au bureau, continuait à travailler sur son ordinateur le soir à la maison, et sortait le week-end avec des hommes dont elle retenait rarement le nom.

— A propos, ajouta-t-elle encore, je n'ai rien prévu pour ce week-end, car j'ai pensé que tu voudrais passer du temps avec lui, avant le grand jour, lundi.

— Bien vu. D'ailleurs, en parlant de la rentrée…

Elle s'immobilisa et haussa un sourcil.

— Je l'emmènerai à l'école, le matin, car la directrice tient à ce que les parents soient présents, le premier jour.

— C'est compréhensible, dit-elle en haussant les épaules pour masquer sa déception.

— L'école a également besoin de voir les éventuelles personnes qui viendront chercher les enfants, le soir. Ses deux grands-parents ne vivant pas dans le district de Washington, je t'ai inscrite comme personne à contacter la première en cas de problème, si je ne suis pas joignable.

— Ça marche.

Du moins jusqu'à ce qu'il embauche une remplaçante, compléta-t-elle en silence, un rien amère. Il était pourtant plus sage qu'elle se sépare rapidement de Tommy le Terrible et de son père, avant que des liens plus profonds l'unissent à eux, ou que son cœur se retrouve piégé.

En dernier, il lui donna les verres à vin : ils avaient de longs pieds, et étaient très fins, et coûtaient assurément une fortune. D'un geste pourtant déterminé, elle les ficha dans le lave-vaisselle, à côté du mug de Tommy, puis elle balaya la cuisine du regard.

— Bon, j'ai l'impression qu'on a fini, déclara-t-elle d'un ton catégorique. A demain, alors. Ou à je ne sais quand.

Sur ces mots, elle se dirigea vers la porte, pressée de regagner l'allée éclairée qui menait à son « refuge ».

— Dawn, attends !

Il avait l'air tendu quand elle se retourna pour lui faire face.

— J'ai beaucoup aimé les quatre jours que nous avons passés ici, ensemble. J'ai…

— Tu as quoi ? reprit-elle d'un air moqueur devant son hésitation. Tu as profité des moments où je ne regardais pas dans ta direction pour me scruter ? Regretté de ne pas t'être approché un peu plus de moi le premier soir ? Tu t'es demandé pourquoi j'avais changé de shampoing ?

Ces paroles à peine prononcées, elle s'aperçut qu'elle venait de provoquer un lion en cage, car un éclair de colère s'alluma tout de suite dans les yeux bleus de Brian.

— Oui aux trois questions ! Et je me demande aussi pourquoi j'ai attendu si longtemps pour faire ça…

Elle aurait aimé feindre la surprise quand il glissa la main dans sa nuque pour attirer son visage à lui, d'ailleurs, il lui laissa une seconde de réflexion, mais, comme elle ne protesta pas ni ne le rejeta, il captura sa bouche.

Depuis leur première rencontre, à Venise, elle avait fantasmé sur le goût de ses baisers, et, tandis que ses lèvres exerçaient de délicieuses pressions sur les siennes, elle se rendit compte que la réalité dépassait de loin l'imagination.

Indubitablement, Brian Ellis savait embrasser !

Et elle avait accumulé une expérience assez grande dans ce domaine pour le placer d'emblée en haut de sa liste. Tout en finesse, il avait d'un coup submergé ses sens, avec ses larges épaules, ses muscles imposants et ses doigts qui opéraient des merveilles dans sa nuque. Elle noua les mains autour de son cou.

Brian laissa échapper un grognement assourdi en posant une main sur ses fesses, avant de resserrer son étreinte. En percevant son excitation, elle fut submergée de désir et se pressa tout contre lui.

Le souffle court, il releva la tête et plongea son regard dans le sien.

— Je n'aurais pas dû faire ça, je suis désolé, ânonna-t-il.

Elle ne l'était absolument pas, mais il ajouta :

— Quel bel exemple nous aurions donné à Tommy, s'il nous avait surpris !

Elle ne put résister alors à l'envie de le provoquer.

— Je te rappelle quand même qu'il nous a suggéré de prendre une douche ensemble. Je ne pense pas qu'un petit baiser l'aurait traumatisé pour la vie.

— Bien sûr que non, mais…

— Ne te fatigue pas, va, j'ai compris ! Il ne faut pas que nous donnions de faux espoirs au pauvre enfant, et qu'il s'imagine que ce qui vient d'arriver était un élan de romantisme, et non une attirance vieille comme le monde entre un homme et une femme.

Devant son silence, elle ponctua ses propos d'un grand sourire moqueur et conclut avec provocation :

— Bonne nuit, mon vieux ! A plus.

4

Lorsque Brian ouvrit les yeux, ce samedi matin-là, la journée était lumineuse et ensoleillée, aux antipodes de son humeur : il avait en effet passé une nuit agitée, en raison du baiser qu'il avait donné à Dawn, au moment de se séparer.

Et « agitée » était un euphémisme !

Il avait ressenti une immense frustration en s'écartant d'elle, la veille au soir ; encore heureux qu'elle ait filé à toute vitesse de la cuisine, car il aurait tout à fait pu aggraver son cas en lui proposant de savourer un verre de cognac avec lui sur le canapé, ou pourquoi pas sur le tapis, ou encore dans son grand lit où elle aurait pu étirer langoureusement son corps de déesse et s'abandonner…

Il jura tout bas et, repoussant la couette, gagna la salle de bains, résolu à effacer de son cerveau les images de sa chevelure auburn et brillante, étalée sur l'oreiller, ou de ses seins offerts et voluptueux, n'attendant que ses caresses.

Mais cette image sensuelle le poursuivit jusque sous la douche, telle la voix de la tentation… Dawn le désirait, et lui aussi la désirait, le message était d'une clarté stupéfiante, comme un signal radio transmis sur une bande satellite à ultra-haute fréquence.

Comme celle, songea-t-il brusquement, que l'EAS convoitait depuis des mois. Il se rappela alors son rendez-vous du lundi suivant avec le Conseil supérieur de l'audiovisuel, auquel il se rendrait après avoir accompagné Tommy à l'école, sans compter les entretiens avec les éventuelles nourrices. Selon toute logique, la semaine prochaine serait chargée !

Une fois sorti de la douche, il enfila promptement un jean et son sweat-shirt préféré, à l'effigie des Washington Nationals. Tout en nouant les lacets de ses tennis, il repensa à son emploi du temps de la journée : il devait notamment préparer sa réunion du lundi et faire visiter le siège de l'EAS à Travis Westbrook, le nouveau vice-président du département tests et évaluations ayant atterri tard la veille au soir à Washington, et confirmé son arrivée par mail.

Il s'immobilisa soudain, le lacet autour du doigt : au fond, Travis ne serait pas déçu si la visite était reportée d'une journée. N'avait-il pas du temps à rattraper avec sa femme ? Kate et lui avaient semblé si heureux quand ils avaient renouvelé leurs vœux, lors de la petite cérémonie impromptue, à la fontaine de Trevi. Et tous deux paraissaient à présent rassurés sur leur amour, qui avait traversé des turbulences pendant de longs mois, pour finalement renaître de ses cendres. La sorte d'amour à durer toute une vie, songea-t-il, pensif.

Celui qu'il avait cru vivre avec Caroline.

Il se retourna en direction du cadre posé sur son chevet. C'était une photo de sa femme avec Tommy dans les bras, prise quelques semaines seulement avant qu'ils découvrent que les vertiges et étourdissements dont elle souffrait depuis quelque temps étaient causés par une tumeur au cerveau. Elle avait alors suivi pendant de longs mois une chimiothérapie et une radiothérapie fort pénibles, mais celles-ci s'étaient avérées inefficaces, et seule une opération à haut risque pouvait stopper l'évolution de la maladie, leur avait annoncé l'oncologue.

Conscients que l'intervention pouvait être fatale, ils s'étaient dit au revoir dans la chambre d'hôpital baignée d'une lumière violette, entourés de moniteurs qui bipaient, puis avaient passé la nuit blottis l'un contre l'autre. Leurs parents respectifs étaient arrivés au petit matin, avec Tommy, et ensuite tout se brouillait dans son esprit… Il ne se rappelait même plus le visage de la chirurgienne qui leur avait annoncé l'issue terrible de l'opération. Il se souvenait vaguement des sanglots de son beau-père, et du sens pratique de sa mère, qui l'avait aidé à prendre en charge toutes les procédures liées au décès et à l'enterrement.

La gorge nouée, il se rendit compte qu'il avait oublié le rire de Caroline, tout comme le titre du morceau qu'elle chantonnait tout le temps. Maintenant, un autre rire résonnait dans la maison, une autre voix retentissait dans sa tête, ceux d'une femme vive et séduisante qui avait ouvertement répondu à son baiser et s'était fendue d'un sourire moqueur, quand il avait failli trébucher, en s'écartant d'elle.

Quel pauvre idiot il était ! se dit-il en regagnant la cuisine.

Le café était déjà coulé et un post-it collé sur la cafetière lui annonçait que Dawn lui avait emprunté de l'aspartame, qu'elle avait par ailleurs une tonne de travail en retard et que, par conséquent, elle resterait « chez elle » pendant que Tommy et lui pourraient profiter tranquillement de leur journée entre hommes. Elle les verrait ce soir, avait-elle encore précisé. Il n'aurait qu'à l'appeler quand Tommy et lui seraient prêts pour aller dîner chez les Westbrook.

Il froissa le mot dans sa main, à la fois soulagé et irrité par la façon désinvolte dont Dawn se débarrassait de Tommy et de lui pour la journée. Mettant une tranche de pain de mie dans le toasteur, il entreprit de se faire des œufs brouillés, même s'il n'avait soudain plus trop d'appétit.

Puis il alluma son iPad pour lire les nouvelles du monde financier, jusqu'à ce que des sons assourdis et le bruit d'une chasse d'eau lui indiquent que son fils était réveillé. Il s'empressa de faire griller des toasts supplémentaires, et quelques instants plus tard Tommy entrait en trombe dans la cuisine. Il était encore en pyjama, les cheveux ébouriffés, des petites croûtes de sommeil au coin des yeux.

— Remonte ! lui ordonna immédiatement Brian. Lave-toi le visage, brosse-toi les dents et habille-toi.

Insensible aux ordres qu'il venait de recevoir, Tommy regarda autour de lui.

— Où est Dawn ?

— Elle travaille.

— J'ai quelque chose à lui dire.

— Pas maintenant, Tommy !

— Mais je ferai très vite, je…

— Pas maintenant !

— Je veux juste…

— Thomas…

Comme il avait légèrement haussé le ton, son fils s'immobilisa, mais il n'était pas dupe : la bataille n'était pas encore gagnée ! De fait, Tommy releva le menton.

— Dawn m'a dit que je pouvais aller la voir quand je voulais, protesta-t-il.

— Et moi, je te dis qu'elle est occupée ! Remonte te préparer, puis nous prendrons notre petit déjeuner et nous discuterons du programme de la journée.

— Mais…

— *Tout de suite !*

Cette fois, Tommy se contenta de grommeler et obtempéra.

Brian dut alors lutter contre l'envie de le rappeler et de le rattraper pour le prendre dans ses bras… Mais non, il ne devait pas toujours le cajoler, cela allait à l'encontre des principes d'éducation qu'il voulait lui inculquer. Il décida alors de préparer des œufs pour son fils.

Le bacon était grillé à point lorsque Tommy réapparut ; ayant apparemment oublié leur altercation, il prit place sur une chaise haute, au comptoir, et s'enquit du programme de la journée.

— Si on allait voir un match des Redskins ? proposa Brian.

— On peut ? Vraiment ?

— Tout à fait !

— Et Dawn, elle nous accompagne ?

— Non, elle doit travailler, on se verra ce soir, quand on ira tous dîner chez le commandant Westbrook et sa femme. Aujourd'hui, on passe une journée entre hommes. Le match commence à 10 heures, alors dépêche-toi de manger !

Tommy lui adressa un sourire à la fois ravi et excité.

Dawn répondit au SMS de Brian lui indiquant que Tommy et lui allaient assister à un match de foot par un bref : « Amusez-vous bien », accompagné d'un smiley. Puis elle entendit le garage s'ouvrir, le SUV ronronner, et la porte se refermer.

Ensuite, le silence retomba.

Soudain, en dépit de la musique stockée dans son iPhone et qu'elle écoutait *via* Bluetooth sur les enceintes du pavillon, elle sentit un terrible sentiment de solitude l'envahir.

Nerveuse, elle monta le volume. Sa playlist comprenait tant du classique que de la country, de l'easy listening que des BO et des titres de Broadway. En général, musique et paroles se fondaient à l'arrière-plan, et sa muse occupait le devant de la scène, mais aujourd'hui celle-ci était apparemment en congé, et la ballade qui résonnait dans la pièce lui portait sur les nerfs.

Coupant la musique, elle s'adossa à sa chaise et étira les bras au-dessus de la tête. Elle travaillait sur une campagne de publicité visant la génération Y, par conséquent des consommateurs censés avoir une conscience citoyenne et écologique, et enclins à acheter les produits de sa société.

En l'occurrence, elle préparait le marketing d'une nouvelle gamme de chips aux légumes, dont une partie du prix était reversée à des associations luttant contre l'obésité chez les enfants. Personnellement, elle était capable de jongler entre la nourriture saine et la junk food, mais elle trouvait le concept très intéressant.

Mais elle n'était guère inspirée, et, après plusieurs tentatives vaines, elle referma son ordinateur et gagna le salon. Quelques instants plus tard, elle s'installait devant un show télévisé très bruyant.

Le grand air allié à l'excitation avait eu un effet magique sur Tommy, se dit Brian. En effet, son fils s'endormit sur le trajet du retour et se montra très grognon quand il le réveilla, au point qu'il décida d'appeler Addy au lieu de l'emmener chez les Westbrook. Le baby-sitter renonça à ses projets pour la soirée et accepta de venir manger des pizzas et regarder des vidéos en compagnie de Tommy.

Ainsi que Dawn le lui avait demandé, il l'appela quand il fut prêt à partir, et crut avoir une crise cardiaque lorsqu'elle pénétra dans la cuisine ! C'était en effet la première fois, depuis la cérémonie de Kate et de Travis à la fontaine de Trevi, qu'il la revoyait toute pimpante, car après leur retour aux Etats-Unis elle avait porté un jean, des T-shirts décolletés, et systématiquement attaché ses cheveux.

Mais ce soir elle était sur son trente et un ! Elle portait un pantalon noir moulant, ainsi qu'un pull de même couleur qui épousait étroitement son buste fascinant. Un collier en or et émeraude soulignait le vert de ses prunelles, tandis que ses boucles cuivrées retombaient sur ses épaules ; celles-ci semblaient si douces et brillantes qu'il dut fournir un réel effort pour ne pas les toucher.

Apparemment insensible à ses tourments intérieurs, Dawn jeta un coup d'œil étonné au carton à pizza.

— Le grand air a eu raison de l'énergie de Tommy, s'empressa-t-il de lui expliquer en s'efforçant de conserver son ton habituel. C'est Addy qui va le garder, j'ai prévenu les Westbrook.

— Addy est le grand frère de Cindy, n'est-ce pas ?

— C'est ça. Viens, je vais te présenter.

Lorsque Dawn entra dans le salon, Brian nota tout de suite l'éclat fasciné qui brilla dans les yeux de l'adolescent d'ordinaire si nonchalant. Le pauvre, pensa-t-il, lui qui avait aujourd'hui une crise d'acné carabinée, ce qui expliquait d'ailleurs probablement sa disponibilité, un samedi soir…

— Dawn, voici un futur prix Nobel, dit-il pour le taquiner. Il a remporté, l'an dernier, le deuxième prix au Salon de la science et de l'ingénierie.

— C'est vrai, renchérit Tommy, une part de pizza à la main. Il a inventé un transmetteur qui prévient les aveugles quand un obstacle se trouve en travers de leur chemin : ça envoie des sons à leur cerveau par des écouteurs.

Gêné, Addy haussa les épaules, et se leva avec la lenteur qui le caractérisait.

— Ravie de vous rencontrer, mademoiselle McGill. Tommy m'a beaucoup parlé de vous. Il m'a aussi raconté que votre séjour en Italie était vraiment génial.

— Tout à fait !

Brian se retint de sourire lorsque Addy, dans un effort héroïque pour regarder Dawn, ajouta :

— Et… Vous allez rester quelque temps ici ?

— Jusqu'à ce que Brian trouve une nouvelle nourrice, répondit-elle.

— Mais je ne veux pas de nouvelle nourrice, moi ! s'écria de nouveau Tommy. Je veux que Dawn reste avec nous.

Sans relever, Brian indiqua à Addy :

— Nous ne rentrerons pas tard.

— OK.

— Tu as bien mon numéro de portable ?

— Oui, oui.

Quand Dawn se retourna pour se diriger vers la porte, l'adolescent baissa la garde et riva directement ses yeux à ses reins. Dès qu'elle eut disparu, il lança un regard à Brian et murmura, vibrant d'excitation :

— Elle est à tomber par terre.

Brian se contenta de hocher la tête, puis étreignit son fils avant d'emboîter le pas à Dawn, qui se trouvait déjà dans la cuisine, en vue de gagner le garage.

Elle n'ouvrit la bouche qu'une fois qu'ils furent dans la voiture, et qu'il effectuait une marche arrière pour sortir.

— Remarquable, l'invention d'Addy ! J'imagine qu'il a déjà choisi son université.

— A vrai dire, il ne s'est pas encore décidé, il a reçu de si nombreuses propositions.

Elle parut hésiter, puis déclara :

— Ma société a mis au point un gel à base de produits naturels pour lutter contre l'acné, notamment de rooibos. C'est assez efficace et permet d'éviter les effets secondaires d'un traitement plus fort. Si tu penses que ça ne froissera pas son ego, je peux demander à mon assistante de m'envoyer quelques échantillons pour qu'il essaie.

Brian afficha un grand sourire.

— C'est sans doute une autre partie de son anatomie qui réagira, dit-il alors, car il te trouve, pour reprendre ses termes, « à tomber par terre ». Je pense que… tu l'aideras à s'endormir ce soir…

Le rire de Dawn fit vibrer l'habitacle plongé dans l'obscurité. Brian resserra les mains autour du volant, se rappelant son vain effort pour se remémorer le rire de Caroline, le matin même. Au diable sa fichue culpabilité ! songea-t-il alors. Il allait dîner en compagnie d'un trio de nouveaux amis et d'une femme éblouissante ; il lui suffirait d'apprécier la nourriture, le vin et leur compagnie.

En réalité, il s'agissait d'un quatuor puisque, découvrit Brian, outre les Westbrook et Callie Langston, l'amie intime de Kate et de Dawn, il y avait aussi Joe Russo, qui était arrivé à Washington dans l'après-midi. L'énigmatique expert de haut vol en sécurité ne pouvait livrer de détails sur sa nouvelle mission, mais souhaitait en revanche profiter au maximum de son séjour dans la capitale.

— Mon équipe s'est penchée sur les procédures de sécurité en vigueur dans votre usine, dit-il à Brian. Ils ont déjà plusieurs recommandations à vous soumettre, mais, avant de leur donner mon aval, je souhaiterais la visiter. D'ailleurs, il faudra aussi que je me rende dans vos ateliers de fabrication et de tests, au Texas.

— En réalité, commença Brian alors que Kate apportait un plateau d'amuse-gueules qui lui mit tout de suite l'eau à la bouche, je comptais montrer les locaux à Travis avant qu'il reparte pour la Floride. Nous pourrions nous y rendre tous les trois demain, si chacun est disponible.

— Cela me convient tout à fait, répondit Joe.

— Parfait pour moi aussi ! renchérit Travis.

— Alors, rendez-vous à la réception de l'EAS demain à 10 heures ! Je préviendrai la sécurité et vos badges seront prêts.

— Et maintenant on ne parle plus travail, messieurs ! ordonna Kate en agitant son plateau sous leur nez avant de le poser sur la table. Place à la convivialité. C'est valable pour vous aussi, mesdames !

Dawn et Callie, qui se trouvaient sur le balcon, s'étaient légèrement penchées pour apercevoir le Washington Monument, au loin. Elles en avaient également profité pour se raconter les différents événements depuis leur séparation, à Rome. Callie avait admis qu'elle avait dû se brusquer un peu pour envoyer quelques CV : elle ne s'était pas tout à fait remise de son expérience précédente et n'avait pas hâte de se retrouver sur le marché du travail, avait-elle précisé.

Dawn, quant à elle, lui avait raconté sa semaine en compagnie de Tommy, à qui elle s'attachait chaque jour un peu plus. Callie l'avait écoutée tranquillement, comme à son habitude, avant de déclarer qu'elle reviendrait avec elle sur le sujet de sa relation avec les Ellis, père et fils, après le dîner.

Le repas fut marqué par le coup d'essai raté, mais mémorable, de Travis : il avait en effet voulu préparer des escalopes accompagnées de tagliatelles aux champignons, comme celles qu'ils avaient dégustées à Venise, mais la viande s'était hélas révélée aussi dure que du caoutchouc et la sauce n'avait ni saveur ni consistance. Toutefois, la conversation était si vivante, et le chianti, si délicieux, que personne ne lui en tint rigueur.

Un peu plus tard dans la soirée, sous le prétexte de découvrir les dernières acquisitions vestimentaires de Kate, les trois amies se retrouvèrent dans la chambre. Allongée sur le lit à côté de cette dernière, Callie en profita pour interroger Dawn sur le sujet abordé en début de soirée, celle-ci étant en train de se remaquiller dans la salle de bains.

— Tu m'as dit que tu t'étais énormément attachée à Tommy, lança-t-elle par la porte ouverte. Mais qu'en est-il de Brian et toi ?

— RAS.

— Vraiment ? renchérit Kate, d'un ton sceptique. Je vous ai bien observés, pendant le dîner. Il a l'air complètement sous ton charme.

Dawn se mit à rire.

— D'accord, un peu, sans doute, concéda-t-elle. Un peu beaucoup. Et vice versa, d'ailleurs.

— Oh ! oh, commença Kate.

— Explique-toi, s'il te plaît ! reprit Callie d'un ton plus mesuré. Vous avez couché ensemble ? Ou bien c'est plus compliqué ?

Dawn se sécha les mains et vint rejoindre ses amies.

— Je ne sais pas, admit-elle. Je me suis déjà cru amoureuse, et vous connaissez les désastres qui en ont résulté. Mais en l'occurrence j'ai l'impression que… Eh bien, que c'est différent.

— En quoi ?

Elle s'efforça d'analyser rapidement ses sentiments confus envers Brian Ellis.

— C'est un père remarquable, un homme très attentionné… Contrairement à un certain fiancé que nous connaissons toutes, ajouta-t-elle d'un air sombre.

— Ah, j'espère que ce crétin-là finira par s'étouffer avec sa propre bile ! s'exclama Kate.

Elle acquiesça, sans renchérir, car elle avait bien d'autres préoccupations en tête.

— En fait, reprit-elle avec lenteur, je crois que je pourrais tomber vraiment amoureuse de Brian. Très amoureuse.

Ses amies échangèrent un bref regard, qui ne lui échappa pas. Elle leva immédiatement les mains.

— Hé, pas la peine d'appeler la garde nationale ! J'ai bien dit : « Je *crois* que… » Ce n'est pas encore le cas.

Mais elle n'en était vraiment pas très loin, songea Dawn durant le trajet de retour. Dehors, le ciel de la nuit brillait doucement sous la lumière des étoiles. Brian avait réglé la radio sur une station qui diffusait du jazz.

— C'est Miles Davis, lui dit-il quand les notes suaves d'une trompette s'élevèrent dans l'habitacle. Sans doute l'un des musiciens les plus influents du XXe siècle.

Fascinée par cette autre facette de sa personnalité, Dawn se cala contre l'appui-tête.

— Et là, qui est-ce ? demanda-t-elle au moment où un saxophone se joignit à la mélodie.

— John Coltrane. Lui aussi, c'est une légende.

Se laissant bercer par les notes sensuelles et envoûtantes, elle se sentit complètement détendue quand ils arrivèrent à la maison. La porte du garage s'ouvrit doucement, Brian se gara tout en souplesse, avant de couper le moteur sans arrêter la musique.

Quand elle détacha sa ceinture, il fit de même, puis ni l'un ni l'autre ne bougèrent plus, comme si le temps s'était soudain figé. Il finit par marmonner quelque chose dans sa barbe, et la regarda ensuite droit dans les yeux.

— Tommy doit être endormi, à cette heure, dit-il.

— Donc ?

— Donc Addy ne va pas tarder à partir.

Elle releva le menton. Après le baiser impétueux qu'ils avaient échangé dans la cuisine, la veille, elle ne saisissait plus très bien ses intentions, et n'était d'ailleurs pas vraiment fixée sur les siennes.

— Et que se passera-t-il, une fois que tu auras reconduit Addy à la porte ? demanda-t-elle.

— Je nous servirai un cognac, répondit-il. Nous enlèverons nos chaussures, nous écouterons encore Miles Davis ou Coltrane, et laisserons faire les choses…

5

Dawn n'avait jamais prêté une oreille réellement attentive au jazz : elle ne parvenait pas à distinguer un saxophone ténor d'un alto, et elle ignorait qu'il existait une version soprano de cet instrument. Coltrane — ou Trane, comme l'appelait Brian — maîtrisait à l'évidence les trois, tout comme les solos incroyablement longs, qui égrenaient des notes mélodieuses à une vitesse si rapide qu'on avait l'impression d'un riff ininterrompu.

— Fascinant, murmura-t-elle pendant l'un de ses *glissando* apparemment infinis. Je n'ai jamais rien entendu de semblable.

Elle était installée sur le canapé, se balançant légèrement au rythme de la musique, les pieds posés à côté de ceux de Brian, sur la table basse. Après les quelques verres de vin qu'ils avaient bus chez les Westbrook, ils avaient finalement opté pour un café, au lieu du cognac. De la sensualité flottait dans l'air, leur attirance mutuelle était palpable, mais pour l'instant ils se contentaient de battre doucement la mesure avec les pieds.

— Comment parvient-il à produire ce prodige sans donner l'impression de reprendre son souffle ? demanda-t-elle quand le long solo de Coltrane prit fin. Brian ?

Elle lui lança un regard oblique et constata qu'il scrutait attentivement ses orteils, l'air perplexe.

— C'est la dernière mode ? demanda-t-il alors. Une couleur différente pour chaque ongle ?

— Ce n'est pas si nouveau que ça.

Elle remua les pieds. Pour l'été, elle aimait bien les nuances nacrées, mais au seuil de l'automne elle allait opter pour des camaïeux plus chauds : rouge, ocre, doré…

— Ma société commercialise ces vernis. Ils sont à base d'eau, hypoallergéniques, et non testés sur les animaux.

— Donc ils ne sont pas du tout nocifs pour les ongles ?

— Absolument pas ! Ils protègent autant la cause animale, l'environnement que la santé.

Il se mit à rire.

— Qu'est-ce qu'il y a de drôle ?

— Rien, j'essayais juste de me représenter des singes aux ongles peints en vert, bleu ou gris métallique.

— J'espère en tout cas que, dans ta société, vous prenez également en compte les paramètres environnementaux. Combien de produits chimiques sont-ils nécessaires pour fabriquer vos systèmes de navigation ?

— Un certain nombre, admit-il. On utilise de la résine époxy, des alliages, sans compter la peinture, les solvants, ou les fibres résistantes, comme le Kevlar et la fibre de verre.

Reposant son café, elle replia les jambes sous elle.

— Donne-moi quelques chiffres.

— Le dernier rapport que j'ai lu indiquait que l'industrie aérospatiale utilisait plus de cinq mille produits et composés chimiques, chacun contenant cinq à dix composants.

— Quoi ? Cinq mille ? Mais c'est énorme.

Au même instant, les autres musiciens du quartet de Coltrane reprirent de façon poignante la mélodie.

— Comment parvenez-vous à respecter les normes environnementales ?

— Nous y sommes très attentifs…

Il hésita.

— Ma femme était diplômée en génie chimique, poursuivit-il, c'était elle qui se chargeait de la conformité de nos produits, mais, quand nous avons décidé de fonder une famille, elle a dû cesser de s'occuper des résines et des solvants.

Malgré elle, Dawn se demanda alors si les exhalaisons de tous ces produits chimiques n'avaient pas déclenché la tumeur virulente qui avait tué Caroline Ellis, et elle soupçonnait Brian de s'être torturé l'esprit avec la même question.

— Travis m'a dit que l'usine principale de l'EAS se trouvait au Texas, enchaîna-t-elle pour changer de sujet.

— Exact ! Juste à la sortie de Fort Worth.

— Je crois aussi avoir compris que tu vas lui faire visiter les locaux, là-bas. Sais-tu quand ?

— Il faut d'abord qu'il quitte formellement les forces de l'armée de l'air. Pourquoi ?

— J'essaie juste de coordonner nos emplois du temps. Il se peut que je fasse un saut à Boston, la semaine prochaine, pour me rendre au bureau et prendre quelques vêtements. Cela dépendra de l'issue de tes entretiens avec les nourrices, bien sûr.

L'allusion au fait que ses services pourraient bientôt ne plus être requis et qu'il ne serait au fond peut-être pas nécessaire d'agrandir sa garde-robe la rendit soudain mélancolique, à moins que ce soient les propos de Brian au sujet de sa femme qui ne l'aient rendue triste. En tout état de cause, l'atmosphère avait radicalement changé, et sa proposition de « laisser faire les choses » n'était plus de mise.

Pourtant, toute attirance n'avait pas disparu entre eux, et ce fut à contrecœur qu'elle se leva du canapé.

— Tu ne veux pas une autre tasse de café ? tenta Brian.

— Non, merci, je crois que je vais aller me coucher.

Il la raccompagna à la porte qui menait à l'allée ; ils étaient tous deux conscients que le moment était passé et pourtant réticents à se séparer.

— C'était une soirée très agréable, lui dit-elle une fois devant la porte. Merci de m'avoir fait découvrir Mike Davis et Jim Coltrane.

— Miles Davis et John Coltrane, rectifia-il avec un petit sourire. A moi aussi, la soirée m'a beaucoup plu.

— A quelle heure as-tu rendez-vous avec Travis et Joe, demain ?

— A 10 heures. Tommy et moi irons à l'office avant, tu veux te joindre à nous ?

Enfant, elle allait régulièrement à la messe avec ses parents et ses frères, mais au moment du divorce la paroisse conservatrice n'avait été ni compréhensive ni aidante.

— Une autre fois, peut-être, j'ai du travail à rattraper, déclina-t-elle poliment. Appelle-moi dès votre retour, et je prendrai le relais auprès de Tommy pour que tu puisses aller au bureau.

— OK.

— Bien…

Mais que lui arrivait-il ? Elle se faisait l'effet d'une lycéenne que son flirt avait raccompagnée chez ses parents et qui attendait désespérément qu'on l'embrasse ! Elle devait se ressaisir !

— Bonne nuit, Brian, à demain, finit-elle par dire au prix d'un gros effort.

Le dimanche passa dans un tourbillon d'activités.

Dawn se leva de bonne heure et, munie de son ordinateur portable, regagna le belvédère afin d'apporter une touche finale aux maquettes d'emballages pour les chips aux carottes et patates douces, tout en sirotant son café. Elle venait de les envoyer à ses collaborateurs quand Brian revint de l'église avec un Tommy débordant d'énergie.

Une fois Brian parti à l'EAS, elle décida d'aller faire de la bicyclette avec le petit garçon afin d'épuiser son excès de vitalité, et ils pédalèrent longuement sur un sentier ombragé, qui serpentait dans le voisinage. Tommy portait un casque et des genouillères, car il lui arrivait encore de tomber, avait-il expliqué de façon spontanée, visiblement sans en concevoir le moindre complexe.

Il fallait dire qu'il s'essayait déjà aux roues arrière, et négociait ses virages un peu trop brusquement… Quand ils eurent effectué un parcours de huit kilomètres, elle sentit ses jambes protester, ainsi que son estomac !

— Je n'ai pas pris de petit déjeuner, lui dit-elle. Je te propose que l'on s'arrête quelque part pour manger.

Tommy approuva avec enthousiasme et l'entraîna chez Paleo,

où il avait manifestement ses habitudes. L'atmosphère de ce restaurant espagnol paraissait très conviviale, et le menu pour enfants, fort attrayant, les tapas les plus variés étant proposés aux jeunes palais. Pour les adultes, une paella apparemment inépuisable mijotait dans un énorme chaudron, et l'un et l'autre s'attablèrent, ravis de ce qui les attendait.

De retour à la maison, ils vérifièrent de nouveau que tout était prêt pour le premier jour d'école, le lendemain, et, pour la quatrième ou cinquième fois, Tommy vida son sac à dos et en inventoria le contenu. Il prépara également tous ses vêtements pour la rentrée et les aligna sur le banc sous la fenêtre, avec une méticulosité laissant supposer qu'il avait hérité des gènes d'ingénieur de ses parents !

Puis ce fut l'heure des jeux, et Dawn et Tommy s'affrontaient fiévreusement dans une partie de Garden Warfare, où des zinnias aux superpouvoirs s'apprêtaient à l'emporter sur des zombies, quand Brian rentra. Au dîner, ils se régalèrent d'une salade d'épinards aux pignons, suivie d'un poulet grillé accompagné de courgettes sautées, le tout sur un fond sonore inépuisable : le récit détaillé de leur dimanche par Tommy !

Juste après le repas, elle invoqua un besoin urgent de prendre un bain pour détendre ses muscles malmenés lors de la promenade à bicyclette et se retira de bonne heure dans ses appartements, ce qui ne plut guère au fils comme au père, mais elle estimait qu'ils devaient passer le dernier soir avant la rentrée en tête à tête.

Dawn se leva tôt, le lundi matin, pour partager le petit déjeuner avec eux, puis serra Tommy bien fort dans ses bras et lui donna un gros baiser sur la joue avant son départ pour l'école. Elle fit preuve de plus de retenue quand elle salua Brian.

— Je vais débarrasser la table, allez-y, dit-elle d'un ton joyeux.

Comme Tommy, Brian était en uniforme, mais le sien consistait en un costume anthracite à fines rayures, une chemise jaune pâle et une cravate en soie digne d'un courtier influent, effet renforcé par le journal coincé sous son bras et ses cheveux peignés en arrière.

— Je vais sans doute rentrer tard, car mon emploi du temps est très chargé, lui annonça-t-il.

Notamment à cause des entretiens pour la remplacer, compléta-t-elle en silence.

— Tu es sûre que tu pourras récupérer Tommy à l'heure prévue ? demanda-t-il encore.

— Mais oui, nous en avons déjà discuté, la question est réglée.

Une fois le fils et le père partis, le calme envahit la maison. Elle remplit le lave-vaisselle et essuya le comptoir, laissant le gros œuvre à l'équipe de ménage qui devait passer en fin de matinée. Après quoi, elle regagna ses appartements, s'efforçant de ne pas céder au sentiment de découragement qui menaçait de la submerger.

Quelle importance, au fond, que Tommy soit parti, son cartable sur les épaules, sans se retourner une dernière fois pour lui dire au revoir ? Et pourquoi était-elle tellement contrariée que Brian ait repris apparemment si facilement ce matin son rôle de grand méchant homme d'affaires ?

Si elle était allée à Boston, elle aussi aurait soigné sa tenue pour aller travailler, même si son entreprise était plutôt accommodante en la matière. Toutefois, en tant que responsable, elle devait parfois porter une jupe crayon noire, un chemisier et une veste assortie, même si la plupart du temps elle se contentait d'un pantalon sombre et d'un haut coloré, de préférence ample.

Les sourcils froncés, elle scruta ses vêtements accrochés dans l'armoire de la chambre d'invités : si elle restait quelque temps encore à Washington, elle devrait impérativement effectuer un aller et retour à Boston pour étoffer cette bien modeste garde-robe. Mais, encore une fois, il se pouvait tout à fait que son retour définitif ait lieu très prochainement… Avant de s'enfoncer dans la mélancolie la plus totale, elle se précipita sur son iPhone et appela Callie.

— Où es-tu ? lui demanda-t-elle après qu'elles se furent saluées.

— Toujours chez Kate. Comme Travis est parti ce matin pour la Floride, elle a insisté pour que je reste encore un peu.

— Parfait ! Je passe te prendre dans une heure, et on va dévaliser le centre commercial !

— Tu souhaites faire des emplettes parce que tes chaussures de l'année dernière ne sont plus à la mode, ou dans un but thérapeutique ?

— Les deux, mon capitaine ! Propose à Kate de nous rejoindre pour déjeuner. Mon seul impératif est d'aller chercher Tommy à l'école : c'est son premier jour, aujourd'hui.

— J'espère que sa maîtresse est dotée d'une patience à toute épreuve, dit Callie en riant.

— Moi aussi !

Quand Dawn raccrocha, elle avait retrouvé sa belle humeur. Tommy était à l'école, et Brian, occupé à gérer des milliards de dollars, mais elle pouvait toujours compter sur ses amies avec qui elle partageait tous les moments joyeux et moins drôles de sa vie. En définitive, elle était gagnante !

Et ce n'était pas Brian qui l'aurait contredite. Après la tendre émotion qui lui avait étreint le cœur quand il avait installé son fils derrière un beau pupitre tout neuf, à l'école, il avait regagné son bureau où l'atmosphère était bien plus électrique !

Heureusement que Dominic était au volant pour affronter les bouchons et faire en sorte qu'il soit ponctuel à son rendez-vous avec le directeur du Conseil supérieur de l'audiovisuel ! Il dut alors batailler au moins deux heures avant de convaincre les bureaucrates de la nécessité vitale pour son entreprise d'accéder à la bande satellite à ultra-haute fréquence.

Il arriva juste à temps pour son déjeuner d'affaires en compagnie du vice-président de Northrop Grumman, mais Dominic fut moins chanceux sur le chemin du retour, de sorte qu'il arriva avec dix minutes de retard à son entretien avec Margaret Davidson.

L'ancienne institutrice quinquagénaire était très élégante dans sa jupe bleu marine, son corsage crème et sa veste rouge, le tout rehaussé d'un foulard à motif cachemire ; elle se leva à son entrée et accepta ses excuses avec un grand sourire.

— Mme Jones a pris soin de moi, et m'a préparé un thé au jasmin, déclara-t-elle.

Il adressa alors un coup d'œil reconnaissant à son assistante et enchaîna à son tour :

— Merci, LauraBeth. Et si vous le voulez bien, mademoiselle Davidson, passons dans mon bureau, à présent, afin de faire plus ample connaissance.

La très efficace LauraBeth n'avait pas simplement recueilli des candidatures ; à sa demande, elle avait aussi pris contact avec Joe Russo, lequel avait lancé ses limiers sur le passé de chaque postulante, d'un point de vue tant professionnel que privé.

— Vous êtes donc diplômée de Bryn Mawr, commença-t-il, une fois que tous deux furent confortablement assis dans des sièges en cuir verts, offrant une vue panoramique sur Bethesda.

— Exactement ! J'étais dans le même cours que Drew Gilpin Faust, déclara-t-elle avec une certaine exaltation.

Devant son regard dérouté, elle précisa, un sourire un rien condescendant aux lèvres :

— L'actuelle présidente de Harvard.

— Ah oui, bien sûr ! Et vous-même avez passé de longues années dans l'enseignement.

— Tout à fait, mais après une décennie dans le secondaire j'ai décidé de devenir préceptrice de jeunes enfants, afin de discipliner le plus tôt possible leur esprit et de leur inculquer de bonnes habitudes avant qu'il soit trop tard et que le système scolaire les engloutisse.

Brian réprima un sourire en pensant à Tommy, tout fier et ému ce matin dans sa salle de classe, tandis que son interlocutrice poursuivait :

— C'est pourquoi je suis parfaitement habilitée à donner

des leçons à domicile. De la sorte, votre fils échappera aux mauvaises influences, et à la violence qui sévit dans toutes les écoles, de nos jours. Les études montrent que les enfants scolarisés à domicile sont 15 à 30 % plus compétents que les autres.

— Je le conçois, seulement, il est important qu'ils acquièrent aussi des compétences sociales, intervint Brian.

— Je vous approuve tout à fait, voilà pourquoi j'encourage des activités comme le sport ou la chorale, dans un cadre choisi avec soin, bien sûr.

Et qui exclurait, naturellement, la diversité ethnique si chère à son cœur et à celui de Caroline ! Cet entretien était des plus stériles, pensa-t-il, et, se levant brusquement, il tendit la main à Mme Davidson.

— Je vous remercie d'être venue jusqu'à Washington, toutefois, vous comprendrez aisément que je dois recevoir d'autres personnes avant de prendre ma décision. Je vous communiquerai celle-ci en fin de la semaine.

Surprise, elle se mit debout à son tour.

— Ne souhaitez-vous pas que je rencontre Thomas afin que vous puissiez constater la bonne entente que je pressens entre lui et moi ?

— Non, ce ne sera pas la peine, éluda-t-il.

Il pria LauraBeth de raccompagner la candidate jusqu'à l'ascenseur, tâche dont elle s'accomplit avec son tact habituel.

Patricia Gallagher était plus jeune, plus cordiale et tout aussi qualifiée que Mme Davidson. Elle était particulièrement douée dans l'art de la conversation, quel que soit le domaine abordé, même celui des affaires. Il était réellement impressionné par ses qualités, jusqu'à ce qu'elle aborde la question de l'assurance maladie.

— Mes dépenses de base sont déjà prises en charge, l'informa-t-elle, seulement, j'ai besoin d'une couverture supplémentaire pour des prescriptions qui n'entrent pas dans ce cadre-là.

— Pas de problème, dit-il machinalement, puisqu'il fonctionnait déjà ainsi avec Lottie Wells.

Toutefois, le fait que Mlle Gallagher semble très préoccupée par la question l'alarma.

— Tommy est un enfant très actif, précisa-t-il, aussi, une bonne dose d'énergie est nécessaire pour s'occuper de lui.

— Ne vous inquiétez pas, j'ai moi aussi du punch à revendre, seulement… Euh, j'espère que vous ne faites pas partie de ces nouveaux parents qui s'opposent désormais aux vaccins. Votre fils a eu tous les siens, n'est-ce pas ?

— Naturellement, lui assura-t-il d'un ton pince-sans-rire, sans quoi, je ne l'aurais pas ramené du chenil.

Elle éclata de rire et parut enfin disposée à lui dévoiler la raison de sa question.

— J'ai en général une santé de fer, mais je suis particulièrement sensible aux infections virales. C'est pourquoi, d'ailleurs, j'ai dû mettre un terme à mon poste précédent, expliqua-t-elle avec des regrets sincères dans la voix. Les enfants étaient adorables, mais ils oubliaient systématiquement de se laver les mains, ou de se couvrir la bouche, quand ils toussaient. Ils étaient toujours enrhumés et rapportaient toutes sortes de virus à la maison.

Brian fut tenté de lui assurer que son fils avait une hygiène impeccable. Enfin, en général… Néanmoins, il ne prit pas cette peine, car en réalité il était des plus réservés sur l'embauche d'une nourrice si sensible aux infections virales. Il termina aimablement l'entretien, et tint à Mlle Gallagher les mêmes propos qu'à la précédente postulante.

— Vos entretiens sont rapides, constata LauraBeth, une fois les portes de l'ascenseur refermées derrière elle.

Calme, de petite taille et originaire de Virginie, son assistante travaillait pour lui depuis dix ans, de sorte que Brian connaissait la personnalité de fer que masquait son charme du Sud. Elle et son mari, par ailleurs fonctionnaire, avaient élevé quatre enfants, et, une fois les études du dernier terminées, elle avait souhaité reprendre une vie professionnelle : Caroline l'avait engagée sur-le-champ quand elle avait postulé à l'EAS.

Pendant la maladie puis à la mort de sa femme, c'était elle

qui avait tenu les rênes alors qu'il était trop anéanti pour gérer correctement ses affaires, aussi appréciait-il autant son amitié que son efficacité.

— Vous avez lu leur CV et avez discuté avec les deux, lui dit-il. Qu'en pensez-vous ?

Sans hésitation, elle déclara :

— Mme Davidson est trop sûre d'elle-même, et je dois dire que j'ai été impressionnée par Mlle Gallagher. Seulement, la raison pour laquelle elle a quitté son dernier poste est un peu vague.

— Les enfants attrapaient des rhumes.

— Tous les enfants s'enrhument.

— Oui, c'est aussi ce que j'ai pensé.

— Intéressant. Vous voulez voir le troisième candidat ? Il a appelé pour indiquer qu'il était arrivé à l'hôtel, aussi peut-on tout à fait avancer le rendez-vous prévu pour demain à cet après-midi.

— Non, ne changeons rien. Je veux être à la maison pour accueillir Tommy, quand il rentrera de l'école.

Un éclat rieur brilla dans les yeux chocolat de LauraBeth.

— Dawn a appelé pendant que vous étiez en rendez-vous avec Mlle Gallagher pour vous informer que l'enseignante et l'élève avaient survécu ! Vous savez, j'aime beaucoup cette Dawn. Peu de femmes auraient proposé de remplacer Lottie au pied levé après son accident, surtout dans un pays étranger.

— Evidemment, pour vous, on est en pays étranger dès que l'on quitte l'Etat de Virginie !

— C'est sans doute vrai, mais n'essayez pas de détourner la conversation ! Tommy aussi aime beaucoup Dawn, d'après ce que j'ai cru comprendre.

— Exact.

— Si vous comptez la laisser repartir, il faut le faire le plus vite possible. Sans quoi…

— Je sais, trancha-t-il, et j'y travaille !

Sa playlist de jazz accueillit Brian lorsqu'il rentra chez lui, alors que le soleil déclinait lentement dans le ciel. Toutefois, il avait à peine écouté les brusques attaques des percussions de Thelonious Monk, suivies de silences tout aussi abrupts et marquants, car il était obsédé par son échange avec LauraBeth concernant les deux personnes qui l'attendaient chez lui.

Mais l'attendaient-elles vraiment ?

La maison semblait en effet plongée dans le noir et, quand il entra dans la cuisine vide, il ne vit aucun post-it de Dawn lui indiquant où Tommy et elle se trouvaient. Fronçant les sourcils, il allait se mettre à leur recherche dans la maison quand il se rendit compte que la porte qui menait au patio était ouverte, seule la grille empêchant les insectes d'entrer, et ils étaient nombreux en cette agréable nuit d'automne.

Il se sentit gagné par la peur, mais quelques instants plus tard un cri de joie perça le silence, suivi par une exclamation enthousiaste.

— Chapeau, bonhomme ! Elle était réussie, celle-ci.

— Je sais ! A toi, maintenant.

Soulagé, Brian posa son attaché-case sur le comptoir puis dirigea le regard vers la fenêtre… Des lanternes disposées judicieusement éclairaient les jardins et, dans la lumière artificielle, il vit soudain le corps de Dawn s'élancer : elle venait de planter les mains dans la pelouse pour effectuer une roue parfaite.

Enfin, presque parfaite, car elle manqua son atterrissage et retomba sur les fesses, tout en riant ; Tommy éclata de rire et se mit à danser d'un pied sur l'autre.

— J'ai gagné, j'ai gagné, j'ai gagné ! chantonna-t-il.

— C'est vrai, mais j'aurai ma revanche.

— Pas de problème, on recommence.

— Non, pas maintenant, parce que ton père ne va pas tarder. On ferait mieux de se laver et de penser au dîner.

— Bon, d'accord.

En se dirigeant vers la maison, ils aperçurent enfin sa silhouette, derrière la vitre.

— Papa est déjà rentré ! hurla Tommy.

Poussant un nouveau cri de joie, il se précipita dans la cuisine ; Brian s'agenouilla alors pour le serrer dans ses bras tandis que Tommy l'abreuvait de questions, le souffle court tant il était excité.

— Tu m'as vu, papa ? Tu m'as vu ? Dawn m'a appris à faire la roue, et maintenant je la fais mieux qu'elle.

— Je l'ai vue en faire une, elle aussi. Enfin, essayer…

— Viens, je vais te montrer, dit-il.

Et il l'entraîna à l'extérieur, où se trouvait toujours Dawn.

— Quelle surprise ! Je m'attendais à un rapport détaillé sur sa première journée d'école, et voici qu'à la place j'ai droit à une démonstration sportive.

— Ne t'inquiète pas, répondit-elle, tu auras aussi le rapport.

— Papa, regarde-moi !

— C'est ce que je fais.

— Tommy était surexcité quand je suis allée le chercher à l'école, expliqua Dawn. Maintenant, je connais le nom de tous ses camarades de classe, les histoires que la maîtresse a lues, je sais ce qu'il a mangé au déjeuner, et qui écrit son nom le plus vite. En l'occurrence, sa petite copine Cindy.

— C'est bon à savoir.

— La seule façon d'arrêter ce véritable moulin à paroles a été de lui proposer des exercices physiques.

— Excellente initiative !

— Papa !

— Mais je te regarde, mon chéri.

Absorbé par les acrobaties de son fils, il n'en était pas moins conscient de la femme qui se tenait à côté de lui. La gymnastique à laquelle elle s'était elle aussi livrée lui avait également donné des couleurs, et sa belle chevelure sentait l'herbe fraîche et la sueur : ce n'était pas aussi délicat que le citron et les fleurs de lotus, mais bien plus excitant !

Et soudain il fut impatient d'entendre le récit de son fils, de le faire dîner, lui donner son bain et le mettre au lit.

6

Pour gérer au mieux son temps, Brian écouta l'épopée détaillée de la première journée de Tommy tout en lavant une laitue, en saupoudrant de parmesan du pain italien beurré avant de le mettre au four, tandis que Dawn réchauffait les lasagnes surgelées au four à micro-ondes.

La saga scolaire de Tommy se poursuivit durant le dîner. Il fit une courte pause le temps d'un jeu vidéo, et enchaîna pendant son bain, mais, fort heureusement, les activités de la journée combinées à sa séance de roues pleine d'entrain étaient venues à bout de son énorme stock d'énergie. Bien sûr, il protesta pour rester debout plus longtemps, mais il s'endormit dès que sa tête toucha l'oreiller.

Quand Brian redescendit l'escalier, il constata avec regret que Dawn somnolait sur le canapé, les pieds posés sur la table basse, la télécommande ayant glissé de ses doigts. Encore une fois, la soirée paraissait compromise, pensa-t-il, pour « laisser faire les choses »…

Lorsqu'il prit doucement la télécommande pour la reposer à sa place, sa conscience lui dicta de la réveiller et de lui suggérer d'aller se coucher. Mais tout en lui s'y refusait. Aussi, avec prudence, se glissa-t-il près d'elle sur le canapé ; le poids de son corps la décala légèrement vers lui. A cet instant, il allongea le bras afin de créer un appui pour sa tête : elle la posa instantanément dessus. Le contact le ravit, et il se rapprocha d'elle.

Il devait se contrôler, ne pas prêter attention à son souffle chaud qui lui chatouillait le cou, ni à sa poitrine écrasée contre son bras. Il essaya alors de se dégager un peu mais, dans sa tentative, ne réussit qu'à la faire glisser plus vers lui.

Les mâchoires serrées, il luttait contre le désir qui palpitait en lui, conscient qu'il ne pouvait décemment pas la faire basculer sur les coussins et la réveiller par un baiser, comme la Belle au bois dormant… En outre, Tommy pouvait tout à fait se réveiller d'un coup, se rappeler un détail dont il ne lui avait pas parlé et qu'il devait lui dire *incessamment*, descendre l'escalier et surgir au moment le plus importun…

Ce sermon aurait marché si, à cet instant, Dawn n'avait pas poussé un soupir et enfoui le visage dans son cou ! Et, quand une ou deux mèches rousses se retrouvèrent coincées entre le menton de la belle assoupie et sa propre épaule, le soupir se transforma en une sorte de gémissement irrité.

Doucement, il libéra les cheveux prisonniers, qui glissèrent sensuellement entre ses doigts, charriant encore dans leur sillage une légère odeur de pelouse et de sueur qui ne fit qu'accentuer son désir. Il jura dans sa barbe, puis s'efforça de trouver une position plus confortable, compte tenu de sa subite excitation.

Ce fut alors qu'une idée insidieuse lui traversa l'esprit… Le système de sécurité de la maison était ultrasophistiqué et, chaque fois qu'il allait se coucher, il tapait un code qui déclencherait une alarme si un tiers tentait de s'introduire par effraction chez lui.

L'installation comportait aussi des détecteurs intérieurs qui, s'ils étaient branchés, décelaient le moindre déplacement au rez-de-chaussée et dans l'escalier menant à l'étage ; toutefois, il ne les avait pas activés depuis des années, c'est-à-dire depuis le diagnostic fatal qui lui avait valu de longues nuits blanches à arpenter la maison, pour évacuer sa colère et son désespoir.

Quand Tommy avait présenté des épisodes de somnambulisme, il les avait de nouveau éteints, ne souhaitant absolument pas réveiller son fils par une alarme épouvantable.

Mais en l'occurrence… A titre exceptionnel…

Il regarda de nouveau Dawn, admirant ses paupières bleutées, sa bouche qui semblait murmurer « embrasse-moi si tu l'oses », les tendres boucles qui lui chatouillaient les oreilles. Il suffisait qu'il dégage son bras de dessous sa tête et se rende dans la cuisine pour activer le système d'alarme intérieur. Cela lui prendrait à peine dix secondes et il pourrait ensuite réveiller Dawn en douceur, sensuellement…

Assez !

Avait-il perdu la raison ?

Cependant, aucun impératif moral ne lui imposait de se dédier entièrement à la mémoire de Caroline et de demeurer chaste pour le restant de ses jours. D'ailleurs, n'avait-il pas eu deux liaisons, ces dernières années ? Et, si celles-ci n'avaient pas déclenché la moindre émotion chez lui, il en était sans doute l'unique fautif.

Mais voilà qu'il était prêt à jeter par-dessus bord tout principe éducatif et à mettre en marche une alarme qui ne manquerait pas d'épouvanter son fils s'il la déclenchait en se levant de façon inopinée. Sans compter que Tommy verrait son père nu comme un ver et tout excité devant une sirène à la chevelure rousse allongée sur le canapé du salon !

Ecœuré de lui-même, il parvint à se maîtriser et à s'écarter de Dawn pour se lever enfin ; elle glissa alors doucement sur les coussins, comme un chat qui s'y serait lové, et poussa de surcroît une sorte de petit ronronnement. Se résignant à une nouvelle nuit agitée, il dénicha un plaid coincé entre les coussins d'un fauteuil et l'en recouvrit. Toujours étreint par un désir rampant et bourrelé d'amers regrets, il éteignit la lumière et monta l'escalier, qu'il n'avait finalement soumis à la vigilance d'aucun détecteur.

Le lendemain matin, Brian redescendit, rasé de frais et douché, prêt à aller travailler. Devant le canapé vide et la couverture soigneusement repliée, il éprouva alors une déception bien curieuse… et totalement déplacée ! Agacé, il suivit l'odeur de café en provenance de la cuisine…

Dawn était juchée sur un tabouret du comptoir et paraissait

en grande forme ; elle balançait tranquillement un pied tout en vérifiant ses mails sur son iPhone, de ses grands yeux brillants. Avec son jean et son pull à grosses mailles, sa queue-de-cheval lâche, elle semblait plus proche de l'âge d'Addy Caruther que du sien, songea-t-il, et cette pensée ne lui plut guère.

Levant les yeux vers lui, elle lui adressa un sourire contrit.

— Bonjour ! Désolée de m'être endormie sur le canapé, hier soir. Mes acrobaties avec Tommy sur la pelouse m'avaient épuisée.

— Ce n'est pas grave.

Maintenant, ajouta Brian d'un ton ronchon en son for intérieur. Mais, la veille au soir, cela avait soulevé en lui quantité de questions pour savoir comment la réveiller en douceur et des solutions peu reluisantes !

— Tu as passé toute la nuit sur le canapé ? demanda-t-il.

— Une bonne partie ! A propos, merci de m'avoir bordée.

Et, à la lueur malicieuse qui brilla dans ses prunelles, il comprit qu'elle imaginait aisément ce que cet acte de galanterie un rien zélé lui avait coûté.

— Heureusement que tu n'avais pas activé le système d'alarme intérieur, observa-t-elle, car je l'aurais déclenché quand je me suis réveillée en pleine nuit et que j'ai regagné le pavillon à demi endormie.

Il se servit du café, repensant qu'il avait bien failli l'activer pour empêcher toute intrusion de son fils dans le salon, où il s'était figuré s'en donner à cœur joie avec elle… Quand il se retourna, un mug fumant à la main, il croisa le regard inquisiteur de Dawn, qui pencha alors la tête de côté.

— Pourquoi ne l'actives-tu pas, d'ailleurs ? demanda-t-elle. Car cela impliquerait que tu me confies les codes ?

Son insinuation le vexa.

— Ne sois pas stupide ! répliqua-t-il d'un ton plus cinglant que prévu. Je te fais confiance pour mon fils, alors pourquoi ne voudrais-je pas te révéler les codes de l'alarme ?

— Eh bien ! fit-elle en plissant les yeux. On dirait que tu t'es levé du mauvais pied ce matin, Ellis !

Il rongea son frein, ne sachant ce qui l'irritait le plus : le fait d'avoir passé une bonne partie de la nuit à se fustiger pour ne pas s'être jeté sur elle comme un homme des cavernes ou bien l'air si guilleret et imperturbable de Dawn, ce matin.

— Tommy dort encore, l'informa-t-il en s'efforçant de retrouver un ton normal. Il doit se lever à 7 heures pour être à 8 h 30 à l'école.

— Bien, mon capitaine !

Elle ponctua ses propos d'un bref salut militaire. De la mauvaise main, nota le marine qui sommeillait toujours en lui. Ce petit geste eut le don de l'agacer, tout comme la perspective de recevoir quatre autres candidats au poste de nounou, dans la journée.

— Je rentrerai à 18 heures, l'informa-t-il. Nous devrons alors discuter de la façon dont nous allons fonctionner, dans les jours qui viennent.

— Bien, mon capitaine ! répéta-t-elle, cette fois d'un ton ouvertement moqueur.

Sans répliquer, il sortit, hanté par son regard d'un vert tempétueux.

L'embouteillage dans lequel Brian se retrouva à moins de deux kilomètres de l'EAS ne contribua guère à améliorer son humeur. Pas plus que les rendez-vous de travail qui l'attendaient, et il perdit d'ailleurs le contrôle de lui-même devant les nouvelles litanies d'un client au sujet d'un retard de livraison relatif à un nouveau GPS.

Ce matin-là, il rencontra aussi le troisième candidat, un étudiant de Princeton dont le parcours aurait dû l'impressionner, mais il lui tint le même discours qu'à ses deux concurrentes, en lui promettant de le rappeler en fin de semaine.

Après quoi il dut assister à une séance épuisante sur les comptes de l'entreprise, car son vice-président était certes surdoué en la matière, mais incapable de trouver les mots adéquats pour communiquer sa science au commun des mortels.

Il se retint toutefois de le renvoyer et de le prier de rapporter une copie plus intelligible, mais ne put cacher son humeur massacrante à LauraBeth, qui le connaissait depuis bien trop longtemps pour ne pas la remarquer. La tête inclinée sur le côté, elle l'étudia un bon moment après avoir déposé une pile de contrats dans un placard.

— Vous semblez préoccupé, aujourd'hui, lui dit-elle avec son accent de Virginie qui fleurait bon le magnolia. Je l'ai remarqué dès votre arrivée. Tout va bien à la maison ?

— Oui. Enfin, non…

Elle haussa ses sourcils délicatement peints.

— Vous souhaitez en parler ?

— Non.

— Mauvaise réponse. Dites-moi tout !

Repoussant sa chaise, il se leva et se planta devant la baie vitrée qui surplombait les gratte-ciel de Bethesda, les contempla quelques secondes avant de se tourner vers la femme qui avait été à la fois l'amie et la collaboratrice de Caroline, et jouait aujourd'hui ce rôle pour lui.

— Et si j'annulais les entretiens avec les trois autres candidats et que je proposais à Dawn de rester de façon permanente ? demanda-t-il brusquement.

— Je dirais que c'est une initiative intelligente. Tout dépend toutefois de ce que vous entendez par « de façon permanente ».

— A vrai dire, je ne sais pas encore…

Devant cet aveu, elle poussa un juron qui lui coupa le souffle : il n'aurait jamais imaginé que cette femme si respectable soit capable de jurer comme un soldat ayant mariné pendant trois jours dans des vapeurs d'alcool !

— Chaque fois que je discute au téléphone avec Dawn McGill, ma sympathie pour elle augmente, enchaîna-t-elle. Pour une nordiste, elle est franchement très bien.

Brian se remettait à peine de ce parti pris net et franc quand LauraBeth poursuivit :

— Et, si elle est vraiment aussi sexy que Dominic l'affirme, je crois que vous devriez l'envisager dans un autre rôle que celui de nounou pour Tommy. Ah, ne prenez pas cet air choqué ! J'ai vu les femmes avec qui vous êtes sorti, ces dernières années. J'avais dû réserver une suite au Ritz pour vous et cette gérante immobilière complètement évaporée, vous vous souvenez ?

— LauraBeth…

— J'ai également envoyé douze roses à longues tiges à cette bassoniste de la National Symphony lors de votre rupture. Je vous avais pourtant averti que, si elle n'était que troisième chaise, ce n'était pas sans raison !

A cet instant, il se retint de rire : il était vrai qu'elle n'était pas une musicienne hors pair, en revanche, sa formation lui avait permis de se servir en virtuose de sa bouche et de sa langue…

La voix impatiente de son assistante l'arracha à ses rêveries.

— Si Dawn est ne serait-ce que la moitié de la femme que je pressens en elle, alors je vous engage à signer un contrat pour la vie avec elle.

Et, sur ces mots, la petite LauraBeth pivota sur ses talons et se dirigea vers la porte. Brian faillit la rattraper et lui avouer que telle était la conclusion à laquelle il arrivait chaque fois que la pensée de Dawn l'empêchait de dormir la nuit, que son odeur et la saveur de sa bouche le hantaient.

Pourtant, il se contenta de fourrer les mains dans ses poches et reprit son poste devant la baie vitrée, sans même voir le panorama qui s'offrait à lui. Le désir insensé que Dawn allumait en lui l'empêchait-il de raisonner sainement ? se demanda-t-il subitement. Ne devait-il pas prendre un peu de recul, et peser le pour et le contre, comme il le faisait avant toute décision ?

Les risques étaient évidents : même s'il avait enquêté sur elle, il la connaissait depuis à peine trois semaines, et elle avait parfaitement pu enfouir des événements peu reluisants de son passé, qu'une rapide vérification n'avait pas suffi à détecter.

Sans compter ses deux fiançailles précédentes, rompues au dernier moment. Travis n'était pas entré dans les détails, mais il lui avait bien précisé qu'elle avait quasiment fui devant l'autel. Une troisième fois n'était donc pas à exclure ; or, il ne tenait pas à épouser une femme susceptible de blesser profondément Tommy en décidant sur un coup de tête qu'elle n'était pas taillée pour être mère… Et cela valait aussi pour lui ! Après les souffrances qu'il avait endurées à la mort de Caroline, il ne souhaitait absolument pas rouvrir la porte à des chagrins d'amour.

Pourtant… Les mâchoires serrées, il passa en revue les avantages : avant tout, Tommy l'adorait, et cela semblait réciproque. En outre, ses yeux brillants et sa bonne humeur contagieuse avaient réussi à chasser les ombres d'une maison où un rire féminin n'avait pas résonné depuis fort longtemps.

Même le désir qu'elle suscitait en lui faisait partie des éléments positifs à mettre dans la balance. Le désir ? se reprit-il. C'était un terme bien faible pour décrire la faim qu'elle avait éveillée en lui quand il avait posé les yeux sur elle pour la première fois. Bien sûr, à Venise, il n'avait rien montré de la fièvre qu'elle lui inspirait, et comment aurait-il pu en aller autrement, avec ce prince play-boy qui ne cessait de lui tourner autour ? Pourtant, il rêvait déjà de posséder cette femme au corps de déesse, et plus encore aujourd'hui, depuis qu'il la côtoyait de très près.

Comment pouvait-il réfléchir de façon logique et détachée, si son sang bouillait dans ses veines dès qu'il pensait à elle ? Il se résolut alors à ce qu'il faisait toujours après des journées, voire des semaines de discussions avec des experts et autres conseillers, en vue de prendre une décision importante : il s'en remit à son instinct !

Attrapant sa veste sur le portemanteau, il sortit en trombe de son bureau.

— Je rentre, déclara-t-il à LauraBeth.

— Que se passe-t-il ? s'enquit-elle d'un ton affolé. L'école de Tommy vous a appelé ?

— Non, non, tout va bien. L'école n'a pas pris feu, du moins pas pour le moment.

— Dans ce cas, c'est Dawn ?

— Exact. J'ai décidé de suivre votre conseil et de transformer son statut de nourrice provisoire pour lui proposer un contrat permanent.

Un sourire se forma sur les lèvres de son assistante.

— Je ne peux qu'approuver.

— Pouvez-vous annuler mes rendez-vous pour la journée ?

— Même celui avec le secrétaire adjoint à la Défense ?

— Reportez-le à la semaine prochaine.

— Et la réception à l'ambassade d'Arabie saoudite ? Nous avions répondu favorablement à l'invitation.

— Je ne pense pas leur manquer, dit-il d'un ton cynique. Tant de sociétés aimeraient vendre leur dernier système ultra-performant à Sa Majesté.

Se penchant vers son assistante, il déposa une bise sur sa joue fraîche.

— Souhaitez-moi bonne chance, LauraBeth ! J'ai l'impression que je vais affronter les plus dures négociations de ma vie.

De la voiture, Brian téléphona à Dawn, qui répondit à la troisième sonnerie.

— Ah, salut, Brian ! Que t'arrive-t-il ?

— Je rentre, il faut que je te parle.

— De quoi ? demanda-t-elle, immédiatement sur ses gardes.

— Je t'expliquerai. Je voulais juste m'assurer que tu étais bien là.

Ce qu'il aurait pu deviner sans l'appeler ! Cette impatience en disait long sur son état d'esprit, pensa-t-il en attendant sa réponse.

— Je travaille, dit-elle avec lenteur, presque réticente. Je n'ai prévu d'aller nulle part, sauf chercher Tommy à l'école.

— Parfait. J'arrive sous peu.

A cette heure de la journée, il y avait peu de circulation, si peu, d'ailleurs, qu'il n'avait pas vraiment eu le temps d'élaborer de véritable stratégie pour aborder les négociations quand il se gara devant chez lui. Coupant le moteur, il regarda l'heure sur son tableau de bord : il était 13 heures passées, ce qui lui laissait deux heures avant la sortie de l'école. Autrement dit, tout loisir pour sceller l'accord…

Il se dirigea tout de suite vers le pavillon, dont Dawn ne tarda pas à lui ouvrir la porte. Sur la table blanche était posé son ordinateur portable, et la fenêtre ouverte laissait entrer l'air doux de l'automne, ainsi que le bruissement des feuilles. Les parterres de dahlias si soigneusement entretenus par son jardinier commençaient à fleurir, mais l'herbe était toujours aussi verte et luxuriante.

Il s'efforça de chasser les images de Dawn en train d'effectuer joyeusement la roue sur ce doux tapis de verdure et croisa alors le regard d'une femme moins exubérante que la veille — et un peu moins joviale aussi que celle qu'il avait quittée après le petit déjeuner.

S'asseyant sur l'une des chaises autour de la table, elle croisa les bras et déclara avec froideur :

— J'apprécie que tu reviennes en pleine journée, en dépit de ton emploi du temps surchargé, m'informer que tu as trouvé une nouvelle nourrice pour Tommy. Qui est-ce, et surtout quand commence-t-elle ?

— Je n'ai embauché personne, et d'ailleurs j'ai annulé le reste de mes entretiens.

Elle immobilisa le pied qu'elle était en train de balancer.

— Pourquoi ?

Tirant sur sa cravate, il en défit le nœud et ouvrit un bouton de sa chemise. C'était la première fois depuis très longtemps que les mots restaient coincés dans sa gorge, lors de pourparlers. Quand il parvint à retrouver une respiration plus régulière, il joua cartes sur table.

— Eh bien, voilà, dit-il. Tommy pense que tu es formidable. Il veut que tu restes, et moi aussi.

Elle en resta d'abord bouche bée.

— Depuis quand ? demanda-t-elle alors.

— Depuis que j'ai bien réfléchi à la question, ce matin.

Elle leva le bras, montra son ordinateur, et laissa retomber sa main.

— Tu veux que je reste combien de temps, au juste ?

— Définitivement. Enfin, rectifia-t-il en reprenant la clause échappatoire que les juristes lui martelaient toujours avant des négociations de première importance, jusqu'à ce que les parties concernées décident mutuellement de mettre fin au contrat.

Elle cilla et recula dans son siège ; il comprit qu'il venait de franchir un premier pas important.

— Voyons voir si j'ai bien saisi les termes de ce contrat, commença-t-elle. Tu me demandes de renoncer à mon appartement, mon travail, ma *vie*, et de m'installer de façon définitive dans ce pavillon jusqu'à ce que nous estimions d'un commun accord que l'arrangement est caduc ?

Pitié ! Il était en train de tout gâcher… S'efforçant de sourire, il fit une nouvelle tentative.

— En fait, je te demande d'emménager dans la maison, avec Tommy et moi.

Mais ni son sourire ni sa nouvelle offre ne produisirent l'effet escompté. Au contraire, ils jetèrent de l'huile sur le feu car, repoussant sa chaise, elle se leva et plaqua les mains sur ses hanches.

— Tu ne manques pas d'air, toi ! s'écria-t-elle en le fusillant du regard. Tu crois qu'il suffit que tu claques du doigt pour que j'accoure ? Et tu attends quoi au juste de moi ? Que je sois à la fois la nourrice de Tommy et ta maîtresse à domicile ?

— Eh, du calme ! Je viens juste de te demander en mariage.

— Pardon ?

Jetant par-dessus bord toutes les techniques de négociation qu'il avait si âprement apprises, il alla droit au but.

— Nous ne sommes plus des enfants, Dawn, ni de verts adolescents comme Addy, même si tu me donnes souvent l'impression d'en être un, marmonna-t-il comme à part lui.

— *Pardon ?*

Il toussota.

Il devait retrouver ses esprits de toute urgence !

— Désolé, je n'ai jamais été doué pour enrober les choses. Ce que j'essaie de te dire…

— Oui ?

— Eh bien…

— Allons, tu es un grand garçon, dis ce que tu as sur le cœur ! s'impatienta-t-elle.

— Très bien ! lança-t-il, comme on se jette dans le vide. Je te désire, et c'est réciproque, et à partir de là on peut construire un grand avenir.

Elle prit alors une expression impénétrable, de sorte qu'il ne put absolument pas deviner ce qu'elle pensait ni anticiper sa réaction.

Ravalant un juron — mais sans renoncer pour autant —, il s'efforça de trouver rapidement un autre angle pour aborder le sujet et mieux plaider sa cause, quand elle lui coupa l'herbe sous le pied.

— Désirer une personne ne représente que la moitié de l'équation, déclara-t-elle avec le plus grand sérieux. Tu ne crois pas que nous devrions tester la deuxième partie ? Voir si nous sommes compatibles avant d'apposer nos deux noms au bas d'un contrat ?

7

Brian se demandait toujours s'il avait bien compris les paroles que Dawn venait de prononcer, quand elle lui adressa un sourire diabolique.

— Pourquoi as-tu l'air si surpris ? Si nous devons former un couple, autant s'assurer que les deux parties savent à quoi elles s'engagent, non ?

Son ton sarcastique le laissait de nouveau sans voix.

— D'accord, reconnut-il, un rien froissé. Il se peut que je n'aie pas présenté ma proposition sous son meilleur jour.

— Tu crois ?

— Mais cela venait du cœur !

Son affirmation eut pour effet de tempérer un peu la colère qui brillait dans les yeux de Dawn, pas de l'effacer complètement, certes, mais il venait tout de même de marquer un point. Elle se rassit, croisa de nouveau les bras, et se remit à balancer le pied, attendant qu'il s'explique.

Il prit son courage à deux mains.

— Nous savons tous les deux que dans la vie rien n'est jamais acquis, commença-t-il avec lenteur. Je pensais passer quarante ou cinquante ans aux côtés de Caroline, tu étais certaine que tu avais trouvé le partenaire idéal. Pas une fois, d'ailleurs, mais…

— Deux, le coupa-t-elle. Je sais, j'y étais. Donc ?

— Donc nous ignorons de quoi demain sera fait, et si le mariage fonctionnera pour nous, mais notre union se fonde sur une base solide : un respect mutuel, un lien commun en la personne de Tommy, et…

Il marqua une pause et ne put retenir un petit rire nerveux.

— … Et je dois te faire un aveu : ma gorge se noue et mes poumons me brûlent chaque fois que je suis à deux mètres de toi !

— Deux mètres ?

Elle pencha la tête, prenant un air faussement innocent.

— Et que se passe-t-il quand on est plus près ?

A ces mots, il ressentit un léger étourdissement, tant il était soulagé : visiblement, il venait d'échapper à de dangereux écueils, et maintenant il ne lui restait plus qu'à conduire le navire à bon port.

— Je dois alors me battre contre la folle envie de te prendre dans mes bras et de t'embrasser à en perdre haleine, avoua-t-il.

— Intéressant…

Le sourire qu'il espérait voir briller dans ses prunelles depuis le début de la discussion s'y alluma enfin, et elle poursuivit :

— Car il se trouve que je dois lutter contre le même désir. D'où ma suggestion précédente. Donc ? demanda-t-elle en arquant un sourcil.

Il n'avait pas besoin d'encouragement supplémentaire ! Deux secondes plus tard, il l'attirait à lui et la prenait dans ses bras ; quand il captura sa bouche, elle se hissa sur la pointe des pieds pour nouer ses bras autour de son cou, et s'abandonner fiévreusement à son baiser.

Un élan de chaleur intense le submergea lorsque le corps de Dawn épousa le sien. Plongeant les mains sous son pull, il les laissa courir sur son buste et découvrit avec satisfaction qu'elle ne portait pas de soutien-gorge. Quand, de ses paumes, il recouvrit ses seins, tout le sang de son cerveau mit le cap vers le Sud…

— Tu me rends fou, Dawn, souffla-t-il d'un ton rauque et haletant. J'ai l'impression que je vais perdre le contrôle de moi-même…

Elle se mit à rire et, reculant d'un pas, lui déboutonna sa chemise.

— Tu crois être le seul ?

Elle lui retira son haut, laissant pendre sa cravate desserrée autour de son cou. Puis elle fit courir ses doigts de fée sur son torse et son bas-ventre.

— Joli, dit-elle en caressant le duvet qui sortait de sa ceinture, qu'elle était en train de défaire. Très joli…

Puis sa bouche prit bientôt le relais de ses mains, et il crut qu'il allait défaillir… En toute hâte, il voulut lui retirer son pull, mais celui-ci resta coincé au niveau de son cou.

— Brian, protesta-t-elle d'une voix étouffée. Tu vas mourir de frustration et moi par suffocation et on retrouvera deux cadavres dans le petit pavillon !

C'était tout Dawn ! pensa-t-il, amusé. Mais, quand il parvint à la libérer de son pull, il se sentit de nouveau durcir… Elle était si belle ! Des courbes de rêve, une peau toute douce, et ses boucles de feu qui, échappées de son chouchou, lui tombaient à présent sur les épaules… Résolu à explorer chaque parcelle de son corps, il enfouit la tête dans sa nuque.

Quelques instants plus tard, il saisit l'un de ses seins, et elle poussa un petit cri quand il se mit à en titiller la pointe dressée ; lorsqu'il fit de même avec l'autre, il l'entendit haleter.

— Brian ! s'écria-t-elle. Je crois que… Il faut que… Oh !

Il tira alors sur le premier bouton de son jean et les autres suivirent, si bien qu'il remercia chaleureusement Levi Strauss de faciliter la vie des amoureux.

Repoussant sur le côté la dentelle de sa culotte, il trouva rapidement l'objet de son désir le plus ardent, et constata qu'elle était prête pour l'accueillir. Du pouce, il se mit alors à caresser doucement les plis mouillés de sa chair, puis accéléra la pression.

Tout doux ! s'ordonna-t-il brusquement, et il leva les yeux vers l'horloge : ouf ! ils avaient encore presque deux heures devant eux, ce qui lui donnait tout le temps de la porter dans son lit, de s'allonger sur elle et…

Et c'était ce qu'il aurait fait, si Dawn n'avait pas pris les choses en mains ! En l'espace d'un éclair, elle ouvrit la fermeture Eclair de son jean, et tout son scénario de séduction fondit comme neige au soleil ; par chance, la raison parvint en temps opportun à pénétrer la brume rouge qui embrouillait son cerveau et il déclara, d'un ton haletant :

— Je crois… qu'il y a des préservatifs… dans ma salle de bains.

Si Tommy ne les avait pas tous transformés en ballons à eau ! Priant pour que son fils n'ait pas découvert son stock secret, il voulut s'écarter d'elle.

— Je vais voir, je reviens dans deux minutes, poursuivit-il.

— Inutile, souffla-t-elle, les mains affairées, je prends la pilule.

Quand bien même il aurait dû insister, Dawn méritant mieux qu'une rapide partie de jambes en l'air sur le comptoir de la cuisine, il lui fut bientôt impossible d'arrêter le cours des choses. D'ailleurs, après les efforts herculéens fournis pour enlever son pull, ôter son jean et sa culotte était du gâteau !

Quelques secondes plus tard, elle se tortillait sur le comptoir.

— Bon, c'est pour aujourd'hui ou pour demain ?

Elle était vraiment incroyable ! Il se dépêcha de se départir du reste de ses vêtements et, se positionnant entre ses cuisses, plaqua les mains sur ses hanches…

Après Levi Strauss, il remercia chaleureusement l'architecte du pavillon, qui avait conçu un comptoir en marbre à la bonne taille pour les ébats, encore qu'initialement destiné à être accessible aux enfants. En un coup de reins, il la pénétra.

Dawn regarda attentivement le visage de Brian pour graver dans sa mémoire l'intensité de son expression, ses mâchoires bien carrées en raison de sa concentration, ses yeux bleus noyés de désir. Quand il fut en elle, elle enroula tout de suite ses chevilles autour de ses cuisses, pour le sentir entièrement. Un petit gémissement lui échappa alors, cet homme était décidément remarquable…

Bientôt, il se mit à aller et venir en elle à un rythme de plus en plus effréné, et un violent désir monta en elle, nourri aussi par la façon dont il lui mordillait les mamelons, et celle dont son pouce caressait son point le plus intime. Elle allait bientôt jouir, pensa-t-elle comme à regret.

— Brian, attends, une seconde !

Trop tard ! Inclinant la tête en arrière, elle s'abandonna aux sensations extraordinaires qui venaient d'éclater en elle, tels mille feux follets de plaisir. Puis, à bout de souffle, elle se laissa retomber sur lui, comblée, repue tandis que des spasmes secouaient les épaules de Brian.

Quand leurs regards se croisèrent de nouveau, il lui adressa un petit sourire contrit.

— Ce n'était pas de cette façon que j'avais prévu de plaider ma cause pour le mariage.

— En tout cas, cet argument-là est convaincant.

Il la saisit par le menton et plongea ses yeux dans les siens, l'air subitement très sérieux.

— Tu mérites mieux que ça, Dawn, déclara-t-il alors. Des roses à longues tiges, des dîners aux chandelles, des draps en soie… et non un comptoir en marbre !

Pour masquer l'émotion qui venait de la submerger, elle répondit alors :

— Ceci n'empêche pas cela.

— Ne bouge pas, souffla-t-il alors.

Et, sous son regard abasourdi, il sortit tout nu dans le jardin… Heureusement que les murs étaient hauts, pensa-t-elle en regardant malgré elle de tous les côtés, pour vérifier que personne ne pouvait le voir.

Il revint deux minutes plus tard, un bouquet de dahlias rouges, orange et jaunes à la main, et elle sentit son cœur faire un petit bond dans sa poitrine, tant la scène était touchante. D'ailleurs, elle n'aurait su dire ce qui l'avait le plus émue : la vue de Brian s'élançant tout nu dans le parc, ou celle qu'il lui offrait en revenant… Quoi qu'il en soit, il l'avait fait fondre.

— Pour vous, madame, dit-il d'un ton solennel.

Un grand sourire aux lèvres, elle s'empara du bouquet qu'il

lui tendait, puis poussa un petit cri lorsque les fleurs s'écrasèrent contre ses seins : il venait en effet de la soulever du comptoir et de la prendre dans ses bras.

— Et maintenant allons voir ce que ça donne dans des draps tout doux ! annonça-t-il d'un ton suave.

Cette fois, ils prirent tout leur temps, mais Dawn n'en était pas moins épuisée quand Brian se redressa sur un coude et déclara, l'air pleinement satisfait :

— Il est temps de prendre une douche si nous voulons être à l'heure à l'école.

— Non ! C'est toi qui te douches et vas chercher Tommy, répondit-elle en enfouissant le visage dans l'oreiller. Moi, je dois me remettre, car je ne sens plus mes membres.

— Et tu crois qu'ils ne seront plus engourdis quand nous rentrerons de l'école ? demanda-t-il en lui donnant une petite tape sur les fesses, avant de la recouvrir du drap.

Dans un ultime effort, elle redressa la tête.

— Je ne peux rien prédire.

— En tout cas, il faudra que tu sois décemment vêtue quand nous annoncerons nos projets à Tommy.

— Je vais faire en sorte que…

En dépit de sa promesse, elle resta allongée encore un bon quart d'heure après le départ de Brian, si bien qu'il ne lui resta plus que cinq minutes pour se laver et se débarrasser de la délicieuse et très persistante odeur de sexe attachée à son corps, cinq pour sécher ses cheveux et dix pour appeler Callie et Kate afin de leur annoncer la grande nouvelle.

Elle était vraiment impatiente de leur rapporter l'incroyable demande en mariage de Brian, et de leur décrire la certitude folle qui s'était enracinée en elle quand il lui avait présenté le bouquet : cette fois, c'était le bon, elle le savait ! Une serviette nouée sous les aisselles, elle sauta finalement l'étape du sèche-cheveux et se précipita sur son téléphone pour appeler Kate, à la banque, sur son numéro privé.

— Salut, Dawn ! dit cette dernière deux secondes plus tard.

— Bonjour, Kate. Je suis désolée de te déranger au travail, mais c'est urgent.

— De quoi s'agit-il ?

— Eh bien…

Elle hésita, sentant soudain l'effervescence retomber, et, tel un film en noir et blanc, les éternelles disputes de ses parents repassèrent en flash dans son cerveau, puis les reproches mutuels qu'ils s'adressaient au sujet de sa garde, et enfin les épaules réconfortantes de ses amies quand elle était à ramasser à la petite cuillère.

Allons ! Il s'agissait de Brian, de Tommy et d'elle, cela n'avait rien à voir. Elle était si désireuse de construire une belle relation, et de…

— Dawn ? Que t'arrive-t-il ? demanda Kate d'une voix anxieuse. Tout va bien ?

Elle se força à rire, pour la rassurer.

— Oui, et c'est précisément pour cette raison que je t'appelle. Je suis fiancée, Katy. Pour la troisième fois, je sais, ajouta-t-elle afin d'anticiper l'inévitable commentaire qui allait suivre.

Cependant, pensa-t-elle dans la foulée, la notion de fiançailles ne recoupait pas vraiment ce qui venait de se passer entre Brian et elle. Ses anciens fiancés avaient en effet scellé l'accord par de magnifiques diamants et un nombre invraisemblable de carats en or… Ces souvenirs éveillèrent une certaine nervosité en elle.

— Brian est parti chercher Tommy à l'école, et après on va lui annoncer la nouvelle. Je voulais que tu le saches, toi aussi, voilà, improvisa-t-elle. Toi et Callie, bien sûr. A propos, vous voulez venir manger chez nous, ce soir ?

Un long silence lui répondit.

— Callie ne pourra pas, répondit finalement Kate. Elle dîne avec Joe Russo.

— C'est vrai ?

Surprise, Dawn revit les traits de Russo, son visage toujours sérieux barré d'une cicatrice.

— Il y a quelque chose entre eux ? ajouta-t-elle, perplexe.

— Oui, j'en suis certaine, même si Callie ne veut rien me dire. Mais bon, ce n'est pas le sujet, revenons à toi et à Brian.

Elle lui résuma alors la situation, tout en omettant certains points gênants, notamment le « jusqu'à ce que les parties concernées décident mutuellement de mettre fin au contrat », et la « base solide » qui selon Brian leur permettrait de construire une relation sérieuse.

— OK, reprit Kate. Voyons voir si j'ai bien compris le tableau. Tu le trouves sexy, il te trouve sexy, c'est un étalon de première classe au lit, et tu es complètement toquée de son fils. Ça résume la situation ?

— Absolument pas !

— Qu'est-ce que j'ai manqué ?

— Tout ! Sa patience infinie avec son fils, le respect qu'il montre envers tous ceux qui travaillent pour lui, la façon dont ses yeux se plissent quand il rit, sa passion pour le jazz et pour Jim Coltrane. Et…

— John Coltrane !

— Pardon ?

— C'est John, pas Jim. Il jouait du saxo pour Thelonious Monk avant d'entamer une carrière en solo.

— Comment tu sais ça, toi ?

Elle connaissait les goûts de ses amies aussi bien que les siens : elles partageaient leurs CD depuis l'enfance, et désormais les playlists de leur iPod ou iPhone.

— Il faut bien qu'une de nous trois élargisse notre paysage culturel, expliqua-t-elle d'un ton guindé.

— Je n'ai rien contre…

Son amie éclata de rire et reprit :

— Travis m'a dit que Brian les avait abreuvés de musique de jazz en Italie, entre deux séances de tests. Depuis, il y a lui-même pris goût, et il essaie de m'initier à cet univers musical. J'ai promis d'écouter les disques de Monk et de Coltrane qu'il a téléchargés, avant son retour de Floride.

— Incroyable, murmura Dawn. Il y a encore trois semaines,

on n'avait jamais entendu parler de ces musiciens, et maintenant ils font partie de notre vie !

— Exact, mais on s'éloigne à nouveau du sujet. Donc revenons à Brian et à toi. J'ai l'impression que tu éprouves des sentiments sincères pour lui, mais as-tu l'impression que c'est réciproque ? Est-ce qu'il… Attends, une seconde, on m'appelle sur une autre ligne.

Est-ce qu'il quoi ? se demanda Dawn. Lui avait proposé de partager sa vie ? L'embrassait comme un dieu ? Lui avait prouvé à plusieurs reprises cet après-midi combien les « bases » de cette relation étaient solides ?

Un sourire aux lèvres, elle repensait à la façon dont il l'avait soulevée du comptoir pour l'emmener à l'étage quand Kate reprit la communication.

— Désolée, mon chef voulait savoir si j'étais prête pour la réunion de fin d'après-midi avec *signore* Gallo. Tu te souviens de lui ?

— Le banquier italien à la chevelure léonine et argentée ? Comment aurais-je pu l'oublier ? Il est ici, à Washington ?

— Le temps d'une courte visite. Il insiste encore pour que je devienne membre de l'Association internationale des banquiers, et mon supérieur croit que je vais accepter.

Ces propos ne surprenaient en rien Dawn : Kate aurait été la première femme à intégrer ce prestigieux club si fermé ; cependant, elle comprenait aussi les hésitations de son amie. En effet, sa qualité de membre impliquerait au moins un voyage par trimestre à Genève, d'une durée d'une semaine environ. Or, Travis avait démissionné de l'armée de l'air pour prendre un poste de vice-président à l'EAS afin de sauver leur mariage, aussi Kate était-elle réticente à l'idée que sa propre carrière ait à présent des répercussions négatives sur une union qu'ils avaient finalement réussi à faire renaître de ses cendres.

— Et que vas-tu dire à Gallo ?

— La même chose que la dernière fois, en Italie. J'apprécie son offre, mais le moment n'est pas opportun pour moi.

— Parce que Travis est revenu et que vous voulez faire des bébés, enchaîna Dawn d'un ton approbateur.

— A propos d'enfant… J'ai cinq jours de retard.

— Kate !

Dawn se mit alors à sauter de joie dans la salle de bains, en laissant tomber sa serviette de toilette par terre.

— Mais tu n'as jamais de retard ! Tu es réglée comme du papier à musique !

— Je sais !

— Tu l'as dit à Callie ?

— Pas encore, elle était très prise ces derniers temps, et je voulais acheter un test à la pharmacie pour en être certaine.

— Ne t'avise pas de faire pipi dessus avant mon arrivée !

— Ce n'est pas vraiment un sport collectif, protesta Kate en riant.

— Je sais, mais le temps que je m'habille et… Oh ! zut !

Elle venait de se rappeler que Brian et elle étaient censés annoncer « leur » grande nouvelle à son fils à son retour de l'école.

— J'avais oublié que Brian était parti chercher Tommy à l'école ! Or, nous voulons lui annoncer notre futur mariage sans tarder, c'est pourquoi il serait sans doute un peu désinvolte de ma part de filer chez toi juste après lui avoir dit que j'allais devenir sa future mère.

— Un peu, effectivement !

— Promets-moi juste d'attendre demain pour le test, je tiens vraiment à être présente !

— Dawn…

— Allez, Katy, tu connais notre devise : une pour toutes et…

— Toutes pour une, je sais, je sais. Entendu, j'attendrai demain après-midi, on fera une « pipi party ».

— C'est vraiment génial, je n'en crois toujours pas mes oreilles. Tu imagines, l'année prochaine, on sera peut-être mères en même temps. Qui aurait pu le prévoir ?

— Pas moi, c'est sûr ! Oh ! désolée, mon téléphone sonne

encore ! Je dois raccrocher. Mais je veux que tu me promettes une chose…

— Quoi que ce soit, je promets.

— Réfléchis bien au sujet de Brian et de toi, d'accord ? Tout me semble aller trop vite.

— Arrête !

— Promets-le-moi, Dawn.

— Oui, c'est promis. A demain.

Elle coupa la communication, en proie à un maelström d'émotions. Elle était si heureuse pour Kate, et en même temps un peu piquée que son amie n'ait pas exprimé le même enthousiasme au sujet de Brian et elle.

Non qu'elle se soit réellement attendue à un éclat de joie de la part de Kate… Callie et elle avaient été dubitatives sur son premier fiancé mais, ravalant leurs doutes, avaient finalement participé avec la plus grande joie aux préparatifs. Elles avaient également contribué, avec un emballement moindre, à ceux de la deuxième cérémonie, et l'avaient aidée à se reconstruire après le drame.

Il était donc logique que ses amies conçoivent des doutes au sujet de son nouveau projet de mariage, elle-même n'en étant pas dépourvue.

Mais, comme le disait Brian, pensa-t-elle en ramassant sa serviette, dans la vie, rien n'était garanti, et personne ne pouvait être assuré que l'amour durait toujours. Soudain, elle s'immobilisa et se mordit la lèvre… Incroyable ! Ni elle ni lui n'avaient prononcé ce mot.

Et alors ? Ce sentiment si indéfinissable et source de tant de malentendus que l'on appelait « amour » n'était-il pas inclus dans tout ce qu'ils avaient évoqué ? Partager un foyer, un avenir, un fils…

Ou bien avait-elle mal saisi les intentions de Brian ?

8

Quand Dawn et Brian annoncèrent la nouvelle à Tommy, elle sut qu'elle garderait précieusement ce souvenir en son cœur jusqu'à la fin de sa vie.

Il se pourrait ensuite qu'elle soit une mère épouvantable, inconstante, étourdie ou absorbée par son travail, et le petit garçon pourrait tout à fait devenir un adolescent rebelle et râleur, mais en cet instant, quels que soient les cahots qu'ils rencontreraient par la suite sur la route, le sourire qui fendait son visage d'une oreille à l'autre valait tout l'or du monde.

— C'est *génial* !

Abandonnant sa retenue de grand élève de CP, il se jeta dans les bras grands ouverts de Dawn, qui put le câliner cinq ou six secondes contre son cœur, avant qu'il se tortille pour s'échapper.

— Attends que je le dise à Cindy ! Elle ne va pas le croire, sa mère a dit que tu n'allais pas rester.

— Ah bon, elle a dit ça ? Mais pourquoi ?

— Parce que tu es trop… trop…

Il plissa le nez.

— Enfin, je ne me souviens plus très bien, mais Cindy m'a expliqué que ça voulait dire que tu étais trop belle pour m'emmener à l'école, m'accompagner aux matchs de foot, enfin, ce genre de choses.

Elle traduisit aussitôt « belle » par un terme un peu moins flatteur.

— Je n'ai jamais rencontré Cindy ou sa mère, je ne vois pas comment elles peuvent affirmer que je suis… euh… belle.

— C'est sans doute Addy qui leur a dit, intervint Brian, les yeux rieurs. Tu l'as beaucoup impressionné, et il a sûrement tenu à sa mère les mêmes propos qu'à moi.

Une lueur malicieuse brilla alors dans ses yeux, ce qui la poussa à demander :

— C'est-à-dire ?

— Que tu étais à tomber par terre.

— Oui, c'est ça ! reprit Tommy. C'est ce qu'il a dit ! Que tu es hors compétition.

Elle se mit à rire, tout en pensant qu'elle devrait rencontrer au plus tôt Cindy et sa mère afin qu'elles se rendent compte qu'elle était une femme normale.

A cet instant, Brian revint de la cuisine avec une bouteille et trois flûtes.

— Quand une fille accepte de t'épouser, il faut ouvrir du champagne, expliqua-t-il à son fils en faisant sauter le bouchon. En l'occurrence, ce sera du cidre, pour que tu puisses toi aussi y goûter. Et il convient ensuite de l'emmener dans le meilleur restaurant de la ville.

— Donc on va aller au restaurant ?

— Tout à fait !

— Lequel ?

— J'ai téléphoné chez Mon Ami, et réservé pour 18 heures. Cela dit, déclara-t-il en regardant Dawn en biais, on peut aussi aller chez Paleo, le restaurant préféré de Tommy.

— Oh oui ! s'exclama ce dernier.

— C'est aussi le mien, à présent, admit-elle avec un grand sourire. On devrait peut-être leur dire qu'ils vont perdre de l'argent avec moi, s'ils me proposent de la paella à volonté.

— Dans ce cas, allons chez Paleo ! trancha Brian.

Puis il leur tendit leurs flûtes, et leva la sienne.

— A nous ! conclut-il.

A peine furent-ils montés dans le SUV que Tommy revint sur les exigences qu'impliquait le mariage selon sa meilleure amie. Dawn réprima un sourire.

— Vous vous souvenez de ce que Cindy a dit ? demanda-t-il d'une voix soucieuse. Si vous vous mariez, vous devrez dormir dans le même lit, prendre des douches ensemble, et tout ça, quoi.

Elle tourna la tête vers lui, s'efforçant de rester très sérieuse.

— Je me rappelle, dit-elle.

— Et papa et toi, vous allez faire ça, hein ?

— Probablement.

Tommy haussa les épaules : il aurait de toute évidence préféré obtenir une réponse plus nette. Cinq secondes plus tard, il s'enquit de détails plus précis encore.

— Vous allez vous marier quand ?

— Nous n'avons pas encore choisi de date. Il faut qu'on en discute.

— Vous m'attendrez, hein ? Vous ne vous marierez pas quand je suis à l'école ?

— Bien sûr que non !

— Certainement pas ! renchérit Brian, tout en regardant le visage inquiet de son fils dans le rétroviseur. Ta présence est impérativement requise, puisque tu seras mon témoin.

— C'est vrai ? s'écria-t-il.

Son visage s'éclaira jusqu'à ce qu'une affreuse pensée le traverse.

— Je devrai porter un smoking comme le tien, papa ? Avec des bretelles et un nœud papillon ?

— Peut-être, dit Brian. On verra ce que décide Dawn. Les mariages, c'est un truc de filles. Les hommes ont juste à être présents et faire ce qu'on leur ordonne.

— Il a vraiment dit ça ? demanda Kate, le lendemain, d'un ton incrédule. Que les mariages, c'est « un truc de filles » ?

— Mot pour mot ! affirma Dawn.

Les deux amies étaient assises genou contre genou sur le canapé, les jambes ramenées sous elles. Callie était allée chez le traiteur du coin acheter des gâteaux en l'honneur de leur « pipi party » et, en attendant son retour, Dawn lui rapportait les événements de la veille.

— Il plaisantait, non ? reprit Kate.

— Je ne crois pas. Il doit avoir un petit côté machiste, sans doute. En tout cas, il donne dans le stéréotype, c'est indéniable. Et quand je lui ai répété ses propos, plus tard dans la soirée, il m'a juré qu'il n'avait aucune arrière-pensée. Mouais…

Pour sa part, elle avait bel et bien repensé à ses deux précédents ratés en la matière, et même aujourd'hui elle se renfrogna en songeant à l'excitation liée à la planification du premier… A l'époque, elle avait acheté des dizaines de magazines spécialisés pour choisir une robe, dénicher des idées de réceptions, et avait rencontré d'innombrables traiteurs pour goûter des menus. En compagnie de Kate et Callie, bien sûr ! En outre, elles n'avaient cessé d'échanger des idées *via* Facebook, Pinterest, ainsi que par mail. Ses amies étaient également présentes quand elle s'était rendu compte qu'elle s'était fourvoyée sur la profondeur de ses sentiments et qu'elle devait impérativement annuler son mariage.

Mais elle avait tiré des leçons de ses erreurs, du moins le croyait-elle. Pour le deuxième coup manqué, elle avait délibérément prévu une cérémonie dans l'intimité, ce que son deuxième fiancé n'avait pas du tout apprécié : il lui avait alors vivement intimé de conduire les préparatifs dans les règles de l'art et, rien que d'y penser, elle en frissonnait encore…

— En fait, je suis très contente que Brian me laisse tout organiser. Je ne voudrais surtout pas revivre le désastre de la dernière fois.

Kate avait conçu des doutes personnels sur le bien-fondé de cette nouvelle expédition vers l'autel, elle en était certaine, mais il n'en resta pas moins que son amie prit immédiatement sa défense.

— Si tu avais accepté que je demande à Travis de remettre

à sa place ce triste individu, je t'assure qu'il aurait passé un sale quart d'heure.

— C'est bien pour cela que j'ai refusé. Je ne voulais pas que...

Elle s'interrompit, car la porte de l'appartement venait de s'ouvrir et elle s'apprêtait, tout comme Kate, à adresser un grand sourire à Callie. Mais, quand leur amie entra dans le salon, elles bondirent toutes deux du canapé, horrifiées par son aspect : celle-ci avait en effet une joue toute rouge, les mains écorchées, et son pantalon gris était troué au niveau des genoux !

— Tu es tombée ? s'enquit Dawn.

— Tu t'es fait mal ? enchaîna Kate.

— Oui à la première question, non à la deuxième, répondit la jeune brune, qui avait d'ordinaire un teint de madone. Je vais bien.

— A d'autres ! rétorqua Kate. Assieds-toi.

Elle conduisit leur amie légèrement tremblante vers un fauteuil.

— Tu es bien certaine que tu ne t'es rien cassé ? La cheville, le poignet ?

— Non, c'est juste ma fierté qui en a pris un coup.

— Tu vas avoir un mal de chien demain, lui prédit Dawn en vérifiant ses éraflures. Kate, aurais-tu du paracétamol ?

— Bien sûr !

— Va chercher deux comprimés, s'il te plaît, ordonna-t-elle. Apporte aussi du coton, de l'alcool et des pansements.

Kate se précipita hors du salon et revint quelques instants plus tard, les bras chargés.

— Eh bien, raconte, que s'est-il passé ? demanda Dawn en tamponnant les paumes de Callie. Tu as trébuché contre le bord du trottoir ?

— En fait, il y avait une crevasse dans le trottoir.

— Voilà ce qui arrive quand on fait du lèche-vitrines, fit Dawn.

— Ou quand on est dans la lune, renchérit Kate. Ce qui est souvent ton cas, ma chérie.

Mais, à la grande surprise des deux amies, des larmes se mirent à briller dans les yeux bleu lavande et normalement si sereins de Callie.

— J'aurais aimé que ce soit l'une des raisons de ma chute, dit-elle.

Sa voix tremblante les alarma encore plus, et elles échangèrent un bref regard, avant que Kate prenne le taureau par les cornes :

— Bon, voilà ce qu'on va faire… Dawn va soigner tes plaies pendant que je te sers un cognac. Puis tu vas tout nous raconter.

Comme Callie voulait protester, elle leva la main.

— Et non, n'essaie pas de nous convaincre qu'il ne t'est rien arrivé ! Tu es bien trop taciturne, ces derniers temps, Joe Russo a appelé bien trop souvent…

— Ah bon ? Il a appelé ? intervint Dawn, surprise.

— Et tu as été bien trop évasive quand je t'ai demandé pourquoi, termina Kate d'un ton inexorable.

Intimant de nouveau à son amie de ne pas bouger, elle se dirigea vers le bar et revint avec deux cognacs, et une boisson gazeuse pour elle.

Elles avalèrent toutes une gorgée pour se revigorer, puis Kate reprit :

— Bon, Cal, dis-nous ce qui t'arrive. Tu n'es pas toi-même depuis que tu as démissionné. Que nous caches-tu ?

Callie poussa un lent soupir.

— Je préférais attendre pour vous en parler…

— Mais pourquoi ? s'indigna Kate.

— Je ne voulais pas gâcher notre voyage en Italie. Et toi, tu avais assez à faire avec ton divorce en souffrance avec Travis, et votre réconciliation.

Elle regarda alors Dawn.

— Ensuite, tu nous as surprises en acceptant de jouer les nounous pour Brian Ellis, et maintenant te voici de nouveau fiancée, et il se peut que Kate soit enceinte…

Elle s'efforça de sourire.

— Donc, compte tenu des circonstances, je ne voulais pas vous ennuyer avec mes petits problèmes.

— Mais qu'est-ce que tu racontes ? s'insurgea Dawn. Nous savons très bien que tu n'as pas démissionné d'un poste que tu aimais pour des broutilles. Allez, raconte !

— Très bien, dit Callie.

Elle avala une nouvelle gorgée de cognac pour se donner du courage.

— J'ai reçu des menaces par mail.

— Quoi ?

— De qui ?

— Je l'ignore, et c'est pour cette raison que Joe Russo m'a si souvent téléphoné. Il essaie de coincer le coupable.

Choquées et consternées, Dawn et Kate prêtèrent alors une oreille attentive au récit de leur amie.

— J'ai reçu le premier mail il y a trois mois, et j'ai tout de suite compris qu'il s'agissait d'un parent ou du tuteur d'un enfant dont je défendais les intérêts. En tout cas, il était clair que cette personne avait perdu ses droits de garde.

Callie n'évoquait jamais son métier, car elle était tenue au secret professionnel, mais Kate et Dawn savaient bien que certains cas la touchaient profondément.

— J'en ai reçu deux ou trois autres dans les semaines qui ont suivi, poursuivit-elle. Oh ! pas pires que ceux qu'on a déjà pu m'envoyer au fil des ans : comment moi, une bureaucrate, bien à l'abri dans mon cabinet d'avocats, pouvais-je savoir ce qui se passait dans la vraie vie ? Comment une célibataire sans enfant pouvait-elle s'entretenir avec un enfant de huit ou neuf ans à l'esprit confus, et l'arracher ensuite à sa famille ?

— Effectivement, reprit Dawn avec humeur, comme si des crétins ayant des enfants de huit ou neuf ans ne se chargeaient pas eux-mêmes de détruire leur famille !

Les souvenirs affluèrent soudain en elle comme une rafale de mitraillette : elle se rappela que, durant toutes les années qui avaient finalement conduit ses parents à divorcer, elle avait toujours pris conseil auprès de Callie. Et de Kate, naturellement. Toutes deux lui avaient offert du réconfort, de l'espoir, et surtout leur amitié indéfectible alors que le reste du monde s'effondrait pour elle. D'ailleurs, elle se demandait parfois si Callie n'avait pas trouvé sa voie professionnelle en lui procurant empathie et soutien pendant toutes les épreuves qu'elle avait traversées au fil des ans.

Elle suspectait aussi que c'étaient ces qualités qui avaient poussé Callie à renoncer à son poste : elle s'investissait bien trop sur le plan émotionnel, dans les cas qu'elle défendait, pour ne pas s'épuiser à la tâche. Mais, de toute évidence, il y avait plus en jeu que ce que Kate et elle pensaient.

— Qu'as-tu fait de ces mails ? s'enquit-elle.

— Je les ai montrés à mon directeur, je les ai archivés puis je les ai oubliés.

— Jusqu'à ce que ?

Callie se mordit la lèvre.

— Eh bien ? insista Kate.

— Jusqu'à ce qu'ils deviennent vraiment menaçants. J'en ai reçu un juste après que Travis et toi avez renouvelé vos vœux, devant la fontaine de Trevi. Joe Russo a remarqué à quel point j'étais ébranlée, alors il m'a prise à part et m'a demandé de lui raconter ce qui m'arrivait.

Elle marqua une pause, démunie.

— Je ne sais toujours pas comment c'est arrivé. L'instant d'avant, nous étions en train de trinquer au champagne, et la minute d'après Joe m'entraînait dans un coin retiré et je lui racontais tout sur mes mails.

Dawn échangea un regard étonné avec Kate. Toutes deux, comme Callie, avaient rencontré cet expert en sécurité en Italie, mais le connaissaient très peu. Elle-même n'avait pas échangé plus de deux ou trois phrases avec lui jusqu'au dîner chez Kate et Travis, la semaine précédente : aussi était-il des plus surprenants que leur secrète amie se soit confiée à Russo !

Callie surprit leur échange de coups d'œil et hocha la tête.

— Je sais, j'ignore moi-même pourquoi je me suis ouverte à lui.

— Sans doute parce qu'il connaît parfaitement bien les techniques d'interrogatoire.

Russo lui avait paru non seulement capable d'arracher aux délinquants les plus obstinés des aveux par l'intimidation, mais aussi apte à délier la langue des plus innocents sans en avoir l'air.

— Et, concrètement, qu'a-t-il fait ? demanda Dawn.

— Il travaille avec l'unité de cybercriminalité, à Boston, pour remonter à la source de ces mails, mais jusque-là ça n'a rien donné, à cause de pare-feu et de passerelles, si j'ai bien compris. Bref, j'espère malgré tout que celui que je viens juste de recevoir leur permettra d'avancer dans leurs recherches.

— Tu en as reçu un autre ?

— Oui, il y a quelques minutes… C'est pour cela que j'ai trébuché, et d'ailleurs j'ai cassé mon smartphone en tombant, si bien que je ne peux pas vous le montrer.

— Mais que disait-il, ce message ?

— Je préfère vous épargner les insultes habituelles de l'expéditeur, mais en gros on me prévient que je vais payer pour le mal que j'ai causé !

— Oh ! mais c'est incroyable ! s'insurgea Dawn, furieuse. J'espère être dans le coin quand on attrapera cette ordure ! Je t'assure qu'il comprendra sa douleur !

— Je te prêterai main-forte, renchérit Kate d'un ton aussi déterminé. Même si je crois que Joe et Travis se feront une joie de le corriger.

— Brian aussi, précisa Dawn. A propos, je peux lui raconter ?

Callie parvint à lui adresser un petit sourire contrit.

— Je dois d'abord demander à Joe. Je suis vraiment désolée de gâcher notre « pipi party » et les préparatifs du mariage, mais Joe m'a fait jurer de l'appeler immédiatement si je recevais un nouveau mail de menace.

— Téléphone-lui sur-le-champ ! ordonna Kate. Va dans mon bureau et sers-toi du fixe.

Une fois qu'elle eut disparu, les deux amies échangèrent un regard consterné.

— Pas étonnant qu'elle ait été si renfermée, ces derniers temps, observa Kate d'un air dépité. Et moi, j'étais si absorbée par mes petits problèmes que j'avais mis sa démission sur le compte du stress et d'un burn out.

Frappée par une pensée subite, elle poursuivit :

— Je comprends mieux pourquoi j'ai pu si facilement la convaincre de rester chez moi, pendant quelque temps. Elle ne voulait pas retourner à Boston, où habite sans doute ce dégénéré. Ou cette folle.

— Mais oui, tu as raison ! répliqua Dawn. A propos, il faut que j'aille à Boston pour informer mon boss que je m'installe définitivement à Washington — en espérant qu'il accepte que je travaille pour lui à distance — et sous-louer mon appartement ! Je pourrai en profiter pour faire un saut chez Callie et lui apporter ce dont elle a besoin. Et, quand Travis reviendra de Floride, elle pourra s'installer dans le pavillon avec moi, chez Brian. Il ne faudrait pas que les ressorts de votre matelas l'empêchent en plus de dormir, ajouta-t-elle avec un petit sourire entendu.

— Je crois qu'ils grinceront un peu moins souvent, maintenant que nous avons accompli notre objectif immédiat.

— Je veux une preuve visuelle avant d'y croire !

Callie, qui rentrait au salon à cet instant, abonda dans son sens, avant de leur annoncer que Russo pourrait retrouver le message sur son serveur et qu'il leur donnait l'autorisation de mettre Travis et Brian dans la confidence.

— Joe leur demande toutefois instamment de ne pas jouer aux cow-boys, il travaille à la résolution du problème, et il m'a par ailleurs priée de ne pas m'inquiéter.

Dans un effort manifeste, elle leur adressa un large sourire et poursuivit :

— Par conséquent, allons dans la salle de bains vérifier que nous aurons bientôt un bébé, et ensuite nous discuterons pour la troisième et dernière fois du mariage de Dawn.

Après que Dawn et ses amies eurent retenu leur souffle pendant quatre-vingt-dix secondes, la languette rose vira au violet, et toutes trois laissèrent éclater leur joie en hurlant et en dansant. Puis elles s'attelèrent à la tâche bien plus sérieuse de trouver un prénom au futur bébé. Si c'était un garçon, ce serait Travis Jr., Kate n'en démordait pas ; en revanche, toutes s'accordèrent tout de suite sur Venetia Dawn Calissa Westbrook pour une fille.

— Tu as tout de même intérêt à recompter pour être bien certaine que ce n'est pas à Bologne que tu es tombée enceinte, l'avertit Dawn.

— Mais non, c'était à Venise, j'en suis certaine ! De toute façon, maintenant, c'est décidé, on n'en parle plus. Revenons plutôt à nos moutons ! Quand, où et comment vas-tu devenir la mère de Tommy, tu y as réfléchi ?

— Plus ou moins. Brian voudrait que ce soit le plus tôt possible, et de mon côté je ne vois pas pourquoi on devrait attendre.

— N'as-tu pas besoin de réfléchir un peu, tout de même ? demanda Callie. Tu veux vraiment devenir épouse et mère à la fois ?

— Evidemment ! Je prends le lot, ça fait partie du contrat !

A peine Dawn eut-elle prononcé ces mots qu'une certitude absolue s'enracina dans son cœur : en toute sincérité, oui, elle désirait à la fois tenir un rôle auprès du père et du fils au plus vite !

— Quand Travis rentre-t-il de Floride ? demanda-t-elle à Kate.

— A la fin de la semaine prochaine. Il est censé commencer à l'EAS le 1er octobre.

— OK, dit Dawn.

Sortant son portable, elle appuya sur l'icône « calendrier ».

— Le 1er tombe un mercredi, poursuivit-elle, donc on pourrait se marier… disons… le samedi 11. Dès que je rentre, je demande à Brian si la date lui convient. Entre-temps, je filerai à Boston et…

— Dawn, cela nous laisse moins de deux semaines ! On ne trouvera pas un endroit où le célébrer en si peu de temps, et je ne parle même pas des traiteurs, des photographes et…

— L'endroit est tout trouvé, ce sera dans le jardin de Brian ! Je veux une cérémonie intime, juste avec la famille et les amis.

Imaginant tout de suite la scène, elle comprit instantanément que c'était le lieu parfait.

— Tout ce dont nous aurons besoin, ce sont des chaises pliantes, et des fleurs pour décorer le belvédère. Et, évidemment, on ne pourra pas échapper au traiteur ni au photographe.

Brian se chargerait de trouver la personne qui les unirait officiellement, pensa-t-elle, et sans doute demanderait-il au pasteur de l'église que Tommy et lui fréquentaient. Et, si ce dernier n'était pas disponible, il trouverait bien une autre solution.

De sorte qu'elle n'avait plus qu'un défi — majeur, toutefois — à relever…

— Les filles, vous devez m'aider à trouver une robe ! annonça-t-elle d'un ton solennel.

Elle déglutit soudain avec peine en se rappelant la somme que ses précédents achats lui avaient coûtée, surtout le dernier ! Elle en avait ensuite fait don à des associations caritatives qui recyclaient les robes de mariée.

— Je pourrais peut-être me contenter d'une robe de cocktail, ou d'un tailleur-pantalon couleur ivoire. Remarquez, pourquoi pas un jean recouvert de perles ?

— Certainement pas ! répliqua Kate d'un ton implacable. Ne t'inquiète pas, nous allons trouver la tenue adéquate.

Une heure plus tard, Dawn rentrait à Bethesda, et pendant le trajet, par ce beau soir de septembre constellé d'étoiles, elle sentit soudain un vent de panique la gagner.

Et voilà ! Elle venait de nouveau de foncer la tête la première dans des projets de mariage : ardemment désireuse de faire oublier à Callie le stress que lui procuraient ses mails anonymes, elle avait fixé la date précise où elle s'avancerait vers l'autel pour la troisième fois de sa vie.

— La troisième est toujours la bonne, se mit-elle alors à chantonner comme pour conjurer le sort. La troisième est toujours la bonne.

9

Les jambes ramenées sous le menton, un potage qui refroidissait sur la table basse, Brian regardait d'un œil distrait les nouvelles, à la télévision, tout en attendant Dawn. Elle l'avait informé par texto qu'elle était sur le chemin du retour et, en dépit de l'heure avancée, il espérait qu'ils pourraient encore passer une ou deux belles heures ensemble avant d'aller se coucher…

Chacun dans leur chambre ! Il trouvait difficile de respecter cette clause de leur contrat ajoutée par égard pour Tommy, et d'ailleurs l'idée d'activer les détecteurs de mouvements dans l'escalier le traversait régulièrement.

Comme maintenant… L'estomac contracté, il imagina alors sa future femme allongée sur le canapé, nue et sur le point de s'abandonner. Ou encore sur le tapis, toute surface horizontale pouvant convenir. Il voyait nettement les pointes rose thé de ses seins, son pubis pareil à un incendie, sa peau couleur ivoire…

Soudain, il entendit la porte du garage s'ouvrir et son désir se renforça d'un coup ! En proie à une fiévreuse anticipation, il se leva d'un bond pour aller à sa rencontre, dans la cuisine, mais dès qu'il la vit il comprit, à son front plissé, qu'il allait devoir renoncer à ses projets.

— Que se passe-t-il ? demanda-t-il aussitôt. La languette n'est pas devenue turquoise ou rose, ou je ne sais de quelle couleur elle est censée être ?

— Violette, précisa-t-elle alors. Et si, tel fut bien le cas.

Tandis qu'elle déboutonnait sa veste, une autre explication

susceptible d'expliquer son expression soucieuse lui traversa l'esprit.

— Kate et Callie sont inquiètes à l'idée que tu lies ton existence à la mienne et celle de Tommy ? demanda-t-il alors. Je pourrais tout à fait le concevoir, tu sais. Nous sommes un duo plutôt costaud, je le reconnais, mais…

— Non, pas du tout, enfin, un peu, sans doute, admit-elle. Cela dit, elles m'ont aidée à fixer une date pour la cérémonie. Ce sera le samedi 11, si ton emploi du temps le permet, bien sûr.

Ça, alors ! Il n'en croyait pas ses oreilles… Eu égard au passé tumultueux de sa fiancée en la matière, il ne s'était pas attendu à une telle diligence. Mais, tout à coup, un doute l'assaillit…

— Le 11 de quel mois ?

— Octobre, répondit-elle d'un ton un peu sec, avant d'ajouter : Callie est menacée, Brian.

— Pardon ?

— Elle reçoit d'ignobles mails anonymes.

Il jura dans sa barbe.

— Assieds-toi, ordonna-t-il. Je vais préparer un café, et tu me raconteras les détails.

— Je n'en ai guère, dit-elle en se hissant sur un tabouret du comptoir. Je sais juste que Callie a commencé à recevoir des menaces il y a quelques mois. Selon elle, c'est un des parents ou un tuteur des enfants qu'elle défend.

— Elle l'a déclaré à la police ? A son supérieur hiérarchique ?

— Aux deux. Ainsi qu'à Joe Russo.

— Joe ? Parfait !

— En fait, elle le lui avait confié à Rome… Je n'arrive pas à croire qu'elle se soit ouverte à lui, avant de nous en informer *nous*, Kate et moi.

— Cela ne m'étonne pas du tout, rétorqua-t-il en allumant la cafetière. Russo n'est pas très bavard, mais je peux t'assurer qu'il est le meilleur dans sa partie, et j'imagine qu'il est très doué pour soutirer des informations. Tu sais ce qu'il a fait des mails ?

— D'après Callie, il travaille en collaboration avec l'unité de cybercriminalité de Boston.

— Je l'appellerai pour m'assurer qu'il bénéficie bien de toute la coopération nécessaire. Sans quoi, je pourrai intervenir.

Et, tandis qu'une agréable odeur de café envahissait la pièce au rythme des glouglous de la cafetière, il dressa mentalement la liste des personnes à contacter dans son réseau. Il était rare qu'il use de ses influences, mais, si Joe s'était heurté à un mur dans ses investigations, il l'aiderait à le démolir, et pas simplement pour la gratitude qui emplissait à présent les yeux de Dawn, mais aussi parce qu'il appréciait sincèrement Callie.

Il la connaissait peu mais, durant les quelques conversations qu'ils avaient échangées, elle l'avait impressionné par son esprit vif et son calme à toute épreuve. Encore que cette impassibilité pouvait tout à fait être une façade, ce que confirma Dawn en déclarant :

— Selon Kate, si Callie a accepté de rester à Washington, c'est à cause de ces menaces. Elle a sans doute peur de revenir à Boston tant que ce fou n'a pas été arrêté. Et d'ailleurs nous préférons qu'elle reste ici ! Donc…

Il remplit deux mugs et lui en tendit un.

— Donc ?

— Quand Travis va revenir de Floride, j'ai pensé qu'on pourrait l'inviter à séjourner dans le pavillon.

Ce qui accélérerait l'installation de Dawn chez lui, conclut-il, et il ne pouvait que s'en réjouir ! A cet instant, il aurait tout donné pour l'entraîner dans son lit, l'idée qu'elle allait bientôt entrer dans sa vie et celle de Tommy l'enivrait ; il désirait aussi d'autres enfants dotés de la même nature joviale que Dawn, et de son rire contagieux…

Malgré lui, il sentit son cœur l'élancer : ils n'avaient pas du tout abordé le sujet des enfants ! D'ailleurs, ils n'avaient pas discuté de grand-chose, à part d'un mariage rapide. Il savait bien sûr les avantages qu'il lui apporterait, mais quels seraient au juste les bénéfices de cette union pour Dawn, à part un foyer stable, ce qu'elle n'avait pas connu, enfant ? Il était bien résolu à lui offrir tout ce dont elle rêvait, à commencer par son accord concernant l'hébergement de son amie.

— Callie peut naturellement s'installer ici. Il y a suffisamment de place dans le pavillon d'amis, et il y en aura encore plus début octobre.

Il hésita, tout de même perplexe face à la précipitation des événements.

— Tu es certaine que tu n'as pas besoin de plus de temps pour les préparatifs ?

— Non, lui assura-t-elle, j'ai tiré des leçons de mes erreurs passées, Brian. Je veux une cérémonie toute simple. Dans le jardin, avec nos familles et nos plus proches amies.

— Cela me convient tout à fait, si c'est *réellement* ce que tu souhaites.

— Mais oui ! Kate et Callie m'aideront, bien sûr. Et, si tu penses que Mme Jones ne s'en offusquera pas, j'aimerais lui demander quelques conseils pour les traiteurs et le photographe.

— LauraBeth sera enchantée que tu l'inclues dans le projet. Mais nous pouvons aussi tout à fait convier ta mère aux…

— Par pitié, non ! Sa présence à la cérémonie suffira. Et, comme mon père sera également présent, nous serions avisés d'engager les gardes du corps de Joe Russo pour qu'ils ne s'entre-tuent pas avec le couteau destiné à couper le gâteau.

— C'était vraiment si terrible que ça, entre eux ?

— Oui, je te le certifie.

Elle baissa alors les yeux vers son mug et, quand elle releva la tête, elle avait retrouvé tout son allant.

— Ta tâche à toi consiste à trouver un pasteur, mon vieux ! lui annonça-t-elle.

— Pas de problème. Je me charge aussi de la lune de miel.

— Ça peut attendre, tu sais.

— Pas question !

— Mais l'école ? Tommy ne peut pas manquer dès le début de l'année scolaire.

— J'adore mon fils, mais je n'ai pas du tout l'intention de l'inviter à notre voyage de noces.

— Mais…

Il posa un doigt sur sa bouche si tentante.

— Je veux profiter de toi toute seule pendant quelques jours. T'avoir rien que pour moi.

— OK, dit-elle d'une voix légèrement haletante. Présenté sous ce jour… D'ailleurs, si Callie s'installe ici, elle pourra s'occuper de Tommy.

— Et, si elle ne peut pas, je demanderai à mes parents. Voilà une question réglée. Passons à la suivante : à quelle heure demain peux-tu me retrouver pour que l'on choisisse une bague ?

— Je veux juste une alliance en or, tout simple, sans fantaisie, décréta-t-elle d'un ton décidé.

Décidément, après la guerre que s'étaient menée ses parents et ses deux coups d'essai manqués, elle n'avait pas envie de s'étendre sur les noces !

— Comme tu voudras ! dit-il. Mais, je te préviens, en ce qui concerne le cadeau de mariage, je refuse que tu poses la moindre condition, et veux que tu acceptes…

— Un chien, le coupa-t-elle.

— Pardon ?

— En cadeau de mariage, je voudrais un chien. Un qui ne perde pas ses poils, pour que Tommy ne fasse pas d'allergie.

— Tu es sérieuse ?

— J'y pense depuis notre discussion au sujet de Fala, le chien de Roosevelt.

— Il vient juste d'apprendre qu'il va avoir une nouvelle mère, tu ne crois pas qu'on peut attendre un peu pour le chien ?

— Non, justement : ce sera notre cadeau de mariage pour Tommy. Et puis, ajouta-t-elle d'un air sournois, avec un chien pour l'occuper, il remarquera à peine notre absence, pendant notre lune de miel.

— Ce que tu peux être retorse ! Je devrais t'engager dans mon équipe chargée de négocier les contrats.

— Quand tu veux, mon grand ! Bon, promets-moi de réfléchir à ce chien.

— Entendu.

— Je t'assure qu'une fois que nous aurons passé l'étape du pipi partout et des chaussures mordillées, ce sera vraiment réjouissant d'avoir un chien, déclara-t-elle, les yeux pétillants.

Glissant du tabouret, elle noua les bras autour de son cou.

— Allez, montre un peu plus d'enthousiasme !

— Puisque tu insistes…

Il plaqua alors les mains sur ses hanches et l'attira à lui, ravi de constater à quel point son corps souple était fait pour le sien, et, submergé de désir, il…

Il s'immobilisa, soufflé ! Depuis quand avait-il cessé de se représenter le mariage comme un contrat ? Et quand comptait-il l'annoncer à Dawn ?

Maintenant ! décida-t-il tandis que tout son corps se raidissait contre elle.

— Je dois t'avouer quelque chose, commença-t-il en prenant son visage en coupe. Voilà… Je suis éperdument amoureux de toi.

— Depuis quand ? demanda-t-elle dans un souffle.

— Euh, je ne sais pas… Sans doute depuis que je t'ai vue faire la roue dans le jardin. Et là, quand tu as parlé d'un chien, j'ai compris que, si tu me le demandais, je ramènerais cent un dalmatiens à la maison !

— Oh ! un seul suffira ! Juste un, toi et Tommy, et je serai comblée.

Le lendemain matin, Dawn appela Callie après avoir déposé Tommy à l'école pour l'inviter à emménager dans le pavillon et lui rapporta également la conversation que Brian avait eue assez tard dans la soirée avec Joe Russo.

— Selon lui, ils auraient presque localisé la source des mails. En attendant, il pense que c'est une très bonne idée que tu viennes t'installer chez nous.

— Eh bien…

— Ecoute, je déjeune avec Brian, aujourd'hui, et nous irons

ensuite acheter nos alliances. Après, je peux tout à fait passer chez Kate pour t'aider à faire tes bagages.

— Oh ! tu sais, je n'ai pas grand-chose à mettre dans ma valise ! Juste la garde-robe réduite que j'avais emportée en Italie et les quelques effets que j'ai achetés depuis.

— Je suis dans la même situation, c'est pourquoi je me rends ce week-end à Boston pour rapatrier mes vêtements et ma voiture.

Elle devrait aussi trouver où stocker temporairement le reste de ses affaires. *Et* discuter avec une agence immobilière pour la mise en location de son appartement. *Et* annoncer à son directeur qu'elle changeait définitivement d'adresse. *Et* rencontrer son équipe pour discuter des projets en cours. *Et* remettre des invitations de mariage au petit cercle d'amis qu'elle comptait inviter. *Et*…

— Combien de temps prévois-tu de rester là-bas ? s'enquit Callie.

— Deux jours, trois au maximum. Je pourrai faire un saut chez toi, si tu veux, pour te rapporter des affaires.

— J'ai une meilleure idée : si on prenait l'avion toutes les deux pour Boston, et ainsi ce serait moi qui t'aiderais à faire tes cartons ? Puis on les chargerait dans ta petite Mustang, on passerait chez un garagiste pour qu'il vérifie si elle est en état d'effectuer le trajet, et on filerait à Washington.

— Marché conclu ! Nous dormirons bien sûr toutes les deux chez moi, inutile que le malade qui te menace sache que tu es de retour en ville. Je vais de ce pas réserver deux sièges dans un charter.

Après avoir mis ses paroles à exécution, elle ouvrit ses applications préférées, à savoir Adobe Illustrator, Photoshop et InDesign, qui offraient toutes des milliers de modèles pour les invitations de mariage ; elle en consulta une dizaine, et passa rapidement à la création de la sienne.

Saisissant son iPhone, elle alla prendre quelques photos du jardin et du belvédère, et vingt minutes plus tard, grâce à des filtres simulant l'automne et un certain flou pour le côté romantique, elle avait terminé la carte ! Il ne lui restait plus qu'à insérer la date, le lieu et quelques mots pour décrire les sentiments qui présideraient à cette cérémonie.

Elle fixa un instant l'écran.

Elle aimait Brian et pouvait à présent l'avouer sans la moindre hésitation ni le moindre doute. Tout comme elle adorait Tommy ! Elle avait hâte de voir son minois quand il ouvrirait son cadeau… Un sourire lui monta aux lèvres lorsqu'elle s'imagina en train de courir avec lui dans les feuilles d'automne, un chiot gambadant à leurs côtés. En train de dessiner des anges dans la neige. En train de l'affronter à Garden Warfare comme si c'était une question de vie ou de mort.

Soudain, une vague de panique la saisit, mais elle la repoussa bien vite, les mâchoires serrées. Non, elle ne se laisserait pas happer par la nouveauté de la maternité et tous ses attraits, elle tenait comme à la prunelle de ses yeux à sa relation avec Brian et elle la chérirait précieusement. Et non, elle ne prendrait pas la poudre d'escampette au dernier moment. Pas cette fois !

Mais en dépit de ce sermon, elle sentait son cœur battre à tout rompre et dut prendre de profondes inspirations pour retrouver son calme et taper de nouveau sur le clavier. Après de longues recherches sur Internet, elle finit par dénicher une citation de Shakespeare, tirée de Hamlet, qui emporta son adhésion la plus totale :

Doute que les astres soient de flammes
Doute que le soleil tourne
Doute que la vérité soit la vérité
Mais ne doute jamais de mon amour !

Puis elle choisit une police élégante, hésita un instant, et remplaça « *mon* amour » par « *notre* amour ».

C'était parfait, pensa-t-elle alors, le sourire aux lèvres, ce qui ne l'empêcha pas de passer une demi-heure supplémentaire à peaufiner le tout avant de l'imprimer, afin de montrer la carte d'invitation à Brian, à l'heure du déjeuner.

Un badge, ainsi qu'un accueil chaleureux, attendait Dawn au siège de l'EAS, où elle se rendait pour la première fois. Un rapide coup d'œil lui apprit que la société occupait le quatrième étage de l'immeuble en verre et acier, des avocats et des consultants d'affaires louant les étages inférieurs.

La réception elle-même s'élevait sur trois étages, et l'immense sculpture en bronze d'un aigle aux ailes déployées surplombait l'atrium. Elle l'étudia pendant quelques instants avant de se diriger vers le comptoir de la sécurité et de décliner son identité. L'homme en uniforme qui se trouvait derrière lui adressa un large sourire.

— L'assistante de M. Ellis nous a prévenus de votre venue. Je vais l'appeler pour lui indiquer que vous êtes arrivée.

Quelques instants plus tard, un ascenseur privé s'ouvrit sur la droite, et une petite femme au charme du Sud en sortit, un large sourire aux lèvres.

— Je suis LauraBeth Jones, annonça-t-elle d'un ton énergique et avenant, nous nous sommes déjà parlé au téléphone. Je suis ravie de faire enfin votre connaissance.

— Moi aussi ! répliqua Dawn.

Elle lui tendit la main. Ce fut alors que LauraBeth l'attira à elle pour la serrer brièvement dans ses bras. Mmm, ce qu'elle sentait bon ! Et que cette odeur lui était familière.

Elle se redressa en souriant.

— Je reconnais votre crème.

Elle lui indiqua le nom de la préparation cosmétique au magnolia.

— Quel nez ! Ah, je crois comprendre… Brian m'a dit que vous travailliez pour une société spécialisée dans les produits naturels. Elle commercialise cette crème ?

— Tout à fait.

— Quelle heureuse coïncidence ! s'exclama-t-elle en l'entraînant vers l'ascenseur. Je dois vous avouer que vous m'avez beaucoup plu, au téléphone. Et je suis également ravie que vous soyez capable de faire marcher sur la tête mon patron si tempéré.

— Oh ! je ne pense pas que… enfin…

— Oh ! si ! Il est complètement fou de vous !

Elle appuya alors sur l'unique bouton de l'ascenseur, et l'appareil s'éleva si rapidement que Dawn dut se tenir à la rambarde en teck pour ne pas perdre l'équilibre !

— Et, comme si cela ne suffisait pas, il m'a aussi annoncé que vous sollicitiez mon aide pour le mariage. Vous m'aviez donc conquise avant même que je vous voie. Et il se trouve que de surcroît ma crème de jour est fabriquée par votre société. Si ce n'est pas le destin, mon enfant, je me demande bien ce que c'est !

Dawn exprima le même enthousiasme quand Brian l'emmena déjeuner au 1789. La bâtisse de style fédéral avait été construite au temps de George Washington, mais le restaurant proposait une cuisine moderne. Une fois qu'ils furent installés dans l'un des six petits salons privés de l'établissement, elle reconnut deux sénateurs, une députée très en vue et un commentateur politique qui avait enflammé les ondes, la veille au soir, avec ses invectives antigouvernementales.

— Ça, alors ! s'exclama-t-elle. J'avais l'habitude de passer devant ce bâtiment quand je faisais mon jogging, au temps de mes études à Georgetown University, mais jamais je n'aurais imaginé franchir les portes de ce temple.

— Je dois t'avouer que, même si j'habite depuis des années à Washington, c'est aussi la première fois que je m'y rends.

— Ah bon ? Mais…

— Non, Dawn, ce n'est pas par peur du passé que j'ai choisi un lieu que je n'avais jamais fréquenté avec Caroline, déclara-t-il en posant une main rassurante sur la sienne. C'est juste parce que LauraBeth nous a déniché un bijoutier à deux pas, qui fabrique des alliances uniques.

Il marqua une pause, sourire suffisant à l'appui.

— Figure-toi que j'ai aussi trouvé une éleveuse dont le terrier irlandais à poils doux a mis bas il y a cinq semaines. C'est une retraitée de chez IBM. Sa chienne a concouru pour plusieurs prix et en a remporté plus d'un !

— C'est fantastique ! Et ça ressemble à quoi, un terrier irlandais à poils doux ?

— C'est le cousin de l'écossais, avec une robe couleur des blés.

— Oh ! Brian ! Tommy va être si heureux. Et moi aussi, je le suis !

— Selon le site officiel dédié aux éleveurs de chiens, ils sont joueurs, affectueux et fidèles. Et ils ne perdent pas leurs poils, à condition qu'on les brosse régulièrement.

— Pas de problème, je sais manier un peigne, tu peux demander à Kate ou Callie.

— Parfait, puisque j'ai déjà réservé le chiot et indiqué à l'éleveuse que nous passerions le voir tous les deux à 15 heures !

— Génial ! Tu ne perds pas ton temps !

— Pas quand je veux quelque chose !

Lui lâchant la main, il prit la carte des menus.

— Et maintenant choisissons. Tâchons d'être efficaces, car nous avons un après-midi bien rempli !

A peine eurent-ils pénétré chez Georgetown, une bijouterie très sélecte, que Dawn repéra une alliance assez large, faite de fils en or blanc et jaune enchevêtrés.

— Oh ! Elle est magnifique ! J'ai vu un bijou qui y ressemblait fortement, dans un musée italien…

— A la Basilique palladienne ? s'enquit le bijoutier.

— Exactement ! Vous y êtes déjà allé ?

— Hélas, non ! Mais j'avoue que je me suis inspiré de ce modèle qui, par ses enchevêtrements, symbolise deux êtres aux existences inextricablement mêlées qui s'aimeront toujours.

— Et, comme dirait LauraBeth, intervint Brian en se tournant vers elle, si ce n'est pas le destin, je me demande bien ce que c'est ! Toi, moi, l'Italie, et cette bague…

— Je peux fabriquer une alliance identique pour vous, monsieur Ellis, suggéra le joaillier avec un sourire innocent.

— Alors c'est entendu !

A cet instant, elle aperçut le prix placé très discrètement sur l'écrin de velours où reposait l'anneau. Mais, avant qu'elle ait le temps de protester, ou de suggérer de regarder d'autres alliances qui ne coûtaient pas l'équivalent de la dette nationale, Brian avait déjà prié le bijoutier de leur préparer leurs alliances dans les meilleurs délais.

Après avoir pris congé du joaillier, ils traversèrent le Potomac pour regagner la Route 7. Alors qu'ils laissaient la banlieue derrière eux, les collines de la Virginie du Nord défilèrent bientôt derrière la vitre, déclinant les riches couleurs de l'automne. Grâce à leur GPS, ils arrivèrent assez rapidement dans la petite ville de Woodburn, et atteignirent par des chemins cahoteux une ferme de style colonial, coiffant une colline.

L'ancienne cadre de chez IBM qui les accueillit était plutôt petite, robuste et surtout passionnée par les chiens, comme son site le laissait deviner. Avant de les conduire auprès de la portée, Audrey Chesterfield les soumit à un interrogatoire serré sur les futures conditions de vie de son précieux chiot, et consentit *ensuite* à les escorter vers un petit appentis en pin clair. Ouvrant la porte, elle les invita à entrer.

— Je vous présente Lady Adelaide's Fancy, déclara-t-elle avec fierté. C'est une chienne de race qui a remporté un prix à Westminster, il y a deux ans.

La championne arrivait aux genoux de sa maîtresse et, de ses grands yeux clairs, scruta les nouveaux venus. Elle n'émit aucune protestation quand Audrey sépara l'un de ses chiots de sa fratrie remuante et adorable, couchée dans la paille.

— Et voici Lady Adelaide's Pride, enchaîna-t-elle.

A cet instant, elle plaça la boule de poils dans les bras de Dawn, qui en tomba instantanément amoureuse.

— Comme elle est belle ! répéta-t-elle plusieurs fois en riant.

Le chiot tenta aussitôt de lui lécher le visage.

— Elle vous salue à sa manière, l'informa Audrey. Vous verrez combien cette race est intelligente, loyale, et s'adapte facilement à la vie citadine, à condition bien sûr qu'on lui permette de prendre suffisamment d'exercice. Ces chiens-là manifestent aussi leur affection avec grand enthousiasme.

— Oui, c'est ce que je vois ! s'exclama Dawn.

— Le seul point délicat, c'est qu'ils doivent être soigneusement brossés. Par ailleurs, ils n'aiment pas être mouillés et, si tel est le cas, il faut alors démêler leurs longs poils. Enfin, je me dois aussi de vous préciser qu'ils ne mangent pas proprement, et que de la nourriture peut facilement rester collée dans leurs poils. Il n'est pas non plus exclu que ce petit chenapan vienne s'essuyer le menton sur votre jambe.

En dépit de ces mises en garde, Dawn n'hésita pas une seconde : l'idée qu'un chiot se serve de son pantalon comme d'une serviette de table n'entamait en rien son bonheur, tant ce petit animal débordait de joie.

— Il est parfait, murmura-t-elle en enfouissant la tête dans sa robe toute douce. Nous viendrons le chercher samedi en huit.

10

Le reste de la semaine passa si vite que Dawn eut à peine le temps de reprendre son souffle.

Pour commencer, elle prit contact avec les membres de sa famille, afin de les informer de sa relation avec Brian, et leur demanda dans la foulée s'ils pourraient se rendre à Washington pour son mariage le 11 octobre. Elle commença par ses frères. Les deux plus âgés déclinèrent l'invitation, car ils étaient engagés par ailleurs, affirmèrent-ils ; cependant, elle les soupçonna de ne pas vraiment croire que cette cérémonie aurait lieu. Mais son plus jeune frère, Aaron, déclara qu'il ne manquerait pas de venir. Aspirant ensuite une large bouffée d'air, elle appela son père, qui la félicita et fournit un louable effort pour paraître enthousiaste. Il en alla autrement avec sa mère : après quinze secondes de discussion, elle serrait déjà les dents à s'en faire mal.

— Oui, maman, je suis parfaitement consciente que c'est la troisième fois !

Elle éloigna le combiné de son oreille pendant que sa mère exposait toutes les bonnes raisons de ne pas se marier, et surtout dans son cas.

— Oui, je sais que c'est risqué d'épouser un homme qui a déjà un enfant.

Imperturbable, sa mère poursuivit son laïus, et elle pensa alors qu'elle devait prendre rendez-vous chez le dentiste…

— Tu as raison, je suis bien placée pour savoir que, si elle n'épouse pas l'homme qui lui convient, une femme en souffre jusqu'à la moelle, déclara-t-elle quand elle reprit la parole. Bon, tu veux que je te réserve un vol, oui ou non ?

Sa mère finit par accepter, mais lui suggéra toutefois d'acheter un billet remboursable. Lorsqu'elle raccrocha, Dawn regrettait déjà que Brian et elle n'aient pas choisi de se marier en catimini devant le juge de paix !

Heureusement, l'emménagement de Callie dans le pavillon chassa les exhalaisons nocives que cette conversation avait laissées dans son sillage !

— C'est magnifique, ici ! s'exclama Callie en découvrant le jardin et son belvédère. Pas étonnant que tu aies choisi ce lieu comme cadre pour la cérémonie. Ce sera parfait.

— En espérant que le ciel ne s'ouvre pas et ne nous engloutisse pas !

— Que prévoit la météo ?

— La date est encore trop éloignée pour que l'on puisse prédire le temps avec une certaine vraisemblance, mais, si la tendance s'affirme, je risque d'être chanceuse.

A ces mots, elles échangèrent un regard, chacune se gardant pourtant de dire que ce serait une première.

Le lendemain matin, Dawn fut ravie que Callie se joigne à elle, Brian et Tommy pour le petit déjeuner, puis celle-ci s'excusa pour effectuer sa promenade matinale habituelle. Tandis que son amie explorait le voisinage et que Tommy filait à l'étage se brosser les dents avant d'aller à l'école, elle en profita pour aborder un sujet délicat avec Brian…

— J'ai vu que tu avais retiré des photos de Caroline, dans le salon, lui dit-elle. Ainsi que celle du corridor. Ce n'était pas la peine, tu sais.

Une ombre passa dans les yeux de Brian, mais il ne détourna pas le regard.

— Il est déjà si généreux de ta part d'accepter de vivre dans la maison que j'ai partagée avec Caroline que je ne veux pas rajouter à la difficulté que cela doit déjà représenter pour toi, expliqua-t-il.

— Oh ! Brian, nous en avons pourtant déjà parlé plusieurs fois ! C'est avant tout pour moi la maison de Tommy. Tous ses amis habitent dans le voisinage, ils fréquentent la même école. Je ne veux pas qu'il en soit séparé, tout comme je ne tiens pas à ce que tu renonces à tous tes souvenirs avec Caroline. Elle fait partie de ton passé, de ta vie.

Sur une impulsion, elle enserra le visage de Brian de ses mains, attristée par les épreuves qu'il avait subies.

— Tu ne serais pas l'homme que tu es aujourd'hui si tu n'avais pas passé toutes ces années avec ta première femme.

— C'est vrai, concéda-t-il dans un souffle.

— Je ne suis pas du tout jalouse de cette période de ta vie, tout comme je ne veux pas effacer la mémoire de Caroline. D'ailleurs, j'aimerais créer un portfolio numérique pour Tommy. Il pourrait le télécharger sur son téléphone, quand il en aura un, ou bien le regarder sur l'ordinateur ou l'écran de télévision. Je comptais y mettre des photos de Caroline et toi, de Caroline et lui, mais également des clichés de vous deux, après sa mort, ainsi que de nos vacances en Italie. De sa rentrée à l'école, aussi. Et nous le compléterons au fil du temps avec tout ce que nous aurons fait ensemble.

Il demeura silencieux si longtemps qu'elle regretta d'avoir cru que ce projet était une bonne idée. Qu'elle avait été stupide de penser qu'il avait envie de partager avec elle l'intimité que Caroline et lui avaient connue ! Et encore plus idiote de vouloir rattacher ce passé douloureux au présent de son fils. Elle s'apprêtait à lui avouer en riant que c'était une proposition bien farfelue et à lui dire de l'oublier, quand il brisa le silence.

— Ne bouge pas, dit-il.

Elle attendit, en proie aux plus grands doutes, et il revint quelques minutes plus tard, un grand carton dans les bras. Il le déposa sur le comptoir et se mit à fouiller dedans avant d'en sortir un album épais : le titre, « Famille Ellis », était inscrit en relief sur la couverture.

— C'est mon père qui l'a fait pour Tommy.

Dawn l'ouvrit… et se retrouva nez à nez avec un couple à l'air morose, en noir et blanc ! Tous deux étaient vêtus de sombre, à l'exception d'un col en dentelle claire, arboré par la femme.

Elle tourna la page et parcourut rapidement les documents jaunis.

— Incroyable ! Ce sont des copies d'archives militaires remontant à la guerre de Sécession.

Elle se pencha un peu, et parvint à déchiffrer une première légende :

Compagnie H, 8e régiment d'infanterie de Virginie, Confédération des Etats-Unis. Liste des morts, blessés ou disparus sur le champ de bataille.

Caporal J. D. Ellis. Blessé. Manassas. Retour au front le 10 août.

Une liste répertoriant les « aventures » du soldat J. D. Ellis s'ensuivait, jusqu'au 19 septembre 1864 !

— Incroyable ! s'exclama-t-elle. Où ton père s'est-il procuré ces photocopies ?

— Il les a obtenues par une association spécialisée dans la généalogie dont il est membre.

Il lui jeta un regard en coin.

— Tu es bien certaine de vouloir épouser le descendant d'un invétéré soldat confédéré ?

— Et toi ? Tu es bien sûr de vouloir t'unir à une Yankee dont l'arrière-arrière-arrière-grand-père irlandais a embarqué clandestinement sur un bateau de fret et s'est introduit en toute illégalité aux Etats-Unis ?

Au fil des pages, les ancêtres de Tommy lui semblaient de plus en plus vivants, tout comme l'idée du portfolio numérique qu'elle ferait de cet album devenait plus précise : elle opterait pour le sépia, incrusterait des bouts de drapeaux, des insignes et pourquoi pas de la musique. Elle devrait recourir à toute son expertise de Photoshop pour restaurer les vieilles photos et les daguerréotypes, y compris ceux de la Seconde Guerre mondiale. Et, soudain, elle crut voir Brian en la personne d'un homme planté fièrement devant un avion, bras croisés et jambes bien écartées.

— Qui est-ce ?

— L'arrière-arrière-grand-père de Tommy, juste avant l'invasion de la Sicile, en 1943.

— Ces photos sont merveilleuses. Tu en as de semblables, du côté de Caroline ?

— Juste quelques-unes. Et il y a aussi cela.

Elle ouvrit alors l'album qu'il lui tendait, et y reconnut certaines des photos qui avaient été accrochées aux murs du salon et du couloir. Puis elle regarda plus attentivement un cliché qu'elle ne connaissait pas, où l'on voyait Caroline, tout sourire, tournant la tête vers l'objectif, son enfant contre son menton. Elle *perçut* d'un coup tout l'amour que celle-ci avait porté à son bébé et à celui qui tenait l'appareil…

— Quel âge avait Tommy ?

— Trois mois et six jours.

La réponse, à la fois tendue et précise, la bouleversa.

Se saisissant de la photo, Brian expliqua :

— Je l'ai prise juste avant que nous nous rendions à l'hôpital pour les résultats de l'IRM. Du premier IRM…

Dawn passa le doigt sur le cliché, le cœur serré pour lui et pour cette mère qui n'avait pas eu la joie de voir son bébé devenir ce bel enfant à l'esprit si vif.

Je ferai de mon mieux avec ton fils, promit-elle en silence à Caroline. *Je commettrai sans doute quelques erreurs en cours de route, car cela m'arrive souvent, mais je jure que je l'aimerai de toutes mes forces. Lui et Brian.*

A cet instant, Tommy descendit l'escalier en traînant des pieds, son cartable sur les épaules.

— Sois sage, bonhomme ! lui dit Brian d'un ton plutôt sévère, en prenant son attaché-case. Pas de jets de boulettes de pain avec une paille, au déjeuner, aujourd'hui !

Tommy ouvrit alors de grands yeux peinés, incarnant réellement à cet instant un ange blessé.

— C'est Cindy qui a commencé.

— Je sais, tu nous l'as déjà dit, mais ce n'était pas une raison pour l'imiter. Bonne journée, et à toi aussi, ajouta-t-il d'un ton adouci à l'adresse de Dawn avant de capturer sa bouche avec la sienne.

Elle lui rendit son baiser, soulagée de constater que les ombres s'étaient dissipées, et également ravie que Brian lui témoigne désormais des marques d'affection devant son fils. D'ailleurs, ce fut ce dernier qui les rappela à l'ordre d'un ton impatient.

— Papaaa ! A cause de vous, je vais être en retard à l'école !

Tous partirent en même temps, Brian dans son SUV noir, Tommy et elle dans la petite voiture blanche. Ils prirent Cindy au passage, qui, à peine attachée à l'arrière, accusa son camarade d'avoir sciemment oublié chez lui le livre *L'Age de glace*, que son frère lui avait prêté.

— Mais Addy m'a dit que je pouvais le garder jusqu'à ce que j'aie fini de regarder les images, se défendit Tommy.

— Et ça va te prendre combien de temps ? Jusqu'à l'année prochaine ?

Elle écouta leurs chamailleries d'une oreille distraite, n'en revenant toujours pas d'emmener des enfants à l'école et d'être bientôt officiellement la mère d'un petit garçon de six ans. Puis elle se remit à penser au portfolio : le projet avait enflammé son esprit créatif, et elle avait hâte de s'y atteler dès son retour à la maison.

Son premier travail fut de connecter son iPhone aux enceintes de la maison, car elle travaillait toujours mieux avec un fond sonore : elle choisit des musiques de film, dans sa playlist, ce qui s'accordait à son projet, d'après elle.

Elle commença ses scans accompagnée par la BO de *Lawrence d'Arabie*, puis se plongea dans l'histoire fascinante du 8e régiment d'infanterie, pour passer ensuite aux années folles, bien plus divertissantes, et effectua enfin de nombreuses vérifications relatives aux bombardiers de la Seconde Guerre mondiale. Elle s'attarda encore plus longuement sur les photos de Brian en uniforme de la marine, bien des années plus tard, son père ayant précieusement gardé toutes celles qu'il avait envoyées. Après quoi elle le découvrit dans les forces aéronavales, et une légende indiquait : « mars 2003, guerre d'Irak ». Intriguée, elle alla sur Google pour constater que l'invasion américaine avait commencé le 20 mars de cette année-là ; Brian faisait donc partie de la première vague. Elle éprouvait des sentiments mitigés envers cette guerre, mais aucune réserve pour les femmes et les hommes qui avaient été envoyés au combat, et, en tout état de cause, ces clichés lui permettaient de bien mieux connaître l'homme auprès de qui elle allait vivre.

Quand ils s'étaient rencontrés en Italie, elle savait qu'il s'y trouvait dans le cadre d'une mission top secret pour sa société, laquelle avait conçu des avions hautement sophistiqués destinés aux troupes de l'Otan. Mais ni lui, ni Travis, ni Carlo n'avaient fait la moindre allusion aux opérations en question. A ce moment-là, elle n'en avait cure, elle ne pensait qu'à profiter de la Toscane ensoleillée, des gondoles au clair de lune, de Venise, et à canaliser l'énergie de Tommy pour qu'il ne tombe pas à l'eau !

Le somptueux hôtel dans lequel elle avait séjourné avec Brian, Tommy et Callie, sur l'invitation de Brian — le Gritti Palace —, figurait dans le *top ten* de l'hôtellerie internationale, selon le Condé Nast, ce qui laissait à penser que Brian disposait d'un compte en banque bien approvisionné. Le retour en jet privé avait constitué une preuve supplémentaire, tout comme la visite du siège de l'EAS. Toutefois, ce fut en regardant les photos qu'elle le comprit *vraiment*. Et elle était bien décidée à lui poser moult questions sur ces nombreuses et riches expériences qui l'avaient conduit à la tête de l'empire qu'il détenait actuellement, ainsi que sur sa nature. Mais entre-temps elle devait réaliser un portfolio, effectuer un bref voyage à Boston, donner quelques dîners et préparer son mariage.

11

Le mercredi soir, Dawn et Brian organisèrent un dîner pour introniser officiellement Travis à l'EAS. Callie et Tommy les aidèrent dans leurs préparatifs, et leurs efforts conjugués firent résonner beaucoup de rires dans la cuisine et y créèrent aussi une sacrée pagaille. Mais ils rangèrent, nettoyèrent, et tout fut enfourné dans les temps, de sorte qu'ils purent accueillir leurs convives tranquillement. LauraBeth et son mari furent les premiers à arriver, suivis d'une dizaine de collaborateurs et de leurs conjoints. Enfin, Travis et Kate se joignirent à eux, et Dawn fut reconnaissante aux amis de Brian d'être d'emblée si chaleureux avec elle.

Ce soir-là, forte des résolutions prises en découvrant les photos, elle se renseigna de-ci de-là, sans en avoir l'air, et apprit que l'EAS avait des contrats avec toutes les branches de l'armée militaire, et au moins deux douzaines de pays étrangers.

— Tu ne verras pas souvent ton mari, en novembre, la prévint LauraBeth. Il a plusieurs rendez-vous prévus en Arabie saoudite, dans les Emirats arabes unis et à Oman. J'essaie de faire en sorte qu'il soit à la maison pour Thanksgiving, mais rien n'est encore gagné.

Génial ! Un nouveau facteur d'incertitude à intégrer à la grande guerre à laquelle donnait lieu cette charmante fête… Elle retint une grimace en se remémorant la querelle encore irrésolue entre ses parents, cette année, et dut réprimer l'envie de prier sur-le-champ LauraBeth de lui réserver un vol sur le même avion que Brian, pour le Moyen-Orient !

L'après-midi suivant, elle se rendit avec Brian à Charlottesville, en Virginie, afin qu'il la présente à ses parents : Evelyn et Tom Ellis étaient des gens charmants, et apparemment ravis pour leur fils, mais elle perçut bien, malgré tout, qu'ils nourrissaient quelques réserves face à des noces si précipitées.

Le vendredi, Callie et Dawn retrouvèrent Kate pour déjeuner à Tysons Corner, dans un quartier d'affaires animé, près de Capital Beltway. Outre les nombreuses sociétés, s'y trouvaient également deux immenses centres commerciaux où Dawn comptait bien écumer les boutiques pour trouver une robe de mariée qui ne serait pas aussi ostensiblement recherchée que la première, ni aussi ridiculement onéreuse que la deuxième.

— Ne t'inquiète pas ! lui assura Kate alors qu'elles dégustaient une salade d'épinards, de homards et de ricotta. Tu vas trouver la robe qui te convient. Ne dit-on pas que la troisième fois est toujours la bonne ?

— J'espère que cet adage est bien vrai !

— A propos, tu avais échelonné le paiement de la dernière robe sur combien de mois ? s'enquit Kate d'un ton curieux. Six ?

— Huit, répondit-elle d'un air sombre. Les perles sur le corsage et la traîne étaient cousues main, d'où son prix…

— Et qu'est-ce que tu en as fait ?

Son expression se radoucit.

— Callie m'a envoyé le lien d'une association caritative qui recycle les robes de mariée en robes d'anges… Pour les prématurés qui ne survivent pas.

Kate prit un air dépité.

— Oh ! c'est à la fois triste et beau ! s'exclama-t-elle.

De façon instinctive, elle posa la main sur son ventre avant d'ajouter :

— Je vais également faire don de la mienne à cette association.

— Tu en es sûre ? demanda Dawn. Si tu attends une petite fille, elle aura peut-être envie un jour de porter la robe de sa maman.

— Oh ! si elle a les gènes de Travis, j'en doute ! Bref, revenons à nos moutons. Que recherches-tu exactement ?

— Quelque chose de simple et élégant.

— Très bien.

— Et confortable.

— Entendu. Finis ta salade, et on se met en quête de la tenue idéale.

Au grand soulagement de Dawn, elle la dénicha dès la deuxième boutique où elles se rendirent. C'était un fourreau en satin couleur ivoire qui arrivait à mi-mollet, assorti d'une veste en dentelle que l'on cintrait à la taille à l'aide d'un nœud. S'il ne faisait pas beau ce jour-là, elle risquait d'avoir un peu froid, mais l'ensemble était si chic qu'elle estima qu'il valait la peine de grelotter légèrement. De plus, la vendeuse brandit soudain un chapeau avec voilette dans le même ton, qu'elle essaya sans hésitation : il donnait une touche piquante à la toilette, pensa-t-elle. Son choix était donc fait !

— C'est vraiment toi ! s'écria Kate. A la fois raffinée et enjouée.

Callie approuva également, mais haussa un sourcil en découvrant le prix qui se balançait discrètement, au bout de la manche de la veste.

— Je t'assure que ce n'est rien, comparé à ce que j'ai déboursé pour la précédente, lui certifia Dawn.

Puis elle tournoya encore sur elle-même afin de s'admirer dans le miroir à trois faces, remarquant au passage le prompt regard échangé par ses amies : elles étaient apparemment un peu soucieuses en raison de la rapidité de son choix… Il était vrai que, la dernière fois, elle avait mis une éternité à se décider.

Dawn éclata alors de rire.

— Pas de panique, les filles ! Elle me plaît vraiment.

— Dans ce cas, prends-la ! la pressa Callie. Nous devons encore te trouver des chaussures, et des dessous aussi sexy que possible !

Le lendemain tombait un samedi, et Dawn devait comme prévu se rendre à Boston, en compagnie de Callie. Elle prit le petit déjeuner avec Brian, qui s'occuperait de son fils tout le week-end et aurait recours à Addy le lundi après l'école, et le mardi si nécessaire. En revanche, elles ne reviendraient pas avec la Mustang chargée au maximum, Brian ayant été inflexible sur ce point ; l'efficace LauraBeth avait donc engagé de vrais déménageurs pour les cartons, orchestré le rapatriement de sa voiture et réservé leurs vols retour avec le même zèle qu'elle avait déployé en vue de trouver des traiteurs, un photographe, un fleuriste et un quatuor à cordes pour le mariage, qui aurait lieu dans une semaine.

Callie et elle décollèrent du Reagan National Airport peu après 9 heures, et, une heure plus tard, atterrissaient au Logan International. S'engouffrant dans un taxi, elles se dirigèrent bientôt vers Boston, avec la sensation de rentrer à la maison.

Tout comme Kate, Dawn et Callie étaient nées et avaient grandi dans une petite ville du Massachusetts, et avaient étudié dans différentes universités et écoles ; puis Kate avait suivi Travis lors de ses différentes missions, tandis que Callie et Dawn s'étaient établies à Boston pour travailler, aussi avaient-elles l'impression d'y avoir leurs racines.

La Nouvelle-Angleterre s'était déjà parée des flamboyantes couleurs de l'automne, et resplendissait de teintes rouges, orange et or. Dawn vivait dans une résidence un peu en dehors de la ville, tandis que Callie habitait au centre, dans un quartier plus ancien.

Malheureusement, elles n'eurent pas le temps de flâner dans les rues automnales de Boston, car le tri et le rangement de l'appartement de Dawn les occupèrent tout le week-end.

Très tôt le lundi matin, elles se rendirent au centre-ville pour s'occuper des affaires de Callie, Joe Russo leur ayant conseillé d'être très prudentes et discrètes.

Il ne fallut qu'une heure à Callie pour emballer ses affaires, puis Dawn la ramena à sa résidence avant d'affronter les embouteillages de Boston aux heures de pointe pour se rendre, cette fois, dans les locaux de sa société.

Donner son congé et faire ses adieux à son équipe furent

pour elle un véritable déchirement, quand bien même elle continuerait bien à travailler avec eux en indépendant, et que son patron lui avait proposé un forfait très avantageux.

Un peu plus tard dans l'après-midi, une fois installée dans le taxi qui les menait à l'aéroport, elle déclara à Callie :

— Si j'avais su que je pouvais gagner autant en travaillant à la maison, il y a des années que j'aurais passé mes journées en pyjama devant mon écran !

— J'en doute ! Tu es la plus sociable de nous trois. Tu collectionnes les amis et les admirateurs sans même le vouloir.

— En parlant d'admirateurs, j'ai reçu un texto pendant ma visite au bureau. Tu ne devineras jamais qui vient au mariage !

— Ne me dis pas, s'il te plaît, qu'il s'agit du coureur automobile avec qui tu étais sortie après le fiasco de ton premier mariage !

— Certainement pas !

— L'avocat qui a réglé le différend avec ton second fiancé, suite à l'annulation du deuxième mariage ? Si je me souviens bien, tu lui avais tapé dans l'œil.

— Il avait surtout apprécié les honoraires élevés qu'il m'avait facturés !

— Qui, alors ?

— Carlo di Lorenzo !

— Le prince play-boy ? s'exclama Callie d'un air sceptique. Celui qui avait déployé tous les efforts possibles pour te convaincre de le suivre à Casablanca ?

— A Marrakech, rectifia Dawn avec un grand sourire. Brian l'a appelé pour je ne sais quelle modification à apporter aux appareils que sa société doit livrer à l'Otan, et il a découvert que ce dernier venait à New York cette semaine, aussi l'a-t-il invité au mariage. Joe Russo est également convié…

Elle lança un regard en biais à son amie.

— Il a dû annuler sa présence à une conférence internationale sur la sécurité, mais il sera présent, lui aussi.

— Il faut croire que c'est le destin qui le veut, murmura Callie, faisant écho sans le savoir aux paroles de LauraBeth.

Tous ceux qui étaient à la fontaine de Trevi lorsque Kate et Travis ont renouvelé leurs vœux seront donc de nouveau réunis.

— Tout à fait ! renchérit Dawn en pressant le bras de son amie. Tu te souviens quand on a regardé *La Fontaine des amours* pour la première fois ?

— Comment oublier ce moment mémorable ? Nous étions trois ados godiches, qui regardaient Louis Jordan d'un air rêveur et émerveillé, tout en mangeant de la glace.

— Et des pizzas, n'oublie pas les pizzas !

— Ça, je n'oublie pas. On s'en est tellement goinfrées que, le lendemain, j'en ai eu la nausée !

— Moi aussi, reconnut Dawn en éclatant de rire. Mais je n'aurais jamais cru que nous irions un jour à Rome, et encore moins à la fontaine de Trevi.

A cet instant, elle étreignit plus fortement le bras de Callie et ajouta :

— Tu sais quel souhait j'ai émis, quand nous nous sommes retrouvées devant la fontaine, pour la deuxième fois ?

— Selon la légende, il n'est pas nécessaire de faire un vœu, il suffit de lancer une pièce dans la fontaine pour être certain de revenir à Rome, lui rappela Callie.

— Oui, ça, j'en avais très envie, bien sûr, mais également de passer quelques jours de plus en compagnie de Tommy… d'accord, de son père aussi. Et maintenant…

Elle sentit ses yeux s'embuer de larmes et déglutit avec difficulté.

— Maintenant, il semblerait que je vais vivre pour toujours avec eux, comme si mon vœu allait vraiment se réaliser.

— Ce sera le cas, bien évidemment ! trancha Callie avec détermination.

Le vendredi suivant, Dawn se répéta ces paroles comme un mantra tout en attendant sa mère, à l'aéroport. Le vol de cette dernière eut malheureusement du retard en raison des conditions météorologiques, si bien qu'elles arrivèrent juste à l'heure pour le dîner de répétition, à l'hôtel.

L'efficace LauraBeth avait réservé des chambres au Ritz-Carlton à l'attention des invités qui venaient de loin, ainsi qu'un salon privé pour le dîner. Dawn avait bien tenté de se dispenser des répétitions, mais avait finalement cédé quand LauraBeth avait souligné que ce serait l'occasion pour sa famille de faire connaissance avec Brian et Tommy avant la cérémonie. Comme bouclier de sécurité, Dawn avait prié Kate, Travis, Callie, Carlo et Joe Russo d'assister au dîner.

En dépit de cette mesure de prudence, le cocktail d'avant-dîner lui permit de constater que le temps n'avait pas effacé l'animosité entre ses parents. Ils affichaient de grands sourires à la cantonade mais, dès qu'ils échangeaient le moindre mot, Dawn sentait son ventre se nouer. Aaron, son frère le plus proche en âge, fournissait de louables efforts pour jouer les tampons.

— A propos, maman, sais-tu que Travis a quitté l'armée de l'air et qu'il travaille maintenant avec Brian ? demanda-t-il pour faire diversion.

— Je suis au courant, Dawn me l'a dit, répondit Maureen.

Sa chevelure cuivrée, un peu plus claire que celle de sa fille, trahissait la filiation avec tous ses enfants, ainsi que son menton déterminé, mais les similitudes s'arrêtaient là. Son visage était marqué par la tristesse, qui s'accentua quand elle lança un regard en coin à Kate.

— Je suis sincèrement ravie pour toi que ton mari ait consenti à quelques sacrifices pour le salut de votre mariage. Ce n'est pas le cas de tous, et je peux…

— Goûte ces petits-fours, maman ! intervint Aaron en s'emparant d'un plateau. Ils sont exquis.

Mais son père, qui discutait avec les parents de Brian, avait malgré tout entendu le commentaire amer de sa femme.

— Les maris sont prêts à des sacrifices quand leur mariage vaut la peine d'être sauvé.

Rongeant son frein, Dawn se demanda alors pourquoi elle avait accepté ce dîner : comment avait-elle pu imaginer que le fait de se retrouver en petit comité inciterait ses parents à une trêve ? Exaspérée, elle s'apprêtait à leur annoncer vertement qu'elle ne voulait pas les voir à la cérémonie, le lendemain, lorsque Carlo di Lorenzo entra en scène.

— Dawn, vous me brisez le cœur en épousant Brian !

Ses yeux noirs pétillèrent joyeusement au-dessus de sa belle moustache noire quand il se pencha pour lui faire un baisemain, avec ses manières de *latin lover* un rien trop appuyées, mais qui lui étaient familières depuis l'Italie et les quelques soirées passées en sa compagnie.

Là-bas, il n'avait cessé de la presser d'embarquer avec lui dans son jet, ou bien au moins de venir faire la fête dans une de ses nombreuses villas italiennes. Elle le reconnaissait, elle avait été tentée… Le prince play-boy avait une demi-tête de moins qu'elle et commençait à se dégarnir sur le dessus du crâne, mais ses dents étaient d'une blancheur extraordinaire sous sa moustache parfaitement entretenue, et un charme aristocratique séculaire suintait par tous ses pores.

— La seule façon de me sauver de mon désespoir, poursuivit-il d'un ton mélancolique, c'est de me présenter à votre si ravissante mère.

— Bien sûr, répondit Dawn d'un ton plutôt sec. Maman, je te présente Carlo di Lorenzo, prince de Lombardie et de Marino. Carlo, voici ma mère, Maureen McGill.

Le prince adressa un sourire caressant à cette dernière.

— Je vois de qui votre fille a hérité ses beaux yeux, *signora* McGill. Ils m'ont enchanté dès notre première rencontre à Venise, mais, comme elle a décidé de me briser le cœur en refusant de s'enfuir avec moi, vous pourriez peut-être m'aider à réparer les dommages, qu'en pensez-vous ? Venez à Rome avec moi, et je vous montrerai la ville sous un jour que peu de gens connaissent.

Maureen McGill était tout aussi perméable au charme de Carlo que les mannequins et starlettes à qui il contait fleurette depuis des années. A la fois troublée et flattée, elle lança un regard de triomphe à son ex-mari, avant de se laisser happer par la conversation du charmant convive italien.

— Dieu soit loué ! marmonna Dawn, les doigts crispés sur sa coupe de champagne.

Brian la lui retira alors doucement des mains et se pencha vers elle.

— Nous pouvons laisser tomber ce dîner, monter dans un jet et être à Las Vegas dans deux heures, murmura-t-il.

Elle considéra sa proposition pendant quelques instants… et, comme elle était la fille de sa mère, préféra s'obstiner.

— J'aurais accepté cette offre avec plaisir, mais il se trouve que tu dois récupérer un chien demain matin, tu te souviens ? Et je tiens aussi à ce que nos amis soient présents à la célébration prévue en fin d'après-midi.

A 16 heures exactement. Elle tiendrait bon, et ils devaient respecter leur plan, rien ne viendrait cette fois entraver le mariage, se répéta-t-elle.

— A ta guise, dit Brian en lui donnant un léger baiser sur la joue. Si tu changes d'avis, fais-le-moi savoir.

Ce baiser, cette éventuelle échappatoire et une coupe de champagne supplémentaire concoururent à apaiser la nervosité de Dawn et, au moment où Brian s'apprêta à porter un toast, après qu'ils eurent pris place autour de la table pour dîner, elle sentit le bonheur couler de nouveau dans ses veines.

Il fit un signe du menton à son fils, qui s'empressa de le rejoindre.

— A notre rayonnante et brillante Dawn, dit-il en lui adressant un regard qui lui alla droit au cœur. Elle nous a arrachés à notre nuit et…

Il se tourna vers son fils, qui enchaîna, en levant un verre d'eau :

— … et a déversé sur notre vie des rayons de soleil et des sourires !

— La soirée était réussie ! déclara Kate quelques heures plus tard.

Cédant encore une fois à la tradition, Dawn avait accepté de passer la dernière soirée avant son mariage entourée de chaperons, en l'occurrence ses meilleures amies, et non d'un père vigilant qui l'aurait enfermée dans une tour pour s'assurer qu'aucun autre homme ne s'approche d'elle et ne l'en aurait délivrée que le lendemain, pour rejoindre l'autel.

Sa tour à elle, c'était une suite du Ritz qui offrait une vue fantastique sur le Washington Monument, de l'autre côté du Potomac. Un déluge de lumières éclairait l'obélisque en marbre, et la colonne jaillissait tel un feu sous la voûte de la nuit.

— Rien à voir avec ton dernier dîner de répétition, poursuivit-elle. Non, il n'était pas inoubliable, celui-là !

— J'aimerais tant pouvoir l'effacer de ma mémoire, répliqua Dawn en frissonnant. D'ailleurs, j'ai eu tellement peur que celui de ce soir dégénère que je me suis demandé à plusieurs reprises pourquoi je réitérais ce tintouin, ce soir.

Comme toujours, Callie fut la voix de la raison.

— Parce que tu aimes Brian, Tommy, et que tu veux que nous partagions avec toi la célébration de cet amour.

— C'est ce que je lui ai dit quand il a suggéré que nous partions en catimini pour Las Vegas.

— Comme si Callie et moi avions pu le permettre ! Je croyais qu'il avait compris que nous formions un bloc uni, déclara Kate d'un ton vexé, avant de porter une fraise à sa bouche.

— Si ce n'est pas encore le cas, il le saisira demain, renchérit Dawn, qui se relaxait enfin.

— Mouais, rétorqua son amie, sceptique. A propos de demain, à quelle heure veux-tu que je vienne vous aider, Callie et toi ?

— Oh ! quand tu veux ! Il n'y aura pas grand-chose à faire puisque LauraBeth orchestre tout.

— Cette femme est une bénédiction. Tu ne peux pas divorcer de ta mère et l'adopter, à la place ? fit Kate en riant.

— Si seulement !

Vers 11 heures, le lendemain, Dawn avait répété son mantra au moins une douzaine de fois : oui, cette fois, tout se passerait bien.

Le traiteur dépliait les chaises dans le parc, le fleuriste avait transformé le belvédère en une tonnelle automnale et s'apprêtait à attacher des petits bouquets aux chaises du dernier rang, quand sa mère débarqua inopinément, jetant à peine un regard aux équipes qui s'activaient sous le beau soleil d'octobre. Devant l'air contrarié qu'elle affichait, Dawn sentit un nœud se former dans sa gorge.

— Tu ne devineras jamais ce que ton père a fait, déclara-t-elle dans un souffle rageur.

Elle portait un tailleur vert clair qui aurait mis en valeur la couleur de ses yeux, si ceux-ci n'avaient pas ressemblé à deux meurtrières.

— Il a eu le toupet de me téléphoner dans ma chambre et m'a reproché de m'être ridiculisée au dîner en bavant d'admiration devant le prince.

Dawn fit la grimace, et Callie intervint instantanément, comme par le passé, pour dévier la fureur de sa mère.

— Vous ne vous êtes absolument pas ridiculisée, lui assura-t-elle. Carlo est un homme du monde sophistiqué et absolument charmant. Vous avez apprécié sa compagnie, quoi de plus normal ? Tout comme Dawn, Kate et moi.

— Tout à fait, approuva Maureen en passant la main dans son carré soigné. Et, s'il me propose de l'accompagner en jet dans le Sud de la France, en quoi cela dérangerait-il qui que ce soit que…

— Maman, l'avertit alors Dawn, Carlo fait constamment des propositions outrageuses aux femmes séduisantes, c'est une seconde nature chez lui. Il voulait m'emmener à Marrakech, et d'ailleurs il a réitéré hier sa proposition !

Sa mère ne retint que la première partie de son commentaire et demanda, le visage soudain rayonnant :

— Ah bon, tu me trouves séduisante ?

— Bien sûr, que tu l'es ! Quand tu souris, ajouta-t-elle dans un souffle.

— Mmm, ce prince doit avoir au moins dix ans de moins que moi. Tu penses qu'il veut vraiment… ?

— Ma-man !

— Très bien, très bien, marmonna Maureen avant de jeter un coup d'œil autour d'elle : Pourquoi vous tournez-vous les pouces, toutes les deux ? Et où est Kate ? Je n'arrive pas à croire qu'elle ne soit pas encore arrivée, vous vous maquillez et vous peignez toujours ensemble avant vos mariages.

A l'entendre, on aurait cru qu'elles avaient connu des dizaines de mariages !

— Kate va bientôt arriver, déclara Dawn avec raideur.

L'interphone sonna au même instant. Elle appuya dessus comme on s'accroche à une bouée de sauvetage.

— Papa et moi, on a fait des sandwichs, annonça la petite voix de Tommy avec enthousiasme. Il prétend qu'il n'est pas censé voir la mariée avant la cérémonie, mais je lui ai dit que Callie et toi vous deviez être affamées. Vous voulez venir manger avec nous ?

Dawn sauta sur l'occasion.

— Oui, ma mère est là, aussi. On arrive.

— OK. Après, papa doit faire une course, mais il ne veut pas me dire quoi. Il dit juste que c'est important.

Au prix d'un gros effort, Dawn résista à l'envie de laisser sa mère en compagnie de Callie et Tommy et d'accompagner Brian à Woodburn pour récupérer le chiot de Tommy. Elle parvint aussi à rester souriante, même si une migraine pointait.

Callie s'efforçait de répondre du mieux possible aux questions pressantes de Tommy sur le rôle qu'il tiendrait durant la cérémonie et aux critiques de Maureen concernant l'organisation du buffet quand, exaspérée par sa mère, Dawn entraîna son amie à l'écart.

— Nous avons acheté un panier pour le chiot, une laisse, un collier et des jouets, lui dit-elle. Ils sont cachés chez les voisins.

Il était en effet convenu que Brian déposerait aussi le petit animal chez eux à son retour de Woodburn, en attendant la remise du présent.

— Seulement, ajouta-t-elle, nous avons oublié de nous procurer une brosse ; or, les poils du chiot doivent être peignés régulièrement. Il faut donc que je sorte en acheter une.

— Maintenant ?

— Oui, il y a une boutique d'accessoires pour chiens, dans un centre commercial tout près. Je fais juste un aller-retour.

— Tu ne veux pas que j'y aille à ta place ? proposa Callie. Kate va arriver d'un instant à l'autre, tout comme le photographe. En général, ils font des essais de photos avant, tu te souviens ?

Dawn essuya ses paumes moites à son jean et jeta un coup d'œil vers sa mère.

— J'ai juste besoin d'un moment à moi…

— Dawn…

— Je reviens tout de suite !

Et, s'emparant de son portefeuille et des clés de la Mustang, elle s'échappa.

12

La sonnette de la porte d'entrée retentit juste après le départ de Dawn : c'était Kate, comme le soupçonnait Callie. Elle apportait un sac de vêtements, et son expression était tendue.

— J'ai vu une Mustang rouge tourner à l'angle, en arrivant. Ne me dis pas que Dawn était au volant !

— Hélas…

— Oh non ! Pitié !

— Tout va bien, je t'assure, enchaîna Callie d'un ton aussi confiant que possible, en entraînant Kate à l'intérieur. Elle est juste allée acheter une brosse de toilettage.

— Pardon ?

— Pour le chien, précisa-t-elle à voix basse.

Puis elle jeta un coup d'œil par-dessus son épaule pour s'assurer que Tommy n'était pas dans les parages.

— Dawn m'a dit que le chien devait être brossé régulièrement et qu'ils avaient oublié la fameuse brosse de toilettage. Elle fait juste un aller-retour et elle revient.

— Tu plaisantes ?

Callie sentit ses nerfs lâcher.

— Est-ce que j'en ai l'air ?

— Mais enfin pourquoi l'as-tu laissée filer toute seule ?

— Elle ne voulait pas que je l'accompagne, même si…

— Où est ma fille ? demanda une voix autoritaire.

Kate roula des yeux.

— D'accord, j'ai compris, pas la peine de m'expliquer, déclara-t-elle à voix basse.

Maureen fit alors son apparition dans le vestibule, le front plissé.

— Où est Dawn ? Je ne comprends pas pourquoi elle a confié toute l'organisation à cette LauraBeth. Vous avez vu le gâteau ? Il n'a pas d'étage et, pour toute décoration, deux anneaux emmêlés. C'est un désastre.

Kate prit une profonde inspiration.

— Ce sont les alliances que Dawn et Brian ont choisies, et c'est tout ce qu'ils voulaient comme décoration sur le gâteau.

— Peut-être, mais un homme aussi fortuné que ce Brian aurait dû offrir une bague bien plus raffinée à sa femme.

— Je vous le répète, c'est Dawn qui souhaitait cette simplicité. Ce sont les copies d'un modèle remontant à l'Empire romain et, comme Brian et elle se sont connus en Italie, elles ont une signification particulière pour eux.

— Sans doute, fit Maureen d'un ton impatient. En attendant, où est-elle ?

— Elle avait une course de dernière minute à faire.

A ces mots, la mère de Dawn pâlit.

— Pardon ? Oh non… ! gémit-elle.

— Elle va revenir d'un instant à l'autre, lui assura Callie sur le ton le plus convaincant possible.

— Appelle-la immédiatement ! lui ordonna Maureen. Dis-lui que le traiteur a besoin d'elle. Non, attends, dis plutôt que Tommy se sent mal. Qu'il a envie de vomir et qu'il la réclame.

— Mais je ne peux pas lui mentir de façon aussi éhontée, protesta Callie en sortant malgré tout son portable.

— Ce ne sera pas un mensonge, je mettrai les doigts dans sa gorge s'il le faut !

Les deux amies poussèrent en chœur une exclamation indignée.

— Ah, remettez-vous ! poursuivit Maureen. Je tiens à ce qu'elle se marie.

— Mais hier soir vous disiez que…

— Je sais ce que j'ai dit, mais je ne suis pas la meilleure conseillère en la matière.

— Effectivement, assena Kate.

Maureen plissa les yeux, tel un chat qui va sauter au visage, puis, se contentant de se mordre la lèvre, regarda Tommy qui aidait, tout joyeux, LauraBeth à placer une sculpture de glace au milieu du buffet.

— Brian et Tommy sont exactement les êtres qu'il lui faut. Ils lui donneront la famille et la stabilité que j'aurais aimées…

Elle s'interrompit, ravala un sanglot, et ajouta d'un ton résolu :

— Je me ferai vomir moi-même, si c'est le prix à payer pour qu'elle rentre à la maison !

— Espérons que nous n'en arriverons pas là, décréta Kate.

Et elle sortit son portable.

Quelques secondes plus tard, la finale de l'ouverture de *Guillaume Tell* de Rossini résonna dans l'air, et les trois femmes tournèrent la tête de conserve dans la direction d'où venaient les joyeuses notes : le portable de Dawn se trouvait sur le comptoir.

— Génial ! Elle a oublié son téléphone, constata Kate.

— Peu importe, renchérit Callie avec calme et détermination. Elle ne va pas tarder.

Brian revint peu avant 14 heures et se dirigea aussitôt vers le pavillon, avec l'intention d'annoncer à Dawn qu'il avait réussi sa mission, avant de mettre la main sur son fils et d'aller se changer avec lui dans la maison principale.

Il aperçut Tommy en train de montrer à Travis son agilité en matière de roues ; tous deux se trouvaient près du belvédère et des rangées de chaises alignées avec une précision militaire. Puis il découvrit Kate, Callie et la mère de Dawn à l'intérieur du pavillon, épaule contre épaule… A cet instant, un pressentiment le saisit, qui se renforça à la vue des mains crispées de sa future belle-mère autour d'un verre de whisky.

— Où est Dawn ? demanda-t-il d'un ton détaché.

Sa question lui valut à la fois un regard prudent, une expression faussement innocente et un front soucieux.

— Comme vous aviez oublié la brosse de toilettage pour le chien, elle est allée en acheter une au centre commercial, répondit Callie.

— Et depuis quand est-elle partie ?

Cette dernière lança un coup d'œil à ses voisines, Kate se mordit la lèvre et Maureen avala un trait de whisky.

— Deux heures, déclara enfin Kate.

Brian sortit alors son portable de sa poche.

— Le centre commercial est bondé, le samedi. Elle a dû tourner en rond pour trouver une place. Je vais lui rappeler l'heure qu'il est.

— Elle a oublié son téléphone, l'informa Kate en désignant le comptoir du menton.

Brian regarda l'appareil, puis les trois femmes. Il avait suffisamment l'habitude des contacts humains pour percevoir l'inquiétude et le doute que le trio tentait pourtant si vaillamment de lui cacher.

— Très bien, dit-il en haussant délibérément les épaules, attendons qu'elle revienne ! Pour ma part, comme j'ai des marques d'amour canin sur le menton et les joues, je ferai mieux d'aller me laver et de préparer également Tommy.

Brian se refusait catégoriquement à envisager que Dawn ait pu lui faire faux bond au dernier moment. Certes, elle avait des défauts, elle était la première à l'admettre, mais la lâcheté n'en faisait pas partie. Si elle avait changé d'avis concernant leur mariage, se dit-il avec détermination en prenant sa douche, elle lui aurait annoncé en face.

Et quand bien même elle aurait décidé de ne pas l'épouser, pensa-t-il sombrement en se rasant la joue, il était impossible qu'elle ait pris la poudre d'escampette sans même laisser un mot d'adieu à Tommy. Pourtant, son estomac était incroyablement contracté quand il enfila son costume et sa cravate.

Avant de rejoindre son fils pour voir comment avançaient ses préparatifs, il balaya du regard la chambre qu'il avait partagée avec Caroline : il avait retiré les objets qui portaient son empreinte personnelle, comme le petit sachet dans le dernier tiroir de la commode qui, après toutes ces années, sentait encore un peu la rose, ou encore une photo d'elle et de Tommy, qui tenait une place d'honneur sur sa table de nuit. Le cliché avait été retiré de son cadre et transféré dans ce merveilleux album que Dawn avait réalisé pour Tommy.

Elle semblait si sincère, généreuse et confiante ! Elle ne doutait pas qu'il y aurait assez de place dans son cœur pour à la fois Caroline et elle. Pourtant, en observant à présent la chambre, il regrettait de ne pas avoir opéré des changements avant le mariage, au lieu de les reporter à plus tard. Il aurait fallu de nouveaux meubles, de nouveaux draps, d'autres photos et objets décoratifs. Ils auraient également pu supprimer la cloison entre la chambre d'amis et le bureau, à l'étage, afin de créer une grande chambre toute neuve, juste pour eux. Ou plus simplement déménager, ainsi qu'il hésitait à le faire depuis cinq ans.

Il poussa un juron : il était trop tard pour se soucier de cela, sa priorité immédiate étant de glisser l'anneau au doigt de Dawn !

Bien résolu à y parvenir, il entra dans la chambre de son fils, qu'il trouva juché sur un marchepied devant le miroir de la salle de bains, en train d'essayer de nouer sa cravate. Il l'avait choisie tout seul, lui précisa-t-il. Ou presque, pensa Brian, et il se rappela les yeux brillants de Dawn quand elle lui avait assuré que les dinosaures fluorescents qui ornaient la cravate ajouteraient une touche parfaite aux festivités.

— Besoin d'aide, bonhomme ?

— Non, j'y arrive.

Il ne fit aucun commentaire en le voyant avancer un peu plus le menton à chaque tentative ratée.

— Les cravates, c'est vraiment idiot, finit par décréter Tommy en la détachant complètement pour recommencer. Pourquoi les hommes doivent en porter ?

— Elles sont d'origine militaire, lui expliqua Brian. Elles tenaient chaud aux soldats, autrefois.

— Autant mettre une écharpe !

— C'est vrai, mais les tenues vestimentaires ont évolué au fil des siècles, et aujourd'hui il nous reste ces maudites cravates pour les grandes occasions… Non, passe ce bout par ici, maintenant, par là… Et voilà ! Tu as réussi ton premier nœud de cravate.

Toute tension disparut de son minois, et il adressa alors un grand sourire à son reflet, tandis que Brian se retenait d'ajuster le nœud un peu de travers. Il lui donna à la place deux coups de peigne puis, une fois son fils redescendu de son tabouret, l'aida à enfiler son costume gris foncé ; Tommy s'admira ensuite quelques instants dans le miroir en pied.

— Tu es très chic, bonhomme ! lui assura Brian.

— Je sais, répondit-il avec un petit sourire malicieux, avant d'ajouter, magnanime : Tu n'es pas mal non plus. J'ai hâte que Dawn nous voie. Tu paries qu'elle va se mettre à bondir de joie ?

Il l'espérait de toutes ses forces !

Le sourire toujours aux lèvres, il regarda sa montre en dévalant l'escalier avec Tommy : il était 14 h 40, ce qui laissait encore une bonne demi-heure avant l'arrivée des premiers convives.

Des bribes de conversations lui parvenant du salon, il s'y dirigea et y retrouva notamment Travis, qu'il avait choisi, outre Tommy, comme témoin, afin de lui exprimer sa reconnaissance, car c'était grâce à lui qu'il avait connu Dawn. Son ami était sur son trente et un.

Kate se tenait à ses côtés. Elle aussi s'était changée, et était magnifique, vêtue d'une robe cintrée d'un bel ocre ; ses boucles blondes retombaient en cascade sur ses épaules. Callie portait une veste dorée sur un fourreau orange foncé, et il la trouvait ravissante. Elle s'efforçait manifestement de donner une image sereine, en dépit des petites lignes soucieuses qui creusaient les coins de sa bouche.

Quant à sa future belle-mère, elle n'essayait même pas de donner le change. Elle tenait toujours son verre de whisky à la main et, manifestement, elle s'était resservie. Tommy et lui étaient à peine entrés dans la pièce qu'elle s'écria :

— Elle n'est pas de retour.

Il lui adressa un regard calme.

— Elle va revenir.

— Mais cela fait trois heures qu'elle est partie !

— Qui est partie ? questionna alors Tommy. Elle parle de Dawn ?

— Oui, mais…

— Elle n'est pas partie, assura tout de suite son petit garçon. Elle se cache.

Il fut instantanément mitraillé de questions.

— Quoi ?

— Où ?

— Elle t'a appelé ?

— Pourquoi est-ce qu'elle se cache ?

Cillant, Tommy recula d'un pas.

— Je… Euh…

Brian toussota et leva discrètement la main pour indiquer aux autres de reculer.

— Pourquoi Dawn se cache-t-elle ? demanda-t-il d'une voix calme.

— C'est une tradition. Tu t'en souviens pas, papa ? Mais c'est toi qui m'en as parlé : on n'est pas censés voir la mariée avant la cérémonie !

Ah bon, c'était donc ça ? Mais oui, c'était forcément cela, voulut-il encore croire !

Pourtant, aucune personne présente dans le salon ne se mit à rire, constata Brian. Et d'ailleurs la confiance de son fils semblait diminuer à mesure que la maison se remplissait.

LauraBeth, son mari et deux de ses quatre fils furent les premiers convives à arriver. Celle-ci donna un gros baiser à Tommy, inspecta rapidement les jardins et le buffet, puis échangea quelques mots avec les serveurs pour qu'ils offrent des rafraîchissements ; après quoi, elle le prit chaleureusement dans ses bras, mais son sourire crispé ne la trompa pas un instant, et en trente secondes elle lui fit cracher le morceau.

Ce furent ensuite le père de Dawn et son frère qui sonnèrent à la porte, et Maureen s'avança tout de suite vers eux pour les mettre au courant de la situation. Ils conféraient toujours tous les trois à voix basse quand le pasteur arriva à son tour.

La famille Caruther fit ensuite son entrée, ce qui apporta une diversion bienvenue pour Tommy, qui montrait de vifs signes d'inquiétude.

Les parents de Brian arrivèrent en même temps que ceux de Caroline et, après l'avoir fiévreusement enlacé, la mère de celle-ci prit Brian par le bras et l'emmena à l'écart.

— Je suis si heureuse que tu aies trouvé une femme comme Dawn, dit-elle avec ferveur. Tommy ne cesse d'en faire l'éloge chaque fois que nous lui parlons au téléphone. Tu as été un merveilleux mari pour ma fille, et tu mérites le bonheur que ton nouvel amour t'apporte.

La gorge soudain nouée, Brian l'étreignit très fort dans ses bras.

— Bon, assez d'effusions, décréta en riant la mère de Caroline. Ce sont les parents de Dawn, là-bas ? Tu veux bien faire les présentations entre les anciens et les nouveaux beaux-parents ?

— Toi et Jerry resterez toujours mes beaux-parents, déclara-t-il alors d'un ton rauque avant d'accéder à sa demande.

A son grand soulagement, Maureen fit preuve d'une remarquable convivialité et parvint même à réprimer son animosité envers son mari.

La sonnette retentit de nouveau, et Brian alla accueillir cette fois Joe Russo et Carlo di Lorenzo, qui saisirent d'emblée que quelque chose n'allait pas : ils avaient vécu ensemble trop de situations tendues pour ne pas repérer sur-le-champ son sourire de façade.

Rapidement, ils l'entraînèrent dans un coin de la pièce, et, d'un mouvement du menton, Carlo invita Travis à se joindre à eux.

— Bon, Ellis, que se passe-t-il ? demanda Joe sans ambages.

Brian ne chercha pas à donner le change.

— Dawn est allée faire une course en fin de matinée, et depuis nous sommes sans nouvelles d'elle, déclara-t-il en sentant sa pomme d'Adam monter et descendre à toute vitesse. J'ai peur qu'elle ait eu un accident. Pourrais-tu demander à tes hommes de vérifier les hôpitaux des environs ?

Ce dernier avait déjà sorti son portable.

— Considère que c'est fait. Je vais aussi les prier de prendre contact avec la police.

Quelques secondes plus tard, il avait joint son centre de commandement et donnait une description précise de Dawn. Soudain, le combiné toujours à l'oreille, il tourna les yeux vers Brian, sourcils levés.

— A-t-elle des tatouages ou des signes distinctifs ?

— Une marque de naissance toute ronde, sur la cuisse gauche... Et aussi des orteils recouverts chacun d'une couleur de vernis différente.

Devant le regard étonné des trois hommes, il ajouta :

— C'est bien un signe distinctif, non ?

— Quelle voiture conduisait-elle ? poursuivit Joe sans répondre.

— Une Mustang rouge.

— De quelle année ?

— 2013.

La réponse tendue vint de Kate, qui s'était infiltrée dans l'enclave masculine.

— Où se rendait-elle quand elle a quitté la maison ? reprit Joe.

— Dans une boutique d'accessoires canins, au centre commercial.

— Une boutique d'accessoires canins ? répéta-t-il, incrédule.

— C'est une longue histoire, marmonna Brian, et sans importance.

Joe hocha la tête et demanda à Kate :

— Dans quel centre commercial ?

— Le plus proche d'ici, je suppose.

— Vous supposez ? Il ne faut jamais rien supposer, il faut en être sûr ! Quel centre commercial, donc ?

— Euh… Je ne sais pas, répondit Kate, confuse.

— Callie le sait-elle ?

— Peut-être…

Elle se retourna alors pour chercher son amie et, l'apercevant, lui fit signe de venir. Devant son regard interrogateur, Joe déclara :

— Je suis en communication avec ma division d'investigations, qui va se mettre à la recherche de Dawn. Sais-tu dans quel centre commercial elle s'est rendue ?

— Un centre commercial tout proche, a-t-elle dit. Elle n'a pas indiqué de nom.

— Que portait-elle en sortant de la maison ?

— Un jean et… Oh non ! Vous pensez qu'elle a eu un accident ?

— C'est ce que nous essayons d'écarter. Que portait-elle donc, à part un jean, tu t'en souviens ?

Brian ne doutait pas un instant que Callie était aussi angoissée que lui, pourtant, celle-ci répondit d'une voix calme, les yeux rivés à ceux de Joe :

— Un haut noir à manches longues et un cardigan beige orné de gros boutons marron.

Joe lui adressa un regard reconnaissant et transmit les informations à son correspondant, le priant de le rappeler dès qu'il aurait du nouveau.

Quand il raccrocha, Brian fut submergé par un flot de terribles souvenirs. Des ambulances, la salle des urgences, des oncologistes scrutant les scanners de Caroline, les infirmières lui administrant des doses de morphine toujours plus fortes… Dans un suprême effort, il s'efforça de chasser ces images, et Carlo lui vint en aide en affirmant à l'adresse de Kate et Callie :

— Joe va la retrouver, c'est le meilleur ! Travis et moi sommes bien placés pour le savoir, c'est lui qui nous a secourus contre les troupes de Boko Haram, en nous fournissant des informations de premier ordre, nos services de renseignement ayant sous-estimé le nombre de rebelles.

Et, sur ces mots, il afficha un air pince-sans-rire.

— Pendant que vos hommes mènent l'enquête, que pouvons-nous faire ? demanda promptement Kate.

De toute évidence, elle n'avait pas envie que le prince épilogue sur cet épisode, pensa Brian.

Joe regarda par-dessus son épaule :

— Gérer les convives, peut-être ?

Car à cet instant le clan des McGill fonçait vers eux comme les anges de la vengeance. Kate tenta immédiatement de les intercepter, mais Maureen la contourna et se précipita sur Joe.

— Je vous ai vu téléphoner... C'est à Dawn que vous parliez ? Où est-elle ? Elle nous fait encore la scène de la disparition ?

— Non, ce n'était pas elle, et j'ignore où elle se trouve. Et je peux vous assurer qu'elle n'a pas disparu volontairement !

— Qu'en savez-vous ?

Le ton était monté d'un cran. Instinctivement, Brian jeta un bref regard à son fils dont la bouche commençait à trembloter ; il s'efforça alors d'afficher un calme qu'il était loin de ressentir.

— Permettez-moi de vous poser une question, madame McGill, reprit Joe d'un ton sec. Dawn a-t-elle déjà « disparu » ? Ou bien lui est-il arrivé par le passé de prévenir son entourage qu'elle avait changé d'avis ?

— Elle nous l'a dit, mais...

— A qui l'a-t-elle annoncé ? A sa famille, à ses fiancés ?

— Bien sûr. Mon mari... enfin, mon ex-mari et moi lui avons hélas donné la pire image possible du couple.

— Je confirme, déclara M. McGill avec tristesse.

A la surprise de tous, il serra la main de sa femme dans la sienne, laquelle ne se dégagea pas, se contentant de baisser les yeux.

— La seule chose que nos disputes constantes lui aient enseignée, c'est de reconnaître ses erreurs, poursuivit-il. Elle a eu au moins le courage d'affronter les deux hommes qu'elle pensait aimer, de leur avouer la vérité, à savoir qu'elle s'était trompée, et de poursuivre sa vie.

Il regarda alors Brian, puis Tommy, à qui il adressa un sourire fatigué.

— Cette fois, Dawn m'a affirmé que c'était la bonne. Qu'elle ne nourrissait aucun doute, qu'elle était sûre d'elle et de ses sentiments. Elle t'aime, fiston, et elle aime aussi ton papa. Vous représentez tout ce qu'elle désire le plus au…

La sonnerie du téléphone fixe l'interrompit. Brian se précipita vers l'appareil et, voyant le numéro qui s'affichait, se glaça.

— C'est la police, annonça-t-il.

Le silence le plus total s'abattit sur le salon.

La main crispée, il décrocha.

— Moins vite, ordonna-t-il d'une voix tendue au bout de quelques secondes. Je ne comprends rien… *Quoi ?*

Chacun retint son souffle quand il lança un rapide regard à Joe Russo et enchaîna :

— Oui, il est là.

Abasourdi, il regarda le combiné… Il n'arrivait pas à la croire. Puis il le tendit à Joe.

— C'est Dawn. Elle est en prison. Elle veut te parler.

13

Au moment où Brian remettait le téléphone à Joe, une vibration aiguë perça le silence. Ce dernier s'empara immédiatement de son portable, et lut rapidement le texto qu'il venait de recevoir avant de porter le combiné du fixe à son oreille.

Tous les convives s'étaient regroupés autour de lui, et n'entendaient qu'une partie de la conversation. Comme toujours, Joe alla droit au but.

— Oui, c'est bien moi, Joe Russo… OK… OK… Passez-le-moi.

Une pause s'ensuivit et, de nouveau, il déclina son identité.

— C'est Joe, oui, ça fait un bail… Quel est le chef d'accusation ?

Il plissa les yeux en écoutant la réponse de son interlocuteur, puis décréta promptement :

— J'arrive.

Il redonna le téléphone à Brian, inspecta la petite assemblée… et conclut visiblement que toutes les oreilles ne pouvaient pas écouter ce qu'il avait à révéler. Aussi enchaîna-t-il :

— Où pouvons-nous parler, Brian ?

— Dans mon bureau.

Comme les deux hommes s'éloignaient, un concert de protestations s'éleva.

— Attendez !

— Pourquoi ma fille est-elle en prison ?

— Dites-nous ce qui se passe, enfin !

Brian se retourna vivement.

— Je vous raconterai tout quand je saurai moi-même de quoi il retourne, trancha-t-il.

Lorsqu'il referma la porte de son bureau, un immense sentiment de soulagement le submergea : ouf, Dawn était vivante, elle n'était pas à l'hôpital et, d'après ce qu'il avait pu comprendre de ses propos confus, elle n'avait pas tenté de s'enfuir pour éviter le mariage. Fort de ces assurances, il pouvait donc écouter le récit de Joe.

— Bon, raconte-moi ce qui est arrivé.

— Mes hommes ont retrouvé la trace de Dawn au commissariat du district de Bethesda, sur la Wisconsin Avenue. Ils ont parlé à l'inspecteur chargé de l'affaire, qui lui a alors donné l'autorisation de t'appeler.

— Quelle affaire ? Et que pensent-ils qu'elle ait fait ?

— Ils la retiennent pour enlèvement.

— *Quoi ?* s'étrangla Brian. Et qui est-elle censée avoir kidnappé ?

— Un enfant de quatre ans.

— Mais enfin c'est insensé ! Il faut être tombé sur la tête pour l'accuser d'un tel forfait.

— Chico, l'inspecteur avec qui je viens de m'entretenir, est un vieil ami. Nous portions le même badge, autrefois.

— Ah bon, tu étais flic, avant ?

Même si Travis, Carlo et lui avaient passé beaucoup de temps en Italie avec Joe, ils le connaissaient peu. Ils savaient juste qu'il était expert en sécurité, qu'il se rendait dans des endroits auxquels les forces conventionnelles n'avaient pas accès, et qu'il dirigeait à présent l'un des meilleurs services secrets privés, à l'échelle internationale.

— Dans la police militaire, précisa Russo. Chico est un type bien, il va résoudre les points conflictuels.

— Mais quels sont-ils ? s'étonna Brian.

— Il ne m'a pas fourni tous les détails, il m'a juste dit que Dawn affirmait avoir trouvé une petite fille qui errait toute seule dans le centre commercial et qu'elle avait voulu lui venir en aide. Mais la mère, qui est apparemment toujours hystérique, l'accuse d'avoir donné des bonbons à sa fille pour l'amadouer et l'enlever.

Joe fit une pause, puis planta un regard prudent dans le sien.

— Et, quand la police a découvert que Dawn avait déjà un casier, ça n'a rien arrangé, ajouta-t-il.

Il eut un mouvement de recul. Que pouvait-elle bien avoir commis de répréhensible ?

— Mes hommes auraient dû s'en apercevoir, quand ils ont enquêté sur son passé, je vais tirer cela au clair avec eux, poursuivit Joe d'un ton contrarié. Bref, il faut que tu me dises pourquoi elle a déjà été arrêtée. Car cela ne plaide évidemment pas en sa faveur.

— Je n'en sais absolument rien !

— Qui le sait, selon toi ?

— Kate et Callie ! répondit-il tout de suite.

— Va les chercher.

Arracher les deux femmes au reste des invités s'apparenta à une réelle gageure, de sorte qu'il revint non seulement en leur compagnie mais aussi en celle de Travis, Carlo, et le frère et les parents de Dawn.

Joe ne perdit pas de temps à protester.

— Bon, répondez à mes questions, et vite, ordonna-t-il. Dawn a quitté la maison à… ?

— 11 h 55, lui signala Kate, ayant compris la leçon, quant à la nécessité de la précision. J'ai vu sa voiture tourner à l'angle quand je suis arrivée, et j'ai regardé l'heure, me demandant où elle allait.

— Et elle allait… ?

— Au centre commercial tout proche, pour acheter une brosse pour le chien, répondit aussitôt Callie.

— Quel chien ? questionna Joe en fronçant les sourcils.

— C'est le chiot que nous offrons à Tommy pour le mariage, expliqua Brian. Il est chez nos voisins en attendant.

— Très bien, voici la situation : Chico, l'inspecteur qui travaille sur l'affaire, m'a dit qu'elle avait été arrêtée au centre commercial.

— Quoi ? s'écria Maureen. Mais qu'a-t-elle donc fait ?

Joe jeta un regard à Brian, qui acquiesça à contrecœur, et il relata alors ce qui s'était passé. Comme il s'y attendait, un nouveau concert de protestations s'éleva.

— Nous savons tous que c'est du pipeau, trancha Joe. Le problème, c'est que la mère est hystérique, et que Dawn a déjà un casier judiciaire. Que quelqu'un me dise pourquoi, et vite !

L'expression abasourdie du clan McGill lui indiqua qu'il n'en avait pas la moindre idée. Tout comme les visages surpris de Travis et de Carlo. En revanche, le coup d'œil qu'échangèrent Callie et Kate ne lui échappa pas.

— Dépêchez-vous, bon sang !

Kate releva le menton, et Callie fronça les sourcils.

— Qu'a-t-elle fait et quand ? insista Joe.

— Elle a juste accepté de rembourser à son fiancé toutes les dépenses extravagantes que *celui-ci* avait tenu à faire pour leur mariage, y compris les réservations en vue d'un voyage de noces surprise à Tahiti, expliqua Kate. Il lui a fallu plus d'un an pour s'en acquitter.

— Mais cette ordure n'était pas encore satisfait, enchaîna Callie avec une animosité inhabituelle. Il voulait une revanche complète, et l'humilier jusqu'à la moelle.

— Par conséquent, il a déposé une plainte contre elle, l'accusant d'avoir utilisé sa carte American Express sans son autorisation et d'avoir ainsi vidé son compte de quelques milliers de dollars, renchérit Kate d'un ton rageur. Et le pire, c'est qu'elle n'était pas du tout au courant de cette accusation ! Elle aurait, paraît-il, reçu une convocation à comparaître, mais, n'ayant en réalité rien reçu du tout, elle ne s'est bien évidemment pas déplacée : elle a eu vent de toute l'affaire de façon un peu brutale, quand deux policiers ont sonné à sa porte un beau matin, munis d'un mandat, et lui ont passé les menottes, l'arrêtant pour défaut de comparution.

Les joues rouges de colère, Callie reprit la saga :

— Cela lui a coûté une somme folle, mais son avocat a fini par prouver que Dawn n'avait jamais utilisé la carte en question et n'avait pas volé le moindre centime à ce crétin. Le juge a déclaré un non-lieu, et l'affaire n'aurait pas dû figurer dans son casier !

— Effectivement, il aurait dû être vierge, reprit Joe. Donnez-moi le nom du juge et la date des faits, je mets mes hommes sur l'affaire.

Callie et Kate lui fournirent les informations requises, et il envoya sur-le-champ un texto à son équipe.

— Et maintenant Brian et moi allons nous rendre au poste ! déclara-t-il.

— Je vous accompagne ! décréta Callie. Je sais gérer les parents hystériques.

— Je viens aussi, et n'essayez même pas de m'en dissuader ! prévint Kate d'un ton déterminé. Dawn s'est toujours battue pour nous quand Callie et moi étions dans des situations délicates !

Quand les McGill voulurent leur emboîter le pas, Brian les arrêta tout net.

— Non ! Restez ici pour vous occuper de Tommy et des invités, avec Travis et Carlo. Donnez-leur des petits-fours et du champagne pour les faire patienter si nécessaire, mais qu'ils ne partent pas : ce mariage ne sera en aucun cas annulé.

En des termes plus adoucis, il expliqua au reste des convives que Dawn était au commissariat car elle avait été victime d'un quiproquo, que personne n'était blessé, qu'ils n'allaient pas tarder à revenir et que la cérémonie était juste retardée.

Puis il prit quelques instants pour rassurer son fils.

— Nous n'en avons pas pour très longtemps, et, en nous attendant, Cindy et toi pouvez défier Addy au Garden Warfare.

— OK, concéda Tommy, son petit menton tremblotant encore un peu au-dessus de la cravate à dinosaures fluorescents. Mais Dawn va revenir, hein, papa ?

— Evidemment !

— Comment tu le sais ?

— Parce qu'elle et moi avons un cadeau bien spécial à t'offrir et qu'elle ne voudrait manquer pour rien au monde le moment où tu le découvriras !

— C'est vrai ? Qu'est-ce que c'est ?

— Tu le sauras à notre retour. Bon, je vais la chercher. Sois sage.

Dawn avait la sensation de revivre le pire de ses cauchemars.

L'annulation de son premier mariage avait déjà été une rude épreuve, et celle du second, un vrai désastre qui avait pris des proportions épiques. Mais Brian… Tommy…

Elle faisait les cent pas dans la petite salle d'interrogatoire comme un chat en cage ; sans fenêtre, peinte en gris, la cellule suintait le désespoir. Et était en parfaite harmonie avec ses états d'âme ! Elle ne cessait de penser à l'embarras dans lequel elle avait placé Brian et Tommy, à leur chagrin. Et tout cela parce que sa mère lui avait tellement tapé sur les nerfs qu'elle était sortie, sous un prétexte futile, pour prendre l'air.

Non, pensa-t-elle soudain… C'était trop facile de reporter la faute sur sa mère. Elle était la seule responsable de ce qui lui arrivait. Elle était sur les nerfs en raison de ses deux précédentes tentatives ratées, et dans un tel état de panique qu'elle s'était précipitée droit dans le gouffre qu'elle voulait précisément éviter. Du poing, elle frappa la table.

— Quelle stupidité ! Mais quelle stupidité !

La porte de la cellule s'ouvrit au beau milieu de cette scène d'autoflagellation, et un inspecteur latino à la carrure imposante se profila sur le seuil.

— C'est à moi que s'adresse cette insinuation ?

— Non, à moi ! Je n'arrive pas à croire que…

Soudain, elle aperçut l'homme qui se trouvait derrière son interlocuteur et poussa un petit cri.

— Joe ! Quel soulagement de vous voir ! Pouvez-vous dire, s'il vous plaît, à l'inspecteur Ramirez que je ne suis pas une kidnappeuse d'enfant ?

— C'est déjà fait.

Elle lança alors un regard à l'inspecteur aux boucles coupées très court.

— Et vous le croyez, n'est-ce pas ?

— Je réfléchis encore à la question.

Ce n'était pas du tout ce qu'elle voulait entendre !

— Joe, vous devez le convaincre que je ne suis pas une délinquante ! D'accord, j'ai déjà été arrêtée, mais il y a eu un…

— Non-lieu, il le sait.

— Je viens de l'apprendre, rectifia Ramirez de sa voix traînante. J'avais besoin d'une confirmation.

— Il vous en a fallu, du temps, pour vous renseigner ! rétorqua Dawn.

— C'était votre parole contre celle de la mère de cette petite fille. Et l'affaire était difficile à démêler, étant donné que *vous* avez un casier judiciaire et que la plaignante ne cessait de changer de version.

— Et pour cause, enchaîna Joe avant qu'elle ne s'emballe de nouveau. Sur la suggestion de Callie, Chico — l'inspecteur Ramirez — a pris contact avec l'avocat qui défend les intérêts de l'enfant durant la procédure de divorce de ses parents.

Callie ! Son ange bienfaiteur !

— Ce qui m'a pris le plus de temps, enchaîna l'inspecteur d'un ton moqueur, ce fut d'obtenir l'autorisation de discuter du cas avec l'avocat.

Peut-être, mais elle n'oublierait pas de sitôt les heures passées dans cette pièce étouffante !

— Continuez, lui intima-t-elle d'un ton peu aimable.

— Apparemment, la mère a un problème, pas le père. Elle a déjà laissé sa fille dans sa voiture sans éteindre le moteur ou oublié de la récupérer chez la baby-sitter pendant trois jours.

— Et elle en a toujours la garde ? s'étonna Dawn.

— Plus pour très longtemps, j'imagine. Puisqu'elle vient d'avouer être sortie d'un grand magasin sans penser à sa fille et ne s'être rappelé sa présence qu'une fois qu'elle l'a vue avec vous. Alors…

— Elle a paniqué, je vois, termina Dawn.

Malgré elle, elle comprit cette pulsion irrationnelle. Elle-même n'y avait-elle pas cédé, quelques heures auparavant ? Et voilà où sa virée au centre commercial l'avait conduite…

Elle soupira lourdement. Elle n'avait plus qu'une envie : sortir d'ici !

— Je peux m'en aller, à présent ?

— Tout à fait, confirma Ramirez. Nous vous appellerons si nous avons besoin de plus de détails.

— Merci, *compadre*, dit Joe en effectuant un petit salut militaire.

Un rapide échange en espagnol s'ensuivit, avec grands sourires à l'appui, mais elle n'en avait cure : tout ce qu'elle voulait, c'était cocher la case « supprimer » pour tout ce qui s'était produit depuis son départ précipité de la maison, peu avant midi, et s'en aller !

Dès la salle d'attente où patientait Callie, elle sentit la vertigineuse odeur de la liberté lui brûler d'un coup les poumons. Elle se jeta avec fougue dans ses bras.

— Joe m'a dit ce que tu as fait, s'exclama-t-elle, la voix nouée par l'émotion.

— Oh ! je me suis contentée de suggestions, c'est lui qui a convaincu l'inspecteur Ramirez de suivre cette piste.

Elle adressa alors un regard reconnaissant et brouillé de larmes à Joe, sans parvenir toutefois à lui sourire. Et tout son être se glaça, lorsqu'elle aperçut la silhouette immobile, à la gauche de Callie.

— Brian…

Avec lenteur, elle s'écarta de son amie, et le regarda.

— Je suis désolée… Je n'ai jamais voulu… Je n'avais pas du tout l'intention…

Elle reprit sa respiration et ajouta :

— Je suis réellement désolée de vous avoir gâché cette journée, à Tommy et à toi.

Il s'avança jusqu'à elle, le visage impassible. Son estomac se contracta violemment et elle se prépara au pire.

— Dis-moi juste une chose, demanda-t-il.

Son ton était neutre, ses yeux, indéchiffrables. Elle déglutit avec difficulté.

— Quoi ? demanda-t-elle d'une voix rauque.

— Est-ce que tu as trouvé cette brosse ?

— Pardon ?

— La brosse de toilettage. C'est bien ce que tu comptais acheter, avant qu'on te jette en prison ?

Elle cilla, interloquée. Elle avait du mal à suivre… Elle regarda tour à tour Callie, Joe, puis de nouveau Brian. Et, devant le sourire qu'elle lut alors au fond de ses prunelles, elle sentit son cœur faire un bond aussi joyeux que les roues qu'elle avait enseignées à Tommy.

— Non, dit-elle dans un souffle, je n'ai pas eu le temps.

— Dans ce cas, allons-y sur le chemin du retour, dit-il en lui caressant la joue, car si le chiot dort cette nuit dans le lit de Tommy, comme je le pressens, il est préférable que nous le brossions avant la cérémonie, car après nous n'aurons plus la tête à ça.

Dawn posa sa main sur la sienne. Elle aurait voulu que ce tragique début d'après-midi s'efface comme par magie, mais ses expériences précédentes pesaient comme une chape de plomb sur ses épaules.

— Il est trop tard, Brian… Nos invités sont sans doute tous rentrés chez eux. Nous devrons reporter, ou faire un aller-retour express à Las Vegas, comme tu l'avais suggéré.

— Pour plagier mon fils : « Non-on ! »

— Mais…

— Pas de « mais » ni de report, et encore moins un voyage à Vegas. Mettons les gaz, ma rayonnante et brillante Dawn, et nous arriverons presque à l'heure !

14

En dépit de l'entrain de Brian et de ses encouragements, Dawn éprouva quelques difficultés à se remettre dans l'ambiance d'un jour de fête.

Il insista pour passer au centre commercial acheter la brosse et récupérer sa Mustang, pendant que Callie et Joe rentraient à la maison avec le SUV. Quand ils en ressortirent, la pleine lune éclairait le dôme de la nuit et les lampadaires parsemaient les rues d'étoiles dorées. Une petite brise faisait par ailleurs bruisser les feuillages et tourbillonner les feuilles déjà tombées.

La douzaine de voitures garées devant la maison souleva ensuite en elle des émotions très contradictoires. D'un côté, elle était reconnaissante à sa famille et ses intimes d'avoir attendu si longtemps, d'un autre, elle aurait préféré rentrer par la petite porte… Allons, elle n'était pas une lâche ! Elle les affronterait !

— Prête ? demanda Brian en coupant le moteur, un grand sourire aux lèvres.

— Et toi, prêt à garder ce beau sourire pour masquer le désastre ?

— Ce n'est pas du tout ce que je voulais dire, et mon sourire est tout à fait naturel ! Mais allons-y sans plus épiloguer.

Il était si beau et élégant dans son costume noir, quand il vint lui ouvrir la portière, que cela ajouta à son désarroi, puisque elle-même était en ballerines, en jean et en sweat-shirt ! Et son gloss avait depuis longtemps disparu, sans compter ses cheveux qui étaient tout emmêlés !

Elle voulut lui demander d'attendre un instant, le temps de

remettre un peu d'ordre dans sa chevelure, mais il l'entraîna vivement vers la maison, et elle eut tout juste le temps d'afficher un sourire dégagé, du type : « Me voici revenue après toutes ces mésaventures », en pénétrant dans un vestibule largement éclairé.

Toutefois, son sourire s'évapora devant le spectacle inattendu qui l'attendait dans le salon… Tommy, sa belle cravate aux dinosaures fluorescents nouée autour du front, tel un bandeau, disputait une partie fiévreuse de jeu vidéo avec Addy. Il portait par ailleurs son T-shirt favori, avec un T-Rex sur le devant ; quant à Cindy, elle n'était guère mieux vêtue, sauf que son T-shirt avait un motif plus festif, c'est-à-dire un panda affublé d'un nœud papillon rose.

Les adultes, comme elle le découvrit quelques instants plus tard, avaient eux aussi un aspect tout à fait habituel, Kate et Travis étaient en jean, Carlo avait déboutonné sa chemise et roulé ses manches. Visiblement, son père et lui étaient en train de défier les parents des jeunes Caruther au bridge.

LauraBeth et son mari étaient assis sur le canapé et discutaient tranquillement avec un autre couple. Sa mère, remarqua Dawn, surprise, avait enlevé ses escarpins, posé les pieds sur la table basse, et — merveille des merveilles — affichait un immense sourire. L'inconnu assis près d'elle avait aussi retiré sa veste mais gardé son col blanc de pasteur.

Et puis il y avait des assiettes et des verres partout ! Sur le sol, près des enfants, sur la petite table, sur un guéridon, à portée des joueurs de bridge.

Callie fut la première à les voir, quand elle rentra dans le salon, un plateau dans chaque main. Elle aussi avait changé de tenue, et troqué sa robe contre un pantalon et une tunique bleu nuit. Joe, qui la suivait, deux canettes de bière à la main, avait imité Carlo…

— Vous voici ! lança joyeusement son amie.

Dawn se ressaisit aussitôt, s'attendant à un concert d'exclamations joyeuses et d'étreintes fiévreuses. Mais, si les gens parurent ravis de son retour, ils ne se jetèrent pas tous dans ses bras comme elle l'avait espéré, à part Kate et sa mère.

— Callie et Joe nous ont déjà tout raconté, expliqua Kate. Tu as dû passer un affreux après-midi.

Maureen approuva, tout en prenant fait et cause pour son accusatrice.

— La pauvre femme, Callie nous a dit qu'elle risquait de perdre la garde de sa fille. Elle devait être terrifiée… Moi, je l'aurais été.

La gorge nouée, Dawn étreignit elle aussi sa mère, tant de souffrances, de souvenirs pénibles lui serrant en même temps le cœur. Ce fut alors que Tommy courut vers elle… Repoussant énergiquement l'ombre du passé, elle accueillit son futur à bras ouvert.

— Ça fait des heures que je vous attends, papa et toi ! Cindy a voulu me dire ce que vous m'avez choisi comme cadeau, mais Addy a menacé de la suspendre par les pieds dans un placard si elle parlait. Est-ce que je peux enfin l'avoir ? Je peux, dis ?

— Eh bien…

— Allez… !

Le petit malin avait bien choisi sa victime, se gardant de s'adresser en premier à son père.

— Entendu, mais il faut que ton père soit d'accord.

A ces mots, elle vit de soudains nuages passer dans ses beaux yeux bleus.

— Cindy m'a dit que ses parents faisaient tout le temps ça, déclara-t-il en fronçant les sourcils. Elle dit qu'il faut toujours l'uni… euh… l'umani…

— L'unanimité, termina Brian en souriant. Ce qui est le cas, en l'occurrence. Donc sers à manger à Dawn pendant que M. Caruther et moi allons chercher ton cadeau.

— Ouiii !

Tout excité, Tommy l'entraîna vers le buffet, auquel les invités avaient fait largement honneur : il ressemblait à un champ de bataille, même la sculpture de glace et la fontaine au chocolat ayant drastiquement diminué. Alors qu'elle hésitait entre du salé et du sucré, LauraBeth la rejoignit.

— Les traiteurs sont partis, l'informa-t-elle. J'espère que tu ne m'en veux pas d'avoir permis aux convives de profiter du buffet.

— Oh non, pas du tout ! Je suis simplement désolée de ce contretemps…

Le mot était faible quand elle pensait à toute la gamme d'émotions par laquelle elle venait de passer ! Elle n'aurait jamais imaginé se retrouver en prison le jour de ses noces, être accusée de l'enlèvement d'une petite fille, se rendre compte que sa précédente arrestation n'avait pas été supprimée de son casier judiciaire… Les larmes lui montèrent subitement aux yeux.

— Oh ! LauraBeth ! Moi qui voulais une cérémonie simple et divertissante, pour Brian et Tommy, j'ai tout raté. Comme pour mes deux précédentes tentatives de mariage !

— Si cela peut te rassurer, Brian n'a rien à t'envier de ce côté-là…

Elle cilla. Que voulait dire au juste LauraBeth ? Devant son air interrogateur, celle-ci enchaîna :

— Caroline m'avait confié que Brian était si nerveux à leur mariage qu'il avait vomi deux fois durant la cérémonie !

— Comment ? Lui, un ex-marine, un négociateur si brillant ? Lui, toujours si calme et détaché ?

— Deux fois, répéta son assistante. Une fois à l'église, et ensuite pendant la réception. Il s'était enfui en urgence aux toilettes lors du discours de son témoin. Caroline le taquinait souvent à ce sujet.

Consolée par ces propos, Dawn sourit : l'image qu'elle s'était faite de la première femme de Brian, avec tous ses diplômes et son intelligence, prenait une autre nuance, et Caroline lui semblait soudain plus humaine.

— Je suis certaine que c'est une personne que j'aurais appréciée, dit-elle.

— Absolument, renchérit LauraBeth en lui prenant la main pour l'étreindre. Et ne pense surtout pas que tu as tout gâché.

Nous sommes ici pour célébrer le mariage, tu vas mettre ta robe, je vais rassembler les invités et nous allons…

De grands cris aigus l'interrompirent brusquement. Les deux femmes se précipitèrent dans le salon, et Dawn sentit son cœur se serrer de joie et d'émotion devant le spectacle qui s'offrit alors à elle : Tommy était allongé sur le dos avec une boule de poils sur le ventre, qui lui léchait abondamment le visage, pour le saluer à la façon des terriers irlandais à poils doux.

Brian s'avança vers elle.

— Désolé, j'ai bien tenté de maintenir le couvercle sur la boîte où se trouvait le chiot mais, au premier petit jappement, il m'a été impossible d'empêcher Tommy de me l'arracher des mains.

— Pas de problème. J'ai l'impression qu'ils vont bien s'entendre, ces deux-là.

— Effectivement…

Les yeux rivés à son fils et au nouveau compagnon de celui-ci, Brian l'enlaça par la taille, et elle eut tout à coup la sensation grisante d'avoir franchi un seuil déterminant.

Elle était chez elle, Brian et Tommy représentaient sa famille, au même titre qu'Aaron, sa mère et son père. Autant que Callie et Kate, ses amies plus proches que des sœurs. Une immense allégresse lui remplit alors le cœur, tout comme un désir urgent.

— Brian ! Marions-nous sans plus tarder !

Il lui adressa un regard oblique.

— C'était le but, non ? dit-il en souriant. Nous, les gars, on est prêts, mais vous, les filles, il vous faudra combien de temps pour vous préparer ?

— Non, on se marie maintenant, sur-le-champ !

— Tu es sérieuse ?

— Absolument !

— Dans ce cas, entendu !

Se penchant vers elle, il lui donna un baiser fougueux et ajouta :

— Donne-moi cinq minutes pour récupérer Tommy et mettre une laisse à son cadeau !

Il fallut en réalité un peu plus de cinq minutes, que Dawn mit de son côté à profit ; d'un doigt impérieux, elle appela ses deux amies.

— Callie, il faut que tu ailles au pavillon récupérer l'alliance de Brian. Elle est dans le premier tiroir de ma commode.

— Pas de problème. Mais tu ne viens pas avec moi ? Et Kate ? Il faut qu'on se change, toutes les trois.

— On n'a pas le temps. On se marie dès que tu rapportes la bague. Allez, vite !

— J'y cours, j'y cours !

Les yeux de Kate se mirent à briller, face à l'électricité qui vibrait dans l'air.

— Et moi, que veux-tu que je fasse ?

Dawn désigna alors une imposante masse de muscles qui tentait de canaliser l'énergie absolument débordante d'une petite boule de poils.

— Aide Brian à mettre la laisse au chiot pendant que je vais demander au pasteur s'il peut raccourcir un peu la cérémonie.

Le pasteur accéda volontiers à sa requête, et ne conserva que les textes particulièrement touchants et solennels. Dawn et Brian échangèrent ensuite leur consentement, et se tinrent mutuellement un petit discours. Le sien sembla à moitié improvisé comparé à celui de Brian, mais il fallait dire qu'il n'avait pas été retenu au poste de police dans une minuscule pièce étouffante avant la cérémonie ! Cependant, ces mots venaient vraiment du fond du cœur.

— Je t'aime, Brian. Je t'aime tant ! déclara-t-elle avec fougue.

Puis elle embrassa du regard Tommy, désormais son fils…

— Je vous aime, reprit-elle, toi, Tommy et tous les enfants, chiens, chats, poissons rouges et lapins, et j'en oublie sûrement, qui viendront s'ajouter à notre vie, aujourd'hui et pour toujours.

Une fois que les rires furent calmés, le pasteur les déclara mari et femme, et assura qu'ils formaient désormais une famille unie, avec Tommy.

— Et le chien, insista ce dernier.

— Et le chien, ajouta le pasteur d'air solennel.

Les invités purent finalement savourer le gâteau et le champagne, et Dawn fut surprise d'apprendre par Callie que sa mère avait insisté pour que personne ne touche au dessert avant l'arrivée des mariés, car il leur revenait de le couper.

Ce qu'ils firent, à l'aide d'une pelle à gâteau en acier et cristal Waterford, que LauraBeth et son mari leur avaient offerte en cadeau de mariage. Kate et Callie distribuèrent une part à chacun, tandis que Travis et Carlo ouvrirent les bouteilles de champagne. Les toasts aux mariés se succédèrent et devinrent de plus en plus réservés à des oreilles adultes à mesure que le champagne coulait dans les flûtes, mais peu importait puisque Cindy s'était endormie et que Tommy était entièrement accaparé par son chiot.

Puis vint l'heure pour chacun de rentrer chez soi, après une journée riche en émotions ! Dawn serra chacun dans ses bras, sincèrement reconnaissante à tous d'être restés malgré sa longue absence. Alors qu'elle prenait congé de son frère, il la surprit par un cadeau inattendu.

— J'ai enregistré toute la cérémonie sur mon iPhone, lui annonça-t-il, le regard pétillant. Même la partie où tu promets d'aimer, d'honorer et de chérir le cabot.

— Ce n'est pas un cabot ! se défendit-elle. C'est un chien de race, un terrier irlandais à poils doux ! Mais merci pour le film.

— Je t'en prie. Je t'ai déjà envoyé le fichier, vous pourrez le regarder demain au réveil.

Il se pencha vers elle et ajouta tout près de son oreille :

— Cette fois, tu as tiré le bon lot, sœurette. Brian est solide, on peut compter sur lui.

Ses parents lui firent les mêmes compliments sur son mari, ainsi que Kate, Callie, Travis, Joe et Carlo. Elle en profita pour remercier ce dernier d'avoir mis la main à la pâte et de les avoir aidés à ranger, avant de partir : jamais elle n'aurait imaginé ce prince italien si sophistiqué, manches relevées, un balai à la main !

— Ah, *carissima*, je suis un homme doté de nombreux talents. Comme vous auriez pu le découvrir si vous aviez accepté de venir avec moi à Marrakech. Je vous aurais montré des merveilles, et nos nuits…

— Euh, excusez-moi, Votre Majesté ! intervint Brian en se courbant exagérément devant lui, mais je suis là…

— Oui, tu es là, je sais ! soupira le prince de façon théâtrale.

Puis il déposa un baiser brûlant sur le poignet de Dawn avant de plonger un regard ambigu dans le sien.

— Si l'affreux que vous avez épousé n'est pas à la hauteur de vos fantasmes les plus fous, vous m'appellerez, n'est-ce pas ?

— Non, lui répondit une voix masculine d'un ton catégorique.

Poussant un nouveau soupir devant la rebuffade, il se tourna vers Callie.

— Que votre amie est cruelle, *mia bella*. Mais vous, vous avez le cœur plus tendre. Je l'ai bien vu à Venise, et ensuite à Rome. Venez donc avec moi, et je vous montrerai des splendeurs que vous ne soupçonnez pas.

— Non, ça ne va pas être possible.

Cette fois, ce fut la voix traînante de Joe qui s'éleva et tous les regards convergèrent vers lui, y compris celui de Callie.

— Pardon ? dit-elle d'un ton distant.

Alors Joe rougit sous son bronzage, ce qui étonna encore plus l'assemblée, avant d'expliquer d'une voix un peu tendue :

— Mes hommes n'ont pas encore identifié la source des mails, et d'ici là tu as promis de faire profil bas. Ce qui veut dire que tu ne peux pas arpenter la planète en compagnie d'un prince que les paparazzi adorent !

Relevant les sourcils, Dawn échangea un regard avec Kate. Elles connaissaient leur douce et calme Calissa Langston depuis l'école primaire, mais sous son apparence de Madone se cachait une force de caractère qui pouvait clouer le bec à qui l'avait contrariée.

— Je t'ai demandé ton aide, répliqua-t-elle d'une voix aussi chaleureuse que de la glace fondue, et j'apprécie ce que tu as fait pour moi jusqu'ici. Mais je ne vois pas en quoi arpenter la planète me transforme en une cible plus facile pour, selon toute vraisemblance, un parent amer et furieux qui réside à Boston.

— C'est une hypothèse, rétorqua Joe.

— Et tu en as une meilleure ?

Il serra les mâchoires.

— Pas encore.

Brian s'avança alors sur ces braises qui menaçaient de surchauffer, car, aussi soucieux soit-il des menaces reçues par Callie, il avait pour l'heure d'autres projets en tête, qui incluaient une belle rousse portant maintenant son alliance au doigt.

— Très bien, trancha-t-il, merci pour tout, les amis, et bonne nuit.

Tout le monde comprit le message et chacun se sépara.

Callie, la seule à rester, déclara sans hésitation aux mariés :

— Si vous voulez, je peux vous laisser le pavillon, cette nuit, ou bien vous pouvez aller dormir dans la suite d'un palace, si vous préférez. En tout cas, je garderai Tommy et son amie.

— Non, pour ce soir, tout va bien, mais nous reparlerons de cette proposition demain.

— Qu'as-tu prévu, au juste ? lui demanda Dawn, une fois Callie partie.

Tout en démêlant son fils — leur fils — endormi du chiot assoupi, il répondit :

— Nous avons bien évoqué une lune de miel, non ?

Il lui remit la boule de poils toute chaude et ajouta :

— Addy a installé son panier dans la chambre de Tommy. Il a dit qu'il avait disposé du papier journal à des endroits stratégiques pour limiter les dégâts… Espérons que ce chiot mettra moins de temps à être propre qu'il n'en a fallu à son petit maître.

Riant doucement, Dawn le suivit dans l'escalier et, tandis que Brian déshabillait Tommy, elle posa délicatement l'animal ensommeillé dans son panier moelleux. Il se tortilla pour se remettre en boule et poussa de légers soupirs quand Dawn le caressa afin de l'aider à retrouver le sommeil.

Ils laissèrent une veilleuse allumée dans la chambre, et, quand ils pénétrèrent ensuite dans la leur et qu'elle voulut appuyer sur l'interrupteur, la patience de Brian avait visiblement atteint son seuil maximal.

— Pas besoin de lumière ! décréta-t-il.

Elle pensa alors avec regret à la lingerie encore dans son emballage, au pavillon, mais quand il se pencha vers elle le baiser qu'il lui donna lui fit tout oublier…

Cette fois, il n'y eut pas d'affolement, pas de tête prise dans un pull non déboutonné, pas de regard inquiet vers la pendule. Et, quand ils s'allongèrent sur les draps en satin, la pleine lune déversa sur eux sa lumière argentée et mystérieuse.

Elle sentit une onde de chaleur parcourir tout son corps quand elle se mit à explorer les épaules puis le torse de son mari, et que de son côté il se livra aux mêmes investigations sensuelles, ponctuant ses caresses de baisers.

— J'aime ton sourire, murmura-t-il, les lèvres collées à son épaule. Tes cheveux, tes orteils. Ne t'avise jamais de les vernir tous de la même couleur.

— Promis, dit-elle en riant.

Puis, quand il pencha la tête pour capturer un de ses seins, son rire se perdit dans sa gorge, et elle se mit à haleter tandis qu'il descendait peu à peu vers son sexe impatient de l'accueillir. Bientôt, chaque parcelle de son corps s'enflamma, et, quand il la pénétra, elle referma ses chevilles autour des siennes et se cambra contre lui.

Elle avait l'impression qu'ils exécutaient un ballet lascif, hors du temps, leurs corps unis ondulant au même rythme, leurs langues emmêlées. Peu à peu, ils se mirent à chevaucher plus vite, et…

— Papaaa !

Brian se figea, et dut déglutir plusieurs fois avant de pouvoir former quelques syllabes.

— Oui, bonhomme ?

Des pas résonnèrent alors sur le sol, et ils se dépêchèrent de s'écarter l'un de l'autre et d'attraper les draps à terre pour s'en couvrir. La porte s'ouvrit juste au moment où ils étaient enfin décents.

— Le chiot gémissait et sursautait dans son panier.

— Il faisait juste un rêve.

— C'est ce que je pensais, donc je l'ai pris dans mon lit.

— Ce n'est pas une très bonne idée, il faut attendre qu'il soit dressé.

— Je sais… Il a fait pipi sur moi.

Dawn se mordit la lèvre pour ne pas éclater de rire, tandis que Brian ravala ce qu'elle soupçonna être un juron.

— Bon, va changer de pyjama, je te rejoins dans une minute pour mettre des draps propres.

— D'accord, papa, répondit-il.

Cependant, arrivé sur le seuil de la porte, il se retourna.

— Est-ce que Dawn est dans ton lit ? demanda-t-il, soucieux.

Celle-ci se redressa alors sur un coude, le drap serré sous les aisselles, et lui adressa un beau sourire.

— Eh oui, je suis bien là !

Le petit garçon fronça les sourcils de plus belle.

— Et tu prendras une douche avec papa, demain, comme le papa et la maman de Cindy ?

— Probablement.

La réponse parut le laisser dubitatif, mais il finit par hausser les épaules.

— Donc c'est bien vrai, ce que disait Cindy. Papa, je t'attends dans ma chambre pour les draps.

15

Sachant que Dawn avait été mise sur la paille en raison d'une lune de miel qui n'avait jamais eu lieu, Brian préféra éviter les surprises en la matière, aussi, au lieu de lui ordonner de faire ses bagages pour s'envoler avec elle dès le réveil au bout du monde, opta-t-il sagement pour un petit déjeuner en famille, auquel il convia Callie. Tommy, qui avait déjà avalé ses céréales, jouait sur la pelouse avec son chiot.

Brian lui avait expliqué que sa mère était une chienne de race primée, et que ses descendants possédaient un certificat attestant de leur pedigree. Mais, tout comme son fils, il estimait qu'ils devaient lui trouver un autre nom que Lady Adelaide's Pride, ce qui aurait été un peu long pour lui ordonner de venir au pied.

— C'est un mâle, avait dit Tommy en fronçant le nez. Donc il doit avoir un nom de garçon.

C'était pourquoi Dawn, Callie et Brian se creusaient actuellement les méninges, afin de trouver un nom qui conviendrait à la fois au chien et à l'enfant ; il avait suggéré Arès et Duke, en passant par Rocky et Zeus.

— Arès ? Zeus ? s'étonna Callie avec un petit sourire. Tommy connaît le panthéon des dieux grecs ?

— Juste ceux qui figurent dans son jeu vidéo Zeus vs Monstres.

— Oh ! je connais ce jeu éducatif ! Il permet d'acquérir de grandes compétences en maths comme en histoire. Nous l'avons acheté pour occuper les enfants qui patientent dans la salle d'attente avant que nous les interrogions.

Et, détournant les yeux, elle reposa sa tasse, l'air mélancolique. Elle devait penser à un cas difficile, se dit-il, ou à ce crétin qui la poursuivait sur Internet.

— Ecoute, Callie, lui dit-il, sache que tu peux séjourner au pavillon aussi longtemps que tu en as envie, pour toujours, même, je sais que Dawn serait ravie de t'avoir si près d'elle.

— Merci, Brian, c'est très gentil, mais je crois que ce serait tout de même un peu trop près.

— Hé ! protesta sa femme d'un ton indigné. Comment ça, « trop près » ?

— Nous n'avons jamais cohabité, lui rappela son amie, et nous savons toutes que nous avons besoin de notre espace privé.

— C'est vrai, mais le pavillon est indépendant de la maison, tu sais.

— J'apprécie votre offre, c'est vraiment très gentil, et je vais d'ailleurs profiter de votre hospitalité pendant quelque temps.

Elle se mordit la lèvre.

— Du moins, jusqu'à ce qu'un certain expert en sécurité très autoritaire m'autorise à parcourir de nouveau le monde.

— En réalité…

Un cri aigu les fit soudain sursauter et ils tournèrent vivement la tête vers la fenêtre : le chiot, en tentant de bondir pour attraper un jouet que Tommy maintenait au-dessus de sa tête, était retombé sur le dos. Visiblement repentant, son fils se pencha pour le prendre dans ses bras ; le chien cessa tout de suite de gémir et lui vola le jouet ! Puis, remuant la queue, il se mit à pousser de sourds grognements quand Tommy voulut le lui reprendre.

— Je ne sais pas qui essaie de dresser l'autre, commenta Brian. Bref, revenons à ton impossibilité temporaire de parcourir le monde…

Il lui rappela alors sa promesse de la veille, concernant Tommy, se fustigeant d'ailleurs de ne pas l'avoir acceptée, car changer les draps au beau milieu de la nuit, puis réinstaller son fils et le chien dans la chambre d'amis ne figurait pas vraiment au programme d'une nuit de noces digne de ce nom !

Dawn avait ri quand il était revenu se coucher près d'elle en grommelant ; décidément, rien ne s'était déroulé comme prévu, lors de cette journée, avait-elle souligné. Pourquoi en aurait-il été différemment de la nuit ?

Toujours est-il que la prochaine n'aurait rien à voir, s'était-il promis.

— Donc, si ta proposition tient toujours, poursuivit-il, nous aimerions l'accepter.

— Bien sûr !

— Avant que tu acceptes, sache à quoi tu t'engages ! Je ne parle pas d'une nuit mais de plusieurs.

— Pas de problème ! Partez deux semaines si vous en avez envie !

— Une, ce sera déjà énorme, intervint Dawn.

— Parfait ! dit Callie. Il suffira que vous m'imprimiez l'emploi du temps de Tommy. Et où allez-vous passer votre lune de miel ?

— Où Dawn le voudra, dit Brian.

Et, se tournant vers elle, il déposa le monde à ses pieds.

— J'ai appelé Ed Donahue, le pilote en chef de l'EAS. Le Gulfstream sera approvisionné en carburant et prêt pour midi.

— Aujourd'hui ?

— Tout à fait. Il te suffit de choisir une destination pour qu'il établisse son plan de vol.

Son mari était fou, pensa Dawn, et elle répliqua vivement :

— Mais, Brian, c'est impossible !

— Et pourquoi donc ? LauraBeth, qui est très maligne, ne m'a pris aucun rendez-vous pour la semaine prochaine. Aussi, à moins que tu travailles sur un projet qui requiert ta présence à Boston, nous sommes libres de partir au bout du monde.

— Je n'ai rien à remettre prochainement, avoua-t-elle.

— Parfait, dans ce cas, nous pourrons gérer les éventuelles urgences par vidéoconférence.

— Pas de vidéoconférences, sinon, ce ne sera pas une lune de miel ! intervint Callie d'un ton sévère.

— Mais, commença Dawn, tu peux vraiment utiliser ce jet pour des voyages privés ?

— Oui, tant que je rembourse les frais à ma société. Par conséquent, où allons-nous, ma petite femme chérie ? Où souhaites-tu que… ?

— A Rome !

— Rome ? Mais on y était il y a un mois à peine. Tu ne souhaites pas découvrir une autre ville ?

— Non, Rome, rien que Rome !

Elle lui prit la main.

— Callie, Kate et moi avons rêvé pendant des années de flâner dans les rues de Rome, chaque fois que nous regardions *La…*

— *Fontaine des amours*, compléta-t-il en lui étreignant la main. Je sais, je sais. Il va falloir que je regarde moi aussi ce film pour comprendre ce qu'il a de si fabuleux.

— Oh ! je peux t'assurer que tu le verras, au moins une fois par an, l'avertit Callie. C'est le film préféré de ta femme.

— Tu sais, il se pourrait maintenant que *La Reine des neiges* vienne le supplanter dans ma liste des films les plus vus, dit Dawn d'un air songeur.

Puis elle marqua une pause, et essaya d'expliquer pourquoi Rome l'attirait tellement.

— Comme les héroïnes du film, nous rêvions toutes les trois d'aller en Italie, d'explorer la capitale, de manger dans des trattorias et de tomber éperdument amoureuses. Or, c'est ce qui m'est arrivé ! Sans que je m'en rende compte.

Un tendre sourire éclaira alors le visage de Brian, et elle sentit son cœur se gonfler de bonheur.

— Moi aussi, je le suis, éperdument amoureux de toi.

— Le premier jour à Rome, poursuivit-elle, Travis a surgi, et, pour pouvoir s'échapper avec Kate, il a demandé à Carlo de nous appâter avec sa villa en Toscane ; Callie et moi avons donc fait nos valises, direction le Nord. Et nous sommes revenues à Rome juste le dernier jour du séjour, pour assister au renouvellement de leurs vœux devant la fontaine de Trevi. De sorte que nous n'en avons pas vu grand-chose…

Elle resserra son étreinte.

— Aussi, oui, je veux retourner à Rome, flâner dans les ruelles avec toi, boire du chianti et me régaler de *spaghetti alla carbonara* dans un restaurant de la Piazza Navona. Puis faire l'amour dans une chambre avec vue sur le Colisée.

— Oh ! oh, ça suffit ! Je suis convaincu ! Je vais imprimer l'emploi du temps de Tommy pour Callie, et tu devrais appeler ta mère. Je crois qu'elle comptait venir à la maison cet après-midi pour passer un peu de temps avec son nouveau petit-fils. Préviens-la qu'il sera là, mais pas nous.

Dawn ne mit pas plus de vingt minutes à faire ses bagages, y plaçant entre autres une robe noire et une écharpe à motif cachemire, au cas où ils dîneraient en terrasse, dans un endroit chic. Elle n'oublia pas son shampoing préféré, au citron et à la fleur de lotus.

Puis elle passa quelques appels. Kate, à qui elle téléphona en premier, poussa un cri de joie en entendant le nom de la ville où elle allait savourer sa lune de miel. Après quoi elle joignit son frère, qu'elle remercia d'être venu à son mariage et prévint que Brian et elle ne pourraient pas l'inviter à dîner comme prévu la semaine prochaine.

— Non, nous n'avons pas encore regardé la vidéo, nous le ferons à Rome, dit-elle joyeusement.

Elle tenta ensuite d'avoir son père, mais tomba sur son répondeur et fut surprise, en appelant sa mère, d'être bien moins nerveuse que d'ordinaire. Sans doute parce que cette dernière avait été ravie de son choix final, en matière de mari !

Elle crut que sa mère n'allait pas non plus répondre, mais celle-ci finit par décrocher.

— Allô ? fit-elle.

Curieux… On aurait dit, à sa voix, qu'elle se réveillait juste, elle qui était plutôt une lève-tôt !

— Salut, maman, c'était juste pour t'informer que Brian et moi partons en lune de miel aujourd'hui.

— Parfait ! Amusez-vous bien. Au revoir.

— Et, une seconde… Tu as l'air bizarre. Tout va bien ?

Elle entendit des murmures, des bruissements de draps, et sa mère affirmer :

— Je ne peux pas te parler maintenant.

— Tu n'as pas oublié de prendre tes médicaments, hier soir ?

— Mais non, ma chérie ! Ecoute, je te rappelle plus tard, d'accord ?

— Ce ne sera pas possible, je m'envole pour l'Italie sous peu. Dis-moi, pourquoi es-tu encore au lit à cette heure-ci ?

Elle entendit alors une voix étouffée… Un timbre d'homme !

— Mais, maman, il y a quelqu'un dans ton lit ?

— Ce n'est pas une question que l'on pose à sa mère ! s'indigna Maureen.

Elle crut défaillir… Carlo, c'était forcément lui !

Même si sa relation avec sa mère était parfois difficile, elle ne pouvait supporter l'idée que ce prince play-boy joue avec ses sentiments. Elle était prête à raccrocher et à monter dans sa Mustang pour foncer au Ritz et dire sa façon de penser à Carlo quand sa mère reprit, un peu exaspérée :

— Bon, si tu veux tout savoir, c'est ton père ! Mais ce ne sont pas tes affaires !

Dawn crut s'étrangler et manqua d'air pendant quelques secondes.

— Pas… Pas mes affaires ?

— Absolument pas ! Et maintenant va rejoindre ton mari, embrasse-le de ma part, et fais en sorte que ta lune de miel soit inoubliable !

Elle ne s'était toujours pas remise de la nouvelle quand elle descendit au rez-de-chaussée où Brian imprimait l'emploi du temps de Tommy pour Callie et lui donnait quelques instructions. Son visage, sans doute pâle, suscita tout de suite les questions de Brian.

— Qu'as-tu ? Que se passe-t-il ?

— C'est ma mère.

— Elle va bien ?

— On dirait… Elle et… et…

— Oh non ! Ne nous dis pas qu'elle et Carlo ont passé la nuit ensemble !

— Non, tu n'y es pas, ce n'est pas avec lui, comme on aurait pu l'imaginer… Elle a passé la nuit avec mon père ! l'informa-t-elle, toujours incrédule.

Elle eut soudain l'impression d'être entrée dans un labyrinthe déformant, car son mari et son amie se mirent à la fixer avec des yeux écarquillés. Il fallait dire qu'elle-même était toujours sous le choc !

Mais Brian, Dieu soit loué, déclara promptement que ses beaux-parents étaient des adultes et qu'ils devaient décider seuls de leur sort, puis il l'entraîna à l'extérieur pour qu'ils prennent congé de leur fils.

Comme elle l'avait prévu, celui-ci remarqua à peine leur départ, sa principale préoccupation étant de chatouiller le ventre rose et blanc de son chien allongé sur le dos.

— Je voulais l'appeler Moucheté, ou Mouche, mais je crois que Buster, c'est mieux, dit-il.

— Entièrement d'accord, approuva Dawn.

— Buster, c'est un très bon choix, renchérit son père.

Le petit garçon leur adressa un grand sourire, comme s'il était vraiment soulagé.

— Vous pourrez rapporter un cadeau de Rome à Buster, si vous voulez. Et à moi aussi.

— Entendu, au revoir, mon chéri.

— Salut !

Il daigna tout de même se relever pour les ultimes câlins, mais ne parut pas du tout ému.

— Appelle-nous si tu as le moindre problème ! dit Brian à Callie. Et toi, Tommy, sois gentil avec Callie !

— J'essaierai, dit-il avec une sincérité déconcertante.

Quarante minutes plus tard, ils arrivaient à l'aéroport où Ed Donahue les attendait, et une demi-heure après Brian ouvrait une bouteille de Dom Pérignon, à bord du jet.

— Tu te rappelles les deux lits que t'avait montrés Tommy ? demanda-t-il d'un air entendu.

— Des lits *jumeaux*, oui.

— Ah ! il ne faut jamais sous-estimer les ingénieurs. Suis-moi…

Il ouvrit la petite chambre, baissa les lits… et appuya sur un bouton, ce qui les rapprocha immédiatement l'un de l'autre ; ils formèrent alors un grand lit confortable.

— Pratique, observa Dawn, oui, vraiment très pratique ! Mais j'aime mieux ne pas savoir combien de fois tu as activé ce petit bouton.

— C'est la première fois, mon amour.

— Tu es sérieux ?

— Absolument.

Et elle le crut ! D'ailleurs, elle ne voulait pas imaginer une autre femme qu'elle là-haut, dans le bleu du ciel, avec son beau mari.

Lui resservant du champagne, il déclara :

— Ed a reçu ordre de filtrer tous les appels satellite, et s'il n'y a aucune urgence nous avons six heures devant nous…

Il choqua sa flûte contre la sienne et ajouta :

— A toi, ma chérie, et à un vol sans interruption !

Trois heures plus tard, Brian alla chercher quelques victuailles et ils refirent l'amour, sous les mille étoiles qui constellaient le ciel, mais elle les remarqua à peine, car son mari remplissait ses yeux, ses bras et son cœur.

16

Avec ce vol transatlantique des plus sensuels, leur lune de miel commençait sous les meilleurs auspices, pensa Dawn, et la magie de Rome fit le reste. Dans le taxi qui les conduisait à l'hôtel, tout concourait en effet à l'enchantement des sens : les cyprès de la Via Appia, les Vespa, les klaxons, les couleurs…

Cinq minutes après leur arrivée, elle était déjà prête à sortir de leur boutique-hôtel de luxe.

— Allons nous promener ! décréta-t-elle. J'ai besoin de prendre l'air, de manger des spaghettis et de boire du *vino*.

Et, immanquablement, leurs pas les menèrent à la fontaine de Trevi. La foule était plus dense que jamais, mais Dawn n'en avait cure.

— Toi le premier, ordonna-t-elle à Brian en lui tendant un euro. Fais un vœu et jette la pièce par-dessus ton épaule.

— Pourquoi ? J'ai déjà tout ce que je peux désirer.

— Dans ce cas, souhaite que Callie soit capable de maîtriser Buster et qu'il ne casse rien dans la maison, dit-elle en riant.

— Bien vu !

Le lancer de son mari reçut tout de suite son approbation !

— Bravo ! Quelle heure est-il, à Washington ?

— Presque 5 heures.

Elle sortit tout de suite son iPhone et appela Kate sur FaceTime. Son amie se matérialisa sur son écran avec de grands yeux endormis et étonnés.

— C'est… ? C'est la fontaine de Trevi, derrière toi ?

— Reste en ligne, j'appelle Callie.

Et le visage de cette dernière apparut peu de temps après sur l'écran divisé en deux. Après avoir reconnu les lieux, elle prit une mine fataliste.

— Tu sais bien que jeter une pièce signifie juste qu'on retournera un jour à Rome, dit-elle en soupirant.

— Peut-être, mais nous nous sommes quand même pas mal débrouillées jusqu'ici. Tu te rappelles le jour où Kate a souhaité que la garce qui avait eu une liaison avec Travis soit maudite ?

— La garce qui *prétendait* avoir eu une liaison avec Travis, rectifia Kate, en jetant un coup d'œil de côté.

— Et la seconde fois ? insista Dawn. Quand Kate et Travis ont renouvelé leurs vœux ici même ? Nous avons encore jeté toutes les trois une pièce.

Elle adressa alors un sourire rayonnant à l'homme qui attendait patiemment près d'elle.

— Eh bien, mon vœu a été exaucé ! Et tu sais ce qu'on dit, Callie : jamais deux sans trois… Donc fermez les yeux et faites un vœu, je lance les euros pour vous.

Kate fit une petite grimace, puis obtempéra.

Callie hésita…

Le temps de quatre battements de cœur, puis de cinq, et Dawn ferma elle aussi les paupières pour formuler un vœu tout à fait déplacé et qui n'avait aucune chance de voir le jour.

MERLINE LOVELACE

L'homme de toutes ses envies

INTÉGRALE

TROIS VOEUX À EXAUCER

Traduction française de
FLORENCE MOREAU

SAGAS

HARLEQUIN

Titre original :
CALLIE'S CHRISTMAS WISH

Ce roman a déjà été publié en 2017

1

Tout avait commencé par la fontaine, la fameuse fontaine de Trevi !

Callie et ses deux meilleures amies avaient prévu depuis fort longtemps de passer un voyage de rêve en Italie, à la fin de l'été précédent. Une fois sur place, Dawn, Kate et elle-même s'étaient conformées à la tradition et avaient donc jeté une pièce dans la fontaine pour être assurées de revenir à Rome un jour. Toutefois, comme si cette coutume vieille de plusieurs siècles ne leur suffisait pas, elles l'avaient défiée, en émettant chacune un vœu secret.

Celui de Kate s'était réalisé pendant leur séjour en Italie, où son mari et elle s'étaient réconciliés à quelques semaines de la proclamation officielle de leur divorce. Dawn s'était vite aperçue que le sien était aussi devenu réalité, une fois revenue aux Etats-Unis et après avoir accepté de jouer les nourrices auprès d'un petit garçon de six ans très remuant : peu de temps après, la belle rousse flirteuse et rieuse avait en effet déclenché la surprise générale en passant du statut de célibataire insouciante à celui de mère de Tommy et d'épouse de Brian Ellis, un milliardaire très séduisant.

Callie avait également émis un vœu, à Rome, qu'elle n'avait partagé avec personne, pas même avec ses meilleures amies, car il était à son sens bien trop idiot et frivole, et ne correspondait pas du tout à sa personnalité pondérée.

Or, voilà que ce souhait ridicule revenait à présent la hanter ! Tout son corps vibrait d'une impatience nerveuse tandis qu'elle aidait Dawn et Tommy à piquer des branches de pin fraîchement coupées dans les couronnes de Noël accrochées aux portes du foyer des Ellis. Par chance, les efforts déterminés que fournissait le terrier irlandais à poils doux de trois mois pour participer divertissaient tellement son petit maître et Dawn, qu'aucun des deux ne remarqua son tressaillement, quand la sonnerie retentit.

L'animal devint quant à lui fou d'excitation et se mit à fouetter l'air avec sa queue, à griffer le parquet. Puis, poussant des jappements aigus, il se précipita hors de la cuisine et se rua dans le couloir où flottait une douce odeur de clou de girofle, de cannelle et d'orange mêlés, émanant du pot-pourri de Noël disposé sur un guéridon.

— Ce doit être Joe, déclara Dawn.

Se relevant, elle brossa les aiguilles de pin accrochées à son col roulé couleur mousse, lequel épousait de façon charmante ses formes généreuses et prêtait une nuance émeraude plus profonde à ses yeux.

— Son message disait que son avion arriverait à 15 heures et qu'il serait ici à 16, annonça-t-elle en lançant un regard entendu à Callie. Grand, ténébreux, beau et ponctuel. Honnêtement, qu'est-ce qu'une fille peut demander de plus ?

Rien. Elle sentit son estomac se contracter. Pas la moindre chose.

Sauf, peut-être…

Et voilà ! Cette absurde pièce jetée dans la fontaine frappait de nouveau. Qu'il avait été puéril de sa part de souhaiter qu'il s'échappe de l'armure solide, masculine et résistante de Joe ne serait-ce qu'un furtif éclair de sentiment. Pourquoi était-elle si exigeante ? N'avait-il pas mis en *stand-by* des affaires hautement lucratives pour lui venir en aide ? Ne lui avait-il pas accordé déjà beaucoup de temps et n'avait-il pas engagé de nombreux frais afin de remonter à la source des odieux e-mails qu'elle avait commencé à recevoir quelques semaines avant son départ pour l'Italie ? Secouant la tête à l'idée qu'elle ait pu être aussi folle, elle emboîta le pas à Dawn, au terrier aboyant comme un déchaîné et au jeune Tommy.

— Joe a promis qu'il me rapporterait un vrai boomerang d'Australie, leur rappela le petit garçon en fonçant vers la porte. J'espère qu'il s'en est souvenu.

De cela, elle ne doutait pas une seconde. Elle connaissait Joe Russo depuis quelques mois à peine, mais s'était vite rendu compte qu'il n'oubliait rien.

Ils s'étaient rencontrés pour la première fois lors d'une virée inoubliable à Venise. A l'époque, Joe dirigeait une équipe de sécurité personnalisée au service de Carlo Luigi Francesco di Lorenzo, autrement dit le prince de Lombardie et de Marino, qui était également l'un des pilotes les plus décorés de l'armée de l'air italienne. Carlo, Travis — le mari de Kate — et Brian — le tout nouvel époux de Dawn — avaient tous trois pris part à des tests top secret concernant des avions militaires à la technologie de pointe, dans le cadre de l'OTAN, à partir d'une base située dans le nord de l'Italie.

Callie et Joe s'étaient revus à Rome, à l'occasion de la cérémonie surprise que Travis avait organisée en l'honneur de Kate pour renouveler leurs vœux de mariage. Autour de cette fameuse fontaine, justement ! Etaient-ce les étoiles qui brillaient dans les yeux de Kate quand elle avait réaffirmé son amour ? Ou bien l'éclair malicieux qui avait scintillé dans ceux de Dawn, lorsqu'elle avait annoncé qu'elle repartait aux Etats-Unis dans le jet privé de Brian Ellis pour remplacer la nourrice de son fils, au pied levé ? Quelle qu'en soit la cause, Callie avait cédé aux supplications de ses amies qui lui enjoignaient de lancer avec elles, par-dessus leurs épaules, une dernière pièce dans la fontaine. Et c'était alors qu'elle avait émis ce vœu stupide, oui, vraiment très stupide.

A peine dix minutes plus tard, elle s'était retrouvée séparée de ses amies, et livrée aux questions bienveillantes, mais incessantes, de Joe Russo. Ainsi qu'elle devait bientôt le découvrir, ce dernier n'était pas passé du statut de simple militaire à celui de gradé, pour arriver enfin à la tête d'une des agences de protection personnelle les plus prisées au monde, sans avoir appris à arracher leurs secrets aux personnes les plus réservées.

Il l'avait observée, lui avait-il confié, et avait constaté qu'elle se contractait chaque fois qu'elle recevait un e-mail sur son smartphone. Il avait noté également que ses yeux clignaient de désarroi, et qu'elle se retirait ensuite un peu plus profondément dans une carapace de sérénité apparente.

Elle avait d'abord tenté de nier : elle était bien trop habituée à protéger l'intimité des mineurs qu'elle représentait en tant que médiatrice au sein d'un cabinet d'avocats spécialisés dans l'enfance en difficulté, dans le Massachusetts, pour dévoiler ses secrets. Mais Joe lui avait rappelé qu'elle avait quitté son poste, quelques semaines auparavant ; il avait aussi souligné qu'il pourrait faire mettre légalement sur écoute toutes les personnes susceptibles de lui apporter des éléments nécessaires à la résolution de ce qui entretenait cet état de terreur.

Aujourd'hui encore, elle n'arrivait pas à comprendre comment elle avait pu craquer et tout lui raconter à propos des e-mails de menace qu'elle avait reçus, avant même de les montrer à Kate et Dawn. Ces dernières en avaient été un peu froissées, mais elles avaient promptement érigé un bouclier de sécurité autour d'elle.

Pour commencer, Kate avait tenu à ce que Callie s'installe chez elle à Washington, après leur retour d'Italie. Puis, quand Dawn s'était mariée et avait emménagé dans la maison principale de Brian, elle avait insisté pour que Callie emménage dans le pavillon de la propriété qu'elle occupait jusque-là et qui était initialement destiné à la nourrice, le temps que Joe mène ses investigations au sujet des e-mails. Et quand ceux-ci étaient devenus de plus en plus menaçants, Joe avait même tenté de la pousser vers une réclusion provisoire comme mesure de protection.

Mais elle s'y était fermement opposée. Il ne fallait tout de même pas exagérer : elle résidait actuellement à Washington, donc à des centaines de kilomètres de son Boston natal, entourée de quatre gardes du corps redoutables : Kate, Dawn, Travis et Brian. Elle avait remis toutes les menaces reçues entre les mains des autorités, et Joe avait obtenu l'accès légal aux affaires de mineurs sur lesquelles elle avait travaillé.

Elle estimait que c'était suffisant.

Et pourtant, son cœur battait très fort chaque fois qu'elle vérifiait son courrier électronique. Et les cognements redoublaient quand Joe l'appelait ou se déplaçait pour l'informer de l'évolution de ses investigations… Le baiser qu'il lui avait donné lors de sa dernière visite expliquait peut-être pourquoi elle retenait son souffle, pensa-t-elle au moment où Tommy ouvrit grande la porte.

— Salut ! s'exclama le garçonnet. Tu m'as rapporté mon boomerang, dis ? Tu l'as ?

— Et comment !

Le visage de Joe s'éclaira alors d'un de ses rares sourires. Des fossettes creusèrent ses joues, masquant à gauche la cicatrice qui s'estompait nettement au fil du temps. Tout ce que Callie en savait, c'était qu'il avait rapporté ce « souvenir » d'une mission dont il n'avait parlé à personne, pas même à Brian, Travis ou Carlo.

Pour sa part, elle n'y prêtait plus guère attention, il fallait dire que le reste compensait largement : de larges épaules soulignées en l'occurrence par une veste d'aviateur en cuir qui devait en avoir vu de toutes les couleurs, des yeux d'un gris glacé, des cheveux blond foncé qui ondulaient légèrement…

— N'oublie pas ce que je t'ai dit, déclara Joe à Tommy en lui tendant un paquet recouvert de papier kraft. Ce n'est pas un jouet.

— Je sais ! Les boomerangs existent depuis plus de dix mille ans. Les abro… Euh… Les abar…

— Aborigènes !

— Oui, c'est ça, les aborigènes l'utilisaient pour chasser.

Et tandis que l'enfant ouvrait son cadeau, Joe hocha la tête pour saluer Dawn avant de laisser son regard glisser vers Callie. Ses iris argentés pouvaient devenir aussi opaques et impénétrables que le brouillard qui recouvrait les côtes du

Massachusetts quand il le voulait, c'est-à-dire la plupart du temps. Mais il y brillait actuellement un éclair de triomphe si clair qu'elle comprit d'emblée que son voyage impromptu en Australie avait porté ses fruits.

— Tu as trouvé l'auteur des e-mails ! s'exclama-t-elle sans attendre.

— Bien vu ! répliqua-t-il avec une satisfaction éclatante.

Aussitôt, Dawn tapa sa paume contre la sienne.

— Bravo, Russo ! s'écria-t-elle.

Son exclamation bruyante surprit à la fois Tommy et le chiot. Yeux bleus écarquillés, le petit garçon plaqua son précieux boomerang contre son torse et demanda ce qui se passait, tandis que le chien sautait sur tous les adultes.

— Bas les pattes !

L'ordre de Joe arrêta l'animal frénétique dans son élan et il retomba instantanément sur ses pattes, l'air soudain confus, enfin, autant que pouvait l'être un chiot aux poils frisés et au regard enjôleur.

— Donnez-moi votre veste, Joe, ordonna Dawn, brisant le silence. Et allons nous installer dans la cuisine pour que vous nous racontiez tous les détails de l'affaire.

— Mamaaaan !

L'interpellée s'immobilisa et, en dépit de sa nervosité, Callie ne put s'empêcher de sourire devant l'air un peu niais de son amie. La pétillante et exubérante Dawn n'était pas encore habituée à son rôle de mère, et encore moins à être celle d'un diablotin au visage d'ange, capable toutefois de déployer assez d'énergie pour faire décoller une fusée.

— Joe doit me montrer comment m'y prendre pour que mon boomerang revienne, expliqua Tommy d'un ton insistant. Ou bien…

Il prit alors un air faussement innocent et ajouta :

— Je peux aussi essayer tout seul dehors.

— C'est ça ! lança Dawn. Comme si j'allais te laisser manipuler une ancienne arme de chasse.

La maison des Ellis était située dans un vieux quartier de

Bethesda, tout près de la frontière qui séparait le Maryland de Washington. Le voisinage consistait en d'élégantes demeures de pierre et de brique, érigées au sein de propriétés ombragées et spacieuses. Leur jardin était entouré d'un mur de briques claires, orné d'un belvédère original et actuellement recouvert d'un léger manteau de neige. Il était aussi bordé d'une demi-douzaine de baies, toutes menacées par les éventuelles manœuvres de Tommy avec son boomerang.

— Ecoute, Tommy, reprit-elle d'un ton ferme, Joe va d'abord nous raconter les dernières nouvelles. Puis nous enfilerons tous nos vestes et nous irons dehors avec toi.

Il avança la lèvre inférieure, pour protester.

— Mais…

— Assez, mon grand !

En peu de mots comme il en avait l'habitude, Joe venait de calmer le jeu sans élever la voix. Dawn le gratifia aussitôt d'un sourire reconnaissant et enchaîna :

— Pourquoi n'irais-tu pas dans le bureau faire un peu d'ordinateur ? Tu peux consulter le site web qui traite de l'aérodynamique des boomerangs. D'ailleurs, ton père l'a enregistré pour toi dans ses pages préférées. Je suis certaine que Joe sera intéressé, lui aussi, quand nous aurons fini de discuter.

Forcé de capituler, Tommy lâcha :

— Bon, d'accord. Mais vous ne parlez pas trop longtemps.

Et, son trophée à main, il détala bien vite, le chiot sur les talons. Joe retira son blouson et haussa un sourcil tandis que Dawn l'accrochait au portemanteau.

— L'aérodynamique des boomerangs ? répéta-t-il d'un ton incrédule.

— Eh oui ! Brian et sa première femme étaient tous deux ingénieurs, c'est dans les gènes, expliqua Dawn.

Mariée depuis deux mois à présent, elle avait dès le début décidé de tout mettre en œuvre pour que Tommy n'oublie pas sa mère biologique, Caroline Ellis. Celle-ci avait été emportée par une tumeur au cerveau moins d'un an après la naissance de son fils, et Tommy n'avait pas de vrais souvenirs d'elle, à part les photos qui figuraient dans le merveilleux album numérique que Dawn avait créé à son attention, grâce à ses talents de graphiste.

— Venez, je vais vous préparer un café et vous allez tout nous expliquer, ajouta-t-elle.

Et elle se tourna pour ouvrir la marche, de sorte qu'elle ne vit pas la main que Joe posa de façon toute naturelle sur les reins de Callie. Celle-ci, en revanche, perçut nettement le léger contact à travers son pull violet et son caraco en coton.

Lorsque Joe l'avait appelée pour lui indiquer que son avion venait d'atterrir, elle s'était ruée vers son pavillon pour se changer, appliquer un léger gloss sur ses lèvres et brosser sa chevelure brune. Dawn lui avait suggéré de prendre rendez-vous dans un salon de coiffure réputé, à Washington, pour les faire couper aux épaules, et elle avait alors longuement étudié la question : seulement, avec sa vie actuellement en *stand-by*, elle avait décidé de s'en tenir à une queue-de-cheval ou à des barrettes.

Elle s'efforça de plaquer ses mèches rebelles lorsque Joe et elle s'assirent sur les hauts tabourets autour du comptoir de la cuisine, tandis que Dawn plaçait une capsule d'arabica dans la machine à expresso. Lorsque la tasse fut prête, le riche arôme du café rivalisa avec les notes boisées des branches de pin, posées sur la table de la cuisine.

— Bien, déclara Dawn en déposant la tasse fumante devant lui, nous vous écoutons ! Nous avons fait les plus folles suppositions depuis votre départ pour Sydney. Dites-nous quel tordu envoie ces messages et pourquoi.

Joe se tourna vers Callie.

— Te souviens-tu d'être intervenue en faveur d'une certaine Rose Graham ?

Elle fronça les sourcils, passant mentalement en revue les affaires qu'elle avait traitées durant ces six dernières années. Certains dossiers étaient minces, d'autres épais et chargés de détails tragiques ; il y en avait d'autres enfin qui étaient affreux. Si sa mémoire était exacte, celui de Rose Graham appartenait à la première catégorie.

— Oui, je m'en souviens.

— Elle avait cinq ans lorsque ses parents ont divorcé.

Du coin de l'œil, elle vit un masque bien trop familier tomber sur le visage normalement si expressif de Dawn. Celle-ci était adolescente lorsque les disputes de plus en plus fréquentes de ses parents les avaient conduits à une séparation orageuse, leur plus jeune fille se retrouvant otage de leurs querelles. Kate et elle s'étaient efforcées d'atténuer le choc, au point que le drame vécu par son amie avait été déterminant dans le choix de ses études, à savoir un master en psychologie familiale. Ensuite, elle avait exercé au sein d'un cabinet d'avocats spécialisés dans la défense des intérêts des mineurs.

— Sa mère était secrétaire juridique et son père développeur de *softwares*, dans l'une des sociétés médicales de Boston, une société à la pointe de la technique, lui rappela Joe.

Alors les détails de l'affaire lui revinrent en mémoire. Elle revit Rose Graham, une enfant aux cheveux clairs, de petite taille pour son âge, et à l'intelligence très vive.

— Effectivement, je m'en souviens bien, à présent, murmura-t-elle en plissant le front. Ce fut un dossier facile à régler. L'enfant était équilibrée, sa scolarisation à l'école maternelle se déroulait sans problème et ses deux parents l'adoraient. Les juges ont tendance à laisser une petite fille si jeune à sa mère, sauf s'il y a des preuves de négligence aggravée ou de maltraitance. Mais…

Elle fronça un peu plus les sourcils.

— Je suis certaine d'avoir recommandé des droits de visite très étendus pour le père.

— Exact, et c'est pour cette raison qu'au départ, nous ne nous sommes pas attardés sur l'affaire Graham. Seulement, à la deuxième analyse, nous avons découvert que le père avait été muté dans les bureaux australiens de sa société, en début d'année.

— Oh !

Soudain saisie d'un petit vertige, elle pressentit ce qui allait suivre : des divorces à l'amiable et des accords en bonne intelligence sur la garde pouvaient sérieusement dégénérer en cas de déménagement à l'étranger. Le coût du voyage lui-même était souvent prohibitif, et la cour ne pouvait écarter le risque qu'un enfant hors de sa juridiction ne revienne pas. Pour cette raison, dans son rapport au juge, elle avait précisé la clause standard, à savoir qu'il faudrait statuer à nouveau au cas où les parents s'installeraient à l'étranger.

— La mère de Rose s'est catégoriquement opposée à ce que sa fille prenne seule l'avion pour un si grand voyage, confirma Joe.

— Et la société juridique pour laquelle elle travaille a refermé un piège légal autour de son ex-mari, devina alors Callie.

Elle avait vu de nombreux cas semblables.

— Le père est rentré si souvent aux Etats-Unis pour assister à des audiences ou témoigner à la cour, que toutes ses économies ont été englouties et qu'il a été contraint de contracter de gros emprunts. Il a fini par ne plus être en mesure de payer la pension alimentaire.

Callie fit la grimace.

— L'Etat a donc lancé des procédures pour qu'elle soit prélevée directement sur son salaire, ce qui a contribué à un plus grand déséquilibre de sa situation financière. Il a donc demandé à sa société de le rapatrier à Boston, et voilà six mois qu'il attend qu'un poste se libère.

— J'imagine que sa colère contre le système s'est durcie, observa Callie.

— Effectivement, et il est très doué pour ériger des *firewalls* sur son ordinateur, de sorte que mes hommes ont mis du temps à le trouver, approuva Joe d'un air écœuré.

— Mais vos hommes sont malgré tout plus rusés que lui, commenta Dawn.

— C'est pour cela que je les paie au prix fort.

— Et que s'est-il passé quand vous l'avez mis face à ses méfaits ?

— Ce à quoi je m'attendais. Il a fait l'étonné, s'est même indigné de ces accusations. Mais quand les inspecteurs australiens spécialisés dans la cybercriminalité et moi-même nous sommes rendus sur son lieu de travail et lui avons montré nos preuves, il a déclaré qu'il ne parlerait plus qu'en présence de son avocat. Et même avec ce dernier, il a fallu un certain temps pour qu'il avoue qu'il s'en était pris à Callie en raison du rapport qu'elle avait rédigé.

— Incroyable ! intervint Dawn, furieuse. Pas au juge, ni à son ex-femme et à son équipe juridique et pas à lui-même, bien sûr, mais à Callie.

— Tout à fait ! déclara Joe.

Et un éclair de satisfaction glacée passa dans ses prunelles quand il ajouta :

— Et maintenant, ce salaud va mariner des mois derrière les barreaux en attendant que les juridictions américaines et australiennes s'entendent pour régler son problème. Et peut-être même des années, car les délits liés à la cybercriminalité sont traités très sévèrement, des deux côtés du Pacifique.

Callie aurait été désolée pour le père de Rose si ses messages haineux ne l'avaient pas si fortement perturbée, ces trois derniers mois. A présent, elle devait se ressaisir, et reprendre le cours normal de sa vie. Mais auparavant…

— Merci beaucoup, lâcha-t-elle en posant la main sur celle de Joe. J'apprécie vraiment ce que tu as fait pour moi, plus que je ne saurais l'exprimer. Je suis navrée de t'avoir entraîné dans cette sale affaire…

— Tu es navrée que je me sois immiscé dans tes affaires, tu veux dire !

— Bon, oui, je l'avoue, au début, concéda-t-elle en souriant. Après tout, nous nous connaissions à peine.

— Une situation à laquelle je tente de remédier.

Oui, elle était bien obligée de l'admettre… Et au souvenir de sa bouche qu'il avait pressée si fortement contre la sienne, avant son départ pour l'Australie, elle sentit une onde de chaleur la submerger. Et s'intensifier lorsque Joe retourna la main pour serrer la sienne et se mit, du pouce, à la caresser doucement.

Elle resta figée, n'osant pas regarder Dawn, car celle-ci n'était en général pas la dernière pour donner son avis et émettre des commentaires. D'ailleurs, Kate et elle ne lui avaient-elles pas déjà suggéré que le silencieux, impressionnant et viril Joe Russo était loin d'être insensible au membre le plus calme et — en apparence — le plus sage de leur petit trio ?

Par chance, Dawn s'abstint du moindre commentaire et trouva à la place une excuse pour s'éclipser.

— Il faut que j'aille voir si Tommy n'est pas en train de mettre en application les principes d'aérodynamique dans le bureau, délara-t-elle. Faites-moi signe quand vous serez prêt à… Euh… Transférer l'action à l'extérieur.

Quelques instants plus tard, ils entendirent la porte du bureau se refermer derrière elle, et le silence s'abattit dans la cuisine.

Elle fut la première à le briser. S'efforçant d'ignorer les frissons que lui procuraient les caresses de Joe, elle lui sourit.

— Je pensais vraiment ce que je viens de dire. Je te suis profondément reconnaissante pour ton intervention. Et je suis très soulagée que tout soit terminé.

— Moi aussi. Cette affaire m'a empêché de dormir.

— J'en ai également perdu le sommeil, reconnut-elle. Je ne pourrais jamais te dédommager du temps que tes hommes et toi avez consacré à ces investigations.

— Si les cernes sous tes yeux disparaissent, alors je m'estimerai largement rétribué, répliqua-t-il.

Il plongea soudain le regard dans le sien, et ajouta :

— Tes prunelles qui sont justement d'une couleur incroyable. Pas réellement violettes, ni lavande, entre les deux. C'est la première chose qui m'a frappé, chez toi.

Forcément, ce ne pouvait pas être sa personnalité exubérante ni ses courbes généreuses. C'était Dawn qui l'emportait haut la main dans ce domaine-là. Et tous les hommes qui n'étaient pas instantanément séduits par la flamboyante rousse, l'étaient par la blondeur chatoyante et les très longues jambes de Kate.

— Merci, balbutia-t-elle à défaut de meilleure réponse.

— J'ai essayé de trouver leur couleur précise, quand j'ai dû donner ta description physique à mes hommes, mais je pouvais difficilement leur dire qu'ils oscillaient entre le bleu myosotis et le mauve, car ils auraient ouvert des yeux comme des soucoupes.

Elle en eut le souffle coupé : c'était la première fois qu'il prononçait tant de mots à la suite. Et des mots pour le moins surprenants.

— Et qu'est-ce que tu as dit, finalement ?

— Bleu pensée.

Elle plissa le nez.

— C'est aussi très mignon.

— Et c'est tout à fait leur couleur.

Ce fut alors qu'il resserra son étreinte et l'attira à lui, enfouissant l'autre main dans sa chevelure, au niveau de la nuque… Que sa paume était chaude, et ses doigts calleux, si excitants ! Elle avait lu une fois que les tireurs d'élite devaient se soumettre à un rude entraînement pour se maintenir au top de leur art, d'où les callosités…

Bon, il était vrai que cette lecture remontait à peu, quand elle avait voulu se forger une idée plus précise de la personnalité de Joe Russo en partant des menues bribes d'information dont elle disposait sur son passé et qu'il avait accepté de partager avec elle. Mais cette image comportait encore d'énormes lacunes… Et tout à coup, il l'arracha à ses réflexions en admettant d'un ton bourru :

— Ces fichus messages n'étaient pas la seule cause de mes nuits blanches.

Sur ces mots, il pencha le visage vers le sien, mais ne captura pas tout de suite ses lèvres, lui laissant le temps de se rétracter, si elle le souhaitait, comme lors de leur premier baiser, avant son départ pour l'Australie. Ce qui ne laissa pas de la surprendre. Elle finit par avancer la bouche vers lui…

Il n'en attendait pas davantage pour passer à l'action. Poussant un léger grognement, il descendit de son tabouret, elle l'imita ; alors il l'enlaça plus étroitement et lui donna un baiser magique et passionné. En l'espace de quelques secondes, elle sentit monter en elle un désir presque douloureux. Elle eut envie de lui arracher sa chemise, son pantalon en laine peignée, ses chaussures italiennes et…

— Caaaalliiiie !

S'écartant bien vite de lui, elle regarda par-dessus son épaule : Tommy les fixait d'un air à la fois indigné et accusateur. Et son chiot, qui le suivait partout, se mit à japper pour ajouter son grain de sel à la scène.

— Maman m'a dit que vous étiez encore en train de parler, mais en fait, vous vous embrassiez et tout ça !

Ils n'en étaient pas encore à « tout ça », mais elle était en effet en train de l'envisager sérieusement. Et Joe aussi, à en juger par la lueur qui brillait dans ses yeux.

— C'est vrai, admit-il.

Sourcils froncés, Tommy planta ses poings sur ses hanches :

— Et vous comptez avoir fini quand, au juste ?

Joe jeta un bref regard en biais à Callie.

— Et si nous poursuivions cette discussion un peu plus tard, dans un endroit plus privé, inaccessible aux chiens et aux enfants ? suggéra-t-il à voix basse.

— Entendu !

Se tournant alors vers Tommy, il déclara :

— Mets ta veste et prends ton boomerang, bonhomme, on sort !

2

Lorsque Joe sortit dans le jardin, il apprécia la morsure cinglante de l'hiver à Washington — presque autant que la détermination de Tommy le Terrible à faire voler son boomerang. En Australie, c'était en effet le cœur de l'été, et durant sa visite éclair, Sydney étouffait de chaleur.

Avant son premier essai, le petit garçon effleura la surface en bois lisse et lui expliqua d'un ton grave les principes de l'aérodynamique.

— Tu vois, c'est un missile non balistique, déclara-t-il.

— Et donc ?

— Eh bien, c'est différent des missiles balistiques. Ils sont comme… Comme des lances, des flèches, des balles et tout ça. Quand on les projette dans l'air, ils forment un arc jusqu'à ce qu'ils retombent sous la force de la pesanteur.

Ce qui était l'une des plus puissantes explications sur la balistique qu'il ait jamais entendue. Il retint un sourire en pensant aux heures qu'il avait passées, en tant que jeune recrue, à apprendre comment calculer la distance, la vitesse, et la trajectoire d'un projectile.

— Mais pour un boomerang, c'est différent, poursuivit Tommy, l'air très concentré, tout en passant le doigt sur les motifs gravés dans le bois. A cause de sa forme courbée, de sa surface large et parce que le haut est conver… covex…

— Convexe ?

— Oui, c'est ça, convexe. Bref, papa dit que si on le lance

tout droit, il défie les lois de l'apesanteur et que s'il va assez vite, la rotation le ramènera vers son envoyeur.

— On dirait que tu connais parfaitement la théorie. Tu veux la mettre en pratique ?

— Oui !

Heureusement que son contact australien lui avait conseillé une boutique d'objets indigènes dont le propriétaire n'était pas avare de conseils ! Ce dernier avait accroché le panneau « FERMÉ » à sa porte et l'avait entraîné sur un terrain de football à une centaine de mètres. Ce commerçant très accommodant avait par ailleurs montré une grande patience pour lui enseigner comment faire revenir ce fichu boomerang.

Bien sûr, le jardin des Ellis n'était pas aussi grand qu'un terrain de football, mais il suffisait largement à la force et au lancer de Tommy. S'accroupissant, Joe s'apprêta à partager sa science nouvellement acquise.

— Bon, tiens-le avec ton pouce et deux doigts, comme un pistolet.

— D'accord…

— Parfait. Maintenant, lève le boomerang à la verticale par rapport à ton épaule… Un peu plus haut. Voilà. A présent, il te suffit de reculer un peu le bras et de lancer le boomerang.

Au premier essai, le projectile vint se planter directement dans l'herbe recouverte de neige. La deuxième fois, il rasa le museau du chien, et à la troisième tentative, il partit tout droit, fit demi-tour avant de perdre de sa vitesse…

— Joe ! Il revenait ! s'écria Tommy.

— Oui, j'ai vu, bravo !

Tommy était si excité qu'il en bouscula son chien, dans sa hâte à récupérer le boomerang. Joe estima alors que son petit camarade n'avait plus besoin de son aide et s'appuya contre le mur du jardin pour le regarder s'amuser.

C'était vraiment un enfant adorable !

Quand il y repensait, il devait bien admettre qu'il avait été fort sceptique le jour où il avait appris que Brian Ellis avait décidé d'emmener son jeune fils avec lui en Italie… A cette époque, le trio que formaient Brian Ellis, le major Travis Westbrook des forces de l'armée de l'air et le prince play-boy bénéficiait d'une protection renforcée en raison des tests top secret qu'ils réalisaient dans le cadre de l'OTAN. Le nouveau modèle avait été conçu par la Ellis Aeronautical Systems, et le P-DG de l'entreprise, un veuf, avait décidé que son fils et sa nourrice feraient partie du voyage, comme c'était souvent le cas lors de ses déplacements à l'étranger. Malheureusement, cette dernière avait trébuché et s'était cassé la cheville, pendant la phase la plus délicate du test.

Joe ne croyait pas au destin, à l'instar de la majorité des hommes et des femmes de sa profession : ils passaient le plus clair de leur temps à évaluer les moindres contingences, à établir des plans B, à trouver des échappatoires, et se reposaient essentiellement sur l'entraînement et l'instinct pour se sortir des pires situations. Il était la preuve vivante que les calculs fonctionnaient… la plupart du temps. Car s'il regardait en arrière, il voyait Curaçao se profiler dans le rétroviseur, l'unique fois où ses instincts l'avaient trahi.

Néanmoins, force était d'admettre que le destin ou la chance, quelle que soit l'appellation qu'on lui donne, s'était joué de lui, en Italie. Kate et Travis Westbrook s'y étaient réconciliés, la belle Dawn McGill à la chevelure de feu était devenue la nourrice temporaire de Tommy, et lui, Joe, avait rencontré Callie Langston.

Leur histoire n'avait pas commencé par un coup de foudre, pas même par une attirance physique. D'ailleurs, Callie aurait été la première à admettre que presque tous les regards masculins convergeaient ce soir-là sur Dawn, rieuse, flirteuse et bien roulée, et Kate, à la chevelure d'or et aux jambes infiniment longues.

Lui-même avait subi ce fameux élan de testostérone quand on lui avait présenté ces deux femmes… jusqu'à ce que Callie tourne la tête vers lui et lui coupe le souffle, avec ses yeux violets. Mais c'était en voyant les efforts qu'elle déployait pour masquer la peur suscitée par les e-mails de menace qu'elle recevait qu'il avait commencé à éprouver pour elle un intérêt autre que passager.

Au début, c'était le policier qui avait parlé en lui. L'inspecteur à l'entraînement militaire reconverti dans les opérations secrètes, puis devenu expert en protection personnelle. Par la suite, c'était le fait que Callie affirme pouvoir parfaitement régler l'affaire elle-même qui l'avait stimulé et…

— T'as vu celui-ci, Joe ? T'as vu ?

— Oui, c'est du bon travail, petit.

Se replongeant aussitôt dans ses réflexions, il se rappela l'attirance entre Brian et Dawn, la réconciliation de Kate et Travis, et enfin les tentatives du prince play-boy pour séduire Callie…

Finalement, c'étaient ces manœuvres grossières qui l'avaient agacé, et conduit à envisager des scénarios qu'il ne s'était jamais permis d'imaginer depuis Curaçao. Comme si soudain, il retrouvait le port. Enfin, un port où se rendre… De surcroît, il n'était pas exclu que le petit Tommy lui ait donné des envies de fonder une famille.

Mû par une subite impatience, Joe se redressa.

— Encore deux lancers et on rentre, le prévint-il.

— Ah non ! Je commence juste à y arriver.

— Tu auras tout le temps voulu pour t'entraîner demain. Rentrons, maintenant, je dois terminer ma discussion avec Callie, et puis, précisa-t-il, copiant les tactiques de diversion propres à Dawn, ton père doit être revenu du travail, à présent. Tu ne voudrais quand même pas avoir trop mal aux muscles et ne pas pouvoir lui faire la démonstration de tes talents ?

— D'accord, alors encore quatre essais.

— Non, deux.

— Trois.

— Tu le lances encore une fois, trancha Joe d'un ton qui ne tolérait plus d'argumentation. Et une autre. Un point c'est tout.

De la cuisine où dansaient les flammes dans une cheminée en brique, Dawn et Callie tenaient à la main des tasses de cappuccino et observaient ce qui se déroulait à l'extérieur, à travers les baies ourlées de givre.

Elles venaient de passer plusieurs coups de téléphone : le premier au mari de Dawn pour lui annoncer que Joe avait identifié et fait arrêter l'auteur des messages anonymes, et un autre au troisième membre de leur trio féminin.

Kate avait sauté de joie et de soulagement, et tenu à ce qu'ils fêtent l'événement le soir même, avant que Joe s'évapore dans la nature pour assurer la sécurité d'une rock star ou d'un dictateur sud-américain. Travis et elle apporteraient du champagne et du cidre, Dawn et Callie pourraient se charger de la nourriture, avait-elle suggéré.

Ces dernières s'acquittèrent de leur tâche en appelant Paoli, un excellent restaurant spécialisé dans la cuisine méditerranéenne à quelques pâtés de maison, pour qu'on leur livre des tapas et une paella. Ce qui leur laissait donc tout le temps de siroter leur cappuccino en commentant les activités du dehors.

— Joe est vraiment adorable avec Tommy, observa Dawn, l'air de rien.

Une désinvolture qui n'échappa pas à Callie. Elle baissa les yeux sur sa boisson chaude et attendit. Et bien sûr, Dawn reposa la sienne pour passer à l'attaque.

— Allez, Cal, accouche ! Pour paraphraser mon petit diablotin précoce, c'était quoi ces baisers et tout ça ?

Callie reposa sa tasse et croisa le regard impatient de son amie, le sien reflétant à coup sûr la myriade d'émotions confuses que Joe Russo suscitait en elle.

— Je ne sais pas vraiment… C'est juste que… Bref, tu connais Joe depuis aussi longtemps que moi, c'est-à-dire peu.

— Mais pas aussi bien, de toute évidence.

A cette réplique bien sentie, un sourire monta aux lèvres de Callie, suivi plus vite encore d'un air contrit.

— La vérité, c'est que je ne le connais pas aussi bien qu'on pourrait le croire. Outre le fait qu'il refuse d'évoquer son passé, il n'est pas franchement loquace.

— Vraiment ? ironisa Dawn. Mais revenons à ce baiser. Ce n'était pas le premier, n'est-ce pas ?

— Non…

— Et ?

— Et quoi ?

— Ne joue pas les innocentes avec moi, ma chérie. Tu passes sans doute pour sage et candide aux yeux du monde entier, mais figure-toi que Kate et moi t'espionnions derrière les persiennes, quand tu faisais du baratin à Hendricks le Boutonneux pour qu'il laisse tomber ses dessins et te montre ses trésors les plus privés.

— Par pitié ! Nous avions quel âge, alors ? Huit ans ? Neuf à tout casser !

— Assez toutefois pour savoir que le pauvre Hendricks ne pouvait pas se targuer de grand-chose. Donc, accouche, s'il te plaît. Est-ce que tu as envie que Joe te refasse une démonstration de ses performances ?

La réponse fusa :

— Oui.

— Génial ! Il en aura fallu du temps pour que tu te jettes à l'eau.

— Hé ! attends ! Je n'ai jamais dit que j'allais effectuer le grand plongeon avec…

— Mais oui, c'est ça ! Quand je pense à tous les hidalgos que Kate et moi t'avons présentés ces dernières années. Après chaque rendez-vous, tu affichais un sourire mystérieux, digne de la Joconde, et tu les priais de passer leur chemin. Joe est le premier qui a droit à un second baiser.

— Dawn, protesta Callie partagée entre le rire et l'embarras.

Car cette diablesse avait vraiment vu juste ! Mais elle ne devait surtout pas s'emballer. Aussi poursuivit-elle :

— Ce n'était qu'un baiser. Même si…

— Même si quoi, mademoiselle Langston ?

Elle se mit à triturer sa tasse à moitié vide, incapable de

comprendre pourquoi elle était si réticente à l'idée d'avouer son vœu stupide à Dawn, alors qu'elles avaient toujours partagé tous leurs secrets. Mais après une petite minute d'hésitation, elle finit par se lancer.

— Bon, tu te souviens quand nous avons jeté toutes les trois une pièce dans la fontaine de Trevi ?

— Naturellement ! Mais toi, mademoiselle Je-fais-des-manières, tu as prétendu que tu te contentais de formuler le vœu traditionnel, à savoir revenir à Rome, et de fait, c'est ce qui s'est passé.

— En réalité, moi aussi j'ai émis un autre vœu.

— Qui impliquait le très viril Joe Russo, compléta instantanément Dawn.

— Mais non, Dawn, réfléchis un peu ! Nous ne l'avons rencontré qu'une semaine plus tard, à Venise.

— C'est vrai, concéda cette dernière. Alors si ce n'est pas cet homme qui, à mon avis, est une bête de sexe, de qui ou de quoi s'agissait-il ? Quelque chose de bien épicé, j'espère !

— Dawn, s'il te plaît ! se récria-t-elle.

Son amie leva les yeux au ciel, et Callie lâcha un petit rire.

— Bon, je te l'accorde, c'était un peu fantasque…

— Qu'entends-tu exactement par là ? Des draps en satin… Ou bien de la crème fouettée et du chocolat fondu pour pimenter l'affaire ? A moins que ce ne soient des…

— Dawn !

— Ah ! c'est bon, mademoiselle Je-me-la-joue-prude ! Dois-je te rappeler qui a conseillé à Kate le meilleur vibromasseur du marché, quand Travis et elle étaient séparés ?

— Mais c'était celui que toi-même m'avais recommandé !

— Arrête de pinailler et raconte ! Sur quoi fantasmais-tu en lançant ta pièce, à Rome ?

— Pas sur quoi, sur qui ! Et en l'occurrence, c'était Louis Jourdan.

Elle savait que la référence parlerait tout de suite à Dawn, puisque, avec Kate, elles étaient toutes amoureuses, adolescentes, de cette star des années 1950 et 1960 dont elles se passaient et repassaient les films lors de leurs marathons vidéo.

Un grand sourire éclaira le visage de Dawn.

— Tu te souviens de lui dans *Gigi* ? demanda-t-elle. Il était si sophistiqué et si sexy. A vous faire passer directement de douze ans à vingt ans.

— Je crois que je le préfère dans *La Fontaine des amours*, répliqua Callie d'un air songeur.

Et elle se rappela la première fois qu'elles avaient vu ce vieux classique : cela remontait à tant d'années et à tant de rêves…

— Et la ressemblance avec Joe ne t'a pas frappée ? ajouta-t-elle tout à coup.

Dawn la regarda, visiblement interloquée, puis elle se ressaisit bien vite :

— Maintenant que tu le dis, oui, je perçois la ressemblance. A part le fait que Joe a les yeux gris, et pas marron, et qu'il mesure sans doute dix centimètres de plus que Louis Jourdan, et qu'il est aussi bien plus musclé, mais sinon, tu as raison, on dirait son sosie.

— Bon, il se peut que ce soit une projection de ma part…

— Tu crois ? Bah ! projette-toi, ma vieille, c'est si romantique…

Et si inhabituel. Excepté cet épisode avec Hendricks le Boutonneux, Callie avait toujours été la plus raisonnable et la plus studieuse du trio. Au collège, elle s'intéressait davantage aux livres qu'aux garçons et avait remporté la palme de l'élève modèle, au lycée, avant d'obtenir des bourses de mérite pour ses études.

Grâce à son master de psychologie, elle connaissait bien les vicissitudes du comportement humain, ce qui avait malheureusement accentué sa tendance naturelle à se tenir à l'écart et à observer. Et ces six ans passés dans un cabinet d'avocats spécialisés dans la protection des mineurs avaient encore renforcé son côté réservé : les affaires souvent déchirantes qu'elle devait traiter l'avaient en effet conduite à réprimer constamment ses propres émotions. Un comportement qui ne s'appliquait toutefois pas à ses deux meilleures amies.

Et maintenant Joe faisait lui aussi exception à la règle.

Il avait percé sa carapace en Italie, quand il l'avait persuadée de lui parler de ces e-mails menaçants. Il avait poursuivi sur sa lancée en lui plantant un baiser sur la bouche, juste avant de s'envoler pour l'Australie. Et celui qu'il lui avait donné quelques minutes plus tôt avait quasiment achevé sa conquête. A le regarder à présent initier Tommy à la maîtrise du boomerang, elle sentait ses propres barrières trembler, comme les murs légendaires de Jéricho.

— Bien, reprit Dawn qui semblait un peu confuse après les aveux qu'elle venait de lui faire, Joe aurait certainement pu jouer dans quelques films à succès. Enfin, plutôt des films d'action que des comédies romantiques, non ?

Elle parut hésiter et ajouta :

— Son métier ne te contrarie pas ?

— Je ne sais pas… Si je peux lui arracher quelques secrets sur ses clients, ça pourra être divertissant.

— Brian m'a dit que Joe et son équipe redoutaient un attentat contre Carlo, en Italie, après l'opération spéciale qu'il a conduite pour secourir des membres de l'ONU en Afghanistan ou en Afrique, je ne sais plus. Bref, le chef du groupe terroriste a mis à prix la tête du prince, qui était sous haute protection quand nous l'avons rencontré en Italie.

— Kate a effectivement évoqué ce raid avec moi, car Travis y a pris part, lui aussi.

Dawn hocha la tête.

— Et je n'ai pas à te rappeler sa peur quant au fait de ne jamais savoir où se trouvait Travis, enchaîna-t-elle. Ni combien de temps il serait absent ni qui lui tirait dessus, ce qui l'a presque conduite au divorce.

— Non, je le sais aussi bien que toi.

Tout comme Dawn, Callie avait apporté son soutien à Kate quand, en larmes, celle-ci avait pris la décision déchirante de mettre fin au mariage qui l'unissait à l'homme qu'elle aimait depuis le lycée. Et ses deux amies étaient également à ses côtés lorsque Travis avait refusé de divorcer et déclaré qu'il était prêt à tout pour la regagner.

— Joe et moi n'en sommes pas du tout là, déclara-t-elle. D'ailleurs, rien n'a vraiment commencé entre nous.

— Va dire ça à ton héros ! observa Dawn en désignant la fenêtre du menton. A mon avis, il a en tête autre chose qu'un baiser.

Callie suivit la direction de son regard et croisa celui de Joe, derrière l'immense baie. Visiblement, la partie de boomerang était terminée et ils rentraient. Quand il lui indiqua d'un signe de la tête de venir au pavillon, elle se laissa glisser du comptoir — avec plus de précipitation que de grâce.

— Kate m'a dit qu'elle sortirait tôt, aujourd'hui, rappela-t-elle à Dawn. Travis et elle devraient arriver vers 18 heures ou 18 h 30.

— Brian aussi.

— Appelle-moi quand ils seront là.

— Tu es certaine que tu veux être dérangée ?

Sans répondre à la grimace pleine de sous-entendus de son amie, Callie alla à la rencontre du trio : le chiot se mit à danser autour d'elle tandis qu'elle félicitait Tommy pour ses prouesses. Puis Dawn attira le petit garçon à l'intérieur en lui proposant un chocolat chaud.

— Avec beaucoup de crème fouettée, précisa-t-elle d'un ton appuyé, en adressant un sourire malicieux à Callie.

Joe surprit leur échange.

— J'ai raté quelque chose ?

— Rien d'important, éluda Callie en l'entraînant vers l'allée pavée de dalles qui menait au pavillon.

Une fois qu'ils furent à l'abri du froid de décembre, elle se retourna vers lui.

— Donne-moi ton blouson.

Elle l'accrocha alors à une patère. Il exhalait une odeur marquée de cuir. A l'image de son détenteur : solide et résistant.

Eh bien ! C'était encore pire qu'elle ne le pensait si elle en était à sentir son blouson ! Priant pour qu'il n'ait rien remarqué, elle pivota sur ses talons ; par chance, il était en train d'observer ce qui l'entourait avec intérêt.

— C'est joli, ici.

Et c'était bien le cas. Lumineux et accueillant, avec son chintz fleuri et ses grandes baies, le pavillon lui avait fourni un havre confortable depuis près de deux mois. Elle n'avait guère envie de s'arracher à ce cocon, même si elle était bien consciente qu'elle devait aussi reprendre le cours de sa vie.

Le problème, c'était qu'elle n'avait aucune envie de retourner à Boston, ni de se remettre à exercer son ancien métier. En dépit de son expérience et de ses efforts pour résister, elle s'était bien trop impliquée sur le plan émotionnel dans les affaires qu'elle traitait, car il s'agissait trop souvent de jeunes enfants victimes d'adultes. Avant même de recevoir les messages de menace, elle avait décidé de donner sa démission. Cependant, elle devait à présent trouver une autre façon de gagner sa vie.

Elle n'avait aucune idée de l'influence que Joe aurait dans ses nouveaux choix. Si tant est qu'il en ait une un jour ! Cette pensée la rendait extrêmement nerveuse, ce qui n'était pas dans ses habitudes. Pour masquer sa fébrilité, elle se lança dans un bavardage plein d'entrain :

— Brian avait aménagé ce pavillon pour l'ancienne nourrice de Tommy, Mme Wells. Celle qui s'est cassé la cheville à Venise, mais je ne crois pas que tu la connaisses.

— Non, effectivement.

— Dawn éprouve des sentiments contradictoires à ce sujet. Elle ne s'est jamais réjouie du malheur des autres, mais sans cet accident, elle n'aurait jamais rencontré Brian et Tommy.

— Et nous ne nous serions pas connus non plus.

Mission ratée : son bavardage futile n'avait pas détourné Joe de son objectif.

— Comme je te le disais juste avant que Tommy et son boomerang m'interrompent, ce ne sont pas juste ces fichus e-mails qui m'ont empêché de dormir, ces deux dernières semaines.

Sa voix devenait plus basse et plus rauque, à mesure qu'il

parlait, sans compter qu'il lui caressait la joue de son pouce légèrement rugueux, de sorte qu'elle était à présent à cran.

— Tu es si belle…

Le compliment lui alla droit au cœur. Elle ne manquait pas de confiance en elle, ni en ses capacités, mais elle avait néanmoins toujours vécu dans l'ombre des flamboyantes Kate et Dawn.

— A quand remonte ta dernière visite chez l'ophtalmo ? renchérit-elle alors d'un ton pince-sans-rire.

— Je parle de ta beauté intérieure. De ta tranquille confiance en toi, de la sérénité qui émane de ta personne.

Ces paroles tempérèrent quelque peu la joie que lui avait value le premier compliment.

— Pourtant, je n'ai pas été particulièrement confiante et sereine, ces derniers temps, déclara-t-elle.

— Tu as bien caché ton jeu, même à tes meilleures amies.

— Leurs vies étaient déjà si mouvementées, je ne voulais pas en rajouter.

— Tu as donc fait appel à ta propre force, Callie. J'admire cette qualité, en toi.

De nouveau, son pouce lui effleura la joue.

— Tu es exactement le genre de femme que je recherche. Et avec qui je me sentirais à l'aise.

Elle ne sut pourquoi, mais cette affirmation lui fit l'effet d'un vrai éteignoir. Reculant d'un pas, elle scruta son visage, et tenta d'analyser ses traits.

Et subitement, elle comprit ce qui la frappait : l'affection que reflétaient ses yeux. Une affection sincère et chaleureuse, teintée d'admiration… Celle en somme qu'elle voyait sur les figures de Dawn et Brian quand ils jouaient avec le chiot de leur fils. En d'autres termes, rien de bien flatteur, mais quelque chose de plutôt humiliant. Et même si le regard de Joe était pimenté d'une bonne dose de désir, cela n'adoucissait en rien la douleur qu'elle éprouvait à présent.

Masquant son désarroi, elle s'écarta encore un peu de lui.

— Désolée, mais je ne suis pas certaine de comprendre… Qu'entends-tu au juste par « te sentir à l'aise » ?

— Eh bien…

Il marqua une pause, cherchant visiblement ses mots.

— Et si je te le montrais ?

De nouveau, il l'attira contre lui, et quand il baissa la tête, elle hésita un bref instant. Puis leurs lèvres s'épousèrent, et elle posa les mains sur ses épaules avant de les nouer autour de son cou. Ce n'était pas juste de l'affection. A en juger par la ferveur avec laquelle il l'étreignait, la faim qui le dévorait était incontestable.

Quand il écarta les cuisses pour se presser plus étroitement contre elle, elle ne put réprimer un léger gémissement, avant de percevoir son érection, contre son ventre. A cet instant, elle comprit qu'elle aussi désirait cet homme et qu'elle était prête à tout pour assouvir sa soif.

Lorsqu'il détacha sa bouche de la sienne sans pour autant la lâcher, elle ne tenta pas de se dégager.

— Où est la chambre ? demanda-t-il dans un murmure.

Callie se retrouva déshabillée en un éclair, mais elle sut relever le défi, et Joe fut lui aussi rapidement en tenue d'Adam. Elle sentit son cœur fondre en le voyant enfiler un préservatif. Si elle n'avait pas été déjà à moitié amoureuse de lui, sa détermination à la protéger dans l'acte le plus intime l'aurait fait flancher. Sans compter qu'il l'entraînait vers des frissons sensuels qu'elle n'avait encore jamais expérimentés.

Chaque caresse, chaque baiser, chaque effleurement de sa barbe de fin de journée sur ses seins, son ventre, ses cuisses, l'emportaient un peu plus loin ; aussi était-elle déjà haletante, sur une autre planète, quand il la pénétra.

Elle enroula immédiatement ses chevilles autour de lui, et se cambrant, s'abandonna de nouveau à la fureur des sensations.

Lorsqu'ils se détachèrent l'un de l'autre, elle aurait été prête à lui dire « oui » pour toujours, s'il ne s'était pas mis à lui caresser les cheveux, lentement, avec indolence et un air aussi tendre qu'absent.

Mais elle ne broncha pas, ni ne formula à voix haute ses doutes récurrents ; à la place, elle les enfouit au fond d'elle-même, et Joe alla prendre sa douche. Comme il arrivait directement de l'aéroport, il avait son bagage avec lui et enfila donc un jean et un pull en cachemire bleu qui adoucissait le gris acier de ses prunelles.

Etant donné la saison et l'occasion, elle soigna sa mise, et passa une robe en laine vert foncé, des collants noirs constellés d'éclats argentés et des ballerines. Rassemblant ses cheveux en un chignon, elle les attacha à l'aide d'une pince bijou en forme de papillon qu'elle avait achetée lors d'une expédition dans un des nombreux centres commerciaux de Washington.

Elle affichait son sourire habituel quand Joe et elle rejoignirent Dawn et Kate ainsi que leurs époux respectifs pour fêter la fin du harcèlement qu'elle avait subi pendant plusieurs mois.

Callie parvint à garder le sourire même lorsque Dawn et Kate l'entraînèrent dans la cuisine, sous prétexte de préparer le café. A peine la porte refermée derrière elle, cette dernière s'exclama :

— Des détails ! C'est une femme enceinte et énorme qui te les réclame.

Et aucune des deux autres ne prit la peine de souligner que son minuscule renflement au niveau du ventre pouvait à peine laisser soupçonner une grossesse.

— Selon la rumeur, Joe aurait été câlin avec toi, cet après-midi, poursuivit-elle. Puis vous auriez disparu pendant des heures…

— C'est notre amie cancanière qui a répandu cette rumeur ? demanda Callie en désignant Dawn du menton.

— Hé ! protesta celle-ci. Depuis quand certaines sphères de nos vies sont-elles top secret ? Dois-je vous rappeler que vous avez exigé tous les détails intimes la première fois que je me suis fiancée ?

— La deuxième fois aussi, reconnut Kate.

— Et la troisième, ajouta à son tour Callie.

— Bon, vous voyez ? Donc un peu de *fair-play* ! Comment c'était ?

— Vraiment fantastique.

— Mais encore ? Concrètement, sur une échelle de 1 à 10 ?

— 12,5.

— Continue sur cette voix, Joe !

Et là-dessus, Kate leva ses paumes pour que ses amies viennent y frapper les leurs. A cet instant, Callie fut un peu moins rapide que Dawn, de sorte que ses amies comprirent tout de suite qu'il y avait un petit hic.

— Qu'est-ce qu'il y a ? s'enquit Kate. 12,5, ce n'est pas rien, tout de même ?

— C'est vrai, admit Callie.

— Mais ?

Elle avait trop partagé de hauts et de bas avec ses amies pour leur cacher le doute qui la tracassait. Pourtant, elle se sentit stupide en le formulant à haute voix :

— Il se trouve que je voulais un Louis Jourdan, et lui recherche Lassie.

3

Ainsi que le perçut Callie, Dawn comprit immédiatement l'allusion, grâce à leur précédente conversation, mais Kate la regarda d'un air confus.

— Lassie ? Qu'est qu'elle a à voir dans… Oh !

Elle écarquilla les yeux et ajouta :

— Calissa Marie Langston, espèce de petite sournoise. A quel jeu pervers avez-vous donc joué, toi et Joe, cet après-midi ?

— Kate ! C'était une métaphore.

— OK, maintenant, je suis complètement perdue. Et si tu nous donnais une traduction ? Qu'est-ce que Lassie vient faire dans l'équation ?

Callie chercha alors la juste façon de résumer les pensées confuses qui l'avaient traversée, quelques heures plus tôt.

— Eh bien, Joe a dit que j'étais le genre de femme avec qui il se sentait « à l'aise ». Pas celle avec qui il voulait conquérir le monde, ni affronter d'égal à égal les forces du mal.

— Bon, c'est tout de même un début, observa Kate, songeuse.

— Tu parles ! rétorqua Dawn sur un ton indigné. J'aime bien Joe, ce n'est pas le problème, du moins ce que je connais de lui. Et j'apprécie vraiment l'attention qu'il manifeste pour Tommy. Mais il n'est pas du tout aussi intelligent que je le croyais, s'il n'a pas encore compris que Callie était la plus compliquée de nous trois.

— Toi et moi, nous le savons, approuva Kate. Et Travis aussi ! Le problème, c'est que Joe ne connaît pas cet aspect de sa personnalité.

— Exact, approuva Dawn en fronçant les sourcils. Il a endossé le rôle du super-héros pour venir au secours de l'héroïne sans défense…

Il y eut un silence.

— Bon, d'accord, pas tout à fait sans défense, corrigea-t-elle devant les bouches près de protester de ses amies, mais admets tout de même que tu n'étais plus toi-même, ces derniers temps, Cal. Et ce avant même de démissionner.

Elle inclina la tête.

— Avoue que ce n'était pas juste le stress ou les messages de menace.

— Non, j'étais… Enfin, je ne sais pas.

D'un geste absent, elle frotta une tache sur le comptoir en marbre.

— Je crois que j'étais agitée, comme si je sentais que la vie passait sans que rien ne m'arrive. J'avais besoin de changement.

— Et tu ne crois pas que sortir avec Joe t'en apporterait un ?

— Si, bien sûr…

Puis haussant les épaules, elle s'efforça de chasser sa curieuse humeur.

— A condition que lui aussi le veuille.

— Tu as raison, railla Kate, 12,5, ce n'est pas une preuve suffisante.

Callie se mit à rire.

— Bah ! nous verrons bien… Mais nous ferions mieux de préparer le café et de rejoindre les hommes.

Même si Callie était réticente à l'admettre, Kate et Dawn avaient parfaitement bien analysé la situation : elle avait joué l'héroïne sans défense. Pis ! Elle avait encouragé Joe à endosser le rôle du grand et fort protecteur pendant qu'elle se cachait à Washington. Il était temps qu'elle reprenne les commandes de sa vie.

Mais avant tout, elle devait tirer les choses au clair et

connaître les intentions de Joe, concernant leur relation. Cela pourrait l'aider dans ses choix de résidence et de carrière.

Elle aborda le problème à sa façon, c'est-à-dire de manière directe. Sereine en apparence, mais en réalité à cran, elle invita Joe à venir avec elle dans le pavillon, après le café. La porte à peine refermée, il la plaqua contre sa surface.

— J'aime tes amis, murmura-t-il, le visage enfoui dans ses cheveux. Mais ils sont trop bavards.

— C'est ce qu'on appelle… Euh… Une conversation.

Pitié ! Tout ce que cet homme avait à faire, c'était lui murmurer quelques mots à l'oreille, et elle en perdait tout son vocabulaire !

— Pas d'où je viens, répliqua-t-il en lui effleurant la joue avec sa bouche.

Cette réponse bourrue lui rappela son objectif.

— Il faut qu'on parle ! déclara-t-elle.

— Tu veux savoir d'où je viens, c'est ça ?

— Entre autres choses. Ton équipe de sécurité a disséqué ma vie pendant ses investigations. Tu sais qui sont mes amis sur Facebook, où j'achète mes bagels, et moi, je ne connais rien de toi.

A cet instant, il se replia de façon quasi imperceptible, tout en conservant la même expression et en continuant à se presser contre elle. Pourtant, elle perçut qu'il s'était légèrement éloigné.

— Que veux-tu savoir ?

— Plus que je ne pourrai supporter avec le dos plaqué contre cette porte et ta bouche à deux centimètres de la mienne, répliqua-t-elle. Bon, je prépare un autre café ? Ou bien un verre de scotch ? Dawn a à peine touché au minibar.

— Non, je n'ai besoin de rien.

— Très bien…

Elle l'entraîna alors dans le salon qui faisait aussi office de bureau. Comme la maison principale, le pavillon avait été meublé par une personne ayant du goût et appréciant la couleur. Le canapé et les fauteuils étaient recouverts d'un coton à motifs fleuris, dans les tons de bleu et de violet. L'immense écran ultra-plat de la télévision se trouvait au niveau idéal pour le visionnage, et une alcôve comportait un bureau intégré, équipé des derniers gadgets électroniques. En l'honneur de la saison, elle avait acheté un sapin qu'elle avait choisi modeste — vu le caractère temporaire de son occupation des lieux — et décoré avec Tommy, le samedi précédent.

Retirant ses ballerines, elle s'écroula sur les coussins du canapé et plaça un pied sous elle. Quand Joe s'assit à l'autre extrémité, elle s'efforça de ne pas se focaliser sur ses cuisses vigoureuses et ses larges épaules parfaitement mises en valeur par son jean et son pull d'un bleu si agréable.

Joe croisa son regard, l'air aussi calme qu'elle.

— Je n'ai pas grand-chose à raconter, Callie. La plupart des opérations militaires auxquelles j'ai participé sont classées top secret, et les affaires privées dont je m'occupe doivent rester confidentielles.

— Je suis plus intéressée par des détails de base. Par exemple, où habites-tu ?

— Je suis originaire d'une bourgade du Texas dont tu n'as jamais entendu parler.

— Dis toujours.

— Bitter Creek.

— Tu as raison, inconnue au bataillon. Tu as quitté ta ville pour entrer dans la marine, comme Brian, ou l'armée de l'air comme Travis ?

Encore une fois, il demeura impassible, tandis qu'elle avait l'impression que le gouffre s'élargissait un peu plus entre eux.

— Je suis entré chez les Rangers, puis, ajouta-t-il plus lentement, comme à contrecœur, j'ai intégré la Delta Force.

Elle ignorait de quoi il s'agissait, mais ne jugea pas nécessaire, à ce stade, de réclamer des éclaircissements.

— Combien de temps as-tu porté l'uniforme ?

— Neuf ans.

Plus de temps qu'elle n'avait passé au cabinet d'avocats. Comme elle, Joe avait changé de direction, pendant sa carrière. Poussée par la curiosité, elle s'enquit alors :

— Pourquoi as-tu quitté l'armée ?

— J'avais fait mon temps, répondit-il sèchement.

Bien… Il n'avait de toute évidence aucune envie de s'étendre sur le sujet. Néanmoins, il y en avait un autre qu'il pouvait difficilement éviter. Levant la main, elle retraça de l'index la cicatrice encore visible sur son visage, bien que fort atténuée à présent.

— Et ça ? Comment tu te l'es fait ?

Tel un rideau à la fin d'un spectacle, un masque glacé s'abattit promptement sur son visage : territoire interdit, comprit-elle tout de suite.

— Cette discussion n'a pas lieu d'être ! décréta-t-il.

Elle recula vivement, comme s'il venait de la frapper.

Joe ravala un juron, conscient de sa goujaterie, mais il était tout simplement hors de question qu'il lui parle de Nattat, et de sa tentative désespérée et bien inutile de la sauver. Puisant dans sa volonté d'acier, il chassa promptement les images bien trop saisissantes qui venaient de surgir dans son cerveau, ce coin escarpé des Caraïbes, et se concentra sur la femme au regard blessé assise en face de lui.

— Désolé.

Il passa la main sur son visage et s'efforça de remettre le souvenir de Curaçao dans les abysses d'où il n'aurait jamais dû sortir. La douceur de son menton lui rappela alors qu'il s'était rasé juste après la douche, mais il avait dû piquer comme un hérisson quand il l'avait fait basculer sur le lit, tout à l'heure. Retenant une grimace, il imagina la brûlure qu'il avait certainement laissée sur sa chair tendre et douce.

Et zut ! Ses pensées ne prenaient vraiment pas la bonne direction. Faisant encore une fois appel à toute la force de sa volonté, il referma la porte sur l'image d'une Callie brûlante et haletante sous lui.

— Ecoute, reprit-il, tu dois accepter qu'il y ait un pan de

mon passé que je ne peux te raconter. Mais ce qui compte, c'est ce qui existe à présent entre nous.

— Tiens, c'est curieux que tu abordes le sujet car je me posais justement la question.

Et elle darda sur lui son regard aussi violet que pénétrant.

— Qu'est-ce qu'il y a au juste entre nous, Joe ? poursuivit-elle.

Bon sang ! Où étaient donc ses échappatoires quand il en avait besoin ? Sentant une goutte de sueur lui couler dans le dos, il lui prit le menton, l'estomac légèrement contracté.

— Je ne peux que répéter ce que je t'ai dit tout à l'heure, Callie. Tu représentes un havre de paix, pour moi.

— Très bien.

Elle baissa les paupières et ses longs cils en éventail, aussi bruns que ses cheveux, caressèrent ses joues. Il avait fantasmé sur cette masse soyeuse depuis des semaines, et la vue de ses boucles éparpillées sur l'oreiller avait été bien plus érotique que prévu. Et c'était un spectacle dont il entendait profiter aussi régulièrement que possible !

Mais quand elle releva les yeux, l'annonce qu'elle lui fit brisa tous ses espoirs, à l'instar d'un mur de brique qui s'effondre.

— Je vais retourner à Rome.

— Pardon ?

— Carlo m'a envoyé un message la semaine dernière, expliqua-t-elle en reculant la tête, car il lui tenait toujours le menton. Il me propose un emploi.

Ces paroles déclenchèrent un tourbillon de réactions tumultueuses en lui. Avant d'accepter de fournir à Carlo Luigi Francesco di Lorenzo le haut degré de sécurité que son poste requérait, Joe et son équipe avaient enquêté de manière fouillée sur la vie du prince. En dépit de sa taille modeste, de sa calvitie et de son embonpoint naissants, il n'en descendait pas moins de l'une des plus vieilles maisons d'Europe. Dans l'armée de l'air, Il était aussi à la tête d'une unité d'élite dédiée aux missions délicates.

Mais aucune de ces qualités ne comptait plus à ses yeux, à l'heure actuelle. Non, ce qu'il associait alors à di Lorenzo, ce n'étaient pas les innombrables heures de vol qu'il avait enchaînées dans le cockpit d'un Hercule C-130 mais celles que ce séducteur invétéré avait passées dans le lit d'innombrables femmes.

— Savais-tu que Carlo faisait partie du conseil d'administration de nombreuses fondations caritatives ? poursuivit-elle.

— Oui, répondit-il sèchement.

Sourcils froncés, il passa alors la main dans ses cheveux, s'efforçant de maîtriser aussi bien son intonation que son irritation à l'idée que Callie retourne toute seule en Italie. Sans Dawn ni Kate. Et sans lui.

— Di Lorenzo m'a remis la liste de toutes les organisations dont il était membre, lorsque j'ai accepté de lui fournir une sécurité renforcée, lui expliqua-t-il. La plupart de ses participations sont d'ordre purement pécuniaires, mais certaines…

Subitement, il s'arrêta. Il s'était forgé une réputation et avait fondé une affaire engrangeant désormais des millions de dollars grâce à la confiance absolue que ses clients lui témoignaient. Pas plus que Callie avec les enfants qu'elle défendait, il ne pouvait briser la confidentialité qui était au cœur de son entreprise. Et pourtant, il ne put s'empêcher de lâcher un brusque avertissement.

— Certaines des agences dont il s'occupe ont des liens avec l'Afrique et le Moyen-Orient.

— Je sais. D'ailleurs, le poste qu'il me propose dépend de l'une d'elles. C'est l'IADW, une association spécialisée dans l'aide internationale aux femmes déplacées.

Il sentit ses mâchoires se contracter. Prince ou pas, si Carlo s'imaginait qu'il allait entraîner Callie dans un type d'activités pour lesquelles il avait lui-même requis une protection, il se trompait et devrait trouver une autre idée !

— Cette association procure un foyer aux femmes réfugiées, expliqua-t-elle. A celles qui se sont échappées de leur pays ou ont été contraintes de le fuir, qui n'ont plus d'homme pour les protéger ou ont été abandonnées par eux en cours de route.

— Ah bon ? En quoi pourrais-tu leur être utile, selon Carlo ?

Il avait posé sa question sur un ton plus sec que voulu, aussi la vit-il se raidir.

— En dépit de l'impression que j'ai pu te donner, reprit-elle calmement, je ne suis ni sans défense ni inexpérimentée. Je pourrai au moins apprendre à ses femmes un vocabulaire de base en anglais, ce qui sera utile à toutes celles qui s'installeront dans un pays anglophone, et au mieux, les soulager de leur traumatisme grâce à ma formation en psychologie.

Se maudissant pour son manque de tact, il s'efforça de se reprendre :

— Désolé, je me suis mal exprimé. Ce que je voulais dire, c'est que…

En réalité, c'était l'idée de la voir travailler pour ou avec Carlo di Lorenzo qui lui déplaisait profondément. D'où la deuxième bourde majeure qu'il avait commise en quelques minutes.

— Ecoute, avant d'accepter cette offre, prends le temps de réfléchir à la mienne.

Elle plissa le front.

— Ton offre ? Aurais-je manqué quelque chose ?

— Au fait que j'ai trouvé mon port, avec toi.

Il la vit tressauter.

— Est-ce… Une demande en mariage ?

Sa question le surprit.

— Bien sûr, répondit-il d'un ton bourru. De quoi pensait-il qu'il s'agissait ?

— Je n'ai pas… Ce n'est pas…

Elle secoua la tête, visiblement incrédule.

— Mais enfin, Joe, nous nous connaissons à peine.

— Un peu tout de même !

Elle avait marqué un point en lui rappelant qu'il avait fouillé chaque recoin de sa vie, avec son équipe, quand il tenait à découvrir qui la harcelait. Et il supposait d'ailleurs avoir découvert certains détails de sa jeunesse dont elle n'avait sans doute pas parlé à ses parents. Il avait mis ses escapades un peu précoces sur le compte de ses amies plus délurées, surtout Dawn : cette rousse si sexy avait commencé à briser le cœur des hommes dès son adolescence. Par chance, elle semblait avoir trouvé son âme sœur, en la personne de Brian Ellis. Tout comme lui, avec sa sirène aux prunelles violettes et à la chevelure brune…

— J'ai vu quelle force et quelle grâce tu montrais dans l'adversité, Callie. De plus, je dirais que nous avons plutôt bien fait connaissance, cet après-midi.

— Certainement, concéda-t-elle. Et c'était fantastique. Explosif, comme dirait Addy, l'ami de Tommy.

Mais, pensa-t-il. Car il y avait forcément un « mais ».

— Donc j'espère… J'espère vraiment que nous pourrons construire quelque chose à partir de ce désir mutuel.

— Alors que tu vas partir pour l'Italie ?

— C'est le pays où nous nous sommes rencontrés, lui rappela-t-elle en le regardant droit dans les yeux. Où nous pouvons continuer à nous voir. Je conçois que tu ne puisses pas me parler de tes clients ; en revanche, j'imagine que Carlo n'était pas le premier Européen pour lequel tu travaillais. Ni le dernier.

Elle avait raison. Il avait mis en attente un certain nombre de clients potentiels tandis qu'il traquait l'auteur des e-mails menaçants qu'elle recevait. Par conséquent, il était tout à fait en mesure de choisir le continent, le niveau de risque et le degré d'implication personnelle qui lui convenaient le mieux pour son prochain contrat.

— Nous pourrions nous voir tout aussi souvent à Rome qu'à Boston, poursuivit-elle. Peut-être même plus, si tu le veux vraiment.

Bon sang, il ne savait même plus ce qu'il voulait.

Il était tellement persuadé qu'elle apprécierait ce qu'il avait à lui offrir : un respect mutuel, une compatibilité sexuelle dont ils s'étaient largement assurés dans l'après-midi… Il savait aussi qu'elle vivait de ses économies depuis qu'elle avait démissionné, elle aurait donc dû être sensible au fait que, en dépit de son côté taciturne et peu démonstratif, il était aussi solide qu'un roc et d'une fiabilité à toute épreuve. Contrairement à un certain prince italien…

— Je ne saisis toujours pas très bien. Pourquoi aller si loin ?

Elle se mordit la lèvre. Et quand elle lui répondit, il sentit qu'elle lui dévoilait une part d'elle-même qu'elle montrait rarement à d'autres personnes que ses deux amies.

— Ton métier te conduit aux quatre coins du monde, alors que moi, depuis toujours, ma vie gravite dans un rayon de cent kilomètres autour de Boston. A part des vacances en famille et un saut à Cancún au cours d'un printemps avec Dawn et Kate, l'Italie était mon premier grand voyage. J'y ai adoré les couleurs, la nourriture, les gens. Et Rome !

Un sourire éclatant éclaira soudain son visage, si chaud et si radieux qu'il lui fit l'effet d'un coup de poing en plein torse.

— J'en suis littéralement tombée amoureuse ! Dawn, Kate et moi n'y avons passé que quelques jours, et j'ai vraiment envie d'y retourner pour explorer sa riche histoire et sa culture. Toute seule… Et avec toi chaque fois que ce sera possible.

Finalement, ce n'était peut-être pas une si mauvaise idée. Et il se vit visiter le Forum romain avec elle, partager une bouteille de chianti dans une petite trattoria qu'il avait découverte, à deux pas de la place d'Espagne. Et puis faire l'amour dans un hôtel avec vue sur l'enceinte antique de la ville.

Ils pourraient prendre le train pour se rendre dans la région des lacs, lors d'un week-end, et pourquoi pas visiter Portofino, la réplique de la Côte d'Azur française. Passé le choc que lui avait valu sa réaction inattendue, il pouvait tout à fait s'imaginer déposer l'Europe à ses pieds.

— Ecoute, je comprends tes raisons, concéda-t-il, cependant, je te propose une chose.

— Quoi ?

— Eh bien voilà : je crois que…

Et il s'arrêta à temps, conscient qu'il devait s'adapter à la nouvelle facette qu'il venait de découvrir chez Callie et qui requerrait un peu plus de doigté de sa part. Aussi reprit-il :

— Que nous devrions attendre demain avant de prendre une décision. Voir ce que nous ressentons, après une bonne nuit.

Il vit un sourire se former sur ses lèvres, et elle hocha la tête d'un air solennel.

— Absolument, monsieur Russo, la nuit nous portera conseil. Chez toi ou chez moi ?

L'hôtel où il était descendu à Washington était des plus confortables, mais ne pouvait rivaliser avec le charme du pavillon. Et l'invitation de Callie avait déclenché un si formidable élan de désir au fond de son être, qu'il n'hésita pas une seconde :

— Chez toi, mademoiselle Langston !

Et tout son corps vibrait douloureusement quand il la bascula sur les coussins du canapé.

Son réveil interne se déclencha à 5 heures, mais il avait appris depuis longtemps à ne pas montrer qu'il était réveillé. Cette aptitude lui avait sauvé plusieurs fois la vie, la plus récente étant à Curaçao.

Mais peu désireux d'ouvrir la porte des souvenirs, il garda les yeux fermés et se concentra sur les signes sensoriels perceptibles, autour de lui, prêtant alors l'oreille à la respiration de Callie, à côté de lui. Elle inspirait profondément, et expirait de la même façon, ce qui pouvait presque s'apparenter à un petit ronflement, d'ailleurs. Il retint un sourire. Son corps, chaud, doux et docile se trouvait tout contre le sien, et le parfum qui en émanait emplissait ses poumons, la fragrance citronnée de son shampoing ainsi qu'une légère odeur trahissant leurs ébats. Une simple bouffée, et il se sentit durcir… Il dut recourir à toute la force de son autodiscipline pour surmonter le violent désir qui s'était emparé de lui et ne pas s'enfouir en elle.

Toujours allongé à côté d'elle, il se mit à réfléchir à tout ce dont ils avaient parlé, la veille au soir. Callie voulait élargir ses horizons, ce qu'il concevait aisément. Lui-même n'avait-il pas exploré les quatre coins du monde ? Mais avant qu'elle s'envole pour Rome, il tenait à la marquer de son empreinte.

Il s'obligea à attendre encore une heure, puis se leva. Aucun rayon de soleil ne perçait à travers les persiennes tandis qu'il s'habillait. Il mourait d'envie de boire un café mais ne voulait surtout pas réveiller Callie, aussi lui écrivit-il un message sur un post-it qu'il laissa sur le comptoir de la cuisine avant de s'éclipser du pavillon.

Il se rendit au Starbucks le plus proche, et la caféine se diffusa bientôt dans ses veines tandis qu'il circulait dans les rues encore peu encombrées de la partie sud-est de Washington. Même s'il était très tôt, il ne doutait pas que Frank Harden, en bon bourreau de travail, serait à son bureau.

Tous deux avaient d'abord servi dans la Delta Force, puis leurs chemins s'étaient séparés : Joe était devenu mercenaire avant de fonder sa propre agence de sécurité, tandis que Frank avait embrassé une carrière d'analyste civil et collaborait dorénavant avec la Defense Intelligence Agency, et plus particulièrement l'unité spécialisée dans les affaires africaines. L'esprit vif et toujours prêt à donner son avis, Harden avait gravi rapidement les échelons de la DIA pour occuper aujourd'hui un poste équivalent à celui de général, mais cela n'avait en rien affecté leur amitié.

Alors qu'il se rapprochait de la base militaire, Joe l'appela.

— Russo, vieux frère ! s'exclama Harden avec son accent typique du Mississippi. De quelle ville exotique m'appelles-tu ?

— Je suis à une centaine de mètres.

— Ça alors ! Je vais prévenir qu'on te laisse entrer par la porte B.

Et de fait, quelques instants plus tard, Joe s'introduisait dans les quartiers de la base qui hébergeaient la DIA. Avant de pénétrer dans le sanctuaire, il dut remettre le Ruger LCR .357 qu'il portait à la cheville contre un récépissé, attacher un badge visiteur à sa chemise et passer sous un détecteur métallique.

Le bureau de Harden reflétait son statut, mais Joe avait peu de temps à consacrer au panorama qu'il offrait ; quant à son ami, il n'avait pas pris un gramme depuis qu'ils s'étaient tous deux évadés par un tunnel d'une prison soudanaise. Il le serra dans ses bras.

— Cela fait une éternité, constata Harden. Qu'est-ce que tu fichais ?

— J'ai décroché un contrat aux Caraïbes, en début d'année, répondit Joe, adoptant un ton désinvolte pour masquer le trouble que ce mot provoquait en lui. Et récemment, j'ai travaillé pour une base de l'OTAN au nord de Venise.

— Ah ! ça me dit quelque chose ! répondit Frank en lui désignant un siège. Il paraît qu'ils ont offert un pont en or à ton pote Ellis, et qu'il va fournir toute l'aéronautique pour l'OTAN.

— C'est possible.

Joe en savait quelque chose, puisque Brian l'avait chargé de sécuriser la Ellis Aeronautical Systems : ce qui avait commencé comme une collaboration professionnelle s'était transformé en une amitié, entre Brian et lui.

— Que puis-je faire pour toi ? demanda Frank. Ou bien es-tu juste venu me plaindre d'être enchaîné à mon bureau ?

— J'ai besoin d'infos.

— Je t'écoute.

— Que peux-tu me dire de l'IADW, autrement dit l'International Aid to Displaced Women, une association caritative basée à Rome et qui s'occupe des femmes réfugiées ?

Joe quitta les bureaux de la DIA, plus serein concernant la décision de Callie : Frank ne connaissait pas cette association, mais il avait demandé à ses agents d'effectuer de rapides recherches.

Il avait aussi appelé un responsable du Département d'Etat chargé du programme d'admission des réfugiés aux Etats-Unis, qui travaillait en collaboration avec des agences spécialisées dans le monde entier, y compris dans la protection des femmes et des enfants, afin de vérifier que l'IADW exerçait ses activités dans un cadre légal, et surtout qu'elle n'était pas infiltrée par des terroristes ou des criminels. Mais de cela, comment pouvait-on être certain à 100 % ? Etant donné l'afflux de femmes déplacées, le risque d'intermédiaires grandissait.

Désireux, par conséquent, de contrôler la sécurité de l'organisation de plus près avec Carlo avant que Callie accepte son offre de travail, il pria son équipe de lui réserver un vol international en début d'après-midi.

Après quoi, il téléphona à Marcello Audi, le directeur en charge du festival cinématographique de Naples : celui-ci redoutait en effet que l'événement n'attire des djihadistes et il avait fait appel à lui pour la sécurité du festival. Au départ, Joe comptait déléguer cette mission, mais après la petite bombe qu'avait lancée Callie en lui apprenant son prochain départ pour Rome, il avait revu ses priorités. Ce contrat le retiendrait une quinzaine de jours à Naples, de sorte qu'il serait à une heure de vol de Rome. Et après…

Et après, Callie et lui s'établiraient et trouveraient un havre confortable et rassurant pour eux deux. Cet objectif en tête, il fonça vers les bureaux de la personne qu'il voulait encore rencontrer ce matin, dans le cadre de son agenda réorganisé à la hâte.

4

Vêtue d'un legging et d'un grand pull confortable, Callie était recroquevillée sur le canapé ; un mug de Noël rempli de café fumant était posé sur la table basse, ainsi que son iPhone. Elle s'était réveillée très tard — ce qui n'était guère étonnant, après les fiévreuses étreintes de la nuit — pour constater l'absence de Joe. Sur le comptoir de la cuisine, elle avait alors trouvé un mot dans lequel il la priait instamment de ne pas appeler Carlo avant son retour.

Pourvu qu'il n'essaie pas de la convaincre de renoncer à Rome ! Hier soir, il avait pourtant semblé accepter sa décision, et même admis qu'il la verrait aussi souvent en Italie qu'à Boston. Et elle mourait d'envie d'annoncer à Carlo qu'elle acceptait le poste qu'il lui proposait.

Tout comme les doigts la brûlaient de téléphoner à Kate et à Dawn. Et pas simplement pour leur parler de Rome. Elle devait aussi leur confier la demande en mariage à la fois inattendue, confuse mais très excitante que Joe lui avait faite. Ses amies lui avaient déjà envoyé plusieurs textos pour savoir si elle était réveillée, si Joe était encore avec elle et si elle avait résolu l'affaire Lassie. Elle avait vraiment envie de regagner la maison principale, et de se blottir auprès de Dawn pour appeler Kate par FaceTime. Toutes trois avaient partagé tant de secrets, tous les hauts et les bas de leurs vies, en somme. Seulement voilà : le mot laissé par Joe sur le comptoir lui demandait d'attendre, aussi obtempérait-elle, tout en ayant la déconcertante impression d'être déloyale.

Elle ressentait toujours ce désagréable tiraillement quand elle entendit une voiture s'engager dans l'allée. Tournant vivement la tête vers la fenêtre, elle vit ses espoirs se confirmer : Joe venait de rentrer. Elle se leva d'un bond et se trouvait déjà dans le couloir quand la sonnette retentit. Lorsqu'il pénétra dans le pavillon, il lui parut aussi grand et fort que la veille, mais plus sexy. Ce qui, bien sûr, était sans doute lié à l'exploration rapprochée de son corps à laquelle elle s'était livrée.

Bon sang ! Avait-elle perdu la tête ? Quelle femme dotée de bon sens n'aurait pas immédiatement accepté sa demande en mariage et consenti à s'installer dans un nid confortable avec lui, puis attendu patiemment qu'il rentre d'une de ses mystérieuses expéditions ?

Quand il lui donna un bref baiser et lui adressa un sourire qui l'était tout autant, des doutes inhabituels l'élancèrent de nouveau douloureusement. Mais avant qu'elle cède à l'impulsion subite de lui annoncer qu'elle avait revu ses priorités, il déclara sans préambule :

— J'ai discuté avec l'un de mes amis à la DIA. L'IADW agit dans un cadre tout à fait légal.

— Merci pour le renseignement. Toutefois…

Elle haussa un sourcil.

— Pensais-tu que Carlo m'aurait proposé de travailler pour une organisation qui ne l'était pas ?

— Ça ne coûtait rien de vérifier.

— Sans doute… Tu ne restes pas ? demanda-t-elle alors.

Il ne faisait en effet pas mine d'ôter son blouson.

— Je ne peux pas. J'ai encore des choses à régler avant de m'envoler cet après-midi.

— Pour où ?

La question avait jailli malgré elle, et elle s'attendait à une rebuffade, mais curieusement, Joe lui fournit une réponse.

— D'abord à Rome. Je souhaite vérifier avec Carlo les procédures de filtrage concernant l'association. Après quoi, je filerai à Naples pour une mission.

— Attends une seconde !

Elle n'arrivait pas à croire ce qu'elle entendait.

— Tu as dit à Carlo que j'allais venir à Rome ? Que je travaillerai pour l'IADW ?

Il cligna les yeux, apparemment aussi surpris par la dureté de son ton qu'elle l'avait été, quelques instants auparavant, par sa brusque déclaration.

— Tu m'as bien dit hier soir que telle était ton intention, répliqua-t-il. Aurais-tu changé d'avis entre-temps ?

— Non !

Et une bouffée d'irritation chassa ses précédentes hésitations quand elle ajouta :

— J'aurais toutefois aimé annoncer moi-même à mon futur employeur que j'acceptais son offre généreuse.

— Désolé…

Il se passa la main sur le visage.

— C'est juste que…

— Que quoi ? fit-elle.

— Tu as bien vu ce qui se passe, dans l'actualité. Les attaques en France, en Belgique et dans d'autres pays… Certains terroristes arrivent à franchir légalement les frontières en se faisant passer pour des réfugiés. Je voulais juste m'assurer que l'IADW n'en abritait pas sans le savoir.

Elle sentit sa fureur retomber. Un peu. Et davantage quand il lui effleura la joue. Sa caresse était si chaude, si réconfortante. Si possessive aussi.

— Ta sécurité est devenue ma priorité numéro 1, Œil-de-pensée.

Ce surnom la fit sourire, forcément. Tout comme il lui était difficile de discuter son désir de la protéger, d'être ingrate avec lui alors qu'il avait traversé la moitié du globe pour retrouver l'auteur des messages menaçants qu'elle recevait. Pourtant, dans un coin de son cerveau, elle rejetait l'idée d'être enveloppée dans du coton pour le reste de sa vie.

— Merci, Joe.

Elle était sincère, vraiment. Cependant, elle eut un léger

mouvement de recul en le voyant sortir une petite boîte de la poche de son blouson.

— Je sais que c'est aller vite en besogne, Callie, mais j'ai vu cette bague avant de m'envoler pour l'Australie et demandé qu'on me la mette de côté. Je voulais que tu la voies avant de l'acheter, seulement, comme tout se précipite… J'ai pris le risque et j'espère qu'elle te plaira.

— Joe…

— Elle n'est pas tape-à-l'œil mais de la même couleur que tes yeux, enchaîna-t-il en soulevant le couvercle. Et la monture est sympa.

« Sympa » ? Elle ne put retenir une petite exclamation : elle était magnifique, oui ! En or blanc, enroulée d'un bouquet en filigrane qui offrait un magnifique écrin à l'améthyste ovale brillant doucement en son milieu. Certaines pointes s'allongeaient, semblables à des tiges de roses, et sur les côtés de fines feuilles avaient été ciselées.

— Joe, je…

Elle s'interrompit, en proie à des émotions confuses. Joe le nota manifestement, et lui adressa un petit sourire.

— Cette bague ne doit pas avoir plus de signification que celle que tu lui donneras, murmura-t-il. Essaie-la pour vérifier que c'est la bonne taille.

Et il la lui glissa au doigt.

— Parfait, ça convient. Je voulais te la donner avant ton départ pour Rome.

Elle leva les yeux de l'améthyste et aperçut un éclair de satisfaction virile dans les siens.

— Et j'imagine aussi, répliqua-t-elle sèchement, que tu voulais que je la porte quand je rencontrerai Carlo.

— C'est exact.

Et il n'avait pas du tout l'air contrit cependant. Elle ne put s'empêcher de sourire.

— J'apprécie Carlo en tant qu'ami et maintenant, je suis ravie de travailler pour lui, mais ça s'arrête là. Et tu le sais parfaitement, j'imagine.

— Bien sûr, mais il est toujours bon de s'assurer que le message est bien passé.

La scrutant de façon plus intense, il ajouta :

— Si tu changes d'avis ou que tu veux envoyer un signal différent une fois à Rome, il suffira que tu l'enlèves. Je comprendrai.

Callie demeura perplexe un bon moment après le départ de Joe. Sa première impulsion fut de courir dans la maison voisine et de rejoindre Dawn dans son bureau, afin que toutes deux appellent Kate par FaceTime. Mais quand elle jeta un coup d'œil à la pendule et constata qu'il était près de 11 heures, elle se ravisa : l'événement était trop important pour qu'elle le partage par voie électronique. S'ensuivirent donc deux appels rapides pour convenir d'un déjeuner entre filles dans un établissement huppé, à deux encablures de l'immeuble ultramoderne où travaillait Kate.

Se précipitant dans la salle de bains, elle troqua ses vêtements décontractés contre un pantalon noir, un col roulé violet et des bottes. Puis elle coiffa un béret noir en angora, qu'elle fit basculer sur le côté, noua une écharpe autour de son cou, enfila des gants ainsi que sa grosse doudoune kaki qui lui arrivait aux chevilles.

Dawn, tout aussi emmitouflée et le regard brillant de curiosité, vint à sa rencontre sur l'allée dallée.

— Raconte ! s'exclama son amie d'un ton empressé.

— Quand on aura rejoint Kate. Je te laisse conduire, tu connais mieux le chemin que moi.

La légère couche de neige tombée la veille s'était transformée en boue mais, grâce aux décorations de Noël, les rues de Washington étaient constellées de rouge, d'or et de vert, ce qui rendit le trajet agréable. Dès qu'elles arrivèrent devant le restaurant, Dawn remit immédiatement les clés de la Mustang au voiturier, et elles se ruèrent à l'intérieur.

Comme il n'était que 11 h 30, Kate avait pu trouver un box

près de la cheminée ronde, au centre de la salle. Le niveau sonore n'était pas très élevé pour le moment, de sorte que l'on pouvait entendre la voix veloutée de Nat King Cole susurrer une chanson de Noël, en parfaite harmonie avec le craquement des flammes.

Ses cheveux blonds retenus en un chignon bas, Kate incarnait la parfaite femme d'affaires avec sa veste bordeaux foncé, qui réussissait à masquer son tout début de grossesse à qui n'était pas au courant, son chemisier blanc et sa jupe noire qui arrivait à la hauteur de ses bottes. Elle reposa la carte des menus en voyant ses deux amies arriver, puis celles-ci prirent place dans le box.

— Bien, mademoiselle Je-fais-des manières, qu'y avait-il de si important que… Ça alors !

Ecarquillant de grands yeux, elle saisit la main de Callie qui s'apprêtait à déplier sa serviette.

— Elle est superbe !

Dawn poussa un cri de surprise.

— Espèce de petite cachottière. C'est bien ce que je pense ?

— En quelque sorte.

— Qu'est-ce que ça veut dire ? s'exclama Kate en examinant la bague de Callie sous tous les angles. Joe et toi avez réglé la question de Lassie, oui ou non ?

— Pas tout à fait, mais nous y travaillons.

Un serveur affublé d'un nœud papillon rouge s'approcha alors de leur table, mais Dawn le congédia avec un bref sourire.

— Donnez-nous cinq minutes, s'il vous plaît. Une petite discussion exclusivement féminine s'impose.

Se tournant sans transition vers Callie, elle poursuivit :

— Revenons à toi, Joe et cette superbe pierre. Tu peux être plus précise ?

— OK, accrochez-vous bien. J'accepte le poste que Carlo m'a proposé, et Joe tient à ce que je porte son « empreinte » quand je vais partir pour Rome, jeudi.

Ses deux amies affichèrent immédiatement une expression de surprise et de consternation mêlées.

— Tu t'en vas à Rome ?

— Ce jeudi ? hurla presque Dawn. Mais c'est impossible. Noël est dans moins de deux semaines, et nous dînons toujours ensemble pour Noël depuis que nous avons dix ans !

— Mais maintenant tu as Brian et Tommy. Et il y aura toujours Kate et Travis. Ta maison sera pleine.

— Ce ne sera pas la même chose, insista son amie. Ce sera génial, bien sûr, mais pas pareil, sans toi.

— Ce poste est vacant depuis plusieurs mois, expliqua Callie, et la directrice de l'organisation a hâte que quelqu'un l'occupe.

— Mais il s'agit de deux semaines à peine, protesta à son tour Kate. Je suis sûre que Carlo peut intervenir auprès d'elle pour que tu commences après les vacances de fin d'année.

— Il semblerait que non, répliqua Callie, un petit sourire aux lèvres. D'après ce que j'ai cru comprendre lors de ma brève conversation avec Carlo ce matin, il est un peu intimidé par cette femme.

Ses amies échangèrent un nouveau coup d'œil étonné. Comment imaginer que Carlo di Lorenzo, ce pilote italien bardé de titres de noblesse et au tableau de chasse éloquent, puisse être impressionné par une femme ?

— Cette directrice doit être une vraie garce, la prévint Kate. Tu es certaine que tu veux travailler pour elle ?

— Bah ! je serai en Italie, au moins, se justifia Callie, l'air rêveur. Tu te souviens de ce qui t'est arrivé là-bas, non ? Et toi aussi, Dawn.

L'argument parvint à étouffer les protestations de ses amies pendant quelques instants. Les yeux embués de larmes, Kate se rappela alors la cérémonie que Travis avait organisée autour de la fontaine de Trevi, et Dawn ne put s'empêcher de sourire en se rappelant les étincelles qui avaient jailli entre Brian et elle, à Venise. Elle sortit à temps de sa rêverie pour interpeller le serveur qui passait de nouveau non loin de leur table.

— Et Joe ? demanda Kate. Dès l'instant où tu portes sa bague, il te laisse filer à Rome ?

Elle émit un petit rire.

— Pas tout à fait… Avant de me l'offrir, il a contacté un vieil ami à lui qui travaille à la DIA pour vérifier que l'organisation de Carlo était réglo, puis il a appelé ce dernier afin de l'avertir qu'il venait en inspecter la sécurité. Il a aussi accepté une mission à Naples.

— Et Naples se trouve à une heure de vol de Rome, compléta Kate.

Elle était au courant, puisque c'était elle qui avait organisé de A à Z leur séjour en Italie, quelques mois plus tôt — même s'il s'était déroulé d'une autre façon que prévu.

— Oui, c'est ce que Joe m'a appris, reprit Callie en jouant avec sa bague. Il m'a aussi informé qu'il suffirait que je retire ça pour qu'il comprenne le message et disparaisse du paysage, sans larme ni embrouille.

— Voilà qui est romantique ! observa Dawn d'un ton sarcastique. Rassure-moi, il ne s'est tout de même pas exprimé en ces termes !

— Presque.

— Et donc, tu comptes l'enlever ?

— Non…

Elle soupira et secoua la tête.

— Pas dans l'immédiat, du moins. J'essaie encore de comprendre ce que j'éprouve pour lui.

— Avant tout, comment te sens-tu ? Là, à cette seconde précise.

— Heureuse. Confuse. Excitée. Et, admit-elle avec un petit rire nerveux, emplie de désir.

Aucune de ses amies n'osa s'opposer à de tels arguments et, se résignant visiblement à l'inévitable, elles lui promirent de régler les affaires qu'elle avait laissées en suspens lors de son départ précipité de Boston, pour se réfugier dans la maison des Ellis.

— Je ferai un aller-retour à Boston, proposa Dawn. J'expédierai en Italie les vêtements dont tu as besoin, mais que suis-je censée faire du reste ? Tes meubles, tes plantes et tes tonnes de livres ?

— Il faudrait louer un garde-meubles. Encore que pour les plantes, je suis certaine que ma voisine, Mme Eckstein, sera ravie de les récupérer.

— Et qu'en est-il de ton bail ? demanda Kate. Y est-il stipulé que tu peux sous-louer ton appartement ?

— Il arrive à échéance à la fin du mois. Mais comme je n'ai pas donné de préavis, je devrai sans doute payer le mois de janvier et ils garderont la garantie.

— Je vais m'en occuper, décréta Kate. Bon, à Rome, tu devrais pouvoir retirer de l'argent et faire des achats sans difficulté, avec ta carte bancaire actuelle. Je te conseille néanmoins d'ouvrir un compte sur place pour effectuer d'éventuels transferts d'argent. Je te préparerai les papiers, si tu veux.

— Merci ! Vous êtes des anges, toutes les deux.

Et elle le pensait sincèrement. Toutefois, elle ressentait un léger pincement au cœur en constatant comme il était facile de couper les liens avec la vie qu'elle menait à Boston depuis six ans.

Bon sang ! Mais quel était donc son problème ? N'était-ce pas ce qu'elle s'était souhaité devant la fontaine de Trevi ? De l'aventure, de la romance ? Eh bien voilà, ce qu'elle désirait advenait enfin : un nouveau chapitre de sa vie allait en effet s'écrire.

— Tu n'auras pas besoin d'échanger ton permis de conduire contre un permis européen ? demanda Dawn, réfléchissant toujours à la logistique.

— Ce serait le cas si je travaillais pour une entreprise de transports. Et puis comme l'IADW se trouve en plein centre de Rome, il n'y aura aucun souci de ce côté-là.

— Et tes parents ? s'enquit soudain Kate. Tu leur as dit que tu partais pour l'Europe ?

— Pas encore. Je tenais à vous l'apprendre en premier. Je les appellerai après notre déjeuner.

Nul doute qu'ils seraient surpris, mais cela ne la tracassait pas vraiment. Depuis leur déménagement dans une résidence pour retraités en Floride, six ans auparavant, sa mère, autrefois enseignante, et son père, jadis employé des postes, cultivaient de nouveaux intérêts qui les comblaient pleinement. Elle ne les avait pas mis au courant du harcèlement qu'elle avait subi et, de leur côté, ils n'avaient pas affiché une grande curiosité concernant son séjour prolongé à Washington.

— Donc tu vas vraiment sauter le pas, conclut Dawn en l'arrachant à ses pensées.

— Tout à fait.

— Dans ce cas, nous devons fêter l'événement avec notre boisson italienne préférée.

Et toute souriante, elle leva la main pour appeler le serveur.

— Trois Bellini, dont un sans alcool pour cette future maman.

Le jeune serveur lui lança un regard confus.

— Je ne sais pas si c'est possible…

— Dites au barman d'improviser, répondit Dawn.

Ses amies eurent beau insister pour qu'elle reporte de deux semaines son départ, Callie tint bon et embarqua à Washington-Dulles en fin d'après-midi le jeudi, en classe affaires, luxe inattendu dont elle était redevable à Joe. Lorsqu'elle atterrit à l'aéroport Leonardo di Vinci, aux premières heures du vendredi matin, elle s'empressa d'envoyer un texto à Kate et Dawn pour les assurer de son arrivée à bon port.

Elle comptait passer sa journée à aménager le petit appartement prévu dans son contrat, et le week-end à explorer son nouveau quartier. Et elle n'avait pas inclus Joe Russo dans ses plans. Or, en vrai sosie italien de Patrick Dempsey dans son jean délavé, son pull noir à col roulé et son blouson d'aviateur, celui-ci se trouvait au terminal des arrivées pour l'accueillir d'un long baiser brûlant…

— Es-tu complètement exténuée ? demanda-t-il tandis qu'ils se dirigeaient vers la zone où récupérer les bagages.

— Non, pas vraiment. J'ai pu dormir un peu dans l'avion, dans mon super siège confortable.

Elle hésita, puis ajouta, poussée par l'honnêteté :

— J'ai vu que c'était ta société qui avait payé le surclassement. Ce ne sera pas facturé comme une dépense liée à tes déplacements, j'espère. Car dans ce cas, je préfère te rembourser.

Un éclair amusé passa dans ses prunelles gris acier.

— Ne t'inquiète pas, j'ai un service de comptabilité très pointilleux qui sait parfaitement séparer mes dépenses privées et professionnelles.

— Tant mieux, mais sache que je n'attends pas que tu paies toujours pour moi.

— A Naples, nous ne devrions pas avoir trop de dépenses, ce week-end, puisque je vais y rencontrer mon futur client et que c'est lui qui prendra tout en charge.

— Naples ? Mais je ne peux pas aller à Naples ce week-end. J'ai beaucoup trop à faire à Rome.

— Il va falloir revoir ton programme, Callie. Aujourd'hui, c'est la fête de Sainte-Lucie, qui marque le début des festivités pour la période de Noël, en Italie. Marcello, mon client, nous a invités au dîner traditionnel de sa famille, ce soir. Cela me donnera ainsi l'occasion de l'observer dans un cadre moins formel, et de mieux évaluer le genre d'homme qu'il est.

— Mais…

Le bruit du tapis roulant à bagages recouvrit ses protestations, car Joe venait de saisir ses deux valises, ce qui lui donna le temps de revoir ses priorités. Visiblement, ce repas semblait important pour lui, aussi son installation dans l'appartement pourrait-elle sans doute attendre.

Mais à sa grande surprise, elle constata qu'il avait déjà tout prévu. En effet, après lui avoir demandé si elle avait besoin d'autres choses que de son sac à dos pour le week-end, il remit ses deux bagages à un homme qui attendait près d'un SUV noir au design élancé.

— Voici Emilio Mancera, le responsable des opérations que je conduis en Italie.

— *Ciao*, Emilio, le salua-t-elle alors.

— *Ciao, signorina. Benvenuto a Roma.*

Et sur ces salutations, le fier Romain aux biceps vigoureux chargea ses bagages dans le SUV.

— Je les porte à votre appartement, *sì* ? Et je vérifie que les placards de la cuisine ont été approvisionnés.

— Euh, *sì*… *Grazie*.

Il échangea quelques mots en italien avec Joe, puis lui adressa un nouveau « *ciao* » convivial avant de disparaître.

Elle lança un regard à Joe qui était en train de déverrouiller les portes d'un second SUV, garé juste à côté : elle ignorait qu'il parlait couramment l'italien. Décidément, elle connaissait bien peu cet homme ! Mais elle avait l'intention d'en apprendre davantage. Aussi passa-t-elle à l'action dès qu'ils sortirent du parking couvert pour découvrir le fragile soleil de décembre.

— Où as-tu appris la langue de Dante ? s'enquit-elle.

— Ici et là. Ma mission de cinq mois avec Carlo m'a permis d'enrichir considérablement mon vocabulaire. Même si, précisa-t-il en inclinant la tête, la plupart de ce qu'il m'a enseigné ne peut être répété en bonne compagnie.

— Tu parles d'autres langues ?

— L'espagnol, un peu le français. Et en portugais, je suis capable de demander où se trouve le bar le plus proche.

— En portugais ? Je suis impressionnée !

Il haussa les épaules et se dirigea vers la sortie de l'aéroport.

— Pour mes missions en Angola, il est utile de pouvoir communiquer avec la police locale.

Elle tenta de se représenter une carte de l'Afrique. Elle savait que l'Angola se trouvait dans la partie sud, mais elle avait oublié si le pays était situé sur la côte Ouest ou Est…

— Et que faisais-tu, là-bas ?

Il lui jeta un bref coup d'œil et elle se mordit la langue : encore une fois, elle venait de dépasser les limites. Elle s'efforça d'étouffer le ressentiment lié au fait qu'il la maintenait constamment sur le seuil de son passé, quand il en ouvrit la porte de quelques centimètres.

— Qu'est-ce que tu connais de l'Angola ?

— Rien, je dois bien l'avouer.

— C'est un pays qui possède d'énormes réserves de pétrole et de minerais, et son économie se développe à une vitesse grand V. Le problème, c'est qu'elle est concentrée entre les mains des riches élites.

— Si bien que celles-ci constituent des cibles de choix, devina Callie.

— Exact.

Et puisqu'il avait entrouvert la porte, elle la poussa un peu plus.

— Ton client appartenait donc à cette classe d'hyper privilégiés ?

Il ne cilla pas, mais elle comprit qu'il venait de se refermer. Et zut ! c'était trop beau pour durer.

— Bon sang, Joe ! Qui a commencé sur l'Angola ? Tu ne peux pas me mettre l'eau à la bouche, puis me laisser sur ma faim. Donc, oui ou non ?

— Non.

Ce n'était pas du tout la réponse qu'elle attendait ! Mais elle n'était pas au bout de ses surprises, puisqu'il reprit, contracté :

— Elle se situait à l'autre bout du spectre. C'était une jeune députée passionnée, en révolte contre la puissance des élites, justement. Mon équipe et moi avons réussi à la faire sortir du pays juste avant son rendez-vous avec un escadron de la mort.

— Dieu soit loué ! Et où est-elle maintenant ?

— Morte.

La réponse lui fit l'effet d'une douche froide. Elle s'enfonça dans son siège et Joe tourna les yeux vers elle.

— Un assassin a fini par la piéger à Curaçao, précisa-t-il alors, d'un ton aussi glacial que ses prunelles. Mais je lui ai réglé son compte en retour.

Elle sentit sa gorge se nouer et dut déglutir plusieurs fois.

— Bien, finit-elle par dire.

Pour tremblante qu'elle fût, son approbation parut arracher Joe au gouffre noir de ses souvenirs, et elle le vit se détendre un peu.

— Et moi qui voulais que tu passes un bon week-end ! marmonna-t-il. Ça commence mal.

Toujours sous le choc de ce récit qu'elle lui avait arraché, il fallait bien le dire, elle s'efforça de lui sourire.

— Je suis certaine qu'il sera fort divertissant. Comment un repas traditionnel italien pourrait-il ne pas l'être ?

Et, dans sa bienheureuse inconscience de la soirée bruyante, exubérante et exténuante qui l'attendait, elle se cala sur l'appuie-tête et se détendit, se promettant de ne plus aborder de sujets délicats tandis qu'ils filaient vers le sud par l'autoroute.

5

Le trajet jusqu'à Naples plut énormément à Callie : en effet, comme le client de Joe ne les attendait qu'en fin d'après-midi, ils firent quelques pauses en cours de route.

Ils s'arrêtèrent tout d'abord à l'abbaye de Monte Cassino. Perchée au sommet d'une falaise avec vue sur la route principale menant à Rome, elle avait représenté une cible clé pour les alliés pendant la Seconde Guerre mondiale, et leurs efforts pour en déloger les Allemands avaient causé de nombreuses victimes et dommages. Reconstruit après la guerre, Monte Cassino permettait aujourd'hui aux touristes d'apprécier l'architecture médiévale à son apogée. Cet aspect historique intéressa énormément Joe, mais Callie fut surtout enchantée par les précieux manuscrits et trésors religieux que contenait l'abbaye.

Au fur et à mesure qu'ils se rapprochaient de Naples, les courants chauds de la Méditerranée chassaient la fraîcheur, et la température montait. Elle ôta sa doudoune et Joe l'imita avec son blouson. Vers midi, ils quittèrent l'autoroute pour déjeuner dans une trattoria recommandée par le client de Joe, et s'installèrent à l'extérieur, dans un patio ceint de vigne vierge. Le cadre était idyllique, mais ce furent avant tout les cimes entourées de nuages dans le lointain qui fascinèrent Callie.

— C'est le Vésuve ? demanda-t-elle.

— On dirait.

— Avons-nous le temps de faire son ascension ?

— Non, une visite éclair ne lui rendrait pas justice. Mais demain peut-être, ou bien dimanche, sur le trajet du retour.

Eprouvant encore quelques difficultés à croire qu'elle se trouvait réellement dans l'ombre du Vésuve, elle suivit les conseils du serveur et commanda une spécialité de la région : des saucisses au brocoli-rave. Joe opta pour un plat plus traditionnel de pâtes à la sauce tomate, et des boulettes de viande servies séparément.

Après le déjeuner, ils se remirent en route ; repue et satisfaite, elle s'attendait que Joe entre directement dans Naples, mais à la place, il contourna la ville.

— Signor Audi habite en centre-ville, expliqua-t-il, mais la ferme de ses ancêtres se situe à quarante-cinq minutes au sud. Encore que je devrais plutôt parler de ranch.

— Ils font de l'élevage ?

— Oui, de buffles d'eau. Ils ont trois cents bêtes.

— Mais qu'est-ce qu'ils peuvent bien faire avec… J'y suis ! De la mozzarella !

— La meilleure d'Italie, à en croire signor Audi.

En dépit de tout ce qu'elle avait lu sur l'Italie, elle n'arrivait pas à imaginer comment ces énormes animaux à grosses cornes y avaient migré. Probablement étaient-ils venus des steppes de Mongolie, amenés par des tribus nomades. A moins qu'ils n'aient été importés par les Arabes, quand ils avaient envahi la Sicile. Mais un fait était indéniable : la mozzarella était désormais associée à l'Italie.

Les riches prairies de la Campanie la surprirent. Elles se déployaient jusqu'à la mer qui se devinait à travers les hauts et fins cyprès, ainsi que les eucalyptus aux écorces argentées. Au milieu de ces prés paissaient de placides troupeaux de buffles noirs ; certains se baignaient d'un air satisfait dans les étangs dotés de passerelles inclinées, construites par les hommes. L'air qui entrait dans le SUV charriait une odeur d'herbe et d'iode mêlées, ainsi qu'une touche plus terreuse de crottin.

Quelques minutes plus tard, le GPS se mit à biper et Joe tourna à gauche, passant entre deux imposants piliers en pierre.

Puis une longue route bordée de cyprès les mena à une grande cour, flanquée d'un bâtiment étroit, dont l'entrée comportait d'immenses brosses à rouleaux.

— C'est un portique de lavage automatique ? demanda Callie, surprise.

Le regard de Joe passa des brosses aux énormes baquets en inox, plus loin.

— Ce doit être l'endroit de la traite des bufflonnes et j'imagine qu'ils doivent les nettoyer d'abord, pour s'assurer que le lait sera propre.

Elle était ahurie que des animaux puissent être lavés de la même façon qu'une voiture. S'efforçant de s'imaginer la scène, elle observa le reste des bâtiments et granges avec un regain d'intérêt : la plupart étaient vieux et abritaient tracteurs et autres équipements.

Une vaste demeure à étage se dressait un peu plus loin. Entourée de hauts cyprès pareils à des lances, son aspect indiquait qu'elle avait subi plusieurs agrandissements au fil des années. Comme les autres constructions, elle était entièrement en pierre, enduite d'un plâtre jaune et coiffée de tuiles en terracotta. Des volets vert vif encadraient ses nombreuses fenêtres, et des fleurs débordaient des jardinières, ainsi que des urnes en pierre ; il en retombait même d'un seau suspendu au-dessus du puits qui avait dû fonctionner, autrefois.

A toutes ces couleurs venaient s'ajouter un tricycle en plastique rouge et bleu, un vélo rose à roulettes, et une poupée abandonnée, aux cheveux pâles, arborant la robe bleue de la princesse Elsa, dans *La Reine des neiges*.

Callie était en train de repenser aux nombreuses fois où elle avait visionné cette vidéo avec Tommy, quand deux chiens surgirent de derrière la maison pour leur réserver un accueil tapageur. De toute évidence, ils n'étaient pas méchants, à en juger par la façon dont ils saluèrent Joe quand il descendit du SUV, et s'assirent sur leur séant pour lui renifler la main.

Callie sortit à son tour du véhicule et inspira à pleins poumons l'odeur pénétrante d'une ferme au travail, contrebalancée toutefois par le parfum des innombrables fleurs. Elle se familiarisait avec les chiens lorsqu'une femme sortit de la maison. En bottes, vêtue d'un jean étroit et d'un pull lâche, elle avançait vers eux avec la grâce décontractée et si naturelle des Italiennes.

— Signor Russo, signorina Langston, bienvenue ! Je suis Arianna Audi de Luca, déclara-t-elle.

Et elle leur donna une chaleureuse poignée de main, tout en dardant sur eux des prunelles noires et amicales.

— Mon père est désolé de ne pouvoir vous accueillir, mais mon mari et lui sont en train de prêter main-forte aux ouvriers, car une bufflonne fait un caprice et refuse de sortir de la salle de traite. Ce qu'elle peut être entêtée, cette Dominica.

— C'est sa race ?

— Non, non, c'est son nom.

Callie jeta de nouveau un coup d'œil aux énormes bêtes, dans les prés.

— Vous leur donnez des noms ?

— Pas à toutes, mais celle-ci est aussi adorable qu'un animal domestique. Quand elle était plus jeune, elle nous suivait partout, mon petit frère et moi.

Elle inclina alors la tête et ajouta :

— Si vous n'êtes pas trop fatigués par votre voyage, nous pouvons nous rendre dans la salle de traite. Ainsi, vous ferez sa connaissance et vous verrez comment on s'y prend pour traire les bufflonnes.

— Excellente idée ! s'exclama Callie, peu désireuse de laisser passer une telle occasion.

Joe approuva lui aussi, et leur hôtesse leur ouvrit le chemin, tout en parlant de sa famille. A chaque pas, l'odeur de l'herbe fraîche et du fumier devenait plus présente, celle des fleurs régressant d'autant.

— Comme mon père et mon frère sont très occupés à Naples, mon mari et moi dirigeons la ferme. Elle appartient à notre famille depuis le XVIe siècle. Nous avons fait encadrer une copie de l'acte original de vente que nous avons accrochée dans le bureau.

Elle devint soudain sérieuse.

— En affaires, les gens peuvent être cruels, mais ma famille s'est toujours efforcée de rester humaine. Nous nous sommes bien sûr modernisés afin d'être conformes aux normes AOC. Notre mozzarella est réputée pour sa qualité et son excellence.

Elle désigna alors une large passerelle métallique qui menait des prés aux immenses brosses à rouleau, devant laquelle des bufflonnes attendaient patiemment.

— Les femelles viennent se faire traire quand elles en éprouvent l'envie. Comme tout est automatisé, elles ne sont soumises à aucun horaire. Il leur suffit d'entrer et…

Un bruit subit de moteur et d'embrayage l'interrompit.

— Papa a finalement convaincu Dominica de sortir ! Les autres vont pouvoir entrer. Mais pas avant d'avoir pris un petit bain.

Et des jets d'eau formèrent subitement des arcs à l'entrée de la grange, tandis que les rouleaux se mettaient en action : la bufflonne qui attendait disparut tout à coup dans un rideau de brume.

— Surprenant, murmura Callie. Elles ne sont pas du tout effrayées.

— Pas le moins du monde ! Elles doivent penser qu'elles vont au spa, s'esclaffa Arianna. L'eau est chaude en hiver, et froide en été.

Après quoi, elle ouvrit une porte qui donnait dans une pièce de travail spacieuse.

— Et voici nos bureaux. C'est là que mon mari gère les papiers administratifs. Et c'est ici…

Elle activa la poignée d'une autre porte pour leur montrer une petite pièce équipée de comptoirs en inox, où s'accumulaient des appareils de laboratoire divers et variés.

— … que je passe le plus clair de mon temps, ajouta-t-elle.

Callie repéra alors au mur le diplôme en biochimie d'Arianna, décroché à Stanford, et un autre en « *biotecnologia agricola* », obtenu à l'université de Pise.

— Je cherche à augmenter l'acide linoléique contenu dans le lait car il a des propriétés anticancéreuses. Il peut aussi être utile dans certains cas de diabète.

Après le lavage automatique des bufflonnes et ce laboratoire dernier cri, Callie ne fut pas surprise de découvrir un seul ouvrier dans l'espace de traite immaculé et robotisé, visant manifestement au bien-être des animaux, dont les pis étaient de nouveau rincés avec de l'eau chaude puis massés en vue de les stimuler.

— Pas étonnant que Dominica ne voulait pas sortir ! s'exclama Callie. Ces petites douches et ces massages doivent être très agréables.

— N'est-ce pas ? confirma Arianna d'un air entendu.

A cet instant, toutes deux regardèrent Joe qui se contenta de hausser les sourcils, mais Callie retint un sourire amusé en remarquant qu'il rougissait légèrement.

Comprendrait-elle cet homme un jour ? Ce matin même, il avait admis avoir mis un assassin hors d'état de nuire, et maintenant, il était embarrassé par des discussions sur les mamelles des bufflonnes.

— Comme c'était intéressant ! s'exclama Callie lorsque tous se retrouvèrent dans la cour. J'ignorais que la traite était si mécanisée, de nos jours.

— Toutes les fermes ne sont pas aussi modernes que la nôtre, la prévint Arianna. Ah ! mais voici *Papà* !

En le voyant, Callie pensa tout de suite à Rossano Brazzi, le bel acteur italien qui jouait aux côtés de Louis Jourdan dans *La Fontaine des amours*. Grand, bronzé, cheveux ondulés et bouche bien dessinée, il donna une chaleureuse poignée de main à Joe et elle eut droit à deux bises sur les joues, comme le voulait la tradition, ici.

— Je suis ravi que vous vous soyez jointe à nous, signorina Langston, lança-t-il. Arianna vous a donc montré comment on fabrique la meilleure mozzarella de Campanie.

— Tout à fait, et je dois dire que je suis très impressionnée.

— Vous le serez davantage encore quand vous y goûterez. Et maintenant, rentrons, je vais vous présenter au reste de la famille.

Quatre heures plus tard, après qu'ils eurent fait la connaissance de plus de vingt membres de la famille, bu plusieurs verres de vin, englouti de succulentes pâtes et dégusté six variétés de mozzarella, signor Audi pria sa fille de s'occuper de Callie pendant qu'il s'entretiendrait avec Joe. Comme elle commençait à ressentir la fatigue du voyage et avait l'impression de ne plus pouvoir bouger tant elle avait mangé, elle fut ravie de rester dans un fauteuil à écouter d'une oreille distraite la conversation qui se poursuivait en italien, tout en regardant les deux jeunes enfants d'Arianna placer des bougies dans des photophores en l'honneur de Sainte-Lucie.

— C'est une tradition chez nous, lui expliqua leur mère. Vieille d'un millénaire. Lucia signifie « lumière », et cette sainte a été martyrisée en ce jour de décembre qui, dans le calendrier julien, correspond au solstice d'hiver.

— Le jour le plus court de l'année, renchérit Callie.

— Exactement ! Allumer des bougies signifie que l'obscurité est derrière nous et que, dans douze jours, ce sera Noël. A cette occasion, nous chantons la chanson de Sainte Lucie et offrons des friandises et petits présents aux enfants.

— Mais je connais cette chanson ! s'exclama Callie.

De fait, tous les plus grands ténors avaient chanté cet hymne napolitain ; même Elvis en avait donné sa version dans *Viva Las Vegas*, l'un de ses films les plus connus.

— Vous aussi, vous avez toute une tradition liée à Noël, aux Etats-Unis, déclara alors Arianna.

Callie hocha la tête en admirant la merveilleuse crèche au pied du sapin, qui comportait d'exquises figurines peintes à la main, et même de très modernes, car c'était encore là une coutume napolitaine, et pour le coup pas franchement biblique,

que d'en rajouter chaque année une nouvelle, qu'il s'agisse d'un joueur de foot ou d'un homme politique.

— Vous devez absolument aller à Naples, les boutiques fourmillent de figurines, en ce moment, déclara Arianna.

— Oui, j'espère que nous aurons le temps de visiter la ville avant de revenir à Rome.

— *Papà* m'a dit en effet que vous alliez travailler pour Carlo di Lorenzo.

Elle prit soudain un ton presque confidentiel et ajouta :

— Vous le connaissez bien ?

— Je l'ai déjà rencontré plusieurs fois.

— *Bene*. Vous savez donc qu'il est susceptible de vous proposer les voyages les plus extravagants à Hong Kong ou Casablanca.

— Sa dernière lubie, c'était Dubai, confirma Callie.

— Et Joe, est-il au courant ? s'enquit Arianna.

Callie ne s'était pas rendu compte qu'elle était en train de triturer sa bague, ce qui avait attiré le regard de son hôtesse.

— Quelle magnifique améthyste ! Et la monture est si originale !

— Merci. Je n'y suis pas encore vraiment habituée.

— Je crois comprendre, murmura Arianna dont les yeux noirs pétillaient. Avec cette superbe bague, Joe Russo envoie un message clair à Carlo di Lorenzo. Espérons que ce dernier en tiendra compte.

— Vous avez l'air de bien connaître le prince…

— J'ai moi aussi été invitée à m'envoler pour le bout du monde. Mais c'était avant que je m'installe avec mon mari, que j'aie deux enfants et trois cents buffles d'eau !

Lorsque Joe et signor Audi revinrent, Callie avoua qu'elle commençait à accuser les effets conjugués du décalage horaire et du dîner copieux et bien arrosé. Ils prirent donc congé quelques instants plus tard, et Arianna lui promit qu'elle l'appellerait, lors de sa prochaine escapade à Rome. Elles déjeuneraient ensemble et feraient du shopping, précisa-t-elle.

— J'espère qu'elle me téléphonera, déclara Callie une fois

calée dans son siège confortable en cuir. Ce serait vraiment sympa de faire du lèche-vitrines avec une amie.

Et un élan de nostalgie l'envahit, à l'idée de Dawn et Kate, si loin d'elle…

Elle aurait voulu rester éveillée durant le trajet jusqu'à Naples afin de découvrir la ville au clair de lune, mais elle lutta en vain. Et sursauta lorsque Joe ouvrit la portière côté passager.

— Où est-on ? demanda-t-elle, l'esprit embrouillé.

— A l'hôtel. Viens, ma chérie, au lit.

Et il tendit les clés du SUV au voiturier, avant de passer son bras sous le sien. Pendant que Joe les enregistrait à la réception, elle balaya rapidement d'un regard endormi le hall qui semblait contenir plus de marbre que les pyramides de Guizèh, l'immense escalier circulaire orné de guirlandes lumineuses raffinées et un arbre de Noël qui lui parut aussi haut qu'un édifice de quatre étages.

Une fois qu'elle fut dans la suite, son décalage horaire exerça une vengeance impitoyable et, tout en se déshabillant en mode automatique, elle sema ses vêtements entre le canapé du séjour et le lit à baldaquin, dont le tissu couleur champagne chatoyait. En sous-vêtements, elle se glissa sous la couette, percevant, comme dans un brouillard, que Joe déposait leurs bagages sur le banc au pied du lit, ainsi qu'un vague murmure quand il se déshabilla. Puis elle sentit le matelas se creuser sous son poids et la chaleur de son corps quand il se pressa contre elle. Poussant un petit soupir de contentement, elle se colla à lui et sombra dans le sommeil.

De minces rais de soleil filtrèrent à travers les tentures et Callie se réveilla, pour constater qu'elle était encore lovée contre Joe. Elle sourit, ravie, et se rendormit aussitôt.

Il pouvait très bien s'être écoulé des minutes comme des heures quand elle rouvrit les yeux. Se redressant sur un coude, elle constata que la place était vide, à côté d'elle, et le silence fut soudain troublé par un vague klaxon, à l'extérieur.

— Joe ?

Aucune réponse. Rejetant les couvertures, elle se dirigea vers la salle de bains, et s'immobilisa en découvrant la débauche de luxe qui l'entourait : la pièce déployait une symphonie de marbre avec ses carreaux blancs et noirs au sol, d'autres constellés de volutes gris perle et or aux murs, des comptoirs dans le même ton doré. La douche de plain-pied était aussi grande que la cuisine de son appartement bostonien, et la baignoire à pieds trônait majestueusement sur une estrade.

Waouh ! Cette suite devait coûter une fortune. Et dire qu'hier elle avait insisté pour partager les frais ! Mais, soulagée, elle se rappela tout à coup la réponse de Joe : son client s'en chargeait. Le commerce de la mozzarella était visiblement lucratif.

Et l'affaire de Joe aussi, s'il travaillait pour des clients aussi aisés : elle et lui n'avaient jamais abordé le chiffre d'affaires de sa société, la question constituant l'un des nombreux mystères qui entouraient l'impénétrable M. Russo.

Tout en méditant sur le peu qu'ils savaient l'un de l'autre, elle se dirigea vers le lavabo en forme de coquillage et au robinet en or. L'endroit ne portait pas la moindre trace de gouttes alors que Joe était manifestement passé par là, comme l'indiquait le rasoir, la crème à raser et l'après-rasage, alignés près de sa trousse de toilette en cuir.

Une fois prête, elle enfila un peignoir épais et revint dans la chambre pour constater que Joe avait ramassé ses vêtements éparpillés, la veille. Il avait aussi défait leurs bagages, et ses vêtements étaient accrochés dans la penderie en bois de noyer sculpté, à côté des siens.

— Eh bien, pensa-t-elle à voix haute, quel que soit son passé, Joe Russo est méticuleux.

Un homme pouvait se retirer de l'armée, mais celle-ci se retirait plus rarement de lui. Ses yeux tombèrent alors sur les journaux bien rangés, les magazines aux couvertures glacées alignés sur l'énorme table basse. Puis elle remarqua au centre d'un guéridon en marqueterie une enveloppe posée contre le vase qui l'occupait en son milieu.

Le message était succinct, à l'image de l'homme qui l'avait écrit :

> *Suis en train de vérifier les lieux du festival avec sig. Audi. Serai de retour vers 15 heures.*

Elle jeta alors un coup d'œil vers la pendule sur le manteau en marbre vert de la cheminée : elle indiquait presque 10 heures. Incroyable ! Elle avait fait le tour du cadran, et se rendit compte qu'elle mourait de faim !

Elle s'empressa donc de commander un petit déjeuner, puis voulut ouvrir les tentures, chercha le cordon avant de se rendre compte que les rideaux étaient automatiques. Le soleil l'aveugla d'abord complètement, et elle recula d'un pas : face au panorama qui s'offrait à son regard, elle éprouva un léger vertige.

Ouvrant la porte-fenêtre qui donnait sur le balcon, elle fut accueillie par une légère brise, et les carreaux en marbre du sol lui valurent de petits frissons, car elle était pieds nus. Dans la rue, en bas, les voitures donnaient du klaxon à qui mieux mieux et, sans davantage de complexes, empuantissaient l'air de leurs gaz d'échappement : la cité napolitaine se déployait à ses pieds dans toute sa splendeur chaotique et, dévalant la colline, tendait les bras pour embrasser l'époustouflante baie de Naples d'un bleu incroyable, celle-ci étant elle-même surplombée à son extrémité par le Vésuve. Aujourd'hui, toute trace de nuages s'était dissipée, et sa cime exhibait une couronne de neige scintillante.

Enchantée, elle posa les coudes sur la balustrade et observa plus précisément les ruelles à ses pieds, où le linge séchait sur des cordes et des guirlandes de Noël se balançaient doucement. Un peu plus loin, elle repéra la place principale, dominée d'un côté par une cathédrale majestueuse. A sa gauche s'élevait un édifice remontant sans doute à la fin du XIXe siècle, et coiffé d'un dôme en verre coloré. En face, s'étendait une longue structure dont la façade était percée de niches remplies de statues.

Au diable le petit déjeuner ! Elle prendrait un croissant et un café en chemin. Enfilant promptement un pull léger et un pantalon, elle partit explorer la ville, après avoir toutefois ajouté quelques mots sur le message de Joe.

6

Callie s'apprêtait à sortir du hall quand elle se rappela qu'Arianna avait mentionné une rue qu'elle ne devait manquer sous aucun prétexte, celle où l'on pouvait acheter des santons. Elle revint vers la réception.

— Bien sûr, madame, lui indiqua-t-on. Il s'agit de la *via* San Gregorio Armeno. Je vais vous indiquer où elle se trouve.

Et prenant une carte et un stylo, il entoura une ruelle sur le plan, tout en lui précisant qu'elle était difficile à trouver.

— Le mieux serait de vous y rendre en taxi. Puis-je vous suggérer d'autres lieux à visiter ?

— Oui, volontiers.

— A quelques pas de cette rue se trouve la Cappella Sansevero, qui abrite notamment la célèbre statue du Christ voilé et ici, la basilique de San Lorenzo Maggiore. C'est exactement au centre de l'ancienne cité de Neapolis. Tout près, un musée moderne retrace l'histoire de la région. A partir de là, vous pouvez aussi visiter les fouilles de l'ancien marché roman. Ce sont des endroits très touristiques, aussi attention aux pickpockets ! précisa-t-il encore.

Elle le remercia et étudia le plan, tandis que le groom lui appelait un taxi. Mais elle renonça rapidement à lire les panneaux et le nom des rues au fur et à mesure que son taxi cahotait dans les virages et descendait la colline. Elle avait la sensation que les ruelles se rétrécissaient à chaque instant tandis que les édifices devenaient plus vieux et plus sombres, un rien crasseux aussi.

Le taxi la laissa dans la rue conseillée par Arianna qui, conformément à l'avertissement du réceptionniste, était noire de touristes. Elle se mêla à la foule, une main prudemment posée sur son sac à main.

La *via* San Gregorio Armeno était un vrai régal et fourmillait de petits objets artisanaux en tous genres pour décorer tant le sapin que la crèche. Ils étaient pour la plupart fabriqués dans des ateliers, à l'arrière des boutiques. Et Arianna avait dit vrai : on pouvait y acquérir les effigies de célébrités comme la princesse Kate et le prince William, entourés de leurs deux petits anges, le président des Etats-Unis ou le philanthrope Bono. Elle porta toutefois son choix sur des modèles plus traditionnels, à commencer par la Sainte Famille, un cadeau qu'elle remettrait à son Joseph à elle, en l'honneur du foyer qu'ils fonderaient peut-être. Elle trouva Kristoff, le livreur de glace de *La Reine des Neiges*, qu'elle acheta pour Tommy, un ange à la chevelure flamboyante pour Dawn et la caricature d'un ancien président que Kate détestait pour cette dernière. Elle quitta la rue, ravie de ce mélange de sacré et de profane.

Une odeur de viennoiseries absolument irrésistible guida alors ses pas, et elle s'offrit finalement une pâtisserie à la ricotta, accompagnée d'un café. Parsemé de grains de sucre, le gâteau fondait littéralement en bouche. Tout en sirotant son café, elle en profita pour observer les gens et la rue dans laquelle elle se trouvait à présent. Elle serait restée ici des heures, n'eût été l'envie qui la tenaillait de retrouver Joe à l'hôtel, à l'heure convenue.

Après s'être égarée dans un dédale de rues, elle finit par demander à un passant de lui indiquer la Cappella Sansevero, dont l'entrée se trouvait finalement à deux pas. C'était là que se trouvait le tombeau familial du prince du même nom, qui avait soutenu financièrement les artistes et sculpteurs les plus connus du pays. Autant dire que les chefs-d'œuvre y foisonnaient, et la statue grandeur nature du fameux Christ voilé la transporta tout particulièrement. Elle l'observa longuement, tout en écoutant les chants grégoriens qui sortaient des enceintes, et regretta que

Joe ne soit pas avec elle pour partager cette expérience. Mais soudain, comme par enchantement, alors qu'elle sortait de la chapelle, elle vit une large silhouette familière sortir d'un taxi.

— Joe ! Comment m'as-tu retrouvée ?

— Le réceptionniste m'a dit que…

Le passage d'une camionnette étouffa ses paroles, et il attendit qu'elle s'éloigne, avant de traverser l'étroite ruelle. Aujourd'hui, il portait un costume, sans doute parce qu'il avait rencontré les directeurs du festival cinématographique de Naples. Il avait toutefois retiré sa cravate, défait les premiers boutons de sa chemise et chaussé des lunettes de soleil effet miroir. Elle devait admettre qu'il était aussi sexy dans son uniforme d'homme d'affaires que dans son jean et son blouson d'aviateur.

A peine fut-il arrivé à sa hauteur, qu'elle lui demanda :

— Tu connais la chapelle Sansevero ?

Il secoua la tête et lui emboîta le pas. Cette fois, la vue du Christ voilé l'émut encore plus profondément.

Quand ils retrouvèrent la lumière du soleil, Joe lui annonça qu'il l'emmenait déjeuner dans une pizzeria vivement recommandée par Marcello Audi, et héla un taxi.

Durant le court trajet, elle lui raconta les merveilles qu'elle avait vues dans la rue dédiée aux figurines de crèche. Elle attendit qu'ils aient pris place à l'étage d'un minuscule restaurant qui donnait sur la baie et passé leur commande pour s'étonner de nouveau de l'efficacité du concierge, qui avait si bien mis Joe sur sa piste.

— Il m'a juste indiqué la direction que tu avais prise, expliqua-t-il en haussant les épaules. Et je t'ai ensuite repérée *via* ton portable.

— De quelle façon ?

— Grâce à sa puce GPS.

— Je pensais que…

Confuse, elle s'adossa à sa chaise tandis que la serveuse leur apportait une salade *caprese* et une carafe de Chianti. Elle piqua sa fourchette dans la mozzarella : venait-elle de la ferme des Audi ?

— Que pensais-tu ? demanda Joe une fois la serveuse repartie.

— J'ai déjà utilisé cette application pour retrouver mon portable, mais il me semblait qu'il fallait un mot de passe pour y accéder.

— C'est bien le cas… Enfin, pour toi, mais pas pour moi.

— Et comment cela se fait-il ?

— Mon équipe a mis au point un programme qui permet de décoder les mots de passe.

Et il lui annonçait la nouvelle avec calme et décontraction, comme si pirater le portable d'autrui faisait partie de son quotidien.

— Donc tu peux pister n'importe qui, juste à partir de son numéro de téléphone ?

— En gros, oui, répondit-il, avec un bref sourire. On a proposé ce programme au Département de la Sécurité intérieure, il y a quelques semaines. Ils sont très intéressés, mais doivent obtenir l'accord des autorités juridiques.

Sourcils froncés, elle piqua de nouveau dans sa salade.

— Je ne suis pas certaine d'apprécier cette laisse électronique, déclara-t-elle.

Et, relevant la tête, elle se heurta à son regard impénétrable.

— Ça va avec la bague, ma chérie.

Cette possessivité masculine revendiquée lui arracha une exclamation indignée.

— Mais enfin, Joe, sous prétexte que je porte la bague que tu m'as offerte, je devrais accepter de te voir prendre le contrôle de ma vie ?

Une ombre passa sur le visage de Joe, ce qui aviva un peu plus sa colère.

— J'apprécie que tu te préoccupes de mon sort, poursuivit-elle d'un ton ferme. En revanche, je désapprouve que tu anticipes mes décisions. Comme annoncer toi-même à Carlo que j'accepte le poste qu'il me propose, ou encore organiser un week-end à Naples, aussi charmant soit-il, alors que j'ai tant à faire à Rome.

— Je protège ce qui m'appartient, déclara-t-il d'un ton froid. J'y suis obligé.

Elle eut envie de lui lancer une réplique bien sentie, mais se mordit finalement la langue, se rappelant le peu qu'il avait échangé avec elle sur son passé. Après un court silence, elle reprit :

— La femme que tu as fait sortir d'Angola, celle qui a été assassinée à Curaçao, tu étais amoureux d'elle ?

Elle vit un muscle de sa joue tressauter, mais son expression demeura si fermée qu'elle douta d'obtenir une réponse. Celle-ci vint pourtant, sur un ton tout juste audible.

— Je ne suis pas certain que l'on puisse parler d'amour. Nattat était fougueuse et ne mâchait pas ses mots. Intransigeante. Nous nous disputions aussi souvent que nous…

Il s'interrompit et elle compléta sa phrase en silence : aussi souvent qu'ils faisaient passionnément l'amour.

Elle laissa soudain ses poings retomber sur son giron : jamais elle n'aurait cru être un jour jalouse d'une morte !

— Elle portait sa coiffure tribale comme un trophée, reprit Joe au bout d'un moment. Elle détestait les Portugais qui avaient pillé son pays, ainsi que les Angolais qui les imitaient. En tant que benjamine des députés de leur parlement, elle représentait une sacrée empêcheuse de tourner en rond.

Il déglutit avec difficulté.

— Il était certain qu'un jour ou l'autre, ces salauds lui feraient la peau.

L'aiguille de la jalousie s'enfonça un peu plus dans le cœur de Callie. Elle ne pouvait imaginer plus grand contraste qu'entre cette jeune députée angolaise passionnée et elle-même, et suspectait Joe de n'avoir jamais associé l'ardente défenseur des droits humains à un havre qui lui permettrait de se sentir à l'aise.

Néanmoins honteuse de ses pensées, elle répondit d'un ton pondéré :

— Ce devait être une femme extraordinaire.

— Oui, on peut le formuler ainsi. Elle était têtue comme une mule et bien trop encline à prendre des risques.

— Ce que je ne suis pas.

Il haussa vivement un sourcil.

— OK, il m'arrive parfois d'être têtue, concéda-t-elle, mais je ne suis pas téméraire. Je n'ai donc pas besoin qu'on m'enveloppe dans du coton, ou qu'on me mette une laisse électronique.

A en juger par son expression butée, il n'apprécia guère ses propos, aussi insista-t-elle :

— Je suis sérieuse, Joe. Il faut que chacun respecte les limites que l'autre lui impose.

Par politesse, il la considéra un instant puis secoua la tête.

— Je ne fonctionne pas ainsi, Callie, je ne peux pas changer du jour au lendemain.

Elle se contenta à son tour de l'observer, mue par l'impression confuse qu'ils venaient d'atteindre une impasse. Intellectuellement, elle ne supportait pas l'idée qu'un homme voit en elle une possession ; toutefois, l'expérience lui avait démontré que certains instincts étaient si profondément inscrits dans l'ADN des hommes que même la plus civilisée des sociétés ne parviendrait pas à les éradiquer. Et celui de protéger sa partenaire en faisait partie.

Malheureusement, elle avait travaillé sur de nombreux cas où la possessivité se transformait en jalousie et en violence domestique. Cela pourrait-il arriver avec Joe ? Etant donné son passé et le métier dangereux qu'il exerçait, elle ne pouvait exclure cette éventualité. Et pourtant, ses propres instincts lui dictaient qu'elle n'avait rien à craindre de lui.

Néanmoins, il était impératif qu'ils établissent des frontières à ne pas franchir, pour ne pas s'engager sur une voie qui les mènerait à l'incompréhension et à la méfiance. Leur pizza arriva avant qu'elle puisse avancer ses arguments, et finalement, c'était sans doute mieux ainsi. Oui, il était préférable de terminer cette discussion à l'hôtel, dans l'intimité de leur suite opulente.

— *Ecco ! Pizza margherita !*

Tout de suite, l'odeur de la pâte croustillante, des tomates douces, de la mozzarella et du basilic lui firent monter l'eau à la bouche, et sa première bouchée confirma ses impressions. Mieux : elle les dépassa.

— Quelle saveur ! s'exclama-t-elle tandis que ses papilles appréciaient les moindres nuances de la pizza. J'ai lu quelque part qu'elle tenait son nom d'une reine.

— Exact. C'était la femme du roi Umberto Ier ou IIe, je ne sais plus vraiment, répondit Joe en mastiquant lui aussi sa part. C'est en visitant Naples qu'ils ont goûté ce genre de pizza pour la première fois, et Margherita a trouvé qu'elle lui rappelait les couleurs du drapeau italien.

Effectivement, constata-t-elle. Rouge, blanc, vert, telles étaient les couleurs des ingrédients qui la constituaient.

— Sont-ce ces têtes couronnées-là qui ont fait construire l'énorme palais sur la place principale ?

— Leurs descendants, je crois, il y a deux siècles. Il se trouve sur le trajet pour rentrer à l'hôtel. Nous pourrons nous y arrêter, si tu veux, c'est très impressionnant.

— Oh oui ! Et demain, il faut absolument que nous visitions Pompéi avant de rentrer à Rome.

— Ça marche !

Ils choisirent une visite guidée personnelle, c'est-à-dire qu'ils téléchargèrent l'application du palais sur leurs portables. L'immense escalier de marbre en imposait, et l'opulence des salons vers lequel il menait époustoufla littéralement Callie. Ils étaient en enfilade, chacun déclinant une couleur différente, bleu, rouge, or, et contenant du mobilier baroque, ainsi que des objets extravagants, rapportés des quatre coins de la Terre. Joe lui tenait son sac de courses tandis que, portable contre l'oreille, elle dessinait de lents cercles tout en s'imprégnant de la beauté des lieux.

Epuisée mais ravie après cette journée d'exploration, elle se blottit ensuite contre Joe dans le taxi, se demandant si elle allait finalement revenir sur la conversation du déjeuner. Au fond, pourquoi ne prendrait-elle pas les choses comme elles venaient, avec lui ?

D'ailleurs, il ne lui laissa pas le temps de faire quoi que ce soit, car à peine les portes de l'ascenseur furent-elles refermées qu'il la plaqua contre la paroi et captura sa bouche d'une façon impétueuse. Elle n'essaya même pas de l'arrêter, ni de se dérober, et quand bien même elle l'aurait voulu, ça aurait été impossible. Ce baiser était celui d'un indompté et il alluma en retour un véritable feu en elle.

— J'attends cet instant depuis que je suis allé te chercher à l'aéroport, reconnut-il. Je dois avouer que j'ai maudit le décalage horaire, hier. Dis-moi que la visite du palais ne t'a pas retiré tes dernières forces.

Comme les mains de Joe étaient aussi actives que sa bouche, elle lâcha un vague « non », et l'entendit pousser un tel grognement de satisfaction que tous les nerfs de son corps en frémirent d'impatience. Il ne lui restait plus qu'à prier pour que l'ascenseur ne s'arrête pas à un étage intermédiaire.

Mais elle s'était inquiétée pour rien, car ils parvinrent directement à leur suite, sans cesser de s'embrasser. Du pied, Joe en referma la porte, tandis qu'il lui enlevait dans le même temps son pull, qui vola alors à terre. Elle s'agrippa à ses épaules tandis qu'il l'entraînait à une vitesse record vers le salon, puis la chambre. Et de manière aussi rapide, ils mirent un beau désordre sur le lit où s'alignaient des oreillers de tailles variées. Joe ne prit pas le temps de retirer la couette, mais se rua sur le lit, tout en la tenant toujours dans ses bras.

Ils se dévêtirent à toute allure, et Joe capturait déjà ses seins dans sa bouche alors qu'elle s'efforçait encore de faire glisser son pantalon sur ses hanches. Frustrée, elle se mit à lui mordiller l'épaule. De plus en plus fort pour attirer son attention…

Si fort qu'il finit par relever la tête, l'air surpris.

— Tu cherches à me dire quelque chose, petite tigresse ?

— Oui, répondit-elle.

— Intéressant. Je ne pensais pas que tu aimais la brutalité.

— Mais pas du tout ! En revanche, j'ai besoin d'un peu d'aide.

Quand il roula sur le dos pour retirer son pantalon, elle n'hésita pas une seconde pour prendre l'avantage et s'asseoir sur lui, avant même que ses chaussures et son pantalon atteignent le sol. D'une main adroite, il la positionna fermement au-dessus de lui, et elle se retrouva à deux doigts de son impressionnante érection. Alors, se penchant, elle le prit dans sa bouche. C'était une première pour elle, qui n'en avait jamais éprouvé le désir auparavant. Mais avoir Joe à sa merci était excitant au plus haut point, et elle était entièrement happée par son odeur, sa douceur, quand elle l'entendit pousser un petit grognement qu'elle n'aurait su caractériser : exprimait-il du plaisir ou une protestation ?

— Callie, ma chérie, marmonna-t-il. Laisse-moi respirer… Tu m'entends ? Et zut…

Elle retint un petit sourire en le regardant s'abandonner. Il n'avait pas pu lui résister. Il insista ensuite pour lui donner le même plaisir, mais elle remarqua, secrètement satisfaite, qu'il lui avait fallu quelques instants pour retrouver toutes ses forces. Toutefois, il mit bien vite à mal son sentiment de supériorité féminine, car elle se retrouva bientôt agrippée au drap, hurlant de plaisir, le corps secoué de longs tremblements.

Un certain temps leur fut nécessaire pour trouver le courage d'aller prendre une douche. Après quoi, ils enfilèrent les peignoirs ultra-doux de l'hôtel, et quand Callie rentra dans la chambre, tout en se séchant les cheveux avec une serviette, Joe s'exclama :

— Désolé pour le suçon, dans ton cou !

Elle lui adressa un sourire.

— Je ne me plains pas, ça en valait la peine… Oh !

Elle s'immobilisa en découvrant la vue qui s'étendait derrière les hautes fenêtres : le crépuscule commençait à tomber et une énorme lune était accrochée juste au-dessus de leur balcon.

— C'est comme dans la chanson, lâcha-t-elle, le souffle court. Tu sais, celle où on compare la lune à une pizza.

Enroulant sa serviette en turban, elle enfila ses pantoufles.

— Allons sur le balcon ! suggéra-t-elle.

— Je vais nous servir un peu de San Pellegrino, et je te rejoins.

Joe se dirigea vers le minibar pour prendre de l'eau gazeuse et, les bouteilles fraîches en main, il s'arrêta pour contempler Callie en train d'admirer la pleine lune sur la baie. Son peignoir était étroitement noué à la taille et, les coudes posés sur la balustrade, elle s'était un peu penchée en avant. Juste assez pour mettre en valeur son adorable postérieur.

Ce qu'elle était belle ! Même si elle ne se percevait pas comme telle et s'arrangeait toujours pour rester dans l'ombre de ses deux amies. Non parce que ces dernières étaient plus intelligentes ou plus belles qu'elle ! Seulement, Callie était si bien dans sa peau qu'elle n'éprouvait pas le besoin d'attirer l'attention, et c'était d'ailleurs l'une des raisons pour lesquelles il avait compris qu'elle était la femme idéale. Il admirait sa présence tranquille, enviait sa sérénité.

Il en goûtait si peu, dans son existence. Non qu'il vive en permanence sur le fil du rasoir, puisqu'il n'enchaînait pas forcément les missions, mais le stress représentait aussi un élément clé de ses succès, car son équipe et lui devaient toujours rester sur la brèche : c'était le moteur qui assurait aussi leur survie. Toutefois, après ces moments où l'adrénaline atteignait des sommets, où il n'était même pas question de dormir, il avait sacrément envie d'un sanctuaire tranquille où se reposer.

Cela dit, il en avait déjà deux ou trois. Il possédait en effet une maison à Houston, où il n'exerçait jamais aucune activité liée à son travail, et un refuge dans les Rocheuses, au Colorado. Il louait par ailleurs un appartement à LA pour des raisons strictement professionnelles. Ces endroits étaient confortables, et certains très luxueux, mais stériles et vides. Et il avait besoin d'une femme comme Callie pour combler cette impression de vacuité.

A cette pensée, il resserra un peu plus étroitement les bouteilles qu'il tenait à la main. Non, pas « comme Callie », tout simplement Callie : c'était elle qu'il voulait dans sa vie.

S'il regardait en arrière, force était d'admettre qu'il n'avait pas désiré Nattat avec une telle intensité. Sur le plan charnel, cette dernière l'avait attiré, c'était indéniable, et pour elle, il avait même transgressé ses propres règles. Il avait été capable de tuer. Mais contrairement à Callie, elle n'avait jamais suscité en lui une envie profonde de la chérir, de la protéger, de la…

Soudain, celle-ci se redressa et rentra.

— Il fait plus froid que ça en a l'air, déclara-t-elle en frissonnant.

Il leva une bouteille de San Pellegrino.

— Tu veux une boisson qui te réchauffera plus que de l'eau ?

— Non, c'est parfait. Je préfère avoir les idées claires.

— Pourquoi ?

Elle tira sur les pans de son peignoir et plongea les yeux dans les siens.

— Cette journée m'a beaucoup plu, Joe, tout comme ce week-end, mais il faut qu'on parle à présent.

7

Joe releva un sourcil.

— Tu envisages une grande discussion, ou juste un petit échange ?

— Ça dépendra de toi.

L'humeur proche de l'euphorie qu'il ressentait quelques secondes plus tôt retomba. Et, pensant avec autodérision que c'était habituel chez lui, ces hauts et ces bas, il lui indiqua le salon.

— Ce sera plus confortable, précisa-t-il.

Elle se blottit à une extrémité du canapé, et glissa ses jambes sous elle. Il prit place au milieu, pas trop près pour lui laisser son espace vital, ni trop loin au cas où des mesures d'urgence s'imposeraient. Il lui tendit ensuite une bouteille et se prépara au pire tandis qu'elle l'ouvrait et en buvait une longue gorgée.

— Je me suis longuement interrogée sur le bien-fondé de cette discussion, Joe. Surtout après le bonheur que je viens de connaître entre tes bras, précisa-t-elle avec un sourire.

Il ne le lui rendit pas.

— Va droit au but, Callie, ordonna-t-il. De quoi s'agit-il ?

Pas du tout déstabilisée par sa brusque demande, elle hocha la tête.

— Très bien. Tu m'as déjà avertie que tu n'aimais pas les grandes phrases ni les digressions, donc je vais faire simple : si tu devais décrire en deux ou trois mots ce que tu ressens pour moi, que dirais-tu ? Et par pitié, ne me dis pas que je suis un havre de calme dans la tempête.

Et lui qui pensait qu'elle avait pris cette comparaison pour un compliment ! Bon, il devait revoir sa copie. Il pensa alors aux passages des Ecritures que sa grand-mère lui citait autrefois — en lui donnant, en général, une bonne tape sur la tête.

— Trois mots ? Foi, espérance, amour, déclara-t-il avant d'ajouter d'un ton bourru : Mais le plus important, c'est le mot « amour ».

Elle ouvrit de grands yeux.

— C'est une citation de la Bible, non ?

— Exact. La première Epître aux Corinthiens.

— Je ne savais pas… Tu vas régulièrement à l'église ?

— Non, mais ma grand-mère, si.

— Tu as une grand-mère ?

— Comme la plupart des gens.

— Oui, mais tu n'en parles jamais. Pas plus que tu n'évoques tes parents, d'ailleurs. Ils sont encore en vie ?

— Je n'ai jamais connu mon père, et ma mère est morte quand j'avais six ans. C'est ma grand-mère qui m'a élevé.

— Et elle est encore de ce monde ?

— Ah ça oui ! elle est bien vivante ! Elle habite tout près de chez moi, à Houston.

Il lui avait fallu déployer beaucoup de persuasion pour convaincre la fougueuse octogénaire de quitter la maison où elle l'avait élevé. Celle-ci comportait tout le confort moderne, là n'était pas la question, il y avait veillé, mais depuis trois ans, sa grand-mère souffrait d'arthrite et il tenait à ce qu'elle déménage à Houston. Elle se déplaçait avec un fauteuil roulant et ne cessait de lire des versets de la Bible aux personnes qui prenaient soin d'elle, dans la résidence de luxe médicalisée où elle habitait désormais.

— Et combien de fois tu…

Elle s'interrompit et soupira.

— Peu importe, nous reparlerons de ça plus tard.

Il attendit qu'elle poursuive, curieux d'apprendre ce qui avait motivé cette petite conversation.

— Pourquoi ces trois mots précisément, « Foi, espérance, amour » ? demanda-t-elle.

OK, il fallait donc expliquer.

— La foi, parce que, quand on donne sa loyauté, c'est pour la vie. Dawn et Kate en représentent des preuves vivantes.

— Sans doute, murmura-t-elle, d'un air pas vraiment convaincu.

— L'espoir parce que…

Il soutint son regard d'un beau violet profond et enchaîna :

— Pour la première fois, d'aussi loin que je me rappelle, l'avenir est porteur de promesses.

— Et l'amour ? demanda-t-elle d'une voix douce. Es-tu amoureux de moi, Joe ?

Mais qu'est-ce qui lui prenait ? Pensait-elle qu'il demandait en mariage toutes les femmes qui lui lançaient des coups d'œil insistants ?

— Tu es la première, la seule femme à qui j'ai demandé de m'épouser !

— Donc la réponse est « oui » ?

— Est-ce que je ne viens pas de te le dire ?

— Pas vraiment. Prononce les mots. J'ai envie de les entendre.

Il ouvrit la bouche, mais devant son expression bien trop candide, il demeura muet. La petite ensorceleuse ! Elle jouait avec ses nerfs.

— Je t'aime, lâcha-t-il enfin. Et maintenant…

Posant brusquement sa San Pellegrino sur la table basse, il lui prit la sienne des mains et se pencha vers elle.

— A ton tour ! poursuivit-il. Que ressens-tu pour moi ? En trois mots. Vite !

Elle ne cilla, ni n'hésita.

— Je t'aime. Je ne m'étais pas encore rendu compte à quel point jusqu'à cet instant.

— Bien, parfait…

Callie se retint de sourire : Joe avait l'air aussi troublé qu'elle, quelques instants auparavant. Charitable, elle posa la main sur son bras.

— Est-ce que cela te rassurera de savoir que tu es le premier homme, le seul, de qui j'ai porté l'anneau ?

— En un sens, admit-il. Je me demande juste pourquoi tu as eu besoin que l'on parle.

Elle prit son temps pour répondre.

— N'y a-t-il pas un passage intéressant, dans cette première Epître, au sujet de l'amour qui ne doit pas insister pour s'imposer ?

— Oui, au verset 5. Pourquoi ? Où veux-tu en venir ?

— Tu te souviens de ta réponse, cet après-midi, quand je t'ai averti que je ne voulais pas être tenue en laisse électronique ?

— Pardon ? s'étonna-t-il. Tu parles de cette application qui permet de pister une personne grâce à son téléphone ?

— En partie. Mais ce qui m'importe surtout, c'est que nous établissions des frontières à ne pas franchir et que nous les respections.

Elle se mordit l'intérieur de la joue, réfléchissant à la suite : leur avenir dépendait de cet instant précis.

— Tu m'as dit que tu ne pouvais pas changer du jour au lendemain et je le conçois. D'ailleurs, je n'ai pas l'intention de te transformer Joe, du moins pas complètement. Dans un coin primitif de mon cerveau, je dois avouer que l'idée d'avoir un partenaire protecteur et fort comme toi m'excite.

Il leva les yeux vers elle et opéra le tour de force de lui adresser un regard à la fois déconcerté et vindicatif.

— Je le répète, où veux-tu en venir ?

Elle reprit patiemment :

— C'est simple, je veux exister en tant que partenaire à part entière, et non comme une femme que l'on protège. Je veux que tu m'expliques toujours les problèmes ou les mesures de sécurité liés à ma personne, à nous deux, ou à toi.

— Ce n'est pas aussi simple : parfois, dans la plupart des cas d'ailleurs, je me fie à mon instinct, rien n'est préparé.

— Ça, j'ai compris, et je serais parfaitement idiote de te

demander de renoncer à tes intuitions. Je te parle des situations ordinaires. Je veux juste être certaine que tu n'estimeras pas systématiquement que tu sais mieux que moi ce qui est bon pour ma personne.

Elle lui saisit la main : elle était chaude et nerveuse alors que la sienne était froide et humide, à cause de la bouteille d'eau. Le contraste n'était-il pas éloquent ?

Ils étaient si différents, elle et lui ! Ils venaient de milieux très éloignés, et ils avaient des expériences radicalement éloignées en matière de risques et de bagarres à mains nues.

Et pourtant, à maints égards, ils se ressemblaient. Ils étaient indépendants, confiants en leur capacité, et possédaient, du moins elle le croyait, un chaleureux halo autour du cœur, qui durerait sur le long terme.

— Promets-moi de ne jamais prendre de décisions unilatérales, sauf en des circonstances exceptionnelles.

— Sauf en des circonstances exceptionnelles ? répéta-t-il. OK, ça me va.

— Je suis vraiment sérieuse, Joe. Dorénavant, nous sommes des partenaires égaux dans cette aventure. Marché conclu ?

Il parut réfléchir une seconde ou deux, puis porta le dos de sa main à ses lèvres pour y déposer un baiser. Le geste était si courtois et si peu dans la nature de Joe, qu'elle sentit son cœur fondre.

— Marché conclu ! répondit-il.

Alors il lui relâcha la main et tira aussitôt sur la ceinture de son peignoir qu'il ouvrit d'un coup. Poussant un petit grognement de satisfaction, il posa la paume sur sa cuisse.

— En tant que partenaire à part entière et à égalité, je demande qu'on poursuive au lit.

— Le lit d'où nous nous sommes levés il y a quelques minutes à peine ?

— Celui-là même.

Et la pression de sa main se fit plus forte encore.

Une bruine grise et froide obscurcissait la baie le lendemain matin, mais Callie rappela sa promesse à Joe de l'emmener à Pompéi avant leur retour à Rome et, après un brunch aussi fastueux que roboratif, ils se mirent en route.

De fait, le mauvais temps s'avéra plutôt positif dans la mesure où il leur épargna les hordes de touristes. Bien emmitouflée contre le froid dans sa doudoune et son écharpe nouée à l'européenne, c'est-à-dire enroulée deux fois autour du cou, elle fourra la main gauche dans sa poche et la droite dans celle de Joe, entremêlant ses doigts aux siens.

Elle apprécia son appui quand ils firent le tour des rues pavées, car les écharpes de brouillard flottant rendaient les vieilles pierres usées par le temps glissantes et traîtres ; elles recouvraient aussi les ruines d'un silence sinistre, comme si elles souhaitaient étouffer la terreur de ce jour de l'an 79. Et pourtant, chaque habitation mise au jour, chaque fragment de mosaïque ou colonne en marbre décapitée émergeant de la brume représentait la preuve effroyable de la puissance destructrice du Vésuve.

— Difficile d'imaginer que tout cela soit resté enfoui plus d'un millier d'années, murmura-t-elle.

Et encore plus de se figurer que la lave brûlante et fondue avait jailli du volcan à une vitesse telle que les habitants de Pompéi n'avaient pas eu le temps de fuir, ni de trouver un endroit où se réfugier, et qu'ils avaient péri recroquevillés sur eux-mêmes. Ou parfois allongés, ainsi que le prouvait le moulage en plâtre d'une femme apparemment enceinte. Callie se mordit la lèvre, et sentit les larmes lui monter aux yeux, car elle ne put s'empêcher de penser à Kate et à son ventre qui commençait à poindre. L'idée de manquer la naissance la chagrinait, tout comme celle de ne pas passer Noël avec Dawn et sa nouvelle famille. Mais elle avait effectué un choix, personne ne l'avait forcée. Et elle se promit d'appeler ses amies dès son retour à Rome.

De fil en aiguille, elle songea à son nouveau poste, et au camp de réfugiées désespérées. Elle considéra de nouveau le moulage : des années plus tard, la mort et la destruction pleuvaient toujours des cieux. En l'occurrence, c'était l'œuvre des hommes, et non des éléments, mais les ravages étaient tout aussi dévastateurs.

— J'en ai assez vu, murmura-t-elle à Joe. Allons-y.

Le brouillard persista quand ils quittèrent la côte pour prendre la direction du nord, de sorte que la circulation était sensiblement ralentie, ce qui irrita Joe. Quand ils atteignirent enfin Rome et ses sept collines légendaires, des nuages noirs s'étaient accumulés au-dessus de la ville, et l'obscurité tomba encore plus vite.

Le déluge ne tarda pas. Comme si rouler dans le centre labyrinthique de Rome ne constituait pas déjà un énorme défi, il leur fallut de plus affronter une pluie torrentielle qui se transforma peu à peu en neige fondue. Par chance, le GPS donnait des informations d'une grande précision, et il retrouva sans problème l'appartement de Callie. Certes, il avait déjà repéré les lieux avant d'aller la chercher à l'aéroport. Les dieux de la chance étant enfin de leur côté, il put se garer pratiquement devant la porte de l'immeuble, où ils s'engouffrèrent en toute hâte, avec leurs bagages.

Il avait aussi visité l'appartement, qui était fort banal selon lui : une chambre, une cuisine ouvrant sur un salon, et une minuscule salle de bains. Il présentait toutefois l'avantage de se trouver au troisième étage d'un immeuble récemment rénové et entièrement sécurisé. Par ailleurs, il était situé tout près du centre de réfugiées. Toutefois, il avait prié Emilio, son contact à Rome, d'installer une serrure biométrique à empreintes digitales sur la porte et de nouveaux verrous aux fenêtres, ce qu'il devait à présent lui dévoiler, conformément à leur nouvel accord.

— Etait-ce réellement nécessaire ? demanda-t-elle, une fois informée.

— Sans doute pas, mais regarde, appuie ta main ici, pour

la scanner. Les doigts à plats. Maintenant, fais-les glisser un peu. A droite, à gauche. Parfait.

Callie obtempéra, tout en affirmant avoir la sensation d'être une criminelle dont la *polizia* romaine relevait les empreintes digitales.

— Le gardien a un code, précisa-t-il lorsque la porte s'ouvrit. Au cas où.

Elle se tourna vers lui.

— Et toi, ce code, tu l'as aussi ?

— Euh, oui, avoua-t-il en lui lançant un regard tranquille. Ça te dérange ?

— Pas si tu me préviens de ton arrivée avant de l'utiliser.

— Et moi qui voulais te surprendre avec un nœud papillon rouge et rien d'autre quand tu rentrerais !

C'était si inattendu qu'elle cligna les yeux avant d'éclater de rire.

— Si j'ouvre ma porte et te trouve dans cette tenue, je serai malgré tout très surprise !

— Trop tard, mon plan est éventé. Je devrai imaginer autre chose. Bon, tu entres, oui ou non ?

Une fois à l'intérieur, Callie fit le tour du propriétaire, ravie de son nouvel appartement. Il était parfait. Les murs peints en jaune chassaient la grisaille de l'hiver, et les meubles constituaient un mélange éclectique réussi de modernité et d'élégance discrète. La cuisine était équipée d'une gazinière à deux feux, d'un petit réfrigérateur, et de placards aux portes recouvertes de tissu. La table, assez étroite, était encadrée de deux chaises, qui pouvaient également servir à augmenter le nombre de sièges du salon. Celui-ci donnait sur la rue, mais des volets roulants permettraient de se protéger du bruit et de la lumière extérieurs.

Ravie, elle ouvrit la porte de la salle de bains. La pièce était petite, mais astucieusement aménagée. Quant à la chambre voisine, elle comportait un lit double, une table de nuit et une armoire peinte à la main. Et à sa grande joie, elle découvrit une porte coulissante permettant d'accéder à un minuscule balcon qui semblait suspendu dans les airs. Des immeubles recouverts de neige s'alignaient tout le long de la colline, en face et, au loin, elle distinguait un dôme éclairé, à travers les flocons.

— C'est Saint-Pierre ? demanda-t-elle, estomaquée.

— On dirait.

Ouvrant la porte-fenêtre, elle sortit sur le balcon pour jouir d'une meilleure vue. Elle contourna une petite table en fer forgé et une chaise, puis s'accouda à la balustrade : Rome l'avait littéralement enchantée durant son court séjour avec Dawn et Kate, quelques mois plus tôt. Mais la neige lui prêtait une touche quasi magique : elle était irrévocablement amoureuse de la ville.

Poussée par un élan d'allégresse, elle se tourna vers Joe. De lui aussi, elle était définitivement éprise. Et elle enserra son visage de ses mains. La lumière de l'intérieur éclairait une partie de son visage et l'autre, celle qui portait la cicatrice, était plongée dans l'obscurité — comme il se devait. Le passé avait forgé l'homme qu'il était aujourd'hui, mais l'avenir de Joe était devant lui. Et elle en faisait partie.

— Merci, dit-elle dans un souffle. Pour Naples. Pour Pompéi. Pour être avec moi. Pour cette journée parfaite.

— Je t'en prie. Et elle le sera tout à fait si Emilio a rempli les placards, afin que nous puissions préparer très vite quelque chose à nous mettre sous la dent !

Du sublime au pragmatique. Elle éclata de rire. Et elle revint sur terre, car à présent qu'il en parlait, elle se rendit compte qu'elle mourait en effet de faim. Depuis leur brunch à Naples, elle avait eu le temps de dépenser toutes ses calories.

— Allons voir ça ! déclara-t-elle.

Emilio avait bien accompli sa tâche, il n'y avait rien à redire. Seulement quand elle suggéra une omelette, Joe fit le difficile.

— Ce sera plutôt pour demain matin.

— Une soupe, alors ?

— Tu sais quoi ? J'ai repéré une trattoria au coin de la rue, je vais aller nous commander deux escalopes de veau.

— Miam ! Excellente idée ! Enfin, tu veux vraiment ressortir par ce temps ?

— Pas de problème ! Ouvre le vin en attendant et installe-toi.

Mais dès qu'il fut sorti, elle se précipita sur son téléphone : une tâche bien plus urgente l'attendait. Il était 18 heures passées à Rome, et donc midi passé à Washington.

— Callie ! s'exclama Kate quelques secondes plus tard. Travis et moi parlions justement de toi. Alors, Rome ?

— C'est incroyable, répondit-elle en regardant par la fenêtre. Je te parle assise de mon lit, d'où j'ai une vue sur le dôme enneigé de la basilique Saint-Pierre.

— C'est ça, oui !

— Mais je t'assure que si ! Attends, j'appelle Dawn.

Cette dernière décrocha dès la deuxième sonnerie.

— Enfin, c'est pas trop tôt !

— Je t'entends à peine. Où es-tu ?

— Chez Paoli, à un brunch. Et toi ? Pourquoi as-tu mis tout ce temps avant de nous appeler ?

— J'étais très occupée.

— C'est ce que j'ai essayé de lui dire, intervint Kate. J'ai dû lui faire jurer d'attendre gentiment que tu appelles et de ne pas prendre les devants !

— C'est bon, j'aurais attendu, mais je n'aime pas ça. Bon, c'est comment Rome en hiver ? Et entre Joe et toi ?

— Rome est superbe sous la neige. Quant à Joe…

Elle s'interrompit pour tenter de faire le tri parmi le tumulte des trois derniers jours.

— Eh bien, nous ne nous sommes pas quittés depuis mon arrivée. Il m'attendait à l'aéroport et nous avons filé à Naples, chez l'un de ses clients, puis…

— Attends ! Ne me dis pas qu'après un vol de neuf heures il t'a emmenée à Naples pour un rendez-vous d'affaires ?

Elle se mit à rire et leur raconta leur voyage à Naples.

— Des bufflonnes ? l'interrompit soudain Kate. Tu veux dire... celles qui produisent le lait pour fabriquer la mozzarella ?

— Tout à fait !

Et elle poursuivit ses commentaires.

— Ça a l'air fantastique. Mais revenons à Joe, décréta Dawn. Donc, après trois jours passés avec monsieur Si-je-t'en-parle-je-devrai-te-tuer, tu n'as pas changé d'avis ?

— Non, c'est tout le contraire !

— Comment ? Je ne t'entends pas ! protesta Dawn.

— Je disais qu'entre Joe et moi, c'est fantastique. Formidable !

— Waouh ! Ça a dû être trois jours de rêve, alors !

— Exact ! Je vous enverrai un e-mail demain avec tous les détails croustillants.

— Ainsi que des photos, insista Kate. De ton appartement et de ton lieu de travail.

— Entendu, promit Callie. Bises à Travis, Brian et Tommy de ma part. Je vous aime et vous me manquez déjà.

— Transmets notre bonjour à Joe, et à Carlo si tu le vois !

— OK. Ciao !

Elle raccrocha et se leva bien vite du lit.

Donc, elle devait ouvrir une bouteille de vin. Encore fallait-il trouver le tire-bouchon ! Elle s'avisa subitement que le bouchon se dévissait. Intéressant ! De quoi faire frémir l'un de ses collègues de Boston, qui se targuait d'être un grand connaisseur de vin.

Un sourire aux lèvres, elle mit le couvert et nota tout à coup l'absence de verres à pied. Bah ! peu importait, les verres ordinaires feraient l'affaire.

Après quoi, elle transféra les bagages dans la chambre et découvrit que ses deux autres valises avaient été placées dans la garde-robe par le très efficace Emilio. Avant qu'elle ait le temps d'en vider une, son portable bipa.

J'arrive. J'utilise le code.

Encore une fois, le sourire lui monta aux lèvres. Qui avait dit qu'on n'apprenait pas à faire la grimace aux vieux singes ? Toujours souriante, elle se rendit dans la cuisine pour prendre avec Joe leur premier repas dans son nouvel appartement.

8

Callie partagea donc son lit avec Joe, cette nuit-là, lequel en occupa tranquillement bien plus que la moitié ! En outre, il devait partir tôt le lundi matin.

— Je serai à Zurich jusqu'à mercredi, lui annonça-t-il en glissant sa trousse de toilette dans son sac à dos. Puis je m'envolerai pour les Etats-Unis. Tu as le numéro d'Emilio, donc appelle-le si tu as besoin de quoi que ce soit avant mon retour.

— Et tu as une petite idée de ta date de retour ?

— Pas exactement, mais j'essaierai d'arriver avant Noël. Cela dit, il faudra que la sécurité pour le festival de Marcello soit prête dès la première semaine de janvier.

Elle hocha la tête, et un élan de nostalgie l'assaillit à l'idée de passer Noël loin de ses amies. Allons, c'était elle qui en avait décidé ainsi ! Et elle devait à présent assumer son choix.

Et puis, comme le foyer était tout près de son appartement, elle ne souffrirait sans doute pas de solitude. Du moins était-elle assez confiante jusqu'à ce qu'elle accompagne Joe sur le seuil de son petit logis.

— Bon voyage !

— Merci.

Il lui souleva le menton et la força à croiser son regard.

— Bonne chance, au centre. Tu es certaine que tu le trouveras facilement ?

— Mais oui, il est à deux pas. Et puis j'ai le GPS de mon smartphone.

— Très bien.

De son pouce, il lui effleura la bouche.

— Ne te laisse pas trop affecter par ce que tu découvriras là-bas.

Facile à dire. Elle gardait encore en mémoire des cas d'enfants à déchirer le cœur.

— Ne t'inquiète pas, je serai trop occupée pour gamberger.

— Et tu pourras compter sur *il Drago* pour te donner du travail !

— *Il Drago ?* Autrement dit « le Dragon ». J'espère que tu ne fais pas référence à ma nouvelle supérieure !

— C'est Carlo qui lui a donné ce surnom, pas moi, mais je reconnais qu'il est approprié. Lui et moi avons passé un sale quart d'heure quand il lui a annoncé que je souhaitais vérifier les procédures de sélection, pour le foyer.

— Génial ! Tu as indisposé ma directrice. C'est tout à fait ce que j'avais besoin d'entendre pour mon premier jour de travail.

Il lui adressa l'un de ses sourires si rares.

— Je parie que tu vas la mettre dans ta poche, Œil-de-pensée. Reste cool, prends ton air « Il faut qu'on parle, toi et moi », et elle se pliera comme du *washi*, répondit-il avant de préciser devant son regard interloqué : C'est du papier japonais très fin, qui sert à faire des origamis ou à envelopper les présents que l'on offre aux ancêtres morts et qu'on brûle en leur honneur.

Décidément, cet homme la surprenait chaque jour : des versets de la Bible, des origamis japonais, des beautés ethniques féroces, des tueurs à gages. Elle essayait encore de relier en un tout les différentes facettes de sa personnalité quand il déposa un bref baiser sur sa bouche.

— Appelle-moi, ordonna-t-il, déjà dans l'escalier. Je veux savoir comment s'est passée cette journée.

— Entendu !

Et elle entendit la porte d'en bas se refermer, au moment où elle se rappela les santons achetés à Naples et que Joe aurait pu remettre en main propre à Dawn, Kate et Tommy, lors de son séjour aux Etats-Unis. Tant pis, elle les expédierait par

FedEx ; quant à lui, elle espérait qu'il rentrerait à temps pour qu'elle lui offre le sien à Noël.

Lorsqu'elle réintégra son appartement, qui lui avait semblé si douillet en présence de Joe, voire un peu petit, les deux pièces lui parurent tout à coup bien vides, comme dépourvues de leur énergie.

Assez ! Elle avait de quoi s'occuper, de nouveaux lieux et de nouvelles personnes à découvrir. Et ce fut avec détermination qu'elle entreprit de défaire ses bagages. Après quoi, elle opta pour un jean et un pull, afin que les femmes qu'elle allait rencontrer — et qui pour la plupart avaient perdu un mari, leur famille, et vécu des horreurs inimaginables — se sentent d'emblée à l'aise avec elle, bien plus que si elle se présentait en tailleur noir.

Une heure plus tard, Callie sortait de chez elle pour découvrir que la neige de la veille appartenait au passé : la ville resplendissait de vie sous un soleil brillant, même si l'air était froid. Le menton enfoncé dans son écharpe et les mains dans les poches, elle se rendit au foyer.

Ecoliers aux sacs trop lourds, femmes emmitouflées se rendant au marché, cadres avalant au comptoir des bars un expresso et quelques pâtisseries, tout en feuilletant les journaux : Rome vibrait autour d'elle. Quand un client sortit d'un minuscule café au moment où elle passait devant, elle se laissa happer par l'odeur de grains fraîchement moulus à laquelle se mêlait celle des croissants, et entra pour prendre son petit déjeuner à l'italienne. Quelques instants plus tard, tout en sirotant son expresso au comptoir et en savourant une délicieuse viennoiserie, elle inspectait les murs recouverts de clichés noir et blanc de l'après-guerre. Les soldats américains avaient dû élire ce petit café comme leur endroit de prédilection, car ils étaient fortement représentés sur les photos. D'autres dataient des années 1950, et elle reconnut Sophia Loren et même JFK tout jeune. Elle se serait volontiers attardée dans ce lieu fabuleux, mais un coup d'œil à la pendule lui rappela que l'heure tournait.

Le bâtiment à deux étages qui abritait les locaux de l'IADW ne se distinguait en rien de ses voisins : comme eux, il était en stuc, de couleur ocre. Elle nota l'absence de caméras de surveillance, et un petit frisson lui parcourut le dos quand elle se rappela les commentaires de Joe au sujet des terroristes qui infiltraient les centres de réfugiés, en Occident.

Même si Joe ne l'avait pas mentionné, elle soupçonnait que ce genre de foyer était aussi la cible d'extrémistes néonazis.

S'efforçant de chasser ces pensées, elle sonna à la porte d'entrée.

— *Sì*, lui répondit une voix impatiente dans l'interphone.

— Je suis Callie Langston. Je suis…

— Ah ! vous voilà enfin ! Je vous ouvre, je suis au rez-de-chaussée, dans la réserve. Dernière porte à droite.

L'interphone grésilla et elle put entrer.

Elle pénétra dans un vestibule dallé de marbre, d'où partait un couloir au plafond voûté, conduisant à plusieurs portes. Au fond s'élevait un escalier également en marbre.

Elle se dirigea vers la porte indiquée, tout en admirant au passage des lustres en verre de Murano et des médaillons indiquant que ce bien avait appartenu à une famille aisée. Alors qu'elle était à quelques pas de son but, un juron fusa de la porte ouverte et elle découvrit une grande femme très sèche, à la coupe courte et aux mèches blanches, visiblement en train de se battre avec des cartons qui refusaient de tenir droit. Deux autres femmes à côté d'elle parvinrent tant bien que mal à maintenir l'empilement.

Pourtant, cela ne parut guère satisfaire la grande femme : mains sur les hanches, elle fixait la pile, comme pour la mettre au défi de tomber une nouvelle fois. Au bout de quelques secondes, elle daigna tourner la tête vers Callie.

— Je ne cesse de dire à mon équipe que nous avons besoin de produits pour des femmes et de jeunes adolescentes.

Elle avait un accent italien très prononcé en anglais.

— Et est-ce qu'ils m'écoutent ? Non ! On continue à m'envoyer des couches et des anneaux pour les dents des bébés. Et est-ce que mon idiote d'assistante accepte ces envois ? Bien sûr !

En dépit de sa frêle carrure, elle semblait si féroce que Callie s'attendait presque qu'elle donne un nouveau coup de pied dans les cartons en équilibre précaire. Mais à la place, la femme darda sur elle des yeux d'un bleu étonnant.

— Le prince a insisté pour que je vous prenne comme adjointe, poursuivit-elle. Votre CV est impressionnant, je le reconnais. Bien mieux que celui de votre prédécesseur, mais si vous pensez que ce poste vous permettra d'aller plus souvent en week-end à Monte-Carlo ou à Antibes, vous faites erreur.

— Pardon ?

— Il ne vous a rien dit ? Evidemment, il préfère attendre son heure.

— Ecoutez, signora Alberti... Vous êtes bien signora Alberti ?

— *Sì.*

— Eh bien sachez, signora Alberti, que le prince est un ami. Un bon ami. Et si vous estimez que j'ai obtenu ce travail pour d'autres raisons que mon CV, c'est votre problème.

— *Magari.*

— Je suis désolé, mais je ne connais pas ce mot, répliqua Callie d'un ton sec.

— Comment dites-vous ça, en américain ? Ah oui ! Si seulement.

Callie en resta d'abord bouchée bée, mais avant qu'elle ait le temps de dire son fait à cette vilaine sorcière, celle-ci fit un geste impatient de la main.

— *Non importa.* Je m'apercevrai bien vite si votre cas est aussi désespéré que celui des autres. Venez, je vais vous présenter au personnel sur place et vous rencontrerez le reste au déjeuner. Ainsi que les résidentes.

Durant l'heure suivante, l'opinion que Callie s'était d'emblée faite de la mégère se nuança quelque peu. Visiblement, ses employés l'adoraient : les deux psychologues, l'un italien, l'autre français, l'infirmière qui venait de Grèce, les trois traductrices qui parlaient, toutes réunies, onze langues différentes, et le personnel des cuisines parfaitement international. Et même l'assistante « idiote » de signora Alberti qui préparait un doctorat en thérapie cognitive à La Sapienza, l'une des universités les plus anciennes et les plus prestigieuses d'Europe. Malheureusement, l'anglais de cette jeune femme était aussi limité que l'italien de Callie, de sorte qu'elles ne pouvaient communiquer que par l'impatiente directrice, et décidèrent d'un commun accord de discuter ultérieurement, quand chacune aurait amélioré ses compétences dans la langue de l'autre.

Après les présentations, signora Alberti lui fit visiter l'immeuble. Au premier étage se trouvaient la salle d'arts plastiques ainsi qu'une bibliothèque, le salon de télévision et une série de chambres semblables à des dortoirs, avec plusieurs salles de bains. Au deuxième étage, il n'y avait que des chambres, et toutes, sauf une, étaient occupées.

— Nous essayons de rassembler les résidentes en fonction de leurs langues et de leurs religions, l'informa la directrice. Ce n'est pas toujours possible, mais nous faisons de notre mieux.

— Combien de temps restent-elles ici ?

— Dans le meilleur des cas, quelques semaines, le temps qu'on leur trouve un travail et un appartement. Mais ça peut prendre aussi plus longtemps.

— Est-ce qu'elles peuvent sortir ? Aller chez le coiffeur, par exemple, ou…

— Bien sûr ! C'est un foyer d'accueil, pas une prison, ici !

Après cette mise au point, Callie visita le rez-de-chaussée qui abritait les bureaux et les salles de réunion. Le sien, qui jouxtait celui de la directrice, était peu meublé : une table de travail, deux chaises, et un placard en métal. Des appliques rappelaient le faste de l'ancien propriétaire, et des carrés pâles au mur indiquaient que des portraits ou des tableaux y avaient été autrefois accrochés.

Signora Alberti désigna l'ordinateur.

— Nous actualisons nos fichiers tous les jours, et consignons toutes les conversations que nous avons eues avec les résidentes, en tête à tête ou en groupe. On ne remet jamais rien au lendemain. Les procédures requièrent que nous changions le mot de passe toutes les semaines. En l'occurrence, cette semaine, c'est Aleppo221.

— Entendu.

— Dans le placard, vous trouverez des brochures sur la façon dont notre foyer fonctionne, étudiez-les pendant que vous avez un peu de temps. Nous déjeunons à midi, il y aura une séance de thérapie de groupe à 14 heures, et je vous ai prévu un premier cours d'anglais à 16 heures. Ça ira ?

— Tout à fait, madame.

— Simona, répliqua-t-elle d'un ton irrité. Appelez-moi Simona.

Callie croyait avoir eu un aperçu complet du spectre des tragédies familiales, lors de son précédent emploi, mais elle s'aperçut bien vite en étudiant les différents dossiers enregistrés dans l'ordinateur qu'elle n'en avait vu que la surface : meurtres de masse, crimes d'honneur, enlèvements, viols… Sa gorge se serrait chaque fois un peu plus.

Et pourtant quand elle pénétra dans le réfectoire, à l'heure du déjeuner, celui-ci résonnait de conversations animées. Le repas, qui consistait en un buffet, était servi dans ce qui avait dû être le grand salon des précédents propriétaires. Ce jour-là figurait au menu du couscous accompagné de thé à la pomme. Les femmes présentes semblaient originaires d'Afrique et du Moyen-Orient, et pour quelques-unes d'Europe. Elles étaient assises à des tables de quatre ou de huit et s'étaient réparties en fonction, visiblement, de leur culture : les musulmanes étaient vêtues de modestes djellabas, les cheveux recouverts de voile ou d'écharpes, d'autres arboraient des robes aux couleurs plus flamboyantes.

L'une d'elles était assise toute seule, tête baissée, épaules affaissées. Une écharpe recouvrait ses cheveux et sa grossesse pointait sous sa robe pourtant lâche. Elle ne releva pas les yeux quand Simona fit les présentations, contrairement aux autres qui, toutes, lui adressèrent des sourires et lui souhaitèrent la bienvenue.

Une fois attablée, Callie interrogea la directrice :

— Qui est cette femme seule ?

Simona suivit son regard.

— On l'appelle Amal, mais on ignore son véritable nom. Elle est arrivée sur les côtes grecques il y a un mois, sans doute avec un bateau de réfugiés syriens. Elle est peut-être la seule survivante d'un naufrage. Elle ne veut ou ne peut rien nous raconter, ni d'elle ni de sa vie d'avant.

— Elle va accoucher bientôt ?

— Selon Nikki Dukakis, notre infirmière, dans deux ou trois semaines. Elle devra ensuite aller dans un autre centre, car nous n'avons pas de pouponnière, ici.

Comme il devait être triste et effrayant d'accoucher dans un pays étranger, entourée d'inconnus avec qui on ne pouvait pas communiquer !

Callie assista ensuite à la séance conduite par la psychologue. En dépit de la médiation nécessaire de la traductrice, celle-ci parvint aisément à faire parler les participantes.

A 16 heures, elle entra dans sa salle de cours en éprouvant une certaine nervosité qui ne se justifiait nullement : les sept femmes et l'adolescente présentes étaient en effet avides de savoir, et le matériel d'aide à l'apprentissage des plus simples : des fiches, des livres d'images et des ardoises blanches. Sabeen, la plus jeune, avait les dents du bonheur et paraissait prendre un grand plaisir à répéter les sifflantes. Quand elle riait, les perles de toutes les couleurs qui ornaient ses nombreuses nattes semblaient danser en même temps. Ayant lu son dossier quelques heures plus tôt, Callie s'étonna de sa capacité de résilience, alors qu'elle avait été victime d'un enlèvement et des horreurs qu'il impliquait.

Le soir, le personnel dînait par roulement avec les résidentes, et comme c'était sa première journée, elle se porta volontaire. Elle s'assit à la table d'une Irakienne dont le mari et les trois fils avaient été assassinés par l'EI, le mois précédent. Ancienne professeur de faculté, elle parlait anglais et lui demanda pourquoi les Etats-Unis avaient envahi son pays et plongé la région dans un chaos total. Consciente qu'elle devait gagner la confiance des réfugiées, elle répondit avec la plus grande honnêteté possible.

La nuit était froide quand elle rentra chez elle, accompagnée de Nikki Dukakis. La jeune infirmière aux cheveux et aux yeux de jais l'invita à dîner chez elle, le lendemain soir.

— Il y aura Simona, et Carlo, s'il est de retour à Rome. Mon mari, Dominic, travaille pour la Commission des affaires grecques et collabore avec Carlo, c'est lui qui m'a fait entrer au foyer. Je ferai en sorte d'éviter qu'ils nous parlent embargos toute la soirée.

Au coin de la rue, elles prirent congé l'une de l'autre, et Callie regagna son appartement. Une fois chez elle, après s'être délassée sous une douche bien chaude, elle enfila son pyjama et appela Joe.

— Salut ! Alors Zurich ?

— Il fait froid, il neige. On peut à peine circuler, mais j'ai terminé mon travail.

— Donc tu repars aux Etats-Unis demain matin ?

— Si l'aéroport est ouvert. A toi, maintenant. Comment s'est passée ta première journée ?

— A la fois euphorisante et exténuante. Mais c'était avant tout une grande leçon d'humilité. Ces femmes ont énormément souffert.

— Je m'en doute. Et avec *il Drago* ?

— Pour l'instant, je suis à l'essai jusqu'à ce que je lui prouve que je ne suis pas une énième bonne âme imposée par Carlo.

— Comme je te l'ai dit ce matin, je suis certain que tu la mettras dans ta poche. Une seconde, j'ai un autre appel… Désolé, Callie, je dois le prendre. Je te rappelle ensuite.

— Pas de problème, je suis épuisée. On se parle plutôt demain, d'accord ? Bonne nuit, Joe.

— Bonne nuit, Œil-de-pensée.

La voix de Callie encore à l'esprit, Joe prit son double appel :

— Salut, Frank. Quoi de neuf ?

Son ami de la DIA alla droit au but.

— Un dossier vient juste de tomber sur mon bureau, et je pense qu'il pourrait t'intéresser.

— Je t'écoute.

— Quelqu'un s'est renseigné sur le lieu que tu m'as demandé de vérifier, il y a quelques jours. De façon très habile, sans en avoir l'air.

Il sentit son estomac se contracter.

— Tu peux me donner des détails ?

— Pas sur cette ligne.

Il eut alors envie de quitter Zurich à la minute même, neige ou pas. S'il ne pouvait pas prendre l'avion, il conduirait ou sauterait dans le premier train susceptible de le conduire à un aéroport ouvert. S'il le fallait, il affréterait un jet privé.

— Entendu, on se voit demain.

Une fois qu'il eut raccroché, il resta un instant le téléphone à la main. L'encre avait à peine séché sur le contrat passé avec Callie : ne pas la surprotéger, ne pas empiéter sur son espace vital, ne pas prendre de décisions unilatérales… sauf en cas de circonstances extraordinaires.

Le problème, c'était qu'il ne pouvait dire si les informations qu'il venait de recevoir entraient dans ce cadre-là. Elles étaient de toute évidence assez sérieuses pour que Frank Harden prenne contact avec lui, et suffisamment inquiétantes pour qu'il se rende dare-dare outre-Atlantique ; une fois en possession des faits, il jugerait s'il devait ou non en avertir Callie. En outre, il ne pouvait pas s'en ouvrir à elle par téléphone.

Sur une impulsion, il appela l'agent de service dans son centre d'opérations ouvert vingt-quatre heures sur vingt-quatre.

— Je dois quitter Zurich ce soir et être demain à Washington. Par n'importe quel moyen.

— Je m'en occupe, chef.

Le temps qu'il fasse ses bagages, et l'agent le rappela.

— Vous avez de la chance, l'aéroport de Zurich est encore ouvert. Dans deux heures, un avion de la Lufthansa décolle pour New York où vous aurez une correspondance pour Washington. Faites vite !

— Je cours !

9

Callie se leva de bonne heure, le lendemain, et se prépara une simple tasse de café, car elle avait bien l'intention de savourer un expresso au chocolat blanc, au petit café qu'elle avait découvert la veille.

A l'extérieur, l'air était vif et frais. Bien emmitouflée, elle se faufila entre les écoliers et les ménagères qui se levaient tôt. L'odeur fantastique d'un café chaud et fort, mêlée à celle de pâtisseries fraîches, l'accueillit quand elle pénétra dans l'établissement.

Une fois son croissant et son expresso servis, elle s'écarta du comptoir pour admirer de plus près les fameux clichés en noir et blanc qui la fascinaient tant. Au même instant, un client referma son portable et se leva pour sortir. Elle recula afin d'éviter la collision, mais renversa un peu de café chocolaté sur sa manche.

— Oh ! *Scusi !*

L'homme marmonna dans sa barbe quelques paroles qui ne ressemblaient guère à un compliment, puis saisit une serviette pour éponger sa veste.

— Je suis vraiment désolée, poursuivit Callie en anglais. J'espère que votre ordinateur est intact.

L'inconnu releva la tête, lui adressa un regard peu amical, puis tourna les talons avant de se frayer un chemin dans la foule.

— Bien… Et non, je ne me suis pas brûlée, moi non plus, mais merci de me l'avoir demandé, lança-t-elle de façon ironique dans son dos.

Puis, oubliant l'incident, elle savoura son croissant et se rendit au centre.

Sa deuxième journée fut aussi chargée que la première ; elle assista dès 9 heures à une thérapie de groupe, puis à un atelier de prise de parole à 11 heures, en vue de futurs entretiens d'embauche.

A l'heure du déjeuner, elle s'assit à la table de trois femmes qui s'exprimaient toutes en anglais, chacune avec des niveaux différents. L'une d'elles, Leela, venait du Bangladesh et avait été défigurée au vitriol par son mari jaloux.

— Simona dit que les médecins pourront réparer mon visage, murmura-t-elle dans un anglais d'Oxford. Elle dit aussi que le prince di Lorenzo va arranger ça.

— Et il le fera, approuva une autre avec un sourire. Il a très peur d'elle, même s'il fait deux fois son poids et son âge.

Pour le poids, Callie en convenait. Mais l'âge ? Sans en être certaine à 100 %, elle situait Carlo en fin de trentaine. Elle jeta un bref coup d'œil vers Simona : avec ses mèches blanches et ses rides, celle-ci avait tout de même quelques années de plus que lui.

Leela, qui avait suivi son regard, précisa alors :

— Notre Simona a beaucoup souffert, elle aussi. Et même si elle n'en parle jamais, on raconte que ses cheveux ont blanchi en une nuit.

Callie digérait à peine cette surprenante information quand la directrice lui fit signe de venir à sa table, puis l'entraîna dans le hall, où elle lui demanda sans ambages :

— Seriez-vous capable de mener une psychothérapie avec une patiente en état de stress post-traumatique ?

Elle s'était déjà occupée d'enfants dans cet état. Pour les amener à fouiller dans leurs souvenirs et à exprimer leurs peurs, une grande délicatesse et beaucoup de tact s'imposaient.

— Eh bien, cela fait un certain temps que…

Elle vit un éclair d'impatience passer dans les yeux de

son interlocutrice. Oui, songea-t-elle, à présent qu'elle était informée, elle la trouvait plus jeune.

— Oui ou non ? demanda Simona d'un ton brusque.

— Oui.

— *Bene !* Je veux que vous travailliez avec Amal. Vous arriverez peut-être à établir un lien avec elle. Personne n'y est parvenu jusque-là.

— Je ferai de mon mieux.

— J'en suis certaine !

Callie eut d'abord quelques difficultés à trouver Amal et l'aperçut finalement recroquevillée dans un coin de la salle d'arts plastiques, dissimulée derrière un palmier artificiel que les résidentes avaient décoré d'étoiles et de guirlandes argentées. La petite crèche, au pied de l'arbre, lui rappela les figurines achetées à Naples, et elle se promit de les sortir de leurs paquets en rentrant ce soir, pour prêter à son appartement un petit air de Noël. Kate, Dawn et Tommy devraient attendre un peu pour recevoir leurs présents. Mais pour l'instant…

— Bonjour, Amal, lança-t-elle d'un ton aussi calme qu'amical.

La jeune femme sursauta et ouvrit de grands yeux effrayés, tout en pressant instinctivement contre elle le bloc-notes sur lequel elle dessinait. Callie eut le temps d'apercevoir la reproduction du *David* de Michel-Ange, en quelques traits bien maîtrisés.

— C'est magnifique ! s'exclama Callie. Je peux voir ?

Et elle tendit la main pour surmonter la barrière linguistique. Mais Amal resserra son dessin plus fort contre elle. Ses yeux ne reflétaient plus de la peur, mais le sentiment qui s'y était substitué était sans ambiguïté. Faisant fi de cette hostilité, Callie balaya rapidement la salle du regard et repérant un crayon et un petit carnet sur une table de jeu, elle s'en empara.

— J'ai suivi des cours d'art, à l'école, dit-elle en s'asseyant sur une chaise en face de la femme au visage fermé. C'était surtout de l'histoire de l'art, mais j'aime bien dessiner. Hélas ! je ne suis pas très douée.

Elle traça alors rapidement le visage d'une jeune femme aux cheveux longs, misant sur le langage de l'art, comme naguère avec les enfants quand elle voulait surmonter les barrières générationnelles.

— C'est moi, expliqua-t-elle. Et là, c'est la ville d'où je viens.

Et elle dessina promptement les gratte-ciel de Boston, tout en ayant conscience qu'elle prenait un risque, puisque les Etats-Unis et leurs alliés menaient une guerre aérienne en Syrie, d'où Simona soupçonnait Amal de venir. Cependant, une bonne thérapie ne devait-elle pas s'établir sur la base de l'honnêteté ?

— Et là, c'est vous.

Elle détacha ensuite une autre feuille du bloc-notes et représenta la jeune femme, avec son foulard sur la tête. Puis elle la lui tendit.

— Et vous, d'où venez-vous ? poursuivit-elle.

Elle avait bien conscience que la jeune réfugiée pouvait complètement se refermer si elle poussait trop loin, et pourtant, plus Amal hésitait, plus son cœur cognait fort. Finalement, la jeune femme prit la feuille tendue, mais au moment où elle voulut écrire, sa main trembla si violemment qu'elle renonça bien vite.

— Ce n'est pas grave, la rassura Callie. Vous êtes en sécurité ici.

Amal la comprenait-elle ? Elle l'ignorait, mais savait en revanche que les platitudes n'étaient d'aucune aide à qui avait tout perdu. Et tout à coup, elle retint son souffle : Amal venait de reprendre le petit carnet et était en train de dessiner un arrière-fond à son visage. En dépit du format réduit de son support, les traits prirent forme : des immeubles bombardés, des piles de gravats, des enfants aux yeux immenses et aux corps squelettiques. Puis elle ajouta une silhouette aux cheveux bouclés, à la mâchoire carrée, au regard déterminé, qui évoquait de nouveau le *David* de Michel-Ange avec, au ceinturon, une arme semi-automatique.

— Est-ce… ?

Elle dut reprendre son souffle.

— Est-ce votre mari ?

La question resta en suspens et Amal se mit à contempler l'esquisse avec intensité. Et tout à coup, elle traça des coups de crayon rageurs sur ce qu'elle venait de dessiner, si violents que le papier se déchira. Callie la saisit par le poignet.

— Amal, c'est bon, vous êtes en sécurité, ici. Vous et votre bébé.

Poussant un cri, la femme se dégagea de son étreinte, bondit de sa chaise et se rua hors de la pièce, son dessin pressé contre elle.

Callie ne la suivit pas. Elle en mourait pourtant d'envie, mais l'expérience lui dictait de ne pas bouger : la balle était désormais dans le camp d'Amal. Elle pouvait juste croiser les doigts pour que la jeune femme revienne vers elle !

Toutefois, mille doutes l'assaillaient quand elle regagna son bureau afin d'y consigner la scène dans le dossier d'Amal, puisque Simona lui avait expressément demandé de tout mettre à jour sans délai.

Une fois le mot de passe entré, elle ouvrit le dossier d'Amal et maudit la lenteur du système alors qu'elle décrivait de manière détaillée sa tentative avortée pour combler le gouffre qui séparait Amal des autres. Une fois sa tâche accomplie, elle lança un regard satisfait à l'écran : sa directrice ne pourrait pas lui reprocher d'être l'obligée de Carlo. En revanche, elle allait lui sauter à la gorge pour cet échec cuisant.

La confrontation ne tarda pas : peu après son arrivée chez Nikki, le soir même, Callie se retrouva en effet en tête à tête avec Simona.

C'était le séduisant mari de l'infirmière qui était venu l'accueillir, semant sur son sillage une odeur épicée qui flottait en réalité dans tout l'appartement.

— Je suis Dominic Dukakis, avait-il déclaré en prenant son manteau. Et vous devez être l'Américaine de Carlo.

Ne sachant trop comment prendre cette remarque, elle s'était contentée de sourire et de tendre la main.

— Je suis Callie Langston.

— Entrez, Nicola est dans la cuisine. Je vais lui dire que vous êtes arrivée. Et vous apporter un verre. Une préférence pour le vin ?

— Rouge, s'il vous plaît.

— Pas de problème. Simona est déjà dans le salon.

Et il s'était éclipsé.

— « L'Américaine de Carlo », répéta alors cette dernière d'un ton sarcastique. Cette étiquette vous collera à la peau jusqu'à ce que sa prochaine « amie » prenne votre place.

— J'ai connu pire comme surnom, rétorqua-t-elle.

Sa réplique lui valut un coup d'œil acéré de la directrice.

— Je n'en doute pas. A propos, j'ai lu votre rapport sur Amal.

Elle se préparait à une semonce, mais à son grand étonnement, Simona enchaîna :

— Vous avez accompli ce que personne d'entre nous n'a pu réaliser jusque-là : vous avez établi la communication avec elle.

— Juste pour quelques instants.

— Vous avez bel et bien établi une communication, insista Simona.

Encouragée par le compliment, Callie déclara :

— Elle a dessiné si rapidement, d'un trait si sûr, que je suis certaine qu'elle a une formation artistique. Elle est vraiment douée.

— Pensez-vous que ce soit une artiste ?

— C'est fort probable. Je vais faire des recherches sur Internet et entre-temps, je tenterai de nouer de nouveaux contacts avec elle via l'art.

Simona inclina la tête de côté.

— Vous êtes spécialiste en thérapie comportementale et cognitive ?

— J'y ai recouru avec les enfants, lors de mon dernier poste, et je travaillais aussi une fois par mois à l'hôpital de Boston, en tant que volontaire, dans le service des vétérans. Cette thérapie s'est avérée utile à de nombreux patients souffrant de stress post-traumatique.

La directrice détourna alors les yeux.

— *Sì*, pourquoi pas ? marmonna-t-elle.

Et il était certain que ce n'était pas l'immense tableau accroché au mur, et représentant un paysage de Mýkonos, qui lui avait inspiré ce commentaire. D'ailleurs, Callie se garda bien de la questionner, c'eût été tout à fait inopportun dans le cadre d'une soirée. Quand l'Italienne s'arracha à ses pensées, elle changea délibérément de sujet.

— Nous ne fêtons pas Noël en grande pompe au foyer, vous comprenez pourquoi.

— Je concevrais tout à fait que vous ne le fêtiez pas, étant donné que toutes les résidentes ont des religions très différentes.

— C'est vrai, mais il y a quelques chrétiennes, parmi elles. Donc, si vous n'avez pas de projet pour…

— Et voici ! l'interrompit Dominic en réintégrant le salon, un impressionnant verre à la main. Ce vin provient du vignoble de Katogi & Strofilia, au nord de la Grèce. Même si Carlo n'en convient pas, je vous certifie qu'il est aussi bon, voire meilleur, que les vins italiens.

A cet instant, la sonnette retentit.

— Tiens, quand on parle du loup…

Callie n'aurait su définir ce qui, chez Carlo di Lorenzo, donnait l'impression que l'horizon s'ouvrait quand il entrait dans une pièce, mais certainement pas son apparence. Il était assez corpulent, avec une calvitie qui s'était encore accentuée depuis le mariage de Dawn et Brian, mais ses prunelles noires semblaient danser au-dessus de sa moustache aussi soignée que luxuriante, et aucune femme ne pouvait rester insensible au plaisir ostensible qui se dégageait de sa personne quand il s'avançait vers elle.

— Calissa, *cara mia* ! s'exclama-t-il.

— *Ciao*, Carlo.

Il prit ses mains dans les siennes et les porta à ses lèvres avec une fougue si théâtrale qu'elle en sourit. Dominic fit pour sa part la grimace et Simona leva les yeux au plafond.

— Vous êtes chaque jour plus belle, Calissa, délara-t-il. Hélas…

Et il porta le regard vers sa bague de fiançailles en poussant un soupir de tristesse exagérée.

— Je n'arrive pas à croire que vous soyez fiancée à Joe. Vous n'êtes pas sérieuse, n'est-ce pas ? Vous ne pouvez pas épouser ce bloc de pierre, alors que je vous ai proposé de vous montrer les délices de Marrakech et de Bali.

— Comme à tant d'autres, commenta sèchement Simona.

— Ah vous…, protesta le prince.

Et il s'efforça de masquer une grimace.

Relâchant la main de Callie, il se tourna vers celle qui incarnait visiblement son cauchemar.

— Dominic m'avait prévenu que vous seriez des nôtres, *il Drago* !

A ces mots, Callie se raidit, s'attendant à une réplique de la part de l'interpellée, mais Simona Alberti ne sembla pas du tout s'émouvoir de ce surnom — sans doute y voyait-elle un compliment.

— Et vous êtes quand même venu ! Comme c'est courageux à vous !

Le prince se redressa de toute sa hauteur et arriva alors au niveau des yeux de la directrice : il ressemblait à un mastiff affrontant un élégant lévrier. Mais Simona ne paraissait pas émue le moins du monde ! De façon fort opportune, Nikki arriva à son tour de la cuisine et évita une probable prise de bec.

— Désolée, les amis, je dois avouer que je suis meilleure infirmière que cuisinière, annonça-t-elle. Dominic, mon chéri, sers un verre à Carlo, s'il te plaît. Et vérifie au passage les *dolmades*.

Après quoi, elle embrassa Callie sur les joues et reçut les hommages flamboyants de Carlo.

— *Ciao*, Nicola ! Vous êtes bien trop belle pour cet empoté de Grec, et comme je n'arrive pas à convaincre Callie de s'envoler avec moi pour le bout du monde, je pourrais peut-être vous persuader de quitter Dominic et avoir le bonheur de vous montrer les merveilles de…

— Oui, oui, nous savons, le coupa Simona d'un ton irrité. Marrakech, Bali ou le pôle Sud. Par pitié, si vous nous épargniez vos absurdités, nous pourrions aborder des sujets plus importants !

— Je vous en prie, madame la Directrice, rétorqua Carlo d'un ton aussi douceâtre que menaçant. Et quels sont donc ces « sujets plus importants » qui vous dispensent de la courtoisie la plus élémentaire ?

Waouh ! Callie avait toujours vu le prince sous son jour le plus charmant, aussi cligna-t-elle les yeux devant son air d'aristocrate hautain, mais Nikki s'empressait déjà d'intervenir pour calmer le jeu.

— Ce sont les ordinateurs, Carlo. Simona et moi en discutions juste avant votre arrivée. Ils sont vieux et lents.

Callie se rappela alors les difficultés qu'elle avait rencontrées pour se connecter, dans l'après-midi.

— Le modem aussi, renchérit-elle. Il faut une éternité pour se connecter.

— Quand on peut y arriver, précisa Nikki.

— Si vous tenez à ce que je vous remette ces ridicules rapports détaillés chaque jour, ajouta encore Simona d'un ton acerbe, il me faut les outils appropriés !

— *Madre di Dio !*

Carlo leva les mains et capitula, un sourire affable aux lèvres.

— Comment résister à l'assaut de trois femmes si déterminées ? Vous aurez ce que vous demandez !

Et sa promesse lui valut une avalanche de remerciements ravis de la part de Callie et de Nicola, Simona se contentant d'un bref hochement de tête.

— Vous avez intérêt à tenir parole ! l'avertit-elle sèchement.

Carlo en perdit le sourire, mais la directrice l'ignora superbement et ajouta :

— Nikki, ça sent un peu le brûlé. Peut-être devrions-nous aider Dominic en cuisine.

— D'accord !

Après leur départ précipité, Callie et Carlo, passablement irrité, se retrouvèrent donc en tête à tête.

— Elle est insupportable. Je ne peux jamais avoir le dernier mot, avec elle. Jamais ! Si elle faisait partie de mes troupes, je la poursuivrais pour insubordination. Elle se fiche pas mal que tout le conseil d'administration tremble en la voyant ! Et elle me donne presque envie de l'embrasser pour effacer cet air condescendant sur son visage.

Callie en resta bouche bée, et cherchait vainement une réponse, quand elle fut finalement sauvée par le gong. Au sens littéral du terme.

Passant la tête par l'entrebâillement de la porte, Dominic demanda :

— Carlo, *apra la porta, per favore.*

Ce dernier hésita, visiblement partagé entre obtempérer et appeler les pompiers, tandis que Callie se glissait dans l'entrée pour prendre son portable dans son sac et le garder à portée de main, au cas où les choses tourneraient mal. Carlo alla finalement ouvrir la porte.

— *Ciao*, Giuseppe, l'entendit-elle alors dire.

Elle s'immobilisa net, sous le choc.

Et, à la fois surprise, confuse et folle de joie, elle regarda le prince saluer son ancien chef de la sécurité en lui donnant une chaleureuse tape sur l'épaule.

— Je pensais que tu avais quitté Rome, lui dit-il.

— J'ai effectué un bref aller-retour.

— C'était rapide, en effet. Mais pourquoi… ?

Il s'interrompit en voyant le regard de Joe se poser sur Callie, et un sourire malicieux releva sa moustache.

— Remarquez, moi non plus je n'aurais pas été long, à votre place.

— Ravi que l'on se comprenne, maugréa Joe.

A peine remise de sa surprise, Callie comptait bien

commenter cet échange de machisme affiché, lorsqu'elle vit Joe humer l'air et se raidir.

— Bon sang ! Y a-t-il le feu ? s'exclama-t-il.

— Je ne sais pas, admit Carlo. Nous ferions mieux d'aller voir.

Et il s'éclipsa. Profitant de son départ, Joe se dirigea vers elle et lui donna un bref baiser sur la bouche. Sa barbe naissante lui râpa alors légèrement la joue, et elle remarqua que ses paupières étaient rougies par le manque de sommeil.

— Que s'est-il passé ? Pourquoi es-tu déjà de retour ? s'enquit-elle.

— Pas ici, répliqua-t-il en secouant légèrement la tête.

Elle retint un soupir agacé.

— Pourquoi ne m'as-tu pas avertie de ton retour ?

— Tu n'as pas consulté tes messages ?

A ces mots, elle sortit enfin son portable de son sac et constata qu'il était en mode silencieux depuis la séance de thérapie du matin. Elle écouta donc les deux messages vocaux qu'il lui avait laissés, et constata au passage qu'elle avait quatre textos : deux de Joe, un de Kate et une de Dawn.

— Il ne faut plus le mettre en mode silencieux, Callie.

— Mais je suis bien obligée, quand j'assiste aux séances de thérapie.

— Dans ce cas, garde-le dans ta poche et tu l'entendras vibrer.

— Mais pourquoi ? Que se passe-t-il, donc ?

— Nous en parlerons chez toi, d'accord ? Pour l'instant, nous ferions mieux de…

Il fut interrompu par une alarme stridente qui obligea Callie à se plaquer les mains sur les oreilles.

— C'est le détecteur d'incendie, cria Joe par-dessus le vacarme. Ouvre les fenêtres. Je vais voir ce qui se passe en cuisine !

C'était une feuille de vigne farcie qui avait déclenché la panique : tombée de la plaque, elle avait brûlé et fini par prendre feu, de sorte que le four était en flammes. Le mini-incendie fut toutefois rapidement maîtrisé, Dominic porta les deux plats carbonisés sur le balcon, Nikki rassura les voisins, tandis que les invités agitaient des torchons dans l'air pour en chasser l'odeur âcre.

Dominic se joignit à eux en revenant du balcon, puis lança un regard curieux à Joe.

— On se connaît ?

— Je suis Joe Russo, je suis venu chercher Callie.

— Bienvenue ! Et merci pour votre aide, Joe.

— Pas de problème.

Quinze minutes plus tard, grâce à leurs efforts conjugués, l'air froid de la nuit avait remplacé la fumée, et Callie avait présenté l'invité inconnu à Nikki. A l'instar de son mari, celle-ci remercia Joe pour son aide, et suggéra qu'ils se rendent tous dans le restaurant le plus proche.

— Naturellement, c'est nous qui vous invitons, déclara-t-elle. Je vous avais prévenu que je n'étais pas une très bonne cuisinière.

— C'est le moins qu'on puisse dire, approuva Simona avec son tact habituel.

Nikki éclata de rire et tout le monde prit son manteau pour sortir. Toujours intriguée par le retour inattendu de Joe, Callie passa un bras sous le sien, et lui demanda à voix basse s'il préférait qu'ils s'éclipsent.

— Non, ça ira, de toute façon, je dois m'entretenir avec Carlo, murmura-t-il alors.

Sa discussion avec le prince se déroula dans un coin tranquille du bar, et Callie les observa de la table où elle se trouvait avec les autres, dans l'espace restaurant plus bruyant. Carlo écouta Joe, sourcils froncés, et tous deux arboraient une expression neutre en revenant vers les convives, et elle fut bien obligée de tenir la bride à son impatience jusqu'à leur retour à l'appartement.

— Eh bien, demanda-t-elle quand ils se retrouvèrent enfin autour de sa petite table, pourquoi es-tu ici ? Que se passe-t-il ?

— Un individu s'est renseigné sur le foyer. Un individu que mon contact à la DIA croyait disparu de la circulation.

— Tu veux dire que…

— Oui, il pensait que ce type avait été tué, l'interrompit Joe d'un ton catégorique. Par un drone, dans son véhicule, il y a quelques mois. Selon mon contact, celui qui a actionné le drone se serait trompé de cible, car celle-ci ressemblait à s'y méprendre à la personne visée.

— Et donc, cette… Cette cible ratée s'intéresse au centre de Simona ? Pourquoi ?

— Nous ne sommes encore sûrs de rien. Il se peut qu'il connaisse l'une des résidentes.

C'était une piste, mais sans doute pas l'unique, pensa Callie, un rien agacée. Encore une fois, Joe cherchait à la protéger du grand méchant monde.

— Quelles sont les autres possibilités ?

— Elles sont nombreuses, mais aucune n'est vraiment crédible.

— Mais encore ?

A contrecœur, il lâcha :

— Il se pourrait que les femmes accueillies au foyer aient à ses yeux sali l'honneur de leur famille en fuyant à l'étranger et en adoptant les mœurs décadentes de l'ouest.

— Il faudrait donc les punir ! Comme si elles ne l'étaient pas déjà assez, compléta-t-elle d'un ton cinglant. Quoi d'autre ?

— En réalité, le revers de la médaille : vous, les gens du centre, sous prétexte d'aider les réfugiés, vous les forcez à renier leur héritage et leur religion.

— Et par conséquent, c'est nous que l'on doit punir !

— Encore une fois, ce ne sont que des suppositions, Callie, nous n'avons aucune certitude.

— Mais elles sont toutefois assez plausibles pour que tu sautes dans le premier avion et reviennes à Rome, souligna-t-elle.

Et il ne pouvait évidemment pas le nier. Bon sang ! Elle n'arrivait pas à croire cette discussion surréaliste sur des tirs de drones et une vengeance à exercer sur des femmes déjà si éprouvées par la vie !

Pourtant, c'était le monde de Joe, pensa-t-elle, un énorme nœud dans la gorge. Et à présent le sien.

— Et qu'as-tu dit à Carlo ? demanda-t-elle d'une voix étranglée.

— Suffisamment pour qu'il en avise les autres membres du conseil d'administration.

— Et Simona ? Il faut aussi l'en informer !

— Carlo et moi la brieferons demain.

— Ça ne va pas lui plaire.

— C'est aussi mon impression.

Soudain, ses prunelles se mirent à briller et, en d'autres circonstances, elle aurait pu prendre cette lueur pour de l'amusement.

— Curieux, poursuivit-il, c'est la première fois que je vois Carlo pâlir à la simple mention d'un nom de femme. Ta directrice doit les mener à la baguette, lui et le reste du conseil.

Elle n'émit aucun commentaire, mais se rappela l'éclat de colère du prince, sans trop savoir si elle avait finalement bien compris ses propos.

— Je crois que je vais camper ici avec toi quelques jours, ajouta Joe d'un ton désinvolte — bien trop désinvolte, d'ailleurs. Remarque, nous pourrions peut-être déménager à l'hôtel, nous aurions plus d'espace.

Elle balaya des yeux son petit appartement avec ses beaux murs d'un jaune éclatant et son incroyable vue. Elle n'y avait pas encore apporté sa touche personnelle, juste déplacé la table de la cuisine afin de pouvoir apercevoir le dôme de Saint-Pierre quand elle prenait son café le matin et aligné, sur le comptoir de la cuisine, les santons achetés à Naples : l'ange aux cheveux de feu pour Dawn, le personnage de *La Reine des neiges* que Tommy adorait, l'homme politique que Kate détestait et la Sainte Famille.

Son regard passa du protecteur de Marie au sien, et elle comprit, fataliste, que Joe allait demeurer à ses côtés pendant un bon bout de temps.

— Restons ici, dit-elle.

10

Joe devait rejoindre Carlo au centre à 8 h 30, le but étant d'affronter la directrice dans son bureau avant qu'elle soit happée par les problèmes de la journée et de très mauvaise humeur.

Il se réveilla à son heure habituelle, 5 heures, et resta parfaitement immobile, s'efforçant de ne pas penser au corps tout chaud collé contre le sien, mais de passer en revue les informations que Frank lui avait communiquées.

Les divers pseudonymes du terroriste censé avoir été abattu par le tir de drone. La liste des crimes atroces qui lui étaient imputés. Une photo floue. La date, les horaires et les coordonnées du tir qui aurait dû l'éliminer. Rien n'indiquait qu'il avait survécu. Rien, sauf de récentes recherches de renseignements sur le centre, qui venait en aide aux femmes réfugiées. Ces investigations étaient en elles-mêmes inoffensives, et personne ne s'en serait alarmé si elles n'avaient pas été effectuées à partir d'un ordinateur appartenant à la cible du drone, et si l'appareil n'avait pas été déconnecté à l'heure précise du tir, mais reconnecté à Internet deux jours plus tard.

Les cyber-espions américains avaient repéré la source de ces transmissions et localisé un sordide immeuble de Palerme, en Sicile, où les forces de sécurité italiennes avaient effectué une descente sans trouver le moindre ordinateur.

Il avait lancé sa propre équipe sur l'affaire, dont Emilio Mancera avec qui il avait eu un rapide échange à l'aéroport, à son arrivée la veille au soir : l'affable Romain avait immédiatement détaché l'un de ses propres hommes à Palerme, qui avait pris l'avion une heure plus tard. Si les habitants de cet immeuble décati avaient retenu des informations, le messager d'Emilio saurait les faire parler. Il connaissait l'île et la mafia qui y sévissait depuis des décennies. Des gens peu recommandables et qu'il était aisé de corrompre : sans le moindre état d'âme Joe avait donné son feu vert pour le recours à toute méthode nécessaire, la fin justifiant les moyens.

Quant à Carlo et lui, ils s'occuperaient du foyer, mèneraient une enquête méticuleuse sur chaque résidente et…

Un léger gémissement à côté de lui l'arracha à ses pensées. Il retint son souffle, tandis que Callie remuait dans le lit, sans paraître trouver une position qui lui convenait.

— Callie, ma chérie, murmura-t-il troublé, car elle s'était lovée davantage encore contre lui.

Il s'efforça de s'écarter un peu. Mais elle revint à sa place, avec une précision digne d'un missile. Retenant un juron, il regarda vers la fenêtre : le crépuscule ne pointait même pas, à en juger par l'obscurité extérieure.

Bon sang ! Il ne pourrait jamais tenir jusqu'à 6 heures voire 7 heures avec une érection pareille ! Si Callie et lui ne s'étaient pas étreints fiévreusement jusqu'à épuisement, la veille au soir, il n'aurait pas hésité à la réveiller de façon câline, mais en l'occurrence, il n'avait pas le cœur de l'arracher à la douceur d'un sommeil si mérité. Sans le moindre bruit, il se leva, résolu à mettre à profit ce réveil très matinal pour contacter ses cyber-geeks, ainsi qu'Emilio. Mais pas d'ici, car il lui fallait d'abord trouver un endroit où l'on servait un café bien noir.

Quand Joe rentra avec deux expressos et un sachet de viennoiseries, Callie était encore profondément endormie. Toutefois, le délicieux arôme pénétra en peu de temps sa conscience. Surtout après qu'il eut approché un *cornetto* encore tout chaud à quelques centimètres de son nez. Elle cligna les yeux, et loucha sur le croissant rempli de confiture.

— Est-ce que le goût est aussi bon que l'odeur ? demanda-t-elle.

— Il n'y a qu'une façon de le découvrir.

Alors elle sortit la main de sous la couverture et la tendit avidement. Après trois bouchées, son visage s'illumina comme un sapin de Noël. Il lui sourit, amusé.

— Bon, je vais prendre une douche, annonça-t-il. Je ne voulais pas te réveiller. Je ferai vite.

Mais elle était bien trop occupée à explorer le contenu du sachet qu'il avait rapporté pour s'en préoccuper.

Il sortit de la salle de bains quinze minutes plus tard, douché et rasé de près. Il fallut un peu plus de temps à Callie pour se préparer, mais ses cheveux, propres et brillants, qui cascadaient sur son pull à col roulé bleu ciel valaient la peine d'attendre. L'inquiétude était toutefois revenue se loger dans son regard, et ses yeux violets semblaient presque noirs, ce matin.

— A quelle heure as-tu rendez-vous avec Carlo, déjà ?

— A 8 h 30, mais il serait préférable que tu n'y assistes pas.

— Pourquoi ?

— Ta directrice est déjà remontée à l'idée que je mène une enquête sur ses protégées. Et encore plus contre Carlo, qui a insisté pour que j'aie les mains libres. Inutile qu'elle le soit aussi contre toi.

Elle n'émit aucun commentaire, mais parut ravie d'être tenue hors de la ligne de feu.

Hélas ! ce soulagement ne dura pas longtemps. Enfilant ses bottes et sa doudoune, Callie se rendit au foyer en compagnie de Joe où Carlo les attendait, visiblement peu ravi de la tâche qu'ils allaient devoir accomplir.

Elle les quitta en leur souhaitant bonne chance, et regagna son bureau afin de préparer la séance qui commençait à 9 heures. Quand elle en ressortit, vingt minutes plus tard, la porte de Simona était toujours fermée, mais n'étouffait pas pour autant les intonations énervées qui montaient du huis clos, ni le bruit sourd qui retentit soudain. Etait-ce la paume de Simona ? Ou le poing de Carlo ?

Elle ne s'attarda pas pour vérifier et rejoignit, préoccupée, la salle où se déroulait la séance pour apprendre, contrariée, que la psychologue censée diriger cette thérapie de groupe ne viendrait pas, car elle était malade. Par chance, les participantes étaient peu nombreuses, quatre en tout, ainsi qu'une interprète : deux adolescentes ayant fui un esclavage sexuel, la Bangladaise défigurée, et la jeune veuve aux yeux tristes. Masquant sa fébrilité de passer du rôle d'observatrice à celui d'animatrice, elle reprit la séance où elles s'étaient arrêtées la veille.

— Nous avons évoqué hier la façon dont nous nous percevons, et la manière dont nos expériences nuancent cette image de nous-mêmes.

Elle attendit que l'interprète traduise, puis reprit le thème un peu délicat de son discours.

— Trop souvent, quand un événement négatif nous arrive, quelque chose que nous ne pouvons pas contrôler, nous pensons que c'est notre propre faute. Nous nous sentons coupables et anxieuses, incapables de prendre des décisions ou d'entrer en communication avec les autres.

La femme originaire du Bangladesh resserra alors son voile sur son visage et murmura quelques mots que Callie ne parvint à saisir.

— Pardon ? Que disiez-vous ?

— Je me sens comme une lépreuse, et je ne veux montrer mon visage à personne, déclara-t-elle dans son impeccable anglais d'Oxford.

La plus frêle des deux adolescentes prit alors la parole et l'interprète traduisit ses propos :

— Elle dit qu'elle se sent sale, après ce qu'on lui a fait.

Callie hocha la tête et regarda les deux autres participantes. La jeune veuve secoua la tête et se recroquevilla sur son siège, mais l'autre adolescente voulut s'exprimer elle aussi. D'ordinaire si souriante et si gaie, elle se lança dans une tirade qui fit danser les perles de ses nattes, et siffler les mots entre ses dents du bonheur.

— Elle aussi se sent sale, reprit l'interprète. Elle prend deux ou trois bains par jour mais a toujours l'impression de porter l'odeur de ses agresseurs sur sa peau.

Et comme pour accentuer ses propos, la jeune victime saisit ses nattes et les secoua furieusement.

— Elle dit qu'elle aimerait les couper. Tout comme ce que les hommes ont entre les jambes, si jamais l'un d'eux s'avise de l'approcher de nouveau.

— Bien…

Décidément, elle s'aventurait sur un terrain des plus délicats. Sachant que ces perles colorées signifiaient un statut marital dans la tribu des jeunes filles qui avaient été enlevées, elle demanda gentiment :

— Dans ce cas, pourquoi ne les coupe-t-elle pas ? Ses nattes, je veux dire, même si ses bourreaux méritent largement le châtiment qu'elle leur promet.

Les adolescentes avaient en effet décidé de ne pas retourner dans leur tribu, mais d'entreprendre à la place un périlleux voyage vers un autre pays, un autre style de vie.

L'interprète fit la traduction. Au visage tourmenté de Sabeen, Callie comprit qu'elle s'était déjà posé la question, et que la réponse n'était pas simple. Sans doute redoutait-elle de perdre le dernier vestige de son identité dans un monde étranger.

Elle-même était en proie à un débat intérieur : son rôle consistait à aider ces femmes, pas à leur imposer ses idées, pourtant il lui était difficile de demeurer neutre et détachée, et une force intérieure la poussait à jeter un pont au-dessus du gouffre apparemment infranchissable qui séparait le monde de ces femmes et le sien.

— Une seconde, dit-elle alors à l'interprète. Je reviens.

Et sur ces mots, elle se précipita vers son bureau. En passant devant celui de Simona, elle n'entendit plus aucun bruit : était-ce bon ou mauvais signe ? Elle n'aurait su trancher. Joe pouvait être intimidant quand il voulait obtenir quelque chose, et comme elle l'avait découvert la veille, Carlo aussi. Il fallait que Simona soit en kryptonite pour affronter ce duo, cependant, après l'avoir côtoyée pendant deux jours, elle misait sur sa capacité de résistance aux chocs.

Une fois dans son bureau, elle s'empara de ciseaux et d'un miroir et revint dans la salle.

— Je n'ai pas autant souffert que toi, dit-elle à Sabeen *via* l'interprète, je n'ai jamais connu d'expérience qui pourrait se rapprocher de la tienne. Mais comme toi, je commence une nouvelle vie, dans un nouveau lieu. Aussi je pense… Non, je sais que je suis prête à accueillir un nouveau moi.

Et brandissant les ciseaux, elle s'efforça de maintenir le miroir au niveau de son visage ; toutefois, l'entreprise était ardue.

— Quelqu'un pourrait-il m'aider ?

L'interprète parut aussi hésitante que les quatre participantes. Comme aucune ne répondit, Callie laissa tomber le miroir et coupa dans la masse.

Leela bondit alors de son siège, l'expression à la fois rieuse et scandalisée.

— Bouddha nous préserve ! s'exclama-t-elle.

Son voile glissa, révélant son visage défiguré, avant qu'elle le ramène sur ses épaules et s'empare des ciseaux.

— Je vais le faire, mais seulement si tu coupes les miens après, ajouta-t-elle.

En un court laps de temps, des petits tas de cheveux jonchèrent bientôt le sol : les bruns de Callie, les tresses noires de Sabeen, et les deux nattes teintes au henné de Leela.

Sabeen maintenait les mains devant son visage pour réprimer ses gloussements, mais son rire était si contagieux qu'il attira bientôt une demi-douzaine de résidentes, puis Nikki, et enfin une Simona, visiblement très irritée.

— Que se passe-t-il, ici ?

— La thérapie par les cheveux.

Et en souriant, Callie secoua ses cheveux courts : ils étaient si souples qu'à cette longueur, ils bouclaient ! Elle n'en revenait pas. Elle se sentait soudain plus légère, une tout autre personne. Malheureusement, la directrice ne parut guère impressionnée.

— La thérapie par les cheveux ? C'est la dernière mode, en Amérique ?

La colère sous-tendant sa question mit une fin brutale à la bonne humeur ambiante, et Sabeen passa nerveusement une main dans sa nouvelle coupe.

— Il ne s'agit pas d'une mode, reprit Callie d'un ton calme et pondéré. Je vous suggère de lire le livre du Dr Elaine Boyer Barrington sur les thérapies adaptées aux jeunes filles. Elle y souligne le fait que la coupe de cheveux d'une adolescente est l'un des signes les plus révélateurs de la confiance qu'elle a en elle.

Simona fronça les sourcils, mais préféra manifestement ne pas l'affronter devant les autres. Au lieu de quoi, elle lui intima d'un ton autoritaire :

— Je souhaite vous parler. Venez tout de suite dans mon bureau.

— Bien sûr. Je vais juste balayer les cheveux et…

— Nous nous en chargeons, dit promptement l'interprète.

— Merci ! répondit Callie.

Un grand sourire aux lèvres, elle passa la main dans ses boucles — ça alors, qui aurait pu le prévoir ? — et emboîta le pas à Simona.

— La thérapie par les cheveux ! s'exclama cette dernière après avoir claqué la porte de son bureau. Dr Elaine je-ne-sais-quoi Barrington ? Et si j'effectue des recherches sur Internet, je vais la trouver ?

— Cela m'étonnerait, concéda Callie.

— J'en déduis donc que vous avez inventé toutes ces sottises ?

— Pas du tout ! Elaine, qui a fait ses études avec moi, avait une théorie très novatrice en la matière, mais elle s'est finalement spécialisée dans un autre domaine après l'obtention de son doctorat. Aux dernières nouvelles, elle a ouvert des chambres d'hôtes en Tanzanie, perchées en haut des arbres.

— Vous vous fichez de moi ? Si c'est le cas, je vous préviens, je ne suis pas d'humeur.

De toute évidence, son entretien avec Carlo et Joe ne s'était pas très bien passé.

— En réalité, je crois plutôt que c'est au Zimbabwe.

Les yeux bleu dur de Simona ressemblèrent soudain à deux lasers. Callie conserva son sourire, mais n'en menait pas large.

— Passons ! éluda sa directrice. Le prince et votre fiancé m'ont appris des nouvelles perturbantes.

— Joe m'en a déjà parlé hier soir.

Simona rapprocha alors les doigts de sa main droite, la leva puis la baissa, gestuelle typiquement italienne censée exprimer ce que Callie aurait pu traduire en termes polis par : « C'est quoi ce bazar ? »

— Je n'arrive pas à le croire. Mon foyer, la cible de recherches menées par un terroriste supposé mort. C'est incroyable !

Son accent se renforçait à chaque mot, ainsi que son indignation.

— Je crois que nous devrions nous fier aux instincts de Joe, déclara prudemment Callie.

— C'est aussi l'avis du prince, lâcha Simona. Il m'a avisée, « avisée » vous entendez bien, que votre Joe estime notre sécurité parfaitement inadaptée.

Callie ne put s'empêcher de penser à sa serrure à empreintes digitales.

— Le prince m'a également informée que votre fiancé va nous envoyer l'un de ses subordonnées pour qu'il installe un nouvel équipement.

Sans doute Emilio Mancera, l'un des hommes les plus efficaces de Joe à Rome.

— Je ne vois pas pourquoi vous vous opposeriez à une plus grande sécurité dans vos locaux, hasarda Callie.

— Ah ! vous ne voyez pas le problème ?

Et Simona croisa les bras.

— Vous approuvez peut-être le fait que Carlo et votre fiancé puissent accéder à tous nos dossiers ?

— Pardon ?

— Tiens, vous n'étiez pas au courant ? fit la directrice d'un ton faussement surpris. Votre fiancé ne vous a pas « avisée » qu'il comptait éplucher chaque cas ?

— Non, il ne m'en a rien dit !

Et d'aussi loin qu'elle se rappelle, elle n'avait jamais ressenti une si grande indignation. D'abord contre Joe, pour ne pas l'avoir avertie avant sa directrice, et enfin contre Simona qui l'avait crue complice d'un tel manquement à l'éthique.

— S'il en avait discuté avec moi, reprit-elle, je lui aurais fait la même réponse que celle que vous lui avez assurément assenée.

Sa colère sembla calmer celle de sa directrice dont l'air pugnace s'effaça au profit d'un petit sourire satisfait.

— Ça oui ! Je lui ai dit : « *Non lasciatevi la porta si colpisce nel culo sulla via d'uscita.* »

Callie avait suffisamment de notions en italien pour associer « porta » et « uscita ».

— En gros, vous lui avez dit de prendre la porte avant que vous ne lui bottiez le derrière.

— *Sì !*

Callie se mordit la lèvre. Elle était toujours très en colère mais, imaginant la scène, elle se détendit un peu.

— Bien. Je ne me serais pas forcément exprimée en ces termes, mais le sens aurait été le même !

— Je peux donc en conclure que nous sommes sur la même longueur d'onde, Calissa ?

— Evidemment, Simona ! répliqua-t-elle avec humeur.

Celle-ci se méfiait-elle d'elle ?

— Ah non ! ne vous énervez pas contre moi ! Carlo et votre partenaire m'ont suffisamment irritée.

— Nos dossiers sont top secret, et je suis certaine qu'ils le savent tous les deux.

Pour Carlo, elle n'en doutait pas, mais Joe… Il n'était pas exclu qu'il ait trouvé un moyen de contourner la loi.

— Bien sûr, enfin, du moins, Carlo, reprit Simona comme en

écho à ses pensées. Mais il m'a affirmé qu'il allait en référer au conseil. Nous allons donc nous retrouver au cœur d'une bataille.

— Ce ne sera pas ma première.

— Ah bon ?

Et Simona inclina la tête.

— Vous vous êtes déjà bagarré avec votre ami en la matière ?

— Nous avons des visions quelque peu différentes sur le sujet, concéda Callie, mais nous savons aussi discuter en adultes rationnels. Et c'est ce que nous allons faire concernant ce petit litige.

— Vraiment ?

— C'est nécessaire ! Ecoutez, je vais de nouveau me plonger dans notre règlement. Je l'ai déjà fait le premier jour, mais je veux être certaine que rien ne m'a échappé.

Logiquement, le foyer se conformait à la confidentialité qui était aussi de mise dans de tels cas aux Etats-Unis, avec des exceptions reconnues internationalement, comme la suspicion de viol envers un enfant, ou bien la forte probabilité que le client s'en prenne à sa propre vie ou à celle des autres. Cela, elle l'avait connu, lors de son précédent emploi.

En tout état de cause, elle devait revoir de près les lois qui s'appliquaient à l'IADW.

Trente minutes plus tard, toujours adossée à son placard en métal et plongée dans le règlement, elle entendit des pas sur le seuil de sa porte. Elle releva la tête, s'attendant à voir Simona.

— Joe ! s'exclama-t-elle, surprise. Je n'ai pas entendu l'Interphone. Comment es-tu entré ?

— Pitié, Callie ! répondit-il avec un regard affligé. Même Tommy Ellis pourrait s'introduire sans difficulté par la porte d'entrée. Et celle de derrière est encore pire.

— Simona m'a dit que vous aviez décidé de renforcer la sécurité.

— Exact. Emilio va acheter le matériel nécessaire et l'installer lui-même. Qu'as-tu fait à tes cheveux ?

Elle en avait oublié sa nouvelle coupe ! Elle passa la main dans ses boucles.

— Cela s'appelle la thérapie active. Tu aimes ?

— Beaucoup ! Tes yeux paraissent encore plus grands. En parlant de traitement efficace…

Il se coula dans l'espace étroit entre le placard et son bureau, puis prit un siège.

— J'imagine que Simona t'a raconté la façon dont elle nous a éconduits, tout à l'heure.

— Elle m'a dit que vous vouliez accéder à nos fichiers, et qu'elle a refusé, ce qui est logique.

— Logique ?

— Il s'agit d'informations confidentielles, Joe, tu le sais bien !

— Ces dossiers contiennent des entretiens qui peuvent nous renseigner sur la nationalité des résidentes de ce foyer et sur le moment où elles sont entrées dans le parcours d'aide aux réfugiées. L'un d'entre eux pourrait peut-être nous permettre d'établir un lien avec le tir de drone.

— On ne connaît pas la nationalité de toutes les réfugiées, répliqua-t-elle en pensant à Amal. Et même si cette information figure dans le dossier, nous ne pouvons pas la révéler sans l'accord de la personne concernée.

— Eh bien, fais en sorte d'obtenir son consentement.

Cela semblait si évident, à l'entendre. Comme si extraire une information était une question de temps, de patience, de technique, et non d'éthique ! Un peu choquée, elle voulut faire valoir son point de vue.

— S'il te plaît, Joe, écoute-moi. Pour la plupart, ces femmes sont extrêmement traumatisées. Simona, Nikki et les professionnels du centre travaillent avec elle depuis des semaines, voire des mois dans certains cas. Je commence juste à établir une communication avec certaines. Hier, à l'aide d'un dessin, aujourd'hui avec une coupe de cheveux…

Et de nouveau, elle toucha ses étranges boucles.

— Je dois gagner leur confiance, poursuivit-elle. Et ce sera impossible si je leur demande de signer un document dont elles ne comprendront pas le sens. Et qui les privera un peu plus de la dignité et de l'intimité qui leur restent.

Il lui adressa un regard aussi impénétrable et opaque que le brouillard qui se déployait parfois dans la baie de Boston.

— Et que fais-tu des liens que nous avons tissés, toi et moi ? finit-il par demander. Notre confiance mutuelle. Tu me crois capable de divulguer leur secret ?

Elle se sentit fléchir et se mit alors en quête d'un compromis, même bancal.

— Je dois d'abord en discuter avec Simona.

Il hocha la tête, puis se leva.

— OK. Dis-lui aussi qu'Emilio sera là avant midi.

— Et attends… Où vas-tu ?

— J'ai des affaires à régler. On se voit plus tard.

11

Ce que Joe considérait comme une séance stratégique fut qualifié par Carlo, encore meurtri par l'affrontement avec Simona, de conseil de guerre. Quant à Dominic Dukakis, ainsi qu'il l'avoua plus tard, il pensait avoir été convié au palais du prince, *via* Zanardelli, pour discuter d'un nouvel avenant au contrat sur le pipeline ayant déjà donné lieu à d'âpres négociations entre la Grèce et l'Italie.

Dominic comprit assurément bien vite de quoi il retournait lorsque tous trois s'assirent autour d'une belle table en noyer dans le bureau de Carlo, entourés de bibliothèques où ne figuraient que des premières éditions reliées. Sur un pan de murs, les ancêtres de Carlo, alignés les uns contre les autres, les regardaient du haut de leurs cadres doré ; le quatrième mur comportait une fenêtre donnant droit sur les colonnes du Panthéon. Mais aucun d'entre eux n'était intéressé par ce bijou architectural bâti sur l'ordre d'Agrippa et reconstruit sous l'empereur Hadrien.

Quand Joe expliqua la raison de leur réunion à Dominic, ce dernier ne chercha pas à percer la nature nébuleuse de la menace : des réfugiés désespérés arrivant en permanence et par milliers sur les côtes de son pays, il concevait aisément que certains puissent nourrir du ressentiment envers les nations occidentales qui envoyaient des bombes sur les terroristes, sans se soucier des « dommages collatéraux ». Savoir que l'un d'entre eux avait survécu à une attaque de drone et rôdait à présent du côté du centre où travaillait sa femme lui suffisait amplement.

— Emilio est sur place en train d'installer le nouveau système de sécurité, avec clavier à empreintes digitales, ainsi que des détecteurs de mouvement pour le rez-de-chaussée, ajouta-t-il.

Feuilletant un épais dossier, il en sortit les plans intérieur et extérieur de l'immeuble.

— Nous installons aussi des caméras de surveillance reliées à notre service vingt-quatre heures sur vingt-quatre.

Et il désigna les endroits concernés.

Dominic fronça les sourcils.

— Simona est profondément attachée à la vie privée de ses protégées, je suis fort surpris qu'elle vous ait donné son aval pour les caméras de surveillance.

— Elle était d'accord pour les caméras extérieures, et dans la foulée, nous en avons ajouté de discrètes à l'intérieur, activables par télécommande, avoua Joe.

— Par « discrètes », vous entendez « cachées », n'est-ce pas ?

— Exact.

— Et Simona n'est pas au courant ?

— Pas encore.

Dominic émit un léger sifflement.

— J'espère sincèrement ne pas me trouver dans sa ligne de mire quand elle découvrira ce que vous avez fait.

— Elle ne le saura pas, renchérit Joe. Avec Emilio, il n'y a aucun risque qu'elle l'apprenne.

— Vous vivez dangereusement, les amis.

— Tout dépend du territoire sur lequel nous opérons.

— A propos d'Emilio, reprit Carlo, a-t-il des nouvelles de son homme à Palerme ?

— Oui, répondit Joe avec une grimace. Il a cuisiné tous ses contacts — et ne me demandez pas s'il est resté dans le cadre du politiquement correct — mais toujours est-il qu'il n'a rien obtenu. La personne qui s'est servie de ce fameux ordinateur savait comment effacer ses traces.

Carlo marmonna un juron étouffé par le bruissement des

feuilles que Joe rangea dans son dossier avant d'en sortir une autre.

— Voici une photocopie du planning quotidien du centre, et des sorties prévues pour la quinzaine. Chacune sera filée par un de mes hommes.

Les sorties comprenaient aussi bien du shopping que des visites dans les rues décorées de la ville, ainsi que la messe de minuit dite par le pape, pour les trois réfugiées chrétiennes du foyer.

— *Christós*, maugréa Dominic en lisant la dernière activité programmée. Mais il y aura au moins cinquante mille fidèles à la basilique Saint-Pierre, la nuit de Noël. Et au moins quatre cent mille personnes sur le parvis pour suivre la messe sur grand écran. Vos hommes auront du fil à retordre pour surveiller ces trois-là.

— Ils y parviendront.

— J'ai discuté avec un contact, à la *questura centrale*, intervint Carlo. Il placera des patrouilles supplémentaires autour du centre. J'ai également briefé le département antiterroriste de la police.

— Et moi, que puis-je faire ? demanda Dominic.

— La même chose que Joe et moi, à savoir t'impliquer davantage dans les activités du foyer au moins pour la quinzaine à venir.

— Ce ne sera pas facile, argua le diplomate grec. Ces femmes souffrent pour la plupart de graves traumatismes générés par des hommes. Seuls trois sont autorisés à travailler au centre : deux cuisiniers et un psychologue, triés sur le volet.

— C'est pourquoi il doit s'agir de nous, renchérit Carlo. *Il Drago* ne peut refuser une visite informelle au mari de Nikki, ni au fiancé de Callie. Et encore moins au président du conseil qui finance son centre.

Et un petit sourire satisfait éclaira son visage. Dominic parut sceptique mais n'émit pas la moindre objection. Soudain, un téléphone vibra. Ils vérifièrent simultanément leur portable, tous les trois : c'était celui de Joe.

— Emilio a presque terminé, annonça-t-il en repoussant sa chaise. Je vais prendre comme prétexte la vérification de son travail pour effectuer une nouvelle incursion dans l'antre du dragon.

Joe activa le code secret qu'il possédait afin de passer outre le nouveau clavier à empreintes digitales, mais prit soin d'annoncer son arrivée à Callie par texto. Elle répondit succinctement.

Suis en séance. Attends-moi dans mon bureau.

Il en adressa un autre à Emilio pour savoir où il se trouvait, en l'occurrence dans la réserve, au premier étage, accroupi sous le rebord d'une fenêtre obscurcie par des piles de boîtes, et en train de gratter des couches de peinture accumulées sans doute depuis trois ou quatre siècles.

— Ces fichues fenêtres, maugréa-t-il en italien. Quelle merde !

— Tu as besoin d'aide ?

— Non, c'est la dernière. Mais un peu d'eau minérale ne serait pas du luxe. Ou mieux, une petite grappa.

Il plaisantait bien sûr, et Joe fut ravi de la bonne excuse qu'il lui fournissait pour faire un petit tour en cuisine. Il en connaissait le plan, mais rien ne valait une vérification sur place.

Les odeurs typiques de l'Italie le frappèrent dès qu'il en franchit la porte battante : celle de l'ail, de l'huile d'olive et des *fettuccine* bien crémeuses. Les deux employés étaient présents, l'un râpant du *pecorino romano*, tandis que son collègue remuait le contenu de casseroles fumantes. Lorsqu'il demanda de l'eau minérale, ce dernier pointa sa cuillère vers un réfrigérateur en inox.

Quelques instants plus tard, Joe revenait sur ses pas, en effectuant toutefois un bref détour par le bureau de Callie, mais il était vide, tout comme celui de Simona, en face. Quand il arriva à la hauteur de la réserve, il entendit des bruits de voix, et s'immobilisa.

Emilio s'exprima d'abord en italien, puis en français, enfin essaya l'anglais. Et chaque fois d'un ton de plus en plus suppliant.

— C'est bon, c'est bon, je vous prie. Ne faites rien d'irréfléchi.

Tous les sens en alerte rouge, il s'accroupit et posa la main sur son Ruger, à sa cheville.

— Je comprends ce que vous voulez, poursuivit Emilio. Non, c'est bon, c'est bon. Prenez mon couteau, allez-y !

Il était toujours dans la même position quand il entendit des pas, dans le couloir. Il pivota vivement : Callie ! Elle était figée, yeux grands ouverts.

Il posa le doigt sur ses lèvres. Elle comprit tout de suite le message mais fit cependant mine d'avancer vers lui. D'un geste de la main, il lui intima de rester où elle était.

De nouveau, elle s'immobilisa, et parut se crisper en percevant ce qu'il interpréta comme le bruit de la lame d'un couteau découpant du carton. La voix d'Emilio s'éleva de nouveau :

— Prenez-en autant que vous voulez !

Un silence s'ensuivit, et il demanda bientôt d'un ton très doux :

— Votre bébé est prévu pour quand ?

C'était Amal, pensa tout de suite Callie. Amal qui ne prononçait jamais un seul mot, mais qui était le Michel-Ange de ce siècle. Amal qui allait donner naissance entourée d'étrangers. Ne devait-elle pas intervenir ?

— Je m'appelle Emilio.

Elle retint sa respiration tandis que l'associé de Joe attendait sa réponse. Un, deux, trois…

— Et vous ? Quel est votre nom ?

Elle ne voyait pas la scène, mais pouvait tout à fait se la représenter : la réserve poussiéreuse, le beau Romain aux yeux langoureux, la réfugiée enceinte qui avait tout perdu…

— On m'appelle Amal.

Elle en eut le souffle coupé. Et ressentit en même temps une vive excitation. C'était incroyable ! Sans s'en apercevoir, elle avait dû faire un petit bruit car Joe la foudroya du regard, tandis qu'Emilio tentait de s'accrocher au fil bien ténu de la conversation.

— Amal ? C'est un joli prénom.

De longues secondes s'écoulèrent, et elle avait presque perdu espoir lorsque Amal murmura d'une voix torturée :

— Ce nom est grotesque.

— Pourquoi ?

La réponse vint avec un temps de décalage, toujours sur le même timbre :

— En arabe, cela signifie « espoir ». Mais je n'en ai aucun.

— Pourquoi ? demanda encore une fois Emilio, d'un ton très calme.

— Vous ne pourriez pas comprendre ! lui répliqua-t-elle d'un ton vif.

— Essayez de m'expliquer. De me dire pourquoi vous avez si peur.

Callie se trouvait tout près de Joe, à présent, et elle avait la sensation d'être une voyeuse de la pire espèce. Toutefois, il était exclu qu'elle interrompe ce fragile échange. Mais, à sa grande déception, il prit fin quelques secondes plus tard, puisque Amal sortit en trombe de la réserve, sans même les apercevoir, Joe et elle. Emilio en sortit lui aussi, le visage soucieux, et la regarda monter l'escalier à toute allure.

— Elle ne devrait pas courir, dit-il. Elle pourrait tomber, c'est dangereux pour l'enfant.

— Que s'est-il passé ? lui demanda immédiatement Joe. Que faisait-elle dans la réserve ?

— Je vais vous montrer.

Tous deux lui emboîtèrent le pas.

— Voilà ce qu'elle voulait, poursuivit-il. Une rame de papier. Elle semblait la convoiter ardemment. Pourquoi ne la lui donneriez-vous pas ?

Cette fois, Callie sut où la trouver : Amal s'était en effet de nouveau réfugiée derrière le palmier décoré.

Et comme précédemment, elle signala sa présence par un simple « Bonjour », qui lui valut encore une fois un regard farouche, sans réponse.

— Emilio, l'homme qui était dans la réserve, m'a dit que vous vouliez cela.

Et elle plaça la rame sur la table qui se trouvait près d'Amal. Elle la vit légèrement rougir.

— Vous savez, vous pouvez avoir autant de papier que vous le désirez. Il suffit de demander.

La jeune femme s'empourpra davantage.

— Je vous ai entendus, Emilio et vous, quand je descendais l'escalier, poursuivit gentiment Callie. Je suis ravie que vous parliez anglais, car je veux vous dire quelque chose.

Amal se contenta de cligner les paupières.

— Je suis impressionnée par votre remarquable talent artistique. Nous pourrions peut-être visiter des musées ensemble, si vous le voulez. La galerie Borghese et la chapelle Sixtine sont des lieux où moi-même je rêve d'aller.

Amal baissa la tête, mais Callie eut le temps de distinguer l'éclat qui brilla dans ses yeux. Cachant sa propre exaltation, elle prit cette réaction pour un « oui ».

— Il doit y avoir beaucoup de monde à la chapelle Sixtine en ce moment, car Noël approche à grands pas, poursuivit-elle sur le ton d'une conversation ordinaire. La ville est inondée de touristes, en fin d'année, mais je pourrais réserver un billet en ligne pour la galerie Borghese, qu'en pensez-vous ?

Elle passa mentalement en revue son emploi du temps avant d'ajouter :

— Et si on y allait demain ? Je vais demander à Simona s'il est possible de déplacer mon cours et de le donner à 13 heures, au lieu de 16.

Elle attendit une réponse, le cœur battant.

— Amal ? Je n'insisterai pas si vous n'avez pas envie d'y aller. Dites-moi juste « oui » ou « non ».

Le hochement de tête tant espéré fut terriblement long à venir, bref aussi, mais il la remplit instantanément de joie.

— Parfait ! Je vais tout de suite réserver les billets.

Et elle disparut, ne souhaitant pas donner à Amal le temps de changer d'avis.

Joe et Emilio, qui étaient toujours dans le vestibule, s'interrompirent en la voyant approcher.

— Est-ce qu'Amal va bien ? demanda le Romain, soucieux.

— Très bien. Je n'arrive pas à croire que vous ayez communiqué verbalement avec elle. C'est la première fois qu'elle parle à quelqu'un depuis qu'elle est arrivée au centre.

Elle aurait voulu lui sauter au cou !

— Vous avez entrebâillé la porte, Emilio, et je m'y suis introduite après vous. Amal veut bien visiter la galerie Borghese avec moi, demain après-midi. Je vais de ce pas réserver les billets en ligne.

— Achètes-en trois, car je vous accompagne, décréta alors Joe.

— Quatre, rajouta Emilio.

Elle hésita.

— Je ne suis pas certaine que ce soit une bonne idée. Elle m'a donné son accord du bout des lèvres.

— Si elle regimbe, nous nous tiendrons à distance, elle ne nous verra pas dans la foule.

— Et s'il y a un problème pour les billets, le frère de la femme de mon cousin travaille à la galerie, il s'en occupera.

Elle n'eut pas à recourir à la famille d'Emilio. Elle réserva quatre billets pour 14 h 30 et imprima la brochure qui contenait un plan du musée.

— Tout est réglé, annonça-t-elle à Amal. J'espère que vous êtes aussi excitée que moi.

La lueur qui traversa les prunelles de cette dernière lui fournit une réponse satisfaisante, et elle espéra de tout cœur que l'annonce de l'escorte ne l'éteindrait pas.

— Cela ne vous dérange pas que mon fiancé se joigne à nous, ainsi qu'Emilio, l'homme que vous avez vu en bas ? Quand je leur ai appris notre projet, ils ont tous les deux exprimé le souhait de nous accompagner.

A ces mots, elle ressentit une légère culpabilité, dans la mesure où ce n'était certes pas un amour brûlant de l'art qui poussait Joe et Emilio à les accompagner, mais elle préféra ne pas expliquer les réelles raisons de leur présence. Néanmoins, face à l'expression réticente qu'arbora aussitôt Amal, elle fit vite machine arrière :

— OK, pas de problème, ils ne nous accompagneront pas. *Ils nous suivront, seulement.*

Et son sentiment de culpabilité augmenta d'un cran : elle n'aurait pas dû jouer avec la confiance naissante que lui accordait Amal. Aussi décida-t-elle dans la foulée de tout annuler, ou du moins de reporter la visite à une date ultérieure, quand elle pourrait lui expliquer en quoi la présence de deux hommes était nécessaire. Mais Amal ouvrit alors la bouche pour déclarer d'une petite voix :

— L'homme, en bas…

— Emilio ?

— Il a un visage sympathique.

Ce n'était pas ainsi qu'elle l'aurait décrit. Emilio Mancera ressemblait à un dieu Romain fait homme, oui. Mais elle était si contente qu'Amal daigne enfin lui parler qu'elle répliqua tout de suite :

— Très sympathique. Donc, il peut venir avec nous ? Ainsi que mon fiancé ?

Amal acquiesça.

— Parfait !

Ayant l'impression d'avoir escaladé une montagne immense, elle tendit une brochure à Amal.

— C'est le plan du musée. Vous pourrez l'étudier avant notre visite. A propos, la galerie met à la disposition de ses visiteurs des fauteuils roulants. C'est bon à savoir, au cas où vous seriez fatiguée à cause du bébé.

Amal posa tout à coup les mains sur son ventre, et attendit quelques secondes avant de faire, pour la première fois, une allusion à son passé :

— Nous avons marché pendant de nombreux jours, mon

bébé et moi. De nombreuses nuits. Nous n'avons pas besoin de fauteuil roulant.

A cet instant, Callie repensa à la demande contrariée de Joe, concernant la possibilité de lire les dossiers des résidentes, et fut sur le point de lui demander, dans la foulée, d'où elle était partie, qui elle avait laissé dernière elle.

Mais elle se contint, consciente qu'elle ne devait pas brusquer Amal.

— Entendu. En revanche, nous prendrons le taxi pour aller au musée, car si le bébé et vous pouvez marcher très longtemps, pas moi.

Elle alla rapporter à Joe et Emilio qu'Amal avait donné son accord, puis les laissa à leurs travaux d'amélioration de la sécurité. Après quoi, elle mit à jour le dossier de la jeune femme, et se prépara psychologiquement pour affronter Simona.

— Entrez ! lui lança-t-elle d'un ton sec quand Callie frappa à la porte de son bureau.

Puis elle la toisa d'un regard hostile, et enchaîna :

— Vous avez vu les verrous que votre fiancé a installés ? Ils lisent les empreintes digitales.

— Je sais, répondit Callie. Il en a posé un chez moi aussi.

Son stylo coincé entre les doigts, Simona se mit à battre la mesure sur le bureau, de plus en plus vite.

— Et savez-vous aussi comment empêcher cet « expert de la sécurité » avec qui vous êtes fiancé de diffuser ces empreintes sur différentes bases de données internationales ?

— Je lui ai effectivement demandé si telle était son intention.

— Ah bon ? Et quelle a été la réponse ?

— La même que celle que Carlo et lui vous ont faite ce matin : aucune empreinte donnée volontairement en dehors d'une séance de thérapie n'est soumise à la confidentialité de rigueur entre patient et psychologue.

— Peut-être, répliqua vivement Simona, en revanche, leur diffusion à grande échelle sans le consentement des personnes concernées enfreint le droit à la vie privée.

— Il faudra en discuter avec Carlo. Selon Joe, le prince a obtenu l'aval des autorités légales.

— Evidemment, fit Simona avec un petit air dédaigneux. Il aura soudoyé un juge qui estime sans doute que la sécurité des masses l'emporte sur les droits de nos résidentes.

Ayant assisté au marathon de Boston lors de l'attaque terroriste, Callie ressentait des émotions trop contradictoires pour répondre.

— J'étais venue vous parler d'Amal, répliqua-t-elle à la place.

— A quel propos ?

Sans l'ombre d'une hésitation, elle lui rapporta l'incident survenu dans la réserve, et la proposition dans la foulée d'une visite à la galerie Borghese. La directrice cessa tout de suite de tapoter son bureau avec son stylo.

— Et elle a accepté de vous accompagner ? demanda-t-elle, incrédule.

— Tout à fait, répondit Callie, le sourire aux lèvres. J'ai réservé des billets pour demain après-midi, à 14 h 30. J'ai pensé que cela ne vous dérangerait pas, si je déplaçais le cours d'anglais à 13 heures.

— Bien sûr que non !

Et sur ces propos, Simona Alberti lui accorda un sourire : instantanément, elle parut bien plus jeune. *Tiens, tiens*, pensa-t-elle, amusée, *ce visage-là a tout à fait pu susciter l'intérêt du prince play-boy — à son corps défendant !*

— Bravo ! poursuivit Simona. En quelques jours, vous avez obtenu plus d'Amal que nous tous en un mois.

— Le mérite ne m'en revient pas. C'est Emilio qui a réussi à briser la glace.

— Cet Emilio, que savez-vous de lui au juste ?

— Rien, à part le fait qu'il travaille pour Joe.

— Etes-vous certaine qu'il est prudent de vous faire accompagner à la galerie Borghese par ces deux-là ?

— Amal a donné son accord.

— N'oubliez pas le dessin dont vous m'avez parlé. Celui

qu'elle a ensuite gribouillé. L'homme qu'elle avait représenté est peut-être quelqu'un qu'elle redoute.

— Ou déteste, approuva Callie.

— Quelle que soit la nature de cette émotion, elle est encore très vive en elle. Attention à ne pas la raviver !

Callie prit bonne note de l'avertissement, mais espéra que la visite dans l'une des plus belles galeries de Rome serait source de joie, et non de peur ou de haine.

Joe passa l'après-midi à scanner les empreintes de tous les habitants de l'immeuble pour les enregistrer dans les nouveaux pavés installés par Emilio aux deux portes du foyer. Sur l'insistance de Simona, il dut leur donner le choix entre les empreintes digitales et un code : celui-ci consistant en seize signes alphanumériques, il ne fut guère surprenant que tout le monde opte pour la première solution.

Après quoi, il alla attendre Callie dans un petit café, en face de l'immeuble. Quand elle sortit du travail, il fut rassuré de la voir bien emmitouflée pour affronter la froide soirée de décembre et, après un bref échange avec l'homme qui prenait un café avec lui, il se leva pour la rejoindre.

— Qui est-ce ? s'enquit-elle en jetant un coup d'œil curieux vers l'homme derrière la vitre du café.

— Un collaborateur d'Emilio. Tu veux bien faire une petite promenade avec moi ?

— Volontiers. Où m'emmènes-tu ?

— *Via* Condotti. J'ai pensé que tu aimerais marcher un peu et admirer les vitrines bien décorées pour Noël.

Il avait l'intention de lui acheter un cadeau, car la fête approchait à grand pas.

— Quelle bonne idée ! s'exclama-t-elle joyeusement, en laissant échapper un peu de vapeur. Je rêve d'aller *via* Condotti. Quand Kate avait préparé notre voyage en Italie, elle nous avait assuré que c'était une rue incontournable pour le shopping.

Evidemment, elle nous avait prévenues que les prix y étaient inabordables, mais nous voulions tout de même y aller.

Voilà qui réglait l'affaire : c'était *via* Condotti et nulle part ailleurs qu'il achèterait son présent de Noël.

— Et j'imagine qu'en cette période, ajouta-t-elle avec un plaisir visible, les vitrines doivent être décorées de façon spectaculaire.

En réalité, toute la rue l'était, comme ils le découvrirent bientôt. Des chandeliers énormes aux lumières scintillantes blanches illuminaient l'avenue, de la place d'Espagne au croisement avec la *via* del Corso. Les boutiques de luxe, Prada, Gucci ou encore Valentino, avaient rivalisé d'efforts pour attirer l'attention des clients. Toutefois, Callie et lui estimèrent que la palme revenait à Fendi.

Un immense ruban de lumières bleues enveloppait l'immeuble à trois étages, et le nom du designer italien était écrit en petites lumières blanches qui clignotaient au niveau du nœud. Enfin, cerise sur le gâteau, un sapin gigantesque surplombait la circulation, devant la boutique.

— Attends ! lui intima Callie.

Et elle sortit son portable, avant d'ajouter :

— Je vais prendre un selfie de nous deux que j'enverrai à Kate et Dawn.

Il tressaillit. Ses années passées dans la Delta Force l'avaient habitué à redouter toute photo, et cette aversion s'était renforcée lors de sa mission ratée à Curaçao. Depuis il avait même du mal à se regarder dans un miroir.

— Je vais prendre la photo, inutile que j'y figure.

— Bien sûr que si ! Dawn et Kate étaient si tristes à l'idée que je ne passe pas les fêtes avec elles. C'est la première fois depuis que nous sommes enfants.

Elle désigna le décor scintillant.

— Elles seraient vraiment ravies de nous voir tous les deux devant ces belles lumières.

— Tu as passé tous tes Noëls avec elles depuis que tu es enfant ?

— Ce n'est pas très difficile quand on a grandi dans une petite ville, répliqua-t-elle. Allez, ne bouge plus…

Très bien, il pouvait consentir à ce petit effort pour Callie. Il pencha adroitement la tête pour masquer sa cicatrice quand elle écarta le bras… qui n'était pas assez long pour les comprendre tous les deux dans le cadre.

— Je vais le faire, dit-il.

Il la serra contre lui et les prit devant l'arbre décoré et la boutique illuminée.

— Effectivement, c'est bien mieux ! s'exclama-t-elle.

Oui, c'était parfait. Il tenait Callie dans ses bras, Rome scintillait comme un sapin de Noël, et le souvenir de Curaçao s'estompait, ainsi que l'inquiétude qui le tenaillait depuis l'appel de Frank Harden. Alors, pour la première fois, il sentit l'atmosphère joyeuse de fin d'année le gagner.

— Encore une autre ! réclama Callie toujours blottie contre lui.

Nouant un bras autour de son cou, elle plaqua sa bouche sur la sienne. Pourvu qu'il ait appuyé sur le bon bouton. Callie le rassura bientôt, car s'emparant de l'appareil, elle s'écria :

— Elles sont géniales. Et on voit parfaitement l'arbre et la déco de Fendi. Je les envoie tout de suite à Dawn et Kate.

Après quoi, il passa son bras sous le sien et l'entraîna vers l'entrée du magasin, mais encore une fois, elle l'arrêta dans son élan.

— Joe ! Je n'ai pas les moyens d'acheter quoi que ce soit ici.

— Moi si. Viens.

— Aurais-tu oublié notre pacte ? Je tiens à payer ma part.

— Les cadeaux de Noël ne font pas partie de cet accord.

— Peut-être, mais les sacs, ceintures ou chaussures de styliste, ce n'est pas mon truc.

Et comme il commençait à protester, elle poursuivit :

— Je préfère que tu m'offres une reproduction, demain, à la galerie Borghese. Une affiche qui me plaira vraiment et que je ferai encadrer pour accrocher à mes murs jaunes éclatant.

Il céda, parce qu'il avait un autre cadeau en tête, ce qui tombait bien… Car ils n'allèrent finalement pas à la galerie Borghese.

12

Le lendemain matin, quand Callie se réveilla, la place à côté d'elle était vide. Elle saisit son portable pour regarder l'heure, Il n'était que 6 h 15, l'alarme ne se déclencherait que dans quarante-cinq minutes. Elle se coula de nouveau sous la couette, mais ne parvint pas à trouver le sommeil : le silence dans l'appartement était trop pesant.

— Joe ?

Pas de réponse, comme elle s'y attendait. Elle s'étira paresseusement : comment pouvait-il donc se glisser hors du lit et se préparer sans faire le moindre bruit ?

Elle finit par se lever et s'enroula dans la couette. Puis elle se rendit dans la cuisine où un petit mot l'attendait contre un gobelet de café acheté à l'extérieur, assorti d'un sachet de viennoiseries fourrées à la ricotta.

— Tu es un ange, murmura-t-elle en soulevant le couvercle du café.

Puis elle lut le message. Comme c'était étonnant ! Joe avait une affaire à régler.

Coinçant la couette sous ses bras, elle s'empara de son petit déjeuner, retourna dans sa chambre et sortit sur le balcon pour profiter de son panorama préféré. L'obscurité enveloppait encore la Ville éternelle, mais à l'est, des écharpes de violet et de rouge pointaient à l'horizon. Elle n'arrivait toujours pas à croire qu'elle se trouvait à Rome, surplombant ses toits et s'extasiant sur le dôme lélgèrement illuminé de Saint-Pierre, au loin.

Toutefois, l'air frais eut bientôt raison de ses rêveries et elle rentra dans la chambre. Elle y fut aussi poussée par l'envie de revoir les photos prises la semaine précédente. Même si Kate et Dawn lui manquaient terriblement, elle passait une semaine de Noël magique. Elle repensa à la fête de Sainte-Lucie chez les Audi, au bain de foule à Naples, dans la rue des crèches, à la promenade hier soir, *via* Condotti, avec ses vitrines superbement illuminées.

Elle s'attarda sur les selfies, et sourit en constatant la façon dont Joe la tenait dans ses bras. Joe, son protecteur, son ange gardien.

Elle se félicitait d'avoir établi les bornes à ne pas franchir, dès le début. Sans quoi, elle aurait succombé au plaisir d'être choyée et gâtée. Si seulement…

Elle sursauta. Son téléphone venait de vibrer dans sa main. A sa grande surprise, ce ne fut pas le nom de Joe qui s'afficha, mais celui de sa directrice. Curieux, cet appel matinal. Elle répondit sur-le-champ.

— Bonjour, Simona. Tout va bien ?

— Non, *rien* ne va ! lui répondit son interlocutrice d'un ton très énervé. Je veux vous voir au foyer dans quinze minutes.

— Qu'y a-t-il donc ?

— Un quart d'heure ! Pas une minute de plus, *capisce* ? Sinon, vous pouvez faire vos bagages, je ne veux plus jamais vous voir.

— Simona, attendez ! Dites-moi ce qui…

Trop tard ! Devait-elle la rappeler ? Non, cela ne servirait à rien, et ce débat intérieur lui avait d'ailleurs déjà fait perdre de précieuses secondes. Elle allait affronter Simona, quelles que soient les raisons de sa fureur. Forte de cette décision, elle fonça dans la salle de bains.

Neuf minutes plus tard, elle sortait de son appartement, les pans de sa doudoune flottant au vent tandis qu'elle courait dans le petit matin romain. Les rues commençaient à s'animer, et elle se demandait toujours ce qu'elle avait bien pu faire pour déclencher l'ire de sa directrice.

Peut-être était-ce à cause de sa thérapie capillaire peu conventionnelle. L'expérience avait-elle eu des répercussions négatives ? Sabeen souffrait-elle d'une perte d'identité, après avoir coupé ses nattes ? Ou était-ce Leela ? L'épouse mutilée pleurait-elle sa longue chevelure, estimant que sa nouvelle coupe la défigurait un peu plus ?

A moins que ce ne soit Amal. Etait-elle allée trop loin avec elle ? L'idée de se rendre à la galerie Borghese avait peut-être déclenché une crise de panique, chez elle. Callie sentit son estomac se contracter.

Extrêmement soucieuse, elle tourna à l'angle et poussa un soupir de soulagement en constatant que, quelle que soit la raison de cette convocation matinale, les autorités n'avaient pas été impliquées. Aucun car de police, camion de pompiers ou ambulance n'étaient garés devant le foyer, et l'immeuble terracotta était toujours plongé dans l'obscurité. Seule une fenêtre était éclairée au rez-de-chaussée.

Celle de son bureau !

Plus confuse que craintive, elle passa la main sur le pavé à empreintes digitales et poussa la porte. A peine eut-elle fait quelques pas dans le vestibule qu'elle perçut des éclats de voix en provenance de son bureau.

Simona et Carlo ! Ils s'exprimaient dans un italien si furieux et si rapide qu'elle ne saisit rien à leur vif échange. Soudain, quelque chose résonna contre le placard en métal et Simona émit un petit son qui ressemblait à un ricanement et se termina en un râle.

Voilà qui ne présageait rien de bon.

Tout à coup, une lumière rouge s'alluma dans son esprit : elle venait de se rappeler l'aveu surprenant du prince qui avait déjà été tenté d'embrasser Simona, pour ne plus voir son sourire méprisant. L'espace d'un bref instant, elle eut envie de prendre ses jambes à son cou, mais un claquement suivi d'une injure l'en dissuada. L'imagination débridée, elle fonça vers son bureau.

— Simona ? Carlo ?

Elle entendit un bruit de chaise, puis la voix furieuse de sa directrice.

— Dans votre bureau !

Le tableau qu'elle découvrit confirma ses pires craintes : Simona écumait de rage, et la joue de Carlo portait une marque rouge.

— Vous vouliez me voir ?

— Non !

Elle pointa son doigt vers l'écran qui scintillait, sur son bureau.

— Je voulais que vous voyiez ceci !

— Pourquoi avez-vous allumé mon ordinateur ? Le vôtre a un problème ?

— Je ne l'ai pas allumé, il l'était !

N'y comprenant plus rien, Callie scruta Simona, puis Carlo, avant de revenir à sa directrice.

— Qui l'a mis en marche, alors ? Nikki ? L'un des psychologues ?

Le prince se frotta la joue et, jetant un regard mauvais à son pire cauchemar, répondit avec raideur :

— Aucun membre du personnel n'est encore arrivé. *Il Drago* a trouvé l'ordinateur allumé et m'a tout de suite appelé pour m'accuser d'espionner mes employés, *via* une personne qui aurait accès à vos fichiers.

Un frisson lui parcourut le dos.

— Quelqu'un a accédé à mes fichiers ? répéta-t-elle.

— Ça m'en a tout l'air. Sauf si vous avez oublié de vous déconnecter, hier soir.

— Bien sûr que non !

Carlo lança un coup d'œil à la directrice, puis reprit sur un ton plus doux, pour nuancer ce qui ressemblait de plus en plus à un interrogatoire :

— Vous en êtes sûre, *bellissima* ?

— Oui !

A moins que…

Elle rechercha soudain dans sa mémoire, et les images

défilèrent tel un diaporama très lent : elle avait discuté avec Amal, réservé les billets pour la galerie Borghese, était remontée confirmer la visite, avant de revenir dans son bureau, où elle avait mis à jour son fichier. Après quoi, elle s'était déconnectée et avait filé dans le bureau de Simona afin de lui raconter ce qui s'était passé.

Tout à coup, une autre série d'images se déroula dans sa tête : Joe aidant Emilio à scanner les empreintes digitales du personnel et des résidentes. N'importe qui avait eu le temps de se rendre dans son bureau. De le fouiller…

Non, pitié… Et la gorge nouée, elle se rappela avoir noté son mot de passe, Aleppo221. Un code facile à cracker pour un professionnel.

— Simona, regardez sous mon sous-main.

— Pourquoi ?

— S'il vous plaît.

La directrice le souleva violemment, et ce brusque mouvement fit voler un post-it dans les airs avant qu'il vienne atterrir sur le bureau, tel un œil jaune accusateur.

— Vous avez écrit votre mot de passe ? s'étrangla Simona. Et vous l'avez laissé ici, où le premier idiot venu pouvait le trouver ?

Incapable de répondre, respirant avec difficulté, Callie revit sa dispute de la veille avec Joe, dans ce même bureau, au sujet de l'accord à obtenir de la part des résidentes pour accéder aux données relatives à leur provenance.

« Eh bien, fais en sorte d'obtenir son consentement ! »

La réponse était tombée comme une lame tranchante.

Elle recula d'un pas, se rappelant soudain une autre scène : Joe et Emilio en train de discuter dans le vestibule, tandis qu'elle allait annoncer la bonne nouvelle à Amal. Ils avaient alors de façon très astucieuse programmé un code d'une longueur décourageante pour que tout le monde opte finalement pour l'entrée avec empreintes. Ce qui leur avait permis de contourner toutes les lois.

Non. Joe n'aurait quand même pas fouillé dans ses fichiers. Il n'aurait pas osé.

Ou bien… ?

Elle sentit son cœur se serrer et pivota sur ses talons, sans écouter sa directrice qui la sommait de revenir, ni Carlo qui la suppliait de rester pour discuter. Non, elle refusait qu'ils soient témoins de la douleur qui lui déchirait le cœur.

Joe était penché sur une carte de Rome quand son portable vibra. Il jeta un coup d'œil à l'écran, où s'affichait la photo de Carlo.

— Oui ? dit-il en prenant l'appel.

— On a besoin de toi au foyer ! hurla ce dernier. Tout de suite.

— Pourquoi ?

— Simona m'a appelé. Ainsi que Callie.

— Callie est avec vous ?

— Etait ! Elle vient juste de sortir en trombe du bureau.

— J'arrive.

Callie marcha au hasard, sans même regarder la ville qui s'éveillait autour d'elle, sans se repérer.

Le cœur brisé, elle était incapable de penser à autre chose qu'à Joe, et à la promesse qu'il lui avait faite à Naples, avant leur visite à Pompéi. Il n'avait pas apprécié la discussion, certes, mais avait concédé que leur union devait reposer sur l'égalité, après qu'elle lui avait apporté elle-même une issue de secours sur un plateau en argent : « sauf en des circonstances exceptionnelles ! » En l'occurrence, avait-il eu recours à cette clause ? Avait-il pris une décision unilatérale pour accéder à ses fichiers ?

Insensible aux voitures qui encombraient peu à peu la ville, elle tourna à un coin de rue, avant de se figer brusquement. Par pitié ! Pas cette maudite fontaine ! Pas maintenant, au moment où ce stupide vœu qu'elle avait fait trois mois auparavant semblait en jaillir pour se moquer d'elle.

Elle fit aussitôt demi-tour, et s'éloigna à grands pas de la fontaine de Trevi, avant de capituler et de rebrousser chemin. Par chance, peu de touristes avaient été assez courageux pour braver le froid glacial de cette matinée et ajouter leur contribution aux milliers d'euros accumulés dans le bassin, au fil des années. Soudain, elle remarqua que les pièces jetées par les rares touristes faisaient un bruit curieux en tombant.

Et pour cause ! La légendaire fontaine de Rome était vide.

Laissant échapper un rire nerveux, elle s'agenouilla sur les marches qui menaient au bassin. Hier soir, elle avait parcouru les rues illuminées de Rome et s'était émerveillée de la magie de la ville, à Noël. Maintenant, celle-ci lui semblait aussi froide et vide que la fontaine, si morne qu'elle ne trouvait plus de mots pour la qualifier.

Et zut ! Elle avait tout gâché. Pourquoi avait-il fallu qu'elle laisse son mot de passe sous ce fichu sous-main ? Et pourquoi, quand elle pensait à un éventuel coupable, était-ce le visage de Joe qui dansait devant elle ?

Epaules affaissées, elle enfonça le nez dans son écharpe et se mit à fixer Neptune et ses chevaux marins. Joe n'avait tout de même pas trahi sa confiance, il n'aurait pas commis un tel sacrilège. Et peu à peu, cette certitude se diffusa dans son cœur, y remplaçant le doute pour laisser place à un profond soulagement.

Elle ignorait combien de temps elle était restée assise au bord de la fontaine, quand une exclamation perça l'air froid du matin.

— Oh ! Regardez !

Alors ses yeux glissèrent de l'étudiante ébahie, qui venait de parler, à la fontaine en train de revenir à la vie, juste devant elle : l'eau se mit tout à coup à jaillir et le soleil lui décocha immédiatement ses premières flèches.

— C'est magnifique ! s'écria la jeune fille.

Le premier bassin se remplit en quelques secondes, puis

le superflu tomba dans le deuxième, et dans le troisième, éclaboussant les immenses coquillages en marbre. Le souffle court, Callie observa l'immense fontaine se remplir.

Joe n'eut pas besoin de GPS pour la retrouver : il la repéra rapidement, assise épaule contre épaule avec une jeune fille dont le sac à dos arborait les insignes de l'université de Stanford.

Il s'immobilisa, se rappelant sa dernière visite à la fontaine. Ce jour-là, il y avait Carlo, Travis et Kate, Dawn, Brian et Tommy. Et puis Callie, aux yeux bleu-pensée et au sourire de Mona Lisa, en proie à mille tourments. Il trouvait toujours incroyable que ses amies n'aient pas deviné son inquiétude sous le masque qu'elle affichait. Et encore plus d'avoir pu percer sa carapace et obtenir sa confiance.

Une confiance qui tenait désormais à un fil, puisqu'elle s'imaginait trahie : oui, depuis qu'il avait entendu le compte rendu de Carlo, au foyer, il était certain qu'elle nourrissait de telles pensées. Après avoir envisagé une douzaine d'approches et les avoir toutes repoussées, il opta pour la plus simple et l'appela par son prénom.

Elle tourna immédiatement la tête et il se heurta à l'impact de son regard.

— Bonjour, Joe. Tu es en train de tirer sur ma laisse électronique ?

— Il faut que nous parlions, Callie.

Elle émit un petit rire.

— Tu m'as volé ma réplique.

L'étudiante les scruta tour à tour.

— Vous voulez que je reste un peu avec vous ? lui demanda-t-elle.

— Non, mais merci pour la proposition.

— Vous êtes sûre ?

— Tout à fait. Allez faire votre souhait.

La jeune fille se leva avec toute la grâce et l'énergie de ses vingt ans, et fit pivoter son sac à dos d'un côté pour plonger la main dans ses profondeurs.

A cet instant, Joe lui tendit une pièce.

— Tenez !

Elle hésita, jeta un vif coup d'œil à Callie, qui acquiesça. Alors elle accepta l'euro tout en marmonnant un remerciement.

Il se laissa tomber à l'endroit qu'elle venait de libérer. Sa hanche contre celle de Callie, ils regardèrent l'étudiante tourner le dos à la fontaine pour jeter la pièce dans l'eau. Celle-ci dessina un parfait arc de cercle au-dessus de son épaule et tomba dans le bassin à moitié rempli. L'étudiante se retourna alors et observa les remous qu'elle avait créés, puis, leva un pouce, enjouée, dans leur direction avant de regagner un groupe de jeunes gens de son âge, en train de prendre des photos et des selfies.

— J'espère que son vœu se réalisera, murmura Callie.

Puis elle remonta les genoux et posa son menton dessus.

— Tu te rappelles la dernière fois que nous sommes venus ici ? ajouta-t-elle au bout d'un instant, les yeux toujours rivés sur l'eau étincelante.

— Je m'en souviens.

— Nous avions fait un vœu, Dawn, Kate et moi. Tu veux que je te dise lequel ?

Il n'était pas certain d'en avoir envie. Il émit toutefois un son évasif en guise de réponse, et elle braqua sur lui ses incroyables prunelles.

— J'ai souhaité qu'un héros romantique et rêveur entre dans ma vie, une sorte de Louis Jourdan, confessa-t-elle.

— Qui ?

— L'un des acteurs qui joue dans la première version de *La Fontaine des amours.*

Charmant… Comment faire le poids face à une star des années 1950 dont il n'avait jamais entendu parler ?

— Un héros romantique et rêveur ? répéta-t-il. Désolé, ma chérie, mais le sort ne t'a pas entendu.

— Eh bien moi, je crois que si, répliqua-t-elle.

Il digérait toujours l'information lorsqu'elle se retourna sur les marches pour se retrouver juste en face de lui. Retirant ses gants, elle lui effleura la joue.

— Je ne veux pas d'un héros de cinéma, Joe, mais d'un héros de la réalité. Un homme qui a vraiment gagné ses galons. Un homme qui ne me mentira jamais et ne trahira pas ma confiance.

Il lui saisit la main et la tint contre sa joue.

— Je n'ai pas cracké tes fichiers, Callie.

— Je sais.

— Ni aucun membre de mon équipe.

— Je sais.

Elle fit une petite grimace.

— J'admets que j'ai eu peur, quand Simona m'a exposé les faits, ce matin. Quel choc ! Mais une fois arrivée ici, j'ai pris le temps de bien réfléchir, et j'ai compris que tu n'aurais jamais renié notre pacte.

Il aurait aimé que ce moment dure toujours, et ne pas avoir à lui annoncer l'affreuse nouvelle. Hélas ! il n'avait pas le choix, car ils devaient revenir de toute urgence au foyer.

— Nous nous sommes assurés que la brèche ne venait pas du foyer, dit-il alors. Le hacker a cracké ton mot de passe et s'est introduit dans tes données à partir d'un autre appareil que le tien.

Elle lui jeta un coup d'œil en biais.

— Un portable, tu veux dire ? demanda-t-elle à voix basse.

— Exact.

Au bout de quelques secondes, elle reprit :

— S'il a cracké le mot de passe, c'est qu'il n'a pas utilisé celui que j'avais écrit sur le post-it placé sous mon sous-main ?

— Non, mais je devrais néanmoins te refaire une leçon sur les méthodes efficaces pour sécuriser ses données.

— Joe, je suis si soulagée. Je croyais que… Enfin, Simona et moi pensions que… Bref, disons que j'étais prête à faire mes bagages.

Et dire qu'il aurait pu éviter tous ces malentendus et identifier l'intrus, s'il avait prié Emilio d'activer les caméras installées la veille : celles-ci auraient en effet enregistré les allées et venues dans le bureau de Callie.

Mais désormais, les choses étaient claires : Simona était au courant pour les caméras, ainsi que lui avait rapporté Carlo d'un ton tendu, et dorénavant, celles-ci fonctionneraient. Di Lorenzo n'avait pas précisé la réaction de la directrice.

— Avez-vous localisé le portable ? demanda Callie.

— Pas encore, mais cela ne saurait tarder.

Avec des cyber-geeks sur les deux continents, l'affaire devrait être vite résolue, sans compter l'appui de Brian Ellis qui collaborait étroitement avec la Division de communication militaire par satellite, à Los Angeles.

— Nous allons aussi bientôt découvrir quels fichiers il a consultés, poursuivit-il. Et à partir de là, nous saurons ce qui l'intéresse tellement et pourquoi.

— On se rapproche du but. Pourvu que Simona ne nous mette pas des bâtons dans les roues !

— Carlo se chargera de la maîtriser. D'après ce qu'il m'a dit, elle et lui se sont affrontés toute la matinée.

— Hum ! pas toute la matinée.

Il inclina la tête de côté.

— Tu sais des choses que j'ignore ?

— Peut-être. Quand nous serons de retour au foyer, demande à Carlo si sa joue le brûle encore.

— Pardon ?

— Pose-lui la question. Mais à présent, il est temps que nous partions. J'aimerais savoir si j'ai encore du travail.

— Une seconde.

Et lui aussi se mit debout. Alors, la surplombant de toute sa hauteur, il poursuivit :

— Tu as dit que ton vœu s'était réalisé. Il est certain que je ne suis ni romantique ni un héros, et encore moins un doux rêveur, mais puisque ça te convient…

— Oui, ça me convient, crois-moi, Joe, ça me convient, répéta-t-elle.

— Sache que toi, tu es celle que j'attendais, murmura-t-il.

Les lèvres de Callie étaient glacées, ses joues aussi, mais elles se réchauffèrent sous son baiser et une onde de chaleur le submergea bien vite. Quand il releva la tête, il vit dans ses yeux la confirmation que tout allait bien entre eux.

— Puisque mon premier vœu a si bien marché, je devrais en faire un deuxième, déclara-t-elle.

— Tu es bien certaine que tu veux tenter le sort une deuxième fois ?

— Tout à fait. As-tu une deuxième pièce ?

Il la regarda se positionner dos à la fontaine, puis paupières fermées, elle fit mine de réfléchir à des dizaines de possibilités avant de trouver la bonne et de jeter sa pièce dans le bassin.

— Et tu vas me dire quel est ce vœu, cette fois aussi !

— Tu devras attendre qu'il se soit réalisé.

Sur ces mots, elle éclata de rire.

Il avait beau avoir le spectre d'un terroriste supposé mort au-dessus de la tête, il se sentit tout léger, en entendant ce rire.

Et cette sensation dura encore cinq minutes, jusqu'à ce que Callie et lui se fraient un chemin parmi les touristes qui affluaient à présent de toutes parts, *via* della Mutate. Ils n'étaient plus qu'à quelques encablures du foyer quand son téléphone sonna. Lorsqu'il vit le nom qui s'affichait sur l'écran, il prit rapidement l'appel.

— Russo.

— Il est ici, lui annonça Frank Harden d'une voix qui le transperça. A Rome.

13

La voix de Harden résonnant toujours dans sa tête, Joe appela Carlo afin qu'il organise un nouveau conseil de guerre au foyer dès que possible. Quand il arriva sur place avec Callie, Emilio et Dominic étaient en chemin, et Carlo n'avait pour sa part pas quitté le centre. Sourcils froncés et un café à la main, il était en train de faire les cent pas dans le vestibule.

— Où est Simona ? demanda Callie. Je veux savoir si j'ai encore mon poste.

— En haut ! Une des réfugiées est malade.

— Nikki est arrivée ?

— Pas encore. Dominic vient d'envoyer un texto, ils seront là sous peu.

— Je vais monter voir si je peux être utile.

Et retirant son manteau et son écharpe, elle s'éclipsa.

Une fois seul avec Carlo, Joe lui fit part du message inquiétant de Harden. Le prince poussa un cri outré et jeta le reste de son café à la poubelle.

— Il n'est pas encore 8 heures et cette matinée vire déjà au cauchemar. Tout d'abord, *il Drago* me réveille d'un rêve fort plaisant et intéressant. Puis elle m'oblige à venir ici, pour m'accuser d'avoir soudoyé la moitié des juges de Rome. Et quand je me mets à protester, elle en rajoute en affirmant que vu le nombre, je ne dois probablement plus me rappeler qui j'ai corrompu !

Connaissant le prince pour avoir travaillé de longs mois

pour lui, il devinait aisément qu'il était plus révolté contre l'accusation de perte de mémoire que celle de corruption.

— En gros, elle m'a traité de sénile ! Moi !

La remarque de Callie lui revint alors à l'esprit. Il n'avait guère envie que Carlo lui livre des détails triviaux mais devant son air scandalisé, il ne pouvait rester sans réagir.

— Tu lui as donc proposé de lui démontrer que tu étais encore jeune et viril ?

— Pardon ? Mais non ! J'ai juste tenté de l'embrasser.

Pitié, il ne voulait pas même se représenter la scène !

— Donc, reprit-il, elle t'a flanqué une dérouillée ?

— Ça oui, et une bonne !

Et un petit sourire se substitua à son indignation, quand il poursuivit :

— Je devrais peut-être l'engager dans mes commandos d'élite. Elle en remontrerait à tout le monde.

— Nous ferions mieux de la briefer sur l'appel de Frank Harden, suggéra Joe en ramenant le prince sur terre. Il faut qu'elle sache que notre hackeur se trouve à Rome.

Carlo hocha la tête, mais leur plan se trouva brusquement contrarié quand ils croisèrent Callie qui descendait les marches à toute vitesse, les boucles dans les yeux.

— Amal est en train d'accoucher. J'ai appelé les pompiers. Simona dit qu'elle voit déjà la tête du bébé. Il me faut des ciseaux, ou un couteau qui coupe bien, et du fil. Vite, débita-t-elle tout essoufflée.

Et sur ces mots, elle disparut. Les deux hommes échangèrent un regard paniqué.

— Tu sais comment on accouche une femme ? demanda Carlo d'un ton légèrement effrayé.

— Juste ce que ce j'ai appris dans les manuels médicaux des forces spéciales.

— Comme moi !

— Bon, reprit Joe, je vais aller voir en cuisine, ils doivent bien avoir le matériel nécessaire.

A l'instar de Carlo, il avait dû apporter des soins en urgence tout au long de sa carrière, et récemment encore à Curaçao. Poussant un juron, il écarta la scène de son esprit. Il s'agissait d'un autre scénario, c'était le présent, il devait agir.

Courant en cuisine, il se rappela le chapitre d'obstétrique qui figurait dans le manuel de l'armée : il n'était pas aussi précis que ceux sur les blessures de guerre, bien sûr, mais malgré tout, assez éclairant.

Puisqu'on voyait la tête du bébé, l'utérus était dilaté… Pourquoi fallait-il des ciseaux ? Une épisiotomie était-elle nécessaire ? Si oui, étant donné les conditions improvisées de l'accouchement, il fallait à tout prix éviter une infection susceptible d'emporter la mère et l'enfant.

Son sang ne fit qu'un tour, et il entra avec fracas dans la cuisine d'où montaient des odeurs délicieuses de frittatas pour le petit déjeuner. Les cuisiniers le connaissaient, heureusement, mais ils ne lui lancèrent pas moins un regard tendu lorsqu'il saisit un grand couteau, sur le comptoir.

— C'est la directrice, signora Alberti, qui en a besoin.

Et il plongea la lame dans de l'eau en ébullition.

— Auriez-vous aussi de la ficelle ? *Corda ?* En avez-vous ?

Du bout de sa spatule, un cuisinier désigna un tiroir dans lequel il parvint à trouver, parmi le fouillis, de la cordelette en plastique. Il sortit en trombe de la cuisine et se mit à grimper l'escalier quatre à quatre lorsqu'il se rappela Emilio. Le couteau et la cordelette dans une main, il sortit de l'autre son portable

— Mais où es-tu passé ?

— Je me gare.

— Tu as ton kit de secours sur toi ?

— Dans mon coffre, pourquoi ?

— Tu as des gants stériles ? De la gaze ? Des ciseaux ?

— *Dio mio !* Mais qu'est-il arrivé ?

— Un bébé, voilà ce qui arrive !

— Amal ? C'est Amal ?

— Oui ! Remue-toi les fesses !

Le seul accouchement auquel Callie avait assisté, c'était celui de sa chatte, quand elle avait neuf ou dix ans. Par un mardi soir tout à fait normal sinon, sa chère Grisal s'était fait un nid douillet avec son dessus-de-lit et, sans plus de cérémonie, avait mis au monde sept adorables chatons.

Cette naissance-là était bien plus éprouvante pour chacun. Amal, le visage pâle, haletante, était à moitié allongée sur son fauteuil préféré dans la salle d'arts plastiques. Elle était visiblement en train de dessiner derrière le palmier décoré quand elle avait été prise de fortes contractions, à en juger par le carnet à dessin qui gisait à terre.

La directrice était agenouillée devant elle, le kit médical du foyer et une pile de serviettes blanches à portée de main. Leela, accroupie à côté d'Amal, lui tenait la main et lui murmurait des paroles d'encouragement dans son anglais si pur. Une autre femme dont Callie ne se rappelait plus le nom se tenait de l'autre côté du fauteuil et lui épongeait le front.

Quelques résidentes s'étaient rassemblées dans le couloir. Callie se fraya un chemin parmi elles et aurait pu deviner, à leurs expressions, celles qui avaient un enfant et celles qui en avaient perdu un. Elle sentit son cœur se serrer.

— Le matériel arrive, Simona, annonça-t-elle.

— Bien, parce que ce petit ou cette petite va faire son entrée en scène sous peu, déclara-t-elle d'un ton calme, mais ferme. Poussez, Amal, un peu plus fort. Là… Voilà… Attendez, une seconde.

Elle tourna la tête et lança un regard implacable à Callie.

— Donnez-moi une serviette et agenouillez-vous près de moi, pour soutenir la tête du bébé… Non, ne la levez pas ! Maintenez-la juste comme ça.

Simona n'avait pas élevé la voix, mais le ton était ferme. Elle poursuivit alors :

— Le cordon ombilical s'est enroulé autour du cou du bébé. Ça arrive parfois, c'était le cas pour mon deuxième enfant.

Elle entendait à peine ses explications, bien trop concentrée sur la serviette où reposait la tête délicate de l'enfant déjà doté d'une belle chevelure noire et mouillée.

— Voilà, ajouta Simona. J'ai desserré le cordon, les épaules devraient pouvoir passer. Poussez, Amal !

Quand le bébé glissa dans les mains de Simona, toutes les femmes de la salle poussèrent à l'unisson une exclamation. Et Callie retint son souffle lorsque la directrice retourna doucement le bébé et introduisit avec délicatesse un doigt ganté dans sa bouche. Tout à coup, le cri strident du bébé brisa le silence et des soupirs de soulagement et d'excitation vibrèrent dans toute la pièce, telles des ondes palpables.

— C'est une fille, annonça la directrice d'une voix légèrement émue. Une belle petite fille.

Et elle la plaça dans les bras tendus d'Amal.

Joe entendit l'annonce alors qu'il allait entrer dans la pièce. Carlo se tenait juste derrière lui, et Emilio montait les marches avec grand fracas. Une première étape déterminante venait d'être franchie, mais il fallait encore couper le cordon ombilical et s'occuper du placenta. Il espérait que quelqu'un allait lui prendre les ciseaux des mains, une personne plus qualifiée que lui pour réaliser cette tâche quand il perçut le bruit d'une sirène.

— *Grazie a Dio !* s'écria alors Carlo avec ferveur.

Nikki arriva en même temps que les secours et, fort soulagée de laisser sa place aux professionnels, Callie se redressa et allait sortir de la salle quand ses yeux tombèrent sur un dessin d'Amal. Elle s'empressa de le ramasser afin qu'il ne soit pas piétiné par l'équipe médicale mais, bien trop secouée par ce qu'elle venait de vivre, elle n'y prêta d'abord pas attention.

Elle le tenait toujours à la main lorsqu'on transféra Amal et son bébé sur un brancard qu'on fit rouler hors de la pièce. Nikki les accompagna, tandis que Simona étreignait chaleureusement Leela et la femme qui avait épongé le front d'Amal. Elle serra aussi Callie dans ses bras.

Tout le monde se dispersa et Simona se rendit dans la salle de bains pour se laver et se changer. Quand elle redescendit, un peu plus tard, elle portait une jupe si longue qu'elle traînait par terre, et un T-shirt manifestement emprunté à l'une des adolescentes, de sorte qu'elle arborait sur la poitrine la tête d'une jeune star du rock au sourire magnifique.

— Je suis contente que vous soyez toujours là, lâcha-t-elle en s'approchant de Callie.

Elle se trouvait en effet dans le vestibule en compagnie de Joe, Carlo, Emilio et Dominic.

— Je suis désolée de m'être emportée contre vous, tout à l'heure, enchaîna la directrice. Après votre fuite, Joe nous a raconté qu'une personne s'était introduite dans vos données en piratant votre mot de passe via un autre appareil.

— Vous aviez des raisons d'être en colère, répliqua Callie, c'était vraiment idiot de ma part d'avoir écrit le mot de passe sur un post-it.

— Bah ! de l'eau a coulé sous les ponts !

— Vraiment ? renchérit Carlo d'un ton faussement étonné. Est-ce que j'entends bien ? *Il Drago* tempère sa fureur ?

— Pas dans les cas sérieux ! l'avertit Simona.

— Donc, je présume que vous ne me présenterez pas d'excuses.

— Bien vu ! Vous méritiez cette gifle.

— Je ne parle de ça, renchérit Carlo.

L'éclat moqueur dans ses yeux s'atténua alors, et il poursuivit :

— Mais puisque vous le mentionnez, *cara*, je dois vous dire que ça en valait la peine.

A la grande surprise de l'auditoire embarrassé, les joues de Simona s'empourprèrent et une réplique amère jaillit de sa bouche :

— Mais de quoi parlez-vous donc ?

— Laissez-moi réfléchir, répondit Carlo feignant la confusion, cette fois. J'essaie de me rappeler…

Il regarda tour à tour Joe, Emilio, puis Dominic.

— *Santa Maria !* Je dois devenir sénile !

Et il tourna un visage faussement désarmé vers Simona.

— M'auriez-vous… ? M'avez-vous… ? Je vous en prie, *cara*, aidez-moi. Vous m'avez bien accusé d'avoir les juges dans ma poche, non ?

Pour toute réponse, elle se contenta d'un coup d'œil glacial. Et Callie retint son souffle en voyant une lueur belliqueuse s'allumer dans les prunelles du prince, mais Joe intervint promptement avant que le sang coule.

— Pourquoi ne pas poursuivre cette conversation dans votre bureau, Simona ? suggéra-t-il. Je dois vous parler de l'appel que j'ai reçu tôt ce matin, alors que Callie et moi nous rendions au foyer. Je l'ai mise au courant, ainsi que Carlo, mais vous, Emilio et Dominic devez également en être informés.

La directrice se mit à le fixer : de toute évidence, elle rendait les armes à contrecœur. Cependant, son inquiétude envers ses protégées l'emporta sur la guerre privée entre le prince et elle. Remontant sa jupe bien trop longue, elle ouvrit la voie vers son bureau. Carlo ne chercha même pas à dissimuler sa déception devant cette capitulation, mais Joe, Dominic et Emilio échangèrent un coup d'œil soulagé.

Callie regarda les autres regagner le bureau de la directrice. Elle avait observé la scène avec distance, car les paroles de Simona destinées à rassurer Amal résonnaient encore dans sa tête.

« Ça arrive parfois, c'était le cas pour mon deuxième enfant. »

En tant que psychologue expérimentée, elle avait déjà compris que le passé de Simona était aussi trouble et torturé que celui de Joe, et pourtant tous deux s'efforçaient de défier les drames qui les avaient frappés. Ils puisaient dans leurs ressources internes afin de paraître solides, avec une force difficile à imaginer pour le commun des mortels.

Amal, ou quel que soit son nom, fonctionnait selon le même mode. Elle avait accouché entourée d'étrangers, mais elle n'avait pas poussé un cri, ni versé une larme. A peine quelques gémissements étouffés quand l'enfant avait montré la tête. Un enfant qui grandirait, espérait-elle, dans un monde en paix.

Soudain, elle se rappela le dessin qu'elle tenait à la main et ravala un juron en se rendant compte que, de son poing nerveux, elle l'avait froissé. Elle lissa scrupuleusement la feuille.

Amal possédait un talent vraiment remarquable. Un trait sûr, net. La fierté qui se dégageait de…

Ça alors ! Mais elle connaissait ce visage. Où l'avait-elle déjà vu ? Et quelques secondes plus tard, elle comprit : Amal l'avait déjà dessiné quelques jours plus tôt. Le portrait d'un homme très arrogant et aussi très beau. Elle l'étudia de nouveau attentivement. Cet hidalgo incarnait sans doute l'image que la jeune réfugiée se faisait des hommes qui avaient peuplé son passé, et résumait tout à fait la haine et la colère que celle-ci portait en elle.

Et pourtant, plus elle le regardait, plus elle avait la conviction qu'il n'était pas une métaphore, mais un homme qui existait bel et bien. Son expression était si réelle, si vivante, si…

Elle y était. Elle l'avait vu en chair et en os. Il y avait peu même : c'était l'homme sur la veste duquel elle avait renversé son expresso au chocolat blanc, et qui lui avait lancé un coup d'œil féroce quand elle lui avait demandé si son ordinateur était intact. Son ordinateur portable.

Respirant avec difficulté, elle resserra le dessin dans sa main soudain glacée. Cet homme était-il la cible qui avait échappé au drone ? Etait-ce lui qui avait mené ses recherches en ligne, sur le foyer et avait cracké son code pour consulter ses dossiers ? Les probabilités étaient à la fois élevées et effrayantes. Bien trop pour qu'elle les ignore.

Le cœur battant à tout rompre, elle courut jusqu'au bout du couloir et s'arrêta brusquement devant la porte, derrière laquelle résonnaient les voix étouffées de Joe, Simona et les autres. Un doute brutal et dérangeant venait de l'assaillir.

Amal avait dessiné le portrait ici, au foyer, un endroit qui s'apparentait pour elle à un sanctuaire où l'on respectait sa vie privée. Ce dessin relevait-il de la confidentialité ? Violerait-elle sa confiance si elle le montrait à des étrangers ?

Mais rapidement, elle rejeta cette pensée : si l'homme du dessin était bien celui que Joe recherchait, il représentait un danger potentiel pour Amal, et sans doute pour toutes les personnes du foyer. Elle prenait donc la responsabilité de le montrer aux autorités compétentes.

Forte de cette résolution, elle poussa la porte et s'avança vers Joe en lui tendant le portait.

— C'est Amal qui l'a dessiné. Je ne sais pas qui est cet homme, mais je l'ai déjà vu, il y a quelques jours, au café qui fait l'angle. Il prenait un expresso… Et il avait un ordinateur portable.

Tout le monde se rassembla autour du portrait.

— Quelqu'un le reconnaît ? demanda Joe.

Comme personne ne répondit, il sortit rapidement son portable et prit quelques photos.

— Je les envoie à Harden et mes hommes, dit-il tandis que ses pouces s'activaient. A toi aussi, Carlo, afin que tu la transmettes à tes contacts dans la *polizia*. Emilio, je veux que tu fasses un envoi groupé à tous les hommes de ton équipe. Demande-leur de ratisser le quartier, et de commencer par enquêter dans le café où Callie a vu ce type. Envoie aussi un homme monter la garde à l'hôpital, devant la chambre d'Amal, vingt-quatre heures sur vingt-quatre.

— Vous pensez qu'ils sont en danger ? demanda tout à coup Simona. Elle et le bébé ?

— Je l'ignore. Espérons qu'elle pourra nous répondre. Il faut que vous veniez avec moi. Ainsi que Callie.

— Il serait peut-être préférable qu'Emilio lui parle, suggéra alors Callie.

Joe la fusilla du regard.

— Parce que tu crois que moi je pourrais l'effrayer, c'est ça ?

Nul doute qu'il pensait à sa cicatrice ! Relevant le menton, elle fit face à cette attaque frontale et absurde.

— Admets tout de même que tu es intimidant quand tu

veux obtenir des informations, répliqua-t-elle calmement. Mais en réalité, je pensais à la discussion qu'Emilio a réussi à établir avec Amal, hier. Un peu plus tard, elle m'a dit qu'il avait un visage sympathique.

Joe émit une sorte de grognement, et tous les yeux convergèrent vers Emilio qui devint écarlate. Extrêmement gêné, il répondit d'un ton bourru qu'il serait ravi de les escorter à l'hôpital.

Immense complexe situé au cœur de Rome, l'hôpital San Giovanni Addolorata se trouvait juste derrière l'obélisque égyptien situé près du Colisée. Des écrans interactifs dans le hall d'entrée expliquaient sa longue histoire tandis que des découpes en plexiglas dans les dalles, au sol, permettaient d'apercevoir les ruines enfouies de la maison où avait demeuré la mère de l'empereur Marc Aurèle.

Quand on l'appela, Nikki confirma qu'Amal et son bébé avaient déjà été transférés des urgences au service Maternité. Pour y accéder, Callie et le petit groupe qui l'accompagnait suivirent attentivement les pancartes qui les conduisirent dans un autre bâtiment, puis durent prendre deux ascenseurs différents avant d'atteindre enfin l'aile obstétrique, la pouponnière et l'unité de soins intensifs néonataux. Ils attirèrent tout de suite les regards, surtout Simona avec son T-shirt aux couleurs voyantes, sa jupe qui traînait par terre et ses mèches rebelles volant au vent. Mais elle n'en avait cure, et avançait d'un pas ferme vers le bureau des infirmières où Nikki remplissait des papiers.

— Comment vont-elles ? lui demanda-t-elle.

— La mère et l'enfant sont toutes les deux en parfaite santé. Le bébé est dans la pouponnière et Amal se lave. J'ai besoin d'aide pour ces formulaires.

Nikki haussa les épaules et poursuivit :

— Elle refuse toujours de donner son nom ou la moindre information qui permettrait de l'identifier.

— Je vais lui parler, déclara Simona. Dans quelle chambre est-elle ?

— La 312. Deuxième porte à gauche.

Une fois la directrice partie, Nikki adressa un rapide sourire à Callie.

— Merci pour ta collaboration.

— C'est Amal et Simona qui ont fait tout le travail !

— En tout cas, le résultat valait tous ces efforts. Le bébé est très beau.

— Tu as dit qu'elle était dans la pouponnière ?

— Oui, tu peux la voir derrière une vitre, au fond du couloir.

Nikki se replongea dans les formulaires, Emilio alla chercher du café, et Callie attendit que Joe ait fini de vérifier ses messages.

— Je voulais être certain que tous mes contacts avaient bien reçu la photo, finit-il par lui dire. C'est bien le cas, et ils la passent à la moulinette des logiciels de reconnaissance faciale. S'il est enregistré dans notre système, nous pourrons l'identifier.

— Je vais voir le bébé. Tu m'accompagnes ?

— Volontiers.

Les persiennes étant relevées, la vue sur la pouponnière était parfaitement dégagée. La plupart des berceaux étaient vides, constata Callie, les enfants se trouvaient probablement auprès de leurs mères. Ou bien on leur donnait le bain, on les nourrissait, on les cajolait. Seuls trois berceaux étaient occupés, l'un par un bébé en grenouillère bleue, les deux autres pas des bébés vêtus de rose. La petite fille d'Amal était la fillette de droite, elle l'avait repérée à ses cheveux noirs visibles sous son petit bonnet, ainsi qu'à son prénom qu'elle avait déchiffré en plissant les yeux, et qui lui avait valu un coup au cœur : Simona.

Amal lui avait donné le nom de sa protectrice, ce qui était somme toute fort logique, pensa-t-elle en sentant une onde de chaleur lui étreindre le cœur. Elle espérait que cela réchaufferait aussi celui de Simona.

— Où est la fille d'Amal ? demanda Joe.

— C'est la petite sur la droite.
— Comment le sais-tu ?
— Lis le nom sur le berceau.
Lui aussi plissa des yeux pour le déchiffrer, mais contrairement à elle, ce choix ne parut pas l'enthousiasmer.
— Je ne sais pas grand-chose du passé de ta directrice, déclara-t-il d'un ton calme. Carlo non plus, d'ailleurs. Juste qu'elle a été mariée autrefois et qu'elle a perdu toute sa famille lors d'une catastrophe naturelle. Difficile d'imaginer ce qu'une femme autant éprouvée par la vie ressentira en voyant ça.
— Je suis certaine qu'elle sera ravie, murmura Callie.
Son regard s'attarda sur l'adorable bonnet rose et les boucles noires et elle ajouta :
— Quand j'ai tenu sa petite tête entre mes mains, ce matin, au moment de l'accouchement, j'ai éprouvé une impression vraiment incroyable, difficile à définir…
Elle darda soudain ses prunelles sur Joe.
— Nous n'avons pas encore parlé de descendance, toi et moi. Mais que dirais-tu d'avoir un bébé ?
— Donne-moi le signal de départ, et je te suis.
Un petit sourire éclaira son visage, et il poursuivit :
— J'imagine que Kate et Dawn te conseilleraient d'abord un petit tour par l'autel, mais moi, je suis prêt quand tu veux.
— Moi aussi je suis prête. Pour les deux.
Il lui fallut visiblement un certain temps pour comprendre le message, mais cette fois, il lui sourit de toutes ses dents.
— Et si on se mariait à Noël ?
— Ce serait génial ! Seulement, je ne peux pas rentrer à la maison, même pour quelques jours, et laisser Simona en plan.
— Donc le mariage aura lieu ici.
— Mais…
— Oui, Kate et Dawn, je sais. Sauf que tu connais cette citation, n'est-ce pas : « Si tu ne viens pas à César, César viendra à toi » ?
Elle le regarda, intriguée.
— Ce qui veut dire ?

Du doigt, il lui effleura le menton, et posa son front contre le sien.

— Laisse-moi m'occuper des détails, Œil-de-pensée, répondit-il. Tout ce que tu dois faire, c'est…

— Joe ! Callie !

C'était Nikki qui les appelait.

— Simona vous demande de la rejoindre dans la chambre d'Amal.

14

— C'est le frère de mon mari.

Callie tressaillit.

Amal ne les avait pas regardés. Mains crispées sur la couverture blanche, elle fixait le mur au-dessus de leur tête.

— C'est lui qui devait conduire la voiture, celle touchée par le drone. Mais il soupçonnait quelqu'un de l'avoir trahi. Alors, courageux comme il est, il a envoyé son frère mourir à sa place.

Elle porta alors les yeux sur eux, gagnée manifestement par une colère et une indignation grandissantes à chaque mot qu'elle prononçait.

— Mon mari n'était pas comme lui. Il était bon et gentil, et n'avait rien à voir avec les amis emplis de haine de son frère. C'est pour cela qu'ils l'ont tous piégé, pour la voiture. Et que son frère l'a suivi à bonne distance, en envoyant des messages aux autres et en attendant de voir si mon mari allait exploser dans le traquenard qu'ils suspectaient.

Les traits de son visage étaient à présent déformés par la rage.

— Il m'aurait tuée, moi aussi, car je savais ce qu'il avait fait. Il ne pouvait supporter que je révèle sa honteuse lâcheté. J'ai dû fuir. Et quand le bateau a coulé, j'ai nagé jusqu'au rivage, et je n'ai dit mon nom à personne. Ni d'où je venais.

Elle s'interrompit, le souffle court. Puis la peur se substitua à la colère dans ses prunelles.

— Je pensais que nous étions en sécurité, ici, mais Simona m'a dit que… Qu'il est sans doute ici, à Rome. Est-ce vrai ?

Joe ne chercha pas à noyer le poisson.

— Nous pensons que oui.

— Il faut l'attraper, je vous en prie. Avant qu'il nous retrouve, mon bébé et moi.

— C'est bien notre intention. Et tant que nous ne l'aurons pas attrapé, Emilio montera la garde devant votre chambre, avec la police. Ils vous protégeront, votre bébé et vous.

— Je reste aussi, décréta Simona. Callie, vous pouvez retourner au foyer avec Joe ?

— Bien sûr.

— Expliquez au personnel et aux résidentes ce qui s'est passé. Montrez-leur le dessin et demandez-leur d'être particulièrement vigilants.

Callie et Joe étaient encore dans le SUV, en train de chercher où se garer près du foyer, quand il reçut un bref appel de Carlo. Il freina brutalement et déclara :

— Un des hommes d'Emilio l'a localisé, il prend un expresso dans le café où tu l'as bousculé. La *polizia* est en route. Rentre au centre et attends-moi.

Elle se garda bien de lui proposer de l'accompagner, Joe n'avait nul besoin d'une pression supplémentaire. Son cœur battait à tout rompre quand elle ouvrit la portière.

— Sois prudent, lança-t-elle.

— Ne crains rien.

Et il attendit pour démarrer que la porte du centre se soit refermée derrière elle. Le café étant à l'angle, elle entendrait les sirènes de la police quand celle-ci arriverait sur place. Encore qu'il n'y en aurait peut-être pas, afin de ne pas alerter le beau-frère d'Amal.

Elle s'appuya contre la porte d'entrée et y resta un bon moment adossée. Les mains enfouies dans les poches, elle se répéta de nombreuses fois le vœu qu'elle avait émis quelques heures auparavant, devant la fontaine de Trevi.

L'affaire fut rapidement réglée.

Il n'y eut ni flash, ni détonation, ni sirène de police.

Joe revint lui faire un court rapport : Callie repéra son SUV par la fenêtre et elle se précipita dehors avant même qu'il s'arrête. Il baissa la vitre et déclara :

— Nous l'avons eu. Ce salaud était complètement focalisé sur son ordinateur et n'a pas vu que nous l'entourions. Il a tenté de fuir quand la *polizia* est arrivée, mais il n'est pas allé bien loin.

Là-dessus, ses lèvres se retroussèrent en un sourire à la fois méprisant et triomphant.

— Vous êtes sûrs que c'est bien le beau-frère d'Amal ? demanda-t-elle.

— A 99 %. Carlo se rend à l'hôpital avec les policiers pour lever le 1 % de doute restant.

Il passa une vitesse, mais garda le pied sur le frein.

— Quand je reviendrai, nous devrons finir la discussion que nous avons commencée à l'hôpital. Sur les bébés et les mariages à Noël.

Ces paroles la remplirent d'une telle joie que, la peur et l'inquiétude étant enfin écartées, elle aurait pu l'épouser à l'instant, dans la rue. A la place, elle se pencha par la vitre et passa le bras derrière son cou pour l'attirer à elle et lui donner un baiser.

— Tu t'occupes de ce criminel et moi du mariage, dit-elle.

Naturellement, Callie appela Kate et Dawn sans délai, alors qu'elle se trouvait encore dans la rue. Elle réveilla la première, puis la deuxième et dut leur jurer qu'elle ne les avait pas arrachées au sommeil parce qu'elle était blessée, ou que Joe l'avait laissée tomber.

— Au contraire ! Nous allons nous marier.

— Quand ? hurla Dawn.

— Où ? s'écria Kate.

— Tout dépendra de la disponibilité du jet de Brian…

— Pour vous ramener à la maison ? demanda Dawn.

— Non ! Pour que vous veniez ici. Je sais que c'est un peu

précipité, et que Brian a sans doute invité de la famille pour Noël. Ou Travis, ou toi, ou Kate. Mais si vous pouviez venir, ce serait…

— Bien sûr que nous allons venir, la coupa Kate. Dis-nous juste quand tu veux que nous arrivions.

— Le 24 décembre. Ici, à Rome. Je n'ai pas encore réglé les détails, mais je te rappelle dès que c'est fait.

— Et tes parents ? demanda Dawn. Il y a beaucoup de place dans le jet, ils peuvent tout à fait venir.

— Merci pour ta proposition, je doute qu'ils aient envie de s'envoler pour l'Europe, mais je leur demanderai.

Soudain, elle resserra le téléphone, les yeux mouillés de larmes.

— Je viens de vivre la matinée la plus extraordinaire de ma vie, poursuivit-elle en reniflant. J'ai failli être licenciée et j'ai aidé une jeune femme à accoucher. Puis Joe et Carlo ont arrêté un type vraiment nuisible, et… Ah oui ! J'ai lancé une autre pièce dans la fontaine Trevi. Et le vœu s'est presque déjà réalisé.

— Et le tout en une matinée ?

Kate semblait bluffée, mais Dawn rebondit immédiatement sur l'événement le plus important.

— Incroyable ! La fontaine a encore frappé.

Callie pleurait et riait en même temps.

— Bon, les filles, je dois vous quitter, j'ai encore beaucoup de coups de fils à passer. Je vous rappelle dès que j'ai finalisé l'organisation. *Ciao*. Et merci encore de venir à Rome.

Avant de dresser la liste des tâches à accomplir, elle fila raconter à Leela, Sabeen et aux autres sa visite à l'hôpital. Toutes arborèrent de grands sourires en apprenant que le bébé et la mère se portaient bien.

— Nous lui rendrons visite, déclara Leela. Et nous lui apporterons des cadeaux pour le bébé.

Un sourire aux lèvres, Callie les laissa discuter entre elles et regagna son bureau. Comme il était encore trop tôt pour joindre ses parents en Floride, elle téléphona à Carlo. Sachant qu'elle tomberait sans doute sur sa messagerie vocale, elle comptait juste le prier de la rappeler dès qu'il le pourrait. Mais il décrocha pendant qu'elle enregistrait un message sur son répondeur.

— Je suis désolée, je ne voulais pas vous déranger ! Vous êtes déjà à l'hôpital ?

— Nous y arrivons, justement. A propos, je viens d'avoir Joe en ligne, et il m'a annoncé votre mariage. Félicitations, *mia bella*, même si je ne comprends pas pourquoi vous voulez vous lier à ce rustre alors que vous pourriez vous envoler avec moi pour…

— Oui, je sais, pour Casablanca ou Antibes, ou le bout du monde. Dites-moi, pourquoi n'y emmèneriez-vous pas Simona ? Vous en mourez d'envie, avouez-le !

— Elle refuserait tout net !

Il marqua une pause et ajouta d'un ton plus hésitant :

— Vous ne croyez pas ?

— Posez-lui la question, vous serez fixé. Entre-temps, pourriez-vous me rendre un petit service ?

— Naturellement, c'est comme si c'était fait. De quoi s'agit-il ?

— J'ignore tout des formalités nécessaires à un mariage en Italie à Noël, pour des étrangers, et qui plus est de dernière minute, mais s'il y a un problème d'ordre administratif, pourriez-vous en glisser un mot au maire ?

— Certainement ! D'ailleurs, puis-je vous faire une suggestion ? Je possède, à Rome, une demeure dotée d'un salon immense, et je serais ravi que la cérémonie de votre mariage s'y déroule, ainsi que le dîner qui s'ensuivrait. Qu'en pensez-vous ?

Pour tout avouer, elle comptait célébrer son mariage au foyer d'accueil, mais l'offre était des plus tentantes : le *palazzo* d'un prince serait un vrai cadeau pour les réfugiées et un tel privilège pour Joe et elle.

— Oh ! Carlo, merci ! Ce serait fantastique ! s'écria-t-elle sans plus réfléchir.

— *Bene !* Je m'occupe de l'officier d'état civil pour la

cérémonie, l'une de ces nombreuses personnes que je paie, il paraît, ajouta-t-il avec ironie.

— Entendu, et merci encore.

En raccrochant, elle ressentit comme un léger vertige. En l'espace de dix minutes, elle avait trouvé le jour, le lieu, les demoiselles d'honneur, le maire, le dîner. Il ne restait plus que la robe… Et une alliance pour Joe.

Mais là encore, elle savait parfaitement comment s'y prendre. Ouvrant le tiroir de son bureau, elle rechercha la carte professionnelle qu'elle avait rapportée de Naples, et par chance, la personne à qui elle souhaitait parler à la ferme des buffles lui répondit à la première sonnerie.

— *Ciao*, Arianna. C'est Callie.

— Comme je suis contente de vous entendre ! Alors, Rome et ce nouvel emploi vous plaisent ?

— J'adore la ville et ce que je fais.

— Il faut absolument que nous déjeunions ensemble. Je vais m'y rendre la semaine prochaine, car j'ai encore quelques cadeaux à acheter. De plus, je n'ai toujours pas vu les décorations de Noël, chez Fendi.

— C'est précisément pour cette raison que je vous appelle. Joe et moi avons flâné *via* Condotti, l'autre soir, mais les boutiques y sont bien au-dessus de mes moyens. Aussi, j'ai pensé que vous pourriez peut-être me recommander une autre bonne maison où acheter une alliance pour Joe et une robe de mariée pour moi.

— Mais oui. J'en connais d'excellentes. Et je suis ravie d'apprendre que vous vous mariez. Quand a lieu la cérémonie ?

— Le 24 décembre. Je sais que c'est dans peu de temps et j'imagine que vous avez déjà des projets pour ce soir-là ; toutefois si vous n'aviez rien prévu, nous serions ravis que votre famille et vous assistiez à notre mariage.

— Bien sûr que oui ! s'exclama-t-elle. Et je viendrai à Rome dès demain. C'est samedi, les boutiques seront combles, nous devrons donc commencer de bonne heure. On se donne rendez-vous au Caffè Domiziano, sur la *piazza* Navona ? A 9 heures, cela vous convient ?

— J'y serai !

Incroyable ! Tout se déroulait sans le moindre accroc, pour ces préparatifs précipités.

Avec l'aide enthousiaste d'Arianna, elle dénicha la robe idéale ainsi qu'un anneau en or blanc pour Joe. Carlo lui envoya son chef cuisinier afin qu'elle choisisse le menu avec lui, et lui donna le nom de l'officier d'état civil qui célèbrerait le mariage. Après avoir rempli de nombreux formulaires, Joe et elle obtinrent une autorisation exceptionnelle de se marier en Italie, et s'arrangèrent pour qu'un membre du consulat des Etats-Unis soit présent à titre de témoin, puisque telle était l'ultime condition.

Quand Amal et le bébé revinrent de l'hôpital, la jeune femme éclata en sanglots et révéla sa véritable identité. Ainsi que Callie l'avait pressenti, Rasha Hadid était une artiste reconnue dans le monde oriental, qui avait déjà exposé à Damas, au Caire ainsi qu'à Athènes. Et maintenant qu'elle n'avait plus à redouter la vengeance de son beau-frère, elle pouvait accepter la position de professeur adjoint qu'elle avait reçue de l'université de Thessalonique. Mais auparavant, elle entendait bien assister, avec son bébé, au mariage de deux personnes à qui elle devait tant.

Callie s'était déjà fort réjouie du retour de Rasha, mais le matin du 24 décembre, elle nageait dans un bonheur plus grand encore. Joe et elle se rendirent à deux voitures à l'aéroport de Ciampino pour accueillir Kate et Dawn, ainsi que leurs maris, sans oublier Tommy. Au volant de la petite Fiat fort maniable d'Emilio, elle suivit l'énorme SUV de Joe pour se rendre au terminal réservé aux jets privés, puis attendit à côté de lui l'arrivée de l'élégant Gulfstream d'Ellis qui ne tarda pas. Pour leur grand plaisir, ce fut Tommy qui se profila le premier sur la passerelle. Il dégringola les marches et courut à leur rencontre avec son énergie habituelle. Il leur annonça tout de suite qu'il était certain que le Père Noël le trouverait à Rome.

— Papa a dit que son radar était encore meilleur que celui du Gulfstream, et qu'il laisserait aussi des cadeaux pour Buster à la maison, des croquettes et tout ça. Grand-mère et grand-père s'occupent de lui et ils surveilleront qu'ils ne mangent pas ses crottes, car les chiens font ça, parfois.

Joe lui répondit alors d'un ton solennel :

— C'est bon à savoir.

Et il regarda Callie s'élancer à toute allure vers ses amies.

Un sourire aux lèvres, il serra chaleureusement la main de Travis et de Brian.

— Merci d'avoir fait le déplacement au pied levé, leur confia-t-il.

— Nous ne voulions manquer pour rien au monde l'envol de la dernière des Inséparables, assura Travis.

Et, du menton, celui-ci désigna le trio qui s'étreignait ardemment, tout en versant des larmes de joie.

— Depuis combien de temps ne se sont-elles pas vues, déjà ? Trois semaines tout au plus ?

— A peine deux, rectifia Brian en toussotant.

Quand elles se détachèrent les unes des autres, Callie fit la bise aux trois hommes et à Tommy, puis s'éclipsa avec Dawn et Kate.

— On se retrouve à 18 heures au *palazzo* de Carlo, lança-t-elle. A tout à l'heure.

— Nous y serons, confirma Joe.

Callie fonça dans les rues de Rome avec un maximum de concentration, et un minimum d'erreurs concernant l'itinéraire. Dawn se contorsionna pour admirer aussi longtemps qu'elle le put l'immeuble Fendi quand elles passèrent devant. Les décorations n'étaient pas aussi impressionnantes à la lumière du jour que sur la photo qu'elles avaient reçue, mais ses amies comptaient bien arpenter en long et en large cette grande artère commerciale, avant de repartir. Quinze minutes plus tard, elles arrivaient à destination.

Une fois dans l'appartement, elles s'extasièrent sur le jaune si chaud des murs, et poussèrent des exclamations enthousiastes en découvrant la basilique Saint-Pierre, depuis le petit balcon. Après quoi, toutes retirèrent leur manteau et s'empressèrent de vérifier le contenu des boîtes alignées sur le lit, ainsi que l'étui accroché à la porte de la penderie, et qui contenait la robe de mariée.

15

Callie n'aurait pu rêver d'un cadre plus paradisiaque pour son mariage que le *palazzo* de Carlo. Quand Kate, Dawn et elle descendirent de la limousine louée par Joe, elles durent fournir un gros effort pour ne pas rester bouche bée devant l'élégante façade et le majordome qui les attendait. Aussi élancé que son employeur était trapu, le domestique au port altier les conduisit à l'intérieur.

Il avait dû envoyer un signal silencieux au prince, car dès que les trois amies retirèrent leurs manteaux dans le vestibule, Carlo descendit un immense escalier de marbre. L'air étonnamment aristocratique dans son uniforme ceint d'une écharpe rouge elle-même bardée de médailles et de décorations, il salua Kate et Dawn en embrassant d'abord le dos de leurs mains, puis leurs joues.

Après quoi, il se tourna vers la mariée.

— Ah ! Calissa, que vous êtes belle ! Etes-vous bien certaine que…

— Oui, l'interrompit-elle sans ambages avant qu'il lui propose une destination inconnue. J'en suis sûre.

Et elle ajouta alors sur une impulsion :

— Toutefois, pourquoi ne voyageriez-vous pas avec Simona ? Je sais bien que vous en avez envie !

— Eh bien, je lui ai demandé, figurez-vous ! s'exclama-t-il en fronçant les sourcils. Et sa réponse me brûle encore le tympan

Callie éclata de rire et l'embrassa sur la joue.

— Je vous connais, vous ressemblez bien trop à Joe pour accepter qu'on vous réponde non.

— Peut-être, je ne sais pas. Mais pour l'instant…

Il lui présenta son bras et enchaîna :

— Vous m'avez brisé le cœur, Calissa, mais me ferez-vous le grand honneur d'accepter que je vous conduise à l'autel ?

Elle lui adressa un beau sourire consentant, et ses amies leur ouvrirent la voie.

Dawn portait une robe verte, sa couleur préférée, celle de Kate était bordeaux, et ces riches teintes s'accordaient de façon complémentaire avec les guirlandes qui ornaient la balustrade de l'escalier. Callie sentit son cœur accélérer lorsqu'elle monta les marches en marbre sous le regard figé des ancêtres de Carlo, qui semblaient remonter à douze générations.

Des bacs de poinsettias décoraient le premier étage, et quand ils arrivèrent sur le palier, un baryton invisible entonna *Santa Lucia*, un hymne qui était devenu son refrain préféré. Cette version était excellente, mais elle préférait celle d'Elvis.

A cet instant, le majordome ouvrit une double porte et un salon semblable à une nef se déploya sous ses yeux. Elle en eut le souffle coupé. Des rangées de chaise dorées à l'or fin s'alignaient sur le parquet, et elle cligna les yeux quand elle constata que toutes étaient occupées.

Dès que l'hymne s'acheva, un quartet à cordes enchaîna avec la *Marche nuptiale* de Mendelssohn. Carlo lui étreignit alors le bras, et elle sourit enfin en reconnaissant le visage familier des invités, à mesure qu'elle avançait : Emilio et ses hommes, Marcello Audi, sa fille Arianna, son mari et leurs enfants, Sabeen, Leela et les autres résidentes du foyer, ainsi qu'Amal et son bébé, en compagnie de Simona, au deuxième rang. Elle retint une petite exclamation en découvrant la nouvelle apparence de cette dernière : ses cheveux étaient domptés, elle portait du rouge à lèvres et du blush et, encore plus étonnant, sa robe longue et sa veste assortie couleur lie-de-vin semblaient tout droit sorties d'une boutique de la *via* Condotti. Callie perçut nettement la surprise de Carlo et eut envie de rire.

Travis, Brian et Tommy, qui étaient assis au premier rang, lui sourirent quand elle passa devant eux. Le petit garçon semblait aux anges. Eux aussi appartenaient désormais à la famille de cœur qu'elle formait depuis toujours avec Kate et Dawn. Ils constituaient tous les fils d'une étoffe destinée à durer toute une vie.

Mais c'était l'homme qui l'attendait près de l'autel qui remportait la palme, dans son cœur. Si grand, si beau dans son smoking taillé sur mesure. Son Louis Jourdan à elle.

— Je vous le demande pour la dernière fois : êtes-vous sûre de vous ? fit le prince d'un ton insistant.

Malgré elle, elle éclata de rire.

— Carlo, je n'ai jamais été aussi certaine de toute ma vie !

Puis elle glissa la main dans celle de Joe, et son vœu de Noël devint réalité.

Retrouvez prochainement,
dans votre collection

SAGAS

SECRETS ET PASSIONS, de Lynne Graham - N°186

L'héritière de Madrigal Court

Que s'est-il passé pour que la grand-mère d'Ophélia exige qu'elle épouse Lysander Metaxis, l'ennemi de la famille ? Ophélia comprend pourtant que si elle veut conserver Madrigal Court, la maison de son enfance, elle va devoir se marier à cet homme pour lequel elle ne ressent que du mépris... et une attirance irrésistible.

Passion pour un milliardaire

Accablée, Abby apprend que son frère a volé de l'argent pour assouvir sa passion du jeu. Comment, à présent, éviter la ruine de sa famille ? Une seule personne pourrait l'aider : Nikolaï Arlov, le richissime homme d'affaires russe qui la courtise depuis qu'elle a fait sa connaissance à un gala...

Sous l'emprise d'un séducteur

Engagée comme serveuse lors d'un mariage, Molly a la surprise d'être courtisée par Leandro Carrera Marquez, duc de Sandoval. Conquise par le charme de ce célèbre aristocrate, elle s'abandonne à l'attirance qu'elle éprouve pour lui. Pourtant, elle sait que Leandro n'éprouve rien pour elle et qu'il n'hésitera pas à la congédier lorsqu'il se sera lassé d'elle...

FLOCONS SUR ICICLE FALLS, de Sheila Roberts - N°187

Coup de foudre à Icicle Falls

Avec consternation, Samantha découvre que la chocolaterie familiale est au bord de la faillite. Pour l'aider, Samantha ne peut guère compter sur ses deux sœurs, incompétentes en la matière, ni sur sa mère, incapable d'accepter la réalité. Son seul espoir ? Le directeur de la banque, Blake Preston, un arrogant play-boy totalement insensible. Et bien trop arrogant pour se donner la peine d'aider une jeune femme comme elle...

Noël à Icicle Falls

Tandis que Cassie prépare le mariage de sa fille prévu pour les fêtes, son ex ne trouve rien de mieux à faire que de s'inviter chez elle avec sa nouvelle épouse et leur horrible chien. Pendant ce temps-là, Charlene voit resurgir à travers les flocons son ex infidèle qui lui promet qu'il a changé... De son côté, Ella fait tout pour vendre la maison qu'elle partage encore avec son ex. Et ce dernier déploie des trésors d'imagination et de doux souvenirs au goût de chocolat chaud pour donner une seconde chance à leur mariage...

Retrouvez prochainement,
dans votre collection

SAGAS

UN CŒUR SOUS LE GUI, de Tracy Madison - N°188

Un délicieux Noël

Rachel est folle de joie : elle va passer Noël dans le village où elle a vécu tant de moments heureux. Mais ce Noël sera encore plus magique, car elle sera avec son fiancé Andrew. Hélas, c'est sans compter Cole, son ami d'enfance. Près de Cole, son cœur s'emballe, son corps frémit. Et si, finalement, Andrew n'était pas l'homme de sa vie, comme elle s'évertue à le croire ?

Un amant à conquérir

Partir. C'est ce qu'Haley devrait faire. Comment Gavin ose-t-il la chasser, alors qu'elle est venue lui proposer son soutien ? Bourru, sauvage... Et pourtant la force qui émane de lui la séduit. Que faire ? Peut-elle vraiment l'abandonner ? Impossible. Car son intuition lui dit que derrière sa méfiance et sa fierté cet homme solitaire cache un cœur tendre et brûlant. Un cœur qu'elle a très envie de découvrir...

LA SAGA DES GAMBRELLI, de Carole Mortimer - N°189

Magie sicilienne

Lors d'un gala de charité de Londres, Robin aperçoit le plus bel homme qu'elle ait jamais vu. Sous le regard de Cesare Gambrelli, Robin frissonne. Un frisson de désir, et de danger. Et cette intuition se confirme lorsque Cesare lui annonce qu'il exige qu'elle devienne sa femme...

Un troublant ange gardien

Angelica est paniquée. Son père va subir une opération à laquelle pourrait ne pas survivre... Et il a choisi Carlo Gambrelli comme exécuteur testamentaire ! Une décision qui risque de la mettre dans une situation impossible. Car Angelica se sait beaucoup trop sensible au charme de ce don juan...

Amoureuse d'un célibataire

Pour venger sa meilleure amie abandonnée par Luc Gambrelli, producteur de cinéma, Darci décide de le séduire, et de le rejeter sans ménagement. Dès qu'elle croise son regard brûlant, Darci sent que son plan fonctionne. Mais Luc est un homme séduisant, plein d'humour et de charme, bien loin de l'image qu'elle se faisait de lui...